현대문학 교수 350명이 뽑은

2017 올해의
문제소설

한국현대소설학회 엮음

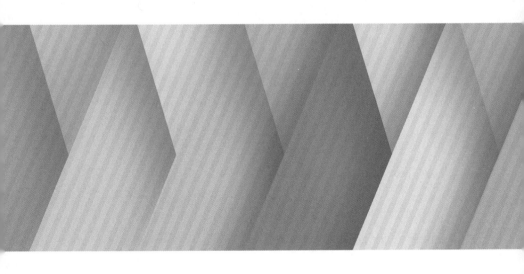

푸른사상
PRUNSASANG

2017 올해의
문제소설

초판 1쇄 인쇄 · 2017년 2월 1일
초판 1쇄 발행 · 2017년 2월 5일

엮은이 · 한국현대소설학회
펴낸이 · 한봉숙
펴낸곳 · 푸른사상사

주간 · 맹문재 | 편집 · 지순이, 홍은표 | 교정 · 김수란
등록 · 1999년 7월 8일 제2-2876호
주소 · 경기도 파주시 회동길 337-16 푸른사상사
대표전화 · 031) 955-9111(2) | 팩시밀리 · 031) 955-9114
이메일 · prun21c@hanmail.net / prunsasang@naver.com
홈페이지 · http://www.prun21c.com

ⓒ 한국현대소설학회, 2017

ISBN 979-11-308-1074-4 03810

값 15,900원

2017 올해의
문제소설

한국현대소설학회 엮음

『2017 올해의 문제소설』을 발간하며

올해도 지난 한 해 발표된 소설들을 읽고 그중 문제적인 소설을 골라내는 일을 이어간다. 전국의 대학에서 현대소설을 읽고 연구하고 가르치는 소설 연구자들이 '올해의 문제소설' 시리즈를 발간한 지도 오랜 시간이 흘러 한국 전체의 역사라는 대문자 역사 속에 작지만 의미 있는 소문자 역사를 만들어가는 듯하다. 현재 한국 문학판에는 지난 한 해의 소설적 성과들을 묶어내는 앤솔러지가 여럿 있다. 그런 터에 전국의 대학에서 소설을 연구하고 가르치는 사람들이 매년 굳이 또 다른 앤솔러지를 묶는 것은 두 가지 때문이다. 하나는 '반쪽 앤솔러지'가 아니라 명실상부한 앤솔러지가 필요하다는 것. 오래전부터 발간되어 많은 독자들의 관심과 사랑을 받고 있는 현재의 앤솔러지들은 대부분은 수상 작품집 형식의 앤솔러지들이다. 그 앤솔러지들은 한국문학의 새로운 경향성을 누구보다도 먼저 읽어내는 데는 큰 역할을 해온 것이 사실이나, 아쉽게도 기존의 수상 작가들을 아예 후보 단계에서부터 제외하는 까닭에 지난 한 해의 소설적 성과를 모두 포괄하지는 못한다. 게다가 이러한 특성 때문에 대부분의 앤솔러지들이 점점 더 '반쪽짜리 앤솔러지'가 되어가고 있는 실정이기도 하다. 점점 더 '반쪽'이 되어가는 앤솔러지가 넘쳐나는 상황 속에서 우리는 한국소설의 어느 정도가 아니라 전체를 포괄하는 앤솔러지가 필요하다고 판단하였고, 한국현대소설학회의 '올해의 문제소설' 시리즈는 이 때문에 탄생했고 이 때문에 이어져오고 있다. 우리가 매년 우리만의 앤솔러지를 묶는 두 번째 이유는 한국 현대소설을 횡적으로만이 아니라 종적으로도 읽는 앤솔러지가 필요하다는 고집 때문이다. 몇 년의 문학사를 놓고 보면 어떤 작품은 문제적이지만 넓은 스펙트럼에서 보면 그 작품은 이전 작품의 단순한 반복인 경우가 있다. 반대로 몇 년의 문학사를 놓고 보면 이전 시대의 반복처럼 보이는 작품이 기존의 장르를 내부에서 허무는 완벽한 작품인 경우도 있다. 한국현대소설학회에서 묶어내는 '올해의 문제소설' 시리즈는 이러한 필요성과 필연성 속에서 탄생했고 이후 오로지 소설 내적이고 소설사적인 시각에서 작품을 선별하고 있다. 덕분에 한국현대소설학회에서 매년 펴내는 '올해의 문제소설' 시리즈는 그 어떤 앤솔러지보다 명실상부하고 객관적인 컬렉션으로 자리해온 것이 사실이다.

『2017 올해의 문제소설』 역시 이러한 전통을 충실하게 계승했음은 물론이다. '올해의 문제소설' 시리즈가 고집스럽게 지켜왔던 전통에 따라 2015년 겨울부터 1년 동안 문예지 포함 다양한 매체에 발표된 중·단편소설을 꼼꼼하게 읽었고, 오로지 한국 소설문학의 오늘과 내일을 가늠할 수 있는 '문학성'과 '문제성'이라는 기준에 의거 작품을 선별하였다. 그런 날카로운 시선을 견뎌내고 최종 선정된 작품은 다음과 같다.

박민정, 「행복의 과학」, 『문예중앙』, 2016. 가을.

백수린, 「고요한 사건」, 『악스트』, 2016. 7·8.

윤고은, 「된장이 된」, 『악스트』, 2016.1·2.

윤이형, 「이웃의 선한 사람」, 『21세기문학』, 2015. 겨울.

이장욱, 「낙천성 연습」, 『한국문학』, 2016. 봄.

정미경, 「새벽까지 희미하게」, 『창비』, 2016. 여름.

정용준, 「선릉 산책」, 『문학과사회』, 2015. 겨울.

천희란, 「사이렌이 울리지 않고」, 『문예중앙』, 2016. 가을.

최은미, 「눈으로 만든 사람」, 『자음과모음』, 2016. 봄.

최은영, 「씬짜오, 씬짜오」, 『웹진 문장』, 2016.4.

하명희, 「불편한 온도」, 『황해문화』, 2015. 겨울.

홍명진, 「마순희」, 『작가들』, 2016. 여름.

— 작가명 가나다순

올해 역시 독자(獨自)의 목소리로 무장한 개성적인 작품들이 많다. 등장인물, 시공간적 배경, (초점)화자, 시점, 시선, 소재 등 공통분모를 찾기 힘들 정도로 다양한 편폭을 보이는 것이 특징적이다. 각자의 작품이 대체 불가능한 것은 물론 개념화하기조차 힘들 만큼 미묘하게 다르지만, 그럼에도 불구하고 크게 보자면 공유하는 공통 감각이 있다. 크게 두 가지다.

하나는 현재 상징질서의 폭력성과 그것에 순종하는 신체들의 비인간성에 대한 비판. 이들 소설에 따르면 대부분의 현대인들은 현대의 상징질서 안에 갇혀 산다. 일종의 현실도피주의자이다. 현실 바깥으로 도망한다는 의미의 현실도피주의가 아니라 현실 안으로 도피해 산다는 의미의 현실도피주의자들이다. 상징질서 바깥의 무시무시하고 외설적인 실재가 두려워 현재의 상징질서에 순종하며 그들은 종종, 아니 전적으로 이율배반적인 삶을 산다. 현재 상징질서가 지상의 복음처럼 제시하는 '행복'한 삶을 꿈꾸지만 현대인들은 '행복'하고자 할수록 실재적으로는 불행해진다. 자신의 행복을 위해 타자를 '쓸모없는 실존'으로 억압하고 배제해야 하기 때문이다. 그렇다면 결국 행복하기 위해서는 불행한 삶, 혹은 현재의 상징질서를 순종하지 않는 삶을 살아야 하는데 그것 또한 쉽지 않다. 그러한 선택이란 곧 스스로를 견고한 상징질서의 구조적 폭력 속에 노출시키는 일이기 때문이다. 따라서 대부분의 현대인들은 '가짜 행위'를 한다. 현실 안에 도피해서 순종하는 신체로 살지만 그래도 아무것도 안 하지는 않는다는 자기기만적인 행위를 반복한다고나 할까. 이처럼 오늘날 한국 소설은 현재의 상징질서가 얼마나 치밀하게 구조적인 폭력성의 기초 위에 서 있는지, 그리고 그러한 폭력적인 (상징)질서에 순종하며 사는 것이 인간 자체를 얼마나 폭력적인 인간 혹은 비인간적인 인간으로 만드는지 치밀하게 묘사한다.

오늘날 문제적인 한국 소설이 공통적으로 주목하는 또 하나의 화두는, 현재의 상징질서에 순응하는 것이 폭력적인 삶 그것이라면, 그렇다면 현대인들은 어떤 삶을 살아야 하는가 그리고 더 나아가 어떠한 공동체를 발명해내야 하는가에 대한 치열한 모색이다. 특히 2016년 들어 현재의 상징 질서에 의해 쓸모없는 실존으로 격하된 존재들과 더불어 살 수 있는, 아니 현재의 상징질서에 의해 이미 회복할 수 없을 정도로 폭력적인 존재로 전락한 우리들에 비하면 어마어마한 잠재성을 지닌 그들이 우리 사회의 중심이 되는 공동체를 만들 수 있는 방안에 대한 한국 소설의 관심은 압도적이다. 이를 '오늘날 이후의 윤리 혹은 정치학에 관심'이라 부를 수도 있을 터인데, 그만큼 '오늘날 이후의 윤리 혹은 정치학'에 대한 관심은 한국 소설의 중핵으로 자리하고 있다 할 것이다.

2016년 말 이래 한국 사회는 거대한 촛불의 물결 속에 또 하나의 거대한 변곡점을 맞고 있다. 아마도 '촛불혁명'이라 명명될 이 거대한 물결을 움직인 힘은 두 가지로 요약할 수 있을지 모른다. '이게 나라냐?'라는 사회 전체에 대한 비판적 인식과 '또 다른 나라여야 한다'는 지금과는 다른 공동체에 대한 전 방위적이고도 전 민중적인 열망과 의지. 이는 2015년 말부터 2016년 겨울 무렵까지 한국 소설이 말해왔고 꿈꾸어왔던 것과 거의 일치하며, 그렇다면 어떤 점에서 오늘날의 한국 소설은 2016년 말의 거대한 물결을 미리 예고하고 준비하고 있었다고도 할 수 있다. 한때 한국 소설은 한국 사회 전체의 풍향계였더랬다. 때문에 의미 있는 전미래를 건설하기 위해 수많은 독자들이 소설의 움직임에 촉각을 곤두세우곤 했었고, 그를 일컬어 '소설의 시대'라고 한 적이 있었다. 그런데 한동안 소설의 죽음을 말하는 목소리가 끊이질 않더니, 우리 사회 전체가 변화하지 않으면 안 될 파국의 상황이 되자 새삼 소설 속의 지혜가 다시 빛을 발하고 있다. 아무래도 소설은 사회 전체가 임박한 파국의 시기에 불가능한 것의 가능성을 찾아야 할 때 빛을 발하는 기묘한 형식인 모양이다. 부디 불가능한 것의 가능성을 찾아 혼신의 모색을 다하고 있는 『2017 올해의 문제소설』과 더불어 우리 사회가 나아가야 할 '또 다른 나라'에 대한 보다 진지한 고민이 이루어지길 기대해본다.

2017년 1월
한국현대소설학회
『2017 올해의 문제소설』 기획위원회

행복의 과학

박민정

—

1985년 출생. 2009년 『작가세계』 등단.
소설집 『유령이 신체를 얻을 때』가 있음.

행복의 과학

역자의 원고가 도착한 날, 하나는 처음으로 키노시타가 만든 광고를 봤다. 키노시타 히로무, 그의 이름을 검색해본 적은 있었다. 엄마의 일기장에 한글과 한자로 빼곡하게 적혀 있던 이름. 키노시타 히로무(木下廣務). 하나는 오랫동안 '목하광무'라고 읽히는 한자가 키노시타 히로무를 의미하는지 알지 못했다. 결국 검색엔진에 글자를 넣어보고 알게 된 것이다. 물론 무라카미 하루키가 '촌상춘수'로, 야마다 에이미가 '산전영미'로, 와타나베 준이치가 '도변순일'로 쓰일 수 있다는 것을 그보다 먼저 알게 되었지만.

도서관 청구기호에는 일본 저자 이름이 음독으로 표기되어 있다는 것을 하나는 대학 때 처음 알았다. 하나의 대학 선배들은 문학 전공자들답게 도스토옙스키를 '도 선생'이라 불렀고 그렇듯 무라카미 하루키를 '춘수 형'이라 불러대곤 했다. 그들만큼 먼 이름, 키노시타 히로무였다. 검색을 거듭한다면 그의 얼굴과 근황마저 알게 될 것 같다는 두려움에 당시 하나는 재빨리 인터넷을 닫았다.

그의 이름을 검색하면 'I love coke 1987'이 연관어로 떴다. 그의 역작이었다. 1987년 작 코카콜라 광고다. 일본 역대 최고의 광고라 불리는 작품이었다. 당시에는 확인하지 못했던 것이다. 하나도 키노시타가 유명한 CF

감독이라는 것을 어릴 적부터 들어 알고 있었다. 누구도 하나에게 직접 말해준 적은 없었지만. 전부 어른들의 이야기를 엿들은 것이다. 외할아버지가 심란한 얼굴로 혀를 쯧쯧 차며 입에 올리던 '일본양반'이 바로 그였으므로. 하나는 유튜브에서 총 일곱 편에 달하는 시리즈를 전부 감상했다. 이른바 O.L(Office Lady)들, 품이 큰 여름 정장을 입고 단발머리를 한 젊은 여자들이 생기 있는 얼굴로 콜라를 마신다. 콜라병처럼 허리가 잘록한 여자가 수영복을 입고 물살을 헤치거나 분수대에서 솟구치는 물줄기에 얼굴을 파묻는다. 탄산이 터지는 소리를 노골적으로 넣은 것도 아닌데 모델의 얼굴에 바로 그것이 있다. 기모노를 입은 노인들, 고교 야구 선수들, 마루에 앉아 조부모의 사랑을 받는 어린아이. 모두 행복하다. 이런 시절이 실재했을까 싶을 정도로. 버블기의 일본이었다.

최고다.

하나는 하드 아이스크림의 빈 막대를 쪽쪽 빨며 중얼거렸다. 편집자 동료인 수영에게 말해주고 싶었다. 광고는 이렇게 만들어야 하는 것 아닌가요. 오사카 니시노미야의 관서학원대학을 졸업한 일본 유학파인 수영은 박수를 치며 호응할 것이다. 자신의 추천이 틀리지 않았다고 생각할 것이다. 류보다 먼저 히로무를 알아야 한다고, 히로무의 코카콜라에서 모든 것이 시작되었노라고, 비밀을 말해주듯 속삭이던 그녀였다. 하기야 애초에 류의 이야기 출간을 추천한 사람도 그녀였다. 이 기획에 관해 가장 잘 알고 있는 사람은 수영이라고도 할 수 있었다.

그러나 수영이 아닌 하나가 원고를 쥐고 있다. 류의 이야기가 일본에서 얼마나 엄청난 인기를 끌고 있는지, 정신을 차린 중2병 소년의 이야기가 오랜 불경기와 원전 폭발에 절망한 일본인들에게 어떤 열광을 불러일으키는지에 대해 앞장서 소개한 사람은 수영이었다. 해마다 수차례 일본에 다녀오는 사장은 열도 전역의 서점에서 오랫동안 베스트셀러를 차지했고, 드러그 스토어와 편의점에서도 팔고 있는 류의 이야기에 대해 금시초문이었다. 하나를 포함한 직원들은 언제나 비즈니스 여행을 다녀오는 척하는 사장 일본행의 주목적이 클럽과 스낵바라는 것을 기왕에 알고 있었다.

『竜のはなし―幸福の科学』

역자가 표지에 적어 보낸 원문의 제목이다. 『류의 이야기―행복의 과학』. 저자 키노시타 류. 그는 '목하용(木下竜)'이었다. "나는 옴의 후계에서 도망쳤다. 버블 최고의 감독 키노시타 상의 손자, 류 군의 고백!" 수영은 일본어로 한 번, 스스로 번역한 한국어로 한 번 그것을 읽었다. 일본판 띠지의 카피 문구라고 했다. 수영은 일본에서 출간된 류의 이야기를 여러 권 소장하고 있었다. 그가 또래 청소년들에게 큰 인기를 끌었기 때문에 중쇄할 때마다 달라진 프로필 사진과 거듭 과감해진 카피 문구를 담은 띠지도 알뜰하게 챙겨놓고 있었다. '옴의 후계'라는 자극적인 표현과 그의 조부인 키노시타 히로무와의 관계를 밝힌 카피는 가장 최근에 출시된 것이었다. 수영은 좋아하는 아이돌 연예인에 관해 설명하듯 지치지도 않고 틈만 나면 설명해주었다. 하나는 그녀의 설명을 꼼꼼히 메모했다.

키, 키, 키노코, 키, 키, 키노코, 도코노코 도코노코…… 오모챠노 챠챠챠, 오모챠노 챠챠챠, 챠챠챠 오모챠노 챠챠챠…… 뜻도 모르고 외던 노랫말이 다시 어디선가 들려오기 시작한다. 하나로서는 전부 거짓말 같다.

하나의 엄마는 꽤 오랫동안 일제 아줌마였다.

—'쩨'가 먹히는 것도 옛날이야기지. 언제 적 일제야. 일본 다녀온 사람들 선물 받는 것도 꺼려 한다더라. 나야 이럴 줄 모르고 그때 손 뗐지만.

그녀는 2001년까지, 일본에서 사 온 물건을 팔았다. 하나가 중학교에 입학한 해였다. 주요 고객이었던 사모님들이 약속이라도 한 듯 한순간에 가난해졌다. 그녀들을 만나러 이민가방을 메고 종로에 갈 일이 없어졌다고 했다. 엄마가 오사카에 다녀올 때마다 사 온 물건들, 화장품, 손가방, 식기, 부피가 작은 편의점 음식, 손수건, 스타킹 같은 잡다한 물건들을 방

바닥에 펼쳐놓으면 하나도 마지못해 구경했다. 사모님들이 이런 싸구려 물건들을 쓴다고? 하나는 언제나 궁금했다.

—그래도 이런 건 일본에서만 팔아. 처녀 때부터 일제 좋아하던 양반들이니까 이 맛을 못 잊지.

지극히 사소한 부분에서 일제인 티가 났다. 물컵이든 커피 잔이든 밥그릇이든 젓가락이든 한국 제품보다 조금 작았다. 화장품에 딸려 있는 화장솜이나 티슈는 물론이고 값싼 빨대와 면봉 같은 일회용 제품도 일일이 소분해 밀봉했다. 뭐든 작고 깔끔했다. 습기에 좋은 튼튼한 비닐로 만든 물병 가방. 음식을 간 볼 때 따로 사용하는 자그마한 접시 같은 것도. 아직도 그런 물건은 한국에 잘 없다. 청결과 절약을 강박적으로 중시하는 그런 일본인들의 습관이 한국에는 없다. 어릴 때 하나는 엄마가 일본 여행을 가는 것도 싫었고 일본 물건을 사 오는 것도 꼴 보기 싫었다. 그러나 이제 하나는 이해한다. 그녀가 순수한 마음으로 일제를 좋아했다는 것을.

그러나 간장 대신 쇼유를 쓰는 사모님들이 비싼 값에 물건을 사주지 않으니 더는 수지가 맞지 않아 일본에 갈 수 없었다고 하는 말은 반은 거짓말이다. 그해 무렵부터 엄마는 자유로워진 것이다. 그녀가 '오또상'이라고 불렀던 키노시타로부터. 엄마의 일기도 그때 멈췄다. 하나는 한 번도 묻지 않았다. 키노시타가 살고 있는 곳이 오사카인가. 일본 관서 지방 어디쯤이었나. 그래서 물건 떼어 온다는 핑계로 뻔질나게 오사카에 다녀왔던 거였나. 거기서 그를 만났나. 그렇다면 왜 한 번도 나를 데려가지 않았나. 그는 나의 오또상이기도 했는데.

그러나 그렇게 불러본 적은 없다.

하나가 두 살 때 엄마는 키노시타와 완전히 헤어졌다. 1989년이었다. 1988년 사진에 키노시타가 등장한다. 배냇저고리를 입은 하나의 요람을 흔들고 있다. 제 몸까지 흔들었는지 흐릿하게 뭉개진 채로 그는 사진에 찍혀 있다. 다른 사진은 없는 걸 보니 한국에서 사진을 남기는 일에 거부감을 가진 모양이다. 하나는 당연히 그랬으리라고 생각했다. 그는 유명한 CF감독이었고, 일본에 이미 아들과 아내를 둔 유부남이었다. 하나는 대개의 아이들과는 다르게, 양공주라는 말보다 왜공주라는 말을 먼저 배웠다. 어느 날 술에 잔뜩 취한 외할아버지가 엄마에게 컵을 던지며 이 왜공주 년아, 라고 했기 때문이다. 하나는 어른들의 말을 엿들을 때마다 그게 무슨 뜻이냐고 묻지 않았다. 뜻을 알 수 없는 말은 애초에 너무 많았다. 1989년에 증발해버린 오또상이 하나의 친부였으며 그자와 키노시타가 같은 사람이라는 것도 뒤늦게 알았다. 엄마의 인생에 관한 정보를 천천히 조합하며 하나는 자랐다. 그것을 자신의 인생이라 여기지 않았다. 키노시타 히로무는 엄마의 남자일 뿐이었다. 1991년 그가 광고계에서 잠정 은퇴했고 이후의 소식이 알려지지 않았다는 것도, 하나에게는 배다른 오빠에 해당하는 그의 아들, 키노시타 미노루의 아들 류가 작가로 인기를 끈다는 것도 모두 최근에 알게 되었다. 엄마는 항상 그를 오또상이라고만 불렀다. 하나는 엄마의 성을 물려받아 '임하나'로 살고 있었다. 언젠가 상상해본 적은 있었다. 엄마와 내가 그의 호적에 입적했다면. 자신의 이름 '하나'가 일본어로는 '꽃'을 부르는 말이므로, '키노시타 하나(木下花)'로 살아갈 수 있었을까. 그런 상상을 하다 보면 전부 장난 같아서 웃음이 나왔다.

그러나 이제 와서 그는 나를 버린 아버지였노라, 이야기해야 하나. 원고 안에서 어린 류도 중2병에서 탈출했노라 고백하는데. 하나는 얄궂은 운명에 흥미를 느낄 뿐이었다. 키노시타 감독의 외동아들의 외동아들이라면 류는 하나의 조카가 되는 셈이었다. 이룸서재에 입사한 지 1년 만에 하나는 처음으로 책임편집을 맡았다. 그 책이 다름 아닌 히로무의 손자 류가 쓴 책이다. 하나는 수영에게 물었다.

—아직 스물두 살. 일본 나이로는 스무 살인데. 약관 스무 살에 해외에 진출한 베스트셀러 저자란 말이죠?

—대단해. 그자만이 할 수 있는 일을 한 거야.

수영은 천재의 피는 타고나는 것 같다며 류를 칭찬했다. 하나는 수영에게 미안했다. 수영에게 자문을 구할 일이 많았다. 수영은 하나의 사수였고, 하나가 입사할 무렵부터 류의 이야기를 기획했다. 표상문화학을 전공한 수영은 일본 각계의 사정에 정통했다. 류의 이야기는 그저 그런 자서전적 에세이가 아니다. 그는 아이돌이 아니다. 지금 왜 일본에서 류의 이야기가 주목받는지 여러 층위에서 분석할 필요가 있다. 힘주어 말하는 수영은 류에 관해서라면 자신이 전문가라 할 수 있을 정도라고 했다.

—내가 키노시타 류 덕질만큼은 일본 중고교생 못지않게 했을 거야. 류 덕후잖아. 내가.

그녀가 농담할수록 하나는 죄책감이 들었다. 사장은 번역 마감을 한 달 앞두고 책임편집을 수영에서 하나로 변경했다. 마치 뭔가를 알고 있는 것처럼. 하나는 평생 동안 단 한 번도 자신이 일본인 아버지를 두었다는 사실을 밝힌 적 없었다. 사생아라는 사실 또한 물론이었다. 하나가 키노시타 가(家)의 관계자라는 것을 그녀 가족 외에 누구도 몰랐다. 키노시타 히로무가 뻔질나게 한국에 드나들던 시절 아파트에 소문이 났다고 했다. 단지에 일본 남자의 현지처가 산다는 말은 빠르게 퍼졌다. 아파트 단지 주민들은 하나를 업고 다니는 엄마를 대놓고 손가락질했다. 외인아파트에서처럼 살인이라도 날지 어떻게 알아? 드나드는 나이 든 남자가 일본인이라는 사실을 알고 난 후 주민들은 엄마를 벌레 보듯 했다. 그때야 고급 아파트에서 홀몸으로 젖먹이를 키우는 여자는 이웃들이 언제나 주시하는 관심의 대상이었고 그래서 그토록 소문이 빨리 퍼진 것이었겠지만. 지금 하나가 그의 방계 가족이라는 사실이 드러날 길은 없다.

—선배, 죄송해요.

—아무 이유도 없다고 생각해?

수영은 모니터에서 얼굴을 돌리지 않은 채 소리 죽여 말했다.

—류의 이야기는 반드시 뜬다고. 한국에서도. 사장이 그렇게 만들 거야. 자기 누나랑 처음으로 경쟁해서 이긴 거거든. 자기도 이제부터 류의 이야기에 목숨 걸 생각이나 해.

　—그렇다면 누님네 회사에서도 류의 이야기를 출간하고자 탐냈다는 건가요?

　—알 만한 사람은 다 알아. 류의 이야기를 노린 출판사는 한두 곳이 아니라고. 아마 엄청난 마케팅을 할 거야. 그런 물건을 자기한테 밀어준 거라고.

　수영은 사실 그대로를 진술하는 듯 덤덤하게 말한 후 연필을 깎기 시작했다. 사무실에 널린 비품이 연필깎이였지만 수영은 언제나 직접 연필을 깎았다. 수영에게는 종이 책을 사랑하는 지극한 마음이 있었고 자신의 일을 덕성스럽게 존경하는 태도가 있었다. 원고를 만지기 전 그녀는 가볍게 심호흡을 하고 언제나 가까운 곳에 놓아두는 커터를 들어 연필을 깎았다. 도토리를 까 먹는 다람쥐를 보듯 하나는 그 모습을 뿌듯하게 바라봤다. 가만히 소리만 듣고 있어도 좋았다. 하나가 수영의 옆자리에 앉게 된 날 그녀는 하나의 연필도 깎아주었다. 앞으로 이런 건 자기가 직접 해, 이젠 안 해줄 거야, 라는 말이 무슨 뜻인지 하나는 알았다. 그래도 가끔 아쉬웠다. 수영이 깎은 연필은 특별했다. 교정지를 가르는 가벼운 느낌이 좋았다. 행간을 지나다니는 흑연이 종이와 닿는 촉감이 유독 부드럽게 느껴졌다.

　비염 증세가 심한 수영이 수시로 코를 훌쩍이는 소리가 들린다. 그녀는 종종 가슴이 답답해져 자기도 모르게 한숨을 쉰다고 했다. 사람들이 오해해서 한숨 쉬는 거 조심하려고 하는데 잘 안 돼, 수영은 때로 한숨을 크게 내쉬다가도 민망한 듯 얼른 그만둔다. 재채기를 크게 내지 않으려고 조심하는 그런 소리까지 들려올 정도로 수영과 하나는 가깝게 앉아 있다. 하나는 원고를 검토하며 때로 수영의 눈치를 살핀다. 수영의 모니터 옆에 하나가 선물한 스투키 화분이 있다. 수영은 가끔 일거리에서 눈을 떼고 스투키를 바라본다. 그러다 하나를 돌아보며 미소를 짓곤 한다. 그녀가 류의 이야기를 얼마나 공들여 준비했는지 하나는 알고 있다. 미안한 마음과는 별개로 류에 관한 이야기를 터놓고 나눌 사람은 수영밖에 없다. 수영은 자기 것을 하루아침에 빼앗겼는데도 여느 때와 다름없이 덤덤하게 일하고 있다. 하나로서는 짐작도 되지 않는 그런 경지에 오른 것 같다.

하나는 학부 시절 국내에 몇 없는 분과, 비교문학을 전공했다. 수능시험을 보기 백 일 전까지 하나는 공부라곤 해본 적 없었다. 고교에 입학한 첫날 문제집을 펴놓고 공부하는 하나의 책상을 밟고 지나다니던 한 무리의 친구들을 사귀었기 때문이었다. 하나의 고교 시절은 행복했다. 다시없을 친구들을 만난 것 같았다. 좋아하는 가수의 콘서트를 날마다 쫓아다니며 찍어온 그들의 사진을 편집하고 그들의 팬픽을 쓰거나 관련된 상품을 만들어 파는 친구들이었다. 친구들은 하나가 자신들이 좋아하는 가수를 함께 좋아하지 않는데도 따돌리지 않았다. 오히려 친구들에게는 하나가 마치 그 가수라도 되는 양, 극진히 챙겨주기 일쑤였다. 넌 우리의 마지막 희망이야, 너까지 영업 성공하면 우리 목적 달성이야, 그런 말을 하곤 했지만 전부 농담일 뿐이었다. 하나는 친구들이 좋아서 관심도 없는 가수에 관한 정보를 날마다 수집했고, 친구들이 쓴 팬픽을 읽고 교정 교열을 해주었다. 책을 읽고 글을 쓰는 것을 좋아했던 하나가 섬세하게 고쳐준 친구들의 팬픽은 전국 팬클럽 사이에서 걸작으로 회자되었고 상상하지도 못할 만큼 비싼 금액에 팔렸다고 했다. 하나는 친구들과 함께 콘서트장 주변을 배회하거나 번화가의 맛집을 찾아다니고 백화점을 구경하는 등 즐거운 시간을 보냈다. 내신 성적이 좋지 않아도 야단치는 사람은 없었다. 엄마는 성적표에 관심도 없었고 교사들은 수업 시간에 소설을 읽는 하나를 오히려 칭찬해주었다. 넌 뭐가 되도 될 거다, 어떻게 이렇게 어려운 작품을 읽고 있니, 그들은 말했다.

행복한 시절이었다. 그런 시간을 다시 보낼 수 있을까. 하나는 가끔 회상했다. 교과 영역별 선택 반영 제도 덕에 하나는 백 일 동안 공부해서 1등급을 받은 두 과목의 성적만으로 원하는 대학 문학부에 입학할 수 있었다. 비교문학과에 입학하면 좋아하는 문학작품을 읽으며 자유롭게 공부할 수 있으리라 생각했던 것은 착각이었다. 선배들은 각종 소모임을 만들어두고 신입생에게 가입을 강요했고 스터디의 방향성을 엄격하게 제한했다. 학과의 주류가 독려하는 방향성에서 벗어나는 공부를 하면 아웃사이더 취급을 받았다. 영문과, 독문과, 불문과, 일문과, 역사학과, 사회학과의 협동학과 출신으로서 자기 정체성이 뚜렷한 학과가 되려면 학부생들부터 정신 차리고 열심히 공부해야 한다는 말을 입학한 날부터 귀에 못이 박이도록 들었다. 우린 식민지학과에서 벗어나야 해! 술자리에서 선배들은 독립투사처럼 주장하곤 했다. 하나는 그들이 우스웠다. 하나의 첫 남자 친구도 독립투사였다. 그런 말투를 다들 어디에서 배워 온 걸까 하나는 생각했다.

—너는 제2외국어로 뭘 공부했냐.

—일본어요.

—역시 제국의 언어였군. 그러기에 너는 아직도 일문학에 관심 있느냐?

—아뇨. 학교에서 여학생은 일본어, 남학생은 중국어로 선택의 여지가 없었을 뿐인데요.

—이상한 학교군. 그래도 일본어를 읽고 쓸 줄 아니 일문학에 관심을 가져보는 게 어떠냐?

—일본어 읽고 쓸 줄 몰라요. 제2외국어 공부는 하나도 안 했어요.

그는 한심하다는 듯 하나를 노려봤다. 현행 입시 제도의 문제점을 설파하던 끝에 그는 하나에게 사귀자고 했다. 그가 학부에서 사귄 유일한 남자 친구로 남아 다행이라고 하나는 훗날 생각했다. 그런 바보 같은 시작이 어디 있어. 마치 내가 너의 선생이 되어주겠다는 듯, 그는 근엄하게 교제를 제안했다. 그렇기에 하나는 사귀는 내내 그에게 가르침을 받는 기분에 사로잡혀야 했다. 그는 집요하게 일문학에 관심을 가져보라고 재촉했다. 싫어요, 일본 소설은. 사람 이름 헷갈린단 말이에요. 그는 하나를 꾸짖곤 했다. 문학을 한다는 사람이!

그때를 떠올리게 했다. 키노시타 류의 첫 단락은.

"학교에 가기 싫었고 나이브한 유토리에 화가 났습니다. 문학과 역사를 혹독하게 공부하고 싶었죠. 학교에서 하는 대로 유약한 방식이 아니라 보다 제대로 말이죠."

'나이브한 유토리', 유토리를 비하하는 말이다. 한국에도 2002년 전후에 대학입시를 치른 세대를 비하하는 단어가 있었다. 야간 자율 학습이나 과도한 경쟁을 강요받지 않았고 교과 영역별 선택 반영 등의 혜택을 받은 하나 역시 넓은 범위에선 그 세대에 해당했다. 류가 중학교에 다니던 2008년경 일본도 그러했던 모양이었다. 나이브한 유토리에 화가 났다, 곱씹어 읽어볼수록 흥미로운 문장이었다. 류는 자신이 행복의 과학에 입교한 까닭이 바로 '나이브한 유토리'에 있다고 말하고 있다.

하나는 옆에 앉은 수영에게 메시지를 보냈다.

—선배, 유토리에 반감 갖는 아이들이 많은가요?

—글쎄. 자신들이 미시마 유키오가 말한 그 '문약유약' 취급받는다고 생각했을지도. 그런 애들이야 소수였을 수도 있지만. 유토리는 결국 실패했다고 봐야지. 한국에서의 '열린 교육'처럼. 다만 아직도 '국민개병' 시절처럼 전쟁에 소집되지 못한 젊은 녀석, 떳떳하지 못한 비국민, 뭐 그런 식으로 자기 세대를 비하하는 미친 아이들이 있다는 건 일본 사회의 특수성이라고 봐도 무방하지 않을까?

수영은 사무실을 둘러본 후 메시지에 답을 보내는 대신 하나를 마주 보며 설명해주었다. 그녀는 뭔가를 강조할 때, 특히 어떤 개념이나 명사를 강조할 때 쓰는 특유의 제스처를 사용하며 말했다. 양손 집게손가락과 가운뎃손가락을 동시에 구부렸다 펴 보이며 한참 이야기하던 수영이 다시 몸을 돌려 일에 몰두한다. 하나는 수영이 몸을 돌릴 때마다 움찔하고 눈치를 본다.

류는 1995년 오사카 효고 현 니시노미야에서 키노시타 미노루(木下實)와 키노시타 카오루(木下かおる)의 아들로 태어났다. 13세 때인 2008년 인터넷을 통해 교주 오오카와 류호를 알게 되었고 그해 행복의 과학에 입교한다. 첫 단락에서 밝힌 대로 그가 행복의 과학에 매료된 첫 번째 이유는 '문학과 역사에의 혹독한 입문' 때문이었다고 한다.

"나는 옴의 후계에서 도망쳤습니다. 그들이 무엇이라 말하든 이것만이 진실입니다. 그들은 반드시 현실적인 폭력을 저지를 겁니다. 폭력이라는 말보다는 폭행이라는 말이 더욱 어울릴까요."

하나는 번역 원고를 기다리는 동안 행복의 과학이라는 일본의 종교에 관해 공부해야 했다. 교주 오오카와 류호는 동경대 법학부 출신으로서 1986년 '행복의 과학'교를 설립했고, 2009년 종교정당 '행복실현당'을 창당한 인물이었다. 인류 행복의 사명을 가진 신 '엘 칸타아레'의 현신으로 자부하는 그는 "구텐베르크는 성경의 영을 전달하기 위해 인쇄술을 개발했다. 그처럼 모든 과학기술은 영계의 메시지를 전달하기 위해 탄생하는 것이다. 영계라고 하는 신세계에 관심이 없으면 과학도 진보할 수 없다."와 같은 우스꽝스러운 말로 교리를 설파하지만 행복의 과학을 일반적인 사이비 종교로 치부하기에는 위험한 점이 많다. 그들은 자신들의 종교를 '출판과 독서의 종교'로 부를 만큼 출판에 관심이 많다. 연간 총 발간 52권의 기네스 세계 기록을 보유하고 있다. 그 주제 역시 역사, 정치, 경제, 국가론 등 다종다양하며 특히 출간되는 '이야기'들은 교리를 서사화하여 실제 역사 속 인물을 이데올로그로 등장시키곤 한다. 그런 그들이 주장하는 가장 현실적이고 또한 궁극적인 목표는 결국 일본 헌법 제9조의 개정이다. 군대와 공격권을 가져야 세계의 위협, 가령 '북핵' 같은 것으로부터 일본 국민을 지킬 수 있다는 주장을 하며, 당 기조도 동일하여 참의원 선거에 행복실현당 당원을 끝없이 내보내고 있다.

수영은 하나에게 행복의 과학에서 만든 애니메이션도 몇 편 보내주었다. 국내에서도 유명한 만화 『소년탐정 김전일』의 작가 사토 후미야가 열성 신도로서 작화를 맡은 작품도 있었다. 하나는 애니메이션 시리즈의 소제목을 보며 감탄했다. 〈영원의 법〉, 〈신비의 법〉, 〈UFO학원의 비밀〉, 그리고 류가 자신도 시나리오 작업에 참여했다고 밝힌 〈노스트라다무스의 전율스러운 계시〉, 〈헤르메스, 사랑은 바람처럼〉 등이었다.

제목들로만 봐선 조금도 사이비 종교스럽지 않다.

하나는 애니메이션을 보며 생각했다. 류는 바로 그 점을 조심해야 한다고 원고 내내 이야기하고 있었다.

"겉으로만 보면 마치 학술 단체로 보일 정도로 멀쩡합니다. 학교에 가지 않고 집에 처박혀서 게임만 하던 당시 내 눈에도 그렇게 보였습니다. 당시의 나는 무척 심각한 상태였죠. 방 밖으로 나가지 않았고, 이대로 내가 될 것은 히키코모리밖에 없다, 방 밖에 괴물이라도 있는 양 나가지 못하는 코쿤이 되어버릴까 봐 두려웠습니다. 아버지는 나를 경멸했고, 어머니는 어쩐지 언제나 나를 두려워했습니다. 고작 중학생 꼬마인 아들의 눈치를 보느라 벌벌 떠는 모습이 한심했죠. 내가 사람을 죽이고 숨어 있는 것도 아닌데. 어머니가 방문 앞에 식사거리를 놓아두고 가면 미안하기는커녕 화가 났습니다. 이대로 괜찮다는 것인가? 자신의 아들이 방에 갇혀 사료처럼 주는 밥이나 받아먹으며 살아도 상관없다는 것인가? 스스로가 굳게 닫아버린 문을 열고 나갈 수 없다는 사실이 슬슬 무서워지는 겁니다. 뭘 하고 살아야 하지? 오직 학교에 가는 일밖에 없는 것인가? 그런데 학교를 생각하면 또 참을 수 없이 화가 났습니다. 내가 왜 수업 따위에 시간을 낭비해야 하지? 선생들이고 학생들이고 모두가 그토록 멍청한데. 선생들, 자신들은 학교라는 일터에서 일하는 노동자라는 말 따위나 하고. 역사 선생,

일본은 언제까지고 한국에 사죄해야 한다, 그런 말을 수업 시간마다 했죠. 그럼 우리 모두가 날 때부터 범죄자라는 거냐, 우리는 태어나기도 전부터 범죄의 유전자를 갖고 있었다는 거냐. 여러분, 나는 사춘기의 방황을 선생, 특히 역사 선생에게 돌리는 중이었습니다. 중2병의 시작이었죠. 학교에 가지 않은 지 일주일째 되던 날, 나는 게임을 그만두었습니다. 분명 나는 우등생이었습니다. 중학교에 입학할 당시만 하더라도 배치 고사에서 1등을 해서 학생 대표로 선서를 한 학생이었습니다. 내가 왜 이렇게 망가졌는지 알고 싶었습니다. 무작정 검색했습니다. 일본은 전범 국가인가. 동아시아의 근대화는 어떻게 가능했는가. 제국주의와 식민 지배. 일본 헌법 제9조. 그러면서 나는 자연스럽게 오오카와 류호의 웹페이지에 접속하게 되었습니다."

하나는 웅크리고 앉은 소년의 이미지를 머릿속에 그려보았다. 류의 프로필 사진은 원고와 함께 이미 도착해 있었다. 프로필 사진 속, 류는 정장을 입은 말쑥한 청년이다. 그러나 하나의 머릿속 류는 언제나, 방 밖에 나오지 못하는 중학생 소년이다. 며칠째 감지 않아 떡이 진 머리를 하고, 더러워진 여름 체육복을 입은 소년이 모니터에 얼굴을 처박고 있다. 이유는 알 수 없지만 학교가 마음에 들지 않아, 선생들은 죄다 멍청이야, 동급생들은 말할 것도 없지, 들어주는 이도 없는데 중얼거리는 류의 모습이 언젠가 본 것처럼 또렷하게 그려졌다. 아무도 없는 사무실에 어둠이 내려앉으면 하나는 웅크린 류의 이미지를 반복해서 떠올렸다.

하나는 번역 원고를 받은 날부터 매일 야근을 했다. 출간 일정은 빠듯했다. 사장은 날마다 하나를 호출했다. 자신이 류의 이야기에 얼마나 기대를 걸고 있는지 사장은 시끄럽게 떠들어댔다. 그간 쌓아온 모든 마케팅 역량을 이 책에 집중할 것이며, 하나가 언제나 그 점을 유념해야 한다는 것이었다.

—이거 일본식으로 말하면 청수사에서 목을 매는 심정으로 내는 겁니

다. 알겠어요?

사장의 존댓말은 사람을 기분 나쁘게 만드는 데가 있었다. 전혀 존중하지 않으면서 형식만 존대를 하니 불쾌한 거라고 하나는 생각했다. 하나는 퇴근 준비를 마치고 스탠드 불을 내리며 생각했다. 이거 뭘 원하는 거지, 나에게. 그간 편집에 참여한 수많은 책과, 만났던 저자들을 하나씩 떠올려봤다. 그들과 다름없는 류다. 키노시타 류. 구글에서 단 한 번의 검색으로 쉽게 찾을 수 있는 사람이었다.

키, 키, 키노코……

하나는 떠오르는 노래를 가만히 불러보았다. 하나가 언젠가 소리 내어 그 노래를 불렀을 때 엄마는 몹시 당황했다. 하나, 그 노래 기억나? 오또상이 가르쳐준 건데. 두 살 때. 그게 어떻게 기억이 나지? 그때 하나는 대꾸하지 않고 자리를 피했다. 지금 하나는 생각한다. 모든 일에 우연은 없다. 두 살 때 들은 노래를 기억할 아이는 없다. 이후로도 종종 엄마가 하나가 듣는 데서 그 노래를 불렀을 것이다.

류…… 알아?

하나는 엄마에게 전화를 걸어 묻고 싶었다.

27

출간을 2주 앞두고 사장은 오사카에 다녀왔다. 류의 이야기 초판 출간 덕분에 메이저로 급부상한 교토 이케보노 출판의 사장을 만나고, 성지순례를 하듯 오사카 니시노미야에 다녀왔다고 했다. 류의 고향이다. 저자 류를 만날 것도 아니면서 그곳에 왜 다녀오는 거지? 하나는 사장의 그런 취미가 팬시하다고 생각했다. 사장은 직원들에게 로이스 초콜릿과 도쿄바나나 빵을 한 개씩 돌렸다. 그런 후 사장은 하나가 아닌 수영을 방으로 따로 불렀다. 수영은 손가락으로 자신을 가리키며 어리둥절한 표정을 짓다가 사장의 방으로 갔다.

사장의 방에 다녀온 수영의 손에는 자주색 벨벳 앨범이 들려 있었다. 관서학원대학. 앨범 표지에 적힌 글자는 하나에게도 쉽게 읽히는 한자였다. 수영에게 동료들이 한마디씩 했다. 어이, 그게 관서학교 졸업 앨범이구나? 좀 보여줘봐, 와자지껄 떠드는데 수영은 굳게 입을 다물고 있었다. 표정을 지운 얼굴. 하나는 그게 수영이 가진 특징적인 얼굴이라는 것을 알고 있었다. 수영의 기분이 좋지 않다. 그것도 몹시. 수영은 지금 사장을 증오하고 있다. 새삼스러운 감정은 아니겠지만 자주 치받는 감정 또한 아니다. 무슨 일일까. 하나는 평소보다 더욱 행동을 조심하며 자리에 앉는 수영의 눈치를 봤다. 수영은 하나가 눈치를 보고 있다는 것을 곧잘 눈치챈다.

—뭐, 이케보노 출판이랑 통화하라고.

별일 아니라는 듯 수영이 운을 뗐다. 이케보노 출판사를 담당하는 직원이 급한 휴가를 받아 자리를 비웠기 때문이었다.

—사장이 관서대학에서 직접 가져왔대. 내가 예전에 귀국 일정 때문에 졸업 앨범 못 챙겼던 이야기 했던 걸 기억하고. 웃겨. 그런 건 기막히게 잘 해.

하나는 고개를 끄덕였다. 수영은 자기 몫의 초콜릿과 빵을 하나에게 밀어주었다.

—이것도 자기가 먹어. 사장이 만날 불러대는데 파이팅 해야지. 왜 그런 물건을 하나 씨에게 밀어줬겠어. 잘하라고 그러는 거야. 앞으로.

하나는 힘없이 고개를 끄덕인 후 열세 살의 류를 만나러 간다.

"어쨌거나 당시에는 행복의 과학 덕분에, 다시 햇살 속으로, 사람들 안으로 돌아갈 수 있게 되었습니다. 일주일에 세 번이나 하는 역사 수업과 문학 세미나에 참석하려면 아무래도 바깥으로 나가야 했으니까요. 그들은 나에게 학교에 제대로 출석하라고 꾸짖었습니다. 중학교도 졸업 못 한 쓰레기가 될 참이냐, 무서운 말로 경고를 주곤 했죠. 건강한 육체에 건강한 정신이 깃든다. 언젠가 책에서 읽은 말인데 좋아서 여기저기 써놓곤 했습니다. 종교의 역사 선생이 첫 수업 시간에 그 말을 했기 때문에 나는 그를 신뢰하게 되었습니다. 그 말을 실천하고 살아가기 위해 규칙적인 식습관을 갖고 운동을 하기 시작했고요. 〈노스트라다무스의 전율스러운 계시〉와 〈헤르메스, 사랑은 바람처럼〉의 시나리오 작업에도 참여하기 시작했습니다. 그들은 나를 천재 소년이라고 칭찬해주곤 했죠. 무엇보다 나는 그들로부터 역사를 달리 배우기 시작했습니다. 강건한 방식으로 일본 근대사를 공부하기 시작했다는 겁니다. 학교에서 하는 나약한 방식이 아닌. 여러분, 그런데 도대체 뭐가 문제냐는 거죠? 대체 왜 배교를 하고 세간에 그들이 위험한 집단임을 설파하고 다니는지 알 수 없다는 거죠?'

류의 이야기는 총 2장으로 이루어졌다. 제2장의 제목은 '역사 수업의 비밀'이었다. 하나도 수영도 원고 전체를 몇 번이고 반복해서 읽었다. 하나는 이 이야기의 결말을 알고 있다. 열세 살 류가 당시에는 몰랐을 결말을. 역사 수업이란 결국 행복의 과학 이데올로기를 전파하기 위한 수단이었다. 원고의 처음과 끝을 왕복하며 어느 시점에서는 반드시 스릴러 영화를 보는 관객이 된 기분이 들었다. 류, 검색을 그만둬. 그 페이지에 접속해서는 안 돼. 둘러봤으면 그만 나와. 안 돼, 왜 메일을 보내는 거야? 류, 지금이라도 늦지 않았어. 전화번호를 바꾸면 그만이잖아? 다시 학교에 적응해서 잘 지내면서 왜 여전히 그곳엘 가는 거야?

—나도 그런 생각을 여러 번 했었지.

수영은 커피를 마시며 말했다. 수영과 하나는 오랜만에 함께 식사를 했다. 1년 가까이 날마다 함께 식사를 했는데 최근 들어 뜸해진 터였다. 하나는 빵으로 점심을 때우곤 했는데, 그러면서도 지금 바쁜 척 유세하나 싶어 수영의 눈치를 봤다. 하나는 수영에게 먼저 함께 식사할 것을 제안했다. 그동안 제가 너무 바쁜 척했나요, 식사도 못 할 만큼 바쁜 건 아닌데. 하나의 말에 수영은 목젖이 보일 만큼 입을 벌리고 웃으며 자신은 그런 생각은 해보지도 않았다고 말했다. 식사 후 커피를 마시며 수영이 류의 이야기를 처음 읽었을 때를 들려줬다.

—스물일곱에 유학을 갔어. 늦은 나이에 유학 가는 것도 세상에 미안할 참인데, 직전에 후쿠시마에서 사고가 나서 부모님 반대가 너무 심한 거야. 어차피 나는 오사카로 가는 거니까, 거긴 사고 난 데서 한국보다 더 멀다고 둘러대긴 했는데. 왜 하필 내가 유학 가는 시점에 그런 큰 사고가 나는 건지 너무 화가 나더라고. 솔직히. 문부성 장학생으로 가는 거지만 모아놓은 돈도 별로 없는데 현지 생활 하는 것도 힘들고. 학교에서 만난 한국 유학생 애들, 다 정서에 안 맞는 애들뿐이고. 스타벅스나 돈키호테에서 알바 하는 걸 자랑하는 그런 애들이고. 전부 한심하다고 생각해서 공부만 했어. 어느 날 드러그 스토어에서 류의 이야기를 발견했어. 그땐 초판 출간된 지 두 달밖에 지나지 않았을 때였는데도 엄청나게 팔리고 있었어. 관심을 안 가지려고 해도 안 가질 수가 없었지. 텔레비전에도 나올 정도였으니까. 그땐 여드름투성이에 말라깽이인 고등학생이 뭐가 대단해서 저 난리라는 거야, 란 생각뿐이었어.

수영은 입안에 얼음을 털어 넣으며 덧붙였다. 나는 류가 마음에 들어. 우리 저자라서가 아니라. 그 말을 한 수영은 피식 웃었다.

—너무 지독한 농담인가? 하나 씨, 일본 뉴스도 좀 보고 그래. 이번에 참의원 통상 선거에서 행복실현당 의원이 당선된 거 알아? 사장이 오사카 다녀와서 그 이야기부터 하더라. 호텔에서 뉴스로 봤대. 당선된 자가 당원들이랑 같이 반자이 삼창하는 거. 의석수는 하나지만 이거 엄청난 거야. 사장은 우리 책에 영향 있을까 봐 걱정 반 기대 반이지.

—기대는 왜요?

—류가 그들을 옴의 후계라고 하는 거, 그들이 계속 의석수 확보에 실패했을 경우에 정말 옴진리교처럼 생화학 테러를 할지도 모른다고 본 건데. 옴 트라우마가 아직도 엄청난 일본에서 그런 자들에게 표를 줬다는 거, 이걸 어떻게 설명해야 할까?

수영은 하나에게 몸을 바짝 당겨왔다.

—사장 무시할 사람 못 돼. 이런 것도 기막히게 잘 알아 온다고.

나에게는 자격이 없는 것 같아요. 선배.

하나는 몇 번이고 그런 말을 생각한다. 원고에는 거개의 낯선 개념마다 역자 주가 달려 있었다. 각주가 달려 있지 않은데 이해가 안 되는 일본어 표현이 덜컥 나오면 하나는 당황했다. 이런 경우에는 내가 부족한 것이다, 하나로서는 그렇게 생각할 수밖에 없었다. 수영이라면 알았을 텐데, 생각 끝에는 이 책은 역시 수영이 맡아 편집했어야 한다는 결론이 내려졌다. 언제나처럼 '오토코쿠미'라는 낯선 글자 앞에서 하나는 한참을 망설였다. 항상 그랬듯 수영에게 자문을 구하고 싶었지만 하루 종일 수영은 자리에 앉을 틈도 없이 너무 바빴다. 한참을 검색해도 나오는 결과는 비슷했다. 한때 큰 인기를 끈 일본 보이그룹의 유닛밖에 없었는데, 류가 사용하는 오토코쿠미의 맥락은 그것이 아니었다.

"입교한 지 한 달 후부터 나는 주요 업무를 맡았습니다. 개인 블로그와 커뮤니티, 뉴스 댓글 등 웹페이지 여론을 장악(역자는 각주를 다는 대신 메모를 붙여 원어를 병기하고 '참여'라는 단어와 '장악'이라는 단어 중에 무엇을 써야 할지 한참을 고민했다고 말한다. 류는 자신의 초창기 인터넷 활동은 넷우익의 그것과는 구분되어야 한다고 주장하고 있다는 말과 더불어.)하는 일이었죠. 그때 그들은 나에게 아무런 지시도 내리지 않았습니다. 너의 솔직한 의견을 피력하라는 말만 했을 뿐이었죠. 그러므로 그때 나는 순전히 진심에서 우러나오는 글만 작성했습니다. 연약한 역사의식과 피해 의식, 죄책감과 정치적 올바름에 대한 강박에 사로잡힌 인간들을 경멸했고 그들과 밤새 대화했으며 또 싸웠습니다. 나는 생산적인 토론에 참여하고 있다고 굳게 믿었습니다. 정말이지 당시에 내가 가장 경멸했던 인간들이 있다면 '피해자 코스프레'를 하는 자들이었죠. 논리가 부족해지면 울상을 하고 폭력, 약자, 반성 같은 말을 들먹이는 자들 말이에요. 특히 일련의 피해자 무리에 기생하는 자들을 나는 참아줄 수가 없었어요. 여러분, 익숙한 모습이죠?"

　─출간 얼마 안 남았네. 보도자료 준비해야겠다.

　창밖이 어두워진 즈음에야 수영은 자리에 앉았다. 하나는 피곤한 와중에도 자신의 안부를 물어주는 수영이 고마웠다. 하나는 힐끗거리며 수영의 안색을 살폈다. 뭔가에 하루 종일 시달렸는지 매우 지쳐 보였다. 에어컨으로도, 책상에 놓아둔 선풍기로도 열기가 가시지 않는지 수영은 스마트폰에 미니 선풍기를 연결해 얼굴에 바람을 쐬고 있었다. 어느새 사무실에는 수영과 하나밖에 없었다. 모두 정시 퇴근을 했거나 외부 미팅을 하러 나간 참이었다. 드문 일이었다. 수영은 감추지 않고 한숨을 쉬었다. 땅이 꺼지도록 한숨을 쉬는 모습에 하나는 위안을 받았다. 사람들이 오해할까 봐 한숨 쉬는 걸 조심하는 수영이라면, 지금 그녀는 하나를 믿고 있다는 것이었다. 하나는 그렇게 생각하고 싶었다.

　─선배.

　─왜?

　─류는 설명하지 않네요.

　─뭘?

　─오토코쿠미 형들이 한 일이 정확히 뭔지에 대해서요.

　수영은 양팔을 뻗으며 의자에 깊숙이 몸을 파묻었다. 하나의 말에 대답하는 대신 수영은 피식거리며 웃었다. 하나는 자신을 빤히 바라보며 실실 웃는 수영이 신경 쓰였다. 하나는 곧 기분이 나빠져서 수영에게서 몸을 돌렸다. 수영의 행동 때문에 기분이 나쁘다고 여겨지는 것은 처음이었다. 순간 모욕당한 것처럼 머릿속이 멍해지고 몸이 떨리기까지 했다.

　─하나 씨. 역자가 실수한 거야. 연락해서 개념 정리해달라고 해. 그런데 일이 너무 늦게 진행되는 거 아냐?

　하나는 대답하지 않았다. 이건 분명한 모욕이라는 생각만 자꾸 드는 까닭을 알 수 없었다. 툭툭 던지듯 말하는 수영의 화법을 하나는 잘 알고 있었다. 하나가 질문을 던졌을 때 얼른 대답하지 않고 가만히 그녀를 바라보거나 피식 웃는 등의 행동도 자주 보아온 것이었다. 그런데 왜 이렇게 기분이 나쁜 건지 하나는 도무지 알 수 없었다.

　—하나 씨. 아까 사장이 내 앞에서, 하나 씨를 린쨩이라고 부르더라. 우리 린쨩한테 맡겨두었으니까. 류의 이야기는. 이러는 거야, 미친 새끼.

　하나는 수영을 노려보았다. 수영은 하나를 보고 있지 않았다. 평소 구독하는 두 권의 일본 패션 잡지를 뒤적이며 수영은 덤덤하게 말했다.

　—하나 씨도 나중에 사장이랑 일본 여행 한번 가. 돈 다 대주니까 편해. 아, 둘이서만 가라는 거 아니고, 직원들 한번 우르르 데리고 갈 때. 나는 갈 때마다 물건들 잔뜩 사는데 사장이 남자 직원들 짐꾼으로 부려주기까지 해. 왜 예쁜 거, 한국에는 없을까. 이렇게 작고 튼튼한 물건. 은은한 파스텔 톤 가진 물건. 이런 파우치. 그런 생각 했었다. 예전부터. 왜 『베르사이유의 장미』 같은 만화가 한국에는 없나. 버블 때 만화 봤어? 애니메이션 배경음악까지 오페라로 웅장하게 작곡하는 그런 거. 왜 디즈니랜드가 서울에는 없나. 요즘에도 그런 생각 한다. 아무리 일본이 망했다지만. 코카콜라 광고 봤지? 한국에서도 그와 똑같은 광고가 나왔지. 그런데 항의를 받은 거야. 한국의 직장은 그와 같이 자유롭거나 행복하지 않다고. 왜 우리에겐 O.L이라는 말이 어울리지 않을까. 한때 한국과 일본은 한 나라인 행세를 했는데 왜 우리에겐 저런 물건이 없을까.

　—버블 때라고 O.L들이 자유롭고 행복했겠어요? 그건 광고 이미지일 뿐이죠.

　하나는 대꾸하며 원고를 정리해 가방에 넣었다. 오늘따라 술에 취한 듯 두서없이 지껄이는 수영이 불편했다. 수영은 탕비실에서 꺼내 온 캔 맥주를 따고 있었다. 본 적 없는 기이한 행동이었다. 상대방의 심기를 슬슬 건드리는 수영의 저의를 알 수 없어 하나는 겁이 났다. 급기야 수영은 하나의 가방을 빼앗으며 자리에 앉기를 권했다. 수영이 한껏 치켜든 턱을 꺼덕대며 앉기를 명령하는데 하나는 흠칫 놀라 그대로 자리에 앉았다.

—오늘 같이 마시려고. 자기는 이제 엄청 바빠질 거야. 류의 이야기 담당이잖아. 곧 일본 가서 류도 만나게 될 거야. 그런데 말야…… 행복의 과학 출판사는 심심찮게 오오카와 류호라는 미친놈 책을 내줘야 하니 그 직원들은 얼마나 똥줄이 탈까. 당연히 전부 행복의 과학교 신도들일 테고, 교주의 책을 편집하는 일이 대체 어떤 일일까. 우린 상상이나 할 수 있을까.

하나의 머릿속에 어떤 생각이 스쳤다.

—선배, 히로무의 코카콜라에서 시작되었다는 게 무슨 뜻이에요? 선배는 뭔가 알고 있나요? 히로무에 관해서.

—키노시타 히로무? 코카콜라 감독?

—그의 가족사에 대해 알고 있나요?

—누구 말하는 거야? 류, 히로무?

—히로무의 코카콜라와 류의 행복의 과학, 두 사실 간의 관계요.

—최근에 밝혀진 거야. 히로무와 류의 관계는. 나라고 알겠어?

—선배는 뭐든 알잖아요.

—뭐 그야 그렇지. 알아? 니시노미야. 한신 고시엔 구장이 있는 곳이야.

—저는 모르죠.

—나는 관서학원대학 야구부 매니저까지 했다고. 그때 한신 고시엔 구장에 우리 사장실 들락거리듯 다녔어. 그 수많은 일본 야구 만화의 배경이 된 그곳에.

—선배, 아무도 안 사귀고 공부만 했다면서. 야구부 매니저도 했어요?

수영은 아직 맥주가 남아 있는 캔을 손으로 우그러뜨리며 말했다.

—무슨 말이 하고 싶은 거야?

—선배, 망상이 너무 심한 거 아니에요?

그 말을 뱉은 순간 하나는 결코 예전으로 돌아갈 수 없다고 생각했다. 그런 말을 씹어뱉게 하는 분노의 기원이 어디에 있는지 지금으로서는 도무지 알 수 없었다. 하나는 덜덜 떨리는 자기 몸을 붙들어 진정하게 하고 싶었다. 그러나 고작 오른팔로 왼팔을 붙든 채 발 끝에 힘을 주고 위태롭게 온몸을 지탱하는 것밖에는 할 수 없었다. 수영은 그런 하나를 보며 한숨을 쉬었다.

─왜 그래? 하나 씨.

─선배, 난 그의 가족이에요.

─그러니 누구?

─키노시타 류요.

─하나 씨, 정신 차려. 나는 당신보다 훨씬 더 오래 덕질을 했지만 그만큼 빠지지는 않았어.

─선배, 나는 키노시타 히로무의 딸이라고요. 우리 엄마가 그의 현지처였어요. 류의 아버지가 나의 배다른 형제란 말이에요. 본 적은 없지만. 물론 이번 원고 맡기 전에는 그가 키노시타의 손자인 줄 몰랐어요. 그래요. 선배 말대로 나중에 류를 만나게 된다면 그 아이를 자세히 들여다볼 생각이에요. 내 어릴 적 사진에 찍힌 오또상, 키노시타와 닮은 구석이 있는지.

수영은 대꾸하지 않고 그저 눈을 가늘게 뜨고 하나를 바라볼 뿐이었다. 수영은 내내 끌어안고 있던 하나의 가방을 내주며 말했다.

─하나 씨, 망상이 너무 심한 거 아니야?

하나는 할 말을 잃고 멍하니 수영을 쳐다봤다. 수영은 한숨을 쉬며 책상을 정리하기 시작했다. 우린 다 미쳐가고 있어, 업무 스트레스가 사람을 미치게 하는 거라고…… 또쨩, 온나가 데키타……? 수영은 일본어로도 중얼거렸다. 하나로서는 그 뜻을 짐작조차 할 수 없는 말이었다. 너는 참 결기 있게 일본어를 공부하지 않는구나, 그런 말이 떠오르면 하나는 아직도 걷잡을 수 없이 화가 났다. 보도블록을 구두 굽으로 쿵쿵 찧으며 하나는 화를 냈다. 네가 뭘 안다고. 하나는 마음속으로 옛 남자 친구에게 소리를 질렀다.

　다음 날 수영은 출근하지 않았다. 하나는 누구에게도 수영의 안부를 묻지 않았다. 하나에게는 눈앞을 막아서는 시급한 일이 많았다. 표지 디자이너와 연락을 했고, 마케팅 팀과 수없이 연락을 주고받았으며, 역자에게 추가 사항을 재촉했다. 역자는 류가 원고에서 쓰고 있는 '오토코쿠미'가 무엇인지, 그들의 활동이 무엇인지를 정리해서 보내주었다.

　오토코쿠미(男組), 남자 조직이라는 뜻입니다. 재일 한국인의 특권을 용납하지 않는 모임, 이른바 '재특회'가 코리안타운에서 헤이트 스피치 시위를 할 때마다 쫓아가서 물리적으로 그들을 방해하는 카운터스 행동대원들이죠. 도로를 점거하고 몸으로 부딪치면서, 물리적 폭력으로 혐오에 저항하는 시민단체인 셈입니다. 조직한 자는 전직 야쿠자 출신으로서, 자신은 집회에서 폭력을 사용해서 감옥에 끌려가더라도 상관없다고 말합니다. 조직원들 중에는 교수도 있고 학생들도 있습니다. 류가 행복의 과학에 매료되었을 때처럼 오토코쿠미 형들에게 매료된 까닭이 '헬멧에 쇠파이프, 죽창을 든 전공투의 화신 같아서였다'라고 쓴 맥락은 여기에 있는 것이죠. 류 자신이 가진 결기에 대한 지극한 취미가 교주와 신도들로부터 오토코쿠미에게로 옮겨 갔다고 볼 수 있겠습니다.

　결기. 그 단어를 본 하나는 한숨을 쉬었다. 옛 남자 친구의 표현은 확실히 잘못된 것이다. 결기란 어떤 행동을 할 때 쓰는 말이지, 하지 않을 때 쓰는 말이 아니라고. 하나는 얼굴을 찌푸렸다. 류는 그들과의 첫 만남을 이렇게 이야기하고 있다.

　"그때 나는 진심으로 자이니치(在日)를 경멸했습니다. 왜 특혜를 받아야 하는가. 일본 사회에 속해 동등한 구성원으로 살아가기를 원하면서 왜 결정적 순간에는 언제나 약자연하는가. 그런 태도, 옳지 않다고 여겨졌습니다. 70년 전, 옛날 옛적 고릿적 시절 일을 두고 언제까지나 사죄를 요청할 것인지. 2010년 오오카와 류호의 가두연설에서 나는 선봉에 서서 외쳤습니다. 언제까지나 우리가 범죄자들의 자손이라고 몰아붙일 셈이냐! 피해 망상에서 벗어나라! 교복을 입고 용감하게 앞에 서서 외치는 나에게 군중은 박수를 보내주었죠. 그때 내 팔을 붙들며 정신 차려, 바보야, 뇌까리는 자가 있었습니다. 그의 이름은 밝힐 수 없습니다. 그가 오토코쿠미의 조직원이라는 것밖에는."

하나는 점심식사를 대신하기 위해 편의점에서 빵과 우유를 사 왔다. 유세하는 것처럼 보일까 봐 쓸데없이 눈치를 볼 때마다, 그런 하나를 눈치채고 웃으며 말을 걸던 수영이 생각났다. 하나 씨, 오늘은 왜 빵으로 때워? 왜, 라는 말을 할 때 눈살을 찌푸리며 눈을 동그랗게 뜨던 수영의 표정이 선명하게 기억났다. 진심으로 걱정하는 얼굴이었다. 하나는 수영에게 연락하고 싶었다. 결국 선배가 나를 걱정하고 있다는 걸 알아요. 나쁜 의도가 없다는 걸 나는 알고 있어요. 문자 메시지를 작성하다 하나는 전부 지워버렸다. 순정한 선의에서 우러나오는 사과처럼 보이려고 애를 썼지만 전부 시비조의 말로만 느껴졌다.

하나는 가슴이 답답해질 때마다 더욱 집중해서 일을 하려고 노력했다. 지금은 류의 이야기에만 온전히 집중할 때다…… 하나는 주문을 외듯 다짐했다. 하나는 류의 결말을 생각했다. 류가 오토코쿠미 형에게 1991년 서울 살인 사건에 대해 듣고, 옴진리교의 사린가스 테러 사건에 대해 제대로 알고 나서 종교에서 도망칠 때까지 자신에게 그토록 강건하게 다짐했던 것이 무엇인지. 스스로의 취미가 현실적 폭력에 가담하는 먹잇감이 되지 않도록 정신 차리고 공부합시다. 제대로. 류의 마지막 문장이었다. 하나는 연필을 깎으며 1991년이라는 연도가 왜 낯설게 느껴지지 않는지에 대해 생각했다. 집중력이 흐트러지고 있다. 그녀의 말대로 망상이 심해지고 있다. 하나는 자신에게 진단을 내렸다.

수영은 인터넷으로 NNN24를 시청하고 있었다. 집에 있을 때면 데스크톱에 항상 틀어두는 일본의 24시간 뉴스 채널이었다. 키노시타 류가 인터뷰에 응하고 있었다. 수영으로서는 충분히 짐작할 수 있었던 사태였다. 참의원 통상 선거 후, 류의 이야기는 일본에서 새로운 국면을 맞았다. 류가 정신 나간 사이비 종교 집단이자 특히 '옴의 후계'로 명명했던 행복의 과학 정당에서 의원을 배출한 후, 여론은 류에게 불리해지고 있었다. 기자는 류에게 질문했다. "블로그에 올린 글, 어떻게 된 겁니까? 행복실현당에서 의석을 확보했을 경우 터뜨리겠다고 예전부터 계획한 겁니까?" 류는 찌푸린 채 얼른 대답하지 않았다. "키노시타 상을 신봉하는 수많은 청소년들이 있는 시점에서, 스스로의 폭로를 책임질 수 있습니까?" 류는 고개를 끄덕이며 말했다. "저는 오로지 책임질 수 있는 말만 합니다."

수영은 류의 블로그에 접속해보았다. 과거에는 수없이 접속해서 그의 흔적을 좇아가곤 했다. 수영은 아직도 몇 년 전 우연히 류의 게시물에서 본 말, '또쨩, 온나가 데키타?'를 잊지 않고 있었다. '아빠, 여자가 생겼어? 히로무 감독처럼 당신도? 결국 그런 자인가? 류의 블로그를 찾는 팬은 여전히 많았고, 사흘이 멀다 하고 게시물을 업데이트하던 류의 블로그는 일주일 전에 멈춰 있었다. 가장 최근에 올린 글의 조회 수와 댓글 수는 얼른 읽히지도 않을 만큼 엄청났다. 수영은 기자가 운운한 블로그 게시물이 바로 그것임을 알 수 있었다. 수영은 언뜻 보기에는 마치 시처럼 읽히는 류의 글을 천천히 읽어 내려갔다.

키노시타 가(家)의 후예로서.

아비가 살인자라는 걸 알고 난 후였죠.
어떻게 그냥 바뀔 수가 있었겠어요.
그런 충격이 없다면 바뀔 수 있을까요.
어머니가 왜 까닭 없이 나를 두려워했는지.

마치 내가 키노시타의 자손이라는 것 자체가 두렵다는 것처럼요.

1991년 서울 살인 사건의 키노시타 미노루가 다름 아닌 내 아비였다는 걸.

형은 1991년에 서울에서 한국 여성을 특정 증오한 살인 사건이 벌어졌다고만 이야기해주었습니다.

그런데 웬일인지 남 일 같지가 않더군요.

알고 싶었습니다.

그 이야기를 들은 후 나는 날마다 도서관에 갔습니다.

도서관에 하루 종일 붙어 있었습니다. 1991년 뉴스를 모은 아카이빙 북을 전부 뒤져봤습니다.

그때 1991년 서울, 압구정동 맥도날드 앞에서 일어난 살인 사건.

고교 야구부원으로서 한국에 친선 경기를 온 키노시타 미노루가 대한민국 충청남도 부여군 출신 박 양을 살해했다고.

어쩐지 아버지에 관한 정보보다는 피해자 박 양에 관한 정보가 많았습니다.

시골 출신으로서 서울의 공단에서 기숙사 생활을 하던 여공이었다고요.

고향집에 돈을 부치는 효녀였다고 했습니다. 그 대목에서 나는 비웃었죠.

멍청이들. 어쩌라는 거냐.

난생처음 압구정동 번화가에 간 날이었다는 겁니다.

햄버거를 처음 먹어보는 거라며 기뻐했다고 맥도날드 종업원이 진술했답니다.

밀크셰이크 세트를 주문해서 먹고 나오던 길.

거기서 살인마 키노시타 미노루를 만난 겁니다.

아버지는 그날 아침 구입한 식칼을 그녀의 복부를 향해 마구 휘둘렀고, 박 양은 저항도 한 번 해보지 못하고 즉사했습니다.

키노시타 미노루는 즉시 한국 경찰에 체포되었고 곧 일본으로 넘겨졌습니다.

그는 살인 사건의 가해자였지만 만 18세가 되기 전이었고 기묘한 '정상 참작'을 통해 감형이 거듭됩니다.

법정에서 키노시타 미노루는 진술합니다. 내 아버지 키노시타 히로무에게 가족이 있었다. 한국 여자와 그녀가 낳은 딸이었다. 한국 광고기획사와 공조하고 있다며 아버지는 몹시 자주 한국 출장을 떠났고, 한 번 가면 보름 넘게 돌아오지 않을 때도 있었습니다. 어느 날 통곡하는 어머니를 달래 물어보았습니다. 어머니는 말해주었죠. 네 아버지에게 혼외자식이 있다. 한국 여자가 낳은 아이라더구나. 아버지는 훌륭한 사람, 똑똑한 사람이었고 든든한 가장이었는데, 그런 추잡한 짓을 했다더군요. 친선 경기를 앞두고 나는 번민에 휩싸였습니다. 한국으로 떠나기 일주일 전이었습니다. 아버지가 기생 관광이나 다닌 그런 인간이라는 걸 믿을 수가 없었고요.

내 아버지, 키노시타 미노루의 진술은 여기까지입니다.

당신들이 알고 있는 버블 최고의 감독 키노시타 히로무도 그런 자였습니다.

더구나 그 아들은, 아버지에게 한국 처가 있다는 사실에 분개해 젊고 예쁜 한국 여자를 살해했다는 겁니다.

이런 멍청한 자식.

그런 그는 나의 아버지가 되었습니다.

악랄한 것보다 더욱 참기 어려운 멍청한 아버지가요.

그러나 키노시타 미노루의 구질구질한 변명을 읽는 중에도 계속 마음에 걸리는 것이 있었습니다.

그것이 무엇인지 나는 한참을 생각한 후 알아차렸습니다.

피해자 박 양.

박(朴), 처음 보는 성이었습니다.

나는 그날 노트에 부모와 내가 가진 성, 키노시타(木下)를 적어보았습니다.

끝도 없이.

왜?

朴과 木下가 왜 닮아 있었는지 나는 알지 못합니다.

아버지는 끝까지 말해주지 않았어요.

결혼하기 전 어머니의 성이 아라이(新井)였다는 것도.

그건 신라의 우물이란 뜻으로, 한국 밀양 박씨의 시조와 연관이 있다는 것도.

어쩌면 자신이, 그토록 경멸했던 자이니치일지도 모른다는 생각에 나는 두려웠습니다.

아버지 자신도 모르고 있을 수도 있다는 생각과 함께요.

결국 나는 살인범의 유전자를 물려받고 태어났습니다.

일본 국민으로서 여러분은 범죄자의 자손이 아닙니다.

모든 일본인이 전범이 아니니까요.

하지만 나는 범죄자의 아들입니다.

류의 이야기가 한국에서 출간을 준비 중이라고 들었습니다.

내 아버지 대신 피해자 박 양에게 사죄를 구합니다.

류의 이야기, 한국에서의 출간을 진심으로 환영합니다.

수영은 마지막 문장만 옮겨 적었고, 그것을 번역했다. 류가 한국 출간 기념 작가의 말을 작성하기를 거부했다는 소식을 사장은 수영에게만 따로 전해주었다. 하나가 일본어를 읽고 쓰지 못한다는 사실이 수영에게는 더 없이 다행스럽게 여겨졌다. 하나 씨. 영원히 알지 마. 쓸데없는 사실들은 몰라도 그만이야. 수영은 휴가가 끝나고 사무실에 복귀하면 하나에게 꼭 점심 도시락을 챙겨주리라 마음먹었다. 예전부터 마음먹었지만 실행하지 못한 것이었다. 수영은 회사 근처에 개업한 도시락 전문점 광고지를 찬찬히 훑어보며 그간 파악한 하나의 음식 취향을 고려해 신중하게 메뉴를 고르는 중이었다.

* 소설에 등장하는 종교 '행복의 과학'에 관한 주요 정보는 박규태의 논문 「〈행복의 과학〉 연구: 영계(靈界)사상과 네오-내셔널리즘을 중심으로」(『종교문화비평』, 2015, 307~355쪽)에서 참고했습니다.

류수연 문학평론가, 인하대학교 프런티어학부 교수

불안의 얼굴

1

파시즘은 불안으로부터 시작된다. 자아의 성취가 좌절되고 자존감이 무너질 때, 그러한 현상이 한 사회 전체를 감싸고 돌 때, 그 사회는 파시즘에 가장 취약한 상태가 된다. 박민정의 「행복의 과학」은 이처럼 우리도 모르는 사이에 일상에 파고드는 전체주의의 허상으로부터 시작된다.

제목으로 차용된 '행복의 과학'은 1986년에 설립된 일본의 신흥종교이다. 도쿄대 법학부를 졸업한 오오카와 류호(大川隆法)는 스스로 인류를 구제할 커다란 사명을 가진 존재라고 주장하며 교주가 되었다. 행복의 과학은 종교와 학술이 결합된 형태라는 점에서 사이언톨로지와 많은 유사성을 지니고 있다. 그런데 행복의 과학에서 좀 더 두드러지는 것은 정치적 성향이다. 2009년에 자위대의 무장화와 일본의 아시아 침략을 미화하는 것을 공약으로 내세우는 극우 성향의 정당인 행복실현당을 창당하여 그들의 교리를 정치적인 이슈로 만듦으로써, 보다 공격적으로 교세를 확장하고 있다.[1] 유사종교인 옴진리교의 극단적인 테러를 경험했음에도 불구하고 이

---

1 '행복의 과학'과 행복실현당에 대해서는 교단 홈페이지(https://happy-science.jp)와 행복실현

러한 신흥종교가 확산될 수 있었던 이면에는 버블 붕괴와 원전 사고로 이어지는 일본인들의 불안이 있다. 현재의 삶에 대한 불안이, 한때 존재했지만 이젠 사라져버린 찬란한 시대에 대한 향수와 결합되면서 또 다른 파시즘을 이끌어내는 것이다.

박민정의 「행복의 과학」은 이러한 신흥종교 행복의 과학의 실제적 활동을 서사에 적극적으로 끌어들이면서, 그 위에 자신의 허구적 인물과 사건을 배치한다. 그러나 이 작품의 주제는 단순히 행복의 과학이라는 종교의 허위와 파시즘적 본질을 비판하는 것만은 아니다. 오히려 작가가 보다 주목하는 것은, 타락한 열광에 사람들을 끌어들이는 그 힘의 본질이다. 주인공 하나와 키노시타 류의 정체성 찾기는 그 점에서 중요한 의미를 갖는다.

2

『류의 이야기 — 행복의 과학』이라는 책의 편집자와 저술가로 연결된 주인공 하나와 류는, 세상에 공개될 수 없는 혈연으로 묶인 사이이기도 하다. 하나의 '오또상(아버지)'인 키노시타 히로무(木下廣務)가 류의 할아버지이기 때문이다. 그러나 이 작품에서 보다 주목하는 것은 혈연 자체가 아니라, 그로부터 필연적으로 발생하는 파장이다. 일본인 아버지를 둔 하나와 자이니치일지 모르는 부모를 둔 류 모두는 자신이 속한 사회에서 스스로 '이질성'을 지닌 존재임을 예민하게 감각하며 살아왔다. 류의 정체성 찾기가 하나에 의해 책으로 만들어지고 다시 그것이 하나의 정체성 찾기로 이어지는 작품의 서사는, 혈연을 넘어 깊이 결속된 두 사람의 친연성이 드러나는 과정이기도 하다.

당의 서울 지부로 여겨지는 B&L리더십연구소 블로그(http://blog.daum.net/mediajk)를 참조하였다.

이른바 O.L(Office Lady)들, 품이 큰 여름 정장을 입고 단발머리를 한 젊은 여자들이 생기 있는 얼굴로 콜라를 마신다. 콜라병처럼 허리가 잘록한 여자가 수영복을 입고 물살을 헤치거나 분수대에서 솟구치는 물줄기에 얼굴을 파묻는다. 탄산이 터지는 소리를 노골적으로 넣은 것도 아닌데 모델의 얼굴에 바로 그것이 있다. 기모노를 입은 노인들, 고교 야구 선수들, 마루에 앉아 조부모의 사랑을 받는 어린아이. 모두 행복하다. 이런 시절이 실재했을까 싶을 정도로. 버블기의 일본이었다. (15쪽)

먼저, 1988년생 임하나의 이야기로 들어가보자. 주인공 하나의 아버지인 키노시타 히로무는 "I love coke"[2]라는 카피의 1987년 코카콜라 광고를 만든 일본의 유명한 CF감독이고, 하나의 어머니는 그의 한국인 현지처이다. 여기서 하나가 1988년생이라는 것은 중요한 의미를 갖는다. 작품 속에서 키노시타 히로무가 만든 것으로 설정된 코카콜라 광고는 1987년부터 89년까지 방영된 실제 코카콜라 광고를 지칭한다. 1987년 일본 버블 경제의 절정기를 보여주었던 이 광고는 번안되다시피 그대로 모방되어 1988년 한국에서도 제작 · 방영된 바 있다. 1987년이 일본 버블 경제의 절정기였다면, 1988년은 서울올림픽으로 한국형 버블 경제가 본격적으로 시작되던 시점이기도 했다. 같은 콘셉트를 가진 한일 양국의 코카콜라 광고와 마찬가지로, 주인공 하나는 일본의 버블 경제에 종속되어 있었던 한국 경제의 단면을 상징하는 존재이다. 그러나 더 이상 돌아오지 않는 아버지와 일본 보따리상으로 살아가는 어머니 사이에서 그녀는, "엄마의 인생에 관한 정보를 천천히 조합하며" 자랐지만 "그것을 자신의 인생이라 여기지 않"음으로써 자기 정체성의 혼란을 은폐하였다.

그러한 하나가 자기 내면에 숨겨졌던 불안과 다시 조우한 것은 그녀의 조카이자 유명한 작가인 키노시타 류 때문이었다. 키노시타 류는 옴진리

2 1987년에 히트한 일본 코카콜라의 실제 카피는 "I feel coke"이다.

교의 사린가스 사건이 전 세계를 경악시킨 1995년에 태어났다. 히키코모리 외에는 다른 미래가 없을 것 같았던 13세, 그는 행복의 과학에 사로잡힌다. 형언할 수 없는 소속감과 보살핌, 그리고 압도적인 자부심까지. 행복의 과학이라는 강력한 '동일성' 안에서 안주할 무렵, 류는 문득 자신의 정체성과 마주하게 된다. 1991년 한국에서 저지른 아버지의 살인을 알게 되면서, 류는 자신이 추구했던 모든 것이 허구였음을 자각한다. 자신을 매료시킨 행복의 과학이 "옴진리교의 후예"에 불과함을, 결국 그토록 완벽했던 '행복'은 존재할 수 없음을 깨닫고 마는 것이다. 그 끝에서 그는 자신의 정체성과 다시 한 번 마주한다.

> 피해자 박 양.
> 박(朴), 처음 보는 성이었습니다.
> 나는 그날 노트에 부모와 내가 가진 성, 키노시타(木下)를 적어보았습니다.
> 끝도 없이.
> 왜?
> 朴과 木下가 왜 닮아 있었는지 나는 알지 못합니다.
> 아버지는 끝까지 말해주지 않았어요.
> 결혼하기 전 어머니의 성이 아라이(新井)였다는 것도.
> 그건 신라의 우물이란 뜻으로, 한국 밀양 박씨의 시조와 연관이 있다는 것도.
> 어쩌면 자신이, 그토록 경멸했던 자이니치일지도 모른다는 생각에 나는 두려웠습니다. (40쪽)

일본인 아버지를 둔 혼외자 하나. 자이니치를 경멸하지만 그 자신이 자이니치였음을 알게 된 류. 단 한 번도 만나지 않았지만 똑같은 '불안'을 안고 살았던 두 사람은 『류의 이야기―행복의 과학』이라는 한 권의 책을 매개로, 이제 막 자신의 정체성을 향해 한 발을 내딛었다. 하나는 절친한 선배 수영에게 '키노시타 하나'로서의 자신을 드러냈고, 키노시타 류는 참의

원 선거에 당선자를 낸 행복실현당으로 인해[3] 여론의 공격 앞에 서게 된다. 동일성을 가장 중시하는 사회에서 분명한 이질성을 가진 그들의 정체성 찾기는 또 다른 난관에 부딪친 것이다.

3

불안이란 "우리가 현재의 모습이 아닌 다른 모습일 수도 있다는 느낌—우리가 동등하다고 여기는 사람들이 우리보다 나은 모습을 보일 때 받는 그 느낌"[4]으로부터 시작된다. 하나와 류는 모두 타자의 기준 속에서 '행복'을 찾고자 했고, 그들의 불안 역시 그로부터 기인했다. 그러나 작가는 이러한 그들의 불안이 한 개인의 사적인 내면이 아니라 오늘의 시대를 살아가는 모든 이에게 동일하게 발생하는 보편적인 것임을 강조한다. 더 나아가 불안이라는 것이 한 개인을, 그리고 전체 사회를 얼마나 병들게 하는지를 보여준다. 최근 10여 년간 진행된 한일 양국의 급격한 우경화는 그 현실적인 증거라 할 수 있다. 이 점에서 볼 때, 박민정의 「행복의 과학」은 오늘 우리 문학이 반드시 다루어야 할 익숙하고도 낯선 논쟁거리를 환기한다. 다만 결말은 아직 작가 자신도 그러한 문제 제기를 치밀하게 바라보지 못하고 있음을 알 수 있게 한다.

하나 씨. 영원히 알지 마. 쓸데없는 사실들은 몰라도 그만이야. 수영은 휴

---

3 「행복의 과학」에서는 2016년 일본 참의원 선거에서 행복실현당이 비례대표 당선자를 낸 것으로 나오지만, 실제 선거에서는 저조한 득표율로 당선자를 내지 못했다. 그러나 2016년 참의원 선거에서 행복실현당은 거의 모든 지역구에서 후보자를 냄으로써 정치적 이슈를 활용한 공격적인 교세 확장을 추구하고 있다. "일본 참의원 의원 통상선거", 『위키백과』, https://ko.wikipedia.org/wiki 참조.

4 알랭 드 보통, 『불안』, 정영목 역, 은행나무, 2012, 57쪽.

가가 끝나고 사무실에 복귀하면 하나에게 꼭 점심 도시락을 챙겨주리라 마음먹었다. 예전부터 마음먹었지만 실행하지 못한 것이었다. 수영은 회사 근처에 개업한 도시락 전문점 광고지를 찬찬히 훑어보며 그간 파악한 하나의 음식 취향을 고려해 신중하게 메뉴를 고르는 중이었다. (41쪽)

하나와 류의 불안과 그로 인한 고통은 개인적인 것이지만, 동시에 지극히 역사적이고 사회적인 것이기도 하다. 한일 관계의 길고 지난한 역사가 개입되지 않고는 쉽게 풀어낼 수 없다. 하나의 절친한 직장 동료이자 류의 추종자인 수영의 우정으로 덮기엔, 결코 가볍지 않은 문제인 것이다. 이 점에서 「행복의 과학」의 결말은 그 서사적 문제 제기가 값졌던 만큼 아쉬움을 남긴다.

4

2017년 한국 사회는 지난 30여 년간 망령처럼 떠돌던 군부독재형 파시즘의 종말을 기다리고 있다. 광장의 민주주의는 우리에게 공적인 목소리를 낼 수 있도록 만들어주었지만, 그것으로 우리 사회의 적폐가 완전히 해소될 수 있는가에 대해서는 여전히 미지수이다. 우리는 이미 지난 6·10 민주항쟁의 뜨거운 승리가 어떻게 실패했는가를 목도한 바 있지 않은가. 우리 안에 숨겨진 불안을 비판 없는 동질감으로 해결하려는 순간, 우리는 또다시 함정에 발을 내딛을 수밖에 없다. 어쩌면 우리 사회의 '행복의 과학'도 아주 가까운 곳에서 이미 시작되었을지 모른다. 2017년, 우리의 광장이 반드시 토론의 공간이 되어야 할 이유도 여기에 있다.

고요한 사건

백수린

—

2011년 『경향신문』 신춘문예로 등단.
소설집으로 『폴링 인 폴』 『참담한 빛』이 있음.

고요한 사건[1]

죽은 고양이를 처음 본 것은 내가 열여덟 살에서 열아홉 살로 넘어가던 해의 겨울이었다. 눈 소식이 유난히 없었던 그해 겨울. 잣눈. 싸라기눈. 포슬눈. 국어사전에서 눈(雪)을 가리키는 서로 다른 이름들을 발견할 때마다 나는 눈이 오길 기다리는 마음으로 노트에 베껴 적으며 지루한 겨울을 나고 있었다. 우리 가족이 서울에 정착해 살기 시작한 지 3년 가까이 되어가던 시점이었다. 어쩌다 눈이 오면 하얗게 지붕을 갈던 낡은 집들과 골목 어귀에 죽어 있던 그 고양이는 더 이상 이 세상 어디에도 남아 있지 않다. 그렇지만 그것들은 분명히 존재했다. 행정구역상 정식 명칭은 따로 있었지만 우리가 서울에 처음 올라와 살았던 동네를 그곳 주민들은 소금고개라고 불렀다. 옛날에 소금 장수들이 고개 아래 나루터에서부터 소금을 지고 넘어 다녀서 소금고개라고 불렀다는 말도 있었지만 가파른 고개를 넘다 보면 땀이 비 오듯 쏟아져 옷자락에 소금이 생길 지경이라 그렇다는 말을 동네 아이들은 더 믿었다. 동네 아이들이 더 믿었다고, 나는 지금 쓰고 있지만, 사실 동네 아이들이 더 믿었는지 아닌지 나로서 알 길은 없다. 나

---

1 바실리 칸딘스키, 〈고요한 사건(L'Evénement doux)〉(1866)

에게 그 동네의 친구라고는 해지와 무호가 거의 전부였는데, 그들이 내게 그렇게 말했기 때문에 그런가 보다 지금까지 믿고 있을 뿐이다.

소금고개에서 살던 시절에 대해서라면 사실 해지와 무호를 빼놓고는 이 야기할 수가 없다. 그들은 갑자기 이사 온 나와 달리 아주 어렸을 때부터 그 동네에서 줄곧 자랐다. 같은 골목을 기저귀 차림으로 뛰어다녔고, 같은 초등학교를 졸업했다. 성별이 달라 중학교를 따로 다니긴 했지만, 그들은 소꿉친구들만 공유하는 친밀함을 가지고 있었는데, 그것은 시간이 만드는 대부분의 것이 그러하듯 공고해서 내가 끼어들 여지가 없었고, 그래서 가끔 나는 그들과 함께 있을 때 외로웠다. 그렇다고 해서 그들이 나를 소외했다거나, 내게 거리를 두었다는 의미는 결코 아니다. 오히려 그 반대였다. 그들은 새로운 생활에 적응하지 못하던 나를 적극적으로 맞이해주었던 소수의 사람들에 속했다. 나는 중학교 시절의 마지막 한 해를 해지와 같이 등하교하면서 보냈다. 해지 어머니는 내게 별로 관심이 없었지만 내가 전학 온 그 학기에 치른 중간고사에서 3등을 하자 우호적으로 태도를 바꾸었다. 돌이켜보면 그 동네 사람들 대부분이 우리 가족을 그런 식으로 대했던 것 같다. 처음에는 외지에서 왔기 때문에 우리를 경계하던 사람들의 태도는 차츰 우리 가족에 대해 알아갈수록 우호적으로, 그렇지만 조금은 거리를 둔 예의 바름으로 바뀌어갔다.

"그건 너희 가족이 좀 있어 보여서 그래."

해지는 언젠가 그렇게 말을 했다. '있어' 보인다는 말이 무얼 가리키는지 정확히 몰랐지만 어렴풋이는 그 뜻을 짐작할 수 있었다. 우리 부모님은 아침마다 동네 골목을 장비로 쓰는 유일한 사람들이었고, 꼼꼼히 분리수거를 했으며, 주말에는 고향에서부터 가져온 낡은 전축으로 팝송을 들었다. 그 동네에서 아버지는 정장 차림으로 출근하는 유일한 사람이었고, 그 동네의 아주머니들 중 고등학교를 졸업한 사람은 어머니밖에 없었다. 어머니는 가파른 비탈길을 오르내리며 시장에 다녀올 때마다 기미가 생길까 봐 양산을 단정하게 받쳐 들었다. 어머니가 가진 양산은 총 세 개었는데, 그것은 많은 개수가 아니었지만 적지도 않은 개수였다. 어머니는 그날의 옷차림에 따라서, 기분에 따라서, 하늘의 빛깔에 따라서 양산을 골라 들고 다녔다. 그 동네에 그러는 여자는 우리 어머니밖에 없었다. 그러니까 동네 사람들이 우리를 이질적이라고 느낀 것은 어찌 보면 당연한 일이었다. 내색은 않았지만 우리 가족 역시 우리가 동네와 어울리지 않는다는 사실을 누구보다 더 잘 알고 있었다.

그러니까 소금고개는 내가 그때까지 살아왔던 곳과는 완전히 달랐다. 우리가 이사하던 날, 아버지가 운전하던 차의 뒷좌석에 앉아 꾸벅꾸벅 졸다가 눈을 떴을 때 우리의 구형 엘란트라는 굽이굽이 이어진 좁다란 비탈길을 힘겹게 올라가고 있었다. 차창 너머로 단층의 낡고 허름한 집들이 줄지어 있는 풍경이 보였다. "엄마, 여기가 서울이야?" 내가 상상했던 서울의 모습과 달라도 너무 달랐으므로 나는 놀라서 눈을 크게 뜨고 물었다. 차는 한참을 더 올라간 끝에 멈춰 섰다. 어머니가 앞장서서 문을 열고 들어가서 나는 골목 안쪽, 청록색 대문의 집이 우리가 앞으로 살게 될 곳이라는 사실을 받아들일 수밖에 없었다. 때는 봄기운이 돌기 시작하는 3월 중순이었고, 유난히 맑은 날이었다. 눈부신 햇살 속에서 칠이 벗어진 담벼락과 동그란 엉덩이를 내놓고 아무 데나 주저앉는 아이들의 오줌 자국이 길바닥 여기저기에 말라가던 골목은 서글프리만큼 초라했다. 나는 안에 든 것이 깨질까 봐 이삿짐 트럭에 싣는 대신 서울까지 직접 들고 온 종이 상자를 끌어안은 채 부모님을 따라 조심조심 대문 안으로 들어섰다. 기분 탓인지 집 안에 들어서자 하수구 냄새가 훅 끼쳤다. 어디선가 고양이 울음소리가 들려왔다. 이윽고 우리를 뒤따라 용달차가 집 앞에 도착하고, 인부들이 우리의 세간을 좁고 허름한 집 안에 조금씩 들여놓는데도, 나는 내가 앞으로 살아가야 할 곳이 그 집이라는 사실을 받아들일 수가 없었다. 집은 전에 살던 곳보다 턱없이 작은 크기의 단독으로, 두 개의 방에 하나의 거실로 구성되어 있었는데, 거실 벽을 이루는 네 면의 길이가 균일하지 않아 바닥은 사다리꼴 형태를 띠고 있었다. 그나마 사다리꼴 바닥의 상당 부분은 안방에 들어갈 공간이 없어 거실에 덩그마니 놓은, 어머니의 오동나무 장으로 가려졌다. 소파는 들어갈 자리가 없어 결국 버리기로 했다. 누렇게 변색된 화장실 세면대, 물때가 낀 바닥 타일을 보는 순간 나는 고향에 두고 온 우리의 집이 그리워져 눈물이 날 것 같았다.

"재개발 때문이다."

그날 밤, 이삿짐을 대충 부려놓아 아직 어수선하던 안방에 들어가 정말 납득할 수 없다는 얼굴로, 우리가 왜 이런 집에서 살아야 하냐고 묻던 나를 옥상으로 데리고 올라간 아버지는 그렇게 설명했다.

"저기에 뭐가 보이냐?"

아버지가 손끝으로 서쪽 언덕 위를 가리켰다.

"아파트요."

나는 고향에 두고 온, 우리가 살던 아파트를 떠올리면서 퉁명스러운 말투로 답했다.

"그렇지. 저게 다 아파트다. 우리가 살던 아파트보다 몇 배나 비싼 아파트야. 이 동네에도 저런 아파트가 머지않아 들어설 거다."

그러니까 아버지는 그날 밤, 그 일대가 모두 소금고개와 같은 달동네 밀집 지구였는데 몇 년 사이 불량 주택 재개발 사업이 추진되면서 아파트 단지가 조성되었고, 소금고개가 그 지역에 남아 있는 유일한 달동네라는 이야기를 내게 전했다. 서울의 아파트는 너무 비싸서 어차피 우리가 가진 돈으로는 전세밖에 구할 수 없을 거다, 그럴 바에는 재개발을 기다리는 것이 낫지 않겠냐, 는 친구 조씨 아저씨의 말이 아버지의 귀에 일리 있게 들렸다. 그래서 부모님은 부동산에 밝은 조씨 아저씨의 조언에 따라 서울로 이사를 오면서 허물어져가는 동네의 허물어져가는 집을 한 채 산 거였다.

"길어야 일 년 아니면 이 년일 거다."

아버지는 그렇게 말했다.

"그때까지, 불편하겠지만 온 가족이 힘을 합쳐 잘 살아보자."

언덕 저쪽을 빽빽이 메우고 있는 고층 아파트의 가지런한 창들마다 불빛이 투명하게 빛났다. 언젠가 나도 본 적 있는 조씨 아저씨는 이런 집들을 매입해 그즈음 서울에 아파트를 세 채나 가진 부자가 되어 있었다. 아버지는 대수롭지 않은 듯, 1년, 혹은 2년이라고 말했지만 나는 자신이 없었다. 그렇지만 아버지는 언제나 옳았으니깐. 나는 속으로 생각했다. 아버지를 따라 터덜터덜 옥상에서 내려오는 길, 계단을 밝히기 위해 전 주인이 달아놓은 백열전구 위로 하루살이들이 덧없이 부딪치고, 부딪쳤다가, 떨어졌다.

"어쨌거나 너는 공부만 지금처럼 열심히 해라. 나머지는 아빠 엄마가 다 알아서 할게. 서울에 온 것도 다 널 위해서잖냐."

아버지는 방으로 들어가려는 내 등에 대고 당부를 잊지 않았다. 방으로 들어가 고향에서 쓰던 이불의 익숙한 냄새를 맡으며 잠을 청했지만 잠은 쉽게 오지 않았다. 아버지와 어머니가 그날 늦게까지 집 안 곳곳을 정리하며 만들어내는 작은 소음을 나는 이불 속에서 들었다.

내가 전학을 간 학교는 지리적으로 우리 동네와 아파트 단지의 중간쯤에 위치해 있었다. 그렇기 때문에 학교를 이루는 구성원도 절반가량의 우리 동네 아이들과 절반가량의 아파트에 사는 아이들로 나뉘어 있었다. 부모님은 새 학교로 등교하기 전에 몇 차례나 내게 이왕이면 아파트에 사는 아이들과 친하게 지내라고 당부했다. 그러나 그런 당부를 할 수 있었던 것은 부모님이 한 번도 전학을 해본 적이 없기 때문임을 나는 이내 알게 되었다. 전학생에게는 친구를 선택할 권리가 전혀 없다는 것을 부모님은 미처 알지 못했다. 전학생으로 처음 교탁 앞에 섰던 순간, 내게 쏟아지던 80개의 눈동자. 가늠하고 평가하여 어느 부류로 분류해야 하는지 판단하기 위해 재빨리 나를 훑던 눈길을 나는 오랜 세월이 지난 지금까지도 기억하고 있다. 새 학교에서의 첫날 나는, 성적에 관심 없고 목깃에 땟자국이 선명한 교복 블라우스를 다리지도 않고 입을 뿐만 아니라 교실 바닥에 침을 뱉는 절반의 아이들을 보면서 위화감을 느낀 나머지 절반의 아이들에 나 자신이 가깝다고 생각했지만, 같은 로고의 백팩을 메고 다니고 공부에 목숨을 거는 것은 시시한 일이라는 듯 수업 시간에는 엎드려 자지만 각자 집에 돌아가서는 과외 수업을 받던 아이들은 내가 그들과 다르다는 것을 쉽게 간파했다. 반 아이들은 언뜻 평화롭게 공존하는 듯 보였지만, 물리적 성질이 달라 합류 지점을 지난 뒤에도 각자의 흰빛과 검은빛을 유지하며 나란히 흐른다는 남아메리카의 두 강줄기처럼, 서로 섞이는 법이 없었다. 그나마 내게 공부를 잘하는 재능이 있었고, 그것이 전학 간 뒤 처음 본 중간고사에서 증명이 되었기 때문에 나는 아파트에 사는 아이들과 어울릴 수 있었다. 그렇지만 나는 그들이 삼삼오오 모여 하는 그룹 과외에 속할 수 없었고, 무엇보다 그들과 나는 집에 돌아가는 방향이 달랐다.

만약 내가 전학 간 학교에 해지가 없었다면, 나의 새로운 삶은 더욱더 암울했을 것이다. 그러나 외지에서 온 나를 경계하는 눈빛으로만 바라보던 아이들 틈에 해지가 있었고, 덕분에 나는 조금씩 새로운 환경에 적응해 갈 수 있었다. 내가 해지와 친하게 된 것은 어쩌면 해지만이 이쪽과 저쪽, 어느 쪽에도 끼지 못한 채 어정쩡하게 있던 나를 배척하지 않은 유일한 아이였기 때문이다. 해지는 학교에 있을 때 그렇게 눈에 띄는 아이가 아니었고 오히려 조용한 편이었지만, 학교만 벗어나면 말수가 늘었고 활달해졌다. 서울의 지리를 하나도 모르던 나를 인근 대학 앞의 패스트푸드점이나 영화관 같은 곳에 데리고 간 것은 해지였다. 우리 중학교에 붙어 있는 남자 중학교에 다니던 무호가 우리와 함께하는 날도 많았다. 처음 봤을 때 무호는 키가 겨우 나만 했고, 마른 체구에 귀여운 얼굴이어서 또래의 남자라기보다는 남동생 같은 느낌이었다. 게다가 세 명이나 있는 누나들의 생리대 심부름을 하며 자란 탓인지 무호는 여자아이들과 어울리는 것을 좋아했다. 무호는 동네의 다른 남자아이들과 달리 나에게 짓궂은 농담을 하지도 않았고 무엇보다 내 앞에서 욕을 하지 않았다. 우리는 점점 더 자주 어울렸다. 해지나 무호와 달리 나는 학교 앞 보습학원에 다녔기 때문에 그들이 놀고 있을 때 내가 합류를 하는 식이긴 했지만.

해지와 둘이, 혹은 무호까지 셋이서 저녁 늦게까지 놀다가 해가 뉘엿뉘엿 질 무렵 집으로 돌아오기 위해 가파른 비탈을 올라 쇠락한 골목으로 접어들면 우리는 어딘가 숨어 있던 길고양이들과 어김없이 마주쳤다. 그곳엔 정말 수도 없이 많은 길고양이들이 살았다. 주차되어 있는 차 아래에 자리 잡고 누워 있거나 무단 투기된 검은 봉투 주위를 기웃거리다가 사람들이 지나가면 소스라치게 놀라 어디론가 사라져버리던 길고양이들.

아마 해지와 친해진 지 얼마 되지 않아, 함께 집으로 돌아오던 어느 저녁의 일이었을 거다. 해지에게 그즈음 내가 보았던 기괴한 풍경에 대해 이야기한 것은. 그것은 동네 어귀의 공터에서 한 아저씨가 수많은 고양이들에게 둘러싸여 있던 장면에 대한 이야기였다. 그 아저씨는 왜소했고, 수염을 제대로 깎지 않은 탓인지 인상이 퍽 무서웠는데, 우리 아버지보다 나이가 많은 것처럼 보였지만, 실제 나이가 어떻게 되는지는 알 수가 없었다. 해지는 내 이야기 속에 등장하는 인물이 누구인지 잘 알고 있었다. 그 아저씨는 무호의 집이 있는 골목에 사는 사람으로 오래전 큰 사고로 가족을 모두 잃은 이후 동네의 고양이들을 찾아다니며 먹이를 주기 시작했다고 했다. 그 동네에 사는 동안 나는 그 후로도 종종 고양이 아저씨—우리는 그 후 그를 줄곧 고양이 아저씨라고 불렀다—를 맞닥뜨렸다. 나는 다섯 마리, 여섯 마리, 열 마리의 더러운 고양이들이 특유의 냄새를 풍기며 한데 모여 있는 풍경과 술에라도 취한 것처럼 항상 눈에 핏발이 서 있던 아저씨가 무서웠다. 그렇지만 해지는 전혀 두렵지 않은지 나와 같이 있다가도 고양이 아저씨를 만나면 동네의 여느 아이들처럼 그에게 다가갔다. 심부름으로 아저씨에게 전이나 밑반찬을 가져다드리기 위해서일 때도 있었지만 대부분의 경우 해지는 노란색 줄무늬 고양이나 배와 입 주위가 하얗고 등이 검은 고양이를 쓰다듬으며 다른 고양이들이 아저씨가 덜어주는 사료를 먹는 모습을 쭈그리고 앉아 구경했다. 아무런 말도 없이. 나는 그들 곁에 다가가지 못하고 해지나 아저씨의 다리에 털을 묻히고 느릿느릿 지나다니는 고양이들을 멀찍이 서서 지켜봤다. 사료를 다 먹은 고양이들이 흩어지면 해지도 내 곁으로 다시 돌아왔다. 아저씨도 늘 그래왔던 사람처럼 그냥 그렇게 빈 사료 주머니를 들고 골목 어두운 곳 쪽으로 사라졌고.

소금고개에서의 생활은 차츰 적응이 되어갔지만, 고양이 아저씨의 존재처럼 끝내 적응할 수 없는 것도 있었다. 수시로 들려오는 발정 난 고양이들의 울음소리가 그랬고, 얇은 벽을 타고 넘어오는 이웃 노인의 가래 뱉는 소리나, 커다랗게 틀어놓은 텔레비전 소리가 그랬다. 도대체 나한테 어떻게 이럴 수가 있어요, 어떻게? 하고 소리 지르곤 하던 드라마의 주인공들. 그 시절의 드라마에서는 가난한 남자가 고시에 성공한 뒤 부잣집 여자를 만나기 위해 옛 애인을 버리는 일이 정말이지 빈번했다. 어머니와 아버지는 내가 해지와 어울리는 것을 탐탁지 않아 했지만 상위권 성적을 변함없이 유지했으므로 대놓고 나에게 뭐라고 하지는 않았다. 부모님은 나를 좋은 사립 고등학교에 보내기 위해서 서울에 올라왔다는 말을 수시로 했다. 넌 장차 훌륭한 사람이 되어야지. 그런 말들은 끈끈하게 내 발바닥에 들러붙어 어디든 걸을 때마다 쩍쩍, 소리가 날 지경이었다. 부모님이 내게 입단속을 시켰으므로 나는 재개발될 예정이기 때문에 소금고개로 이사 왔다는 이야기를 아무에게도 하지 않았다. 계절이 바뀌어도 우리가 기다리던 재개발 소식은 들리지 않았다. 그렇지만 어머니나 아버지는 모두 쉽게 동요하지 않는 성격이었고, 변함없이 아침마다 골목을 장비로 쓸고 또 쓸었다. 고양이들이 매일 밤 쓰레기봉투를 헤집어놓고 간 탓에 새벽의 골목에는 쓰레기들이 나뒹굴었다. 고양이들을 볼 때마다, 어디선가 아기 울음소리 같은 고양이의 울음소리가 들려올 때마다, 어머니는 정말 불길한 동물이야, 하고 말했다. 그때마다 어머니는 정말 몸서리를 쳤고, 얼굴을 잔뜩 찌푸렸으므로, 나 역시 영문도 모른 채 몸을 떨었다.

날이 더워지기 시작하면서, 소음보다 참기 힘든 것이 악취라는 것을 나는 배웠다. 소음은 창문을 닫으면 어느 정도는 해결되었지만 악취는 창을 닫아도 창틈으로 새어 들어왔다. 그 동네에는 내가 예전에 살았던 곳에서 단 한 번도 맡은 적이 없던 온갖 냄새가 풍겼다. 정화조 트럭이 지나갈 때면 진동하던 악취나 고양이들의 배설물 냄새. 무엇보다도 아무렇게나 거리에 버려진 음식물 쓰레기 썩는 냄새가 항상 공기 중에 가득했다. 우리는 더워 죽겠는데도 창문을 열지 못한 채 선풍기를 틀고 살았다. 어머니는 집 안 구석구석에 방향제를 갖다 놨다. 나는 학교 아이들이 내 몸에서 동네 특유의 냄새를 맡지 않을까 걱정이 됐다.

여름 내내 악취는 심해졌다. 무더위와 폭우가 계속 반복되면서 부패하는 속도도 빨라졌다. 어느 주말인가, 연일 비가 쏟아지던 어느 날, 찜통 같던 거실 바닥에 상을 펴놓고 앉아 온 가족이 저녁을 먹는데 어머니가 아버지에게 이사를 가면 안 되겠냐고 물었다. 재개발 이야기가 도통 들리지 않는데, 이 집을 전세 놓고 대출을 무리해서라도 받아서 다른 동네에 전셋집을 구할 수는 없을까 하는 이야기였다.

"애한테는 아무래도 교육 환경이 중요하잖아."

어머니가 땀을 닦으면서, 내 쪽을 흘깃 보았다. 나는 아무런 잘못도 저지르지 않았지만 왠지 그래야 할 것 같아서 고개를 푹 숙였다.

"흐음."

제대로 말린 적 없는 운동화 깔창 냄새가 나던 우리 집의 거실 한가운데에서 아버지가 신음처럼, 깊은 한숨을 내쉬었다.

그즈음 어머니가 나의 교육 환경을 걱정하기 시작한 데는 원인이 있었다. 나와 성적이 비슷한 아이들과 어울리려고 애쓰는 일이 너무 피곤했기 때문에 나는 점점 더 해지와 붙어 다니고 있었다. 해지가 우리 집에 올 때도 있었고 내가 해지의 집에 갈 때도 있었지만, 맥주로 머리를 탈색해보려다가 어머니에게 들켜 혼난 이후 우리는 해지의 집에서 놀 때가 더 많았다. 그 집을 떠올리면 지금도 선명하게 기억나는 것은 우리가 현관문을 열때까지 집 안에 고여 있던 어둠과 코를 찌르던 쾨쾨한 자릿내였다. 해지의 아버지가 무슨 일을 했는지는 지금껏 모르지만, 살짝 열린 방문 틈 사이로 러닝셔츠 차림의 아저씨가 모로 누워 있는 것을 볼 때가 많았다. 해지의 어머니는 주말에만 집에 있었다. 처음에는, 우리 어머니와 달리 목소리가 걸걸하고 한 번도 들어본 적 없는 야한 농담을 아무 때나 하는 해지 어머니가 사실 좀 무서웠다. 그렇지만 덩치 큰 몸에 꼭 끼는 꽃무늬 티셔츠를 즐겨 입고, 무엇보다 해지와 얼굴이 닮았던 그녀를 나는 좋아했다. 아무튼 해지네 집은 취향을 짐작할 수 없던 가구들과 집기들로 발 디딜 틈이 없었다. 우리 집보다 훨씬 좁았기 때문에 해지의 방이 따로 없어서 우리가 있을 장소라고는 옥상뿐이었다. 사다리를 타고 옥상에 올라가 우리는 텐트를 펴고 그 안에 누워 라디오를 들었다. 빠람빠람빠람. 시그널이 울리고 DJ 목소리가 들리면 우리는 텐트 바닥에 나란히 드러누웠다. 도시가스가 들어오지 않는 해지네 집 옥상에는 커다란 LPG 통들이 있었고 그 옆에 세워둔 기둥에는 빨랫줄이 걸려 있었다. 해지는 신경 쓰지 않는 듯했지만 나는 수치를 모르고 바람에 나부끼는 속옷들을 보면 민망해져 시선을 돌렸다. 염료가 다 빠진 것처럼 후줄근하던 브래지어와 팬티들. 텐트의 차가운 바닥에 누워서 좋아하는 가수의 노래를 듣고 있는 동안 천막 위로는 빨래의 그림자들이 어른거렸다.

한번은 그 비좁은 텐트 안에서 해지가 내 눈썹을 정리해준 적도 있었다. "눈을 감아야지." 해지의 말에 나는 순순히 눈을 감았다. 해지는 내 눈썹을 적시고 비누를 칠했다. 눈을 감은 탓인지 비누의 인공 살구향이 더 진하게 느껴졌다. "시작한다." 해지가 말하고 나는 눈을 더 질끈 감았다. 그 시절, 해지에게는 나 말고도 오래된 친구들이 많이 있었지만, 내게는 해지가 바깥세상의 전부였다. 내 얼굴 위로 사각거리는 소리를 내며 움직이던 칼날. 그 순간 나는 아주 짧은 찰나라도 눈썹 모양 망가질 수도 있다거나 상처가 나면 어떻게 하나, 따위의 걱정을 하지 않았다. 사랑에 굶주린 어린아이처럼, 맹목적으로, 나는 해지를 믿었다. 해지의 손이 아주 조심스럽게 내 이마 위에서 곡선을 그으며 움직이는 것을 느끼면서. "다 되었어." 해지가 거울을 보여주었다. 그 안에 해지의 눈썹과 똑같은 눈썹을 지닌 내가 있었다. 그날 밤, 나는 사다리를 타고 다시 옥상에서 내려와, 고양이들이 있는 골목을 지나쳐, 집으로 돌아오자마자 그때까지 열지 않았던 마지막 이삿짐 상자의 테이프를 뜯었다. 고향의 친구들이 선물해주었던 도기 인형들과 작은 꽃병, 플라스틱 사진틀 따위의 아무짝에 쓸모없지만 그 당시 내 눈에는 아름다워 보였던 것들을 꺼내어 나는 내 방을 꾸몄다.

해지에게는 내가 그저 삶을 구성하는 한 부분에 불과할지도 모른다는 생각은 그 당시 나를 때때로 슬프게 했다. 해지는 동네 친구들이 많았지만 특히 남자들 사이에서 인기가 좋았다. 해지와 같이 동네를 걷다 보면 우리보다 두, 세 살쯤 나이가 더 많은 고등학생들이 해지에게 다가와 시답지 않은 장난을 걸거나 색소가 많이 든 아이스크림 같은 걸 사주고 가는 일이 심심치 않게 있었다. 어머니는 내가 해지를 쫓아다니는 남자애들과 어울리지는 않을까 항상 전전긍긍이었다. 그렇지만 어머니의 걱정이 기우라는 것은 그 시절의 어렸던 나도 알았다. 나는 그들의 안중에 전혀 없으니까. 남자들 앞에만 서면 쭈뼛대고 경계하던 나와 달리 그들을 대하는 해지의 태도는 스스럼이 없었다. 다른 남자들과 있을 때와 달리 무호와 앞에서는 낯을 전혀 가리지 않는 나를 보며 해지가 "너 무호 좋아하지?" 하고 쿡

쿡 찌르곤 했던 것은 그런 까닭이었다.

　다른 남자애들을 데리고 올 때도 있었지만 무호는 대개 혼자 우리에게
왔다. 해지네 집으로 무호가 찾아오면 돈 없이 마땅히 갈 곳이 없었으므
로 우리는 종종 비탈길을 내려가 신작로를 건너 굴다리까지 걸어갔다. 굴
다리까지 가봤자 우리가 하는 일이라고는 별게 없었다. 장미, 백조 따위
의 간판만 걸려 있을 뿐 창문도 하나 없었던 허름한 룸살롱 앞을 시시덕거
리며 지나면 굴다리가 나왔다. 굴다리 너머에는 마을버스 차고지로 쓰였
다가 버려진 부지가 있었다. 아무렇게나 자란 풀이 무성하던 그곳에는 커
다란 아카시아 나무가 우거져 있었고, 허리춤까지 자라는 개망초와 키 큰
해바라기가 차례로 피던 얕은 구릉이 있었다. 이미 무용해진 그곳에 다다
르면 우리는 아무 데나 주저앉아 건전하게 이야기를 나눴다. 대개는 가족
에 대한 이야기랄지, 장래에 대한 이야기랄지 뭐 그런 것들이었던 것 같
다. 그곳에서 나는 무엇에 쓰였던 것인지는 모르지만 그때 이미 무너져버
린 담벼락을 평균대 삼아 걷는 것을 좋아했다. 그리 높지 않은 담이었지만
균형을 잡기 위해 양팔을 벌리고 걸으며 나는 정주민이 없는 나라에만 정
차하는 기차를 상상하곤 했다. 좁은 담 위를 휘청휘청 오가면서 주로 내가
하는 것은 아이들이 하는 말을 듣는 일이었다. 어쩌다 아이들이 우리 가족
에 대해 물으면 간혹 내 얘기를 할 때도 있었다. 나는 우리 아버지가 가난
한 시골 출신으로 오남매 중에 장남이었기 때문에 동생들을 건사하기 위
해 어떤 희생을 해왔는지, 그런 이야기들을 즐겨 했던 것 같다. 아버지는
음악을 사랑했고 그래서 기타 연주자가 되고 싶었지만, 가족을 일으키기
위해서 꿈을 기꺼이 포기했다. 나는 그런 아버지가 자랑스러웠다. 아버지
에 대해 이야기할 때면 나는 늘 신이 나서 평소와는 달리 제법 큰 목소리
로 떠들었을 것이다. 아버지를 내가 얼마나 좋아하는지에 대해서. 소리 나
는 대로 아버지가 적어준 가사를 보면서 짐 브리스나 존 덴버의 노래를 아
버지와 따라 부르던 기억이나, 음악 실기 시험을 볼 때면 솔-솔-미-파-

61

고요한 사건　백수린

솔, 리코더를 부는 법을 아버지에게 배웠던 기억 같은 것에 대해서. 나는 아버지가 크게 화를 내는 것도, 욕을 하는 것도 본 적이 없었다. 아버지는 비가 오나 눈이 오나 매달 마지막 주 토요일마다 할머니 할아버지 댁에 찾아가 다리를 주물러드리고 돼지갈비라도 사드릴 때면 드시게 좋게 살코기만 가위로 잘라드리는 그런 사람이었다.

"떨어질 거 같으니까 이제 좀 내려와."

아이들이 위태롭게 걷는 내게 소리 지르면 나는 마지못한 척 풀밭에 앉아 있는 그들 옆으로 가 자리를 잡았다. 풀밭에 앉으면 엉덩이가 이내 축축해졌다. 아이들은 졸업하면 각기 기술을 배우는 학교에 입학할 예정이었다. 해지는 미용을 배울 거라고 했고 무호는 정비공이 될 거라고 말했다. 언젠가는 해외 패션쇼에 오르는 모델들만 담당하는 헤어디자이너가 될 거라는 둥, 유명한 독일 회사의 자동차를 설계하고 말겠다는 둥, 석양이 비쳐들어 홍조를 띤 얼굴로 아이들이 그려 보이는 미래는 하나같이 터무니없었다. 그들이 그리는 미래가 비눗방울처럼 커다랗게 부풀어 오를수록 나는 이상하게도 점점 불쾌해졌는데, 그 원인이 무엇인지 그때는 자각하지 못했다. 인문계 고등학교, 그것도 명문대 입학률이 높은 사립 고등학교 입시를 준비하고 있던 것은 나 하나였고, 나는 아이들이 떠드는 동안 말없이 내 주위의 강아지풀을 손으로 뜯었다. 내가 담배를 처음 배운 것은 그런 날들 중 하나였다. "혹, 들이쉴 때 같이 마셔." 아이들이 나를 재촉하고 나는 담배를 입에 문 채 혹, 숨을 빨아들였다. 담배 연기가 지나간 자리를 따라, 내 기도가, 내 폐가 뜨거워졌다. 내가 켁켁거리며 기침을 하는 모습에 아이들이 손뼉을 치며 웃었다.

만약 성적이 떨어졌다면 부모님은 어떻게 해서라도 이사를 가려고 애썼을 것이다. 그러나 나는 훌륭한 사람이 되어야만 한다는 당부를 잊지 않았고 다행히 성적이 떨어지지 않았다. 해지가 책상에 엎드려 자는 동안 학교에서 나는 착실히 공부를 했고 교칙을 어기지도 않았다. 이런저런 이유들에도 불구하고 아파트에 사는 아이들이 나를 대놓고 무시하지 않던 이유는 성적 때문이었다. 나는 다른 아이들이 우리 동네 아이들을 어떻게 보는지 알고 있었다. 내가 그 대상이 아니라는 사실은 다행이었지만 그렇게 생각할 때마다 배신자가 된 것 같은 감정이 나를 사로잡았다. 그리고 해지가 공부를 조금만 했다면 내가 이런 감정을 느끼지 않아도 될 텐데 하는 생각에 화가 났다. 아버지는 주어진 환경을 극복하지 않고 안주하려는 것은 잘못하는 일이라고 언제나 내게 말했다.

재개발이 될 거라는 소문이 동네에 돌기 시작한 것은 이듬해 봄쯤이었다. 소문이 구체화되어갈수록 동네의 분위기가 조금씩 달라져갔다. 부모님은 우리가 살던 동네가 하루 빨리 허물어져버리길 바랐고, 그것이 순리라고 생각했다. 그러면서도 부모님은 골목을 쓸었고, 골목에서 누군가를 마주치면 목례를 했다. 나는 우리 중학교 졸업생 중 소수만 진학할 수 있었던, 강 건너의 사립 고등학교에 입학한 후 말수가 조금 더 줄었다. 우리 동네까지는 스쿨버스가 오지 않아서 학급의 다른 아이들보다 더 일찍 일어나 스쿨버스가 오는 곳까지 일반 버스를 타고 가야만 했는데, 그래서 나는 몇 배나 더 피곤했다. 야간 자율 학습을 마친 뒤 버스를 두 번 갈아타고 밤늦게 집에 오는 날들이 많았기 때문에 해지와 만날 수 있는 시간은 자연스레 줄어들었다. 간혹 아프다는 핑계를 대고 조퇴를 하기도 했지만 그럴 때는 해지가 집에 없기 일쑤였다. 그렇게 일찍 집에 돌아와봤자 혼자 있게 되는 날들에는 처음 이사 왔던 날 아버지가 내게 아파트 단지를 보여주었던 옥상에 올라가, 사라져가는 태양의 빛줄기가 쇠락한 골목과 남루한 벽을 부드럽게 어루만지는 풍경을 바라보았다. 마치 검버섯 핀 노인의 얼굴을 쓰다듬듯이. 그러면 동네는 쪽잠을 청하는 고단한 노인처럼 주름이 깊게 팬 눈꺼풀을 손길에 따라 천천히 감았다. 해가 지고 나면 대기에 남아 있던 온기도 노인의 마지막 숨결처럼 느리게 흩어져갔다. 몸에 한기가 깃

들어 더 이상 앉아 있기가 힘들어지면 그제야 나는 쭈그렸던 다리를 펴고 자리에서 일어났다. 초라한 골목이 어째서 해가 지기 직전의 그 잠시 동안 황홀할 정도로 아름다워지는지 그때 나는 그 이유를 알지 못했다. 다만 그 풍경을 말없이 바라보는 동안 내 안에 깃드는 적요가, 영문을 알 수 없는 고독이 달콤하고 또 괴로워 울고 싶었을 뿐.

재개발 추진 위원회가 설립되면서 동네 사람들은 저마다 재개발하는 것이 이익인지 손해인지를 따지기 시작했다. 동네는 재개발에 찬성하는 사람들과 반대하는 사람들로 나뉘었다. 개발에 반대하는 주민들은 비상 대책 회의장으로 정해진 무호네 집에서 매주 화요일 저녁 대책 회의를 열었다. 턱없이 높은 추가 분담금을 내는 것이 불가능한 사람들은 재개발에 반대했다. "동의율이 낮으면 조합 설립이 무산될 수도 있대." 오랜만에 만난 무호는 말했다. "응." 컴컴한 골목 한쪽에서, 고양이 아저씨가 두고 간 사료를 허겁지겁 먹는 고양이들을 보면서 나와 해지는 고개를 끄덕였다. 해지의 가족은 세입자였으므로 동의하지 않을 권리가 없었다.

시간은 빠르게 흘렀다.

무호는 이제 키가 나보다 훨씬 컸고 어깨도 예전보다 두 배가량 넓어졌다. 그렇지만 무호에게는 여전히 웃을 때 아기 같은 구석이 있었다. 무호가 동네에 버려진 폐가에서 어떤 여자아이와 옷매무새가 흐트러진 채로 나오는 것을 본 적이 있다는 소문을 누군가가 내게 전하기도 했고, 실제로 그런 일이 일어났을 가능성이 높다는 것도 알고 있었지만, 나는 괘념치 않았다. 무호는 적어도 내 앞에서만큼은 예전처럼 순진한 얼굴이었고, 그것으로 충분했으니까. 우리 셋에게는 공통점이 없었지만 우리는 여전히 가끔씩 버려진 차고지에 앉아 시답지 않은 이야기를 하며 담배를 피웠다.

언젠가 한번은 해지였는지, 무호였는지 둘 중 하나가 넌 좋은 대학에 가서 부자가 되겠지, 같은 말을 내게 했다. 그런 말을 내 앞에서 꺼낸 것은 처음이었다. 해지는 만나면 학교에서 배우는 미용 기술에 대해서, 마네킹의 가발을 자를 때의 고충 같은 것들에 대해서 이야기했다. 무호는 우리 사이에 있을 때도 있었고, 없을 때가 더 많았다.

해가 한 번 더 바뀌고 내가 열여덟 살이 되자 이사를 가는 사람들이 하나, 둘 생겨났다. 해지네 식구는 그 동네를 가장 먼저 떠났던 무리에 속했다. "갑자기 집주인네가 들어와 살겠다고 연장을 안 해준대." 해지는 덤덤한 척 입술에 립글로스를 바르며 전했다. "재개발한다는데 우리가 안 나가고 버틸까 겁나 그런 거겠지, 뭐." 무호가 밤늦은 시간 하교하던 나를 버스 정류장으로 마중 나오겠다고 한 것은 해지네 이사가 결정되고 얼마 지나지 않은 9월이었다. 무호가 나를 마중 나온 것은 그때가 처음이었다. 그래서였을까. 인적이 드문 버스 정류장에 홀로 서 있던 무호를 봤을 때 나는 이상하게 조금 설렜다. 우리는 아주 오랜만에 단둘이 비탈을 올랐다. "가방에 뭐가 이렇게 많이 들었냐, 키 안 크게." 무호가 내 가방을 번쩍 들어 대신 둘러멨다. 무호가 이제는 나보다 훨씬 크다는 것이 갑자기 실감났다. 헬스장에서 벤치프레스를 열심히 한다더니 무호의 팔뚝은 예전보다 훨씬 두꺼워져 있었다. 나는 무호가 남자의 몸을 가지고 있다는 사실에 새삼 놀랐다. 그리고 왜인지 모르겠지만 소문 속에서 무호와 옷이 헝클어진 채 폐가에서 나왔다는 여자아이의 얼굴이 궁금해졌다. 우리는 학교에서 있었던 일이나 그 무렵 화제가 되고 있던 할리우드 영화에 대해서 이야기를 주고받았지만 공통의 화젯거리가 별로 없었다. 나도 무호도 골목 곳곳에 걸려 있는 붉은 깃발을 보았지만 둘 다 애써 모른 척하고 있었다. 그즈음 재개발을 찬성하는 사람들과 반대하는 사람들 사이의 갈등은 점점 더 심해져갔다. 가파른 계단을 말없이 오르자 밤이 내린 공터가 나왔다. "그러고 보니 고양이 아저씨를 못 본 지 좀 되었네." 무호는 아저씨를 며칠 전에 보았다고 말했다. 아저씨는 고양이들을 두고 갈 수 없어 재개발에 반대한다고 했다. "얼마 전에는 어떤 사람들이 아저씨한테 고양이들을 다 죽여

버리겠다고 협박까지 했대." 무호가 화난 목소리로 말했다. "아저씨가 제일 만만하니까 괜히 화풀이하는 거지." 재개발을 찬성하는 이들이 반대하는 주민들의 가게나 집을 찾아가 위협하고 행패를 부린다는 소문은 나도 들어본 적이 있었다. 우리는 다시 말없이 걸었다. 무호의 숨소리가 가까이 들렸다. "여기까지면 됐어, 이제 가." "아니야, 집 앞까지 바래다줄게." 우리 집 쪽으로 꺾어지는 골목으로 들어서자 새끼 고양이 두 마리가 놀란 듯 안쪽으로 달아났다. 그리고 마침내 우리 집 앞에 도착했을 때, 외등 아래서 무호가 어렵게 말을 꺼냈다. 해지가 떠나기 전에 고백하고 싶은데 도와주었으면 좋겠다고.

그리고 그 주 토요일 밤에 나는 무호의 부탁대로 해지를 옛 마을버스 부지로 데리고 갔다. 해지는 춥고 깜깜한 데를 갑자기 왜 가냐며 계속 툴툴댔다. 기억이 틀리지 않다면, 해지는 그날 오렌지색 스웨터를 입고 있었다. 털이 날리는 오렌지색 앙고라 스웨터에 무릎이 튀어나온 트레이닝 바지를 입고 무슨 일이 기다리는지도 모르는 채 내게 이끌려 비탈을 내려가던 해지. 헐벗어가는 아카시아나무 뒤에서 무호가 초 대신 폭죽을 꽂은 케이크를 들고 나오자 뭐하는 짓이냐며 소리를 지르다가 이내 빨개진 얼굴로 해지는 웃음을 터뜨렸다. 나는 그때 처음으로 내가 무호를 좋아하고 있었던 것일지도 모른다는 사실을 깨달았다. 아닌가. 좋아한 것은 아니었나. 어쩌면 우리 셋의 관계의 축이 한쪽으로 기울어버렸음을 깨닫는 순간 느낀 허전함이 나를 착각하게 만든 것일 뿐이었을까. 하지만, 아무튼, 그 순간에는, 크림 범벅의 케이크 위로 반짝이는 불꽃과 그 너머 어른거리는 무호의 환한 얼굴을 보면서, 사실은 내가 무호를 얼마간 좋아했던 것 같다는 생각을 했다. 그러나, 또 동시에, 그렇더라도, 나와 무호의 삶이 교차할 수 있는 순간은 너무나도 짧고, 우리는 이제 몇 년의 시간이 흐르지 않아 완전히 다른 길을 걷게 될 것이며, 더 이상 우리의 인생은 겹쳐지지 않을 거라는 사실을 내가 너무 오래전부터 알고 있었다는 생각도. "나랑 사귈래?"

이제는 남자의 몸을 가진 무호가 수줍은 얼굴로 물었다. "그래." 해지가 상기된 얼굴로 고개를 끄덕였다. 나는 관객의 역할에 익숙해진 배우처럼 박수를 쳤다. 내 박수 소리에 쑥스러운 듯 아이들이 나를 바라보며 웃었다. 우리는 같이 웃었다. 불꽃이 짙푸른 어둠 속에서 요란한 소리를 내며 탔고, 땅에 떨어지자 순식간에 사그라졌다.

가끔, 그곳을 지날 때가 있다. 예전에 굴다리가 있었고 창 없는 룸살롱들이 즐비하던 거리는 이제 흔적도 없이 고층 건물로 뒤덮여 있다. 우리 가족은 포클레인이 폐가들을 부수기 전에 이사를 했고, 그 후 한동안 나는 그 지역에 다시 가지 않았다. 고양이 아저씨처럼 종국엔 쫓기듯 떠나간, 그 동네 대부분의 사람들이 어디에, 어떤 모습으로 살고 있는지 나는 모른다. 그렇지만 많은 시간이 흘렀는데도 어쩌다 버스를 환승하기 위해, 이제는 공항철도가 놓인 그 거리를 걷다 보면 그 시절의 어떤 장면들이 불쑥 떠오르곤 한다. 이를테면 죽은 고양이를 발견한 그날의 기억 같은 것.

67

해지는 그렇게 떠났다. 우리는 자주 통화했고 어쩌다가 만났지만 점차 거의 만나지 않게 될 거였다. 무호와 단둘이 만난 적은 그 후로 없었다. 눈이 귀한 지방에서 나고 자란 나는 눈을 매일 기다렸지만 그해 겨울은 정말 눈이 오지 않았다. 시베리아에서 내려온 한랭기단의 영향으로 얼굴이 에일 정도의 강추위만 계속되었다. 겨울이 되자 동일한 체크무늬 명품 목도리를 일제히 꺼내 두르고, 방학에는 싱가포르로, 캐나다로 어학연수를 떠날 준비를 하고, 무엇보다 야간 자율 학습은 의미 없다는 듯이 담을 넘어 도망가는데도 언제나 성적이 나보다 잘 나오던 아이들 틈에 있다 보니 나는 공부에 흥미를 잃었다. 외국 소설이든 잡지든 심지어 국어사전까지 활자에 굶주린 사람처럼 아무 책이나 닥치는 대로 첫 페이지부터 끝까지 읽어대기 시작한 것은 그 때문이었다. 뭔가를 읽고 있는 동안 만큼은 아무와도 이야기하지 않아도 되었고 시간이 한 움큼씩 없어졌는데, 나는 그것이 좋았다. 그날도 일요일이었지만 학교 도서실에 앉아 제임스 조이스나 외젠 이오네스코의 책 같은 것을 이해하지도 못하면서 읽다 집에 돌아오는 길이었을 거다. 매서운 추위에 잔뜩 웅크린 채 비탈을 올라가고 있는데 어디선가 웅성거리는 소리가 들렸다.

"싸움이 났어요."

누군가가 외쳤다. 나는 두렵지만 궁금한 마음에 이끌려 소리가 나는 쪽으로 향했다. 그곳, 석유 가게 앞에는 이미 몇몇의 구경꾼들이 몰려 있었다. 이따금씩 나는 후회했다. 그곳에 가지 말았어야 했는데. 그렇지만 나는 호기심을 이기지 못하고 내 앞을 가로막은 채 서 있는 아주머니들의 어깨와 어깨 사이에 고개를 들이밀었다. 그리고 그곳에서 얻어맞고 있는 고양이 아저씨를 보았다.

"저 사람들이 고양이한테 약을 먹였다나 봐."

구경꾼 중 누군가가 누군가에게 수군거리는 소리가 들렸다. 젊은 사내들에 의해 바닥에 내동댕이쳐진 고양이 아저씨는 꺾어진 허리를 자꾸만 곧추세우고 일어섰다. 나는 두려웠다. 아저씨가 죽을까 봐. 언제나 핏발이 붉게 선 눈 때문에 무서워 보이던 아저씨의 얼굴은 더욱 흉측하게 일그러졌다. 아저씨를 때리던 이들은 싸움을 그만하고 싶은 것 같았지만 아저씨는 돌아서려는 그들을 향해 자꾸만 달려들었고 또 얻어맞았다. 왜 아무도 말리지를 않지? 나는 다급한 마음에 주변을 둘러보았다. 눈살을 찌푸리며 구경하는 사람들은 대부분은 아주머니나 할머니뿐이었고 남자라고는 꼬마들밖에 없었다. 고양이 아저씨가 뭐라고, 뭐라고 소리를 질렀다. 비명 소리는 아니었고 무슨 말을 한 것이 분명했지만 발음이 부정확해 알아들을 수가 없었다. 나는 문득 아버지를 떠올렸다. 아버지라면, 어떻게든 이 사태를 해결할 수 있을 거였다. 나는 뒤로 돌아서 달렸다. 평소에 가던 길을 우회해서 집까지 뛰었다. 나는 내가 그렇게 빨리 뛸 수 있는 사람이라는 것을 그때까지 알지 못했다. 집으로 꺾어지는 골목에 들어서자 거기엔 정말 죽은 고양이가 있었다. 우리 집 앞을 자주 지났던 고양이, 입 주위로만 별 모양으로 흰 털이 나 별이라고 해지가 부르던 그 고양이였다. 죽어 있는 고양이를 본 것은 그때가 처음이었다. 고양이는 네 다리를 위로 쳐든 채 배를 보이며 시멘트 바닥에 죽어 있었다. 눈을 뜬 상태로 차갑고 꼿꼿하게 굳어 있던 고양이. 나는 가방에서 열쇠를 찾았다. 열쇠가 열쇠구멍에 잘 들어가지 않아서 내 손이 떨리고 있다는 것을 그제야 알았다.

"아빠, 아빠."

집에 들어오자 훅, 따뜻한 기운이 나를 감쌌다.

내 목소리가 다급하게 들렸던 게 틀림없었다. 어머니와 아버지가 동시에 무슨 일인가 놀라서 방에서 뛰어나왔으니까.

"아빠, 아빠. 고양이 아저씨가 맞고 있어요."

그 뒤로 자세한 것은 기억나지 않는다. 나는 아마 울면서 아버지에게 내가 목격한 것을 설명한 것 같다. 아저씨의 얼굴이 어떻게 부어 있었는지. 그의 몸이 발길질에 어떻게 둥그렇게 말렸다가 다시 가까스로 펴졌는지. 그리고, 피가, 피가 어떻게 흘러내렸는지에 대해서. 나는 아버지가 내 이야기를 다 들으면 옷을 챙겨 입고 밖으로 뛰어갈 것이라고 생각했다. 경찰을 부르고, 사람들을 불러서 어떻게든 상황을 해결해줄 거라고. 그러나 놀랍게도 아버지는 내 이야기를 듣더니 어머니에게, "얘 물 좀 떠다줘. 숨 넘어가겠네"라고 말했다. 그리고 내 쪽을 바라보면서는 이렇게 천천히 덧붙였을 뿐이다.

"얼굴이 꽁꽁 얼었다. 따뜻한 아랫목에 가서 몸 좀 녹여라."

나중에 안 일이지만 재개발 추진이 지연되는 데 대한 분풀이로 독극물을 주입한 닭고기를 동네 여기저기에 뿌려둔 것은 찬성파 중 누군가였다. 수십 마리의 고양이들이 그것을 먹고 골목 곳곳에서 죽어나갔다. 아버지는 그것을 이미 알고 있었을까. 어쩌면 아버지는 성정상 싸움에 끼어들고 싶지가 않았던 것뿐일지도 몰랐다. 아버지는 그저 우리 가족을 위해 서울로 이사를 왔을 뿐이고, 그런 갈등을 겪게 될 줄은 상상도 하지 못했을 테니까. 그렇지만, 이상하게도 나는 어머니가 건네준 물을 받아 마시고도, 시키는 대로 방 아랫목에 이불을 덮고 앉아 있으면서도, 눈물이 멈추지 않았다. 한참을 울고 까무룩 잠이 들었다가 퉁퉁 부은 눈을 가까스로 떴을 때는 이미 캄캄한 밤이었다. 나는 자리에서 일어나 앉았다. 머리가 깨질 듯이 아팠다. 어머니와 아버지는 이미 잠들었는지 집 안이 조용했다. 그렇게, 어두운 방 안에 무거운 눈을 끔벅이며 잠시 앉아 있는데, 어떤 이유에서인지 갑자기 집 앞에 죽어 있던 고양이를 묻어줘야겠다는 생각이 들었다. 그것은 정말 이상한 생각이었다. 나는 고양이를 한 번도 만져본 적이 없었고, 무엇인가 죽은 시체를 묻어본 적은 더더욱 없었으니까. 그렇지만 어디에 어떻게 묻어야 할지도 모르면서 나는 입고 있던 옷에 파카를 걸쳤다. 고양이는 차가운 바닥에 아직 그대로 있을 거였고, 그렇게 내버려둘 수는 없었다. 나는 사람들이 그저 구경만 하고 있던 고양이 아저씨를 떠올렸고, 안방으로 들어가던 아버지의 뒷모습을, 내 얼굴을 자꾸만 쓸어내리면서, 한숨 자라고, 나를 토닥이던 어머니를 떠올렸다. 나는 파카의 지퍼를 올렸다. 아버지나 어머니가 깰까 봐 전등을 켜지 않고 주변을 손으로 더듬으며 거실로 나가면서, 고양이를 수건 따위로 감싸서 공터 옆 화단에 묻어주면 되지 않을까, 그런 생각을 했다. 꽤 괜찮은 생각인 것 같았고, 기분이 한결 나아졌다. 그런데, 현관 앞에 서자 갑자기 한기가 느껴졌다. 문틈으로 찬바람이 들어오는 모양이었다. 밤이 되었으니 바깥은 낮보다 기온이 더 떨어져 있었을 것이다. 며칠째 영하 15도 안팎의 강추위가 계속되고 있었다. 나는 신발장에서 운동화를 꺼내기 위해 현관으로 발을 내딛었다. 현관 바닥에 맨발이 닿자 생각보다 너무 차가워 몸서리가 쳐졌다. 고양이가 아직 그대로 있긴 한 건가. 옷을 너무 얇게 입은 것 같다는 생각이 들었다. 사실 누군가가 벌써 치워버렸을지도 모르는데. 그 당시 우리가 살

던 집의 현관문 윗부분에는 바깥을 내다볼 수도 있도록 동그랗게 유리창
이 나 있었다. 실내와의 온도차 때문에 유리창에 김이 서려 바깥은 아무것
도 보이지 않았다. 나는 운동화를 구겨 신은 채 창을 손바닥으로 쓱쓱 문
질렀다. 고양이 시체가 아직 골목에 버려져 있는지만 일단 살짝 확인하고
나갈 생각이었다. 내 손자국을 따라 투명해진 차가운 유리창에 이마를 가
만히 대었다.

"세상에."

그 순간 나도 모르게 탄성이 튀어나왔다. 창밖에서는 커다란 눈송이가
떨어져내리고 있었다. 깃털처럼 부드러운 눈송이가. 역청빛 어둠을 덧칠
한 이웃집의 지붕 위에도, 옥상 위의 장독대와 비탈 아래쪽의 앙상한 나
무초리 위에도, 고요하게. 얼마나 아름다웠는지. 그것은 정말 내가 태어나
서 단 한 번도 본 적이 없는 커다란 눈송이였다. 마른눈. 자국눈. 가랑눈.
국어사전에서 내가 발견했던 무수한 단어로도 형용하는 데 충분하지 않던
눈송이. 그토록 숨 막히는 광경을 나는 그전에도 그 이후에도 본 적이 없
었다. 그리고 나는 차가운 유리창에 이마를 댄 채 그렇게 한동안 서 있었
다. 구겨진 신발 위에, 양말도 없이, 까치발을 한 채로. 돌이켜보면 그것이
내 인생의 결정적인 한 장면은 아니었을까 하는 생각이 든다. 앞으로 나는
평생 이렇게, 나가지 못하고 그저 문고리를 붙잡은 채 창밖을 기웃거리는
보잘것없는 삶을 살게 되리라는 사실을 암시하고 있었으니까. 그러나 내
가 그 장면의 의미를 이해하게 된 것은 아주 먼 훗날의 일이고, 그때 나는
창밖으로 떨어져내리는 아름다운 눈송이를 그저 바라보고만 있을 뿐이었
다. 모든 것을 까맣게 잊어버리고. 집집마다 매달려 펄럭이는 붉은 깃발들
사이로 새하얀 눈송이가 떨어져내리는 풍경을, 그저 황홀하게.

고요한 사건 백수린

박진숙 충북대학교 교수

새로운 재개발 서사와 정주의 상상

이 소설을 이해하기 위한 가장 중요한 단서는 소설 제목이다. 「고요한 사건」은 백수린이 주석으로 밝혀놓은 것처럼 바실리 칸딘스키의 회화에서 차용한 것이다. 우리는 두 가지를 염두에 두어야 한다. 하나는 언어 형태 그대로 '고요한' 사건에 대한 것이고, 하나는 바실리 칸딘스키의 회화가 차용되는 맥락에 관한 것이다. 사건이 고요하다는 것은 무슨 뜻인가? 여기에는 역설이 개입해 있다. 내게는 매우 인상적인 사건이었으나 아버지의 세계에서는 아무것도 아니었던, 그리고 그날 이후 내 삶의 경계를 틀지어주는 계기가 되었던 한 장면의 중요성에 관한 것이다. 칸딘스키가 차용되는 맥락은 어떤가? 칸딘스키는 현대 순수 추상회화 작가로 표현주의 미술의 발전에 큰 역할을 한 바 있다. 색과 소리, 촉각, 그리고 냄새 같은 오감적 요소를 색으로 표현하는 개념적 추상화를 그린 것으로 유명하다. 이 소설 곳곳에 넘쳐나는 소리, 냄새들은 여기에 연루되어 있다.

「고요한 사건」은 우리 가족이 재개발 지구인 서울 소금고개에 정착해 살기 시작한 지 3년 가까이 되어가던 시절의 이야기이다. 주인공 나의 중고교 시절이 놓여 있고, 내가 보낸 사춘기 시절 즉 성장담이 중요한 서사일 법한 내용으로 구성되어 있다. 일반 성장소설이 지닐 법한 성에 대한 자각, 기성 세계의 질서로 편입될 수밖에 없는 성장통 등도 그려져 있으나 초점은 여기에 있지 않다.

이유는 백수린의 소설적 경향에서 찾을 수 있다. 백수린은 '이방인은 내 주제'라고 할 만큼 경계에 주목해온 작가이다. 이 소설에서 보여주는 경계는 시간과 공간에 의한 것이다. 정주민 속에 정착한 이주민, 수많은 시간의 켜를 공유하고 있는 정주민 속에서의 이질적인 생활, 달동네와 아파트 사이에 위치한 학교 다니기, 재개발에 대한 다른 태도를 취하도록 만드는 집이라는 공간과 가족.

소설의 서두는 "죽은 고양이를 처음 본 것은 내가 열여덟 살에서 열아홉 살로 넘어가던 해의 겨울이었다. 눈 소식이 유난히 없었던 그해 겨울. 잣눈. 싸라기눈. 포슬눈. 국어사전에서 눈(雪)을 가리키는 서로 다른 이름들을 발견할 때마다 나는 눈이 오길 기다리는 마음으로 노트에 베껴 적으며 지루한 겨울을 나고 있었다."로 시작한다. 이 소설에서 중요한 이미지는 죽은 고양이와 눈이다. 소설 결말의 고요한 사건, 즉 죽은 고양이를 발견한 그날의 기억으로 우리를 데려가도록 구성되어 있다.

그렇다면 이 소설의 서사는 어떤 식으로 전개되는가? 우리 가족은 3월 중순 무렵 서울 재개발 지역으로 이사를 왔다. 소금고개의 첫인상은 "엄마, 여기가 서울이야?"라고 눈을 크게 뜨고 물었던 것처럼 초라함 그것이었다. 그날의 기억을 작가는 봄기운이 돌기 시작한 유난히 맑은 날, 하수구 냄새, 고양이 울음소리 같은 감각으로 묘사하고 있다. 소금고개는 재개발 사업이 추진되면서 아파트 단지가 조성되던 지역에 남아 있는 유일한 달동네였다. 우리가 가진 돈으로는 전세밖에 구할 수 없어서 부동산에 밝은 조씨 아저씨 조언에 따라 서울 허물어져가는 동네의 허물어져가는 집 한 채를 산 거였다. 1년 아니면 2년 후에 재개발이 되면 아파트가 들어설 것이니까. 부모님은 나를 좋은 사립 고등학교에 보내기 위해 서울로 올라왔다는 말을 수시로 했다. 넌 장차 훌륭한 사람이 되어야 한다는 말과 함께. 부모님이 내게 입단속을 시켰으므로 나는 재개발될 예정이기 때문에 소금고개로 이사 왔다는 이야기를 아무에게도 하지 않았다.

이 소설에는 갖가지 감각들이 넘쳐난다. 고향에서 쓰던 이불의 익숙한 냄새, 이사 온 날 아버지와 어머니가 집 안 곳곳을 정리하며 만들어내던 작은 소음까지. 고향에서 살던 아파트에서 서울 재개발 지역 달동네로 이사 온 우리 가족은 그 동네에서도 이질적인 집이었다. 아버지는 그 동네에서 정장 차림으로 출근하는 유일한 사람이었고, 어머니는 동네 아주머니들 중 유일하게 고등학교를 졸업한 데다 세 개나 되는 양산을 옷차림이나 기분, 하늘의 빛깔에 따라서 골라 들고 다닐 정도의 사람이었다. 처음에는 외지에서 왔기 때문에 우리를 경계하던 사람들의 태도는 차츰 우리 가족에 대해 알아갈수록 우호적으로, 그렇지만 조금은 거리를 둔 예의 바름으로 바뀌어갔다. 전학생인 나 역시 마찬가지였다. 나는 성적에 관심 없고 목깃에 땟자국이 선명한 교복 블라우스를 다리지도 않고 입을 뿐만 아니라 교실 바닥에 침을 뱉는 절반의 아이들을 보면서 위화감을 느낀 나머지 절반의 아이들에 나 자신이 가깝다고 생각했지만, 나머지 절반의 아이들에게 나는 또 이질적이었던, 그런 학교에서 생활을 하게 된 것이다. 어머니와 아버지는 달동네와는 이질적으로 열심히 비질을 했고 나는 전학 후 첫 중간고사에서 3등을 해서 적응이 어렵지는 않았다.

해지와 무호가 등장하는 것은 달동네 이름이 소금고개라는 것을 설명하는 대목에서이다. 사실은 이렇게 등장하지 않아도 되는데 작가는 이 방법을 쓰고 있다. 그냥 행정구역명을 쓰면 되는데 굳이 소금고개라는 명칭을 쓰고 달동네라는 점을 이렇게 표현하는 것이다. 소금고개는 가파른 고개를 넘다 보면 땀이 비 오듯 쏟아져 옷자락에 소금이 생길 지경이라 지어진 이름인데, 그것은 사실은 해지와 무호가 내게 해준 말이어서 동네 사람들이 다 그렇게 생각했는지는 알 수 없는, 내가 지금까지 그렇게 믿고 있을 뿐인 것이다. 해지와 무호는 이렇게 이 소설에 등장하고 이야기는 전개된다.

내가 전학을 간 학교는 지리적으로 달동네와 아파트 단지의 중간쯤에 있었고, 학교 구성원도 달동네 아이들 절반과 아파트 아이들 절반이었다. 외지에서 온 나를 경계하는 눈빛으로만 바라보던 아이들 틈에서 해지는 이쪽과 저쪽, 어느 쪽에도 끼지 못한 채 어정쩡하게 있던 나를 배척하지 않은 유일한 아이였다. 해지를 통해 무호도 알게 되었다. 소금고개에는 수도 없이 많은 길고양이들이 살고 있었다. 해지와 친해진 지 얼마 되지 않은 어느 저녁 나는 내가 보았던 기괴한 풍경에 대해 이야기를 했다. 동네 어귀 공터에서 한 아저씨가 수많은 고양이들에게 둘러싸여 있던 장면에 대한 이야기. 해지는 그 아저씨가 무호의 집이 있는 골목에 사는 사람으로 오래전 큰 사고로 가족을 모두 잃은 이후 동네 고양이들을 찾아다니며 먹이를 주기 시작했다고 한다. 고양이 아저씨라 불린다는 그 아저씨를 해지는 잘 알고 있었고, 가까이 가서 고양이를 쓰다듬기도 했지만 나는 멀찌감치 서서 지켜보기만 했다.

나는 공부를 잘하는 재능이 있어 중간고사 성적이 증명되었기 때문에 아파트에 사는 아이들과 어울릴 수는 있었지만, 그들의 그룹 과외에 속할 수 없었고, 무엇보다 집이 달랐다. 백수린은 이를 "물리적 성질이 달라 합류 지점을 지난 뒤에도 각자의 흰빛과 검은빛을 유지하며 나란히 흐른다는 남아메리카의 두 강줄기처럼, 서로 섞이는 법이 없"다고 써놓고 있다. 나는 소금고개의 고양이 아저씨나 고양이 울음소리, 방음되지 않는 벽으로 들려오는 노인의 가래 뱉는 소리, 소란스러운 텔레비전 소리와 같은 소음뿐만 아니라 정화조 트럭이 지나갈 때 진동하던 악취. 고양이들의 배설물 냄새. 거리에 버려진 음식물 쓰레기 냄새 등에 더 적응하지 못했다.

해지와 더 친해진 건 아마 이런 상황 때문이었을 것이다.

어머니가 교육 환경 운운하며 이 집을 전세 놓고 대출을 받아 다른 동네 전셋집을 구할 수 없을까 얘길 하던 때 나는 해지와 친하게 지내다 맥주로 머리를 탈색해보려다 어머니에게 들켜 혼난 일이 있었다. 그 뒤에는 해지네 집에서 더 많이 놀았는데 해지네 집 옥상 텐트에서 해지는 내 눈썹 정리를 해주어 해지 눈썹과 똑같은 눈썹을 지니게도 되었다. 나는 사랑에 굶주린 아이처럼 해지를 맹목적으로 믿었으나, 해지에게는 나 말고도 친구들이 많이 있었다. 내게는 해지가 바깥세상의 전부였지만, 해지에게는 내가 그저 삶을 구성하는 한 부분에 불과할지도 모른다는 생각이 당시 나를 때때로 슬프게 했다.

무호가 오면 해지와 셋이서 굴다리 너머 마을버스 차고지로 쓰였다가 버려진 부지에 가서 건전하게 이야기를 나누었다. 나는 아버지에 대해 이야기를 했던 것 같다. 이것 또한 소설 마지막 고요한 사건의 한 대목에 중요한 역할을 하도록 배치된 부분이라 미리 언급해둘 필요가 있다. 나는 주로 내가 얼마나 아버지를 좋아하는지에 대해 이야기를 했다. 가난한 시골 출신 오남매 중 장남으로 태어난 아버지는 동생들을 건사하기 위해 희생해왔다. 음악을 사랑하고 기타 연주자가 되고 싶었지만 가족을 위해 꿈을 포기한 그런 아버지를 나는 자랑스러워한다. 화를 내거나 욕을 하는 법이 없었던 아버지. 비가 오나 눈이 오나 매달 마지막 주 토요일마다 할머니 할아버지 댁에 찾아가 다리를 주물러드리고 돼지갈비를 사드리며 살코기만 가위로 잘라드리는 그런 사람이 바로 아버지였다고.

해지는 미용을 배울 거라고 했고, 무호는 정비공이 될 거라고 했다. 소금고개에서 인문계 고등학교, 명문대 입학률이 높은 사립 고등학교 입시를 준비하고 있던 것은 나 하나였다. 내가 담배를 배운 것은 그런 날들 중 하나였다. 그렇지만 나는 훌륭한 사람이 되어야 한다는 부모님의 당부를 잊지 않았고 성적도 떨어지지 않았다. 아파트에 사는 아이들이 나를 무시하지 않던 이유는 성적 때문이었다. 나는 다른 아이들이 우리 동네 아이들을 어떻게 보는지 알고 있었고 내가 그 대상이 아니라는 사실은 다행이었지만 그렇게 생각할 때마다 배신자가 된 것 같은 감정을 느꼈다. 해지가 공부를 조금만 했다면 이런 감정을 느끼지 않아도 될 텐데 하는 생각에 화가 나기도 했다. 아버지는 주어진 환경을 극복하지 않고 안주하려는 것은 잘못하는 일이라고 했다. 이렇게 나는 성장하고 있었다. 해지가 해외 패션쇼 모델 담당 헤어디자이너가 꿈이라고 무호가 독일 자동차 설계를 할 거라고 부푼 꿈을 얘기할 때, 나는 이상하게 점점 불쾌해졌는데 원인이 무엇인지 그때는 자각하지 못했다. 초라한 골목이 어째서 해가 지기 직전 그 잠깐 동안 황홀할 정도로 아름다워지는지 그때 나는 그 이유를 알지 못했다고도 쓰고 있다. 이 소설이 달동네와 철거 지역 문제를 다룬 여타의 소설과 다른 이유는 이러한 소설 쓰기 방식과 관련되어 있다.

소금고개 재개발 추진 위원회가 설립되었고 개발 반대 주민들은 비상 대책 회의장으로 정해진 무호네 집에서 매주 화요일 저녁 대책 회의를 열었다. 턱없이 높은 추가 분담금을 내는 것이 불가능한 사람들은 재개발 반대 입장을 취했고 해지의 가족은 세입자였으므로 동의하지 않을 권리조차 없었다. 재개발을 앞두고 우리 집은 찬성, 무호네는 반대, 해지네는 권리 없음으로 나뉘어졌다. 셋에게는 공통점이 없었지만 여전히 가끔씩 버려진 차고지에 앉아 시답지 않은 이야기를 하며 담배를 피웠다. 그러던 중 넌 좋은 대학에 가서 부자가 되겠지, 같은 말을 내게 했다.

해가 한 번 더 바뀌고 내가 열여덟 살이 되자 이사 가는 사람들이 하나, 둘 생겨났다. 해지네 식구는 동네를 가장 먼저 떠났다. 해지네 이사가 결정되고 얼마 지나지 않은 9월 무호가 학교에서 돌아오던 나를 마중 나왔다. 개발 찬성파와 반대파 사이의 갈등은 점점 더 심해져가고 있었기 때문에 공통의 화젯거리가 별로 없었다. 고양이 아저씨는 고양이들을 두고 갈 수 없어 재개발에 반대한다고 했다. 나를 데려다주면서 무호는 해지가 떠나기 전에 고백하고 싶으니 도와달라고 한다. 무호의 청대로 나는 해지를 불러다주었고, 무호는 해지에게 사귀자고 하고 해지는 그러자고 하는 순간 나는 축하의 박수를 쳤다.

　이 과정에서 나는 잠깐 내가 무호를 좋아했는지도 모른다고 생각한다. 그러나, 또 동시에, 그렇더라도, 나와 무호의 삶이 교차할 수 있는 순간은 너무나도 짧고, 우리는 이제 몇 년의 시간이 흐르지 않아 완전히 다른 길을 걷게 될 것이며, 더 이상 우리의 인생은 겹쳐지지 않을 거라는 사실을 내가 너무 오래전부터 알고 있었다는 생각도. 그러고는 어쩌면 우리 셋의 관계의 축이 한쪽으로 기울어버렸음을 깨닫는 순간 느낀 허전함이 나를 착각하게 만든 것일 뿐이었을까라고 적고 있다. 나의 친구 관계와 이성 관계의 시작은 이렇게 매듭을 지으려고 하고 있었다.

　우리 가족은 포클레인이 폐가들을 부수기 전에 이사를 했고 그 후 한동안 나는 그 지역에 다시 가지 않았다. 고양이 아저씨처럼 쫓기듯 떠나간 소금고개 사람들이 어디에 어떤 모습으로 살고 있는지 모르게 되었다. 이제는 공항철도가 놓인 그 거리를 걷다 보면 그 시절의 어떤 장면들이 불쑥 떠오르곤 한다면서 작가는 '죽은 고양이를 발견한 그날의 기억'을 소설 마지막 부분에 배치해놓고 있다.

　나는 달동네에 살지만 사립계 인문고등학교에 진학했고, 그 학교 다른 친구들과도 섞이지 못한 채 외국 소설이든 잡지든 심지어 국어사전까지 활자에 굶주린 사람처럼 아무 책이나 닥치는 대로 첫 페이지부터 끝까지 읽어대고 있었고, 그날은 학교 도서실에 앉아 제임스 조이스나 외젠 이오네스코의 책 같은 것을 이해하지도 못하면서 읽다 집에 돌아오는 길이었다. 얻어맞고 있는 고양이 아저씨를 본 것이었다. 아버지라면 이 사태를 해결할 수 있을 거라 생각하며 안간힘을 다해 뛰어서 집까지 가는데, 길에서 죽어 있는 고양이를 처음 보게 된다. 집에 도착해 아버지에게 목격한 것을 설명하며, 아버지가 경찰을 부르고 사람을 불러서 상황을 해결해 줄 거라고 기대했다. 그런데 아버지는 어머니에게 숨 넘어가겠다고 물 좀 떠다주라고 한다.

고양이가 죽은 것은 개발 찬성파 중 누군가가 재개발 추진이 지연되는 데 대한 분풀이로 독극물을 주입한 닭고기를 동네 여기저기 뿌려두었기 때문이었다. 아버지는 이미 알고 있었을까. 성정상 싸움에 끼고 싶지 않았을까. 아버지는 그저 우리 가족을 위해 서울로 이사를 왔을 뿐이고, 그런 갈등을 겪게 될 줄은 상상도 하지 못했을 테고……. 이런 생각을 하며 눈물을 흘리다 잠들었다 깨니 캄캄한 밤. 갑자기 집 앞에 죽어 있던 고양이를 묻어줘야겠다는 생각이 들어 파카를 걸치고 나가며 여러 가지 생각에 사로잡힌다. 실내와의 온도차 때문에 유리창엔 김이 서려 있다. 고양이 시체가 아직도 골목에 버려져 있는지 확인하고 나갈 생각에 김 서린 유리창을 닦고 내다보니 창밖에서는 커다란 눈송이가 떨어져 내리고 있었다. 하필 그 순간에 그렇게 기다렸던 눈이 "고요하게. 얼마나 아름다웠는지. 그것은 정말 내가 태어나서 단 한 번도 본 적이 없는 커다란 눈송이였다."

나는 이것이 "내 인생의 결정적인 한 장면은 아니었을까"라고 생각한다. 다음 대목은 이 소설의 핵심이자 백수린이 소설을 쓰는 방식이기도 하다.

앞으로 나는 평생 이렇게, 나가지 못하고 그저 문고리를 붙잡은 채 창밖을 기웃거리는 보잘것없는 삶을 살게 되리라는 사실을 암시하고 있었으니까. 그러나 내가 그 장면의 의미를 이해하게 된 것은 아주 먼 훗날의 일이고, 그때 나는 창밖으로 떨어져내리는 아름다운 눈송이를 그저 바라보고만 있을 뿐이었다. 모든 것을 까맣게 잊어버리고. 집집마다 매달려 펄럭이는 붉은 깃

발들 사이로 새하얀 눈송이가 떨어져내리는 풍경을, 그저 황홀하게. (71쪽)

니콜라이 하르트만은 "창조는 정신의 물질화이고, 감상은 물질의 정신화"라고 했다. 이 예술론에 근거한 칸딘스키는 예술가를 "시대정신의 구현과 전달의 임무를 가진, 시대의 선두에 서서 시대를 인도하는 자"라고 본다. 백수린은 칸딘스키를 통해 무엇을 전달하고자 했는가. 백수린이 물질화한 정신은 무엇이며 우리는 물질에서 어떤 정신화 과정을 거쳤는가. 이 소설의 마지막 장면은 무수한 정신들이 천상에서 떠다니다가 지상에서 자신을 부르는 목소리가 높아지게 되면 부름받은 한 정신이 비로소 낙하하는 장면처럼, 재개발 지역 안으로 새하얀 눈송이가 떨어져내리는 풍경을 묘사하고 있다.

된장이 된

윤고은

—

1980년 출생. 2003년 대산대학문학상을 받으며 등단.
한겨레문학상, 이효석문학상, 김용익문학상 수상.
소설집 『1인용 식탁』 『알로하』 『늙은 차와 히치하이커』와
장편소설 『무중력증후군』 『밤의 여행자들』이 있음.

된장이 된

아버지가 꺼낸 건 된장이었다.

처음엔 그게 된장이란 것을 누구도 알아보지 못했다. 냄새와 빛깔로 마침내 그것임이 증명된 후에도, 우리 중 누구도 그게 진짜 된장일 거라고는 생각하지 못했다. 아버지가 오늘 받아 와야 했던 건 현금 천만 원이었고 그게 눈에 보이는 지폐 더미일 필요는 없었지만, 저렇게 50킬로그램의 된장일 필요는 더더욱 없었다.

천만 원은 용도가 분명했다. 그것이 집에 도착하기만 하면 일단 5백만 원이 동생의 어학연수 초기 비용이 될 예정이었고, 450만 원은 내 다음 학기 등록금, 그리고 남은 50만 원은 엄마의 몫이었다. 그러나 집에 도착한 건 50킬로그램의 된장뿐이었다. 아버지가 집 앞에서 전화를 걸 때까지만 해도, 동생을 주차장으로 불러낼 때까지만 해도, 우리는 그게 기어코 받아낸 천만 원에 대한 역사적인 마중일 거라고 생각했다. 동생은 한달음에 뛰어나갔는데, 두 남자가 짊어지고 온 건 돈이 아니었다.

어머니는 기어코 방으로 들어가 문을 닫아버렸다. 아버지는 쉽게 저 문을 열지 못할 것이다. 동생은 그 된장을 멍하니 바라보고 서 있었다. 이게 내 미래란 말인가, 뭐 그런 표정으로 말이다. 정체를 증명하기 위해 잠시 열렸던 플라스틱 뚜껑은 닫힐 줄을 몰랐다. 그냥 열린 채로 구린내를 풍기고 있었다. 동생이 마침내 그 된장 통의 뚜껑을 덮었는데 갑자기 출몰한 벌레를 잡을 때처럼 거리감을 둔 손놀림이었다. 야무지지 못한, 마지못해 떠밀린 그런 손놀림. 우리가 불청객을 베란다로 옮기는 동안 아버지는 무슨 거죽처럼 소파에 늘어져 있었다. 아무것도 말하고 싶지 않은 눈치였지만, 저 된장의 출처에 대해 말할 사람이 또 있겠는가.

아버지는 뭐에 홀린 사람처럼 말했다. 약속된 장소로 갔는데 그 문 안에 저 된장만 덩그마니 있었다는 거다. 사람은 온데간데 없고 이미 살림은 다 빠진 상태로, 그 공간에 있던 게 오직 저 25리터 플라스틱 통 두 개뿐이었다는 거다.

"그걸 믿으라는 거냐!"

갑자기 날아온 굉음에 된장 뚜껑이 살짝 들린 것도 같았다. 복식호흡으로 끌어올린 듯한 어머니의 목소리였다. 천만 원은 우리에게 물리적으로도 상당한 금액이었지만 심리적으로도 절실했다. 그 천만 원이 처음부터 천만 원이었던 건 아니다. 내가 아는 바에 따르면 천만 원의 기원은 지금으로부터 거의 15년 전에 있었고, 그때는 8백만 원이었다.

15년 전, 마흔 살의 아버지를 설레게 한 건 '이오피케이'였다. EOPK인지 25PK인지조차 명확하지 않았지만, '제2의 비아그라', '부작용 없는 비아그라'로 통했다. 이런 건 과학이죠, 그렇게 말했던 사람은 아버지와 같은 건설회사에 다니던 입사 동기였다. 그는 아버지보다 한 살이 어렸는데 입사 후 십몇 년을 동고동락했고, 아버지에게 이오피케이가 성공을 예약한 사업이라고 했다. 아버지는 그가 말하는 과학에 8백만 원을 투자했지만, 돌아온 건 오랜 동료가 '먹튀' 했다는 소식이었다. 이오피케이는 유령같은 것으로 밝혀졌는데, 그는 연락조차 되지 않았다. 회사 내에서 그에게 돈을 돌려받지 못한 사람들은 다섯 명, 피해금액은 1억 원이었다. 이오피케이에 투자한 사람도 있었고, 그의 가정사를 위해 돈을 빌려준 사람도 있었다. 10년 넘게 성실했던 그를 의심한 사람은 거의 없었다. 심지어 이 모든 일이 발각되기 이틀 전에 돈을 빌려준 사람도 있었다. 그 다섯 명 중의 하나가 아버지였는데, 아버지는 모든 것이 다 드러난 그때까지도 이오피케이를 의심하지 않았다. 단지 운이 나빴을 뿐이라고 했다.

"똥이 아닌 게 다행이네."

동생이 베란다를 바라보며 그렇게 말했는데, 아버지는 별 대꾸도 하지 않았다. 한 시간 전까지만 해도 오늘은 디데이가 분명했다. 그런데 된장이라니. 된장은 자그마치 50킬로그램이었다. 물리적으로는 어땠는지 모르겠지만 심리적으로는 확실히 어마어마한 냄새가 났다.

50킬로그램의 된장은 거구였다. 그것이 집에 들어왔기 때문에 나는 밖으로 나가야 했다. 매일 오전 열한 시, 집 근처 지하철역 앞에서 10인승 승합차에 올라탔다. 한 달간 바짝 전단 작업을 하기로 했다. 등록금에는 당연히 못 미치겠지만, 당장 구할 수 있는 아르바이트가 몇 없었다. 승합차는 열 명이 안 되는 사람들을 싣고 매일 다른 목적지로 달려갔다. 위치상 나는 맨 마지막으로 차에 오르는 사람이었는데, 오늘에서야 내가 사흘 연속으로 같은 말을 듣고 있다는 사실을 깨달았다. 내가 차에 올라탄 지 얼마 되지 않아서 누군가가 이렇게 수군거렸던 것이다.

"아 씨, 뭘 먹은 거야?"

이름도 모르는 이의 혼잣말이었지만, 대놓고 내게 말한 건 아니었지만, 그 말에 내 몸의 모든 모공이 바짝 수축했다. 아무래도 냄새의 발원지가 나 같았던 것이다. 생각해보면 이 차뿐만이 아니라 다른 곳에서도 냄새 운운하는 얘기를 들었다. 어디선가 냄새에 대한 이야기가 오갈 때면 몸을 가만히 두기가 어색해졌다. 그렇다고 움직이기도 어색했다. 심리적으로 나는 인구밀도가 줄어든 도심을 경험하고 있었다. 사흘 전, 그러니까 집에 된장 50킬로그램이 도착한 이후부터 말이다. 정말 된장 때문인가. 냄새는 어떤지 몰라도 확실히 이 아르바이트는 된장 때문이었다.

승합차는 20분을 달려 갓 완공된 아파트 단지에 도착했다. 내 몫은 여섯 개 동이었다. 한 동에 출입구가 네 개씩 있고 출입구로 들어가면 양쪽에 집이 두 개씩 있었다. 25층 건물을 계단으로만 오르내려야 했지만, 그런 수고로움보다 더 힘든 건 전단지를 제대로 배포하는지 감시하는 검사조가 따로 있다는 거였다. 나보다 몇 박자 늦게 같은 동선을 밟는 누군가가 있다는 사실은 불편했다. 사장은 이 시스템이 전단지 배포 인원을 더 쓰는 것보다 훨씬 효율적이라고 했다.

전단지의 종류는 다양했다. 헌옷 수거합니다, 개인 용달 수도권 전문, 남편 몰래 급전, 사장님이 미쳤어요, 대입은 중2 겨울이, 한 마리 같은 세 마리 치킨, 떼인 돈 받아드립니다…… 전단지 속의 문장들은 머릿속을 그냥 통과하곤 했는데, 오늘은 달랐다. 떼인 돈 받아드립니다? 평소라면 그냥 지나쳤을 문장이 머릿속에 오래 남았다. 아파트 두 동을 돈 다음, 나는 전단지 속의 카톡 아이디로 궁금한 것들을 물어보았다. 몇 가지 질문 중에 가장 중요한 건 이거였다.

'아주 오래된 돈도 가능한가요?'

떼인 돈을 받아주는 그 전문가의 이름은 '조'였다. 그는 자신의 전공이 묵은 돈이라고 대답했다.

오후 다섯 시를 넘기기 전에 일이 끝났고, 차는 출발 지점으로 되돌아갔다. 같은 전단지를 돌린 사람들은 비슷하게 지쳐 있었고, 다른 냄새를 구분할 기력조차 없었다. 다음 날 다시 만날 사람들은 저마다의 경로로 귀가했다. 나는 주머니 속의 전단지 한 장을 만지작거리며 조를 만나러 갔다. 지하철 플랫폼에서 열차를 기다리는 틈새에 옷소매를 끌어당겨 냄새를 맡았다. 아무런 냄새가 나지 않거나, 코와 소매에서 동일한 냄새가 났다.

조는 이 업계에서 70퍼센트의 성공률을 자랑하는 베테랑이었다. 물론 이 정보의 출처가 그 자신이어서 말하는 대로 믿을 수밖에 없었지만.

"준비물은 갖고 오셨습니까?"

나는 가방에서 서류 봉투를 꺼내서 조에게 내밀었다. 봉투는 아버지가 오래된 소지품을 보관하는 작은 가방 안에 있었는데 아버지는 이 봉투가 사라진 것도 모르고 있을 것 같았다. 그 사기꾼이 아버지에게 줬던 각서와 아버지가 썼던 탄원서의 사본, 그리고 그와 아버지가 함께 찍은 사진 등이 들어 있었다. 사진 속의 그를 가리키며 이렇게 말했다.

"우리는 이 사람을 X라고 부를 겁니다."

X의 인상은 내 기억 속에도 어렴풋이 남아 있었다. 그는 아버지보다 한 살 어렸지만 훨씬 주름이 많았다. 나와 동생에게 만 원 지폐를 한 장씩 줄 때는 꽤 선량한 사람이라 생각했고 동생보다 내게 만 원을 더 줬을 때는 꽤 센스 있는 사람이라 생각했다. 그가 아버지에게 사기를 친 사람이라는 것을 알기 전까지 말이다.

"아버님이 이 빚을 오랫동안 추적하셨습니까?"

"아뇨, 추적이라기보다는."

그냥 기억 정도였다. 잊을 만하면 기억하고, 또 잊을 만하면 기억하는 정도. 주로 어머니의 입에서 그 얘기가 흘러나왔는데, 어머니는 참고 참다가 자연스러운 맥락에서 그 얘기를 꺼낸다고 생각했지만 아버지 입장에서는 그렇지도 않았다. 사실 내가 볼 때도 어머니의 그 말은 뜬금없이 등장했다. 이를테면 아버지가 메뉴판 위에서 자신의 메뉴를 얼른 정하지 못할 때, 어머니가 이런 식으로 쏘아붙이는 거였다.

"그러니까 그 돈도 못 받았지!"

시간이 흐르면서 엄마의 대사는 좀 바뀌었다.

"그러니까 그 돈도 혼자만 못 받았지!"

혼자만. 그 다섯 명의 순두부들 중에 아버지만 남은 거였다.

X가 사기를 치고 도망간 이후 그에 관한 소문은 잊을 만하면 한 번씩 찾아와 회사 사람들을 쑤셔댔다. 소문의 종착점은 이러했다. X가 외제 차에 금발 미녀를 태우고 강변 드라이브를 즐기는 걸 목격했다는 것. 그 소문이 사실이었는지 어떤지는 몰라도 X는 오래 숨지 못했고, 정말 강변에서 잡혔다. 외제 차 대신 트럭 한 대가, 금발 미녀 대신 백발의 노모와 함께였다. X는 수중에 있던 돈을 모두 털었지만 1억 원을 마련하지는 못했다. X는 자신도 피해자라고 항변했지만 진짜 다섯 명의 피해자들 앞에서는 눈도 제대로 마주치지 못했다. 그러나 다섯 명은 X가 형을 사는 것보다는 그에게 기회를 부여해 자신들의 돈을 얼른 갚게 하는 것이 더 낫다는 결론을 내렸다. 다섯 명 중에 가장 피해액이 크고 직위도 높았던 이가 먼저 이렇게 제안했다.

"본인도 속이려고 했겠어? 어쩔 수 없었겠지. 울며불며 애쓰는데, 우리가 기회를 줘봅시다."

피해자 다섯 명의 이름으로 탄원서를 써주자는 거였다. X는 재판을 3주쯤 남겨둔 상황이었다. 나중에 회사에서는 그 다섯 명의 면면을 살펴보면 다 이해가 가는 상황이라는 평이 돌았다. 그만큼 피해자들의 스펙은 상당했다. 몇천만 원씩 손해를 봤다고 해서 당장 생계에 큰 지장을 받는 사람들은 아니었다. 그중에 가장 약한 급이 30대 후반의 상무였을 정도이니 말이다. 물론 아버지를 제외하고 말이다. 사실 아버지가 왜 거기에 껴 있는지가 좀 의아할 정도였다. 아버지는 남은 네 명에 비하면 피해 금액이 가장 적은 편이었지만, 그 사건으로 인한 충격 실험 같은 걸 할 수 있다면 가장 손상도가 높을 게 분명했다. 아버지에겐 그 8백만 원이 없어도 되는 돈은 아니었다. 그러나 아버지는 거기서 혼자만 다른 목소리를 낼 수가 없다. 이건 운 나쁜 일로 인해 생겨버린 또 다른 동아줄이었다. 나머지 네 명의 사람들로 인해 아버지의 위치도 반올림 처리된 듯한 그런 느낌이랄까. 게다가 아버지는 그 X를 여전히 조금은 믿었다. 아버지는 이오피케이를 믿었다.

　탄원서를 대표로 작성한 사람은 가장 힘의 지분이 낮았던 아버지였다. 아버지는 탄원서 초안을 작성한 후 전문가에게 보여 퇴고를 하기도 했다. 요약하자면 '우리는 이 사람에게 한 번 더 기회를 주고 싶다. 그가 충분히 반성했으리라 믿고 있고, 그가 형을 사는 것보다는 매달 조금씩이라도 돈을 벌어 피해를 온전히 책임지는 걸 원한다'는 내용이었다. 결과적으로 군더더기 없는 탄원서가 제출되었지만, 아버지가 쓴 초안과 무수히 고쳐 쓴 과정은 아버지의 낡은 봉투 안에 그대로 남아 있었다. 부치지 못한 연애편지처럼 말이다. 그 탄원서의 초안을 보면 조금 뭉클해지기까지 했다. 거기엔 '우리가 그에게 베풀고 싶은 건 빛이 들어오는 창문입니다. 쓰레기통이 아닙니다'와 같은 문장도 있었다. 간혹 너무 과장되거나 식상하거나 오글거리는 표현들도 좀 있었지만, 쓰는 동안 아버지는 X를 좀 더 안쓰럽게 여기게 된 건지도 몰랐다. 다섯 명은 탄원서를 판사에게 제출하는 것과는 별개로, X에게서 각서를 받았는데, 그 각서의 내용을 보고 아버지는 오히려 죄책감을 느낄 정도였으니 말이다. X의 각서를 요약하자면 이런 식이었다. '나를 믿어준 데 대한 보답을 하겠다. 죽는 날까지 그 빛을 갚겠으며, 내 자식들이 담보다.'

　세 명의 자식은 X의 자랑거리였다. 열아홉에 얻었던 그의 첫째 아들은 서울대에 다니고 있었다. 둘째는 딸이었고, 학교에서 톱을 놓친 적이 없는 수재였다. 태어난 지 백 일이 겨우 넘은 딸도 있었다. X는 자기 자식들의 이름을 하나씩 언급한 각서를 한 사람 한 사람에게 다 적어주었다. 그 각서를 받고 밖으로 나와서 다섯 명은 나란히 담배를 피워 물었다. 아버지는 담배를 피우지 않았지만 다른 사람이 건네는 담배를 피워 물었다. 어떤 소속감 같은 걸 느꼈던 걸까. 지금도 어머니는 어쩌면 그래서 아버지가 그 상태를 일부러 방치한 걸지도 모른다고 의심한다. 설마 그럴 리가. 그때 우리 집은 꽤 어려웠다. 지금도 마찬가지지만 아버지가 날린 8백만 원은 꼭 찾아야만 하는 혈육 같은 거였다.

"활동비 조로 일단 십오만 원을 주시면 일을 시작합니다. 그리고 추후에 결과에 따라 수수료를 지불하시면 되고요. 성공했을 때는 환수금액의 이십 퍼센트, 실패했을 때는 이 퍼센트를 주시면 됩니다."

"천만 원의 이 퍼센트면…… 이십만 원?"

"그게 문젭니다. 왜 잘 풀릴 가능성을 계산하지 않고 시작도 전에 실패할 가능성을 점치십니까? 긍정적으로 계산하시지요. 천만 원의 이십 퍼센트 말입니다. 얼마가 되겠습니까?"

"이백만 원이요."

내가 망설이는 것처럼 보였는지 조는 자신이 이 일을 시작하게 된 계기에 대해 얘기해주었다. 오래전에 그가 중고거래 사이트에서 소형 냉장고를 산 게 시작이었다는 것이다. 김정민이란 이름의 개인에게서 8만 원을 주고 샀는데, 배달되어 온 것을 보니 냉장고 문이 제대로 닫히지 않았다. 냉장고 문짝을 가지고 씨름에 가까운 실험을 한 후 이것은 불량이 분명하다는 확신을 가질 수 있었다. 조는 좀 소심한 편이어서 한참을 고민한 끝에 판매자에게 메시지를 보냈다. '냉장고는 24시간 돌아야 하잖아요, 그런데 제가 24시간 문짝을 밀고 있을 수는 없잖아요, 이거 불량인 것 같아요.' 그러나 아무런 답이 없었다. 마음이 급해지기 시작해서 전화를 걸어봤지만 없는 번호라는 답이 돌아왔다. 사이트 고객센터에서는 조에게 구매자가 해결해야 한다는 조언을 주었다.

조는 다른 사이트에서 한동안 잠복했다. 비슷한 사양과 비슷한 문장으로 된 물건 소개를 보고 혹시나 싶어 판매자 이름을 보니 '김정민'이었다. 반갑기까지 했다. 그는 다른 아이디로 김정민에게 접근했다. 직거래를 하자고 제안했지만 김정민은 안전하고 빠른 택배를 이용하자고 했다. 그 사이트에는 중요한 정보가 더 있었는데 김정민의 집 전화번호였다. 가짜일 거라고 생각했지만, 기대 없이 전화를 걸었을 때 전화를 받은 이는 김정민의 할머니였다. 그가 있냐고 물었을 뿐인데, 할머니는 조에게 오히려 매달렸다. 우리 정민이가 어디 있는지 알면 좀 알려달라는 거였다. 조는 소형 냉장고 얘기와 김정민의 주기적인 사기 행각에 대해 말하고 싶었지만 그럴 수 없었다. 할머니와 조는 누구든 김정민과 먼저 연락이 닿는 사람이 서로에게 알려주기로 약속했다.

조는 최소 일주일에 한 번은 김정민의 집으로 전화를 걸었고, 손자를 기다리는 할머니와 같은 마음을 공유했다. 그 와중에도 잠복 쇼핑을 계속했다. 그러다 다른 사이트에 남겨진 김정민의 족적을 밟았다. 1년이 지난 후였다. 그 무렵에 김정민은 중고폰을 사고 파는 일을 하고 있었는데 사이트에 남겨둔 문장의 배열이 냉장고를 팔 때나 중고폰을 팔 때나 비슷했다. 중고폰을 팔겠다며 조는 김정민을 유인했고, 직거래 장소에 김정민의 할머니를 대동했다. 김정민은 자신은 한 달 전의 일도 기억 못 한다며 1년 전 소형 냉장고를 부인했지만, 조는 8만 원을 돌려받았다. 그렇게 해서라도 손자를 만나게 해준 게 고맙다며 할머니가 전한 돈이었다.

"결론은 세상에 못 받을 돈은 없다는 겁니다. 어떤 방식으로든 노력을 해야죠. 노력, 노오오력 말입니다. 이 얘기를 하니까 장모가 그러더군요. 조 서방, 내 돈도 좀 받아주게! 그게 두 번째 건이었습니다."

여러모로 조의 무용담은 인상적이었다. 뭔가 교훈을 얻기 위해 그를 만난 건 아니었지만 그가 소형 냉장고를 환불받기 위해 열두 개가 넘는 아이디를 만들고, 매일 중고거래 사이트들을 돌아다닌 이야기는 감동적이기까지 했다. 내년이면 다시 복학해야 했고, 전단지로 등록금을 막으려면 생활의 달인급 기술이라도 터득해야 할 판이었다. 집안의 장녀로서 내게는 묵은 돈을 받아내야 할 책임이 있었다. 뭐라도, 뭐라도 해야 했다.

조의 진도는 좀 빨랐다. 적어도 일주일, 아니면 한 달까지도 시간이 걸리지 않을까 생각했는데 그는 사흘도 채 지나지 않아 내게 연락을 해왔다. 내가 곧 재개발될 동네에서 천여 장의 '헌 옷 수거합니다'를 돌리고 있을 때였다. 다행히 조가 내뱉은 첫마디는 긍정적이었다.

"아버님이 그동안 노력을 전혀 안 하신 건 아닙니다."

조는 아버지에게 모두 네 번의 기회가 있었고, 그때마다 아버지는 X와 마주했다고 말했다. 다만 결과가 좋지 않았을 뿐. 지난 15년간 아버지가 어떤 노력을 했는지, 그 활약상에 대해서 들을 수 있는 것인가. 나는 저녁에 지난번 그 카페에서 조를 만나기로 하고, 서둘러 '헌 옷 수거합니다'를 돌리기 시작했다.

첫 번째 타이밍은 사건 발생 시점으로부터 3년 후에 왔다. X는 각서에 약속한 대로라면 적어도 아주 조금씩이라도 빚을 갚는 행보를 보여야 했지만, 1년 정도 드문드문 연락이 이어지다가 곧 세상에 없는 사람처럼 소식이 끊기고 말았다. 아버지가 보낸 독촉장은 반송되었다. X는 이메일을 확인하지 않고, 그의 전화는 없는 번호가 되었다. X의 소식은 3년이 지난 후에야 들려왔는데, X 입장에서도 의도하진 않은 거였다. 아버지에겐 공들여 작성한 빚 독촉장이 있었다. X를 만나기로 한 날, 아버지는 그 독촉장을 사표처럼 양복 안주머니에 넣고 집을 나섰다. 그러나 아버지가 X에게 건넨 건 독촉장이 아니라 축의금이었다. 고속터미널 건물에 위치한 결혼식장이었고, X는 혼주였다. 그의 첫째 아들 옆에 서서 X는 떨지 않으려 노력하고 있었다. 부인은 보이지 않았다. 이혼한 뒤 연락이 끊겼다고 했다. 이제 네 살이 된 막내를 안고 있는 건 고등학생 딸아이였다. 하객은 적었다. 아버지는 화장실로 가서 봉투에 만 원 지폐 몇 장을 더 넣었다.

"돈을 받아야 할 사람이 돈을 보내다니 참 요지경이지요. 그게 첫 번째 기회였습니다."

조의 말에 내가 대꾸했다.

"아버지한테 청첩장을 보낸 그 X도 요지경이죠."

"그 사람은 잘못 보냈던 겁니다. 오발송이었죠."

채무 관계에서 청첩장을 오발송한 것도 황당했지만 그걸 받고 또 거기로 간 아버지도 황당했다. 아버지가 정말 독촉장을 가지고 가긴 했을까? 남의 결혼식을 뒤집을 목적으로? 그런 아버지를 상상하기란 불가능했다. 결국 아버지는 일 없는 날 약수터에 가듯 불쑥 그 결혼식장에 갔고, X 부자를 축복했다. 식권을 받고 밥을 먹었을까? 덕담을 했을까? 별게 다 궁금했는데 아버지의 행보는 내 상상력의 폭을 뛰어넘었다. 조가 내게 내민 건 X 아들의 결혼식 하객 사진이었는데, 친척인지 친구인지 몰라도 그 단체 사진의 한 자리를 익숙한 얼굴이 차지하고 있었다. 아버지였다. 하객 수가 많지도 않아서 대번에 아버지를 찾을 수 있었다. 대체 무슨 속으로 사진까지.

두 번째 타이밍은 2년 후에 찾아왔다. 그 무렵 아버지의 건설회사에 광풍이 휘몰아 닥쳤고, 아버지도 실직했다. 아버지와 같은 피해로 엮였던 그 네 명의 사람들도 모두 회사를 떠나거나 떠나도록 강요받았다. 실직과 재취업 사이의 여섯 달은 쉰 살의 아버지에게 진공상태였다. 한 달 정도는 새벽 네 시에 집을 나서기도 했는데, 네 시 반부터 열리는 인력시장 때문이었다. 다양한 크기의 자동차들이 그 부근에 가서 사람들을 태워 갔다. 대부분 만차였고, 올라타지 못한 사람들은 다음 날 좀 더 일찍 같은 장소로 나왔다. 선착순의 문제는 아니었는데도 그랬다. 그 두 번째 타이밍이 오던 날, 아버지도 그랬다. 첫 번째 차가 올 때부터 그곳에 있었지만 올라탈 차가 없었다. 타일공처럼 전문 인력을 원하는 차들이 대부분이었고, 그렇지 않은 경우는 눈 깜짝할 사이에 사람들이 뛰어들어 자리를 채웠다. 서서히 동이 터 오고 있었다. 일을 고른다는 건 무의미했고, 일이 아버지를 골라야 했다. 아버지는 단지 '양평'이라고 외치는 소리에 거의 조건반사적으로 묻지 마 탑승을 시도했는데, 그 차가 향한 곳은 두 시간 거리에 있던 양파 밭이었다. '양평'이 아니라 '양파'였던 것이다.

아버지는 반나절쯤 자색양파 수확을 했고, 점심시간이 되었을 때 아는 얼굴을 발견했다. 그쪽에서도 아버지를 알아봤다. X였다. 아버지는 그가 도망을 갈 거라고 생각했지만 그 역시 이미 반나절이나 일을 한 상태였다. 그는 아버지에게 와서 결혼식에 와줘서 너무 고마웠다고 말했다. 벌써 2년이 지난 일이었는데 그 순간 그 결혼식이 바로 어제의 것처럼 느껴졌다. 아버지는 돈보다 그 아들의 안부를 먼저 물었다. X는 그 아들이 대학을 다 졸업하지 못한 채 일단 취업부터 했다고 말했다. 그리고 이미 자신에게 손주가 있다는 얘기도 했다. 다시 오후 일이 시작되었고 그들은 같은 시간 같은 공간에 있었다.

"하필 또 영동이네요. 충북 영동."

X가 그렇게 말할 때까지 아버지는 그곳이 충청도인지도 인식하지 못하고 있었다. 15년보다도 한참 전 어느 날처럼 말이다. 입사 4, 5년차 정도 되었을 때 그들은 상사에게 된통 깨지고서 충동적으로 버스를 함께 탄 적이 있었다. 누군가가 먼저 제안을 했을 것이다. 영동으로 가서 회나 먹자고 말이다. 무작정 터미널로 향해 가장 빠른 영동행 버스에 오를 때까지만 해도 그들은 목적지에 대해 의심하지 않았다. 목적지가 강원도가 아니라 충북 영동이란 건 버스에서 내린 뒤에야 알았다. 그들이 다시 어떻게 했던가, 진짜 강원도로 넘어갔던가, 아니면 다시 서울로 돌아왔던가, 그건 가물가물했다. 두 사람이 기억하는 결말이 달랐다.

X와 아버지는 자색양파 일을 다 마친 후, 다시 출발점으로 돌아가는 차에 올라타지 않았다. 그들은 가까운 터미널에 가서 강원도 영동 지방으로 가는 버스표를 달라고 했다. 강릉이든 속초든 양양이든 바다가 있는 곳으로. 직행 표는 없다는 말에 그들은 영동행을 접고 다시 서울행을 탔다. 그 만남에서 아버지는 X에게 3년의 유예를 주었다. X가 아버지의 빚에 대해 잊지 않고 있었는지조차 의문스러웠지만 말이다. 서울로 돌아오는 버스 안에서는 그의 결혼한 아들이 아버지의 빚을 갚기 위해 어떻게 살고 있는지에 대해 들었다. 아버지는 잊은 게 분명했다. 그때 우리 집에도 돈이 필요한 사람들이 있었다는 사실을. 그즈음 어머니는 집 근처 마트에 면접을

보러 다니느라 바빴다. 집 근처 마트라고도 할 수 없었다. 아주 멀지만 않으면 갔다. 자리는 잘 나지도 않았다. 시식 코너에서 김을 굽는 일 하나를 두고 수많은 사람들이 지원을 했고, 어머니는 가끔 나이순으로 밀려나기도 했다. 김을 굽기엔 너무 나이가 많다는 거였다.

아버지는 그때 X에게서 전해 들었을 수도 있다. 이제는 자신도 연락이 닿지 않는 그 남은 네 명 중에 이미 절반은 X에게서 조금씩이라도 돈을 받아냈다는 것. 그중에는 처음에 탄원서를 써주자고 했던 사람도 있었다. 그들은 각서대로 거기 적힌 이름들을 들이밀었다. 아버지는 탄원서를 쓸 생각은 하지도 못했지만, 그 문장들을 가슴에 품고 지새웠던 그 밤 때문인지 탄원서의 문장에서 쉽게 헤어 나오지 못했다. 이미 그 탄원서든 X의 각서든 약속한 시간들이 다 지켜지지 않았는데도 말이다.

"진척이 아주 없었다고는 할 수 없겠지요. 아버님은 유예 기간을 주는 대신 밀린 이자를 받기로 했거든요. 이자 계산이 어떻게 된 건지는 몰라도, 그때 팔백만 원이 팔백오십만 원으로 변한 겁니다."

조의 마지막 말도 긍정적이라면 꽤 긍정적이었다. 아버지와 X 사이에는 혹시 리셋 버튼 같은 게 있었던 걸까. 몇 년 주기로 만날 때마다 부채가 늘어나는데도 다시 만나면 초기화되는.

세 번째 타이밍은 지금으로부터 5년 전에 있었다. 그 무렵 우리 집의 고민은 나와 동생의 대학 입학이었다. 연년생이었던 우리는 동시에 대학에 입학했고 동시에 등록금이 필요했다. 그때만 해도 나는 공부를 해서 대학에 가는 것이 내 몫, 그리고 대학 등록금을 내는 것이 부모의 몫이라고 철저히 믿었기에 내 등록금 마련에 부담감을 느끼는 부모님의 모습이 불편했다. 물론 원래 계획대로 대학에서 장학금을 주며 나를 모셔갔다면 이런 책임론은 대두되지 않았을 테지만. 그러나 물수능이었다. 장학금은커녕 대학에 돈을 주면서 나를 부탁해야 하는 게 아닐까 싶을 정도로 내 점수는 초라했다. 겨우 내 점수를 허용한 대학을 찾았는데, 그 무렵 땅에 떨어진 내 자존심은 결국 엉뚱한 데로 터져버렸다.

"왜 등록금이 안 돼요? 시간도 남들보다 두 배로 충분했잖아요! 내가 작년에 대학에 들어갔으면 어쩔 뻔했어요? 어쩔 뻔했냐고요!"

"넌 재수할 때 돈 들어간 건 생각 안 하냐?"

나는 방으로 들어가버렸다. 그때 어머니가 그 얘기를 꺼냈다. 묵은 빚 말이다. 분명 아버지가 받아야 할 그 돈. 그 돈만 있다면 두 명의 대학생을 동시에 입학시키는 것쯤 문제없을 텐데. 엄청난 압박을 안고 아버지는 X를 찾아 나섰다. 그 과정에서 다른 네 명 중 마지막 한 명이 이미 돈을 받았고, 그게 이미 3년 전이라는 걸 알게 되었다. 양파 밭에서 한 약속이 그대로 지켜졌더라면 아버지도 이미 돈을 받아야 했다. 아버지는 어렴풋이 채권자들 사이에서도 경쟁이 필요하다는 걸, 우는 아이 먼저 젖 주게 되어 있다는 걸 깨달아가고 있었다. 그 마지막 한 명이 아버지에게 X의 동선에 대한 정보를 전해주었다. 그리고 자신이 어떻게 해서 그 돈을 받아냈는지에 대해서도. 등잔 밑이 어둡다더니. 연락이 끊겼던 X는 특정 요일마다 우리 집에서 멀지 않은 식당에 나타나고 있었다. 아버지는 그날을 기다려 그 식당으로 갔고, 식당 문을 열고 나오는 X와 마주쳤다. 양파 밭에서의 재회 이후로도 5년의 시간이 흐른 시점이었다. 아버지도 늙었지만, 아버지가 보기에 X는 시간을 두 배로 먹는 것 같았다. 오히려 놀란 건 아버지였다. X는 차분해 보였고, 천천히 다가와 아버지를 덥석 안았다.

"형님. 미안합니다."

이렇게 말했는지도 모른다. 그게 그의 생존 전략이었는지도. 아버지가 X의 멱살을 잡았는데, 드디어 잡았는데, 곧 X가 가리키는 방향으로 고개를 돌려 연두색 차 한 대를 바라봤다. 마티즈였다. 아버지는 멱살 쥔 손을 풀면서 생각했다. 그래, 만약 이 새끼가 돈을 못 갚는다면 저 차라도 가져가야 되겠다!

연락이 끊긴 지 5년 만에 다시 만난 관계치고는 X의 다음 말이 너무 일상적이었다. X는 오늘 중고차를 구입했다고 말했다. 이걸로 새 사업을 시작하려던 참이라고 말이다. 그리고 아버지에게 말했다.

"혹시 형님 집에 북어가 있나요?"

아버지는 잘못 들었다고 생각해서 되물었고, X는 차에 대해 고사를 지내고 싶다고 말했다. 지나간 불운을 모두 날리고, 새 시작을 기원하면서 말이다.

"북어 없으면 뭐 멸치 같은 거라도. 멸치는 있지 않나요?"

아버지가 대꾸했다.

"멸치로도 가능한 거야?"

"약식으로 흉내만 내는 거니까요. 기분이죠. 어차피 차도 자그마하고."

아버지는 집으로 들어갔고, 5분 후 다시 X에게로 갔다. X는 도망가지 않고 있었다. 그 지점에서 조는 말을 끊었다.

"아버님이 뭘 가져왔는지 안 궁금해요?"

"안 궁금해요."

"아니, 왜?"

"이미 알거든요. 통영에서 올라온 디포리였죠."

그 장면은 나도 기억하는 거였다. 아버지가 허둥지둥 집에 들어와서는 냉동실에서 뭔가를 주섬주섬 꺼내던 장면. 아버지는 디포리 한 움큼을 손에 쥐고 뛰어나갔다. 어머니가 뭐하는 거냐고 묻자 아버지는 이렇게 대답했다.

"친구가 요 앞에 와서!"

친구라니. 그 장면이 인상적이었던 이유는 아버지에게 친구란 존재가 있었던가, 싶었기 때문이었다. 그가 X였단 사실은 지금에서야 알았지만.

X는 중지만 한 디포리 몇 마리를 자동차 보닛 위에 올렸다. 그들은 고사를 지냈다. 소주 한 병을 까서 바퀴마다 뿌리고 두 사람이 나눠 마셨다.

소주를 한 병 더 샀다. 모자랐기 때문인데 사실상 바퀴는 충분히 젖었고, 모자란 건 그들의 위벽이었다. 그들은 차 앞에 신문지를 깔고 앉아 오랜만에 이런저런 이야기를 나눴다. X가 말했다.

"최근에는 장독 배나 만지고 있어요."

어머니와 딸과 함께 된장 사업을 시작했다는 거였다. 된장이라니, 그들의 고사상 위에도 종이컵에 담긴 된장이 있었다. 레시틴이나 멜라노이딘 같은 것을 발음하며 X가 수줍게 웃었다.

"전 된장 영업을 하기로 했습니다. 이것도 영업용 차구요."

그 수줍은 고백에 아버지의 동공이 조금 흔들렸다. X는 디포리 한 마리를 된장에 찍어 아버지에게 내밀었다. 아버지가 그걸 맛보았다.

"요즘 발효의 힘이란 걸 많이 생각합니다. 시간을 먹되, 아주 썩어버리지는 않는 것. 그 사이 어디쯤에서요."

그런 식의 말을 X가 했다. X는 남은 디포리를 차 뒤에 매달았다. 실이 헐거워서 결국 몇 마리는 도로에 떨어졌지만, 대충 그렇게 고사가 마무리되고 있었다. 마지막 의식은 차를 도로 위에서 몇 미터 움직이는 거였다. 새로운 삶의 첫 시작을 위해. 거의 움직임이 없는 도로는 고요했고, 오가는 사람도 차도 없었다. 그들은 한 30미터만 달릴 예정이었다. 딱 저 앞에 보이는 횡단보도까지. 그런데 어찌 된 일인지 신호는 빨간 불 없이 계속되었고, 마치 뭔가에 떠밀리듯, 자연스럽게 흘러가듯 백 미터도 넘게 통과했다. 신호도 막지 않은 그들을 막아 세운 건 경찰의 야광봉이었다.

"음주 단속 중입니다."

아직 그들의 피는 방금 마신 술을 기억했다. 수치는 0.05퍼센트, 벌금은 150만 원이었다. 황당한 건 운전석에 앉아 있었던 사람이 아버지였다는 사실이다. 돈을 받아낼 타이밍을 놓친 아버지에게 X가 열쇠를 건넸고, 아버지는 이 차라도 가져가야 되겠다는 생각과 X를 무사고를 기원하는 생각 사이에서 머뭇거리다가 운전석으로 갔던 것이다. 그 도로는 평상시에 차들이

거의 다니지 않는 곳이었는데, 어떻게 그쪽에서 음주 단속 중이었는지 아버지로서는 그것이 납득되지 않았다. 그래서 이렇게 말하기까지 했다.

"수고가 많으십니다. 그런데 어떻게 여기서 단속을 하십니까. 여긴 차가 별로 안 다니는데."

"신분증 주세요."

순한 양처럼 신분증을 꺼내면서 아버지가 말했다.

"사실 우린 고사를 지내던 중이었습니다. 달린 게 아니에요."

그러고는 이렇게 덧붙이기도 했다.

"이 친구가 새로 중고차를 샀거든요. 저 뒤에 디포리가 있어요. 보시면 알 겁니다."

아버지는 마치 디포리가 이것이 음주운전이 아님을 증명해줄 수 있을 거라고 생각하는 듯했다. 그러나 얼른 상황 파악을 하고서는 이렇게 외쳤다.

"우린 겨우 백 미터 달렸습니다!"

아버지를 제외한 다른 두 사람이 동시에 발끈했는데, 그 지점은 조금 달랐다. 일단 경찰은 이렇게 말했다.

"음주운전에 겨우 백 미터라는 게 어디 있습니까! 술을 먹었으면 핸들 자체를 잡으면 안 되는 겁니다."

X가 발끈한 지점은 다른 거였다. 그는 아버지를 향해 기어들어가는 목소리로 이렇게 말했다.

"우리, 라니요……."

아버지가 놀라서 X를 쳐다보았지만 그의 시선은 이미 허공에 가 있었다. 아버지는 벌금 150만 원을 물었다. 당연히 X에게서 돈을 받지도 못했다. X는 빚을 꼭 갚겠다고 했다. 자신이 갚아야 할 원금에 지난번 이자에 이번 벌금까지 합치면 모두 천만 원이 되니, 그 돈을 갚겠다고 말이다. 그는 기어코 자신이 갚아야 할 시점을 다시 정한 후, 그때까지 자신이 돈을 일부라도 갚지 못한다면 이 연두색 마티즈를 드리겠다고 각서를 써주었다. 그래야 마음이 편하다는 거였다. X의 마음은 변함이 없었다. 속내 깊은 곳이야 어떻든 그는 늘 아버지에게 미안해했다. 그리고 고마워했다. 변한 건 오히려 아버지였다. 첫 음주운전으로 인한 후유증은 엉뚱한 곳에서 나타났다. 아주 모처럼 불타올랐던, 돈을 되찾겠다는 그 신념을 반의반으로 꺾어놓았던 것이다.

"그런데 궁금하지 않아요? 내가 어떻게 이렇게 세밀한 것까지 아는지?"

긴 이야기를 마치고 조가 말했다.

"궁금해요."

"노력을 하기 때문이죠. 노오력. 노오오오력."

조는 가볍게 웃었다. 그에게는 나보다 한 발 먼저 다가온 또 다른 고객이 있었는데, 그 고객이 바로 아버지였다. 내가 그 누런 서류 봉투를 꺼낼 때부터 이미 이게 같은 사건이란 걸 알아챘다고 했다.

"왜 제게 처음부터 말해주지 않으셨어요? 아버지가 신청했다는 걸요."

"비밀 보장이 기본 원칙입니다."

"그럼 지금은 왜 말하시는 건데요?"

"다섯 번째 타이밍을 위해서죠. 이미 네 번째 타이밍을 아버님이 놓치셨거든요. 이제 따님 차례예요."

조는 다섯 명의 순두부 중에 나머지 네 명이 어떻게 해서 돈을 악착같이 받아냈는지에 대해 말해주었다. 법적인 공소시효도 지난 판에, 이제 와서 X가 마음먹고 잡아뗀다면 빚을 모른 척하는 게 불가능한 일도 아니었다. 그러나 X는 그렇지 않았고, 어쨌든 계속 갚을 의지를 가진 사람이었다. 바로 그 점을 굳게 믿고, 각서를 들이밀라는 거였다. X의 서울대 아들이 학교를 졸업하지 못한 것, 전교 1등 딸이 대학보다 회사를 선택한 것, 그리고 그 아들딸이 현재 X와 연락하지 않는 것, 그런 것이 다 스펙 좋은 피해자들이 노력한 결과였다는 것이다. 15년 전에 한 살이었던 그 막내딸

99

은 이제 갓 중학생이 되었고, 오직 그 아이만이 X의 곁에 있었다. 각서에 책임이 적힌 대로 그 막내딸 이름을 들먹이기만 하더라도, 막내딸 주변을 맴돌기만 하더라도 독하지 못한 X가 돈을 갚는 시점은 훨씬 가까워질 거라는 게 조의 말이었다. 조는 X와 막내딸이 함께 사는 집의 주소를 알려주었다.

"같은 내용을 이미 아버님께 알려드렸지만, 아버님은 이곳에 찾아가서도 결국 X를 만나지 않으셨습니다. 제가 그렇다면 각서를 들고 그 집에 가서 마티즈라도 받아 오라고 했는데 말이에요."

그랬다. 아버지는 한참 후에야 된장과 함께 돌아왔다.

조는 시계를 보더니 오늘은 너무 늦었다고 말했다. 밤 아홉 시에서 아침 여덟 시 사이에 빚 독촉을 하러 가는 건 함정을 파는 행위라고 했다. 그는 내게 주소를 쥐어주며, 내일 아침 여덟 시쯤 이 주소로 가면 어쩌면 집을 나서는 그 딸아이나 X를 보게 될지도 모른다고 했다.

아버지보다 손가락도 키도 가방끈도 조금 더 긴 내가 묵은 빚을 해치울 시간이 닥친 것이다. 다섯 번째 타이밍. 나는 아침 일곱 시에 집에서 나와 주소에 적힌 대로 다복빌라 B101호를 찾아갔다. 기대하지 않았는데 그 빌라 근처에 연두색 마티즈가 주차된 게 보였다. 몹시 낡아 보였다. 그것을 한참 바라보다가 나는 빌라 안으로 들어갔다. 저 계단 다섯 개 정도를 밟고 아래로 내려가 벨을 누르면 그들과 마주할 수 있을지도 모른다. 그 문을 열면 아버지를 평생 농락한 그 사람이 있을지도 모른다. 그러나 나는 더 움직이지 못했다. 내 발은 B101호로 내려가는 계단에서 1미터쯤 떨어진 곳에 멈춰 있었다. 거기까지였다. 나는 거기서 발걸음을 돌렸다. 아버지가 그랬던 것처럼 말이다. 아버지가 들추고 싶지 않았던 그 마지막 한 장을 내가 들출 권한은 어디에도 없었다. 현관 옆으로 난 창문이 눈에 들어왔다. 까치발을 들고, 지면 위로 반쯤 머리를 내민 듯한 창문이었다. 그 창문은 굳게 닫혀 있어서 밖에서 읽을 수 있는 정보는 하나도 없었다. 다만 문장이 하나 적혀 있었고, 앞머리가 잘리긴 했지만 그건 익숙한 말이었다. 오래전 아버지가 탄원서를 쓰며 고심했던 그 문장 말이다.

'창문입니다. 쓰레기통이 아닙니다.'

X의 집 앞을 맴돌다 나온 지 두 시간 뒤, 나는 다시 10인승 승합차 위에 있었다. 마티즈라도 받았다면, 오늘은 알바를 가지 않았을 것이다. 그렇지만 두 배로 일해야 하는 시점이었다. 나는 좀 더 혹독해질 필요가 있었다. 오늘 내 몫은 2천 장이었다. 평소보다 더 빠른 속도로 뛰어야 했다. 전단 위의 글씨를 읽을 새도 없었다. 겨우 두 동을 마무리하고, 다음 동으로 넘어갈 즈음에 조에게서 전화가 걸려 왔다. 그는 이미 내가 그 집 문을 열지 못한 걸, X와 대면하지도 못한 걸 짐작한 듯했다. 내가 실패한 2퍼센트에 대한 금액을 밤 안에 넣겠다고 하자, 조는 이미 정산은 다 되었다고 말했다.

"아버님이 이미 따님 것까지 내셨어요. 하나의 건인데 두 분 몫을 받아도 되나 좀 고민했지만, 신청인별로 받으니까요. 계산은 정확해야죠. 지난주에 정확히 두 건 계산하셨습니다."

아버지는 그럼 나도 그 돈을 받는 데 실패할 거라는 걸 미리 알고 있었단 말인가. 내 생각을 읽은 것처럼 조가 말했다.

"아버님은 따님도 그 문을 열지 못할 거라고 하셨어요. 거의 확신하시던데요. 그래서 더 결과가 궁금했는데."

"그럼 아버지가 이 퍼센트씩 사십만 원을 입금하신 거예요?"

"이 퍼센트가 아니고요. 아버님은 이십 퍼센트로 두 건 계산하셨습니다. 아버님 기준으로는 실패가 아니었던 거예요. 그 결과, 정확히 된장 이십 킬로그램이 배달됐습니다. 덕분에 발효의 힘이 뭔지 저도 좀 배웠네요."

전화를 끊고도 한참을 나는 그냥 복도에 서 있었다. 다시 뛰어야 하는데 자꾸 눈물이 나서 가만히 멈춰 서 있었다. 누군가가 등을 똑똑 두드릴 때까지 말이다. 돌아보니 10인승 차량에 같이 타고 왔던 한 사람이었다. 아마도 검사조로 일하는 사람. 나보다 몇 박자 늦게 내 동선을 점검하는 사람. 내가 제대로 전단지를 배포하는지 체크하는 사람. 나는 큰 목소리로 말했다.

"아, 금방 할게요."

그때 그가 이렇게 말했다.

"오늘은 십자가 패턴으로 검사할 겁니다."

"예?"

그는 1, 3, 5, 7 이렇게 네 개 동만 십자가 패턴으로 검사할 거라고 재차 설명하고는 가버렸다. 나는 반쯤 가벼워진 무게로 다시 뛰기 시작했다.

최성윤 상지대학교 조교수

정산(精算) 혹은 청산(清算)의 기준은?

   윤고은의 단편 「된장이 된」은 신뢰가 무너진 사회의 축도이다. 믿었던 사람에게서 당한 배신은 피해자에게 심적 고통을 줌은 물론 곤궁한 현실의 빌미가 된다. 이때의 가해자는 신뢰를 저버렸다는 한 가지 이유만으로도 법적으로든 도덕적으로든 마땅히 단죄받아야 할 터이지만, 어쩐 일인지 늘 처벌은 유예되고 용서는 반복된다. 빚 갚을 기회를 한 번 더 준다는 방식의 잠정적 용서는 그때마다 또 다른 배신으로 이어지고 마는데, 그렇게 유예되는 것은 가해자의 상환뿐 아니라 피해자의 포기이기도 하다. 피해자는 빌려준 돈 받기를 단념하지 않기 위해서 혹은 자신의 신뢰가 정당하였음을 증명하기 위해서 유예된 시간만큼의 고통을 감내하는 것이다.

   믿었던 친구에게서 배신을 당하거나 돈을 떼인 사람들의 이야기는 그리 특별한 것이 될 수 없다. 그러나 피해 당사자의 입장이 되고 보면 그 고통의 크기는 쉽게 가늠하기 어렵다. 당장 겪어내야 할 경제적 타격은 고사하고라도 자존감의 훼손을 견뎌야 하는 일이기 때문이다. 자신의 판단과 선택이 잘못되었다는 것을 부정하기 위해서는 '그는 믿을 만한 사람이다. 그러므로 나는 그를 믿는다.'는 생각을 견지해야 하는데, 작품 내에서처럼 그가 믿을 만한 사람이 아님은 너무나 분명히 그리고 쉽사리 확인된다. 그럼

103

에도 그를 단호히 처벌하거나 빚 받기를 깨끗이 단념하지 못하는 피해자는 스스로의 무능함 혹은 용렬함을 깨닫고 다시 한 번 상처받는다.

「된장이 된」의 화자는 20대 중반의 대학생이다. 그에게는 마땅히 받아야 할 돈을 15년째 받지 못하고 있는 어수룩한 아버지가 있다. 아버지가 받아와야 할 천만 원 중 5백만 원은 동생의 어학연수 초기 비용으로, 450만 원은 화자의 다음 학기 등록금으로, 나머지 50만 원은 어머니의 몫으로 각각 나누어질 예정이었는데, 이들 가족 앞에 나타난 것은 천만 원의 돈 대신 된장 50킬로그램이었다.

그나저나 우리 사회에서 된장은 언제부터 부정적인 의미의 감탄사로, 접두사로 사용되기 시작한 것일까. '이런 ××!', '××남', '××녀'의 ××에 된장이 끼어들어가게 된 이유는 무엇일까.

> "똥이 아닌 게 다행이네."
> 동생이 베란다를 바라보며 그렇게 말했는데, 아버지는 별 대꾸도 하지 않았다. 한 시간 전까지만 해도 오늘은 디데이가 분명했다. 그런데 된장이라니. 된장은 자그마치 50킬로그램이었다. 물리적으로는 어땠는지 모르겠지만 심리적으로는 확실히 어마어마한 냄새가 났다. (84쪽)

화자에게 감각된 된장의 그 어마어마한 냄새는 당장 이 가족에게 닥칠 미래에 관한 불길한 징조로 읽힌다. 동생의 "이게 내 미래란 말인가." 하는 표정이나, 화자가 전단 작업 아르바이트를 하게 된 것도 모두 아버지가 받아 온 것이 돈이 아닌 된장이었기 때문이다. 이 풍경이 꿈속의 것이고 그들의 앞에 차라리 똥이 놓여 있었다면 좋았을 것이다. 현실의 된장은 꿈속의 똥만도 못한 존재이다.

작품이 결말까지 진행되는 동안 이어지는 서사 내용은 비교적 단순하다. 전단 작업을 하던 화자는 떼인 돈을 받아주는 일을 하는 '조'라는 인물을 만나게 되는데, 그에게서 그동안 아버지가 돈을 받기 위해 했던 '노력'을 상세하게 보고받는다. 즉 화자가 그동안 알고 있던 정보와 조에게서 들은 정보를 짜맞춰가면서 떼인 돈 천만 원과 관련된 15년간의 사건 경위를 독자에게 전달하는 것이다. 더불어 자신뿐만 아니라 아버지도 조에게 사건을 의뢰했었다는 사실을 알게 된다.

조에게서 획득한 정보를 바탕으로 화자는 아버지의 돈을 자신이 대신 받아내야 한다는 결심을 한다. 그러나 15년간 네 번의 기회를 허무하게 날려버린 아버지처럼 화자 또한 떼인 돈을 받는 데 실패한다. 무능력한 것이든 착한 것이든 간에 아버지를 꼭 닮은 딸이다.

이 답답한 부녀의 이야기를 듣는 동안 독자는 매우 쉽게 작품의 상황에 감정이입을 할 수 있다. 이 글의 첫머리에 진술한 바대로 믿었던 사람에게 배신을 당하고도 마음이 약해져서 단호한 해결책을 취하지 못한 경험은 누구에게나 있을 것이기 때문이다. 그렇게 감정이입을 하면서 서사를 따라가다가 보면 딸이 어떻게 아버지와 다른 판단이나 행동을 할 것인가 관심을 가지게 될 것이 자명한데, 그 결론이 '딸도 아버지와 다를 바가 없었다'는 것으로 정리되어야 한다면 독자가 느끼는 감정은 허탈함에 가까울 것이라 추측할 수 있다.

그렇다면 아버지와 딸을 통해 작가가 드러내려 한 문제의식은 무엇인지 생각하지 않을 수 없다. 이 부녀를 바라보는 작가의 시선은 어떠한 것이었는가.

어쩌면 아버지와 딸이 가진 삶의 방식은 약아빠진 사람들이 득세하는 사회에서 늘 뒤처지거나 주저앉을 수밖에 없는, 시대착오적인 것이라 할 수 있겠다. 사기를 당한 다섯 명 중 아버지만이 떼인 돈을 받지 못했다는 사실이 이를 대변한다. "어떠한 방식으로든 노력을 해야죠. 노력, 노오오력 말입니다." 하는 조의 말은 선한 의도에서의 과정보다 실패라는 결과를 주목하고 선의의 피해를 노력 부족 탓으로 몰아가는 세태를 그대로 보여준다. 자신의 이익을 지키기 위해서는 그 방식이 정당한가 부당한가가 문제되지 않는다는 태도이다.

게다가 어머니는 자신의 어수룩한 남편을 두부에 비유하며, 믿지 못하겠다는 태도를 견지한다. 같이 피해를 당한 나머지 네 사람과 주제넘게 어깨를 견주려 하는 것부터가 아버지를 이른바 된장남으로 보이게 하지 않는가. 바깥에서 깨진 신뢰가 가족 내에까지 영향을 준 것이다. 화자도 동생도 아버지에 대해 두터운 신뢰를 가지고 있었다고 보이지는 않으며, 특히 돈 대신 받아 온 50킬로그램의 된장을 본 이후로는 최소한의 믿음마저 거둬들일 위기에 놓여 있다. 신뢰가 무너진 사회, 그에 의해 가족 간에도 불신이 싹트는 비극의 현장이다.

작가는 딸의 눈에 비친 모습으로 아버지를 형상화한다. 그러니 아버지의 태도나 행동을 비판적으로 바라보는 주체는 딸 즉 화자이다. 그런데 화자가 자신 또한 아버지와 같은 선택을 할 수밖에 없다는 것을 알아차리는 순간 비판적 거리는 무화된다. 이때 독자는 아버지에 대한 화자의 비판적 의식을 따라가는 것이 아니라 두 사람을 공히 비판적으로 바라보아야 할 주체가 된다.

「된장이 된」은 다섯 번에 걸친 실패의 기록이다. 먼저의 네 번은 아버지가, 마지막 한 번은 딸이 돈을 받는 데 실패했다. 천만 원이라는, 이 가족의 형편에 비추어보면 거금이랄 수 있는 돈이 이들에게 돌아올 가능성은 더 이상 없어 보인다. 그런데 다시 생각해보면 화자의 가족은 8백만 원부터 시작하여 어느 순간부턴가 천만 원이 된 돈이 없이도 이미 15년을 살아냈다. 지난 몇 년간은 두 대학생의 등록금까지 어떻게든 대어가며 허리띠를 졸라

매고 살았을 것이다. 천만 원 받기에 결국 실패했으니 가족의 앞날에 엄청난 절망의 그림자가 드리울 것 같지는 않다는 말이다. 이들은 앞으로도 지금까지 그래왔던 것처럼 불편하면 불편한 대로 살아갈 것이다.

그러나 그렇게 살아온 것을 두고 누구도 성공이라고 말하지 않는다. 그렇게 살아왔으니 실패한 것이라고 말하는 것이 우리가 경험하고 있는 세상의 판단 기준이다. 더 노력했으면 너희들도 성공할 수 있었을 것이라고 말하는 누군가가 있다면 그것은 고단한 인생에 건네는 희망의 말이 아니라 차라리 고문에 가깝다.

여기서 이 작품의 결말을 유심히 들여다보아야 할 필요가 생겨난다. 「된장이 된」이라는 작품은 아버지를 닮은 딸의 최종적 실패로 끝나버리지 않고, 지나쳐버리자면 사족처럼 간주될 수도 있는 두 가지 에피소드가 덧붙어 있다.

그중 하나는 청부업자 '조'와 의뢰인 부녀 사이에서 있었던 정산과 관련된 이야기이다. 화자가 떼인 돈 받기를 포기하고 실패했을 때 내기로 한 금액 2퍼센트를 계산하겠다고 하자 '조'는 아버지에 의해 이미 정산이 끝났다는 말을 한다. 그런데 아버지의 계산법이 꽤 재미있다.

> "그럼 아버지가 이 퍼센트씩 사십만 원을 입금하신 거예요?"
> "이 퍼센트가 아니고요. 아버님은 이십 퍼센트로 두 건 계산하셨습니다. 아버님 기준으로는 실패가 아니었던 거예요. 그 결과, 정확히 된장 이십 킬로그램이 배달됐습니다. 덕분에 발효의 힘이 뭔지 저도 좀 배웠네요." (101쪽)

아버지의 기준으로 실패가 아니었다는 말은 돈이든 된장이든 받을 것을 받았다는 뜻이다. 된장을 받았으니 되었다는 뜻이 아니라 더 이상 빚을 받으려는 노력을 하지 않겠다는 뜻이다. 천만 원이라는 돈을 포기하는 동시에 그것을 받지 못해 전전긍긍하던 과거의 모습과 절연하겠다는 뜻이기도 하다. 더 그렇게는 살지 않겠다는 단호한 청산의 선언이며, 딸도 자신처럼 그렇게 무언가에 연연하며 살아서는 안 된다는 간곡한 제언이다. 그래서 딸 몫의 계산도 성공으로 간주해 처리한 것이라 할 수 있다.

또 하나, 화자가 망연하게 눈물을 흘리며 남은 전단 작업을 바쁘게 이어가야 할 때 누군가가 등을 두드린다.

> 아마도 검사조로 일하는 사람. 나보다 몇 박자 늦게 내 동선을 점검하는 사람. 내가 제대로 전단지를 배포하는지 체크하는 사람. 나는 큰 목소리로 말했다.
> "아, 금방 할게요."
> 그때 그가 이렇게 말했다.
> "오늘은 십자가 패턴으로 검사할 겁니다."
> "예?"
> 그는 1, 3, 5, 7 이렇게 네 개 동만 십자가 패턴으로 검사할 거라고 재차 설명하고는 가버렸다. 나는 반쯤 가벼워진 무게로 다시 뛰기 시작했다.
> (101~102쪽)

작품의 이와 같은 마지막 부분을 어떻게 해석해야 할까. 우직한 정공법보다는 적절한 요령을 체득하는 것이 유리한 사회에 화자도 첫발을 들이게 된 것이라고 해야 할까? 곧이곧대로 원칙을 지키는 사람들에게는 불편하기만 한 감시 시스템이지만 요령을 피우는 사람들이 공모한 네트워크 안에서는 곧잘 편리하게 이용되기도 하는 세태에 마침내 화자도 적응하기 시작한 것이라고 봐야 할까? 실직을 경험한 50대 후반의 부모 세대에게도, 구직을 해야 할 20대 중반의 자식 세대에게도, 결국은 '어떻게 살아야 옳은가?'로 들릴 수밖에 없는, 작가 윤고은이 독자들에게 던진, 좀처럼 답을 찾을 수 없는 질문들이다.

이웃의 선한 사람

윤이형

—

2005년 중앙신인문학상으로 등단.
소설집으로 『셋을 위한 왈츠』 『큰 늑대 파랑』 『러브 레플리카』,
중편 『개인적 기억』, 청소년소설 『졸업』 등이 있음.

이웃의 선한 사람

가끔씩 반복되는 악몽을 꾼다. 내가 가슴께까지 이불을 덮은 채 자리에 반듯이 누워 있고, 정수리에서부터 사타구니까지 몸의 정중앙을 단단한 벽이 관통하고 있는 꿈이다. 이 선을 따라 벽을 세울 것. 누군가가 내 몸을 그렇게 굵고 반투명한 선으로 오해하고, 거기 있는 뼈와 살과 피를 무시한 채 공사를 진행한 것처럼. 혹은 내가 타임머신을 타고 이동하다가 시간과 공간의 아귀를 제대로 맞추지 못하여, 원래부터 벽이 있던 자리에 그릇된 방식으로 합쳐져버린 것처럼.

통증은 없다. 나는 몸을 옴짝달싹할 수 없지만 어째서인지 눈동자만은 굴릴 수 있다. 벽은 그다지 두껍지 않고 속이 비쳐 보이는 재질이라, 나는 내 팔과 다리가 양쪽으로 나온 채 고요하게 늘어져 있는 모양새를 볼 수 있고, 내 몸을 중심으로 양쪽에 펼쳐진 두 개의 방을 비교해볼 수도 있다. 불은 두 방에 다 켜져 있을 때도, 한쪽에만 켜져 있을 때도 있다. 방 안의 물건들과 사람들은 매번 바뀌지만, 한결같은 점이 있다면 그들 모두가 내게 무심하다는 점이다. 책들은 내 다리의 윤곽만 교묘하게 피해 쌓아올려져 있고, 내 손은 움직이기만 하면 버튼을 누를 수 있을 것처럼 낡은 선풍기 바로 앞에 놓여 있지만, 내 몸은 좀처럼 발견되지 않는다. 가끔씩 내 관자놀이 위쪽 벽에 2구나 4구짜리 콘센트가 달려 있고, 거기에 두세 개의 전자제품 플러그가 꽂혀 있을 때도 있으나, 전기의 흐름은 느껴지지 않는다. 방에 드나드는 사람들의 시선이 내 쪽을 향하는 일은 드물다. 벽 속에서 눈이 몇 번 마주친 적도 있지만 아무 일도 일어나지 않았다. 당연한 일이라고 나는 꿈속에서 생각한다. 그들에게 나는 보이지 않고, 거기 있는 것은 다만 벽인 것이다. 나는 아내와 연두가 곁에 없음을 알아차리는데, 그 사실이 무척이나 서글프면서도 다행스럽게 느껴진다. 함께 있다면 그들도 나처럼 산 채로 벽에 꿰뚫린 채 누워 있을 텐데, 그것은 내가 무슨 일이 있어도 감당하고 싶지 않은 일이기 때문이다.

꿈이 아픔 없이 평온한 것은 여기까지다. 멀리, 빛 속에서 혹은 어둠 속에서 갑작스럽게 무언가가 내 존재를 알아본다. 어떤, 동물이다. 내 상상력은 꿈에서는 그다지 독창성을 발휘하지 못한다. 그저 집에서 기를 만한 흔한 동물들 중 하나다. 개, 고양이, 새장 속의 앵무새, 혹은 수조 속의 햄스터. 그것이 무엇이든, 그 사실을 감지하자마자 내 시선은 절대로 마주 보고 싶지 않은 그 눈을 향해 무력하게 끌려간다. 나는 팔과 다리를 움직이지 않으려고, 몸을 움찔대지 않으려고, 숨을 쉬지 않으려고 헛되이 애를 쓴다. 그랬다가는 그 짐승이 나에 대한 경계심으로 도망치거나, 반대로 달려와 코를 들이대거나, 발톱으로 긁어대거나, 짹짹대며 수조 속에서 날뛸 것이기 때문이다. 바로 그 순간 나는 투명한 사물이 아니라 사람으로 인식되고 말 것이기 때문이다. 나는 살아나, 벽이 내 안구와 코뼈와 입술을 으깨고 찢어놓는 것을, 내 뇌가 광물질에 의해 바수어지는 것을, 내장이 고통으로 울컥거리기 시작하는 것을 남김없이 느껴버리고 말 것이기 때문이다.

나는 내 모든 능력을 동원해 생명 없는 덩어리로 남고 싶다. 그러나 쉽지 않다. 짐승의 숨소리가 점점 가까워진다. 나는 결국 실패한다. 벽이 나를 알아차린다. 있어서는 안 되는 이 이상한 공존 상태를, 공간 속에서 자신의 우위를 깨닫는다. 동시에 내 몸의 모든 통각이 한꺼번에 깨어난다.

어떤 자비도 없이, 벽이 새롭게 내 몸을 뚫는다.

나는 목구멍까지 들어찬 시멘트를 게우듯 숨을 토하며 깨어난다. 몸은 땀으로 젖어 있고, 내게 닿아 있는 것은 오직 부드러운 이불과 베개와 침대 시트뿐이다. 그럼에도 내 심장은 한참 동안 커다랗게 쿵쿵거린다. 손바닥으로 팔과 다리를, 가슴팍과 물컹한 배를 한 번씩 쓸어보고서야 나는 겨우 호흡을 가라앉힌다.

방 안의 공기는 아늑하고, 모든 것은 있어야 할 자리에 있다. 나는 안도감과 약간의 자기혐오를 느끼며 침대에서 내려온다. 집 안에는 나뿐이다. 아내는 출근했고, 연두는 점심시간을 마치고 이제 막 5교시 수업을 듣기 시작했을 시간이다.

벌써 오후다. 나는 아침에 두 사람을 보낸 뒤 책상에 앉아 원고를 쓰다가 졸음과 게으름을 이기지 못하고 또다시 침대로 기어들어간 것이다. 고쳐야겠다고 생각하지만 고쳐지지 않는 몹쓸 나태가 죄책감을, 곧이어 악몽을 불러온 것이라 생각하며 나는 서재로 쓰는 작은방으로 간다. 꿈의 의미에 대해서는 생각하지 않는다. 반복되는, 별 소득 없는 일은 안 하게 되었다. 그나마 젊은 시절보다는 지금이 낫다. 지금은 꿈속을 헤맬 때와 깨어난 직후에만 이런 기분이니 말이다.

작은방 창문으로 건너편 빌라와 그 앞길과 골목의 가로등이 내다보인다. 건물은 갈변한 사과처럼 군데군데 얼룩져 있다. 내 눈은 자연스럽게 2층 끝 창문으로 향한다. 안은 보이지 않지만, 언제나처럼 창문은 조금 열려 있다.

저기 살던 사람과 잠시 알고 지낸 적이 있다. 한동안 알고 지낼 수밖에 없는 인연이었다. 그는 내 가족의 삶이라는 위장을 갑자기 디밀고 들어온 내시경 같았다. 그때의 충격이 너무 커서, 들어온 것처럼 그가 아무렇지 않게 빠져나간 뒤에도 나와 아내는 얼마간 얼얼함에 정신을 차리지 못했다. 생명의 은인. 그 낯선 단어의 무게가 우리의 마음을 눌렀고, 나는 어떻게든 그가 한 일에 대한 보답을 하려고 했다. 그러나 그가 사양했다. 뿌듯해하거나 부끄러워하면서 사양한 것이 아니라 잘못 걸려온 전화에 아닌데요, 하고 대답하는 듯한 무감정한 얼굴로 고개를 저었다. 그가 내 가족의 삶에 일으킨 변화가 그에게는 잘못 걸린 전화만큼이나 멀고, 어떤 연관성도 갖지 못한다는 표정이었다. 감상에 젖은 나의 상식은 그의 그런 태도를 처음에는 지나친 겸손으로 받아들였다. 그러나 시간이 갈수록 거기에 어떤 부자연스러움이 깃들어 있다는 생각이 떠올라 사라지지 않았다.

그 부자연스러움은 젊은 사람이 나와 같은 기성세대를 대할 때 다소간 품게 마련인 적대감도, 지루해하는 태도나 무뚝뚝함도, 냉소도 아니었다. 그는 자신이 한 선행을 이해하지 못하는 것처럼 보였다. 그런 일이 왜 일어났는지, 왜 누군가가 자신을 보며 그 이야기를 하고 있는지, 궁금하기는 하지만 굳이 묻기도 그렇고 해서, 그냥 받아들이려고 하고 있는 것 같았다. 그 일에 대해 말하는 그의 표정에는 보지 않은 영화를 본 것처럼 소개하는 영화 프로그램 MC 같은 공허함과 결락감이 있었다. 이렇게까지 말하고 보니 내가 몹시 뒤틀리고 은혜를 모르는 인간처럼 느껴진다. 그는 다른 사람도 아니고 내 자식을 구해준 사람이었는데 말이다. 그렇다. 이런 복잡한 마음 때문에 나는 그 당시에도 힘들었다. 그가 어딘가 상처가 깊은 사람이라는 사실이 분명해진 뒤에도 나 자신이 그보다 훨씬 병들어 있는 게 아닌가 싶어 축축한 혐오에 빠지곤 했다.

나는 할 일을 하려고 했다. 애를 썼던가? 그건 아니었는지도 모른다. 그래도 몇 번인가 더 그의 집 문을 두드렸다. 그가 번호를 가르쳐주지 않아서 전화는 할 수 없었다. 그것밖에 못 넣는 자신을 부끄러워하며 10만 원짜리 수표 열 장을 봉투에 넣어 그의 문 밑으로 밀어넣었다. 봉투는 이튿날 아침 우리 집 현관 바닥에 그대로 돌아와 있었다. 진부하긴 했으나 마트에서 파는 선물상자 몇 개를, 귤 한 봉지를 문 앞에 두고 오기도 했다. 그것들도 모두 돌아왔다.

그런 일이 반복되자 자신이 점점 초라해졌다. 나는 결국 보답하려는 시도를 그만두었다. 고마움은 부채감으로 변했고, 세면대 위의 비누처럼 조금씩 작아지더니 없어졌다. 일단 식어버리자 마음의 온기는 되살아나지 않았다. 언제든 동네에서 마주치면 말을 해야지 싶었지만 놀이터에도, 슈퍼마켓에도 그는 나타나지 않았다. 그는 자신의 방 속으로 스며들어 문을 잠가버렸고, 그것으로 끝이었다. 은인이던 그는 아는 사람이 되었고, 다시 아무런 교류 없는 타인으로 되돌아갔다.

20센티미터쯤 열린 그의 창문은 겨울에도 닫히는 법이 없었다. 그는 추위에 무감각하거나, 혹은 신선한 공기에 집착하는 사람인지도 모른다. 지금처럼 서서 보고 있으면 그가 오래전의 어느 밤처럼 어두운 방 안에서 나를 말없이 응시하고 있는 것 같다. 아니, 이것은 나의 착각일 수도 있다. 어쩌면 그는 내가 모르는 사이에 다른 동네로 이사를 갔는지도 모른다. 내가 일을 시작하게 되어 정신없이 몇 년을 보내는 틈에, 아이를 키우고 아내와 몇 번인가 싸웠다 화해하며 일상을 다져가는 동안에, 차곡차곡 대출을 갚아가는 사이에, 이사 트럭이 와 그의 살림을 실어가고, 새 벽지가 벽에 발리고, 다른 이웃이 저기 들어와 살고 있는지도 모른다.

나의 부모, 그리고 장인 장모가 숱하게 말해온 것처럼 그런 게 삶이었다. 제법 큰일임에 분명한 그런 일이 벌어졌는데도 감쪽같이 오므라들고 붙어 예전처럼 또 굴러갔다. 그사이 동네 풍경도 많이 변해, 이 길에 늘어선 거의 모든 집이 헐리고 신축 빌라가 들어섰다. 이렇게 낡은 건물은 이제 우리 빌라와 그의 빌라를 포함해 몇 채 남지 않았다. 저 건물 주인도 이쪽 주인처럼 사업으로 바쁘거나 다른 건물을 관리하느라 정신이 없는 모양이다. 창문과 창문의 거리로 짐작하면 저 건물의 원룸들은 제법 큰 편인데 한 번도 리모델링이 이루어지지 않았다는 게 비현실적인 일이긴 하다.

건물주로선 방 사이즈를 줄이고 개수를 늘려 한번에 많은 월세를 받아내는 쪽이 훨씬 득일 텐데 말이다. 어쨌거나 그의 방과 나의 방은 그대로 있다. 내가 그를 다시 만나는 일은 아마 없을 것 같지만, 두 건물은 기적처럼 낡은 모습 그대로 마주 보고 있다.

그는 이것도 미리 알았을까? 내가 지금 그를 떠올리며 여기 서 있게 되리라는 것도?

오래전에 그는 말했었다. 사람들의 선한 마음을 믿어야죠. 선한 마음은 선한 마음을 낳고, 그게 또 다른 선한 마음을 낳으니까요. 그렇게 자꾸자꾸 낳아서, 자꾸자꾸⋯⋯.

표정이나 목소리는 없다. 남은 것은 문장뿐인데, 지금 내게는 바로 그런 문장들이 필요하다. 잠언이나 기도문처럼 느껴지는 이 말들이 머릿속 한 구석에 아직 남은 악몽의 부스러기를 몰아내줄 것만 같다. 그러나 나는 조금 궁금하다. 그는 어쩌고 있을까? 믿고 싶지 않지만 보이는 일들과, 일어났지만 자신의 것처럼 느껴지지 않는 일들 사이에 여전히 전진도 후진도 할 수 없는 상태로 끼어 있을까? 아직도 그렇게 입으로 이상한 소리를 내고 있을까? 나는 그가 한 말들을 믿을 수 없다. 일부만 제외하고 말이다.

그를 처음 본 날이 기억난다. 밤이었고, 10월이었다. 기모로 안을 댄 점퍼가 낮에는 후텁지근하다가 밤이 되면 마침맞을 정도로 포근하게 느껴지는 날씨였다.

밤마실을 나온 사내아이들은 자기들 얼굴보다 큰 갈색 플라타너스 잎들을 손에 들고 뭐가 그렇게 신나는지 낙엽! 낙엽! 받아라 푸슝! 소리치며 뛰어다녔다. 나는 공원 한가운데서 그 아이들이 그리는 정신없는 동선을 눈으로 좇으며, 너희들이 몇 해만 늦게 태어났다면 얼마나 좋을까, 멍하니 생각하고 있었다. 그랬다면 너희들은 우리 연두와 눈을 맞춰줄 테지. 형아들, 나도 같이 술래잡기 해. 우리 집에 터닝메카드 일곱 개나 있어! 에반,

피닉스, 슈마, 나백작, 타돌, 미리내, 그리고 타나토스는 너무 비싸서 우리 할아버지 댁에 있어. 할아버지가 아는 사람한테 부탁해서 사셨다? 지금은 없는데 버스 타고 한참 가면 있어. 내 아이가 딴에는 없는 용기를 쥐어짜 작지만 결연하게 중얼거리는 그 소리를 외면하지 않고 관심을 보여주겠지. 네 살배기 연두는 개월 수에 비해 키가 작달막했고 말라서 갈비도 살짝 보이는 편이었다. 소근육 발달도 느려서 색연필을 아직 제대로 쥐지 못했고 또래 아이들은 다 뗀 기저귀도 여태 밤에는 차고 잠들었다. 아내에게는 매일 자잘한 걱정과 죄책감을 안겨주는 그 일들이 나는 별로 걱정되지 않았다. 할 때 되면 다 하리라는 생각이었고, 부모 둘 다 체구가 큰 편은 아니니 어쩌랴 하는 마음이었던 것이다. 하지만 아이가 놀이터에서 다른 아이들의 무리에 끼지 못해 쩔쩔매는 광경을 보는 일만은 내게 기이할 만큼 고통스러웠다. 매일 어린이집에서 하원하면 집에 잠시 들러 세발자전거와 자잘한 장난감들을 챙긴 다음 마치 처음으로 전투에 나가는 어린 전사처럼 결기와 의지로 무장한 얼굴을 하고 놀이터를 향하는 것이 그 무렵 연두의 주요 일과였다. 일단 놀이터 입구에 도착하면, 연두는 자신을 상대해줄 만한 아이들을 찾아 재빠르게 사방을 눈으로 훑은 다음 한 치의 의심도 없는 몸짓으로 목표물을 향해 페달을 밟았다. 그러고는 자기에게 눈길 한번 주지 않는 큰 형과 누나 들을 향해 버티고 서서, 나도 숨바꼭질 좋아하는데! 나도 어제 그 아이스크림 먹었는데! 하고 웅변하듯 외치는 것이었다. 아이들에게 서너 살 차이는 어른들에게 한 세대 차이쯤 되는 모양이었다. 아이들의 정직한 무관심은 얼음처럼 차가웠고, 연두는 그걸 어떻게든 녹여보려고 온 힘을 다해 자신을 소리쳤으나, 소득이 있는 날은 별로 없었다.

　그럴 때면 내가 아이가 되어 안간힘을 쓰고 있는 것 같았다. 나는 아이가 힘겨움인 줄도 모른 채 겪고 있는 힘겨움에서 나의 과거와 아이의 미래를 보았다. 과거는 희미해서, 나도 어릴 때 저랬을까? 저랬단 말인가? 정도의 의문만 메아리쳐 돌아왔다. 반면 미래는 좀 더 또렷하고 구체적이었으나 나는 그것을 똑바로 보고 싶지 않았다. 관계 맺기, 소속되기, 인정 투쟁, 호객 행위, 자기 PR, 뭐라 이름 붙이든 아이는 잔뜩 얽힌 가시덩굴 같은 저 무관심을 풀고 자르고 자기편으로 만들기 위해 평생 씨름하게 될 것이었다. 내가 그랬고 내 부모가 그랬듯이.

간혹 마주치는 어린이집 같은 반 친구들은 대개 한 시간쯤 놀면 부모를 따라 줄레줄레 집으로 가버렸다. 연두의 욕망은 한 시간보다 길고 집요하고 강렬해서 어떤 설득과 협박과 내가 엉덩이에 가하는 손바닥 세례에도 지지 않았다. 가을 해는 여섯 시 반이면 떨어졌고 허기는 일곱 시 반쯤에 절정에 달했으나, 연두는 여덟 시가 되어도 새로운 친구를 찾아 공원 구석구석까지 뛰어다녔다. 몇 번의 힘든 밤을 보낸 뒤 나는 포기했다. 아이가 제풀에 지치기를 기다려 집에 데려온 뒤 늦은 저녁을 먹여 재웠다. 지나가겠지, 외둥이라 그렇겠지, 부모를 닮아 외로움을 타는 거겠지, 동생을 낳아줄 능력은 안 되니 미안하구나, 나는 생각했다.

그때의 내게는 그 정도의 일이 가장 큰 고민이었다. 말하자면 나는 태평한 사내였던 것이다. 아이를 낳고 가정을 꾸렸으나 아직 데뷔를 못 해 앞이 보이지 않았고, 가장으로서의 책임을 아내에게 미뤘다는 죄책감과, 칭찬하는 페미니스트들 앞에서는 말할 수 없는 아이 보는 아빠로서의 미묘한 열등감에 매일 시달렸으며, 집 계약 갱신이 다음번에도 전세금 인상 없이 이루어질지 알 수 없다는 사실과, 나날이 줄어가는 통장 잔고에도 불구하고, 나는 큰 걱정이 없었다. 나를 둘러싼 모든 것이 예외 없이 막대한 불안을 강요하고 있었는데, 내 마음에는 그 불안들을 일일이 느낄 여력이 없었다. 나는 그냥 놔버렸다. 될 일은 되고, 안 될 일은 안 되리라고 생각하니 평온해졌다. TV와 인터넷에서는 매일 엄청난 일들이 일어나고, 사람들이 죽어가고, 역사가 거꾸로 돌아간다는 원성이 드높았으나, 일회성 분노와 삶의 근본을 바꾸지 못하는 습관적 다짐을 반복하는 일을 제외하고 내가 그 사건들에 구체적으로 닿을 방법은 전혀 없었다. 머리 위로 외국어로 된 거대한 공중 장벽 같은 세상이 흐르고 있었고, 그것이 몰락해가고 있다는 사실을 나는 무감한 이주민의 심정으로 올려다보고 있었다. 날마다 아이를 먹이고 입히고 재우며 삶은 감자처럼 작고 포슬포슬하고 따스한 일상을 신경질이나 짜증으로 더럽히지 않으려고 애를 썼다. 그 일만으로도 가끔은 이가 악물리고, 주먹이 꽉 쥐어졌다.

친구를 찾는 데 실패한 연두는 시무룩한 얼굴을 하더니 공원 한쪽의 그네로 뛰어갔다. 빨간색은 비어 있었고, 녹색에는 그가 타고 있었다.

이상한 사내였다. 유년기에 타보지 못한 그네를 어른이 된 뒤 하루에 몰아 타보려는 듯, 그네 포악스럽게 타기 대회에 참가한 듯, 그는 인정사정 없이 발을 구르고 차올려 그네 탄 자기 몸을 허공에 흔들고 뿌려대고 있었다. 그네 전체가 컹컹 무겁게 울리며 흔들렸다. 저러다 한 바퀴 돌아 뒤로 넘어가겠다, 나는 생각했고 연두는 겁먹은 얼굴로 내 뒤에 숨었다.

남자의 입에서 괴성이 새어나오고 있었다. 홋슈, 홋슈, 홋슈, 휘평, 휘평! 하르바사리, 람, 람. 귀를 보니 이어폰이 꽂혀 있었다. 음악을 듣는지 뭘 듣는지, 자기 입에서 나오는 소리가 어떻게 울리는지, 자기 몸이 어떻게 보이는지에 아무런 관심이 없는 것 같았다. 다소 익살스럽긴 했으나 아이에게는 충분히 위협적인 광경이었다. 저렇게 그네 타면 돼, 안 돼? 나는 연두에게 물었다. 연두는 안 돼, 중얼거리고 덧붙였다. 근데 아빠, 나 저거 타고 싶어. 녹색.

나는 연두의 그네를 밀며 기다렸다. 연두는 곡예에 가까운 남자의 움직임을 두려움과 매혹이 가득한 눈으로 좇느라 정신이 없었다. 나는 나도 모르게, 아이가 이런 걸 보면 안 되는데, 생각했다. 남자는 서른 살로도 열여덟 살로도 보이는 외모였다. 덩치가 상당했다. 붉은 얼굴에는 여드름이 가득했고 쉬지 않고 소리를 내는 입가에는 침이 조금 묻어 있었다. 그를 그렇게 만든 것이 무엇인지는 몰라도 아주 지독하고 사나운 것임은 분명해 보였다. 무엇보다 외계어를 닮은 그 이상한 괴성이라니. 그의 입에서 나오는 게 니미, 닝기리, 씨팔, 썅, 지랄이 아닌 게 다행이었으나 나는 그가 빨리 자리를 떠나주길 바랐다.

몇 분 후 그의 움직임이 멈췄다. 남자는 비슌, 비슈, 훗슈, 중얼거리며 그네에 그대로 앉아 있었다. 더 참지 못한 연두가 다가가 그의 그넷줄을 잡았다. 남자는 너는 뭐냐? 하는 눈으로 잠시 연두를 보다가, 일어나 백팩을 메고, 공원의 가로등 불빛 속으로 성큼성큼 걸어갔다. 왜 저렇게 걷는 것일까?

그로부터 몇 달이 지난 어느 토요일 오후에, 나는 동네 슈퍼마켓에서 치즈의 종류를 눈으로 훑고 있었다. 체다, 브리, 에멘탈, 모짜렐라, 까망베르, 슬라이스, 스트링. 나는 치즈에 큰 관심이 없었다. 이 몇 개의 단어가 여전히 강렬한 건 그것이 나의 죄와 연관되어 있기 때문이다. 누구라도 나와 같은 일을 겪었다면 그 순간 자신이 보고 있던 사물에 한동안 붙들릴 수밖에 없을 것이다. 아내에게는 그것이 치즈가 아니라 인스턴트 커피였다. 다크 로스트, 마일드 로스트, 스위트 아메리카노, 스위트 모카. 원두가 떨어졌는데 사두는 걸 잊어, 슈퍼에 간 김에 급한 대로 커피를 사려했다고, 달면서 카제인나트륨이 적게 함유된 커피를 찾고 있었다고 아내는 나중에 말했다. 카제인나트륨 말이야, 하고 울면서 몇 번이나 되풀이했다. 그러니까, 아이가 가게 안을 돌아다니며 마음에 드는 과자를 찾게 놔두고, 아내와 나는 각각 유제품과 커피가 진열된 매대에 서서 정신을 놓고 있었던 것이다. 우리는 그때 대체 무슨 생각을 하고 있었나? 사는 게 지겹다는 생각? 모든 게 너무나 지루해서 치즈나 싸구려 커피에라도 집중해야겠다는 생각? 주말 육아에서 놓여나 잠시라도 혼자 있고 싶다는 생각? 아니다. 그러지 않았다. 우리는 그냥 아무 생각이 없었다. 다섯 살을 향해 가는 아이에게서 장난기가 빠지고 있다고 생각했고, 그것을 조금씩 아쉬워하고 있어서, 아이가 말도 없이, 아무런 이유도 없이 슈퍼마켓 문으로 나가, 주위를 둘러보다가, 4차선 도로 한복판에 떨어져 있던 작은 바람개비 모양의 장난감(그것을 길에 떨어뜨려 그곳까지 굴러가게 둔 아이의 부모에게는 미안하지만, 나는 당신들을 저주했다. 몇 번이나)을 발견하고, 우리가 단단히 가르쳐둔 교통안전 상식을 까맣게 잊고 그리로 빨려들듯 뛰어가리라는 생각 같은 건 전혀 하지 못했다. 동물의 직감으로 먼저 정신을 차린 것은 아내였고, 아이의 이름을 부르다 몇 초 만에 목소리가 변한 것은 나였다. 우리는 거의 동시에 밖으로 뛰어나갔다. 아이는 막 차도 한복판을 향해 달려가고 있었고, 바로 그때 몇 미터 앞에 있던 트럭이⋯⋯.

나는 아이의 휘둥그레진 눈을 보았고, 연두야! 소리쳤고, 아내의 비명을 들었고, 요란한 경적을 들었다. 바로 그때 누군가가 뛰어들었다. 내가 기억하기로는, 거대한 오랑우탄이 달려와 새끼를 낚아채고는, 곧바로 나무 위로 점프해 올라가는 것 같은 움직임이었다. 그 장면을 채우고 있던 거의 모든 것은 내 죄책감이 먹어버렸다. 다음 장면에서는 연두가 인도 위에 혼이 나간 얼굴로 앉아 있고, 아내가 아이를 안고 울고 있고, 내가 그 앞에 무릎을 꿇고 앉아 괴상한 소리를 토해내고 있다. 트럭이 서고, 붉어진 얼굴의 기사가 내려 우리에게 다가왔다. 사람들이 모이고, 슈퍼마켓 직원들이 나와 큰 소리로 웅성거리기 시작했다. 그때 소셜커머스 택배 트럭을 몰던 그 기사를 상대한 것은 나였는데, 그의 얼굴도 까맣게 지워졌다. 나는 이성을 잃고 험한 말을 토해냈고, 그도 그랬을 텐데, 너무 괴로워 그 얼굴은 잊었다. 그와 얘기를 끝내고, 연두가 다친 데가 없으며 제대로 말을 하고 울 수도 있다는 것을 확인해야 했으므로, 아이를 구해준 사람에 대한 생각은 몇 분 뒤에야 돌아왔다. 나는 사람들 사이에서 그 얼굴을 찾아 헤맸고, 그 침울한 얼굴의 남자가 등을 돌려 골목으로 들어가버린 뒤에야 그를 알아보았다. 그는 여전히 하얀 이어폰을 꽂고 있었다. 혹시? ⋯⋯설마?

나는 그가 다음 골목에서 오른쪽으로 돌고 있을 때 자리에서 일어났다. 그러고는 있는 힘을 다해 뒤쫓아갔다.

그럴 리 없을 줄 알았는데 비슷했고, 비슷하다 싶었는데 틀림없었다. 걸을 때 몸을 이상하게 흔드는 모양새가 내 기억 속의 강렬한 인상과 일치했고, 잘 생각해보니 아까 사람들 사이에 서 있을 때 그가 입을 슈, 슈 소리 내는 모양으로 내밀고 있는 걸 본 것 같기도 했다. 남자는 천천히 걸어 우리 집 건너편의 빌라로 들어갔다. 내가 헐떡이며 공동 현관문에 들어섰을 때 2층에서 쾅, 문이 닫히는 소리가 났다. 나는 올라갔다. 202호였다.

그 순간 나는 방금 전에 나를 강타한 어마어마한 충격에도 불구하고, 마음이 싸늘하게 식으면서 몸을 빠져나와 하늘로 올라가는 듯한 경험을 했다. 모든 상황은 그대로인데 내 마음만이 머리 위 허공 어딘가로 둥실 떠올라, 모든 것을 낯설고 객관적인 제3자의 시선으로 재구성하는 것 같았다.

여기?

나는 건물 밖으로 나왔다. 문의 위치와, 방과 창문의 위치를 살폈다.

그 집?

그 집이었다.

내 입에서 터져나온 것은, 한숨일 줄 알았으나, 실소였다.

나는 담배를 피운다. 대학 신입생 때 배운 뒤로 근 20년을 피워왔고, 중간에 서너 번 있었던 금연 기간은 몇 달을 넘기지 못했다. 아이가 태어난 뒤로는 미안하지만 더 많이 피워댔다. 당연하게도 아내는 싫어했다. 아무리 샤워를 해도 소용없어. 같은 방에서 자기만 해도 간접흡연이 된대. 항의가 이 정도에 그치는 건 육아와 가사의 80퍼센트를 맡고 있는 내게 탈출구 하나 정도는 필요할 거라는 생각 때문인 것 같았다. 나는 계속 피웠다. 낮 동안에는 참았고, 밤에만 피웠다. 야근을 끝낸 아내가 돌아오면 지친 어깨를 한 번 안아주고, 아이는 잘 재워놓았다고 말해준 다음, 잠시 눈치를 보다가 옷을 주워 입고 밖으로 나가 피웠다. 피우면서, 쓰고 있는 글에 대한 생각을 했다. 동화라는 것을 이렇게까지 어렵게 써야 하는가, 주로 그런 생각이었다.

　나는 2주에 한 번 동화 창작 스터디 모임에 참여하고 있었는데, 그 멤버들은 내 글을 좋아하지 않았다. 메시지도 없고 문학적이지도 않다는 것이었다. 동화에 수십 가지 하위 장르가 있어서 제각기 따라야 하는 문법이 다르고 공식이 다르다는 것까지는 납득했으나, 그렇게 기출문제 분석하듯 최근 출간작의 경향을 읽고 전략을 세우면서(그리고 내 경우에는 잠을 줄이고 다른 여가가 없다는 불만에 시달려가면서) 아이들을 위한 이야기를 쓴다는 것이 내게는 우스꽝스럽고 슬픈 농담처럼 느껴졌다. 내가 보기에 동화에서 메시지를 보는 것은 책을 구입하고 자기만족을 느끼는 부모들뿐이었고, 문학성을 따지는 것은 작가 지망생들뿐이었다. 겨우 다섯 살이나 여섯 살짜리 아이들의 마음에 다문화사회의 의미나 예술의 존재 의의, 지구온난화의 위험성 같은 심오한 주제와 시를 방불케 하는 함축적인 표현들이 과연 얼마나 가 닿을지 나는 짐작할 수 없었다. 연두는 대체로 자신의 스트레스를 풀어줄 폭력이 등장하는 이야기, 아니면 슬랩스틱 코미디에 가까운 이야기들에만 열광했다. 밤 산책을 못 하게 하는 아빠와 듣기 싫은 영어 노래를 계속 틀어놓는 어린이집 선생님이 악어에게 먹히거나 똥통에 빠지는 이야기, 영웅이 못된 해적의 팔을 칼로 쓱 잘라내는 이야기, 바나나 껍질을 끝없이 밟고 넘어지는 저주에 걸린 아이가 바나나 나라 왕자를 찾아가 죽이는 이야기. 나는 아빠로서 걱정을 하면서도 한편으로는 그런 연두를 이해했다. 오래전부터 나는 어째선지 아이들이 어른들에게 통쾌하게 복수하고 엿을 먹이는 이야기를 자꾸만 자꾸만 쓰고 싶었다. 바로 그것이 이 세상에서의 내 숨은 사명 같았다. 어쩌면 생각보다 일찍 어른이 되어야 했던 나 자신을 위로할 유일한 방법이었는지도 모른다.

　허나 현실은 현실이었다. 입시 대비하듯 쓰든 어떻게 쓰든, 그건 10년 넘은 웹콘텐츠 기획자 경력이 회사 재정 악화로 끊겼을 때 나 자신이 고심 끝에 재취업 대신 선택한 길이었고, 선택한 이상 몇 년 내에 데뷔를 해서

처자식을 먹여살려야 했다. 한가한 이야기를 늘어놓을 틈이 없었다. 내 마음은 불안을 느끼지 않게 개조된 상태였으므로, 나는 대신 담배를 피웠다.

슈퍼마켓에서의 일이 있기 반 년쯤 전의 어느 날 밤이었다. 그날도 아이를 재우고 아내에게 굿나잇 키스를 하고, 안 되는 글을 붙잡고 골치를 썩이다가 한 대 피우러 나간 참이었다. 새벽 두 시쯤 되었을 것이다. 옥상은 잠겨 있었고, 우리 빌라 앞에는 앉을 만한 공간이 없었으므로, 나는 건너편 빌라에 붙은 시멘트 단에 걸터앉았다. 거기 앉기 시작한 게 그리 오래된 일은 아니었다. 한 일주일쯤 되었던 것 같다. 원래는 길 한복판에 서서 피웠는데, 연두를 안고 걷다가 허리를 살짝 삐끗한 뒤로 앉아서 피우는 버릇이 생겼던 것이다.

맹세컨대 나는 내 담배 연기가 올라가는 경로 정중앙에 누군가의 창문이 열려 있을 거라고는 전혀 예상하지 못했다.

그러니까 바로 그런 게 기본적인 예의의 문제라니까. 열렸고 닫혔고를 떠나서 당연히 창문 밑은 피해야 하는 거 아니야? 피우기 전에 전후좌우를 샅샅이 살폈어야지. 흡연자들 진짜 둔감해.

다음 날 아침 아내는 고소하다는 듯 말했다. 그 말이 맞다. 나는 둔감했고, 배려가 부족했다. 나 같은 인간들 때문에 흡연자들의 입지가 더욱 좁아지고 있다면 나는 성토당해 마땅하다. 어쨌거나 만약 의식을 했더라면 나는 절대 거기 앉지 않았을 것이다. 그러나 반성과 성찰이 깃들기에 그때의 내 마음은 너무 커다란 충격에 얻어맞은 상태였다. 내가 뒤집어쓴 것은 식초였던 것이다.

처음에는 물인 줄 알았다. 비나 우박인지도 모른다고 생각했다. 혹은 건물이 낡아 어딘가 고여 있던 물이 갑자기 쏟아졌나, 생각도 했다. 그 며칠 전에도 머리 위로 뭔가 떨어졌는데, 그건 물이었으니까. 아무리 봐도 그런 식의 낙수가 일어날 구조는 아닌데, 나는 자리에서 일어나 궁금해했었다. 그런데 그날 밤에 쏟아진 것은 달랐다. 물에서 날 수 없는 독한 냄새가 났고, 무엇보다 뒤집어쓰는 순간 이건 사람의 의도적인 행위라는 강렬한 직감이 나를 때렸다. 냄새. 산. 신 냄새. 나는 몇 분간 몸을 움직일 수가 없었다. 충격을 누르며 겨우 일어나 돌아섰다. 건물 전체의 불이 다 꺼져 인기척이 없었고, 오직 내 머리 위쪽, 2층 끝의 창문만 20센티미터 정도 되는 폭으로 열려 있었다.

나는 그 열린 창문 너머의 어둠을 넋 놓고 올려다보았다. 기가 막혔고, 화가 났고, 억울한 마음이 치밀었으나 그 모든 것 이전에 공포로 몸이 속까지 얼어붙는 듯했다. 음침했다. 지독하도록 음침했다. 얼굴이 보이지 않는다는 사실이 컸다. 잘못을 하긴 했지만, 나는 일단 사람이지 않은가? 머리를 내밀고 내게 소리쳐 경고를 하거나, 욕설을 퍼붓거나, 그도 아니면 그 자리에 험악한 경고문이라도 붙여둘 수 있지 않았을까? 방의 주인이 누구든 그가 내게 한 행위에는 인간 대 인간의 의사소통을 구성하는 어떤 필수 요소가 완전히 결여되어 있었고, 그것이 내 몸을 떨리게 한 음침함의 원인이었다. 그는 내게 말을 할 필요가 없다고 생각한 것이다. 말이라는 수단의 가능성을 처음부터 고려해보지 않은 게 분명했다. 그에게 나는 인간이 아니라 다만 대상이었다. 나는 기다렸지만, 아무리 기다려도 창문 안쪽에서는 어떤 소리도, 움직임도 넘어오지 않았다. 나는 이를 악물고 그 어둠 속을 상상했다. 불을 끈 채 침대에 누워 기다리고 있다가, 창문으로 담배 연기가 들어오는 것을 확인하고 천천히 일어나, 반나절 전쯤 미리 식초를 따라둔 컵을 집어들고 소리 없이 다가오는 그를. 내 무방비한 머리통을 위에서 내려다보며 침착하게 겨냥을 하고, 액체를 부은 뒤, 침대로 돌아가 숨죽이고 누워 있는 그를. 그 천천한 일련의 행동들을. 킬킬거리는 웃음소리라도 들려왔다면 차라리 나았을 것이다. 적막한 어둠이 그토록 악의적일 수 있다는 사실을 그날 처음 알았다.

나는 그 뒤로 한동안 담배를 피우지 못했다. 그의 책상 위에 놓여 있었을 컵을, 그 안에 든 식초의 미동 없이 잔잔한 수면을 떠올리면 욕구가 도

려낸 듯 사라졌다. 그나마 다행이잖아. 염산이나 황산이었으면 어쩔 뻔했
어. 내 충격이 생각보다 오래가는 것을 보고 자신도 조금 놀란 아내가 위
로랍시고 건넨 말이었다. 정말 그랬을 수도 있었다. 그 후 몇 달 동안, 나
는 건너편 빌라 2층 끝방 거주자의 얼굴을 집요하게 상상했다. 그의 배경
을, 그가 살아온 역사를 가상으로 구성해보는 일을 멈출 수 없었다. 자식
에게서 버림받은 독거 노인. 권태와 탐욕에 물든 중년 여자. 취업이 안 되
는 취업 준비생. 직접 대면하지 않아도 된다면 나는 그 사람의 얼굴을 꼭
한 번 보고 싶었다.

그러니 그 바람이 결국 그렇듯 이상한 방식으로 실현되었을 때 내가 느
낀 감정을 어떤 말로 표현할 수 있겠는가. 그날 202호의 닫힌 문 앞에 서
서 나는 어떤 까마득한 낙차를 느꼈고, 결국 아무 행동도 취하지 못했다.
그 순간 내 머리에 떠오른 이미지는 벌어진 입이었다. 내가 동경하며 응원
하는, 볼 때마다 기분이 좋아지는 어떤 아름다운 여자 혹은 남자가 있다.
국민 모두가 호감을 품을 수밖에 없는, 안티조차 없는 연예인 같은 느낌의
사람이라고 해두자. 그 사람이 얼굴 가득, 보는 것만으로도 향기가 전해질
것 같은 싱그럽고 건강한 미소를 짓고 있다. 입술이 벌어지면서 미소는 곧
환한 웃음으로 변한다. 내 시선은 자연스레 그 사람의 입으로 향하고, 그
입술 사이로 천천히 속이 들여다보인다. 치아가 하나둘씩 드러나는데, 그
것들은 하나도 빠짐없이 뿌리까지 새카맣게 썩어 있다.

논리라는 걸 꿰맞춰볼 수 있게 된 건 며칠 뒤였다. 나는 여전히 연두 때
문에 놀란 마음이 진정되지 않은 상태였고, 연두를 구해준 그를 떠올리면
금방이라도 눈물이 날 것 같았다. 고맙고 또 고마웠다. 천만다행이었다.
나는 입이 열 개여도 할 말이 없는 부모였고, 그는 내 영웅이었다. 그러나
나는 내 속에 돌아나기 시작한 검은깨 무더기 같은 찜찜함을 씻어낼 수가
없었다. 내 눈앞에서 오랑우탄처럼 날렵하게 몸을 던져 내 아이의 목숨을

구해준 남자가, 그때 어둠 속에서 소리 없는 증오가 가득한 눈으로 내 뒤통수를 남몰래 응시하던 그 방의 주인과…… 왜 동일인물이어야 하는가?

몇 번이나 생각을 거듭했다. 내가 혹시 착각한 것은 아닌지, 잘못 본 것은 아니었는지. 그러나 확실했다. (1) 공원에서 미친 사람처럼 그네를 타던 남자와 (2) 내게 식초를 부은 남자, (3) 내 아이의 생명을 구한 남자, 그렇게 세 명이 실은 한 사람이었다. 지나친 우연 같기도 했고, 뭔가 범죄의 냄새가 나는 것도 같았다. (1)과 (2)는 자연스럽게 연결할 수 있을 것 같았으나 (3)은 아무래도 다른 사람 같았다. 내 논리의 관성은 자꾸만 (1)=(2)와 (3) 사이에 다리를 놓으려고 했다. 그러니까, 매너 없는 흡연자를 지독히 증오하는 그가 내 머리에 식초를 부은 후에, 곰곰이 생각해보니 아무래도 좀 심했다는 생각이 들어, '미안한 마음에' 트럭에 치이려던 내 아이를 구해주기로 한 것이다. 그러나 대체 어떤 사람이 그런 사고를 미리 예견할 수 있단 말인가?

혹시 그 사고는 조작된 것이 아니었을까? 그가 그날 그 순간 하필이면 그 자리를 우연히 지나가고 있었고, 그렇듯 민첩하게 몸을 움직일 수 있었다는 것도 따지고 보면 몹시 이상하긴 했다. 혹시 (4)도 있는 게 아닐까? 말하자면…… 사고를 일부러 만든 뒤에 선행을 가장해 보상금이나 다른 무언가를 뜯어내려는 계획 같은? 그는 그러니까 나를 타깃으로 설정하고 오랫동안 관찰해온 것일까? 나의 일거수일투족을 철저히 감시해, 그 토요일 오후에 우리가 슈퍼마켓으로 이동하고 있음을 확인하고, 조력자인 누군가에게 재빨리 연락을 취하고, 골목에 대기하고 있던 트럭이 달려오고?

이런 종류의 망상들이 계속 떠오르고, 심지어 그것들이 사실에 가깝게 느껴질 만큼 내 머릿속은 한동안 제대로 돌아가지 않았던 것 같다. 아이가 거의 죽을 뻔했으니까. 우리가 그러라고 둔 거나 다름없었으니까……. 혹은 그 식초 한 컵이 진짜 이유였을까? 그 조그만 경험이 나를 그런 식으로, 타인에 대한 의심과 광증으로 몰아갈 만큼 컸단 말인가? 인간이란 게 그렇듯 한심하고 자기중심적인 존재란 말인가? 아내는 또 아내대로 심각한 상태였다. 매일 울면서 자신의 부주의를 자책했다. 하루 종일 아무것도 먹지 않았다. 너무 오랫동안 자책이 이어지기에 이제 그만하라고 한마디 던졌다가 크게 다투기도 했다. 몇 번 큰소리가 나는 싸움이 이어진 끝에 아내는 결국 연두를 데리고 친정으로 가버렸다. 빡빡한 회사 일정을 비집고 휴가까지 내는 아내를 보며 나는 조금 놀라고 깊이 미안했다. 그만큼 스트레스가 컸던 모양이었다.

나는 그의 집을 찾아갔다. 어찌 됐든 감사 인사와 보상을 하고, 빨리 마음의 짐을 덜고 싶었다. 그러나 그는 문을 열어주지 않았다. 얼마간 이해할 수 있었다. 내가 그의 집을 알아보았다는 사실이 그에게는 또 얼마나 껄끄럽겠는가. 나는 기다렸다. 그가 지극히 상식적이고 논리적인 태도로 모든 것을 깨끗하게 정리해주기를. 그래서 세부에 지나치게 집착하는 나의 병적인 마음을 지극히 부끄럽게 만들어주기를. 서로에게 다소 불편한 자리가 되겠지만 그와 나는 만나야 했다.

우리는 결국 만났다. 그러나 그 만남에는 내가 기대한 논리적인 요소가 들어 있지 않았다. 그는 이상한 사람이 맞았다. 이상한 언어를 써서 말했고 처음부터 끝까지 황당무계한 이야기를 늘어놓았다.

그날 밤 일은 죄송해요. 그냥 담배 연기가 정말 싫었어요. 낮에는 일을 하고 밤에는 공부를 하는데, 다 끝내고 자려고 누워 있을 때마저 담배 연기를 맡자니 정말 싫어서요.

침착하게 가라앉은 목소리였다. 나는 고개를 조아려, 아, 정말 죄송합니다, 다시는 거기서 피우지 않을게요, 했다. 내가 달리 무슨 말을 할 수 있겠는가?

저희 집에 부엌이 없어요. 공동으로 쓰는 주방이 있는데 거기도 식초는 없더라고요. 그래서 하나 샀어요.

그는 둥그런 눈을 들어 나를 보며 말했다. 야구 모자를 눌러쓴 그의 얼굴은 여전히 붉었고, 눈은 뭐랄까, 해맑았다. 그 상황에서 그가 사이코패스인지 알아내려고 애쓰고 있는 자신이 한없이 치졸하게 느껴졌지만 어쩔 수가 없었다. 위악인가? 그렇지는 않은 것 같았다. 나에 대한 당당한 혐오의 표현인가? 그렇다면 나는 더욱 고개를 조아려야 옳았다. 그러나 그는 어쩐지 해명하듯 말하고 있었다. 마치 공동 주방에 식초가 없었던 것을 사과하는 듯한 말투였다.

저희 아이를 구해주셔서 정말 감사합니다. 무슨 말로 감사드려야 할지…….

그는 처음으로 괴로운 표정을 했다.

보였어요.

예?

사고가 날 게 보였다고요. 몸이 닿으면, 보여요. 저번 날 공원에서요, 아드님이 제가 타던 그넷줄을 잡았잖아요. 그때 손이 닿았어요. 그래서 보였어요…….

아, 예…….

보이지 않았으면 참 좋겠는데, 보여요. 그래서 어쩔 수 없이 그렇게 한 거예요. 그러니까, 너무 감사해하지 마셨으면 좋겠어요. 저 그럴 만한 사람 아니거든요. 반반이에요. 어떨 때는 하고, 어떨 때는 안 해요. 아니 요즘에는 안 할 때가 더 많지요. 일이 바빠서요.

나는 가만히 듣고 있었다. 내 마음은, 가방 속에 지갑이 있으니까 빨리 거기서 지폐를 꺼내 건네주고, 인사를 끝내고, 일어서라고, 이 미친놈에게서 벗어나라고 비명을 질러대고 있었다. 그러나 바로 그때 오리고기가 나왔다. 맛있어 보이는 부추절임과 밑반찬들이 테이블에 놓였고, 점원이 수저와 그릇들의 위치를 바로잡아주었다. 나는 타이밍을 놓치고 말았다. 토요일 오후 여섯 시, 공원에서 예의 그 무지막지한 모양새로 그네를 타며 괴성을 질러대고 있는 그를 다시 발견하고 빙고!를 외치고 싶던 순간에서 겨우 30분밖에 지나지 않았다. 아무래도 드려야 할 말씀이 있으니 간단히 식사라도 같이 하자는 내 말에 그는 의외로 순순히 그네를 멈췄다. 근처에 있는 삼겹살집과 오리로스집 중에서 선택을 한 것도 그였다.

이 오리고기 말이에요.

그가 한 점을 집어들었다.

막 구우면 이런데, 먹다가 남아서 냉장고에 넣어놓았다가 꺼내면, 기름 기가 굳어서 하얗게 덕지덕지 앉아 있어요. 보신 적 있어요? 처음에는 분명히 하난데, 온도가 내려가면 고기랑 기름이 분리되는 거예요. 뒤늦게 칼로리 생각이 나죠.

그는 고기를 입에 넣고 맛있게 씹었다.

저는, 분리가 잘 안 돼서 만날 지글지글 끓어요. 그래서 그네를 타는 거예요. 그네를 타고 있으면 시원하거든요.

아, 예, 내가 다시 의미 없는 소리를 냈다. 도망칠 기회는 점점 멀어지고 있었다.

다른 이유도 있어요. 그네를 타면, 내가 발을 굴러서 내 의지로 앞으로 움직이고 있다는 기분이 들어요. 물론 뒤로 움직이기도 하지만. 저는 평소에는 항상 뒤로만 움직이는 기분이거든요. 정확히 말하면, 거대한 총알 앞쪽을 껴안은 채 발사되고 있는 기분이에요.

그는 스물여덟 살이고, 자신이 미래를 볼 수 있다고 했다. 자기 미래가 어떻게 진행될지 알고 있으며, 그것이 바뀌지 않으리라는 사실도 안다고 했다. 모든 것이 정해진 대로 착착 진행되는 것을 매 순간 확인하며 평생을 살아야 하는 것이 어떤 기분인지 아느냐고도 했다. 그 시점에서 나는, 그래, 들어나 주자는 쪽으로 마음을 바꾸었다. 소주가 두어 잔 들어가기도 했고, 나 역시 사람과의 교류가 거의 없어서 그렇지 오랜만에 누군가를 만

나면 그 비슷한 헛소리를 지껄이며 술주정을 하고 싶다는 생각을 한 적이 얼마나 많았던가. 삶은 뻔하고, 눈에 핏발을 세우며 정신없이 손발을 움직여야 겨우 그 뻔한 삶의 부스러기라도 붙잡는다. 손을 놓는 순간 끝이다. 그는 내가 짐작한 대로 불만 가득한 요즘 젊은이가 맞는 것 같았다.

다만 나는, 다소 속 편하고 재수 없는 기성세대의 입장일지 모르나, 그가 자신을 가두고 있는 이야기가 너무 진부한 것 아닌가 하는 생각을 했다. 신문이 묘사하는 것과 지나치게 똑같은 워딩이었다. SNS에 댓글을 달 때가 아니라 일상의 평범한 순간에도, 정말로 다들 이런 생각을 내면화한 채 사는 건가. 자신에게 미래가 없고, 바꿀 수가 없다고. 가슴이 아팠다. 그에게 미안하기도 했다. 그러니까, 헬조선, 뭐 그런 이야기 말인가요? 미래가 없다는? 내가 물었다. 최대한 어조에 신경은 썼는데, 좀 역겹게 들렸는지도 모르겠다.

아뇨, 그런 게 아니에요.

그가 딱하다는 듯 나를 보았다.

그건 미래가 없다는 거예요. 미래가 보이지 않는다는 거죠. 하지만 정확히 말하자면, 미래가 정말로 존재하지 않는다는 뜻은 아니죠. 그 말을 하는 사람 누구에게도 아직 미래는 오지 않았어요. 수없이 많은 미래의 가능성이 있지만, 자신이 원하는 미래는 그중에 없어 보인다는 거죠. 저는 그것과 정반대예요. 저에게는 미래가 있어요. 이미 경험한 것이나 마찬가지인 명백한 미래가 있죠. 대신 과거가 없어요.

과거가 없다뇨?

말 그대로예요. 지금 제가 여기 아저씨랑 같이 앉아 있잖아요. 어떻게 여기 와서 앉아 있게 된 건지 보이지가 않아요. 불확실한 거죠.

나는 참지 못하고 조금 웃었다.

기억력이 별로 좋지 않다는 말씀인가요?

그도 웃고는, 대답했다. 그랬으면 좋겠는데, 그게 아니거든요. 저한테는 지금 이 순간까지의 과거가 하나가 아니에요. 번호를 붙이자면…… 어디 보자, 1번부터 한 40, 50번 정도까지는 되겠네요. 비교적 가능성이 있는 것만 추리자면요. 1번 과거는 아저씨와 제가 지금 기억하는 그대로예요. 제가 그네를 타고 있었고, 아저씨가 저를 발견했고. 그런데, 2번 과거에서는 제가 공원에서 아저씨를 만난 게 조금 전이 아니라 아침이에요. 아저씨가 저에게 말을 걸지만 제가 그냥 집에 갑니다. 그런데 아저씨가 다섯 시 반쯤 다시 찾아와서 저희 집 문을 두드려요. 그래야겠다고, 아침부터 계속 생각한 거죠. 그래서 우리가 같이 여기 온 거예요.

챙그랑, 옆 테이블에서 숟가락이 떨어졌다. 여자가 허리를 굽혀 그것을 주워 올렸다.

3번 과거에서는 또 미세하게 달라요. 저는 공원에 아예 가지 않았어요. 혼자서 이 가게 앞에 서서 오리고기 냄새를 맡으며, 아, 맛있겠다, 생각하고 있어요. 하지만 아무래도 혼자서는 들어오기 그래서, 그저 가만히 서 있을 뿐이죠. 그런데 아저씨가 우연히 그 앞을 지나치다가 저를 발견해요. 마침 식사 때고 하니 저녁을 먹으면서 이야기하자고 하죠. 이렇게, 앞쪽에 있는 것들은 논리적 개연성이 높아요. 아저씨한테는 저를 만나 얘기를 할 이유가 있죠. 하지만 뒤쪽으로 가면, 13, 14번쯤 가면요…….

그는 거기서 말을 멈췄다. 나는 종업원을 불러 물을 리필해달라고 했다. 부추절임에 너무 매운 양념 덩어리가 섞여 있었다.

48번과 49번, 그쪽엔 아저씨랑 제가 일하면서 만난 걸로 돼 있어요. 동료 직원이에요. 일 끝나고 우리 동네에 와서 한잔하기로 한 거죠. 아저씨, 지금 일 안 하시죠?

그는 어째선지 조금 걱정스러워하는 얼굴로 물었다. 나는 고개를 끄덕이고, 지금은 잠시 쉬고 있다고 대답했다. 그는 아무 말도 하지 않았다. 갑자기, 그가 나를 안쓰러운 눈으로 보고 있는 현실이 몹시 마음에 들지 않았다. 안쓰러워해야 하는 건 내 쪽이 아닌가? 그러나 나는 그냥, 계속 웃기로 했다.

상당히 복잡한 얘기네요. 그러니까 실제로는 다른 일이 일어났던 것 같은 기분이 든다는 건가요?

기분이 든다는 게 아니라, 저에게는 어떤 것도 실제로 일어나지 않은 거나 마찬가지라는 이야기예요. 모두 가능성일 뿐이에요. 저는 그중에서 하나를 골라, 이 일이 일어났어, 그래서 내가 지금 여기 있는 거야, 하고 자신을 납득시켜야 하죠. 미치기 싫으니까요. 제가 미친 것 같죠?

솔직히 조금은 그러네요, 나는 마침내 말해버렸다. 말하고 나니 속이 시원했다.

저도 처음에는 그런 줄 알았죠. 하지만 제가 그 일, 그날 그 자리에서 아드님이 차도에 뛰어들리라는 걸 정확히 알고 있었다는 사실을 어떻게 설명하시겠어요? 미리 말씀드리자면 저는 보상 같은 걸 받을 마음이 전혀 없어요. 그럴 수가 없어요. 저도 사정이 있으니까요. 제가 아까 말했죠. 저는 과거에서 미래를 향해 날아가는 거대한 총알 앞쪽을 꽉 끌어안고 매달려 있다고요. 저는 제 머리 뒤쪽의 미래를 이미 알고 있어요. 총알의 방향을 바꿀 수 없다는 것도 알죠. 그래서 상상할 필요가 없어요. 몸의 방향을 바꿔야겠다는 생각도 안 들어요. 거기서 방향을 바꾼다면 사람이 어떻게 되겠어요? 이미 봐서 아는 일들만 계속, 계속, 계속 다시 봐야 한다면 결국 정신을 놔버리지 않겠습니까?

글쎄요······. 나는 대답하면서, 대체 뭔 소리야, 생각했다.

그래서 제겐 대신 과거가 보이지 않는 것 같아요. 이렇게 태어난 이상 미치지 말고 살라고요. 사람은 과거를 바꿀 수 없어서 그걸 잊고, 왜곡하고, 합리화하죠. 저는 미래를 바꿀 수 없어서 잊고 왜곡하고 합리화해요. 보통은 생각을 안 하죠. 저는 제가 앞으로 그렇게 살 수밖에 없으리란 걸 알아요. 그렇게 살 수밖에 없었다는 걸요. 그래서 할 수 있는 일을 하려고 해요. 거기까지 가는 과거를 지금 이 순간부터 만들어가는 거죠. 총알을 거꾸로 타고 날아가는 제 눈앞에서 흔들리고 갈라지면서 뒤섞이고, 앞으로 마구 던져지면서 흩어지는 수없이 많은 불확실한 과거를, 그냥 불확실한 대로 받아들여요. 무엇이든 일어날 수 있었다고 생각해요. 그것마저 할 수 없다면…… 전 답답해서 죽을지도 모릅니다.

나는 자리에서 일어나 밖으로 나갔다. 분명히 흡연 구역인 것을 확인하고, 담배를 한 대 태웠다. 만나지 못한 지 오래인 아내와 아이가 너무나 보고 싶어서, 전화를 걸까 하다 말았다. 그가 앞으로 얼마나 그런 이야기를 계속하든 들어주기로 마음먹은 건, 내가 무한한 인내심의 소유자여서도 아니고, 그가 내 아이의 은인이어서도 아니었다.

처음에는 왜 그렇게 속이 울렁거리는지 영문을 몰랐다. 그런데 마음을 가라앉히고 보니, 나는 그의 이야기가 몹시 싫었다. 그의 입에서 나오는 불확실한 과거에 대한 이야기를 집어치우게 하고 싶다는 생각이 너무도 격렬하게 드는 것이었다. 고기를 너무 빨리 먹어 얹혔는지 어쨌는지, 토할 것 같았다. 저걸 끝까지 듣고 그의 미친 생각을 고쳐주지 않으면, 그것이 미친 망상이라는 자기 판결을 저자의 입에서 끌어내지 않으면 그날 밤 결코 잠이 오지 않을 것 같았다. 나는 전의를 불태운 다음 자리로 돌아갔다.

그럼 제 미래도 보입니까?

싸움을 걸듯 내가 물었다.

아뇨, 아저씨를 제가 만진 적이 없잖아요. 저는 가능하면 사람들을 만지지 않으려고 합니다. 자꾸 그런 일들이 보여서, 너무 괴로우니까요. 제가 이어폰을 꽂고, 자꾸 큰 소리로 노래도 하고 이상한 소리도 내는 게, 속이 끓어서 터질 것 같아서이기도 하지만, 나름의 방어 수단이기도 해요. 그러고 있으면 보통은 피해들 가거든요.

그의 대답에 빈틈이 너무 많아서 나는 웃었다.

그래도, 말씀하신 대로라면 지금까지 수도 없이 많은 사람들을 구해주셨을 거 아닙니까. 마치 슈퍼히어로처럼요. 그럴 때마다 그 사람들 몸을 만졌을 텐데요. 구해줬다고 그 능력이 끝나는 건 아니죠? 계속 보이는 거죠? 그럼 그 사람들의 미래만 모아도 제법 커다란 미래가 되지 않나요?

그는 잠시 생각해보더니, 그건 그래요, 하고 얼버무렸다.

제 몸에 직접 닿은 적이 없어서 제 미래가 보이지 않는다면, 이런 건 어때요. 다음 대선은 어떻게 되죠? 또 새누리당이 되나요?

그는 대답하지 않았다. 나는 웃음을 참느라 애썼다. 그의 얼굴이 너무 우스우면서도 진지해서였다. 뭐 그 정도 가지고 그래, 그 정도는 다들 예상하고 있는 일이잖아, 나는 생각했다.

남의 미래는 말 못 해요, 옳은 일이 아니잖아요, 그가 정색한 얼굴로 대답했다.

알고는 있는데 말은 못 한다, 그건 너무 불공평한 거 아닙니까? 제 알 권리도 좀 생각해주시죠. 구체적인 이야기가 아니라도 돼요. 그냥, 대한민국 국민의 한 사람으로서 말입니다. 이 나라는 앞으로 대충, 어떻게 되나요? 다들 미래가 보이지 않아 이렇게 난린데요.

아저씨, 그가 슬프게 불렀다.

저를 어떻게 생각하셔도 상관없어요. 아마 불쌍하다고 생각하시겠죠. 어찌 보면 불쌍한 사람 맞아요. 낮에는 단 5분도 못 쉬고 몸을 움직여야 되니까. 밤에 공부를 하려면 너무 피곤하고요. 미래를 아니까 노력을 안 해도 될 것 같지만, 그렇지가 않아요. 저에게는 완결된 미래의 영향력이 너무 커서, 자꾸 현재를 먹어들어와요. 그래요, 제가 지금 준비하고 있는 게 7급인데요, 공부를 안 해도 저는 거기 붙어요. 내년에요. 하지만 미래의 힘이 그렇게 막강하다는 게 싫어서 아무것도 모르는 것처럼 공부를 하죠. 해야 붙을 수 있다고, 이렇게 하나하나 단계를 밟아서 그 미래를 내가 만들어가는 거라고 믿으면 그나마 숨이 좀 쉬어지거든요. 아시겠어요? 저는 그냥 모르고 싶어요. 그런데 자꾸 보인단 말이에요……. 그래요, 그날 밤에 제가 물도 아니고 굳이 식초까지 준비를 해서 부은 건, 담배 때문이 아니라 아저씨가 미워서였어요. 그러니까, 제가 계속 착한 사람으로 살기만 한다는 걸, 그렇게 살다가 그런 일을 당한다는 걸 받아들일 수 없어서가 아니라…… 아저씨가 부럽고 미운 마음 때문이었다고요. 아저씨는 전혀 모르시잖아요? 무슨 일이 일어날지요. 죄송하지만, 그게 얼마나 큰 축복인지 아세요? 미래가 보이지 않아서 무섭다는 거 말입니다.

더 이상 웃을 수가 없었다. 자리를 엎고 싶었다. 보상금 같은 건 생각도 안 났다. 그러나 그의 무례한 모욕이 마음의 상처에서 나온 것임을 상기하며 간신히, 간신히 참았다. 참아야 했다. 내가 선한 사람으로 남아 있어야 그도 선한 사람으로 있어줄 것 같았다. 나는 겨우 말했다. 나는 무섭지 않아요. 왠지 눈물이 날 것 같았다.

그와 나의 슬픈 시선이 공중에서 교차했다. 이 무슨 코미디인가, 나는 생각했다. 더욱 화가 치밀었다. 왜 내가 이런 고백을 해야 하나. 뭘 그렇게 잘못했기에.

미래를 알려주면 사람들은 말들에 영향을 받아요. 정말로 그 미래대로 살게 돼요. 헬조선이라는 말에는 중요한 의미가 있죠. 그 단어는 현재의 사회 현실이 어떻다는 걸 고발하고 경고해요. 그걸 거짓말이라고 까는 보수 칼럼들은 그래서 나쁘죠. 그런 거 쓰는 놈들은 진짜로 아주 나쁜 새끼들이라고요. 하지만 동시에, 그런 말들은, 사람들의 마음을 짓누르기도 해요. 암울하게 말이죠. 저는 그냥 그 정도까지는 괜찮다고 생각해요. 하지만 더 이상의 미래는…… 저는 말할 수가 없어요. 그걸 원칙으로 하고 있어요.

나는 소주를 한 병 더 시키고 말했다. 그럼 그쪽 미래는 어떻게 됩니까? 이걸 묻는 것도 옳은 일이 아닌가요?

내가 물러나지 않을 태세라는 걸 알자 그는 결국 입을 열었다. 정말이지 기억하고 싶지 않은 일을 상기하는 듯한 표정이었다. 반면 나는 다시 웃을 힘을 되찾았고, 실제로 중간에 몇 번이나 웃음이 나왔다.

그는 그 이듬해에 공무원 시험에 붙으면서 택배 일을 그만둔다고 했다. 공무원으로 일하면서 어떤 아가씨를 만나는데, 그녀와 5년을 교제하고 결혼한다. 물론 중간에 한 번 헤어지기도 하고, 그러다 다시 연락을 취하기도 하고, 다른 여자가 끼어들기도 하며, 그녀에게 다른 남자가 끼어들기도 한다. 그러나 둘은 결국 다시 만나 가정을 이루자는 데 합의한다. 그 아가씨 얼굴이 보이느냐고 묻자, 그는 허리를 굽혀 백팩에서 펜을 하나 꺼내더니, 냅킨 뒷면에 몇 개의 선으로 간신히 여자라고만 알아볼 수 있는 얼굴을 하나 그렸다.

제가 그림을 못 그려서 너무 다행이지요. 만약 실사에 가깝게 그림을 잘 그렸다면, 저는 벌써 사진처럼 정확하게 그 얼굴을 재현해서 구글 이미지 검색에 넣고 돌렸을 테니까요. 그래서 신상을 알아내고, 그 여자가 사는 집을 찾아가고, 맴돌고, 별 미친 짓을 다 했겠죠. 저는 그러고 싶지 않아요. 정말이지 그러기 시작하면 미쳐버릴 거예요. 그 사람이 싫다거나 마음에 안 드는 게 아니에요. 너무 예뻐요. 아니, 우아할 정도지요. 저 따위한테 어떻게 그런 사람이, 싶을 정도로 과분한 여자예요. 마음씨도 착해요. 저를 미친 사람으로 보지 않고 이해해주는 유일한 사람이기도 하고요. 우리는 서로 너무너무 사랑해요. 주어진 미래라는 사실은 사랑과는 관계가 없더군요. 직접 경험해보니까요. 아니, 앞으로 경험할 예정이다 보니까요.

나는 웃었다.

그는 한숨을 쉬고 말을 이었다. 그들은 딸 하나를 낳아 키우는데, 그 딸은 자라서 학교 선생님이 된다. 올곧고, 바르고, 헌신적으로 아이들을 대하며, 존경과 사랑을 받는 교사다. 시간이 흘러 딸은 결혼을 한다. 아이를 낳고, 그와 아내는 무한한 기쁨을 느끼며 첫 손주를 안아본다.

나는 물을 마셔 밀려드는 졸음을 쫓아가면서, 그것 참 괜찮은 미래로군, 속으로 비아냥댔다. 나보다는 낫지 않은가. 연두가 동네 형들을 보며 자기도 내년부터는 태권도 도장에 다니고 싶다고 하는데, 나로서는 아이 유치원 비용 외에 도장 비용을 과연 마련할 수는 있을지, 내가 내년에는 일을 시작할 수 있을지조차 알지 못하는 처지였으니 말이다.

아닌 게 아니라 손주의 옹알이를 묘사하는 그는 지극히 낙천적인 사람처럼 보였다. 이자는 알고 보면 꿈이 크고, 건설적인 젊은이인지도 몰랐다. 방식이 좀 이상하긴 해도 말이다. 나는 물었다. 그 미래의 대체 어디가 마음에 안 들어서 그렇게 부정하고, 아니 그의 말대로라면 잊고 싶어 하는 거냐고. 상상력이 개입할 여지가 없어서 그런 건가요? 너무 뻔해서요? 무슨, 음악이나 미술 같은 걸 하고 싶은 거예요? 결혼하지 않고 평생 자유인으로 여행을 다닌다든가, 그런 거?

아뇨, 아닙니다. 저는 그렇게 살고 싶어요. 평범하고 행복하게요. 결혼도 하고 싶습니다. 꼭, 그런 사람이랑요. 아이도 낳고 싶고, 그 아이가 아이를 낳는 것도 보고요. 아저씨도 과거의 어떤 행복한 순간들은 바로 어제 일처럼 생생하고 강렬하게 기억하시지 않나요? 저는 미래가 그래요. 할아버지가 된 제가 처음으로 딸의 아이를 안아볼 때, 아기 몸에서 날 그 향긋하고 부드러운 냄새와, 그렇게 안으면 애가 불편해요, 하고 핀잔을 줄 아내의 다정한 목소리와, 딸 집에 와 있을 산후 도우미 아줌마의 왁자한 목소리와, 그런 걸 마치…… 바로 내일 일처럼…… 기억할 수 있어요. 그때 딸애 집 거실 거울에 비칠 제 모습도 보여요. 아이를 안은 저는 머리가 하얗고, 지금보다 훨씬 말랐고, 그래도 정말 환한 웃음을 짓고 있어요. 참…… 선한 웃음이에요. 인생을 잘못 살아오지 않은 사람의 웃음요. 그건 제가 원하는 그대로의 미래예요. 거기까지는요.

그는 표정 없는 얼굴로 웃었다. 그러고는 포기한 것처럼 한숨을 쉬며 이야기의 후반부를 들려주었다.

그건 정말이지, 기억하고 싶지도 전하고 싶지도 않은 이야기였다.

그의 손녀가 초등학교에 들어가 2학년이 되었을 때 어떤 일이 터진다.

그고 참혹한, 대형 참사가. 언제, 어디, 무슨 일? 나는 한번 들어나 보고 싶었지만, 그는 디테일을 말하지 않았다. 도저히 말할 수 없다는 얼굴이었다. 지금 생각하면 그것도 그가 어쨌든 선한 사람이라는 증거처럼 느껴지기도 한다. 그러나 말들은 계속 그의 입에서 밀려나왔다.

많은 아이들이 죽는다고만 말해두죠. 이런 나라에서 계속 터질 법한, 그렇게 사람들이 말하는, 하지만 정말로 또 터질 거라고 믿고 싶어 하지는 않는 그런 일이, 그래요, 계속 터지는 겁니다. 지금부터 몇십 년 후에도요.

그의 가족과 딸의 가족은 무사하다. 그의 딸은 뉴스로 그 사건을 볼 뿐이고, 눈물을 흘리며 가슴 아파할 뿐이다. 정작 큰일은 그 다음에 일어난다. 정확히 2년 후에, 그 사고와 거의 흡사한 대형 참사가 또 발생하는데, 이번에는 그의 손녀가 희생된다.

거기서 끝이 아니에요.

그가 말했다. 그의 목소리는 이제 심하게 떨리고 있었다.

거기서 끝이라면, 그저 운이 나빴을 뿐이라고, 아니 그런 일이 계속 발생하는데 사회 구성원으로서 방관한 자신의 죄라고, 오류를 바로잡지 못한 윗세대의 죄라고, 수십 년 전부터 쌓아온 묵은 죄업의 대가라고, 자책하는 데서 끝나겠지요.

그런데 손녀의 장례를 치르고 며칠 후, 그의 딸이 그를 붙잡고 울부짖으며 말한다. 아빠, 나 때문이에요. 나 때문에 희정이가 그렇게 됐어요.

그게 무슨 말이냐고 그는 묻는다. 그의 딸이 대답한다. 2년 전에, 그 사고를 보며 저, 생각했어요. 저 사람들에게만 저런 일이 생긴 게 너무 미안하다고요. 이건 제 일이고 제 문제라고, 저한테 저런 일이 생기지 않은 걸 다행으로 여겨서는 절대로 안 된다고, 그럼 저는 정말 천하에 나쁜 인간이라고, 앞으로 저런 일을 당한 사람들의 마음으로 살겠다고, 그렇게 생각했다고요…… 제가 바로, 저 사람들이라고요. 누구한테 말을 한 것도 아니고, 그냥 생각을 했을 뿐이에요. 생각만 했을 뿐이에요. 그런데 왜 이래요? 제가 그 생각을 한 게 잘못된 거예요? 그렇죠? 그게 잘못이죠?

아저씨, 제가 딸을 어떻게 키워야 하는 걸까요? 그런 생각을 하지 않는 사람으로 키워야 하나요?

…….

정신을 놓고 울먹이는 딸의 몸을 안은 채, 그는 말하게 된다고 했다. 그렇지 않다고, 절대 네 잘못이 아니라고, 제발 정신 차리라고 소리친다. 화를 내고, 따귀를 때리고, 같이 운다. 그러나 어떻게 해도 그의 딸은 회복하지 못한다. 자책 속에 살며 마음의 병이 깊어지고, 결국 마흔이 되기 전에 세상을 뜨고 만다. 스스로 찻길에 뛰어드는 것이다.

찻길에.

거기까지 들은 나는 자리에서 일어나, 미래의 그가 한다는 것과 거의 흡사한 행동을 했다.

정신 차려, 이 양반아!

소리를 치자 가게 안의 사람들이 일제히 쳐다보았다. 취한 나는 그의 멱살을 잡고, 좌우로 그의 몸을 흔들고, 그러고도 분이 풀리지 않아 씩씩거리며 그의 얼굴을 후려갈길 준비를 했다. 가게 주인이 험악한 얼굴로 나서지 않았다면 경찰이 올 수도 있는 상황이었다.

나는 그의 눈물이 끔찍하게 느껴졌다. 아무리 사는 일이 힘들고 앞이 보이지 않을지언정 그런 망상을, 그따위 악마적인 서사를 만들어내다니, 아이를 키우는 사람으로서 도저히 듣고 있을 수가 없었다.

찻길이라고? 나한테, 찻길이라고?

얼굴이 뜨거웠다. 선한 사람들이 선하게 살았기 때문에, 선한 마음을 품었기 때문에 그런 일이 일어난다고? 아니야, 멍청아. 제발 그런 생각은 집에서 혼자 하고, 나 같은 무고한 사람한테 지껄이지 마라, 나는 그렇게 윽박질렀다. 테이블 위에 침까지 뱉었다. 그 뒤에 내가 왜 좀 더 적극적인 방식으로 그에게 은혜를 갚지 못했는지, 왜 끝까지 그와 친한 사이가 되지 못했는지, 이제 짐작할 수 있을 것이다. 식초 사건 말고도 그런 일이 있었던 것이다.

우리 애를 구해준 건 정말 고맙다. 고마워서 내 심장이라도 바치고 싶은 마음이야. 너도 알지, 나는 양심도 없고 착한 사람도 아니지만, 그건 정말 그래. 진심이야.

완전히 말을 놓아버린 나는, 가게 앞에서 술 냄새를 풍기며 우는 그의 몸을 얼싸안고 엉거주춤 서서 그렇게 말했다.

잘은 모르지만 너도 나름대로 사정이 있겠지. 그래서 네가 한 일이 영 어색하고 이상하게 느껴지는 모양이지. 어색해서, 사람 머리에 가끔 일부러 식초도 부어보고 그러는지도 모르지. 나는 나쁜 사람이라고 자신을 설득하고 싶어서 말이야. 그러다 일베에도 들어가고, 실제로는 원하지도 않는데, 진심도 아닌데. 안 그래요? 근데 저기요, 나한테 그쪽은 그냥 착한 사람이거든요. 착한 사람한테 그런 일 안 일어나고요, 사람은 미래를 볼 수 없어요. 그러니까 그냥 잘 사시면 되고요, 앞으로는 사람들한테 이런 얘기 하지 마세요. 흡연자가 싫으면 말로 하시고요. 과거가 불확실하다느니, 모든 게 실제로 일어난 일일 가능성이 있다느니, 다른 과거를 만들어 넣는다느니, 사실은 구한 게 아닐지도 모른다느니, 그런 말 하지 말라고요, 좀!

그가 흔들리며 뭔가를 중얼거렸다. 뭐라고? 나는 물었다. 저 그런 말 안 했어요, 아저씨, 구한 게 아닐지도 모른다는 말, 안 했어요…….

나는 그를 붙잡고 으르렁거렸다. 따라해보세요, 나는 미친놈입니다.

나는…… 미친놈입니다…….

나는 그를 놔주었다. 그는 울음을 그치고 나를 보았다. 그러고는 다시 시선을 떨어뜨리더니, 천천히 중얼거렸다.

그래요, 잘못했습니다. 제가 미친놈입니다. 사람들의 선한 마음을, 믿어야죠. 선한 마음은 선한 마음을 낳고, 그게 또 다른 선한 마음을 낳으니까요. 그렇게 자꾸자꾸 낳아서, 자꾸자꾸……. 그 마음들이 점점 많아지면 된다고요……. 네, 저도 그렇게 생각합니다. 정말로, 그렇게 생각하고 싶어요.

거기서 끝났더라면 좋았을 텐데, 나는 결국 그를 한 대 치고 말았다. 그가 이렇게 덧붙였던 것이다.

믿어야겠죠. 선한 마음에는 아무 힘이 없다고, 그건 아주 작고 연약한 거라서, 어떤 무서운 일도 일어나게 할 힘이 없다고요. 그래서 우리가 지켜줘야 하는 거라고요.

이 일을 다시 떠올리고 있자니 역시 그날은 내가 심했다는 생각이 든다. 그러나 나로서도 어쩔 수 없었다. 왜 그렇게까지 화를 냈을까? 끝까지 어떤 냉소도 보이지 않고 다만 솔직해 보이기만 하는 그가 너무도 미웠던 것 같다. 나는 누구에게도 이 이야기를 한 적이 없는데, 우선 아무도 그런 말을 믿지 않을 것이며, 아무리 이해심이 많고 상상력이 풍부한 사람이라 해도 이 이야기에 포함된 사악한 면을 지어낸 것이 바로 나, 다름 아닌 나일 거라고 생각할 게 뻔하기 때문이다. 이야기를 만드는 직업에 종사하면 항상 받는 오해다.

그날 이후로 그를 다시 보지 못했다. 아마 그가 나를 멀리서 봤어도 불편한 마음에 못 본 척했을 거라 생각한다. 만 번 양보해서 그의 망상에 어떤 메시지 같은 것이 있다고 한들, 내 마음이 거기에 옮아 병들 이유는 전혀 없다는 것이 나의 결론이었다. 내 아이의 은인은 정신적으로 좀 문제가 있는 사람이었다. 그래도 나는 그가 선한 사람이었다고 생각한다. 선한 마음에 힘이 없다고? 왜 없단 말인가? 그처럼 선한 사람이 기적처럼 있어주어서 지금의 내가, 내 가족이 있지 않은가? 위기에 처한 타인을 보면 사람은, 미래 같은 것과 상관없이 구하려고 몸을 던지게 마련인 것이고, 그는 그 본능에 충실한 뒤, 자신 안에서 어떤 일관성을 만들어내는 데 실패했을 뿐이다. 지금 이 세상은 너무도 병들어서 우리는 타인의 선의뿐 아니라 자기 안의 선의까지 의심하고, 그것을 망상의 위치로 격하시킨다. 그런 지경까지 온 것이다. 정말이지 그래서는 안 되는 지경까지.

내가 여전히 화가 나 있는 건, 그렇게 믿어 의심치 않는데도 불구하고, 내가 자꾸만 지금 이 자리에 서서 건너편 빌라가 그대로 그 자리에 있는 걸 보고 나서야 안심하는 버릇을 고치지 못하기 때문이다. 내 이웃이 그의 예지대로 시험에 붙었는지, 그렇지 않았는지, 더 나은 미래가 실현되어 저 좁은 원룸에서 이사를 나갔는지, 아니면 저기 계속 혼자 살고 있는지, 저 빌라와, 나의 어떤 과거와, 그라는 사람이 정말로 존재하기는 했던 것인지, 이상하게도 자꾸 확인하고 싶은 이 마음은 대체 어디서 온 것인가. 그건 그렇게 어려운 일이 아니어서, 지금이라도 길을 건너 계단을 오르고, 초인종을 누른 다음 기다리면 된다. 그런데 나는 어째선지 그 간단한 일을 할 수가 없다. 서로를 밀어내는 자석의 같은 극처럼, 가망 없는 사랑에 빠진 사람처럼, 이렇게 멀리서 하염없이 지켜보기만 할 뿐이다.

아마도 이건 내가 지금 행복하기 때문일 것이다. 행복이라는 말을 들을 때 도저히 마음이 편하지 않으며, 내 입으로 말할 때는 더욱 그렇기 때문일 것이다. 도저히 할 수 없을 것 같던 데뷔를 하고, 동화를—그런 엄청난 일이 일어났는데도 여전히 동화라는 보드라운 장르를—쓰고 있으며, 풍족하지는 않지만 큰 불만 없이 이 작은 집에서 쫓겨나지 않고 생활하고 있는 지금이, 다시 회복할 수 없을 것 같던 아내와의 사이도 예전으로 돌아가고, 연두가 아픈 데도 문제도 없이 자라 초등학교에 들어가고, 지금 학교에서 오후 수업을 듣고 있는 현실이, 거짓말 같아서다. 막 쪄낸 감자처럼 포슬포슬하고 따스한 이 현실이라는 것이 너무 눈물겹고, 우리를 제외한 세상 전체의 희생으로 이루어진 것 같은 부채감이 들기 때문일 것이다.

제발 삿되고 악한, 실재하지 않는 젓가락으로 그 감자를 찌르지 말자, 그냥 그 부채감을 기억하면 된다, 그것을 선한 마음으로 바꾸어 다른 이웃들에게 되돌려주면 된다, 나는 생각한다.

　지금 당장은 구체적인 방법을 찾을 수 없지만 말이다. 그래, 내 아내와 아이는 모두 무사히 내 곁에 있고, 지금 이렇게 전화를 걸어도 받지 않는 건 둘 다 일과 수업으로 바쁘기 때문이다. 내 눈이 자꾸만 젖어드는 건 그 모두를 믿어서 생기는 고마움 때문이지, 무엇을 믿지 못해서가 아니다. 물을 마시러 거실로 가기 전에, 안방과 아이 방 문을 열어보고 지난번처럼 바보스러운 습관—내 사랑하는 사람들의 모든 물건들이 거기 그대로 있는지 확인하는 일—을 되풀이하기 전에, 나는 누구에게라도 묻고 싶다. 누구나 조금씩 이렇지 않느냐고. 당신도 이렇지 않느냐고, 악몽에서 깨었을 때 잠깐 동안이지만 여전히 그 속인 것 같고, 일상의 온기가 실감나지 않아 위태로움을 느끼지 않느냐고. 이 세상은 그런 바보스러운 기우들로 힘겹게 유지되고 있는 게 아니냐고.

　집 앞길에는 아무도 없지만, 고맙게도 건너편 202호 창문은 여전히 조금 열려 있다. 그래요, 저도 그런걸요, 걱정 마세요, 그렇게 안심이 되는 대답을 해주려고 벌어진 선한 사람의 입술처럼.

전흥남 한려대학교 교양학부 교수

'지금 여기'에 대한 반성적 사유와
치유의 한 방식

윤이형의 소설 「이웃의 선한 사람」을 처음 접했을 때 조금 낯설었다. 문학 연구자로서 전통적인 소설문법의 틀에 익숙한 작품들 위주로 접하다 보니 낯설게 느껴진 건 아닐까 자문해보았다. 그런데, 이런 낯섦은 작품을 정독하는 과정에서 신선함과 산뜻함으로 채워졌다. 인물의 성격화 과정과 서사의 얼개들이 퍼즐을 맞추듯이 정교해서 긴장하고 읽지 않으면 그 흐름을 놓칠 수 있다는 점도 인상적으로 다가왔다. 특히 후반부에 이르면 서사의 전개 과정이나 방략이 촘촘한 그물망을 쳐놓은 것 같은 정교함으로 짜여 있었다.

이 작품은 2016년도 제40회 이상문학상 우수상 수상작으로 올랐던 만큼 평자들의 주목을 받기도 했다. 평자들의 평가를 일별(一瞥)해보면 "일상에 대한 해석과 그 도시적 감각이 출중하다"(권영민), 또한 "참신한 발상을 통해 우리 시대의 아픔과 함께 우리가 향하고 있는 위기상황을 비유적으로 형상화하고 있었다. 그의 작품은 언제나 그러하듯이 장르소설의 문법을 차용한 듯하면서도 독자들에게 현실을 반성적으로 사유하도록 이끄는 데 탁월한 능력을 지니고 있었다"(김종욱)는 평가를 받았다.

이러한 맥락에서 윤이형의 소설에 대해 "기술문명의 폭력성과 제도성을 환기"(백지연)하기 위해 "환상과 현실을 오가는 시공간을 직조하는 일에 능한 작가"(양경언,『러브 레플리카』, 문학동네, 2016, 347쪽)라는 평가는 시사적이다. 이는 그녀의 소설이 고도의 발전한 기술 시대라 불릴 가상의 미래를 소재로 활용하면서도 소설의 자장에 '지금 여기'라는 중력의 힘을 강하게 작용하며 팽팽한 긴장 관계를 형성하고 있는 점과도 맞물려 있기 때문이다. 작품을 구체적으로 분석하는 과정에서도 드러날 터이지만, 이러한 관점은 이 소설에 적용해도 무리는 아닐 것 같다. 이 작품에서 '지금 여기'는 독자들로 하여금 현실을 반성적으로 사유하도록 이끄는 구심점이자 소설의 서사가 긴장감을 갖도록 하는 문학적 장치(literary devices)와도 연결되기 때문이다.

이 소설을 대하면서 우선 몇 가지 키워드를 떠올려보았다. 소통, 우울, 과거, 불안한 미래, 망상 등을 떠올려보다가 후반부에 이르니 막대한 불안, 헬조선, 부채감 등이 오버랩된다. 물론 한 작품을 읽고 떠오르는 키워드는 독자에 따라 다를 것이다. 이러한 몇 개의 키워드로 한 작품의 의미를 망라할 수도 없다. 다만 작품에 대한 인상을 정하는 데 어느 정도 실마리를 제공할 수는 있지 않을까 싶다. 대체로 열거한 어휘들은 희망적인 단어보다는 부정적인 키워드가 더 짙게 드리워져 있다. 그럼 우리 사회(국가)는 여전히 불안하고 일말의 희망조차 없는 걸까? 이 작품을 읽으면 그 실마리가 어렴풋이 보인다.

「이웃의 선한 사람」은 거의 중편소설에 해당할 만큼의 분량에 비하면 등장하는 인물은 많지 않은 편이다. 30대 중후반의 동화 작가인 '나', 28세 이웃집의 청년, 그리고 네 살배기 '나'의 아들인 연두 정도이다. 그 외에도 나의 아내나 청년의 (미래의) 딸과 손녀 등도 등장하지만 장식적 인물(foil characters)에 그친다. 등장하는 주요 인물의 면면도 조금은 불안해 보인다. 연두는 "개월 수에 비해 키가 작달막했고 말라서 갈비도 살짝 보이는 편"으로 또래들과 어울리고 싶어도 따돌림을 받는 것 같아 부모로서 안타까운 마음이 앞선다. 동화 작가를 꿈꾸다 등단해서 글을 쓰고 있는 '나'는 "날마다 아이를 먹이고 입히고 재우며 삶은 감자처럼 작고 포슬포슬하고 따스한 일상을 신경질이나 짜증으로 더럽히지 않으려고 애를 쓰거나", 혹은 "될 일은 되고, 안 될 일은 안 되리라고 생각하니 평온해진"(117쪽) 이른바 '태평한 사내'로 설정되어 있다. 막대한 불안을 강요하는 사회에서 자신의 삶과 미래에 대해 체념한 정도이면서 조금씩 타성적으로 변해가는 중년의 사내이다.

빌라에 세들어 사는 28세 청년의 경우는 더하다. 공원에서 미친 사람처럼 그네를 타면서 외계어를 닮은 그 이상한 괴성을 지르는가 하면, 자신의 빌라 밑에서 화자('나')가 새벽에 담배를 피운다고 식초를 붓는 만행을 저지르고도 반성의 기미를 보이지 않는다(한참 지난 뒤에 만나서 내가 부럽고 미워서 그랬다고 사과한다). 그런데 28세의 그 청년은 낮에는 택배 일을 하면서 부산하게 몸을 움직이고 밤에는 공무원 시험 준비를 하는 신세지만 내 아이 연두가 4차선 도로 한복판에 떨어져 있던 작은 바람개비 모양의 장난감을 주우려다 트럭에 치이려는 순간 "오랑우탄처럼 날렵하게 몸을 던져 내 아이의 목숨을 구해준 남자"(125~126쪽)이기도 하다. 내가 아이를 구해준 '생명의 은인'에 대한 답례를 하려고 해도 번번이 거절하거나 되돌려줄 뿐 아니라 별것 아닌 일로 치부해서 나를 당혹하게 한다. 따라서 나는 '아무런 교류 없는 타인'을 자처하려는 청년의 행동을 상식적으로 이해하지 못한다.

이렇게 "보지 않은 영화를 본 것처럼 소개하는 영화 프로그램 MC 같은 공허함과 결락감"(113쪽)의 표정을 지닌 청년을 바라보는 '나'의 시선과 또 직접 만나 대화하면서 겪게 되는 황당무계한 얘기와 사건들이 날줄과 씨줄이 되어 이 소설을 축조해간다. 특히 이 소설에서 청년의 행동을 바라보는

'나'의 시선, 그리고 청년과의 만남을 통해 그 실체를 확인하면서 드는 '나'의 심경의 변화와 그 속에 담긴 의미들이 소설의 핵심과도 연결되고 있다. 어찌보면 단조로운 인물 구성이지만 두 사람 사이에 일어나는 황당한 사건이 서사를 이끄는 긴장감을 형성하면서 여기에 내포된 상상력이 유기적으로 직조되어 있어 이 소설의 묘한 매력과도 연결된다. 그럼 여기서 이 소설 전체의 톤과 분위기를 암시하는 한 대목을 먼저 인용해둔다.

> 작은방 창문으로 건너편 빌라와 그 앞길과 골목의 가로등이 내다보인다. 건물은 갈변한 사과처럼 군데군데 얼룩져 있다. 내 눈은 자연스럽게 2층 끝 창문으로 향한다. **안은 보이지 않지만, 언제나처럼 창문은 조금 열려 있다.**
> (112쪽. 강조-인용자)

인용한 대목은 얼핏 소설의 서두에 흔히 등장하는 정경 묘사 같지만 이 소설의 핵심적 사항이자 정보를 제시한 것이다. 도심의 신축 빌라들이 곳곳에 들어서는 가운데 조금은 낡은 빌라에서 사는 이웃 간에 일어난 사건을 염두에 두고 있을 뿐 아니라 "안은 보이지 않지만 언제나처럼 창문은 조금 열려 있다"는 대목은 작중인물의 심리 상태를 반영해주는 기표이기도 하다. 동시에 이 장면은 이 소설의 기저에 흐르는 일관된 소통의 매개물이자 부호(符號)의 상징이다.

이 소설의 변곡점은 결국 내가 청년을 만나고 청년으로부터 일말의 사건에 대해 황당무계한 설명을 듣게 되면서부터다. 청년은 자신의 미래를 볼 수 있다고 한다. 자기 미래가 어떻게 진행될지 알고 있으며, 그것이 바뀌지 않으리라는 사실도 안다고 했다. '나'의 아들 연두를 교통사고의 위기에서 구해준 것도 그네를 타면서 자신과 접촉했기에 미래가 보여서 행동한 것일 뿐이라며 황당한 주장을 편다(청년은 자신의 손이 닿은 사람의 미래가 보인다고 주장한다). 모든 것이 정해진 대로 착착 진행되는 것을 매 순간 확인하며 평생을 살아야 하는 것이 어떤 기분인지 아느냐며 자신은 "거대한 총알 앞쪽을 껴안은 채 발사되고 있는 기분"(129쪽)이라며 고통을 하소연한다. 실제로 청년은 자신의 미래와 꿈을 이렇게 얘기한다.

> 저는 그렇게 살고 싶어요. 평범하고 행복하게요. 결혼도 하고 싶습니다. 꼭, 그런 사람이랑요. 아이도 낳고 싶고, 그 아이가 아이를 낳는 것도 보고요. 아저씨도 과거의 어떤 행복한 순간들은 바로 어제 일처럼 생생하고 강렬하게 기억하시지 않나요? 저는 미래가 그래요. 할아버지가 된 제가 처음으로 딸의 아이를 안아볼 때, 아기 몸에서 날 그 향긋하고 부드러운 냄새와, 그렇게 안으면 애가 불편해요, 하고 핀잔을 줄 아내의 다정한 목소리와, 딸 집에 와 있을 산후 도우미 아줌마의 왁자한 목소리와, 그런 걸 마치…… 바로 내일 일처럼…… 기억할 수 있어요. 그때 딸애 집 거실 거울에 비칠 제 모습도 보여요. 아이를 안은 저는 머리가 하얗고, 지금보다 훨씬 말랐고, 그래도 정말 환한 웃음을 짓고 있어요. 참…… 선한 웃음이에요. 인생을 잘못 살아오지 않은 사람의 웃음요. 그건 제가 원하는 그대로의 미래예요. 거기까지는요. (137쪽)

인용문에도 적시되고 있듯이, 청년은 지극히 소박한 일상의 행복을 추구한다. 실제로 청년은 소박한 꿈을 성취한다. 하지만 후반부 인생에 이르면 청년의 이러한 소박한 꿈도 깨지고 만다. 청년의 (미래의) 손녀딸이 크고 참혹한 대형 참사를 피하는가 싶더니 2년 후에 거의 유사한 대형 참사로 희생되고 말기 때문이다. 청년의 미래는 여기서 끝나지 않고, 청년의 딸마저 대형 참사를 겪고 난 이후 자신이 딸을 죽였다는 자책감을 안고 찻길에 뛰어들어 자살하고 만다. 그러니까 청년의 인생(혹은 미래) 역시 소박한 꿈마저 이루지 못하는 셈이다.

'나'는 청년이 자신의 미래를 포함하여 다른 사람의 미래도 볼 수 있다는 황당한 말에 반신반의한다. 하지만 청년의 상처와 아픔을 들으면서 그가 망상에 찌든 것이 아니라 강퍅한 현실에서 고통을 받고 있는 우리 '이웃의 선한 사람'이였던 점을 깨닫는다. 아니 내 삶이 "그 불안들을 일일이 느낄 여력이 없을" 만큼 팍팍하니 타성적으로 관심을 두지 않거나 이해하려는 마음이 부족했던 점을 반성하게 되는 것이다. 청년의 황당무계한 이야기는 망상에 가깝다. 하지만 '나'는 청년이 자신의 삶(과 미래)에 대해 얘기하고 하소연하는 모습을 보면서 우리네 삶이 이처럼 소박한 청년의 꿈마저 앗아갈 정도로 강퍅해져가고 있음을 진단하고 공감하는 마음이 생긴다. 청년을 통한 '나'의 생각의 변화는 이 작품에서 긴장감과 역동성을 견인하는 주요한 서사 전략이기도 하다. 동시에 화자의 서술을 통해 이러한 세상에 대한 처방도 넌지시 드러난다.

> 위기에 처한 타인을 보면 사람은, 미래 같은 것과 상관없이 구하려고 몸을 던지게 마련인 것이고, 그는 그 본능에 충실한 뒤, 자신 안에서 어떤 일관성을 만들어내는 데 실패했을 뿐이다. 지금 이 세상은 너무도 병들어서 우리는 타인의 선의뿐 아니라 자기 안의 선의까지 의심하고, 그것을 망상의 위치로 격하시킨다. 그런 지경까지 온 것이다. 정말이지 그래서는 안 되는 지경까지. (141~142쪽)

흔히 소설(문학)은 우리 사회의 제반 문제에 대한 진단과 성찰의 지점을 현시한다. 제대로 된 문제 제기야말로 해결의 실마리를 제공해주기도 한다. 하지만 이것을 마냥 당연시할 수만도 없다. 작금의 현실은 그렇게 한가하지 않은 위기상황에 봉착해 있는지도 모른다. 다들 미래가 보이지 않아 난리이고, 불만 가득한 젊은이들로 넘쳐나고, 부채감으로만 살아도 최소한의 염치를 안고 사는 기성세대로 보이는 세상이다 보니 '아무런 교류 없는 타인'이 넘쳐나고 있다.

윤이형 소설의 매력은 이러한 세상과 사회에 대한 현실 진단에 머물지 않는 장점을 지닌다. 우리 사회의 미래, 특히 젊은이들이 헬조선이라고 비하하는 암울한 미래를 위해 우리가 할 수 있는 일이 무엇인지를 곱씹게 한다. 상투적이지 않은 목소리로 좀 더 나은 미래를 꿈꾸게 한다. 그것은 상상력을 동원한 가상의 미래와 엄연한 현실을 교직하는 서사의 힘에 바탕을 두고 있다. 소박하지만 웅숭깊다. 기성세대에게는 "막 쪄낸 감자처럼 포슬포슬하고 따스한 이 현실이라는 것이 너무 눈물겹고, 우리를 제외한 세상 전체의 희생으로 이루어진 것 같은 부채감"을 안고 "제발 삿되고 악한, 실재하지 않은 젓가락으로 그 감자를 찌르지 말자, 그냥 그 부채감을 기억하면 된다, 그것을 선한 마음으로 바꾸어 다른 이웃들에게 되돌려주면 된다"(142~143쪽)고 주문한다.

미래가 불안하고 희망이 없다는 위기상황일수록 이웃과의 선한 마음이 쌓여 희망이 싹트도록 하나의 밀알을 심는 심정으로. 우리의 착한 이웃을 많이 발견하며 살아갈 것을 제안한 셈이다. 조금 유별난 이웃도 우리의 착한 이웃일 수 있으니까. 왜! 우리 사회는 정도의 차이는 있지만 모두가 불안해하거나 정신적으로 상처받고 힘들어하는 사람이 더 많은 세상이니까. 그래서 이 소설의 결말에서 "집 앞길에는 아무도 없지만, 고맙게도 건너편 202호 창문은 여전히 조금 열려 있다"라는 장면이 여전히 반갑고 위안이 되는 건 아닐지.

낙천성 연습

이장욱

—

2005년 문학수첩작가상을 받으며 등단.
소설집 『고백의 제왕』 『기린이 아닌 모든 것』,
장편소설 『칼로의 유쾌한 악마들』 『천국보다 낯선』 등이 있음.

낙천성 연습

예전에 자살을 하겠다고 예고 문자를 보내온 위인이 있었다. 자살을 '암시'만 한 게 아니라 말 그대로 '통보'해 온 것이다.

'나는 앞으로 30분 후 자살할 예정이다. 잘 살길 바란다.'

이게 전부였다. 그 문자를 받은 대부분의 사람들은 거의 동시에 이렇게 중얼거렸다.

—미친 새끼.

하마터면 나까지도 그렇게 외칠 뻔했으니, 말 다 했다. 사실 그는 자살 같은 건 애초에 생각이 없는 게 확실했다. 똑같은 문자만 한두 번이 아니었으니까. 이전에도 여러 차례 '자살 아닌 자살'을 시도한 경력이 있었다는 얘기다.

첫 번째는 고전적인 방법이었다. 이 위인이 수면제를 삼킨 것이다. 그런데 양이 턱없이 부족했다. 문자를 받은 사람들이 그를 신속하게 병원으로 옮겼다. 위세척을 한 뒤 열아홉 시간 푹 재웠더니 멀쩡하게 깨어났다. 깨어난 위인은 대체 무슨 일이 있었는지 모르겠다는 표정으로 눈을 껌뻑거렸다. 침대 머리맡에 서 있는 나를 보고는, 너 거기서 뭐하냐?—라고 한마디 한 게 다였다.

두 번째는 손목을 칼로 그었다. 하지만 긋자마자 지혈을 열심히 하는 바람에 병원에 가서 간단한 처치를 받는 것으로 끝났다. 젊은 레지던트에게 손목을 맡긴 그는 전신마취를 요구했고, 레지던트는 고개를 외로 꼬고 이렇게 대꾸했다. 에, 무슨 전신마취를 해요. 상처도 얕구만. 그냥 안 아프게 해드릴게.

세 번째는 한강 다리에서 뛰어내렸다. 하필이면 조기축구회 회원들이 축구를 하던 강변 운동장 옆이었다. 공을 향해 달려가던 장정 몇이 투신 장면을 보고는 내친김에 멋진 포즈로 다이빙을 했다. 일부는 다리 밑을 지나던 모터보트를 향해 열심히 소리를 질렀다. 투신한 위인은 곧 구조되었다. '하필이면 거기서 축구시합이 있었다니……'라는 것은 그가 한탄을 섞어 내뱉은 말이었지만, 솔직히 다람쥐 방귀 뀌는 소리로 들렸다. 그가 몸을 던진 것은 다리가 끝나는 강변 쪽이어서 높이가 얼마 되지 않았다. 게다가 축구공이 사이드라인을 벗어나 강변으로 굴러오는 순간이었다. 운동장의 선수들이 일제히 강물 쪽을 바라보는 순간 때맞춰 물로 뛰어든 게 틀림없었다. 마침 모터보트가 다리 아래를 지나고 있던 것은 물론이다. 절묘한 타이밍이라고 할 만했으니, 그가 살아난 것은 하필이 아니라 필연이었다.

이게 끝이 아니다. 달리는 버스에 뛰어든 적도 있었다. 날씨도 좋고 미세먼지도 적어 시야가 탁 트인 날이었다. 손님도 몇 없는 오후여서 시내버스 기사는 편안한 마음으로 운행 중이었다. 버티고개 인근을 지나고 있을 때 이 위인이 도로로 뛰어들었다. 기사는 급브레이크를 밟았다. 굽잇길이라 속도를 줄인 참이어서 뛰어든 사람과 부딪치지는 않았다. 위인이 지레 넘어지면서 실신해버렸을 뿐이다. 처음에는 보험금을 노린 자해 사기극이 아닌가 의심을 받았다. 나중에 자살 시도라는 것을 알고는 어이없는 표정을 지으며 기사가 말했다. 아니, 그런 걸 하시는 데 보통 버스를 이용하지는 않잖아요? 위치도 좀 그래요, 버티고개는 차선도 좁고 굽잇길이라 원래 속도가 안 나는 곳인데…….

네 번째로 살아난 뒤에는 아무도 그에게 호의를 보이지 않았다. 병원 침대에 누워 있는 위인 앞에서 나는 노골적으로 탄식하며 이렇게 뇌까렸다.

─아, 쪽팔려.

병상의 그가 인상을 찌푸리며 나를 바라보았다.

그는 나의 부친이었다.

부친이 자살 중독증인 건 아니다. 자살 같은 것을 할 만한 위인도 아니지만, 그럴 이유도 없었다. 그는 번듯한 대학 출신에 시력 문제로 병역 면제를 받은 신의 아들이었으며 심지어 전직 공무원이었다. 퇴직 후에는 사회교육원에서 각종 인문학 강좌를 성실하게 수강했고 작은 문예지에서 수필가로 등단하기까지 했다. 그런 인간이 뭐하려고 자살 같은 걸 한다는 말인가? 하려면 나 같은 인간이 해야지.

나? 나로 말하자면 그런 데가 있었나 싶은 대학을 나온 실업자로서 토익 최고점이 입에 담기 민망한 수준에 빡빡 기는 최전방 맹렬부대 병장 출신이다. 몇 군데 중소기업에서 저임금 계약직으로 일했지만 오래갈 리 없었다. 보수가 거의 최저임금 수준인 데다 일할 의욕을 쥐꼬리만큼도 주지 못하는 자리들이었으니까.

작년부터는 부친에게 붙어 기생하는 처지였고, 집구석에 틀어박혀 게임이나 하는 게 생활의 전부였다. 가끔 취직한 친구들을 불러내 거나하게 한잔 걸치기도 했지만 시간이 갈수록 대화 주제가 사라졌다. 친구들은 회사 얘기에 애새끼 얘기를 주구장창 늘어놨고, 나는 퇴화하는 기생충이 되어 소주잔이나 기울여야 했으니까. 콤플렉스가 심하겠다고? 설마. 나는 뭐, 그냥 살아간다. 즐거우면 즐거운 대로, 배고프면 배고픈 대로. 어차피 다 모래로 돌아갈 테니까. 무, 일 테니까.

하지만 언젠가 부친이 이렇게 말한 것은 지금도 똑똑히 기억하고 있다.

─퇴화하는 것이야말로 진정한 진화다.

돌아보니 부친이 방문에 기대서서 나를 바라보고 있었다. 새로 나온 RPG 게임에 열중해 있었기 때문에 나는 한참 뒤에야 부친이 거기 있다는 것을 알았다. 아, 이런 식으로 갈구는 것인가? 아무리 내가 기생충이라고 해도 당신이 이런 식으로 말하면 안 되는 것 아닌가? 나는 부친을 노려보며 입을 앙다물었다. 그래, 나야말로 인류가 퇴화한다는 증표다. 그래서 뭐? 내가 뭘 어쨌다는 말인가? 내 게으른 뇌세포들의 기원이 대체 어디란 말인가? 바로 당신이 아닌가? 꼭 이런 식으로 자식을 비꼬아야겠는가?

사실 부친의 뇌는 나와는 정반대였다. 나는 느리고 게으른 뇌의 소유자였고, 부친은 예민하고 집요한 뇌를 지녔다는 뜻이다. 게임에 중독된 나의 뇌도 그렇지만 부친의 뇌 역시 정상이라고는 할 수 없었다. 사람들은 그런 것을 만성 신경과민이라고 부른다.

우선 부친은 잔소리가 심했다. 그게 어딘지 좀 기묘했는데, 잔소리라기에는 뭣한 데가 있었다는 뜻이다. 차 조심해서 다니고 술 담배 하지 말고 공부 열심히 하거라 따위의 전통적인 잔소리와는 달랐다. 잔소리란 무엇인가. 우리의 귓등을 간질이며 스쳐가는 바람 같은 것이 아닌가. 잔소리는 너무 일반적이기 때문에 설득력이 없고, 지나치게 상식적이기 때문에 흘려듣게 된다. 하나 마나 한 말이라는 뜻이다. 하지만 대개 잔소리에는 누구에게나 도움이 되는 훌륭한 지혜가 담겨 있다. 때로는 위대한 진실까지도 말이다. 그 지혜와 진실이 얼마나 소중한지를 깨달았을 때는…… 대개 너무 늦은 뒤지만 말이다. 내 경우가 그랬다. 거리에서 호기를 부리다 교통사고를 당한 게 여러 차례였고, 술 담배 게임 등등에 중독돼 겨우 서른 나이에 만성질환을 달고 살고, 공부 따위는 고리타분한 범생이들이나 하는 짓이라며 호언했다가…… 아아, 그만두자. 자기혐오야말로 혐오스러운 감정이 아닌가. 자기혐오는 자기연민을 불러오게 마련이고, 자기연민이란 기껏해야 자애가 강한 자들의 심리적 액세서리에 불과하지 않은가.

어쨌든 부친의 잔소리에는 상식적이며 일반적인 진실 같은 것은 눈을 씻고 찾아도 없었다. 뭔가 코드가 달랐던 것이다. 그의 뇌에서 일어나는 일은 타임스퀘어의 누드 페스티벌이나 은하계 저편에서 일어나는 입자분열처럼 불가사의해서, 나처럼 평범한 조선인으로서는 상상하기가 쉽지 않았다. 신경과민 환자답게 그의 말은 집요하고 치열하고 논리정연했으며, 무엇보다도 어이가 없었다. 이런 것이었다.

　―너는 알고 있느냐? 확인되지 않은 수많은 전제 위에서 우리가 일생을 보낸다는 것을? 신호를 무시한 트럭이 돌진해오지 않으리라는 근거 없는 믿음 위에서, 우리는 횡단보도를 건너는 것이다. 주방장이 음식에 독을 타지 않으리라는 무신경한 신뢰 속에서, 우리는 식사 주문을 하는 것이다. 엘리베이터 케이블이 끊어져 무서운 속도로 추락하지 않으리라는 밑도 끝도 없는 신념과 함께, 우리는 아파트를 오르락내리락하는 것이다. 그러니 우리는 하루에도 수십 명, 수백 명에게 목숨을 맡긴 채 살아가는 것이 아니냐.

　부친은 그런 이상한 이야기를 하면서 슬픔에 빠지곤 했다. 그는 이발을 하다가 면도칼에 목을 베이고, 커피포트의 끓는 물을 얼굴에 뒤집어쓰고, 배관을 타고 침입한 강도에게 살해당하고, 가스가 폭발해서 집과 함께 온몸이 산산조각 나는…… 그런 인생을 살아갔다. 밖에 나갈 때면 아무리 더운 날이라도 방진 마스크를 하고 다녔으며, 공공장소는 전염병의 위험이 있다는 이유로 회피했으며, 발코니나 옥상 같은 데는 추락의 유혹에 사로잡힌다는 이유로 올라가지 않았다. 테러의 희생양이 되고 싶지 않다며 비행기를 이용하지 않았고, 교통사고의 위험을 무릅쓰고 승용차를 타고 다니는 사람들을 비난했으며, 안전 점검을 재촉하느라 겨우 3년 된 아파트의 관리사무소를 들락날락했다. 그러니 내가 이 위인의 뇌에서 일어나는 복잡다단한 알고리즘을 굳이 이해하려 하지 않는 건 당연한 일이 아닌가?

한번은 운전기사가 되어볼까 한다고 그 위인에게 말한 적이 있다. 버스 기사 쪽은 구인난이 있어서 취업이 쉬울 거라는 얘기를 듣고서였다. 아니 나다를까, 내 말을 들은 위인 왈,

—너는 버스라는 기계가 어떻게 움직이는지 알고 있느냐? 버스는 운전 기사가 인도를 향해 핸들을 홱 돌리지 않는다는 전제하에 운행되는 거대한 살인 병기다. 놀라운 일이 아니냐? 인간이라는 나약한 존재에게 갑자기 그런 충동이 일어나지 않는다고 어떻게 보장한다는 말인가? 그런 근거 없는 과신이 현대 교통 체계의 출발점이라니 놀랍지 않으냐? 그런데 다른 누구도 아닌 네가 버스를 운행하겠다니 이 무슨 어이없는 발상인가?

물론 어이가 없는 건 나였다. 그런 말을 듣고 있으면 누구라도 짓고 있을 표정, 즉 얼빠진 표정을 짓고 있는 나를 향해 부친은 다음과 같이 당부했다. 장엄한 어조였다.

—쇼펜하우어를 기억하라. 그는 이발사의 면도날에 목을 베이지 않을까 우려하여 목만은 면도하기를 거부했다. 기나라 사람의 걱정을 비아냥거리지 말아라. 하늘이 무너질까 두려워했던 그이야말로 현자가 아니었으랴.

운운.

그러면서 그는 오후의 거리를 내려다보며 이렇게 덧붙이는 것이었다. 낯설고 신비로운 것을 바라보는 사람처럼 눈을 게슴츠레하게 뜬 채였다.

—아아, 인간이란 얼마나 놀라운 존재인 것이냐. 저것은 맹목적으로 서로를 믿고 신뢰하는 기이한 종족이 아니냐. 인간들의 저 놀라운 무신경은 대체…… 얼마나 아름다운 것이냐.

나도 부친의 시선을 따라 창밖을 바라보았다. 보이는 것은 미세먼지로 가득한 거리와 행인들이 있는 풍경뿐이었다.

부친의 신경과민에 변화가 찾아온 것은 치명적인 사고 때문이었다. 모친이 교통사고로 세상을 뜬 것이다. 성당 신도회에 끼어서 피정을 가셨는

데, 버스 운전자가 그만 졸음운전을 했다고 했다. 버스는 외곽 지역의 도로를 달리다가 난간을 들이받고 개천 쪽으로 돌진했다. 다행히 전복은 되지 않았다. 경미한 부상자들이 많은 가운데 유일한 사망자가 하필이면 열성 신도였던 모친이었다.

모친의 사고사 앞에서 부친이 단지 절망에 빠지기만 한 것은 아니다. 상황은 더 나빴다. 그는 자책을 하기 시작했다. 신경과민인 당신을 위해 기도하려고 성당에 나갔다가 변을 당했다는 것이다. 세계의 위험에 대해 그토록 예민했는데 아내조차 지키지 못하다니…… 아니, 세계의 위험에 그토록 예민했기 때문에, 바로 그랬기 때문에 아내를 잃다니…… 그는 망연자실했다. 이것은 당신의 책임이 아니며 당신이 자책할 문제가 아니라고 말해도 소용이 없었다. 조문객들조차 맞지 못할 정도로 부친은 좌절했다.

그 후 그의 증세가 이상한 방향으로 흘러갈 것이라고는 물론 예상하지 못했다. 보통 사람이라면 애도를 통해 사랑하는 이의 죽음을 조금씩 받아들이게 마련이다. 감당하기 어려운 괴로움조차 언젠가는 담담한 슬픔이 되는 것이며, 회한과 그리움을 마음에 묻은 채 남은 생을 살아가는 것이다. 그리고 또 다른 누군가에게 애잔한 기억을 남긴 채 마침내 모래로 돌아가는…… 그런 것이 무릇 인생 아닌가.

부친에 관한 한, 나의 상식은 빗나갔다. 장례식을 마치고 돌아와 휑한 아파트에 부친과 나만 남았을 때였다. 부친이 뭔가 깨달은 표정으로 이렇게 중얼거렸다.

—신에게 드린 기도는 이루어지지 않는다. 왜? 신에게 기도를 드렸다는 바로 그 이유 때문에. 신을 모시는 이들이 신에 의해 죽임을 당한다. 왜? 그들이 신을 모신다는 바로 그 이유 때문에.

부친의 눈에서 광선이 나오는 것 같았다. 서늘한 광기였다.

그때까지도 나는 그의 뇌에서 무슨 일이 일어나고 있는 것인지 감지하지 못했다. 사실을 말하자면 나 역시 부친의 신성모독에 적극적으로 동조

했기 때문이다. 모친은 신을 믿고 신에 의지하는 신실한 양이었을 뿐이다. 신을 모시기 위해 동료 신자들과 피정을 간 것뿐이며, 관광버스 앞자리에 설치돼 있는 정수기 물을 받기 위해 잠시 안전벨트를 풀었던 것이며, 바로 그 순간에 운전기사의 뇌세포가 깜빡 수면에 빠졌던 것이며, 전방의 회전 구간을 보지 못한 것이며, 난간을 뚫고 돌진하는 버스를 멈추지 못했던 것이며, 그래서…… 나는 침묵했다. 나로서는 부친의 주장에 하등 의문을 품을 이유가 없었다.

나는 그렇게 모친을 애도하기 위해 신을 저주한 것뿐이지만, 부친은 좀 달랐던 모양이다. 그걸 깨달은 건 시간이 더 지난 후였다. 부친의 과민증에 엉뚱한 변화가 일어나고 있다는 걸 이해하기 위해서는 몇 개의 에피소드가 더 필요했다.

어느 날 웬일로 부친과 함께 지하철을 탔을 때였다. 청량리역을 지날 때쯤인가, 기관사의 안내 방송이 나왔다. 피곤에 지친 듯 거칠고 빠른 목소리였다.

'승객 여러분께 안내 말씀 드립니다. 객실 내에서 휴대폰 통화 시 주위 사람들에게 방해가 되지 않도록 조용히 해주시기 바랍니다.'

지하철 기관사는 데시벨을 높여 반복적으로 멘트를 날렸다. 아마도 문자나 비상 통화 같은 것으로 민원이 들어온 듯했다.

'다시 한 번 말씀드립니다. 객실 내에서는 휴대폰 통화 시 주위 사람들에게 방해가 되지 않도록 조용히 해주시기 바랍니다. 다시 한 번……'

안내 방송을 듣고 있던 부친은 심각한 표정을 짓더니, 내 쪽을 바라보며 이렇게 중얼거렸다.

—나는 저것을 견딜 수 없다.

나는 멀뚱한 표정으로 부친을 마주 보았다.

—조용히 해달라는 저 멘트 때문에 지금 지하철이 조용하지 못하다. 조

용히 해달라는 멘트 때문에 조용하지 못하다니, 저것은 자신의 존재를 부정하는 방식으로 존재하고 있지 않으냐. 바로 그 점을 나는 견딜 수 없다.

뭐 어련하시겠는가. 신경과민에는 이유 같은 것을 따질 필요가 없다. 그냥 이마나 한 번 때리고 잊으면 그만이다. 하지만 문제는 부친의 다음 행각이었다. 부친은 진지한 얼굴로 주위를 둘러보더니, 뭔가를 발견하고는 객실 끝으로 뚜벅뚜벅 걸어갔다. 나는 직감적으로 부친이 뭘 하려는지 깨달았다. 빨간 비상 통화 장치가 눈에 띄었던 것이다. 부친은 승무원에게 연락을 취할 것이다. 조용히 해달라는 바로 그 안내 방송 때문에 객실이 조용하지 않다는 점을 지적할 것이다. 카랑카랑하고 준엄한 어조일 것이다. 승무원과 언성을 높이다가 급기야 청원경찰들이 들이닥칠지도 모른다. 나는 내 이마를 때린 뒤 이 위인을 뒤쫓아가서 팔을 붙잡았다. 마침 열차가 다음 역에 도착했으므로, 나는 거의 완력으로 이 어이없는 위인을 끌어내려야 했다.

거기서 끝일 리가 없었다. 부친의 과민증에는 모종의 일관성 같은 것이 있었다. 어느 날엔가 모친의 납골묘에 들렀다가 집으로 돌아오는 길이었다. 아파트 근처, 철거 중인 단독주택들이 있는 골목을 지날 때였다.

석양이 깔리는 골목, 반쯤 무너진 담벼락 앞에 부친이 혼자 서 있는 게 보였다. 심각한 표정이었다. 뭘 보고 저러나 했더니 담벼락에 '낙서 금지'라고 쓰여 있는 게 눈에 띄었다. 큼지막한 글씨였다. 이 위인이 또 뭘 어쩌려는 것인가, 나는 심상찮은 기운을 느꼈다. 부친 곁에 물통과 세제가 보였다. 아니나다를까, 부친은 이내 팔을 걷어붙이더니 담벼락에 물을 끼얹고는 '낙서 금지'라는 글자를 지우기 시작했다. 나는 눈을 질끈 감았다. 신이시여, 이건 뭡니까, 또.

부친은 이렇게 말했다.

—낙서 금지라는 이 낙서를 보아라. 나는 이것을 견딜 수 없다.

나는 직감적으로 그의 말을 이해해버렸다. 낙서 금지라는 낙서가 자신을 부정하고 있다는 얘기구나. 가련한 표정을 짓고 있는 내 앞에서 부친은 외쳤다. 단호한 목소리였다.

—저 낙서는 지금 자기 자신을 부정하고 있다! 그것도 아주 극렬하게!

과연, 낙서는 빨간 스프레이로 쓰여 있어서 극렬하다는 부친의 주장을 뒷받침했다. 결정적으로 그것은 궁서체였다. 극렬한 궁서체라니, 어딘지 희극적이지 않은가. 나는 어이가 없어 웃음을 터뜨렸다. 철거 현장의 인부들이나 초딩 애들이 장난 좀 친 걸 갖고 자기부정이니 뭐니 흥분하는 위인 앞에서 뭘 어쩌겠는가. 부친의 외침은 광야를 헤매는 고고한 선지자의 절규에 가까웠으므로 더더욱 듣기가 민망했다.

—낙서를 금지하기 위해 낙서를 한 셈이니, 이 낙서는 자기 자신을 위배하고, 자기 자신을 배신하고, 자기 자신의 존재를 스스로 부정하고 있는 것이다!

나는 이마를 쳤다. 세게 쳤다. 아아, 이것이 바로 외상 후 스트레스 장애라는 것이로구나. 모친을 잃은 뒤 공허감을 견디지 못하는 게 틀림없구나. 그렇다 해도 이건 지나치지 않은가. 신경과민을 넘어 히스테리나 강박증에 가깝지 않은가. 나는 희비극의 주인공이 되어 무릎을 꿇고 머리칼을 부여잡았다. 부친은 낙서 금지라는 낙서를 말 그대로 맹렬하게 지우고 있었다.

신경정신과에 가보라는 나의 조언이 먹힐 리 없었다. 나도 더 이상 말하지 않았다. 나 자신이 자포자기 상태였다. 취직은 안 되고 게임 등급도 올라가지 않았다. 모든 게 지지부진이었다. 부친의 기행은 점점 가관이 되어가고 있었지만, 나는 냉소적인 마음으로 내버려두었다. 하긴 내가 뭘 어쩔수 있었겠는가.

어느 날은 위인이 책 한 권을 들고 소파에 앉아 있었다. 읽고 있었던 건 아니고, 그냥 멀뚱히 표지를 바라보고만 있었다. 피에르 뭐라는 프랑스 사람의 책인 모양이었다. 『읽지 않은 책에 대해 말하는 법』. 순전히 제목이 웃겨서였지만, 나도 앞의 몇 페이지를 들쳐본 적이 있다. 물론 게으른 뇌세포는 이런 인문서에 맞지 않았으므로, 곧바로 책을 덮으며 나는 이렇게 중얼거렸을 뿐이다. 미친 새끼, 읽지도 않은 책에 대해 왜 말을 하고 지랄인가. 읽지 않은 책에 대해 말하는 법을 대체 왜 배워야 한다는 말인가. 그냥 입을 닥치고 있는 편이 낫지 않겠는가.

너무나 정당한 반응이라고 생각한다. 하지만 부친의 소감은 달랐던 게 틀림없다. 부친은 책을 싱크대에 던져버렸다. 그리고 라이터를 가져와 불을 붙였다. 책은 타올랐다. 잘 타올랐다. 나는 말리지도 않았다. 대체 왜 이런 짓까지 해야 합니까?—라고도 묻지 않았다. 하는 꼴을 그냥 보고만 있었는데, 이윽고 위인이 입을 열어 다음과 같이 외치는 것이었다.

—나는 이 책을 읽지 않고 이 책에 대해 말하려고 했다! 그렇게 하지 않는다면 가련한 이 책은 자신을 부정하는 꼴이 되기 때문이다! 책이 책 자체를 맹렬하게 부정하고 있으니, 나는 이 책을 읽을 수도 없고 읽지 않을 수도 없게 되었다! 그것은 끔찍하지 아니한가!

아아, 말인지 막걸리인지. 무슨 자다가 봉창 두드리는 소리인지.

논리적으로도 상식적으로도 어처구니없는 얘기였으니, 나로서는 그저 귀를 막고 싶을 뿐이었다. 나는 한숨을 내쉬었다. 이젠 위인이 뭐라고 떠들어도 관심이 가지 않을 판이었다.

그래도 부친이 절에 다니기 시작했을 때는 반가운 마음이 들었다. 미우나 고우나 그는 나의 동거인이고 나를 부양하는 자였으니까. 서양의 신에게 절망했으니 동양 종교에라도 귀의하기를 나는 바랐다. 부처 앞에서 마음의 평화를 얻기를 바랐다. 적어도 희비극적인 헛소리는 하지 않게 되기를…… 물론 모든 희망은 배반당하게 마련이다. 이 위인식으로 말하자면,

희망은 그게 희망이기 때문에 이루어지지 않을 것이다. 언제나 무지개처럼 뒤로 물러나는 게 희망이라는 놈이니까.

어느 날 절에 다녀온 부친의 얼굴이 붉게 상기되어 있었다. 또 무슨 두꺼비 같은 망언이 튀어나올까 저절로 몸이 움츠러들었다. 아니나다를까, 부친의 입에서 튀어나온 두꺼비는 이런 것이었다.

—반야심경이야말로 궁극의 세계관이라고 나는 생각하였다. 세계관이라기보다는 차라리 세계 자체에 가깝다고 나는 생각하였다.

그런 요령부득의 헛소리를 내뱉더니 부친은 한동안 침묵을 지켰다. 반야심경이 뭔지 나는 모른다. 마하반야바라밀다심경 운운하며 목탁 치는 소리라는 것밖에는. 하지만 단박에 예측할 수 있었다. 반야심경을 부정하는 반야심경 어쩌고 하는 두꺼비가 이제 곧 부친의 입에서 튀어나오리라는 것을. 부친의 침묵은 오래가지 않았다.

—나는 색즉시공 공즉시색이라는 말의 허위를 견딜 수 없다.

그렇겠지. 이 위인이 뭐를 견딜 수 있겠는가? 사실 색즉시공 공즉시색이라는 문구의 뜻은 나도 제법 알고 있다. 술자리에서 친구들에게 이렇게 떠벌린 적도 있다. 색즉시공 공즉시색, 무릇 섹스는 허무하고 허무하므로 우리는 섹스를 해야 한다 그런 뜻 아니냐. 나는 부친이 그런 썰렁한 농담이라도 해주기를 진심으로 바랐다. 하지만 부친은 역시 나와는 레벨이 달랐다. 강론을 들은 뒤에 스님을 따라가 이렇게 항의했다는 것이다.

—스님, 스님은 욕망하기를 멈추라고 말씀하시지 않았습니까.

스님이 인자한 표정으로 부친의 얼굴을 바라보았다. 부친의 표정에 팽팽한 긴장감이 흐르고 있었다. 이윽고 두꺼비가 튀어나왔다.

—하지만 욕망하기를 멈추고 싶다고 생각하는 순간 저는 다시 번뇌에 빠지고 맙니다. 욕망하기를 멈추려면 욕망을 멈추고 싶다는 바로 이 욕망부터 멈추어야 하지 않겠습니까? 욕망을 멈추기를 맹렬히 욕망해야 하다니 이런 이율배반이 또 어디에 있겠습니까? 자기 자신에게 적용하지 못하

는 도를 통해 어찌 도를 깨닫겠습니까? 그러니 저는 지금 욕망을 멈출 수도 없고 멈추지 않을 수도 없는 번뇌에 빠져서……

운운.

이쯤 되면 쪽팔린 수준을 넘어서 짜증이 밀려오는 것이다. 저능아가 아닌 다음에야 이런 식으로 물고 늘어져서 뭘 어쩌자는 말인가. 사는 건 일단 대충 사는 것이지 그렇게 골치 아프게 따져서 어떻게 삶을 유지한다는 말인가. 과연, 스님 역시 나와 같은 기분이었는지 이렇게 답했다고 한다. 나와는 레벨이 달라서 온화한 미소를 지으면서였다.

—처사의 말씀이 옳습니다. 다만 색즉시공 공즉시색이라는 구절 앞을 살피시기 바랍니다. 거기에는 지혜롭게도 색불이공 공불이색이라는 구절이 있습니다. 사람들의 생각과 달리 색불이공과 색즉시공은 똑같이 중요한 것입니다. 모순으로 보이는 것을 하나로 느끼는 것이야말로 도의 경지지요.

스님은 숨을 고른 뒤 덧붙였다. 차분한 목소리였다.

—우리는 그저 불완전한 상태에서 살아가다가 부처님의 세계로 귀의할 뿐입니다. 그러니 욕망을 버리기를 욕망하십시오. 그것만이 도에 이르는 길입니다…….

스님이 뭐라고 한 건지 나로서는 이해하지 못하겠다. 별로 이해하고 싶지도 않다. 부친 역시 이해하지 못한 듯했지만, 나와는 반응이 달랐다. 부친은 이렇게 외쳤다고 한다. 아니, 꽥 소리를 질렀다는 것이다. 스님의 가사를 멱살 잡듯이 부여잡으면서.

—아니오! 그것은 도가 아니오! 도가 도 자신을 빼놓았는데 어찌 도를 따르라 하시오! 그것은 의미가 없지 않소! 의미가 없지 않소! 의미가 없지 않소!

아아, 뭐 이런 또라이가…… 하는 표정이 멱살 잡힌 스님의 얼굴에 떠올랐다. 그러고는 슬금슬금 뒷걸음질을 쳤다. 멱살을 잡은 중생의 눈에 핏발이 어려 있었으니, 더 이상 말이 통하지 않는다는 것을 깨달았던 것이다. 모여든 신도들이 소동을 일으킨 위인을 사찰 밖으로 끌어낸 건 당연한 일이었다.

나는 위인의 어리석은 사고방식을 천천히 납득하기 시작했다. 동시에 그게 중딩 수준의 사고력만 있으면 피할 수 있는 오해로 가득하다는 점 역시 깨닫기 시작했다. 이율배반이니 패러독스니 하는 것은 인터넷에 돌아다니는 흔하디흔한 농담이 아닌가. 아마도 이 위인은 꼼짝 말고 손들라는 강도를 만나면 웃음을 터뜨릴 것이고, 성부와 성자가 하나라고 설파하는 신부님을 만나면 무턱대고 대들 것이며, 회의주의자나 상대주의자라는 이들을 보면 불같이 화를 낼 것이다. 꼼짝 않고 손드는 일의 문제점에 대해 항의하다가 강도에게 칼을 맞을 것이며, 무한한 성부와 유한한 성자가 일체라는 모순 때문에 머리칼을 부여잡고 고통스러워할 게 뻔하다. 회의주의를 철저히 회의하면 회의주의 자체가 불가능해지고 상대주의 자체가 상대적이라면 상대주의가 성립하지 않는다며 싸움을 걸지도 모른다. 맥락도 없고 현실도 없고 인생도 없는 위인. 그저 자기 논리에 사로잡힌 위인. 그런 게 나의 부친이었다.

165

과연, 부친의 증상은 점점 더 심해졌다. 사례를 수집하고 자료를 모으기 시작하더니 블로그와 페이스북에 글을 올려 공공연하게 자신의 주장을 설파하기 시작했다. 이 대목에서 부친이 한때 문학 지망생이었으며 현직 수필가라는 점을 상기할 필요가 있겠다.

어느 날 부친은 심각한 표정으로 신문을 보고 있었다. 문화면 칼럼에서 '시는 언어의 한계를 말하는 언어 형식이다'라는 상투적인 주장을 접한 모양이었다. 부친은 곧 행동에 들어갔다. 칼럼을 쓴 유명 시인의 주장을 반박하는 글을 써서 페이스북에 올리고, 그 시인의 페북 댓글란에 옮겨놓았으며, 해당 신문사에 반론 글을 보내기까지 했다. 내용은 안 봐도 뻔한 것이었다. '언어의 한계를 말하는 언어라니 언어도단이 아닌가. 언어의 한계를 진정으로 인식한다면 우리가 취할 수 있는 유일하게 올바른 자세는 침묵, 침묵뿐이다!'

어련하시겠는가. 글은 비약에 비약을 거듭한 뒤에 다음과 같이 마무리되고 있었다. '고전이 된 아방가르드만큼 토악질이 나오는 것이 어디 있겠는가! 진부한 모더니즘이라니, 절필이라도 해야 하지 않겠는가! 리얼리즘이 현실을 관념으로 재단한다면 그것이 어찌 리얼리즘이겠는가! 실제를 편집하고 극화하는 다큐멘터리라니, 차라리 허구이고 거짓이기 때문에 진실에 가까운 소설이 낫지 않겠는가!'

씨발, 나는 어이가 없어 속으로 욕을 내뱉었다. 부친의 말에 가득한 언어유희와 과유불급과 자가당착을 지적할 생각은 나지 않았다. 나는 그저 새로 나온 RPG 게임을 구입하지 못해서 속이 타들어갈 뿐이었다. 게임의 세계에는 자기모순도 이율배반도 없으니 행복하겠다는 생각이 들었다. 부친이 무슨 짓을 하건 무슨 말을 하건, 나는 관심을 끊기로 했다.

실수라면 그게 실수였다. 내가 PC방에 죽치고 앉아 시간을 보내는 동안, 부친의 행각은 점점 예민하고 위험한 영역으로 확장되어갔다. 부친은 페북과 블로그에 글을 올리고 스팸 메일을 쏘는 것으로도 모자라, 주류 신문사든 옐로페이퍼든 지면을 가리지 않고 투고를 하기 시작했다. 내용은 천편일률에 논조는 극단적이었다. 그는 자동차를 타고 다니는 환경운동가들을 비난했으며, 대기업을 비판하면서 대기업 제품을 쓰는 사람들을 조롱했으며, 동물보호운동을 하면서 채식주의자가 아닌 이들을 공격했다. 논리는 엉성하고 비약은 자의적이었으며 결론은 생뚱맞았다.

거기서 멈췄더라면 좋았을 것이다. 게재 불가 통보만 받으면 되었으니까. 아주 드물게 인터넷 언론 같은 데 게재가 되더라도 '이게 무슨 개소리인지 모르겠다'는 댓글만 몇 개 달리면 되니까.

더 나가기 시작했다는 게 문제였다. 어느 날 부친은 손수 피켓과 패널 같은 것을 만들더니 흰 띠를 머리에 두르고 집을 나섰다. 피켓에는 '사람을 자르면서 사람을 위한 경영이라는 게 웬 말인가!'라고 적혀 있었다. 나는 위인이 어디로 무엇을 하러 가는지를 직감했다. '사람을 위한 경영'을 슬로건으로 광고하는 모 기업에서 대규모 감원이 진행 중이라는 소식은 나도 얼핏 들은 적이 있었다. 정규직을 줄이고 비정규직을 늘려 비용을 낮추려는 게 뻔했다. 부친은 그 회사 앞으로 일인 시위를 하러 가는 길이었다.

나는 그를 막지 않았다. 여기까지는 뭐, 충분히 이해할 만했으니까. 나 같은 인간조차 '사람을 위한 경영'을 한다는 대기업의 위선적인 광고에는 혀를 찰 수밖에 없었으니까. 하지만 부친의 생각은 역시 차원이 달랐다.

뭘 어떻게 하려는 건가 싶어 구경을 갔다. 부친은 작은 피켓을 왼손에 들고 커다란 패널을 오른손으로 붙잡고 회사 건너편 보도에 서 있었다. 패널에는 매직으로 깨알 같은 글씨가 적혀 있었다. 읽으라는 건지 말라는 건지 알 수 없을 정도로 빼곡해서, 이 글자들이야말로 지금 자신을 부정하고 있는 게 아니냐고 따지고 싶을 정도였다.

쭈그리고 앉아 한 글자 한 글자 짚으며 해독해보니 부친의 주장은 예상과는 다른 것이었다. '사람을 위한 경영을 한다고 광고하면서 무차별적인 해고를 단행하다니 자기모순 아닌가'라는 게 아니었다. 순서가 반대였다. '대규모 해고를 단행하면서 사람을 위한 경영을 한다고 광고하다니 자기모순 아닌가.' 나는 혀를 찼다. 사태의 핵심을 확실하게 빗나가는 주장이었다. 광고만 안 하면 아무런 문제가 없다는 투였다. 해고가 문제인가, 광고가 문제인가? 이 뻔한 문제를 두고 부친은 두꺼비 같은 생각에만 몰두했던 것이다.

나는 진심으로 화가 났다. 부친을 집으로 끌고 오는 대신, 나는 피켓을 빼앗아 길바닥에 내던지고 욕설을 퍼부었다. 부친은 별다른 대꾸도 없이 두꺼비처럼 바라보고만 있었다. 내가 씩씩거리고 서 있자 말없이 피켓을 주워 들고는 시위를 계속할 뿐이었다. 나는 그 길로 집으로 돌아와 이불을 뒤집어써버렸다.

사태는 다소 묘한 방향으로 흘러갔다. 근방을 지나던 사람들이 부친과 나의 실랑이를 사진과 동영상으로 찍어 SNS에 올린 것이다. '웃기는 아버지와 아들', '일인 시위에 아들이 행패네' 등 다양한 코멘트가 붙어 있었다. 그 와중에 부친의 피켓이 노출되었다. 광고 중단을 요구하는 일인 시위라는 점이 부각된 것은 물론이다.

그날 밤 한 CF 스타가 '광고는 광고일 뿐인데 이분, 지랄이시네요……' 라는 코멘트와 함께 사진을 리트윗했다. 팔로워 수가 많기로 유명한 연예인이었다. 공개적으로 사귀던 연인과 헤어진 날이어서 그는 꽤 취한 상태였다. 다음 CF 계약이 무산된 것도 영향을 미친 듯했다. '지랄'이라는 단어는 그렇게 공표되었다. 당연하게도 부친의 사진은 무한 RT의 소용돌이로 빠져 들어갔다.

CF 스타에 대한 사회적 비난이 쏟아지기 시작한 것은 불과 10여 분 뒤였다. 스타의 코멘트는 트위터와 페북을 도배하더니 기획사의 게시판이 다운되는 사태로 확대되었다. 비난은 비난을 낳고 공분은 증폭되었다. 하루도 채 지나지 않아 그는, '취해서 올린 글로 인해 우려와 심려를 끼쳐드려 죄송하다'는 내용의 사과문을 발표했다.

부친의 에피소드는 급기야 한 일간지에 소개되기까지 했다. 해당 연예인의 윤리적 둔감함을 지적하는 칼럼과 함께였다. 경제면 해설 기사도 등장했다. 구조적 실업 문제를 노동 부문의 희생으로 해결하는 것은 구시대적이다, 자의적 구조조정과 복지 축소는 소비 활성화에 찬물을 끼얹을 것이며, 이는 다시 기업 부문에 부메랑이 되어 돌아올 것이다, 기업들이 저임금 구조를 강화하는 것은 결국 반기업적 결과를 초래하는 이율배반적인 행태다—라는 게 대략적인 내용이었다.

아무려나. 그런 것은 내 알 바 아니다. 문제는 지금 나 자신이 실업자라는 점이며, 부친이 정상이 아니라는 점이니까.

　일련의 사건들에도 불구하고 부친은 무심해 보였다. 그런 소동은 관심사가 아니라는 투였다. 그의 시선은 이미 다른 곳에 가 있었던 것이다. 텔레비전 뉴스를 바라보는 눈빛이 심상치 않았다. 시절이 시절인지라, 정부에서는 민주주의를 지키기 위해 불가피하게 민주주의를 제한할 수밖에 없다는 말들이 흘러나오고 있었다. 집회 시위의 자유는 교통 흐름 및 공공질서에 반한다는 이유로 제한되었으며, 언론 표현의 자유는 자유민주 체제에 위협이 된다는 이유로 축소되었다. 여당은 이런저런 관련 법안들을 마구잡이로 상정하고 있었다. 민주주의를 지키기 위해서는 눈물을 머금고 민주주의를 제한할 필요가 있다는 성명을 발표한 뒤, 여당 대표는 실제로 눈물을 흘리기까지 했다. 다음 날 1면 사진으로 맞춤한 장면이었다.

　아무려나. 그런 것 역시 내 알 바 아니다. 하지만 내 알 바 아닌 문제들이 돌고 돌아 다시 우리의 멱살을 쥐어 잡는 데는 오랜 시간이 걸리지 않는다. 사태는 돌이킬 수 없는 것처럼 보였다. 적어도 부친에게는 말이다.

　부친은 점점 편집광이 되어갔다. 도서관을 들락거리고 인터넷을 뒤졌다. 자료를 찾고 데이터베이스를 축적했다. 안 봐도 뻔한 노릇이었다. 그는 민주주의라는 이름으로 민주주의를 제한한 반민주주의의 역사적 사례를 모으기 시작했으며, 자유를 지키기 위해 자유를 제한해야 한다고 주장하는 인사들의 명단을 작성했다. 민주주의의 자가당착을 비판하는 글을 각종 매체에 투고한 것은 물론이다.

　다행히 그 글들은 게재조차 되지 않았다. 게재가 안 되었으니 반응이 없는 것은 당연한 일이었다. 글이 길고 장황한 데다 뭔가 초점이 안 맞았기 때문일 것이다. 그러기를 한 달여, 드디어 한 신문사에서 연락이 왔다. 뜻밖에도 중앙 일간지였다. 투고 원고를 살피던 한 신참 기자가 CF 스타 건을 기억해낸 덕분이었다. 아, 그 일인 시위를 하던 양반이군. 기자는 중얼거렸다. 글에 조리가 없고 어조는 불필요하게 강경했지만, 부친의 글에는 뭔가 흥미를 끄는 요소가 있었다.

글은 데스크의 승인을 거쳐 온라인판에 게재되었다. 민주주의를 위해 민주주의를 제한한다면 그것은 이미 민주주의가 아니다, 만일 지금 정부가 이런 이율배반의 행보를 계속한다면 나는 죽음으로써 자유를 증거할 것이다, 운운.

하나 마나 한 주장에 근거는 추상적이고 어조는 과격했다. 아무도 부친의 주장에 관심을 보이지 않았다. 그 글을 읽고 불길한 느낌을 받은 것은 나뿐이었다.

부친이 다섯 번째로 자살 예고 문자를 보내온 것은 그 무렵이었다. 누군가는 이번에도 '미친 새끼'라고 뇌까렸을지 모르겠다. 양치기에게 속을 내가 아니지, 라며 코웃음을 쳤을지도 모른다.

나는 아니다. 그럴 수 없었다. 무언가 끝까지 가고 있다는 생각이 들었다. 자기모순에 빠지지 않기 위해, 자신의 말에서 자신을 배제하지 않기 위해, 죽음을 통해 삶을 증거하기 위해, 진화할수록 퇴화해가는 인류를 구원하기 위해, 정말 무언가를 저지를지도 모른다는 직감이 들었다. 나는 경찰에 사건의 전말을 알리고 휴대전화 위치 추적을 의뢰했다.

불행히도 나의 예감은 적중했다. 부친은 수면제를 먹거나 손목을 긋지 않았다. 버스에 뛰어들지도 않았다. 대신 부친은 국회의사당이 보이는 육교에 올라갔다. 행인도 별로 없었고 몇몇 차량들만이 강변도로를 달리고 있었다. 휴일 저녁이었고, 황혼 무렵이었다. 바람이 조용히 불고 있었다.

육교에 오른 부친은 제 몸에 시너를 부었다. 망연히 국회의사당 쪽을 바라보다가, 그는 라이터를 쥔 엄지손가락에 힘을 주었다. 불꽃이 타올랐다. 불이 몸에 옮겨붙었다. 타오르는 부친의 몸은 주춤주춤 움직였다. 천천히 난간 쪽으로 이동했다. 그러다 문득 온몸이 무너졌다. 난간 아래로 추락했다.

마침 육교 밑으로 관광버스 한 대가 속도를 줄인 채 지나가고 있었다.

버스 안에는 술 취한 중년들이 일어서서 춤을 추고 있었다. 쿵쾅거리는 뽕짝 리듬이 버스 안에 가득했다. 음량을 맥시멈으로 올린 채였다.

부친의 몸은 버스 지붕에 떨어졌다. 환풍구에 걸려 요행히 도로로 추락하지는 않았다. 타오르는 몸을 실은 버스는 무슨 일이 일어났는지도 모른 채 계속 달렸다. 한참을 달렸다. 여의도를, 국회의사당을, 올림픽대로를, 63빌딩 앞을 달렸다. 황혼이 내리는 강변을…… 휴일 저녁의 도심을…… 부친의 타오르는 몸은 달렸다.

행인들이 119로 전화를 걸었다. 달리던 승용차들이 버스에 바짝 붙어 클랙슨을 울렸다. 타오르는 버스의 질주를 휴대전화로 찍어 SNS에 올린 이도 있었다. 택시와 승용차 몇 대가 앞을 가로막고 나서야, 버스는 정지했다. 버스 안의 음악이 멈추었다. 대체 무슨 일이야. 의아한 승객들이 차창 밖을 바라보았다. 핏빛 황혼이 강변을 물들이고 있었다.

그 뒤의 이야기는 더 이상 하고 싶지 않다. 무엇보다도 내 영혼의 힘이 남아 있지 않다. 그저 후일의 기억을 위해 간단히 사건의 경과를 정리해놓기로 한다.

부친이 육교에 내건 현수막에는 '이율배반의 가장 깊은 곳을 직시하라! 정부와 국회는 각성하라!'는 구절이 적혀 있었다. 붉은 글씨에 궁서체였다. 많은 사람들은 앞의 문장을 제대로 이해하지 못했다. 뭔가 불투명하고 아리송하며 어리둥절한 느낌을 주었을 뿐이다. 하지만 뒤의 문장은 명확하고 정당한 주장이라는 데 대부분 동의했다. 게다가 사망한 이가 '사람을 위한 경영' 사건의 바로 그이라는 게 알려졌다. 부친의 분신 소식은 시민들의 애도와 함께 퍼져나갔다. 정부 여당에서는 사태의 확산을 막기 위해 안간힘을 썼다.

하지만 심상찮은 애도 분위기는 딱 하루 뒤에 반전되었다. 부친이 이미 수차례 자살 시도를 한 적이 있다는 증언이 나왔다. 죽음과 삶의 이율배반적 공존 운운 하며 퍼포먼스를 벌였다는 내용이었다. 개인의 일탈적 행동으로 사태를 봉합하려는 언론의 역공이 시작되었다. 부친을 애도하지만 부친의 의도는 이해할 수 없다는 식의 칼럼도 나왔다. 모든 일은 해프닝이 되었으며, 일부에서는 혐오 발언의 대상이 되기까지 했다. 현수막의 난해한 내용을 문제 삼는 이도 있었다.

처음에는 우호적이던 야당 쪽에서도 더 이상 이렇다 할 반응이 나오지 않았다. 진보적 인사들까지 공격했던 과거의 행적이 드러난 것이다. 부패 척결을 외치는 당사자들이 부패해 있는 게 문제라며 비판한 적도 있었고, 당에서 입안한 정책들을 하나하나 따져 사소한 이율배반들을 찾아내 공개한 적도 있었다.

이런저런 추측성 기사가 포털에 올라온 것은 물론이다. 여당 일각에서는 엉뚱하게 종북이라는 단어가 튀어나왔고, SNS에서는 부친이 불교와 가톨릭의 교리를 무차별적으로 공격했다는 주장도 제기되었다. 나는 왜곡 추측 보도를 한 몇몇 신문사에 항의 전화를 했으며, 페북에 글을 올려 악의적인 루머에 저항했다.

나는 솔직하게 적었다. 나는 부친의 진심을 모른다고 적었다. 하지만 부친은 죽음과 싸우며 끝까지 삶을 지키고자 했다고 적었다. 이율배반에 고통받는 인간 존재를 구원하고자 했다고 적었다. 그래서 이율배반 자체인지도 모를 생명을 버린 것이라고도 적었다. 나의 문장은 자기모순으로 가득했다. 글을 쓰면 쓸수록 나는 모멸감에 빠졌지만, 그랬기 때문에 나는 멈출 수 없었다.

나를 위로한 것은 엉뚱하게도 관광버스운송사업조합이라는 곳이었다. 조합에서 나왔다는 직원들이 집까지 찾아와 정중하게 조의를 표했다. 그들은 진심 어린 어조로 부친의 뜻을 기리며 애도했다. 어리둥절한 내게 나이가 지긋한 간부가 설명했다.

모친이 사고로 세상을 뜬 후, 유사한 교통사고를 막기 위해 부친이 혼신의 노력을 해왔다는 것이다. 교통사고 안전 매뉴얼을 직접 제작해 무료로 배포했으며, '기사님들의 안전한 운행을 기원합니다'라는 피켓을 들고 몸소 버스회사를 순회했으며, 기사님들의 근무 환경 개선에 써달라며 평생 모은 돈을 조합에 기부했다고 했다.

나는 화가 났다. 상의도 없이 기부를 해서가 아니었다. 부친의 이율배반에 환멸을 느꼈다. 평생 자린고비 노릇을 하던 위인이 전 재산을 그렇게 손쉽게 기부해버리다니…… 평생 성실한 공무원으로 하루하루를 이어왔으면서 그렇게 갑작스레 세상을 떠버리다니…… 퇴화하는 나만 남겨놓고 가버리다니…… 나는 뼛속 깊이 환멸을 느꼈다. 그리고 환멸은 마침내…… 나를 덮쳤다.

물고기처럼 취한 밤이었다. 술집 밖으로 눈송이들이 떨어지고 있었다. 친구 녀석들을 불렀지만 아무도 나와주지 않았다. 그래, 이율배반 따위가 대체 뭐라는 말인가. 어차피 세상은 모순투성이고 모순조차 없으면 스스로를 지탱하지 못하는 게 인생 아닌가. 그렇게 중얼거리며 혼자 소주잔을 기울인 뒤였다.

자정 무렵, 나는 비틀거리며 버티고개를 걷고 있었다. 색즉시공 공즉시색, 섹스는 허망하고 허망하므로 섹스를 해야 한다…… 그런 명청한 주문을 되뇌면서였다. 인적 없는 길이었다. 멀리서 막차가 다가오고 있었다. 저 버스를 타고 버티고개를 넘어가면 한남대교가 나오고 올림픽대로도 나오고 여의도도 나오겠지. 나는 중얼거렸다. 63빌딩을 지나고 국회의사당을 지나고 달리고 더 달리면 언젠가는 바다에 닿겠지. 그 바다의 더 먼 바다에는 자기모순도 이율배반도 없겠지. 그냥 수평선이 있겠지. 파도가 일렁이겠지. 심연이 있겠지. 나는 취한 물고기처럼 중얼거렸다.

헤드라이트를 켠 버스가 내 쪽을 향해 다가오고 있었다. 나는 달려오는 두 개의 빛을 물끄러미 바라보았다. 눈송이들이 점점이 떨어지고 있었다. 어쩐지 애잔한 느낌이 들었다. 그래서였을까, 어리석은 짓에 몸을 맡긴 것은. 그냥 취기가 등을 떠밀었기 때문이라고 해두자. 어쩌면 그 길이 그저 버티고개 길이었기 때문인지도……

　나는 비틀거리며 한길로 뛰쳐나가 버스를 향해 몸을 던졌다.

　버스는 쇳소리를 내며 급정거했다.

　버스는 내 코앞에서 멈추었다.

　눈이 내리고 있었고, 굽잇길이었고, 버스는 속도를 내지 못했고, 버스 안에는 손님이 없었다. 나는 죽지 않았다. 죽으려고 했기 때문에 죽지 못하는구나. 이런 이율배반이 있나. 색즉시공 공즉시색…… 빌어먹을. 나는 버스 앞에 서서 취한 목소리로 중얼거렸다. 버스는 헤드라이트를 켠 채 움직이지 않았다. 클랙슨도 울리지 않았다. 나는 천천히 고개를 들어 버스를 바라보았다.

　운전기사가 나를 내려다보고 있었다. 기사모를 쓰고 정복을 착용하고 있었다. 나는 흐리멍덩한 눈으로 그를 바라보았다. 우리의 눈이 마주쳤다. 어디선가 본 듯한, 낯익은 얼굴이라는 느낌이 들었다. 나는 고개를 외로 꼬았다. 아무래도 이 사람은…… 아버지가 아닌가. 나는 중얼거렸다. 창밖으로 고개를 내밀고 나를 내려다보고 있는 사람은…… 확실히 부친이었다. 기사 모자를 쓰고 정복을 입은 부친이 너그러운 표정으로 나를 바라보고 있었다. 미소를 짓고 있었다. 눈송이 몇 점이 미소 사이로 희미하게 떨어져 내렸다. 그 얼굴이 부처의 얼굴을 닮았다고 생각하는데, 다시 보니 그것은 그냥 캄캄한 얼굴이었다. 어둡고 깊어서 아무것도 드러나지 않는 얼굴이었다.

　나는 고개를 떨궜다.

　나는 몸을 돌렸다.

　자정의 버티고개를, 나는 휘적휘적 걷기 시작했다. 버스는 그 자리에 서서 헤드라이트로 내 쪽을 비추어주고 있었다.

김근호   전남대학교 국어교육과 교수

삶의 이율배반 깊이 직시하기

우리는 낙천적이기 어려운 시대에 살고 있다. 낙천적 감정은 사치이거나 세상물정 모르는 바보의 마음일 수밖에 없는 절망의 시대를 우리 모두는 힘겹게 통과하고 있다. 2016년 세상을 들끓게 만들었던 역사적인 대형 사건은 일단락조차 되지 않은 채 2017년으로 시간은 흘러가고 있다. '헬조선', '저출산', '국정 농단', '자괴감', '탄핵' 등 마음을 비참하고 쓸쓸하게 만드는 용어가 매체의 지면과 일상의 담화에 심심찮게 등장해 우리 삶의 어두운 현실을 되돌아보게 한다. 오늘날 우리는 어떻게 살아가고 있는가? 우리는 편의점의 상품처럼 밝은 빛 아래에 가지런히, 또 서로 오밀조밀 비좁도록 밀착해서 살아가지만, 각자의 단독자로서의 개성과 인간적 품위를 잃어가고 있다. 규격화되고 그리하여 점차 사물화되어가는 삶 속에서 우리는 이 시대 삶의 깊은 슬픔과 끝 모를 절망을 감당하며 겨우겨우 버텨나가고 있다. 물질적 욕망이 정도를 넘어서고 있다. 그러나 우리는 그 욕망에 포박당하기도 하지만 또 스스로를 포박하고 있지 않은가? 우리 삶을 성찰할수록 나는 그러한 이율배반성을 절실하게 느끼게 된다.

나는 이장욱의 「낙천성 연습」을 읽는 동안 그러한 답답한 감정을 느꼈다. 그럼에도 희망을 포기하지 않을 수 없는, 혹은 그러한 희망을 가져야 한다는 상식조차 하나의 이데올로기적 허위가 아닐까 싶어 또다시 답답해지기도 했다. 이러한 내 느낌과 감정을 불러일으킨 이장욱의 「낙천성 연습」은 대통령 탄핵과 국정 농단 등으로 얼룩진 2016년 비극의 근원이라 할 1960~70년대 박정희 정권의 개발독재 시절을 연상하게 했다. 그때를 기준으로 우리는 세대를 1.5번 정도 넘어가는 물리적 시간대를 살고 있지만, 삶의 모순과 구조적 부패의 틀은 손톱만큼도 개선되지 않았다. 모든 사건에는 필연적인 원인이 있는 법, 터질 것이 터지고야 만 것이다. 그러나 어찌할 것인가. 고쳐야 하지 않겠는가? 그러나 나아질까? 삶의 근본적인 혁명을 위한 전복적인 불화(不和)의 투쟁이 불가능한 작금의 시스템 속에서 뭐가 그리 달라질 수 있을까? 그런 생각을 하니 나는 또다시 우울해진다. 이장욱의 「낙천성 연습」을 읽으면서 나의 내면에는 이러한 이율배반적인 감정의 격동이 쉼없이 일어났다.

이제 이러한 나의 독서 감정의 근원이 어디에 있는지 독자 여러분들과 함께 찾아가보려 한다. 다만 나는 다음 독서 포인트를 강조하고자 한다. 즉 이 소설을 제대로 읽기 위해, 나의 경우처럼, 독자 여러분들 역시 이 시대에 대한 불화의 감각을 동원해주기를 바란다. 그렇지 않으면 모순이라는 근본 아포리아를 느낄 수도 사유할 수도 없기 때문이다. 오늘날 삶의 근본적 이율배반성, 거기에 이 작품 해석의 열쇠가 있다.

이 작품은 주요 인물은 화자의 아버지이다. 그는 신경과민증을 앓고 있는데, 그 때문에 보통 사람들이 이해하기 어려운 자살 중독 증세를 보인다든지 지나치게 예민한 행동과 고민을 하는 모습을 보인다. 그런 반면에 화자(話者, narrator)는 그의 아버지와는 반대편의 성품을 갖고 있는 인물이다. 그런 아버지의 이야기를 독자에게 전해주는 역할을 하는 화자는 밋밋한 관찰보다 적극적으로 판단하고 논평하는 태도를 보인다. 그래서 독자로서는 부자간의 대립적인 성격과 심리 상태를 상호 비교하면서 이 작품을 읽어가야 한다. 아버지와 아들의 성격적 대칭성이 이 작품의 기본 골격이다. 그러나 서사가 종반부로 향해 가면서 아들은 아버지를 이해하고 공감하는 쪽으로 변화하게 된다. 즉 크게 벌어져 있던 성격적 대칭성이 깔때기처럼 점차 하나로 포개지고 모아지는 서사 구조인 것이다. 이러한 구도는 등장인물이 그다지 많지 않은 이 작품을 독자가 입체적으로 볼 수 있게 해주는 장치가 된다.

아버지의 성격적 특징은 사회학적 의미를 지닌다. 그의 신경과민은 위험사회를 살아가고 있는 현대인의 불안과 공포를 잘 표상한다. 이런 점을 확인하기 위해 아버지는 어떤 인물인지 하나씩 살펴보자. 이 작품은 화자가 아버지라는 인물을 이야기하고 들려주는 방식으로 서사화되어 있다. 화자에 의해 우선 요약된 아버지의 모습은 자살 시도와 그 실패 사건이다. 수면제 과다 복용, 손목 자해, 한강 다리 위 투신, 달리는 버스 앞으로 뛰어들기 등 할 수 있는 다양한 자살 방법을 모두 동원하여 자살을 시도한다. 그러나 그 모든 자살 시도는 실패하는데, 사실 그는 확실하게 죽을 용기도 없고 치밀한 자살 준비도 하지 않기 때문이다. 그냥 내키는 대로 임할 뿐, 어슬픈 자살 시도와 그에 따른 실패를 어물쩍 넘기려는 태도를 보인다. 그는 진정으로 죽으려 하기보다는 스스로 죽고자 하는 태도를 과시하고자 하는 것이다. 그러니 아들은 그러한 아버지를 부끄러워할 수밖에 없다. "병원 침대에 누워 있는 위인 앞에서 나는 노골적으로 탄식하며 이렇게 뇌까렸다. 아, 쪽팔려."

다음으로 화자는 아버지의 기행(奇行)과 관련된 배경 맥락과 그리고 그 기원에 관한 내력을 풀이해간다. 그러니까 이 작품은 아버지의 정체를 밝혀가는 이야기인 것이다. 아버지는 그런대로 멀쩡한 사람이었다. 그는 공무원이었고, 수필가로 등단하여 글도 써본 경험이 있는 사람이었다. 그런데 어느 날 그의 부인이자 화자의 어머니는 불의의 교통사고로 세상을 떠나게 된다. 그 이후 아버지는 누가 봐도 이상해져버린다. 직업을 갖지 못하고 백수로 아버지에 기생하는 화자는 아버지를 가까이에서 볼 수 있지만, 아버지와 겉돈다. 그 누구의 이해와 동정을 받지 못하는 아버지는 부인의 교통사고로 인한 사망 사건 때문인지, 자신의 의지와 노력으로 피해갈 수 없는 위험한 사고에 대해 늘 의식하며 그와 관련된 문제를 시시콜콜 이야기한다. 옆에 있는 아들조차 신경과민에 걸릴 정도이다. 아버지는 비록 신호를 지키며 횡단보도를 건넌다 하더라도 신호를 무시하거나 놓친 운전자들에 의해 죽을 수도 있고, 나쁜 물질이 섞인 식당 밥을 먹다가 객사할 수도 있고, 무심코 탄 엘리베이터의 케이블이 끊어져 비명횡사할 수도 있다는 식의 지나친 신경과민을 보인다.

그는 먹고살기 위해 버스회사에 운전사로 취업해보겠다는 아들을 나무라기도 한다. 버스는 잠재적인 살인 병기라는 것이다. 특히 버스에 대한 그의 과민반응은 바로 아내가 종교 행사를 위해 신도들과 함께 단체로 버스를 타고 가던 중 사고를 당해 숨겼다는 사실에 기인하기도 한다. 문제는 이러한 사건은 그에게 고통을 안겼지만, 또한 범상치 않은 결과도 낳았다는 사실이다. 그는 슬퍼하기는커녕 점차 신(神)을 저주하기 시작한다. 그는 고정관념, 상식, 진리, 가치 등을 상징하는 것으로 보이는 신을 부정하면서 기존의 가치를 전도시켜 이해하고자 한다. 그리고 그러한 행위의 과정에서 기행이 나타나게 된다. 아들인 화자는 아버지의 기행을 더욱 자세히 들려준다. 지하철에서 "승객 여러분께 안내 말씀 드립니다. 객실 내에서 휴대폰 통화 시 주위 사람들에게 방해가 되지 않도록 조용히 해주시기 바랍니다."라는 안내방송이 나오자, 아버지는 "조용히 해달라는 멘트 때문에 지하철이 조용하지 못하다", 즉 "자신의 존재를 부정하는 방식으로 존재하고 있지 않느냐"라고 하면서 따지고 들려 한다. 그는 '낙서 금지'라고 쓰인 낙서를 보면서도 똑같은 반응을 보인다. 그는 일종의 치유를 위해 절(寺)에 다니게 되지만, 그곳에서도 똑같은 논리로 스님의 설법에 반기를 든다. 그는 존재의 이율배반이라는 논리에 강력히 사로잡혀 있다.

급기야 아버지는 같은 논리로 이율배반적인 현대인들의 삶 전반을 문제 삼으려 든다. 예를 들어 그는 자동차를 타고 다니는 환경론자들에 대해 비난하는 글을 언론사에 지속적으로 투고한다. 사람을 위한 경영을 강조하면서도 대규모 감원을 추진 중인 어느 기업에 가서 손수 피켓을 만들어 일인 시위를 하려고도 한다. 그는 민주주의를 위해 집회, 시위 등과 같은 표현의 자유를 제한할 수밖에 없는 현대 정치의 이율배반성도 문제 삼는다. 그러나 화자의 말처럼, 그것은 지극히 상식적이고·하나마나한 주장에 불과하다. 민주시민이라면 그러한 이율배반성을 모르는 사람이 어디 있는가? 그럼에도 그의 글은 결국 뉴스를 타게 되고, 이 사건으로 드디어 아버지는 진짜 자살을 감행하여 도로를 달리는 버스 위에 떨어져 불타 죽는다. 그는 죽기 위해 투신한 장소인 육교에 다음과 같은 현수막을 내걸었다. "이율배반의 가장 깊은 곳을 직시하라! 정부와 국회는 각성하라!" 다소 작위적인 느낌이 들기는 하지만, 이율배반의 가장 깊은 곳을 직시하는 것은 문제를 해결하기 위한 노력보다 문제를 제대로 인식하는 것의 중요성을 강조하는 것으로 보인다. 인생 문제의 해결은 또 다른 문제를 낳는다는 이율배반성을 인식하지 못하면, 우리 모두는 운명의 노예가 되고 만다는 것일까?

겉으로 보면 화자는 아버지보다 훨씬 성숙해 있다. 이 작품에서 화자는 아버지를 굽어보면서 그의 삶과 운명을 안쓰러워하기도 하고 한심해하기도 한다. 세상 모든 것을 초탈한 듯한 모습을 보이는 화자는 아버지의 죽음을 맞이하고서야 그를 제대로 이해하고 만나게 된다. 사실 그는 모두 다 아는 듯해도 제대로 알지 못했던 것이다. 그것을 상징적으로 보여주는 대목은 이 작품의 마지막 부분이다. 부친의 사망 이후 홀로 술을 마시면서 화자는 "세상은 모순투성이고 모순조차 없으면 스스로를 지탱하지 못하는 게 인생 아닌가."라며 중얼거린다. 자정 넘어 취한 채 거리를 걷던 그에게 버스가 다가오고 있었다. 그는 아버지처럼 그 버스를 향해 몸을 던진다. 하지만 자살은 실패한다. 그런데 이게 어찌 된 일인가. 그 버스 운전사는 아버지가 아닌가. 아버지는 분명 죽었는데 말이다. 이 지점에서 작가는 그 버스 운전사를 이 시대 모든 아버지로 상징하고 싶었던 것으로 추정된다. "부처의 얼굴"을 닮은 그 운전사는 묵묵히 다시 걸어가는 화자를 향해 "헤드라이트로 내 쪽을 비추어주고 있었다." 바로 이 지점에서 서사는 끝나는데, 화자는 죽은 아버지를 이해하고 공감하며 다시 살아내야 한다는 자기 확신을 느끼게 된다.

"색즉시공 공즉시색, 무릇 섹스는 허무하고 허무하므로 우리는 섹스를 해야 한다."라는 화자의 우스개 소리도 이 지점에서 새롭게 이해된다. 이 작품에서 화자는 "모든 희망은 배반당하게 마련이다. 이 위인식으로 말하자면, 희망은 그게 희망이기 때문에 이루어지지 않을 것이다. 언제나 무지개처럼 뒤로 물러나는 게 희망이라는 놈이니까."라고 말한다. 화자의 처지를 생각해보면, 이 말들은 더욱 그럴듯하게 다가온다. 이 작품에서 화자는 그런 아버지의 유일한 자식으로 나온다. 다른 형제들이나 그간의 문제나 사건 등이 전혀 소개되지 않기 때문인데, 여기서 화자는 근원적으로 고립된 존재임을 알 수 있다. 더욱이 화자는 백수가 되어 있을 뿐만 아니라 그것을 극복하기 위해 어떤 노력도 하지 않는다. 그는 오직 게임에만 중독되어 있다. 화자는 절망을 넘어 체념과 자포자기에 빠져 있으며, 그러한 불행한 처지를 개의치 않는 듯한 태도마저 보인다. 이 작품은 노력이 배신당하는 사회가 되어가는 대한민국의 현실과 그러한 현실을 감당하기조차 버거워 희망 자체가 사치가 되어가는 청년들의 문제도 화자의 모습을 통해 다루어내고 있다. 그러한 암울한 상황에서도 어떤 출구를 모색해야 한다는 것이 이 작품에서 읽어낼 수 있는 핵심 사상이다. 아버지의 죽음으로 인해 생겨나는 화자의 변화와 성장은 독자를 그러한 인식에 도달하게 해준다.

이 작품에서 부자간의 성격적 부조화 혹은 불화는 서사 전개 과정 내내 팽팽한 긴장감을 만들어냄으로써 독서의 입체성을 이루어낸다. 그러면서도 그것은 두 세대 간 깊은 상호 이해와 공감의 모색으로 모아지며 서사가 일단락된다. 이 작품은 더 나아갈 이야기가 없다고 볼 수 있을 정도의 완결성의 세계로 마무리된다. 서사적 완결성을 빚어내는 작가의 솜씨를 충분히 인정할 만하다. 다만 나는 이 작품을 읽은 후 독자로서 느낀 아쉬움도 언급하며 이 글을 마무리하고자 한다. 나의 주관적 의견이지만, 이 작품에서 부친의 기행이 생겨난 기원을 좀 더 의미 있게 풀어내었으면 하는 아쉬움이 든다. 이 작품에서 부친의 기행은 많은 부분 자세하게 그려져 있고, 또 그것은 포괄적인 사회학적 의미를 획득하고 있다. 그러나 그것이 생겨나게 된 원인, 즉 그에게서 비정상과 정상의 의미 전도를 일으킨 결정적 순간에 대한 내력을 아내의 교통사고 사망 문제로 단순화하고 있다. 그것은 매우 아쉬운 일이다. 교통사고 사망 문제도 간과할 수 없는 현대사회의 위험 인자이기는 하지만, 그것과 얽힌 더 큰 사회구조적 문제나 그 시스템 속에 길들여져가는 개인의 정신 상태 등으로 문제의식이 더욱 깊어졌어야 하지 않을까 싶다. 우리의 불행은 우리 자신의 몫이기도 하면서 같은 공간에서 더불어 살아가는 동안 만들어진 시스템의 결과이기도 하기 때문이다.

새벽까지 희미하게

정미경

—

1987년 『중앙일보』 신춘문예로 등단.
2001년 오늘의 작가상, 2006년 이상문학상 수상.
작품집으로 『장밋빛 인생』 『나의 피투성이 연인』 『이상한 슬픔의 원더랜드』
『발칸의 장미를 내게 주었네』 『아프리카의 별』 『내 아들의 연인』 『프랑스식 세탁소』 등이 있음.

새벽까지 희미하게

"이거 나만 그런가? 눈꺼풀 안에서 정전기가 일어나."

정이 인공눈물을 정성껏 떨어뜨리고는 거울을 들여다보았다.

"직업병이지. 내 피부는 뱀 껍데기 같아. 첫날밤이 걱정이야."

그래픽 화면을 손질하며 천연덕스럽게 받는 오는 유부녀다. 직업병 맞다. 일본 출장이라도 다녀올 때면 면세점에서 안약을 한 다스씩 사들고 와서 나눠주어야 했다. 누구는 눈 안에 미세한 모래 알갱이가 구르는 것 같다며 이물감을 호소했다. 겨울이면 머리카락이 올올이 서 있기도 했다. 가습기도 소용없었다. 컴퓨터 때문이라는 오의 추측이 맞을지도 모르지. 한 사람 앞에 모니터가 서너 대씩 놓여 있으니.

"그래도 입이 건조한 것보단 낫지 않을까. 침이 안 나오면 맛을 모른데."

유석의 농담을 무시하고 정이 제 모니터를 가리켰다. 실장님 애 패션 어때요? 새로 출시할 게임 캐릭터일 것이다. 유석은 이제 개발 쪽 실무는 손을 놨다. 그래도 진행 상황에 대해서는 숙지하고 있어야 한다. 강주 형이 언제 전화를 해서 무얼 질문할지 알 수 없으니까. 무기의 살상력은 매번 업그레이드되지만 여주인공은 좀체 상투적인 전형을 벗어나지 못한다. 9등신 몸매의 노출 패션. 화면에 보이는 금속제 속옷 역시 대동소이.

"이거 원조는 마돈나잖아. 저작권료나 내고 있나 몰라."

"저희가 그런 얘기 할 입장은 아니잖아요. 스토리다 캐릭터다 뭐 아웃소싱 안 하는 게 없는데. 저희도 뇌즙을 짜고 있어요. 획기적인 아이디어 있으면 실장님부터 까보세요."

"치마도 거기서 더 짧아질 데가 없고, ……녹색당 성향의 여주인공은 어떨까?"

"녹색당? 포인트를 어떻게 잡으면 되는데요?"

정이 코를 살짝 찌푸리며 묻는다.

"포인트랄 게 있겠어. 패션의 일종이지. 안구 정화용 관엽 화분이나 하나 들려주고."

"여자들은 뭣도 모르면서 이데올로기를 액세서리로 걸친다, 그거죠?"

애가 또 그날인가. 한 달이 빠르기도 하네. 문화 쪽 일하는 것들은 윗사람 존경할 줄을 통 몰라. 자리로 돌아와 유석도 고개를 젖히고 인공눈물 몇 방울을 떨어뜨렸다. 쾌감이 한기처럼 퍼지다 이내 사라진다. 큰 제목만 훑어보며 신문을 슬슬 넘기던 유석의 손이 멈추었다.

송이.

그 송이인가. 맞다. 그럴 필요가 없다는 걸 알면서도 눈을 꾹 감았다 떠본 건 신문 지면과 이 낯익은 얼굴이 너무 멀고 느닷없었기 때문이다. 뉴질랜드 쿡마운틴 협곡에 사는 돌고래의 울음소리만큼이나.

송이는 유독 먼 곳의 얘기, 먼 데 사는 사람 얘기를 곧잘 했었다. ……북극 만년설 언저리에 사는 사람들은 화가 나거나 슬픔에 사로잡히면 그냥 눈밭 위를 걸어간대요. 무작정 계속. 걷고 또 걷다가 그 마음이 다 사그라들면 그 자리에 긴 막대를 하나 꽂아놓고 돌아온대요. 다음에 가면 그 막대들이 어떤 마음의 깃발인지 기억이 안 날 것 같지 않아요? ……아이슬란드 사람들은 은근 화려한 속옷을 입는다네요. 무뚝뚝하게 생긴 남자들도 놀랍도록 명랑한 색깔의 속옷을 입는대요. 일 년의 절반이 밤이라면 그럴 것 같긴 해요. ……더블린 거리에 있는 아파트들은 현관문 색깔이 다 다르대요. 술꾼 남편들이 밤늦게 들어올 때 헷갈리지 말라고 그렇게 칠했다는데, 더 헷갈릴 것 같지 않아요? 뉴질랜드의 협만 얘기를 한 적도 있었다. 뉴질랜드는 새로운 네덜란드라는 뜻이래요. 처음 발견한 사람의 이름을 딴 쿡마운틴 협곡엔 일흔여섯 마리의 돌고래가 살고 있대요. 그곳엔 오억 년 동안 진화하지 않은 먹장어가 놀러 다니고 백 년에 일 센티 자라는 산호 가지에 물뱀이 노끈처럼 친친 감겨 있는데 하여튼 그 돌고래 울음소리는 너무 아름다워서, 우주로 보낸 타임머신에 그걸 실어 보냈대요. 사무실에서 송이가 그런 얘길 하면 유석은 퉁이나 주었다. 『먼나라 이웃나라』야? 가서 세어봤어? 일흔여섯 마린지, 열여섯 마린지.

납기에 쫓겨 며칠째 야근을 하는 중에 G1은 사후경직 상태의 피자를 콜라 속 탄산의 힘으로 분쇄하고 있고 G2는 어떻게든 오늘은 퇴근해보겠다는 각오로 라이트박스 위에 코를 박고 있고 G3은 마우스를 움켜쥐고 천진난만한 토막잠에 빠져 있는 상황에서 송이가 툭 던지는 그 시공초월 대사가 나쁘지는 않았다. 물론 그 뜬금없는 얘길 듣고 있으면 이상하게 엉킨 마음이 빗질이 되더라는 Q1의 말은 좀 오버라고 생각했지만 그 얘기들을 깨알같이 써먹은 건 사실이다. 다단계업체의 교육용 영상, 여름성경학교 교재, 인터넷업체들의 스팟 영상에 그 이미지들을 약간 손을 보아서 사용하기도 했다.

그 특별할 것 없는 얘기들은 더 이상 송이의 모습을 볼 일이 없어진 후에 오히려 더 또렷하게 떠오르곤 했다. 시간이 한동안 흐른 후에야 글자가 하나씩 떠올라 문장을 이루는, 어떤 특수 용액으로 쓴 편지와 비슷하달까.

『미루나무 꼭대기에 걸린 팬티』. 유럽의 어느 아동도서전에서 큰 상을 받았다는 그림책은 송이의 책으로는 벌써 세 번째란다. 송이는 그사이 그

림책 작가가 되어 있었다. 몰랐다. 기사가 난 적도 없었고 유석이 아동서
적 코너에 갈 일도 없었으니까.

······봄소풍을 간 토끼가 찬 음료를 너무 먹어 배탈이 났다. 그만 팬티에
똥을 지리게 되어 당황한 나머지 몰래 산모퉁이를 돌아 팬티를 벗어 산 아래
로 던져버렸다. 돌아오는 길에 동네 입구 미루나무 꼭대기에 제 똥 묻은 팬
티가 걸려 나부끼고 있는 걸 보게 된 토끼는 사색이 되고······. 그걸 남몰래
수거하기 위한 노력이 번번이 실패로 돌아가면서 토끼는 눈물겨운 여행, 먼
여행, 팬티가 인도하는 낯선 곳으로의 여행을 하게 되는데 이 과정에서 토끼
는······.

간략한 소개 끝에 기자는 이렇게 써놓았다.

줄거리만 보면 화장실 유머인데 이 책 묘하게 따뜻하고 대책 없이 웃긴
다. 옆에 두고 우울하거나 의기소침할 때면 한 번씩 펼쳐보고 싶어지는 중독
성 주의. 무엇보다 토끼와 함께 그 길을 같이 가고 싶게 만드는 책. 토끼는
그 부끄러운 팬티를 되찾을 수 있을까?

박스 기사 가운데 실린 사진은 제법 큼지막했으나 작업실 풍경 전체를
담느라 그랬는지 송이 얼굴은 엄지 손톱만 했다. 가무잡잡한 피부, 쌍꺼풀
이 뚜렷한 눈, 높은 이마 때문에 수줍음 타는 인도 소년 같았던 얼굴은 선
이 살짝 무뎌지긴 했어도 한눈에 알아볼 수 있었다. 그림책 작가라니. 내
밑에 있은 덕을 뒤늦게 보네. 쌍꺼풀 아래 크고 까맣던 눈동자 역시 기억
난다. 맨 처음 마주쳤을 때 그 눈동자는 차오른 물기 너머로 유석을 바라
봤었다. 그렁그렁한 눈물은 유석이 던진 말 때문이었다. 뭐라 했더라.

언니. 내가 여기 사장이야. 정수기 오더 내린 적 없어. 수돗물 먹어도
안 죽어. 아리수가 시판 생수보다 깨끗하단 논문도 못 봤어?

그러고 보니 7년쯤 전의 일이다. 흘러가버린 시간에 비해서는 기억이

꽤나 또렷했다. 어쨌든 지금보단 젊었으니까.

그렁한 눈물을 보자 문득 아침부터 비가 세차게 쏟아지고 있다는 생각이, 백 미터도 넘는 골목길을 이걸 들고 들어왔나 하는 생각이 연이어 들었다. 아침에 출근한 Q1 Q2 할 것 없이 다들 웅덩이에서 막 걸어 나온 오리새끼들같이 머리카락이 함초롬히 들러붙어서는 아우성이었다. 구두 속까지 다 젖었어요. 머리에서 쉰내 나요. 눈 오고 빙판 되면 여길 어떻게 걸어 다녀요. 사무실 재계약일이 돌아오자 당장 임대료를 10프로나 올려달라는 건물주 보란 듯 방을 빼 이쪽으로 옮길 때는 괜찮은 선택이라고 생각했다. 큰길에서 조금만 걸으면 되는데 임대료는 50만 원 차이가 났다. 둘러보러 왔던 날 비가 왔더라면 절대 계약하지 않았을 것이다. 분화구처럼 팬 길을 걸어 들어오느라 유석의 바지 뒷자락도 종아리에 척하니 들러붙어 있었다. 그래도 그렇지.

에헤이 언니, 눈물로 밀어붙이면 안 되지. 세일즈 하면서 눈물이라니. 최악이다, 최악. 유석이 눙치는 순간 눈물은 범람을 시작했다. 그때 유석의 뒤에 붙어 서서 무어라무어라 속삭인 게 누구였더라. 어제 이삿짐 나르느라 정신이 없는데…… 사장님은 안 나오셨잖아요. 한참 옮기다 보니 이분이 저희 짐을 같이 옮기고 있더라고요. 먼지 구덩이에서 짐 다 풀고 그랬는데. 말이 이 층이지 백 번 넘게 오르내리다보니 다리가 진짜…… 우리 맘대로 결정 못 한다 했는데 그래도 상관없다고. 그렇게 짐 다 올려놓고 커피라도 끓여 마시려고 물을 트니까 녹물이 나와요. 건물이 너무 낡아서 그런지 아무리 틀어놔도 계속 녹물이…… 생수 사 먹는 값이면 렌트할 수 있다 해서…… 오늘부터 당장 급할 것 같아 들고 오셨다고. 세상에, 이게 이십 킬로는 되는 거 같고. 우산 겸 이고 오셨다는데 참 안 된다고 그러기도…… 이미 필터도 젖어버려서…… 사실 저희도 설치할 마음은 없었어요. 유석은 명색이 스토리 담당하는 애가 앞뒤 안 맞는 말을 밑도 끝도 없이 늘어놓는 데 열이 솟구쳤고 필터가 이미 젖었다는 말에 더럭 역정이 났다.

언니 사정은 딱한데 도로 가져가요. 언제부터 정수기야.

렌트비 3만 4천 원 못 낼 지경은 아니었다. 그보다는 이 늙은 여우 셋이 사장 알기를 얼마나 우습게 알면 저희들 마음대로 이런단 말인가 싶었다. 범람하는 눈물보다 더 곤란했던 건 버벅거리며 항의를 하는 젖은 목소리 였다. 잘 알아들을 수는 없었으나 대략 이런 내용이었다. 이러시면 안 되죠. 사무실에 재고가 없어서 본사 가서 받아오는 길인데. 이거 들고 지하철 두 번 갈아타고 왔구요. 포장 뜯은 필터는 반품도 안 되고……. 뺨이 다 젖어 울먹이는데 유석의 짜증지수는 급상승을 했다. 에헤이 못 한다니까 그러네. Q2가 심 박힌 목소리로 종알거렸다. 벼룩의 간을 내먹지. 유석도 지지 않았다. 벼룩의 간이 별미이긴 하지. 팩하는 성격이 있는 Q1이 분연히 외쳤다.

됐어요. 언니. 그냥 설치해놓고 가요. 우리 셋이 한 달에 만원씩 부담할 게요.

그 말에 Q2와 Q3이 확연히 원망스러운 눈빛으로 Q1을 쳐다보았다. 우리가 물을 마시면 얼마나 마신다고, 하는 표정. 유석은 좀 당황했다. 그것마저 안 된다 할 수도, 기다렸다는 듯 그럼 그래라 할 수도 없었다.

에헤이, 언니. 남의 사무실 이전한 날 화환은 못 보낼망정 눈물바람은 아니지. 고만 울어요. 그거 하나 팔아서 몇 푼 남아. 정수기도 다 대기업들이 쥐고 있는데 인지도도 없는 그런 걸 누가 사주겠어. 백날 울고 다녀봤자 아무도 안 사. 그쪽 정리하고 여기 나와서 일해요.

말을 하고 보니 유석도 제가 왜 그랬나 싶었다. 막무가내로 버티기엔 송이가 너무도 서글프게 울고 있었다. 아니다. 그쯤에서 늙은 여우 셋이 유석을 사이코패스 쳐다보듯 보기 시작했다. 일손이야 늘 모자랐지만 새로 사람을 더 들일 형편은 아니었다.

두어 달 지나 야근을 마치고 단체로 몰려간 돼지껍데기 집에서 유석이 그 얘기를 끄집어내 놀렸더니 송이가 남의 얘기하듯 그랬다.

189

새벽까지 희미하게　정미경

그날 왜 그렇게 울었나 몰라요. 거절당한 게 처음도 아닌데. 그냥 내가 잡상인이 되어 있구나, 이게 앵벌이구나, 그 생각이 들었어요. 아휴, 사람들 앞에서 우는 건 그때가 끝이에요. 아니다. 혼자 있을 때도 끝.

주제에 막내랍시고 집게와 가위를 들고 익은 돼지껍데기를 자르던 송이는 하필 문 맞은편에 앉아 연기를 정통으로 맞으며 그 말 끝나기도 전에 눈물을 철철 흘려 늙은 여우들의 지탄을 샀다.

유석은 그즈음 강주 형 밑에서 뛰쳐나온 걸 뼈저리게 후회하고 있었다. 딴에는 어렵게 독립해보겠다 말을 꺼냈을 때 형이 아쉬워하는 기색 없이 그러라 했던 까닭을 막 깨달은 참이기도 했다. 서른여덟의 형이 왜 고지혈증과 당뇨 끝에 심장 스텐트 시술까지 해야 했는지도. 어쨌든 형은 포르쉐를 타고 다녔고 밤마다 고급한 술자리에 있었고 발망 스니커즈를 신고 다녔다. 유석과 세 살 차이였는데 유석이 앞으로 3년 동안 어떤 방향 어떤 속도로 굴러도 결코 도달할 수 없는 지점에 형은 가 있었다.

강주 형은 처음에 애니메이션 원화 하청으로 시작했다. 하도급의 재하청이었다. 디즈니 쪽 일이었는데 섬세함과 완성도, 불가사의한 작업 속도에 감명받은 그쪽으로부터 안정적으로 일을 받게 되었고 그 과정에서 노하우를 얻게 되면서 차츰 국내 시장 쪽으로 눈을 돌렸다. 정보 전달의 소프트화가 시작되면서 데이터를 시각적으로 표현하는 인포그래픽에 대한 수요가 폭발하던 시기였다. 일감은 넘쳐났고 뒤늦게 업체들이 뛰어들었지만 전문성에서 확연히 차이가 났다. 제작 노하우와 숙련된 인적 시스템도 기반이 되었지만 성공의 가장 큰 디딤돌은 남보다 두 발 앞을 내다보는 형의 감각이었다. 첫 사무실은 다섯 평으로 시작했다는데 유석이 있을 땐 건물 두 층을 쓰고 있었다. 이건 형한테 직접 들은 얘긴 아니고 업계에 떠도는 신화의 요약본이었다.

사무실엔 종일 상담 전화만 응대하는 콜 직원이 하나 있었는데 나긋나긋한 그녀 목소리를 들고 있으면 사업 규모가 거의 파악되었다. 대충 따져

보아도 운영비 제하고 한 달에 7, 8천 수익이 지속적으로 나올 것으로 추정되었다. 의뢰물의 콘텐츠는 매번 달라지지만 그 작업만을 위한 새 틀을 짤 필요도 없었다. 아이디어 회의를 하고 레이아웃 콘티를 짜고 나면 그다음은 기계적인 작업이었다. 유석의 눈에 그 시스템은 길이 잘 든 만능 떡 기계와 비슷했다. 적당량의 팥이나 쑥, 찹쌀이나 수수를 넣고 기다리면 기계의 아래쪽으로 완성된 떡이 밀려나오는. 2년 남짓 근무하고 나니 이 정도 떡 기계는 세팅할 자신이 생겼다. 사무실에 일렬로 앉아 종일 작업하는 직원들이 일개미나 일벌처럼 보였다. 헐값에 사용할 수 있는 IT 인력은 주위에 얼마든지 있었다.

왜? 왜 나가려고. 형이 붙드는 기색 없이 그렇게 물었을 때 농담이랍시고 그랬다.

저도 강남에서 저녁 먹고 강남에서 술 마시려고요.

그래? 어떤 강남? 강남에도 청담이 있고 잠실이 있는데. 미국서 살다온 사람은 미국이라고 하지 않아. 미시간호 옆에 살았는데 됐게 추웠지, 라든가 샌디에이고에 한동안 있었는데 거기가 기후는 정말 천국이야. 애리조나에선 까만 애들하고 술 마신 기억밖엔 없어, 그렇게 장소를 특정해서 말하지.

왜 형이 빙긋 웃으며 그 말을 했는지 그땐 몰랐다. 중고로라도 포르쉐를 타보고 싶어서요, 라는 유석의 마음을 읽었다면 또 그렇게 말했을지도. 어떤 포르쉐? 카이엔, 마칸, 파네마라, ⋯⋯응?

사무실을 열었을 때 형은 공기 정화용 선인장 화분을 하나 보내주었다. 썰렁한 사무실에 유일한 축하 화분이었다. 기대하지 않았는데 일감도 하나 주었다. 대형 교회 여름성경학교에서 쓸 30초짜리 동영상 열두 편이었다. 요청서 내용이 구체적이어서 일은 까다롭지 않았다. 음성 없는 2D 작업에 교회 측에서 보내준 문서를 자막 처리하는 수준이었다. 일 끝내고 정산하면서 보니 형 몫을 떼지 않았다. 사무실 3개월 유지비는 되었다. 인사

전화를 했더니 형은 그랬다. 그런 종류는 제작하는 쪽에서 내용에 개입하면 안 돼. 튀어도 안 되고. 가장 간단한 유형이야. 그냥 고객의 니즈에 충실하면 돼.

그럭저럭 꾸려갈 수 있을 것 같았는데 아는 사람 곶감 빼먹듯 하고 나자 연줄은 금세 바닥났다. 그 연줄이라는 것도 형 밑에서 이어진 줄이었으니 예견된 사태이긴 했다. 누군가 흘린 고기 조각을 찾기 위해 눈에 불을 켠 하이에나가 되어야 했고 이 정도의 업체는 널려 있다는 걸, 매일 한두 업체는 문을 닫는다는 것도 알게 되었다. 골목 끝 사무실로 옮길 무렵엔 자신감을 잃었다기보다는 좀 절박해 있었다. 언젠가는 명작 애니메이션을 만들겠다는 포부 같은 건 처음부터 없었다. 있는 시스템으로 작업할 수 있는 일이라면 무조건 받았다. 유석은 자신이 왜 송이에게 여기서 일하란 말을 했는지 사실은 알고 있었다. 세상에 아무나 할 수 있는 일이 대개 그러하듯 제작 단가는 박했다. 작업량이 넘쳐도 사람을 더 쓸 순 없었다.

전에, 애니메이션 제작사에서 일한 적이 있어요. 거기서 원화 채색을 무한 반복하는 일을 한동안 했어요. 사실 개인적으로는 앞이 안 보이는 상황이었거든요. 그 단순한 반복이 절 버티게 해주었다는 생각을 나중에야 했어요. 그림 명상이라고나 할까. 색과 디자인이 어우러져 무한대에 가까운 세계를 표현할 수 있는 것. 색을 쓰는 방식. 글자로 감정을 표현하는 법. ⋯⋯실무적으로 배운 것도 많지만 무엇보다 제가 그 일을 좋아한다는 걸 거기서 알게 되었죠.

그랬나. 그럴 수도. 애초에 송이에게 기대한 건 일용직 도우미 정도의 역할이었다. 급한 상차림을 준비하는 옆에서 시키는 대로 마늘을 까거나 고기를 다지는 일 같은. 처음엔 세일즈 경력을 쳐주어 소모품 매입과 관리로 시작해 소소한 잡무까지 하나씩 떠넘겼다. 재활용품이나 쓰레기 배출은 기본이었고 언제부턴가 송이는 원화 채색을 하고 있었다.

그때 사무실에 있던 셋은 모두 대학을 나왔고 그중 하나는 유학파였다. 물론 하청받은 애니 밑그림 그리려고 간 유학은 아니었겠지만. 시간강사 한 7년 다니다 끝이 안 보여 접었다는 그녀는 내가 캘리포니아에 있을 때는, 소리를 입에 달고 살았다. 식품영양학을 전공했다는데 어찌된 게 믹스커피 농도 하나를 못 맞추었다. 똑같은 일을 하지만 다른 직원들과는 급이 다르다는 현수막을 이마에 붙이고 살았는데, 저희들끼리 간식을 먹으며 키득거렸다. 열흘을 못 채운다. 아니다 어영부영 3주는 버틸 것이다. 송이를 두고 하는 말이었는데 셋 다 한 달을 넘기진 않는다는 데엔 의견 일치를 보는 듯했다. 가사도우미 수준의 보수를 두고 하는 소리였다. 유석 역시 송이에게 뭘 전공했나 그런 걸 물어보지 않았다. 비슷한 이유에서였다.

1분짜리 동영상을 만드는 데 원래는 1,440장의 밑그림이 필요했다. 한 장면에 24장이 들어가면 자연스럽지만 요령껏 줄여서 제작을 했다. 그래도 시리즈물이라도 들어가면 당연히 야근이었다. 야근 끝에 송이 혼자 남아 일을 하기도 했다. 집이 가깝다는 이유였다. 걸어서 20분 거리라는데 사실 20분이란 걷기에 만만한 거리는 아니었다.

유석은 중고 컴퓨터에 기본 프로그램만 깔아 송이 책상을 마련해주었다. 잘할 수 있을지 모르겠어요. 제 뇌구조가 울트라 인문계거든요, 중학교 때 두 점 사이 거리를 구하라는 수학 문제를 풀질 못하고 자로 잰 적도 있어요. 근데 희한하게 그게 맞은 거 있죠. 유석은 생각했다. 천진난만하긴. 그거랑 아무 상관 없단다. 첫 월급을 주면서 좀 조마조마했다. 다음 날 아침 송이가 제자리에 앉아 사장님 나오셨어요, 하는 소리에 눈시울이 다 뜨거워졌다. 눈시울이 뜨거운 거와는 별개로 유석은 그 시기에 신경질을 달고 살았다. 피티까지 하고선 막판에 다른 회사와 계약하는 업체가 있으면 그 자료 만든 직원이 눈물을 보일 때까지 꾸중을 했다. 콘텐츠가 마음에 안 든다며 퇴짜를 놓는 업체가 있으면 그거 하나를 못 맞춰주냐며 들들 볶았다. 이러면 안 되는데 생각하면서도 분노 조절이 되지 않았다. 아예 구체적으로 지시를 해주세요. 저희는 더 이상 아이디어가 없어요. 목소리가 기어들어가는 직원들에게 소리를 질렀다.

아이디어가 없어! 없다고! 그 머리엔 아이디어가 없지. 당연히. 당신들이 천재야? 레오나르도 다빈치야? 어디서건 가져와. 정 없으면 훔쳐와.

셋 다 유석과 나이가 비슷하거나 위여서 대놓고 반말은 못 해도 대충 그렇게 윽박질렀다. 처음엔 긴장하는 눈치더니 언젠가부터 다들 복식호흡을 하며 이 또한 지나가리라, 하는 표정으로 바닥만 내려다보고 있었다. 바쁠 땐 담당이 따로 없었다. 송이가 아동용 국악 뮤지컬 광고에 쓰일 캐릭터와 삽화 이미지라며 들고 온 걸 흘깃 본 유석이 한숨부터 쉬었다. 이건 또 어디서 가지고 왔나. 어린이용 애니의 캐릭터는 너무 빤해서 그걸로 차별화를 하겠다는 생각은 하지 않는 게 상식이다. 그런데 송이가 가져온 스케치는 독특했다. 딱히 어디 때문인지는 알 수 없었으나 마음을 사로잡았다. 유석은 속으로 감탄했다. 예술이네. 아이디어 드로잉에 불과한데도 생동감이 있었다. 소박하면서도 명료했다. 들고 있는 태평소, 피리, 장고, 소고 같은 것들에서는 날개옷처럼 가벼운 선율이 흘러나왔다. 2차원의 세계를 찢고 허공으로 날아오를 듯한 아이들의 옷깃에선 사삭사삭 소리가 들려왔다.

가져오랬다고 남들이 쓰고 있는 거 막 들고 오고 그러면 우리 한 방에 훅 간다.

제가 그냥 해봤어요.

명백히 제 일을 덜어주었는데도 S1은 고개를 갸웃거렸다. 어디서 훔쳐 온 거 아냐? 딴 사람은 몰라도 S1이 할 소리는 아니었다. 그때 사무실에서 디자인 담당이 하는 일이 그랬다. 일감을 슥 훑어보고는, 잠시 고민하다 자료실로 들어갔다. 자료실엔 오래된 디자인 잡지들, 해외판 미술 잡지, 사진집, 팸플릿 같은 것들이 선반에 정리되어 있었다. 거기서 적당한 사진이나 레터링 같은 걸 찾으면 그 자료의 일부분을 변형시키는 작업에 들어갔다. 가운데 혹은 가장자리 일부분을 잘라 그대로 확대해서 사용할 때도 있었고 바탕색을 바꾸거나 두세 가지를 조합하는 식으로 시안을 세 개쯤 만들었다. S1이 주로 그 일을 해냈다. 유석은 그 시안들을 살펴본 후에 하나를 골라주며 강주 형이 했던 말을 습관적으로 중얼거리곤 했다. 튀겠다는 생각은 하지 마. 중요한 건 고객의 니즈에 접근하는 거지. 독립하고 보니 그 고객의 니즈, 라는 게 배고픈 호랑이였다.

그래놓고는 S1은 시안 퇴짜 맞으면 또 남의 탓을 했다. 담당 새끼가 작업 공정에 대한 이해라곤 하나도 없이 뭐 절편 자르듯 잘라서 아무 데나 끼워 넣으면 되는 줄 알아. 떡고물이나 챙기려 들고. S1이 입 하나는 남부럽지 않게 험했다. 그럴 때면 S2는 이상한 논리로 편을 들었다. 그래서 시안을 일찍 줄 필요 없다니까? 애들이 습관적으로 빠꾸를 놓아요. S3이 마무리를 했다. 그러면 지가 제 감각 있는 걸로 보이는 줄 알아.

이렇게 부르면 직원이 무척 많았던 것 같지만 이 셋이 다였다. 그러니까 1, 2, 3. 다만 새 프로젝트 들어갈 때마다 알파벳만 바꾸었다. 그건 유석의 아이디어였는데 제 생각에도 꽤나 합리적인 호명 방식이었다. 사무실 벽면의 화이트보드에 이름을 쓰고는 그 아래 작업 내용, 일정, 특기 사항 등을 기록해놓으면 진행 상황을 한눈에 파악할 수 있었다. A, B, C순이었는데 X는 사용하지 않았다. 일이 여러 개 겹쳐도 호칭만으로 어떤 일에 대한 질문인지 지시인지 알 수 있었다. Z3과 B3은 그러니까 동일인물인 것이다. 알파벳은 변수이고 아라비아 숫자는 상수. 송이는, 그냥 송이였다.

모듈 인생, 레고 쪼가리, 저글링, 마린. 내 몸값, 미네랄 오십……. B1이나 C3으로 부르면 그렇게 엄살들을 떨었지만 정말 미네랄 오십 정도로 부려먹었던 건 제 이름으로 불렸던 송이였다. 송이는, B4나 F4로 불리고 싶었을까. 언젠가 알파벳 A 차례가 돌아왔을 때 장난처럼 어이 에이포, 불렀을 때 송이 얼굴에 떠올랐던 웃음이 참 그랬었지. 얼굴이 살짝 부서지듯 웃던. 계산도 격의도 없이. 이내 사라지긴 했지만.

두 번째까진 사실 폭망이었죠. 상처요? 그건 별로. 워낙 제 인생이 폭망의 연속이었거든요. 작업은 즐겁게 했고 제 마음에도 들었고. 그럼 된 거죠. 어쨌든 그 두 권이 있었으니 세 번째가 나올 수 있었던 거고. 출판사에는, 미안했죠.

원래부터 애가 내숭이랄까 그런 게 없었다. 때로는 그게 지나쳐 상대방을 당황하게 하기도 했고 그런 것들이 모여 스스로의 존엄을 흩어버리기조차 했으니까. 송이의 폭망 인생에 대해선 그 시절에 이미 알고 있었다.

사무실 바로 옆에 손바닥공원이 있었다. 공원이라기엔 작은 공터에 불과한. 시유지라는데 한 번도 건물을 안아본 적이 없는지 제법 둥치가 아름을 넘는 나무들이 뜬금없는 자리에 몇 그루 서 있었다. 구석엔 플라스틱 미끄럼틀과 그네가 있었지만 상업 지역으로 바뀐 지 오래라 거기서 노는 아이들을 본 적은 없었다. 점심시간이면 근처 사무실 사람들이 나와서 해바라기를 하며 담배를 피웠다. 밤늦게는 부둥켜안고 있는 중학생 커플들이 종종 보였다. 한마디로 심란한 장소였다. 어느 밤에 나오니 송이가 뭔가를 끌어안고 있었다. 놀이터 한가운데 있는 나무였다. 너 뭐하냐? 충전 중이에요. 듣고 보니 그렇게 보였다. 둥치가 제법 굵었다. 유석은 그쪽으로 담배 연기를 뿜으며 놀렸다.

그걸로 충전이 돼?

워낙 텅 비어서 뭐로든 충전이 돼요.

좋겠다, 넌. 배터리가 아직 살아 있으니.

힘들다 소리 좀 입에 달고 살지 마세요. 말이 씨 된다잖아요.

거기까지만 하면 될 걸 송이는 또 제 밑천을 죄 들추었다. 그게 얼마나 남루한지 냄새나는지 징그러운지 저만 모르고.

그래도 사장님은 빚잔치가 뭔지 모르죠? 전 철들고만 세 번이에요. 우리 엄마가 좀 그래요. 사주팔자가 무재(無財)라나 뭐라나. 벽에 달걀이 붙으면 붙었지 엄마한테는 돈이 안 모인대요. 그래도 그게 파산 신청보다는 인간미가 있어요. 마지막 잔치 하고 탈탈 모으니 이백만 원쯤 되더라고요. 남아서 남은 게 아니라…… 다 아는 사람들이니까. 이모고 삼촌이고 조카들이고…… 핏줄이니까. 다시 안 볼 듯 저주를 퍼붓던 끝에 또 제 몫에서 조금씩 떼놓고 일어서더라구요. 그래서 빚잔친가?

누가 지나가다 들으면 둘이 돌잔치 의논이라도 하는 줄 알았을 텐데 유석은 이 여자가 말끝에 돈이나 빌려달라 하면 어쩌나 그런 걱정도 했었고 또 좀체 남 앞에 드러내지 않는 제 얘기를 털어놓고는 분위기에 휩쓸려 후회를 하기도 했다.

속을 들여다보면 다 그래. 우리 아버지는 오 년째 암투병 중이거든. 곧 돌아가실 것 같더니 병원에서 무슨 요법이라도 받고 나면 데쳐놓은 시래기 같긴 해도 또 고비를 넘기고. 요즘은 솔직히 마음이 그렇다. 왜 우리 아버지는 오지도 않고 가지도 않으시나. 이 사무실 열면서 엄마한테는 곧 치킨집 차려준다 큰소리 했는데 여전히 엄마는 남의 치킨집 주방 보조 하고 있고.

매정하게도 송이는 나무를 끌어안고는 맞장구 한번 쳐주는 법이 없었고 유석은 미끄럼틀 위에 쪼그리고 앉아 그만해야지 하면서도 또 이런저런 얘기들을 하고 있었다. 그런 밤이 몇 번이었더라. 송이는 그 나무를 사랑하는 것처럼 보였다. 오직 그 나무였다. 나무를 껴안고 잠든 듯 가만히 있을 때도, 웃음 명상이라도 하듯 혼자서 하하 웃고 있을 때도 있었다. 자꾸 보니 그냥 그런가 보다 하게 되었다. 언젠가는 열 시쯤 나갔더니 선글라스를 끼고는 나무를 안고 있었다. 꺼멓긴 한데 렌즈가 크진 않아 어찌 보면 맹인용 안경 같았다. 그건 심오하게 웃기는 광경이었는데 왜 그걸 쓰고 있는지 물어보면 안 될 것 같았다.

그게 무슨 나무야?

이거요. 모과나무예요.

어? 어떻게 알았어?

유석이 아는 건 꽃 핀 벚나무와 물든 단풍나무가 고작이었다. 송이가 마지못한 듯 손가락으로 하늘을 찔렀다. 올려다보니 노랗게 익은 모과 두 개가 보였다. 내내 달려 있었을 텐데 유석은 보지 못했다. 송이는 또 그걸 노리고 있었던 모양이다. 어느 저녁에 혼자 나갔더니 모과 하나가 모래 바닥에 떨어져 있었다. 들고 들어왔더니 송이가 한숨을 폭 쉬었다.

그 모과 저 주시면 안 돼요?

책상에 올려두면 한 열흘 향이 좋겠지만 나중엔 꺼멓게 될 것이다. 차 담그려고? 건네주며 물었더니 뚱한 얼굴로 그랬다.

안고 자려구요.

한동안 그렇게 색칠하는 일에 푹 빠져서 지냈어요. 한참 빠져 있을 땐 지나가는 사람이 컷으로 미분돼서 보이기도 했죠. 아니마, 라는 라틴어가 생기 숨결 뭐 그런 뜻이라는데 그 밑그림들에 색칠을 하고 그것들이 살아 있는 것처럼 움직이는 걸 보면 아 내 마음대로 되는 게 있구나, 그런 행복감도 분명 있었어요. 제 상황이 그러다 보니, 네, 마음이 갔죠. 작은 회사였어요. 가족적인 분위기였고 무엇보다도 같이 일했던 분들이 정말 좋았어요. 그분들이 참 여러 가지로 도와주셨어요.

처음엔 그랬지.

1과 2와 3이. 성냥팔이 소녀의 언 손을 녹여주고 싶어 하는 마음으로. 정수기를 퇴짜 놓은 유석을 한목소리로 닦아세운 것처럼.

송이는 참 여러 가지를 팔아보았다 했다.

오오! 세일즈 아무나 하나. 세일즈는 자본주의의 꽃이지.

놀리는 줄도 모르고 송이가 하는 얘기를 오다가다 들어보면 세일즈라고 하기엔 좀 그랬다. 마지막 일자리는 오피스가 많은 이 동네 맞춤형의 만물상 같은 가게였다. 정수기만 판 건 아니라 했다. 다양한 사이즈의 서류 봉투와 포스트잇, 접착제, 파일북이나 복사지 같은 소모품부터 페트병 가습기, 전동 드릴 같은 소형 가전도 취급했고 망하거나 이사하는 사무실 비품을 헐값으로 넘겨받아 프린터, 컴퓨터 등을 대여하기도 했는데 그리 크지 않은 가게 안에 없는 게 없다 했다. 그게 자기 가게도 아닌데 그날 울긴 왜 울었어? 위기 탈출용 쑈? 아니면 전략? 사실 실적제라 아무래도 좀 필사적일 때가 있긴 해요. 그날도 딱히 정수기 팔려던 게 아니라 고객 확보 차원에서 나왔거든요. 전화하면 배달도 해주는데 다들 급해서 찾다 보니 제법 센 가격에도 가게는 꽤 잘 돌아갔어요. 그 애길 듣고 1과 2와 3은 단체로 몰려가서는 중고 소형 가습기와 전기포트 같은 걸 싸게 샀다며 희희낙락 돌아오기도 했다.

정수기는 약과예요. 프린터 출력까지 해보고는 안 하겠다는 데도 있어요.

아주 개새끼들이네. 컬러 잉크가 돈이 얼만데. 별별 진상 다 있지?

들어와서 백 가지를 물어보고는 멀티 콘센트 하나 달랑 들고 반값으로 깎기도 하죠. 그런 사람 오전 오후에 하나씩 꼭 있어요.

다이소로 가든가.

안 판다고, 꺼지라고 했어요.

그때쯤은 꺼지란 말 대신 소심하게 고개를 저었을 뿐임을 알고 있었다. 1과 2와 3은 제 몫의 일들을 살짝살짝 송이한테 미루고는 가끔 쥐 생각해주는 고양이 같은 말을 던지기도 했다.

송이 씨도 이제 자기를 좀 챙겨. 사람들이 이기적인데 그중에서도 가족이 제일 이기적이야. 끝없이 해줘봐. 이제 됐다고 그만하란 소리 하나.

그러고 있어요. 따로 저축도 좀 하려고요.

아니 그런 거 말고 셰이프적인 거. 체중 관리도 하고 화장도 좀 하고. 월급 받아서 뭐해. 옷도 좀 사 입어. 너 그러다 젊어 보지도 못하고 아줌마 된다?

앞에서 보면 동그란 눈매 때문에 그나마 나은데 뒤에서 보면 어째 애

하나 낳은 아줌마 느낌이긴 했다. 늘 생각 없이 말부터 던지는 3의 입바른 소리에 송이의 대답이 참 무심했다.

아줌만데요. 뭐.

그 말끝에 이상하게 유석을 포함한 네 사람은 더 이상 말이 없었다. 질문 폭탄이 이어졌을 법한데도. 어머, 자기 결혼한 거야? 남편은 뭐해. 그렇게 일찍? 그런데 송이의 그 말을 썰렁한 농담으로 치부하겠다는 듯 반응이 없었다. 못 들은 걸로 할래. 뭐 그런 기류. 그게 처음은 아니었다. 조용한 실내로 송이가 가끔 통화하는 소리가 들리기도 했다. 그래봤자 멀고 가까운 가족뻘인 듯했지만. 나한테 이러면 안 돼요. 그럴 때의 목소리는 한껏 낮출수록 더 또렷이 들려왔다. 셋은 그 막무가내 인간이 누군지 묻지 않았다. 경멸이란 말은 정확하지 않다. 정체 모를 점성의 질퍽거림에서 얼마간 떨어져 있고 싶었던 건 유석도 마찬가지였다. 그건 송이 탓도 없진 않았다. 어떤 얘기를 할 때면 유석도 속으로 생각했다.

저런 얘긴 밤에 선글라스 끼고 나무한테나 들려주지.

어느 오후에는 누군가와 아주 반갑게 통화를 했다. 거기서 가까워. 나가진 못해. 잠시는 괜찮아. 얼마 되지 않아 누가 찾아왔는데 한눈에 딱 봐도 날라리였다. 친구 맞아? 싶었다. 믹스커피를 타 들고 둘이 자료실에 들어가 30분쯤 있다 나와서는 그 친구는 돌아갔다. 바래다주고 들어와서 그랬다. 죄송해요. 중학교 때 짝인데 진짜 오랜만에 연락이 돼서. 교우 관계가 되게 유연한가 봐. 그래야 인생이 재밌긴 하지. 중학교 때 보고 첨이야? 다단계 조심해. 아니, 그런 애 아니에요. 고3 때도 한 번 봤어요. 쟤가 제 생일이라고 찾아온 거예요. 전 생일인 줄도 모르고 있었는데. 수업 마치고 나오니 교문 앞에서 기다리고 있더라고요. 애는 참 착했는데. 고등학교는 중간에 그만뒀다 하더라고요. 생일이라고 저녁 사준다고 왔대요. 둘이 명동 나와서 명동 입구에서 잠시 기다리라 하더니 좀 있다 지갑을 세 개나 들고 왔더라고요. 뭔 지갑? 1이 물었다. 송이가 무심한 목소리로 대답했다.

남의 지갑이죠. 2가 입을 딱 벌렸다. 남의 지갑! 아무나 사무실 들이고 그러지 마. 송이 씨. 1은 서랍 속에 넣어둔 초콜릿 바를 똑똑 분질러 제 입에만 넣으며 말했다. 거봐. 내가 뭐랬어. 3이 목소리를 착 깔았다. 출입문 비번 바꿔야 되는 거 아냐? 그만들 하라고, 당신들은 남의 지갑이라도 털어 생일 챙겨주는 그런 뜨거운 친구 돼본 적이 있느냐고 유석이 나섰는데 매사에 아는 척이 습관인 2가 끼어들었다. 그거 안도현 시잖아요. 광화문 글판에도 걸렸던. 연탄재 뭐 그거? 버스 타고 지나다 그 글판 보이면 기분이 좋아. 이렇게 저희들끼리 어쩌고 떠드는 바람에 그냥 넘어간 적도 있었다.

기사 전문이 실려 있다는 인터넷 페이지로 들어가보았다. 그림책 사진이 사이사이 들어가 있었다. 스토리에 맞춘 삽화는 그림이 아니라 사진이었다. 사진인데 그림처럼 보였다. 사진 속 아이템들은 송이가 직접 만들었다 했다. 재질은 아주 다양했다. 종이죽이나 점토로 만들어 색칠을 하거나 연근이나 딸기, 돌 같은 것들을 그대로 사용하기도 했다. 빗줄기는, 국수 가닥을 썼다. 손박음질로 만든 헝겊 토끼는 선글라스를 끼고 있었는데 검은색이라 토끼 눈은 보이지 않았다. 뭐 오밤중에도 쓰는데 비 오는 날쯤이야.

시간 엄청 걸리긴 해요. 조금만 타협하면 진도도 빠르고 편해지는 거 아는데 그냥 다 만들어요. 제 손이 이래요. 찍히고 데고 피가 나고. 하고 있을 땐 몰라요. 제가 현실에서도 많이 무뎌요. 원래 무뎠나? 그렇기도 했겠지만 둔감해지지 않고는 견딜 수 없는 굴곡이 좀 있었으니까.

솟구쳤다 푹 꺼지던, 푹 꺼지기 위해 잠시 평탄하곤 하던 그녀의 굴곡에 대해 유석은 안다. 그게 '좀'이 아니란 것도. 늦가을엔 또 한동안 점심시간에 조퇴가 잦았다. 아버지가 구치소에 들어가 있다 했다. 사정을 물어보면 참 소상히도 얘기를 했다.

산에서 같이 술 마시던 사람을 칼로 찔렀다네요. 그 사람이 술에 취해 무어라 큰 소리를 지르는 걸 자기에게 화를 낸다고 생각한 것 같아요. 팔자 좋으시다. 산에 놀러 다니시고. 그건 아니고 등산로에 아이스박스 놓고 뭘 좀 팔아요. 여름엔 아이스케키 박스 몇 군데 두면 그게 괜찮거든요. 한 개 이천 원인데 밤에 맞춰보면 사람들이 되게 정직해요. 근데 아주 가끔 싹 털어가는 놈도 있긴 해요. 아이스케키 팔면서 술은 왜 마셨대? 아이스케키는 여름 한 철이죠. 컵라면이나 막걸리도 같이 파는데 그걸 조금씩……. 알콜릭이셔? 중독이냐고. 그것보다는, 정신이 좀. 타인에 대한 공감력이 부족하대요. 그게 사이코패슨데. 사이코패스는 아니고요. 공사판에서 일하실 때 높은 데서 떨어진 적이 있거든요. 겉으로 티가 안 나서 그냥 넘어갔는데 그때 전두엽인가, 어디 뇌를 조금 다친 것 같대요. 멀쩡하다가 갑자기 폭발하듯 화를 막 낼 때가 있어요. 자주는 아닌데 그럴 땐 대화가 안 돼요.

지하철을 두 번 갈아타고 의왕까지 가서 면회를 하고 돌아오면 오후가 다 지나갔다. 물론 빠진 시간만큼 야근을 하긴 했지만. 송이가 그렇게 의왕까지 뛰어다닐 때 셋은 또 송이를 뜨악하게 대했다. 송이가 멀쩡하다 갑자기 칼을 들고 달려나오기라도 할 것처럼.

그해 초겨울에 강주 형이 한번 보자 전화를 했다. 청담동에서 저녁을 먹었는데 유석 혼자 허겁지겁 먹다 보니 형은 깨작거리기만 하고 별로 먹질 않았다. 소믈리에가 와서 와인을 추천하는데 자신은 와인에 대해 모른다며 그가 권하는 걸 주문하는 형이 되게 괜찮아 보였다. 형은 세계를 떠돌다 며칠 전에 돌아왔다 했다. 한걸음 앞에서 미래를 맞이하기 위해. 연초부터 배낭을 메고 떠돌았다는 형이 시간여행자처럼 보였다.

런던과 도쿄와 상하이를 거쳐 여름부터는 뉴욕에서 머물렀어. 눈앞에 코를 박고 있다간 한순간 도태돼버릴 것 같아서.

아 진짜. 형이 그런 얘기 하면 어떡해. 뭐가 무서워요?

다 무서워. 가장 무서운 건 이거야. 유일무이한 신.

형은 손바닥에 놓인 휴대폰을 내려다보았다. 멀찍이. 팔을 늘어뜨린 채.

사무실은 잘되니?

압구정에서 사람을 만나고 신사동에서 술을 마시지만 중고 포르쉐를 사지는 못했다는 농담을 할까 하다 그냥 웃었다.

지금 하는 걸로는 미래가 없어. 휴대폰을 플랫폼으로 하는 사업을 준비하고 있어. 먼저 매력적인 게임을 만들어 시장에 돌풍을 일으키고, 그걸로 애니메이션을 만들 거야. 그게 잘되면 캐릭터를 출시할 거고. 게임 자체는 아주 단순하게 갈 거야. 그렇지만 세상에 단순명료한 일들이 다 그렇듯이 엄청나게 복잡하고 힘든 준비 작업이 필요하겠지.

게임은 형이 해온 일이 아닌데.

다행인 건 게임의 진화 속도가 너무 빨라서 오히려 승산이 있어. 그걸 따라잡으려 하지 말고 다른 방향을 슬쩍 디뎌보는 거지. 시스템도 거의 만들어놨고 앞으로는 회사도 클러스터 시스템으로 갈까 해. 각각 다른 일을 하는 팀을 모으는 거지. 포도송이처럼. 그래서.

형은 비로소 와인의 첫 모금을 마셨다.

너도 한번 참여해보라고.

에이 제가 어떻게요.

겸손이 아니라 실제로 깜냥이 안 된다 생각했다.

너보고 직접 집까지 지으라는 게 아냐. 설계도를 그려보라는 거지. 한번 들어서면 출구를 찾고 싶지 않은 미로를 설계해봐. 결과와 상관없이 기본 경비는 감당해줄게. 출시까지 이어지게 되면 그때부턴 러닝개런티 방식이고.

형 목소리가 한층 달콤했다. 마스터플랜 제출 시한은 9주 후였다. 기본적인 업무를 하면서 가외로 작업을 해야 했으나 사무실 분위기는 나쁘지 않았다. 형은 약속대로 세부 정산이 필요 없는 사업비를 입금해주었고 유석은 그중 일부로 시간외근무 수당을 따로 지급했다.

뭐 스토리 시안만이라면 널널한 거 아니에요? 제작이 머리 쥐 나는 거지. 2의 태평스런 전망과 달리 처음엔 막연했다. 우린 그냥 색칠하는 게 속 편해요. 그건 사장님이 해보세요. 3이 현실을 일깨웠다. 끼어들 자리가 아니라고 생각했는지 송이가 조심스레 말했다. 어차피 채택 안 될 거다 생각하고 자유롭게 의견들을 내다 보면 뜻밖의 아이디어가 나올 수도 있어요. 그러니까 이런 식이었다.

……로케이션은 외딴섬. 도입부에서 위성 시점으로 섬을 내려다보면 아주 긴 다리로 육지와 연결된 섬은 막대사탕처럼 보여. 북쪽엔 무성한 방풍림이 있어. 그 반대편엔 휴양시설의 불빛이 화려하게 반짝이고. 계절은, 여름 저녁이 좋겠네요. 피서객을 위한 축제가 시작된 걸로 하면 자연스러우니까. 높이 쏘아올린 불꽃 하나가 펼친 우산 모양 하늘에 잠시 머무는 걸 시작으로 미친 듯이 불꽃이 터져. 연기에 가려 한동안 섬이 보이지를 않아. 암울한 상황에 대한 복선이야. 상징이겠지. 보는 사람의 간이 서늘해지도록 시점이 순간 낙하하면서 실내 장면으로 들어오는 거야. 축제를 끔찍이 싫어해서 당번을 자처한 여주인공이 새우깡을 먹으면서 만화를 읽고 있어. 과자 종류나 만화는 사용자가 선택할 수 있어. 물론 비용이 들지. 벽 한 면을 가득 채운 폐쇄회로 화면에 가끔 시선을 주면서. 뱅헤어에 패션은 흑백의 한복. 치렁한 거 말고 유관순 스타일. 오렌지색 머리는 가발이야. 나쁘지 않네. 제어 시스템에서 경보가 울리고 여주인공이 만화책을 집어던지고 일어서면서 오렌지색 가발을 벗어던지는 걸로 오프닝. 갈등 구조는요? 별일 있으랴 하고 활단층 위에 세운 구조물인데 가까운 대륙붕에서 진도 7의 지진이 발생한 거지. 이 구조물은 사실 핵폐기물 저장시설이고 유관순 한복은 핵 전문가야. 님비 때문에 시설의 존재는 국가기밀에 부쳐져 있어. 당황한 여주인공은 일단 사내 비밀 연애 중인 연구원

유석에게 전화를 하지만 가족을 만나러 서울 간다고 거짓말하고는 휴양지 클럽으로 놀러 간 그의 휴대폰은 꺼져 있어. 딱 우리 사장님 캐릭터네. 내가 뭘? 공포에 사로잡힌 여주인공은 스포츠카를 타고 시속 백팔십으로 섬을 탈출하다 결국은 다리 진입로에서 유턴을 해. 마침 심상찮은 흔들림을 느낀 유석도 급히 복귀하고. 나를 지킬 것인가 지구를 지킬 것인가 갈등하면서 상황을 타개하는 게 기본 구조야. 차라리 시끌벅적한 여주인공의 스물아홉 번째 생일을 오프닝으로 하면 어때요? 행복과 재앙의 보색대비 같은. 좋아 첫 장면은 여주인공 생일파티로. 〈반지의 제왕〉 오프닝 신을 떠올리는 사람이 있겠는데? 그런가. 생일파티는 누구나 하는 건데. 사실 거기서 아이디어를 얻은 거 맞아요. 그렇게 중구난방 떠들다가 누군가의 한숨과 비관론이 대두되고 종내는 무산되는 식이었다. 아휴 핵이라니. 너무 암울해요. 에헤이. 그거야 그냥 패션 같은 거지. 플랫폼이 스마트폰이라면 좀더 미니멀해야 되는 거 아니에요?⋯⋯

숱한 스토리들이 만들어졌다가 다양한 이유로 폐기되었지만 괜찮은 방식이었다. 겨울 동안 사무실은 활기에 차 있었고 그중 출시까지 연결된 건 호박공주님 시리즈였다. 연애 시뮬레이션 게임은 어때요? 송이가 처음 아이디어를 꺼냈을 땐 다들 반대하는 분위기였다. 아이고 그게 언제적 유행인데. 나 중3 때 전성기였지. 그거 하다 재수할 뻔했잖아. 일단 남자들은 안 할 거 아냐? 거기다 주인공이 장애인이라니. 응? 송이가 은근히 고집을 부렸다. 새로운 살인의 방식을 창조하느니 좀 살냄새 나는 것도 좋잖아요. 송이가 짜놓은 스토리를 보니 독특한 물건이 나올 것 같기도 했다. 그러네. 그러면 되겠네. 브레인스토밍이 이래서 필요하다니까. 유석이 애매하게 눙치고 나면 송이의 아이디어는 공동의 것이 되었다. 송이 말처럼 어차피 안될 거다 생각하면서 접근하니 조바심에서 나오는 자체 검열도 없었다.

단순함의 미학이 있네. 뭐 이쪽으로 전공한 거 아냐?

유석이 말 한마디로 천 냥 빚을 갚아보겠다고 날린 립서비스였는데 송이가 면접생 분위기로 대답했다.

전공까지는 아니구요. 특성화고가 있어요. 애니메이션 고등학교라고…….

주도권을 빼앗겼다 생각했는지 은근히 불편한 기색이었던 1과 2와 3이 기다렸다는 듯 각을 세웠다. 어머, 왜 여태 얘기 안 했어? 우리 하는 게 속으로 되게 우스웠겠다? 1이 그게 아니라, 하는 송이의 말을 자르고 단정했다. 감쪽같이 속였네! 에헤이 그게 뭘. 속이긴 뭘 속여. 유석의 말에 2가 푸르르했다. 말 안 하는 게 속이는 거죠. 송이가 없는 데선 더했다. 애가 비밀이 많아. 미혼모 아니겠어? 사실 우리야 디자인이지 애니 쪽은 아니잖아. 셋은 급조된 결속감으로 뭉쳐서는 심지어 송이가 뭘 쳐다보는 방식까지 트집을 잡기 시작했다.

이상하게 사람하고 눈을 못 맞춘다? 애가 좀 음해.

결정적으로 틀어진 건 출근한 1이 제 모니터에서 낯선 시놉시스와 캐릭터를 발견한 일 때문이었다. 누가 내 컴퓨터 해킹했나? 1의 말에 송이가 아 하면서 벌떡 일어섰다. 어제 제가 좀……. 죄송해요. 일요일에 나와서 거기서 뭘 좀 만들어본 모양이었다. 제 컴퓨터엔 깔려 있지 않은 프로그램이 필요했겠지. 저장장치에 옮기고는 지우는 걸 깜박한 것 같았다. 그 자리에선 아무 대답을 안 해 송이를 더 불편하게 해놓고는 뒷말을 했다. 쟤 다른 일 받아 와서 하나 봐. 월급 받으면서 그러면 안 되지. 애가 사람을 배신할 눈빛이야. 자료실이라도 들어가면 문이 닫히기도 전에 차갑게 그랬다.

내가 쟤 뒤통수만 봐도 갑상선 기능이 떨어지는 거 같아. 막 오슬오슬 떨려.

최종적으로 네 편의 시놉시스를 보냈다. 설마 그게 채택되리라고는 생각하지 않았는데 형은 호박공주님 스토리가 아주 좋다고 했다.

사실 청각장애인용 게임은 이미 나온 게 있어. 내용은 이거와 완전 다르지만. 이이노 겐지라는 일본 사람이 만들었지. 소리를 시각적 자극으로 바꾸어서 보여주는 아이디어가 아주 신선했는데.

잠시 화면을 멈추고 피를 걸레로 훔쳐내고 싶어지던 그 살상 게임 만든 애요?

그렇지. 애는 아니고. 이미 고인이야. 이건 또 다른 감성이네. 캐릭터도 아주 매력적이고 진짜 장애인 가족이 만든 것 같아. 디테일이 좋아. 몇 가지 수익 장치 넣기도 좋은 구조야.

기술적으로 가능해요? 소리를 시각 이미지로 만든다는 게?

뭐, 장애인을 위한 게임이라는 이미지가 중요한 거지. 실제 청각장애인을 위한 건 아니지. 몇 가지 포인트만 살리면 돼. 예를 들면 가쁜 숨소리를 가슴의 오르내림으로 표현한다든가 바람 소리 대신 헐렁한 외투 자락을 펄럭이게 하는 식이지.

짐작은 했지만 형이 프로젝트에 참여를 권유한 팀은 유석만은 아니었다. 스마트폰 기반의 게임은 동시에 세 종이 출시되었다. 셋 다 시장 반응이 기대 이상이었지만 호박공주님은 여러 가지로 이슈가 되었다. 청각장애인용이라는 호기심으로 촉발된 시장은 정상인들이 더 열광하면서 기대 이상의 파란을 일으켰다. 셋 중에서 캐릭터 판매가 가장 많이 된 것도, 배너 광고가 가장 많이 들어온 것도 호박공주님이었다. 유석으로선 기쁜 한편 어리둥절했다. 게임 영상은 일부러인 듯 실사 느낌을 덜어낸 터라 첫인상이 철 지난 만화 느낌이었다. 부진을 예언했던 게임평론가들 역시 고개를 갸웃거렸다. 형은 아이디어가 좋았다고 공을 유석에게 돌렸다.

무엇보다 청각장애인용이라는, 엄청나게 작은 시장 규모를 알면서도 개발했다는 공적 가치가 기폭제가 된 거지. 한번 거품이 흘러넘치면 사소한 결점들은 다 덮어버리게 되는 거고. 정치적 올바름이라고나 할까. 조금 각도가 다르긴 하지만. 네가 트렌드에 대한 감각이 있어.

정신없는 시간이 지나고 형이 한번 찾아왔다. 오후에 와서 사무실을 둘러보고는 저녁을 거하게 샀는데 생선회와 초밥이 차려진 식탁 앞에서 어찌나 이야기를 재미있게 했는지. 게임에서 뮤지컬로, 영화로, 세상의 모든 애니 캐릭터를 만나볼 수 있는 시부야의 쇼핑몰로 종횡무진 오간 대화에 늙은 여우들의 눈에선 하트가 비눗방울처럼 퐁퐁 솟아나왔다. 헤어지고 밤늦게 형은 따로 전화를 했다.

잘 들어갔지? 그럼요. 형 고마웠어요. 고맙긴. 내가 고맙지. 근데, 네가 원래 여자 사람 취향이 좀 빈티지했나? 그건 아니고요. 월급도 많이 못 주고 하니까. 그래도 다들 성실하긴 해요. 네가 인간성이 좋다. 너도 알겠지만 여기 직원들 지난해부터 공채야. 유학파도 여럿 있고. 일단 너 혼자 전략본부로 들어와. 총괄 업무를 맡게 될 거야. 한 명만 데리고 가는 건 어때요? 파티에 가면서 식은 도시락 들고 가겠니.

형은 처음의 두 가지 약속을 지킨 셈이다. 출시한 첫 분기부터 러닝개런티를 지급했다. 개발 비용과 경상비 분담금, 광고비 등을 제하고 계산한데다 세금까지 원천징수하고 나니 예상보단 훨씬 적은 액수이긴 했으나 유석이 벌던 것과는 규모가 달랐다. 통화할 때완 달리 클러스터로 들어오는 방식에 대해선 유석에게 알아서 하라고 했다. 팀으로 오든 혼자 오든. 유석은 일단 혼자 들어가기로 했다. 제 팀을 따로 관리한다는 게 얼마나 고달픈 일인지 뼈저리게 느낀 끝이기도 했고 혼자 온다면 개발팀 아닌 전략본부 쪽 일을 맡기겠다는 형의 말이 유혹적이었다. 봄이 한창일 때 저간의 사정을 쏙 빼고 경영난으로 사무실을 접는 걸로 마무리했다. 단체로 마지막 회식을 했고 송이와는 따로 한 번 저녁을 먹었다. 밥집에서 나와 헤어지기 전 유석이 바퀴벌레 턱 넘어가듯 말했다.

자기도 열심히 해서 앞으로 성공해야지.

그래야죠.

말하는 사람이나 받는 사람이나 어째 힘이 하나도 안 들어가 있던 인사. 말하는 사람이나 받는 사람이나 전혀 믿지 않았던 인사를 나누고 걸어가다 뒤를 돌아보았다. 사람들 사이로 섞여드는 뒷모습에 무슨 계시처럼 그런 생각이 떠올랐다. 저 여자, 앞으로의 삶도 지금과 달라지지 않을 것이다. 절대로.

같은 건물에 있는데도 강주 형의 얼굴을 회사보다는 신문지면에서 보는 일이 잦아졌다. 회사 이름은 미래전략 기업으로 오르내렸고 지난해 가을엔 서초동의 5층짜리 건물을 사들여 사옥을 이전했다. 그래놓고는 형은 배낭을 메고 바깥으로 떠돌았다. 미국인지 중국인지, 상하이인지 뉴욕인지, 왕징 거리인지 맨해튼인지 행선지는 말하지 않았다. 불안해서. 무엇에 대한 불안인지는 정작 모르겠고. 확실한 건 또 얼마 지나지 않아 완전히 새로운 플랫폼이 나온다는 것, 그게 무언지 짐작도 할 수도 없다는 것뿐이야. 화두처럼 그 말을 던져놓고는. 대학과 기업의 특강 초청을 가려서 거절하고 대출을 해주겠다는 지점장들의 전화를 요령껏 피하는 일은 유석이 맡았다. 그 외에도 유석이 하는 일은 아주 다양했다.

> ……언젠가는 그곳 얘기를 그림책으로 만들어보고 싶긴 해요. 그 시간이 없었더라면 지금의 저도 없을 테니까. 캐릭터는 다 만들어놨는데. 별명도 있어요. 알고보면소심쟁이. 입냄새대박. 수전노. 어차피대머리. 아, 그분들이 이 기사 보면 안 되는데. (웃음)

활짝 웃는 송이 손바닥에 인형 네 개가 놓여 있었다.

그 시절, 간이 침대에서 자고 일어나 손바닥으로 얼굴을 쓱 비비고는 그만이었던, 야식 사 오라며 만 원 한 장을 내밀던, 떡 진 머리카락 사이로 두피가 허옇게 드러나 있던 유석은 그 넷 전부이기도 했다. 그래도 유석은 저를 곧바로 알아보았다. 실제보다 머리카락이 많이 부족하고 실제보다 나이 들어 보이고 실제보다 약아 보이지만 남자 인형은 하나뿐이었다. 그때 빠지는 머리카락쯤은 신경 쓸 상황이 아니었지. 그러니까 선택의 여지 없이 '어차피대머리.' 하지만 머리카락보다는 그 양손에 하나씩 들려 있는 당근.

그 밤의 놀이터가 떠올랐다.

청담동에서 강주 형을 만나기 전날 밤. 아니다. 자정을 훌쩍 넘겼으니 같은 날이구나. 다들 돌아가고 집이 가까운 송이와 둘이서 끝이 안 보이는 노가다를 하고 있었다. 바람 좀 쐬고 오겠다고 나간 송이가 들어오질 않아 슬그머니 찾아 나선 참이었다. 송이는 예의 선글라스를 쓰고 모과나무를 껴안고 있었다. 날도 추운데. 유석은 미끄럼틀 위에 올라앉아 담배를 한 대 피웠다. 달이 떠 있었고 날이 흐린지 달의 윤곽은 희미했다. 흐릿한 달은 아득히 멀어 손 닿지 않는 어떤 구멍, 여기보단 환하고 따뜻한 곳으로의 출구 같기도 했다. 언제쯤부터 유석은 옷소매로 눈두덩을 문지르고 있었다. 눈두덩을 문지르며 속 얘기를 늘어놓고 있었다. 그때쯤 피차 속을 너무 까발리는 바람에 더 이상 털어놓을 게 없으면 좋았으련만 둘 다 그러질 못했다.

송이는 또 무슨 얘기를 더 했더라. 하나 있는 남동생이 장애가 있다는 얘기. 지금 엄마와는 같이 살지 않는다는 얘기. 아버지도 동생도 가끔은 저도 모르게 송이를 엄마라고 부른다는 얘기. 동생은 안 보이니 그런다지만 아버지가 눈 번히 뜨고 그럴 땐 참 무어라 말로 할 수 없는 마음이라는 얘기. 뭐 그런 것들. 송이가 아줌마도 미혼모도 아니라는 얘길 사무실 여우들에게 해주진 않았다. 유석이 보기엔 그게 그거였다. 그나마 송이의 아버지는 구치소를 나와 집으로 돌아왔는데 유석의 아버지는 다시 병원에 들어갔고 엄마는 치킨집 주방 보조마저 내려놓고 간병을 하러 따라갔다.

뭐 그런 얘기도.

사무실은 남은 보증금을 까면 봄까지는 버틸 수 있는데도 건물주는 월세 3개월치가 연체되는 시점부터 착실히 내용증명을 보냈다. 월급날이 다가오면 두피에 쥐가 났다. 납기가 정해진 일을 받을 땐 스케줄을 확인하며 받아야 하는데 당시엔 그럴 수가 없었다. 어떻게 되겠지. 쫓길 줄 뻔히 알면서 학습교재 신제품 론칭에 쓸 영상물을 덥석 계약한 게 있었는데 말도 안 되게 까다롭게 굴었다. 기본적인 스토리보드를 주면서 나머지는 자유롭게 해달라더니 절반쯤 진행된 상태에서 바뀐 스토리보드를 보내왔다. 어찌어찌 마무리해서 샘플을 보냈더니 엄청 맘에 든다 해놓고는 말끝에 자잘한 요구 사항을 덧붙였다. 전무님 영상 레퍼런스 하나만 짧게 넣어주세요. 타이포 좀 강하게 고쳐주세요. 저희는 괜찮은데 사장님이 마음에 안드신다 해서. 다른 시안을 하나 더……. 피드백 들어갈 때마다 말짱한 얼굴로 사람 팔짝 뛰게 만들었다. 인건비와 디자인 비용을 추가로 요구했더니 계약서를 내밀었다. 추가 비용 협상은 없다는 조항까진 괜찮은데 납기가 늦어지면 하루에 1프로씩 위약금이 부과되는 조항이 들어 있었다. 설마 이렇게 늦어질 줄은 꿈에도 몰랐으니까 그런 조항이 있다는 사실조차 잊고 있었다. 어떻게 인간이 이럴 수 있어, 엉? 사무실에서 하소연하면 까만 눈동자 네 쌍이 그런 유석을 강 건너 불을 보듯 쳐다보았다. 자료실에서 쪽잠을 자면서 버티는 중이었다. 너무 피곤한데도 누우면 밀린 일감이 가슴에 턱 얹히면서 눈이 말똥말똥해졌다. 전날 오후에 유석은 열한 번째 퇴짜를 맞고 돌아왔다. 그 밤에 유석은 다 집어치우고 어디로 달아나버리고 싶었다. 달을 올려다보고 있으니 앞뒤 없는 말이 불쑥 나왔다.

아까 내가, 양손에 총이 있었으면 거기 있는 놈들 다 쏴 죽이고 나도 죽었을 거야.

송이는 모과나무를 끌어안은 채로 언제나처럼 못 들은 척 제 얘기만 했다.

아버지가요. 같이 술 마시던 사람을 칼로 찌른 얘긴 했죠? 그게 원래 구형이 쎄다네요. 근데 멘탈이 정상이 아니란 진단을 받았어요. 나라에서 다 해주더라고요. 그게 참작이 돼서 그냥 나왔거든요. 선택할 수 있는 거면, 사장님은 어떤 걸 선택하시겠어요?

그 새끼들이 생글생글 웃으며 얘기하는 게 한두 번 돈 떼어먹은 내공이 아니야. 결국은 잔금 안 주겠다는 거지.

그러니까 말짱한 정신으로 형기를 꽉 채우는 게 나을까요. 실성한 사람이라는 표식을 붙이고 바깥에 있는 게 나을까요? 아버지 입장이 아니라 제 입장에서요. 네?

지난여름에 왜, 원화를 너무 줄여서 영상이 툭툭 끊기는 성경학교 교재 있었잖아. 암말 않고 받아간 전도사님들이 천사였다는 생각이 새삼 들더라니까.

샌드백을 끌어안은 권투선수처럼 나무를 안은 채로 송이가 달래듯 그랬다.

사장님이나 저나, 그래서 양손에 총이 아니라 당근을 들고 있어야 되는 거예요. 네?

눈앞이 희끗하더니 콧등에 무언가 내려앉았다. 차가운 점. 첫눈이었다. 올려다본 하늘엔 여전히 달이 떠 있었다.

그러니까 선글라스를 낀 채로 모과나무를 안고 있던 송이.

기억의 멀고 가까움이란 물리적인 시간이 아니라 강렬함으로 정해지는 거라면 그건 아마도 가장 가까운 기억이겠다. 새벽까지 희미하게 달이 떠 있던 놀이터는 줄이 한량없이 긴 괘종시계의 추처럼 예고 없이 스윽 떠오르곤 했다. 날것의 밑바닥을 누군가에게 들켰다고 느끼는 순간, 무릎이 꺾일 만큼 힘든 순간, 어떤 석연치 않은 순간, 그리고 또……. 그 새벽에 송이는 서로가 한층 가까워졌다고 생각했을까? 자신은? 잘 모르겠다. 다만 그 새벽에 유석이 역시 가장 힘든 시간을 지나고 있었던 건 사실이다.

유석은 자잘한 모래 알갱이가 굴러다니는 듯한 눈에 인공눈물을 한 방울씩 떨어뜨렸다. 쾌감이 한기처럼 퍼져나갔고 언제나처럼 빠르게 사라졌다. 유석은 그림책 페이지를 확대해 숨은 그림이라도 찾듯 들여다보았다.

근데 애들은 똥 묻은 팬티를 찾아 어디까지 가고 있는 거야? 도로도 없는 어디 황량한 사막. 성한 데가 한군데도 없는 지프를 타고. 앞유리는 왕창 깨져 달아나버렸는데, 비는 쏟아지는데. 조수석에 앉은 토끼는 깜깜한 선글라스를 끼고 대가 긴 우산을 바깥으로 펼쳐들어 들이치는 비를 막아주고 있었다. 근데 사막에 비는 또 왜 와? 유석은 송이가 옆에 있는 것처럼 뚱하게 중얼거렸다. 그거야 시적 허용이죠.

옆에 있었다면 언제나처럼 또 멀고 뜬금없는 소리를 했겠지. 새벽까지 희미하게 떠 있던 달만큼이나.

박형준 문학평론가, 부산외국어대학교 교수

사막에서의 채색

소설은 부조리한 세상을 향해 발사된 서사적 탄환이다. 수다한 역사적 사례에서 보듯, 한국 소설은 동시대의 사회적 요구를 반영한 비판적 담론 양식으로 기능해왔다. 소설은 문화와 정치의 관계를 통합하면서, 스스로 '악의 심장부'를 겨누고 관통시키는 '정치체'(탄환)가 되기를 마다하지 않았다. 그러나 서사 장르를 비롯한 다양한 문학/예술 양식은 당대 현실의 직접적인 변화에 관여하는 물리적인 '무기'는 아니다.

이는 소설의 현실 변혁적 한계를 재구하는 말이 아니라, 문학의 정치적 특이점을 강조하는 표현이다. 자본/국가의 고도화된 통치술은 '절대적인 악'의 형상을 우리의 일상 속에 정교하게 합병/은폐하고 있다. 그러므로 현대소설이라는 정치미학적 탄환 역시 지배질서의 모순과 부조리를 직접 타격하거나 격파하는 방식이 아니라—독자의 사고와 감성 구조를 변화시킴으로써—지배집단의 합종연횡과 허위적 감성 구조에 균열을 주는 방식으로 격발되어야 한다.

정미경의 「새벽까지 희미하게」는 자본주의의 감성(sensitivity) 체계를 위반하는 새로운 인간형의 창안을 통해 지배질서의 획일적 사고 구조를 관통하는 반자본적 감수성(sensibility)을 생성하고 있다. 이 작품의 대강을 살펴보자.

유석은 유망한 애니메이션 회사의 전략본부실장이다. 그는 건조하고 상투적인 일상을 보내던 중, 우연히 신문에서 '송이'의 기사를 발견한다. 그녀는 7년 전 유석이 운영하던 영세 애니메이션 제작사의 직원이었다. 직원이라고는 하지만, 사실 그녀는 단순한 원화 채색 작업과 사무실 잡무를 도맡아 처리하는 "일용직 도우미"와 다르지 않았다. 그런데 자신의 "밑"에서 일하던 송이가 어느 날 꽤 유명한 그림책 작가가 되어 나타난 것이다. 유석은 신문기사를 통해 송이에 대한 기억을 환기하게 된다. 허나, 이 작품의 주요 인물은 유석이 아니라 송이에 더 가깝다. 「새벽까지 희미하게」는 유석의 기억과 송이의 신문기사 인터뷰가 함께 스크랩되면서 전개된다. 여기에서 유석은 신문기사를 매개로 재구성되는 송이의 기억을 진술하는 관찰자 역할을 한다.

유석의 기억 속에서, 송이는 동화 속의 주인공처럼 그려진다. 그는 "송이"가 "유독 먼 곳의 얘기, 먼 데 사는 사람 얘기를 곧잘 했었다"고 말하면서, 그녀를 세상사와 다소 동떨어진 비현실적 캐릭터로 묘사하고 있다. 실제로, 송이는 박한 급료와 과도한 야근에 시달리면서도 회사 생활의 희망과 행복을 놓지 않으려 한다. 하지만 그러면서도, 동료 직원들이 중요시하는 "셰이프적"인 것—사회생활에 필요한 외모를 가꾸거나 인맥을 만드는 것 등—을 추구하지는 않는다. 물론 송이의 가정 형편이나 경제적 상황이 다른 이들보다 안정적인 것은 아니다. 일례로, 사장 유석과 말단 직원 송이가 처해 있는 가정사적 어려움은 대동소이하다. 송이가 부모의 "빚잔치" 휴유증을 벗어나지 못하고 있다면, 유석은 부친의 "암투병" 뒷바라지를 하며 힘겹게 살아가고 있다. 양자 모두 고단한 삶의 여정을 버텨내고 있지만, 이들의 생존 방식은 각기 다르다.

유석은 자신의 일상을 상투적이고 피곤하게 느끼면서 하루하루를 버티고 있다. 이 작품의 도입부와 결말부에서, 유석이 안약("인공눈물")을 넣는 장면은 이를 방증하는 서사적 장치이다. 인공눈물을 투약하면서 살아갈 수밖에 없는 생의 조건이란—"가습기도 소용없"는 "모래 알갱이가 구르는 것 같"은 "이물감"이란—황량한 사막 속에 던져진 개인의 그것과 다르지 않다. 그래서일까? 유석은 추상적인 성공 신화를 쫓아 '창업'을 선택한다. 자신이 처음 일을 배웠던 강주 형의 애니메이션 회사에서 독립한 것. 하지만 그는 업계 신화가 된 강주의 회사에서 자본의 생산과 증식 공정만을 보았을 뿐—"사무실에 일렬로 앉아 종일 작업"하는 "시스템"—자신의 일을 이해하고 사랑하는 법은 배우지 못했다. 이는 유석이 "새 프로젝트"에 "들어갈 때마다" 직원 이름을 "알파벳만 바꾸"어 G1, G2, G3 혹은 Q1, Q2, Q3 등으로 명명하는 데서 잘 드러난다.

하지만 유석이 송이를 대하는 태도는 다르다. 그는 송이를 A, B, C, 혹은 G, Q, S 등의 익명의 변수로 건조하게 호명하거나 기계적으로 획일화하지 않는다. 그는 세 직원과 달리 "송이는, 그냥 송이"라고 명명하면서, 자본의 컨베이어벨트가 요구하는 특정 좌표에 그녀를 배치하지 않는다. 유석에게 송이는 변혁적 삶의 가능성을 내재하고 있는 무한수 'X'(그가 다른 직원을 부를 때 한 번도 사용하지 않은)와 같다. 다시 말해, 송이는 충분한 잠재력을 지니고 있는 새로운 감각의 인간형으로 그려지고 있는 셈이다. 유석의 입장에서 보면, 송이의 삶은 분명 자신보다 나은 게 없다. 하지만 유석이 "강남"과 "포르쉐"로 표상되는 창업 신화와 "수익"의 창출에만 함몰되어 있던 것과 달리—그래서 새로운 삶의 전망을 발견하기 어려웠던 것과 같이—송이는 보잘것없고 트렌드에 뒤떨어지는 것이라고 생각했던 것들을 자기 삶의 변혁적 자산으로 구축해나간다. 유석이 볼 때는 "아무나 할 수 있"는 원화 채색이지만, 송이는 그 "단순한 반복"에서 "무한대에 가까운 세계를 표현"하는 법을 배우게 된 것이다.

물론 이것이 가능했던 까닭은, 송이의 "채색"이 유석식의 "계산"적 업무를 초극하는 것이었기 때문이다. 유석이 회사 경영에 깊은 환멸을 느끼게 된 것과 달리, 송이는 자신의 일을 좋아하게 된다. 사무실 바로 옆의 '손바닥공원'은 이를 잘 보여주는 예이다. 이 공원은 송이의 정위 공간이다. 주지하다시피, 우리는 누구나 국가/자본의 질서 속에서 살아갈 수밖에 없다. 자연인이 되어 깊은 숲 속으로 들어가지 않는 한, 이와 같은 운명을 쉽게 벗어날 수는 없다. 즉, 현대 도시인들은 황폐한 일상 속에서 생존 경쟁을 하며 살아갈 수밖에 없는 것. 그렇다면, 송이가 "놀이터 한가운데 있"는("둥치가 제법 굵"은) "나무"를 끌어안으며, 자기 삶에 필요한 에너지를 "충전"하는 행동은 삭막한 도시에서 살아가기 위한 자신만의 생존 방식과 다르지 않다. 다소 동화적 감수성이 느껴지는 부분이지만, 이 대목이야말로 「새벽까지 희미하게」의 주제의식을 융기시키는 아름다운 장면이 아닐 수 없다. 어쩌면, '손바닥공원'은 우리가 "황량한 사막"을 건너고 견딜 수 있도록 도와주는 일상의 오아시스인지도 모르겠다.

송이와 달리, 유석은 자본주의 시스템이 증식하는 이윤 창출의 과정을 추종했다. 그가 강주 형의 애니메이션 회사에서 경험한 것을 창업을 통해 재연하고자 했던 것이 그 증례이다. 유석의 창업은 "명작 애니메이션"을 만들겠다는 "포부"가 아니라, "시스템으로 작업할 수 있는 일"을 반복하는 데 그쳤다. 그가 차후에 자기 회사와 직원들을 손쉽게 정리하고 강주 형의 회사로 되돌아갈 수 있었던 것은 그 때문이다. 유석은 자신이 일을 배웠던 강주 형의 새 프로젝트에 참여하게 되고, 송이가 제시한 아이디어를 기초로 만든 '호박공주님' 게임을 히트시킨다. 이를 계기로, 유석은 기존의 회사를 정리하고 다시 강주의 회사(전략본부)로 돌아가게 된 것. 그는 송이와 헤어질 때, "저 여자, 앞으로의 삶도 지금과 달라지지 않을 것"이라고 확신한다. 하지만 그것은 유석의 시각으로 '송이'의 삶을 잘못 평가

한 것일 뿐이다. 사실, 창업이란 자기 삶의 방식을 통해 세상과 조우하는 '새로운 생산 활동'의 시작을 의미한다. 그러나 유석은 약탈식 자본주의가 추구하는 이윤의 증식 시스템에만 관심을 두었다. 그래서 그는 송이와 달리 창조적인 '그림(색/삶)'을 만들어낼 수 없었던 것이다. 겉으로 볼 때는, 매우 볼품없고 찌질한 "폭망 인생"이지만, 자신이나 세 직원과는 다른 길을 가고 있던 송이에게 미묘한 감정을 느낀 것은 그 때문이다.

이 작품의 해석에서 빼놓지 말아야 하는 것 중 하나는, 유석이 '이름'을 부여하고 있는 사람이 '강주 형'과 '송이'뿐이라는 사실이다. 강주는 애니메이션 원화 하청으로 시작해 관련 분야에서 크게 성공한 인물이다. 하지만 강주는 사업 성공 이후에도 늘 "불안"함에서 벗어나지 못한다. 강주는 세상의 빠른 "진화 속도"를 쫓아가기 위해 세계 각지를 돌아다닌다. 하지만 강주의 여행은 자본주의적 질서에서 벗어나고자 하는 '탈주의 사고'가 아니라, 오히려 그러한 시스템 속에서 이탈하지 않으려는 "불안"하고 혹독한 자기 갱신에 다름 아니다. 강주의 회사로 복귀한 유석 역시 국가/자본의 질서 속으로 귀환할 수밖에 없는 현대인의 상투적 운명과 다르지 않다. 하지만 송이의 삶은 유석이나 강주와는 다르다. 유석이 자본의 시스템 속에 투항함으로써 '성공'이라는 이름을 성취하고자 하는 인간형이라면, 송이는 자본의 시스템 속에서 살아가면서도 그것의 외부를 상상하는 새로운 인간형이기 때문이다.

송이의 신문 인터뷰 중에 "아니마"라는 말이 나온다. 주체의 "생동감" 넘치는 생의 설계("아이디어 드로잉")란 국가/자본의 메커니즘에 투항하지 않는 자기 "표현"에서부터 시작될 수 있음을 함축한 표현이다. 여기에는 성공을 위해 남성(국가/자본)의 질서 속에 자신을 투영하는 아니무스 콤플렉스에 대한 거절의 의미가 담겨 있다. 허나 이러한 생의 의지란 특별한 삶에서 발견되는 것이 아니라, 오히려 우리 삶의 "반복"적인 일상 속에서 발현될 수 있다. 물론 정미경 작가는 이것만이 '옳은 삶'이라고 말하지는 않는다. 송이의 그림책 속에서 드러나는 것처럼, 어쩌면 이러한 노력은 "번번이 실패로 돌아"갈 수밖에 없을지도 모른다. 그러나 황량하고 건조한 도심의 한가운데에서도, 자기 삶에 창조적인 "색"을 입히고자 하는 노력을 포기하지 않는다면, 아주 조금씩, 아주 조금씩이라도 우리 삶은 따뜻해질 수 있지 않을까.

선릉 산책

정용준

—

2009년 현대문학 신인상으로 작품 활동 시작.
소설집에 『가나』 『우리는 혈육이 아니냐』,
장편소설로 『바벨』이 있음.

선릉 산책

1

　　은색 세단이 약속 장소인 선릉역 근처 카페에 도착한 시각은 오전 9시였다. 9시에 만나기로 했는데 1분의 오차도 없었다. 정확하군. 그게 그들을 본 내 첫인상이었다. 뭔가 분명하고 단호하고 에누리 없는 하루가 될 것 같은 예감도 함께 들었다. 흰색 블라우스에 남색 스커트를 입은 중년의 여자가 꼬챙이처럼 가늘고 긴 남자의 팔목을 붙잡고 뒷좌석에서 내렸다. 불안정한 자세로 서서 11시 방향으로 시선을 고정하고 있는 남자는 나보다 한 뼘 정도 키가 컸고 몸무게는 60킬로그램도 나가지 않을 것 같았다. 스무 살이라고 알고 있었지만 얼굴만 놓고 보면 나이가 가늠되지 않았다. 무구한 표정은 기형적으로 몸만 빨리 자란 어린이의 것이었지만 그을린 팔뚝에 붙은 잔 근육이나 새 부리처럼 툭 튀어나온 목의 울대뼈, 푹 꺼진 뺨과 눈가의 주름들로 봐서는 내 또래였다. 여자는 이력서를 꼼꼼히 읽어보더니 고개를 가볍게 두어 번 끄덕거렸다. 그리고 깔끔한 손놀림으로 두 번 접어 핸드백에 집어넣고 말했다.

　　말씀드렸던 것처럼 여섯 시까지 돌봐주시면 됩니다. 노파심에 한 가지만 부탁드리면 다치지 않도록 해주세요. 가끔 자해를 하는 아이입니다.

그녀는 남자의 뒤통수를 쓰다듬었다. 저게 문제의 헤드기어군. 막상 눈으로 확인하니 꽤 당황스런 모습이었다. 한여름 서울 시내 한복판에서 헤드기어를 쓴 남자와 하루 종일 돌아다니는 그림이 쉽게 그려지지 않았던 것이다.

그리고 밥이랑 간식은 이걸로.

여자는 내 손바닥에 체크카드 한 장을 올렸다. 그때, 남자가 바닥에 침을 뱉었다. 조용히 뱉은 것도 아니고 일부러 소리 내 세게 뱉어야만 가능한 퉤, 소리가 났다. 여자와 나 사이에 정적이 흘렀다. 그녀는 동요 없이 오른쪽에 메고 있던 핸드백을 왼쪽으로 고쳐 메며 말했다.

우진 씨에게 들으셨죠? 애가 침을 뱉어요. 다른 뜻은 없고 그냥 습관 같은 거예요.

여자는 무슨 말을 더 하려다 손목을 꺾어 시간을 확인했다. 미간 사이 가늘고 긴 주름이 한 줄 잡혔다. 바빠 보였다. 그녀는 부탁한다는 짧은 인사와 함께 남자의 등을 두 번 두드리고 차에 탔다.

2

여자는 가고 남자와 나는 남았다. 사람들 없는 곳으로 돌아다녀. 형의 말이 떠올랐다. 어딘가로 가야 한다. 그런데 이 친구를 어떻게 움직이지? 그는 내 쪽으로 눈길 한번 주지 않고 다섯 걸음 정도 뒤에 서서 몸을 꼬아 댔다. 발끝으로 계속 바닥을 두드리며 패턴을 파악하기 힘든 복잡한 형태로 머리를 움직였다. 가늘게 찢어진 쌍꺼풀 없는 눈. 입은 조그맣고 윗입술이 약간 말려 올라갔다. 목까지 단추를 채운 초록빛이 도는 체크무늬 반팔 셔츠와 베이지색 칠부 팬츠. 네이비 스니커즈. 복숭아뼈 밑으로 라인이 내려간 발목양말까지 나무랄 데 없는 깔끔한 패션이었다. 한눈에 봐도 극진한 보살핌을 받고 있다는 것을 알 수 있었다. 하지만 머리에 쓴 헤드기어와 무거워 보이는 보라색 백팩은 아무리 봐도 이상했다.

시각은 9시 15분. 남은 시간 8시간 45분. 행인들이 손그늘로 얼굴을 가리며 걷다 한 번씩 우리를 쳐다본다. 시선에 담긴 호기심과 의아함, 무슨 상황인지 파악하려고 빤히 쳐다보는 그들의 관심이 부담스럽다. 일단 걸어야 한다. 앞서 걸으면 그가 따라올 것이다, 라고 기대한 것은 아니지만 그래도 앞서 걸어봤다. 그는 꼼짝도 안 했다. 나는 어떻게 해야 할지 몰라 멀뚱히 서 있다가 우진 형이 준 쪽지를 꺼내 펼쳤다.

한두운.

사람들이 없는 곳으로 다닐 것. 공원이나 한적한 동네 골목이나 작은 놀이터 같은 곳도 좋음.
오후에는 동네 어디에도 사람들이 별로 없음.

대소변은 스스로 해결하지만 밥을 먹을 땐 옆에서 도와줘야 함. 식탐이 많음.

가끔 소리를 지르거나 도로변에 드러눕는 경우가 있음. 그럴 땐 달래거나 말을 걸지 말고 무조건 완력으로 일으켜 세워야 함. 혼을 내서 소리를 지르지 못하게 하는 것도 좋은 방법.

침을 자주 뱉음. 사람들이 절대 이해해주지 않음(이것 때문에 몇 번이나 싸울 뻔했음).

계속 말을 걸어주면 친해질 수 있음(혼잣말을 하게 될 것임).

친해지자. 말을 걸어야 해. 두운 씨, 가고 싶은 데 없어요? 답이 없다.

내 쪽을 보지도 않는다. 민망했지만 계속 말을 걸었다. 나중엔 응답 없는 대상에게 계속 말끝을 올리는 게 이상해서 혼자 말하고 혼자 답했다. 많이 덥죠. 에어컨이 있는 곳으로 가고 싶은데 거기엔 사람이 많으니까 안 되겠죠. 밥은 먹었나요? 나는 아직 안 먹었는데. 나중엔 생각나는 대로 아무 말이나 했다. 평일엔 뭐해요? 아, 특수학교에 다닌다고 했지. 우진 형과는 뭐했어요? 잘해줬어요? 근데 좀 이상하죠. 친절한데 약간 귀찮죠. 약간의 변화가 보였다. 그가 몸을 내 쪽으로 돌리고 귀 기울이고 있었다. 그럼 나는 저쪽으로 갑니다. 빠른 걸음으로 걸어갔다. 그는 난처한 듯 우물쭈물대더니 마침내 발을 뗐다.

큰 건물이 없는 방향으로, 길이 좁아지는 쪽을 향해, 우리는 걸었다. 점차 사람도 줄고 자동차도 보이지 않았다. 동네로 들어갈수록 주위는 고요해졌다. 우리는 그림자가 지는 벽 쪽에 바짝 달라붙어 걸었다. 한두운은 세 걸음쯤 뒤처져 종종걸음으로 뒤따라오며 무엇을 보는지 알 수 없는 애매한 곳에 눈이 팔려 있었다. 그러다 갑자기 걸음을 멈추면 스텝이 꼬여 속도가 줄어든 팽이처럼 양옆으로 흔들리곤 했다. 그게 재미있어 그렇게 몇 번 반복했는데 그때마다 그는 춤을 추듯 흔들렸다. 왜 이러는지 영문을 모르겠다는 표정으로.

두 시간쯤 걸었을까. 9시 54분. 믿기지 않는군. 30분 지났다니.

3

선릉역에 선릉이 있다니. 선릉이 있으니까 선릉역도 있는 것이겠지만 나는 이 사실이 낯설었다. 도시의 비밀 하나를 발견한 것 같았다. 우리는 선릉과 정릉이 함께 있는 선정릉이라는 곳으로 걸어갔다. 매표소 직원이 남자의 목에 걸린 표식을 보더니 말없이 고개를 끄덕이며 그냥 들어가라는 신호를 줬다.

한두운은 여기가 마음에 드는 눈치다. 내내 멍하고 밋밋했던 표정에 활기가 생겼다. 성큼성큼 걸어 성종대왕의 무덤이 있는 언덕까지 단숨에 올라갔다. 그는 커다란 봉분이 마치 덩치 큰 초식 공룡이라도 된다는 듯 경이로운 눈으로 바라봤다. 그러다 접근을 금하는 펜스를 훌쩍 넘어 안으로 들어갔다. 나는 펜스 앞에 서서 다급하게 말했다. 들어가면 안 돼요. 두운 씨. 빨리 나와. 나오라고. 그는 듣는 척도 안 하고 무덤 주위를 활보하며 무인석과 문인석 사이를 돌아다녔다. 특히 동물 조각에 관심이 많았다. 손가락으로 톡톡 만지거나 부드럽게 쓰다듬었다. 석호 앞에서 으르렁거렸고 석양의 이마를 쓰다듬었으며 석마 앞에서는 우물쭈물했다. 올라탈지 말지를 고민하는 것 같았다. 그러다 단정하게 무릎을 꿇고 앉아 말 머리를 밑에서 올려다보며 씩 웃었다. 나는 그의 팔목을 붙잡고 겨우 밖으로 끌고 나왔다. 그게 뭐가 그렇게 좋은지 이해가 되지 않으면서도 한편으론 좋아하니까 나도 좋았다. 어쩐지 일이 잘 풀리고 있다는 느낌을 받았다. 일을 무척 잘하고 있는 것 같은 순조로운 기운이 느껴진달까. 일곱 시간 남았다.

우리는 돌길을 걸었다. 이것은 참도입니다. 죽은 왕이 이용하는 신도와 살아 있는 왕이 이용하는 어도로 나뉘죠. 나는 팸플릿을 펼쳐 안내문을 읽고 가이드를 하기 시작했다. 왼편은 혼령이 걸어가는 신성한 곳이라 올라가면 안 되고 우리는 오른편으로 걸어야 해요. 아니. 아니. 거기가 아니라 여기라고요. 한두운은 신도 위를 걸었다. 내려와요. 두운 씨. 내려와. 내려오라고. 그는 걸음을 멈추고 삐딱하게 서 있다가 신도 위에 침을 뱉었다. 이해하려 해도 도저히 이해가 안 됐다. 볼 때마다 불편했고 기분이 나빠졌다. 나는 낮은 목소리로 말했다. 침 뱉지 마. 그는 내 눈을 물끄러미 보며 보란 듯 침을 연달아 두 번 뱉었다. 퉤퉤, 하는 그 소리는 창문을 깨는 두 발의 쇠구슬처럼 마음의 안쪽을 강하게 타격했다. 관자놀이를 지나는 맥박이 거세게 뛰었다. 귓가에서 툭툭, 소리가 들릴 정도였다. 나는 말없이 그를 노려봤다. 그는 처음엔 눈길을 받아 마주 쳐다보더니 이내 눈을 피했다.

그때 두 무리의 사람들이 걸어왔다. 한쪽은 일본인 관광객들이었고 다른 한쪽은 색색의 등산복을 유니폼처럼 맞춰 입은 것으로 미루어보아 등산동호회처럼 보였다. 나는 한쪽으로 비켜서며 말했다. 두운 씨. 내려와요. 그는 움직이지 않았다. 손목을 잡아끌었지만 신도에서 겨우 어도로 내려왔을 뿐 그 이상은 꼼짝도 안 했다. 도리어 힘을 주고 팔을 비틀어 손을 빼냈다. 사람들은 두 갈래로 나뉘었다. 우리는 그 사이에 끼어 오도 가도 못하고 잠시 서 있어야 했다.

그 시간은 아주 잠깐이었다. 15초? 20초? 길어도 30초가 넘지 않았을 것이다. 하지만 그 시간은 느리게 지나갔다. 누군가 이 장면에 의도적으로 슬로모션을 건 것처럼 표정과 눈빛, 수군거리는 소리까지 명징하게 감각됐다. 그들은 한 명도 빠짐없이 헤드기어를 쓴 남자의 얼굴을 쳐다봤다. 한두운은 경계선 위에 떠 있는 얇은 막처럼 그 사이에서 희미하게 진동했다. 열 개의 발가락을 안쪽으로 오므려 당기느라 그의 스니커즈 신발 등이 불룩하게 올라왔다.

한두운의 몸이, 꼿꼿이 서 있던 느낌표 같은 몸이, 물음표처럼 구부러졌다.

이틀 전 우진 형에게 문자가 왔다.

토요일 9시부터 6시. 아이 돌보기. 할래?

뭔데 시급이 만 원이야?

힘든 일은 아닌데 그 정도 받을 만해.

아이 보는 일을 내가 어떻게 해?

보통 아이가 아니야.

　　설명을 듣고 거절했다. 형은 당황하는 눈치였다. 하루에 9만 원을 벌 수 있는 매력적인 알바라 할지라도 정체불명의 일을 할 순 없었다. 유연함과 융통성이 부족한 나는 어떤 일을 해도 쉽게 적응하지 못했다. 해야 할 일과 하지 말아야 할 일 사이의 변수를 캐치하지 못했고 설명을 들어도 이해가 안 됐다. 하물며 해보지 않은 일, 미심쩍은 일이라니 못 할 게 뻔하다. 형은 설득했고 나중엔 간절한 목소리로 부탁했다. 절대로 놓쳐서는 안 되는 주말 알바인데 이번 주에 일이 있어 할 수 없는 상황이라 혹 다른 사람에게 이 일이 넘어갈까 봐 걱정된다는 것이었다.

　　그런데 왜 나야?

　　네가 지금 마땅히 하는 일도 없는 것 같고…… 아닌가?

　　계속 말해.

　　그리고 내 주위에 너만큼 우직하고 착한 캐릭터가 없거든.

　　그 말이 잘 이해되지 않았지만 무슨 말을 더 물어봐야 할지 몰라 잠시 가만히 있었다. 형이 말했다.

　　그리고 이게 어려운 일은 없는데 아무래도 사람 상대하는 일이라 짜증 나는 일이 많아. 애가 좀 특별하잖아. 이상한 놈들한테 맡기면 나쁜 일 많이 당할 거야.

형은 잠깐 생각해보는 눈치더니 계속 말했다.

콜라에 수면제 타서 하루 종일 재우는 놈도 있고 집에 데리고 가서 방에 가둬놓고 자기 할 일 하는 놈도 있어. 아예 못 움직이게 줄로 묶어놓고 기저귀를 채우거나 일회용 우산 비닐을 성기에 씌워 눕혀놓는 새끼들도 있다고 들었어. 화장실 데리고 다니는 것도 귀찮다 이거지. 그렇게 방치하고 지 할 일 다 하면서 돈은 돈대로 받고 말이야. 부모들은 모르지. 애가 설명을 못 하는데. 그래서 아무한테나 맡기면 안 돼. 하루만 나를 봐서라도 도와줘. 그냥 하루만 같이 있어줘. 어디를 가도 되고 그냥 앉아만 있어도 되는 거고.

우진 형은 어디를 갔을까? 무엇을 했고 무슨 이야기를 했을까? 짐작이 되지 않는다. 한두운은 평생 나 같은 사람들을 몇 명이나 만났을까. 그의 토요일과 일요일이 궁금하다. 집에서의 모습과 방의 풍경. 그런 것들을 상상해봤는데 어째서인지 금세 마음이 안 좋아졌다.

그는 딱딱하게 굳은 몸을 벤치 위에 살짝 걸치고 앉아 희미하게 아아, 소리를 내며 손가락을 미세하게 움직였다. 이따금씩 주먹으로 헤드기어를 툭툭 때리기도 했다. 나는 벤치 끝에 멀찍이 떨어져 앉아 앞을 바라봤다. 높은 곳에서 아래로 내려다보이는 풍경이 그럴듯했다. 완만한 언덕을 뒤덮은 잘 정돈된 잔디가 부드러운 물결이 이는 강물을 연상케 했다. 두운 씨는 무슨 생각 해? 그는 내 말에 전혀 귀 기울이지 않고 고개를 옆으로 비스듬히 기울이고 혼령이 걷는 돌길을 물끄러미 보고 있었다. 마음과 감정을 파악할 수 없는 미지의 표정이었다. 죽은 왕이 걷고 있나요? 농담으로 한 말인데 말하고 나니 소름이 끼쳤다. 그의 시선이 움직이는 물체의 궤적을 좇듯 길을 따라 서서히 움직였기 때문이다. 그는 검지를 들어 허공에 그림을 그렸다. 공중에 물로 그린 그림 같은 투명한 도형이 생겼다가 사라졌다. 그의 눈에는 혹시 그런 것이 보이는 걸까? 눈에 보이지 않는 것들이나 죽은 것들 아니면 형상이 없는 것들. 그렇게 생각하고 보니 무덤 주위를 걷는 그의 좀비 같은 움직임이 몽유병 환자의 그것처럼 보였다. 어딘가에 영혼을 두고 텅 빈 육체로 산책하러 나온 꿈꾸는 남자. 깨고 나면 모두 사라질 길과 풍경 속을 휘청휘청 걷는 자의 시적인 하루 같은. 물론 지나친 망상이겠지만.

그나저나 5시간 30분 남았다. 이젠 뭘 해야 할까. 두운 씨. 뭐할까? 응? 뭐라고? 집에 가고 싶다고? 나도. 집에 가고 싶다 정말. 그 순간 한두운은 고개를 돌려 나를 똑바로 쳐다보고 말했다. 그가 대답할 것이라고는 상상조차 못 했기에 깜짝 놀랐다. 다시 물었다. 뭐라고? 그가 분명하고 또렷한 발음으로 말했다.

밥.

밥?

나는 어이가 없어 웃고 말았다.

그래. 그래. 밥. 생각해보니까 밥을 안 먹었네.

그는 그걸 이제 알았냐는 듯이 인상을 찌푸리며 자리에서 일어났다. 우리는 선정릉 근처에 있는 일식집에 들어갔다.

5

어쩌지?

밥 먹는 한두운을 보며 계속 그 생각만 하는 중이다. 처음엔 옆에 앉아 어떻게든 통제해보려고 했으나 포기하고 말았다. 음식을 뺏거나 포크 든 손을 잡으면 흥분하며 소리를 질렀다. 손으로 돈가스를 통째로 들고 뜯었고 목덜미와 셔츠로 흘러내리는 소스와 국물을 닦아낼 생각은 없어 보였다. 입속에 음식이 가득 차 있으면서도 음식을 집어넣었다. 들어가지 않으니 욱여넣으려 괴성을 질렀다. 그리고 곧바로 구역질을 했다. 나는 통제하는 것을 포기하고 멍하게 지켜만 봤다. 음식점에 있는 사람들이 모두 우리 쪽 테이블만 바라보고 있었다. 처음엔 난감한 얼굴로 부탁을 하던 점원이 냉소적인 태도를 보이며 조용히 시켜달라고 거듭 요청했다. 나는 어쩔 수 없이 그의 손에서 음식을 빼앗고 접시를 치웠다. 한두운은 바닥에 누워 더 크게 소리 질렀다. 나는 그 옆에 쪼그리고 앉아 제발 조용히 좀 하라고 거의 울듯 애원했다. 하지만 그는 멈추지 않았다. 어쩔 수 없이 겨드랑이 안쪽에 손을 집어넣고 들어 올리는 척하면서 강하게 꼬집었다. 그의 몸이 순간적으로 달팽이 더듬이처럼 위축됐다. 놀란 눈을 하고 잠잠해졌다. 우리는 서둘러 음식점을 빠져나왔다.

배부른 한두운은 다시 소심한 아이였다. 여전히 침을 뱉고 한 번씩 얼굴을 때리기는 했지만 가벼운 수준이었고 이젠 제법 내 뒤를 알아서 잘 따라왔다. 하지만 나는 방금 전의 사태로 인해 정신이 반쯤 나간 상태였고 마음속의 여유와 온기가 절반으로 줄어든 상태였다. 한두운은 아무 일도 없었던 것처럼 순진한 표정으로 담벼락의 얼룩에 눈이 팔려 있었다. 그는 어떤 사람일까. 단순하게 생각하려 해도 간단히 정리되지 않았다. 침을 뱉고 식탐을 부리며 소리를 지르는 인격과, 사람들을 피해 몸을 움츠리고 긴장하고 신도를 응시하며 손가락으로 허공에 그림을 그리는 인격은 완전히 다른 존재처럼 느껴졌다.

그에게도 '자아'라고 하는 것이 있을까.

모르겠다. 네 시간 남았다. 어디를 갈까 고민하다가 다시 선정릉으로 향했다. 방금 전의 사태 때문에 사람이 많은 대로로 걸어갈 용기가 나지 않았다. 입구에서 한두운의 걸음이 멈췄다. 목줄이 풀린 치와와가 서 있었다. 그는 순식간에 얼굴이 굳어졌고 표정에는 두려움이 보였다. 두 귀가 쫑긋 솟은 개는 이빨을 보이며 짖어댔다. 주인으로 보이는 젊은 여자가 10미터쯤 떨어진 곳에 서서 형식적인 목소리로 하지 마, 하지 마, 라는 말만 반복했다. 나는 남의 개에게 욕을 할 수도, 발로 찰 수도 없어서 잠시 가만히 있었다. 그는 뒷걸음을 치며 내 뒤로 숨었다. 그가 느끼는 두려움이 흡수되듯 어깨와 팔에 고스란히 전해졌다. 주인이 있는 쪽을 슬쩍 봤다. 여자는 핸드폰에 정신이 팔려 있었다. 나는 빠른 속도로 발을 뻗어 개의 뒷다리를 걷어찼다. 치와와는 킹, 하고 비명을 지르고 등을 돌려 주인에게 돌아갔다. 한두운은 그것이 무척 마음에 들었던 것 같다. 한참 동안 뚫어지게 나를 쳐다보더니 대뜸 내 손을 잡았다.

　　그는 손을 놓을 생각이 없는 걸까. 빼보려 손을 비틀고 힘을 주면 그쪽에서도 반대 방향으로 손을 비틀고 비슷한 크기의 힘을 줬다. 별수 있나. 잡고 걸어야지. 선정릉 둘레길엔 노인들이 많았다. 국적을 알 수 없는 기이한 패션의 할머니는 펠리컨처럼 양팔을 퍼덕이는 체조를 했고, 잘 차려입은 노신사는 유모차를 앞에 놓고 벤치에 앉아 책을 읽었다. 정자 아래 아저씨 둘이 마주 앉아 장기를 두고 있었는데 우리는 그 옆에 멀찍이 떨어져 앉았다. 종아리가 아팠고 손바닥에 자꾸만 땀이 고여 손을 닦고 싶었다. 나는 주머니에서 뭔가를 꺼내는 척하며 빠르게 손을 뺐다. 한두운은 자신의 손과 내 손을 번갈아 쳐다본 후 허리를 꼿꼿이 펴고 앉아 앞을 바라봤다. 초(楚) 쪽에 앉은 아저씨가 쥐고 있던 포(包)를 판에 내려놓고 한두운을 쳐다봤다. 한(漢) 쪽에 앉은 아저씨도 양팔을 기둥 뒤로 감은 채 신기한 듯 헤드기어를 봤다. 그러더니 흥미를 보이며 한두운 쪽으로 슬금슬금 다가와 말을 걸었다. 뭐하는 사람이야? 한두운은 눈썹 하나 움직이지 않고 정면만 봤다. 아저씨는 응? 응? 하며 계속 말을 걸었다. 그리고 내 쪽으로 고개를 돌리며 되물었다. 응? 나는 귀찮고 번거로워 낮게 답했다. 그러지 마세요. 아저씨는 갑자기 언성을 높이며 말했다. 내가 뭐? 응? 불쑥 짜증이 치솟았다. 다른 아저씨는 어느새 한두운 앞에 서 있었다. 그리고 진지한 표정으로 손바닥이 위로 보이게 내밀며 말했다. 복싱. 복싱. 외국인에게 말하듯 단어 하나에 발과 팔을 모두 동원했다. 한두운은 스르르 자리에서 일어섰다. 그리고 두 발을 벌리고 자세를 살짝 낮추더니 펀치 두 개를 날렸다. 더할 나위 없이 깔끔한 원투였다. 나무 배트에 잘 맞은 안타 같은 두 번의 경쾌한 소리가 산책로에 탕탕 울렸다. 그리고 한두운은 다시 자리에 앉았다. 아저씨들은 처음에 깜짝 놀라 멍하게 한두운을 쳐다봤다. 그리고 보란 듯 내게 이빨을 보이며 웃었다.

6

권투 했어요?

한두운은 새침한 표정을 하고 앞만 보고 있었다. 우거진 나무 틈으로 햇빛이 들어왔다 말았다 했다.

야, 너는 왜 밥 말고는 다른 말을 안 해?

그는 아랫입술을 쭉 내밀고 눈을 가늘게 뜨며 어깨를 움직였다. 어딘지 불편해 보였다. 자꾸만 어깨끈과 허리끈을 만지작거렸고 아아, 소리를 내며 헤드기어를 주먹으로 톡톡 때려댔다. 허리끈의 플라스틱 버클을 풀고 가방을 벗겨줬다. 가방은 무거웠다. 바닥에 내려놓을 때 진동이 느껴질 정도였다. 지퍼를 열어 안을 확인했다. 물병 세 개. 양장된 책이 일곱 권. 2킬로그램짜리 분홍색 아령도 한 개 들어 있었다. 책은 오래된 판형의 한국문학전집이었는데 이름 순서대로 책장에서 빼서 집어넣은 듯했다. 그 순간 우진 형에게서 전화가 왔다.

어디야?

선정릉.

하, 역시 너는.

역시 뭐.

아냐. 열심히 한다고. 잘 놀아주는 것 같아 마음이 놓이네.

전화 너머로 침대에서 느긋하게 뒹굴며 담배 연기를 내뿜고 있는 듯한 분위기가 느껴졌다. 그 옆에 희미하게 여자 목소리도 들리는 것 같았다.

형. 애 복싱 했어?

글쎄. 사모님한테 듣기론 애한테 도움 될까 싶어 안 시켜본 게 없다고 하던데. 정서 안정되라고 검도도 시켰다고 들었거든. 모르지 뭐. 권투도 했을지. 왜? 애가 누굴 때렸어?

아냐. 그런데 사모님이라는 사람 말이야. 애 학대해?

학대라니?

가방 봤어?

아, 그거. 네가 생각하는 그런 거 아냐. 그것도 다 가슴 아픈 사연이 있단다. 밖에서 힘을 많이 빼야 집에 들어가면 바로 잠들거든. 그러면 사모님이 엄청 좋아하셔서. 운동이라 생각하면 돼. 그리고 애가 불안해하니까 뒤에서 무거운 걸로 눌러주면 안정도 느끼고 여러모로 좋아.

형은 내 목소리에 스민 의구심을 읽었는지 이 말 저 말로 달래려 했다. 주로 보호자의 고충에 포커스를 맞춘 내용이었다. 그 여자는 한두운의 엄마도 아니고 이모라고 했다. 자기 아들도 아닌데 아들처럼 키운다고 대단한 사람이라고 했다. 우리는 그녀의 마음을 절대로 헤아릴 수 없다는 식의 설명이었다. 나는 말없이 가만히 있었다. 형은 한마디 더 하고 끊었다.

대충 해. 날도 더운데.

가방을 벗은 한두운은 어깨를 안으로 수그리고 앉았다. 직전까지 장대처럼 꼿꼿하게 몸을 펴고 있던 것과는 다른 자세였다. 들릴락 말락 한 소리로 호흡하다가 한 번씩 길게 숨을 뱉었다. 그가 나를 쳐다보며 아아, 소리를 내며 주먹으로 자신의 얼굴을 툭툭 쳤다. 왜 자꾸 그러는 거야, 라고 말리려는 순간 뭔가 깨달았다. 자해를 하는 것이라면, 화가 난 것이라면, 저렇게 힘없이 아아, 하지 않을 거라고. 악악! 소리 지르며 샌드백 두드리듯 때리겠지.

한두운을 데리고 장애인 화장실로 들어갔다. 목에 걸린 표식과 헤드기어를 벗겼다. 두 뺨이 빨갰다. 땀띠가 볼에 퍼져 있었고 좁쌀 같은 염증도 있었다. 헤드기어를 손에 들고 잠시 아무것도 못 하고 멍하니 서 있었다. 그의 얼굴을 제대로 봤다. 물기 없이 마르고 까만 작은 씨앗 같았다. 머리카락은 군데군데 눌리고 뭉쳤는데 곳곳이 동전 모양으로 하얗게 세어 있었다. 나는 그의 목덜미를 부드럽게 잡고 손우물을 만들어 물을 담아 뺨에 끼얹었다. 물이 닿을 때마다 그는 주먹을 꽉 쥐었다. 두 개의 주먹이 익은 열매처럼 빨갰다. 다 했어요. 다 했어요. 나는 아이를 달래듯 최대한 부드럽게 말했다. 그는 씻는 내내 순응적이었고 아무 소리도 내지 않았다. 세면대에 물을 틀고 흐르는 물에 손을 집어넣고 가만히 있을 뿐이었다. 화장지를 풀어 손수건 크기로 접어 조심스럽게 톡톡 찍어 물기를 닦아냈다. 이마와 목덜미에 눈가루처럼 휴지 조각이 묻었다. 헤드기어의 안쪽을 화장지로 닦아낸 후 이것을 어떻게 할까, 고민하다가 가방에 집어넣고 어깨에 걸쳤다. 더우니까 잠깐만 벗고 있어요. 절대로. 나쁜 짓 하면 안 돼요. 알겠지요? 나는 어루만지듯 그의 둥근 이마에 붙은 젖은 머리카락을 살짝 떼어낸 뒤 그 사이로 손가락을 넣어 가볍게 흔들어줬다.

7

한두운의 발걸음이 경쾌하고 빨라졌다. 주위를 두리번거리며 주변을 살폈다. 그러다 뭔가를 지시하기 시작했다. 손가락이 가리킨 것을 보면 별것도 아니었다. 잡은 벌레에 줄을 감고 있는 거미였다. 그것을 시작으로 계속 뭔가를 보여줬다. 나는 그것들이 왜 인상적인지 도무지 알 수 없었다. 버려진 매듭. 돌 위에 올려져 있는 돌. 한쪽이 부서진 이어폰. 깨끗하게 속이 텅 빈 매미의 허물 앞에서는 오랫동안 앉아 있었다. 그는 그것이 정말 신기한 것 같았다. 갑자기 말을 했다.

매미.

매미를 매미라고 했을 뿐인데 나는 정말로 놀랐다. 그는 멀뚱히 나를 쳐다보며 고개를 살짝 옆으로 꺾으며 일어섰다. 그것도 몰랐냐는 듯 오만한 표정이었다. 한번 말문이 트이자 멈추지 않았다. 녹음된 음성 파일이 재생되듯 그는 일정한 리듬과 운율로 말했다. 시의 한 구절 같기도 했고 멜로디 변화가 없는 노래 같기도 했다. 작게 웅얼거려 정확하게 들을 순 없었지만 나무들의 이름을 말하고 있었다.

오리나무.

그 말을 할 때 마침 나무에 표식이 있길래 확인해봤는데 정말이었다. 오리나무였다.

정말이야? 알고 말하는 거야?

그는 내 질문에는 답하지 않고 열 걸음 정도 앞서 걸으며 계속 나무의 이름을 말했다. 화살나무. 자귀나무. 전나무. 그는 나무가 친구라도 되는 듯 편하고 부드럽게 이름을 불렀다. 이게 가능한가? 나는 한두운의 뒤를 따라가며 '자폐', '정신지체'라는 단어를 검색했다. 연관 검색어로 나온 '천재 자폐'와 '서번트 신드롬'도 함께 검색했다. 사례가 다양했고 그것과 관련된 지식이 없어 잘 이해할 순 없었지만 어쨌든 가능하단 소리였다. 피아노를 잘 칠 수도 있고, 그림을 잘 그릴 수도 있으며, 암기력이 뛰어날 수도 있었다. 나무 이름을 많이 아는 것은 그것들에 비해 더 대단한 것인가 아닌가. 모르겠지만 어쨌든 그 목소리는 듣기 좋았다. 고저가 거의 없는 단조로운 음성이었는데도 감정이 담겨 있었다. 유리병에 반쯤 담긴 물이 계속 찰랑거리는 소리 같은 반복과 희미함. 그러다 갑자기 말을 멈추고 멈춰서서 손가락으로 뭔가를 가리키며 내가 봐주기를 원했다. 역시나 특별한 것 없었다. 부러진 안경다리 한쪽, 흙 속에 반쯤 파묻힌 자주색 털모자 같은 것들이었다. 내가 그것을 확인하면 그는 다시 만족스런 표정으로 앞서 걸어갔다.

반시계 방향으로 걷는 사람들은 시계 방향으로 걷는 우리들과 마주쳤다. 산책하는 남자, 조깅하는 여자, 팔짱을 끼고 한 몸처럼 걷는 연인, 제자리에 멈춰 서서 어디로 가야 할지 고민하는 외국인, 혼잣말을 하며 화내고 우는 정체불명의 노인. 그들을 마주칠 때마다 한두운은 입술을 다물고 긴장했다. 눈을 가늘게 뜨고 상체를 양옆으로 움직였다. 그러다 재빨리 한 걸음 한 걸음 비켜서며 힘겹게 앞으로 나아갔다. 그들과 몸이 닿으면 당장 목숨을 잃게 되는 게임이라도 하는 플레이어처럼 신중했다. 가벼운 스텝, 리드미컬하게 왼쪽 오른쪽으로 유연히 움직이는 상체. 홀로 진지했고 혼자 애쓰고 있었다. 마치 링에 서서 부지런히 발을 움직이며 분투하는 아웃복서 같았다. 나비처럼 날아 벌처럼 쏴야 하는. 나는 무심결에 단어 하나를 입 밖으로 꺼냈다.

파피용.

그는 걸음을 멈추고 잠시 뒤를 돌아봤다. 파피용이라니, 얼마 만에 발음해보는 불어인가. 프랑스어과를 졸업했으면서 간단한 단어 하나 말하는 것도 이렇게 낯설다니. 그땐 프랑스, 하면 막연히 멋있었지. 불어를 공부하고 말할 줄 아는 사람이 되면 더 멋있을 것도 같았고. 그게 뭔지 몰라도 남들과는 다른 미래가 열릴 거라고 생각했다. 뭐랄까, 프랑스적인 미래랄까. 에펠탑처럼 예쁘고, 푸른 눈동자를 마주 보며 빵을 자르고, 샹송이 울려 퍼지는 거리를 걷는 여유롭고 고급스러운 삶. 아니면 프랑스와 관계된 어떤 삶. 이를테면 프랑스와 무역을 하거나 그 나라 책을 한국어로 번역하는 사람 정도는 될 줄 알았다. 파리 8대학이니 9대학이니 하는 곳에서 공부하는 모습을 상상하기도 했다. 하지만 나는 졸업 후에 영어 학원 강사를 했고 나중에는 초등학생 보습 학원에서 국어와 수학도 가르쳤다. 그 일을 하기 위해 국어 문법과 수학 공식을 다시 공부해야 했다. 그것도 쉽지 않았다. 뭘 해도 나는 함께 일하는 사람들과 갈등이 생겼다. 답답하다. 꽉 막혔다. 이런 말을 늘 들어왔다. 프랑스어를 공부한 사람이 왜 이렇게 유연하지 못하냐고 쓴소리도 많이 들었다. 불어와 유연함의 연관성을 고민하다 보면 어느새 나는 일을 그만둔 뒤였다. 그리고 지금은 보습 학원에서 함께 일했던 우진 형의 땜빵으로 일당 9만 원짜리 알바를 하고 있는 것이다.

나는 한두운과 나란히 걸었다.

내가 대학에서 프랑스어를 공부했어. 불어 알아요? 봉쥬? 사바.

그는 곁눈으로 쳐다볼 뿐 별다른 반응을 보이지 않았다.

암튼 그런 걸 배웠는데. 내가 프랑스어과 대표 권투 선수였어.

나는 자세를 낮추며 포즈를 취해 보였다. 가방 탓에 순간 몸이 휘청거렸다. 그는 살짝 놀란 듯 눈을 동그랗게 떴다.

그게 지금 생각해도 정말 어이가 없는데. 대학 체육대회에서 권투라니. 당시 학생회장이 격투기에 빠져 있어서 밀어붙인 건데 정말 끔찍했어. 눈 뜨곤 볼 수 없는 수준의 경기였거든. 그래도 경기장의 풍경은 멋졌던 것 같아. 응원도 재밌었고. 상상해봐. 러시아, 스페인, 독일, 아랍, 중국, 일본, 프랑스를 대표하는 허약한 선수들이 링에 올라서 싸우는 광경을 말이야. 국기가 휘날리고 정체불명의 어설픈 외국 응원가가 울려 퍼졌지. 프랑스어과 대표 선수는 나였어. 권투를 잘해서가 아니고 남자가 나밖에 없기 때문이었지. 원래 외국어과는 남자가 부족한데 프랑스어과는 그중 특히 심했지. 신입생이 나 포함 세 명이었으니까. 선배들은 집행부니 다 대회 준비 인력으로 빠져나갔고 출전할 남자가 없었던 거지. 신입생 중 한 명은 학교를 한 달째 나오지 않았고 또 다른 한 명은 심각한 축농증을 앓고 있었는데 마우스피스를 끼고 코를 킁킁거리더니 숨이 안 쉬어진다고 바로 포기하더군. 어쩌겠어. 내가 나갈 수밖에. 내 상대는 러시아어과였어. 딱 봐도 만만해 보이는 약골이었지. 내가 아무리 권투를 못해도 쟤는 이길 수 있겠다 싶었는데 상대도 나랑 비슷한 생각을 했나 봐. 표정에 자신감이 있더군.

순간 언덕에서 강한 바람이 불었다. 우리는 잠깐 걸음을 멈추고 허공을 봤다. 바람이 보였다. 바람이 지나가는 곳으로 나뭇잎과 모래, 이름 모를 날벌레들과 까만 비닐봉지가 함께 날렸다. 투명한 길 하나가 허공 속에 놓인 것 같았다. 한두운은 입을 크게 벌리고 혀를 앞으로 조금 내밀어 바람의 맛을 보곤 황홀한 표정을 지었다. 바람이 멎고 우리는 다시 걸었다. 나는 말했다.

팽팽한 경기였어. 팽팽하게 못했지. 수준이 비슷했으니까. 양쪽 다 서로를 다운시킬 정도의 펀치와 힘이 없어서 공이 울릴 때까지 주먹만 휘둘러 댄 거야. 한 대 때리면 한 대 맞고. 지금 생각해봐도 끔찍하다. 사실 진짜 경기는 링 밖에서 이루어졌어. 세계 타이틀 매치라도 그 정도는 안 될 거야. 열광적이고 무시무시한 응원전이었지. 서로의 별명을 연호하는 소리가 귀를 아프게 할 정도였으니까. 프랑스에서 파피용, 파피용, 하면, 러시아에서 우비짜, 우비짜, 했지. 내가 파피용이었고 상대가 우비짜였는데 결과적으로 파피용이 판정으로 졌어. 마지막에 터진 코피가 결정적이었지. 파피용이 프랑스어로 무슨 뜻인지 알아? 나비야. 나비처럼 날아 벌처럼 쏘는 알리를 염두에 둔 응원 같은데. 그게 뭐야. 권투 선수한테 나비라니. 지금 생각해보니 내가 진 건 순전히 응원 탓이야. 나중에 알게 된 사실이었지만 우비짜는 러시아말로 살인자라더군. 아…… 별명이 그 정도는 되었어야지. 나비가 뭐야. 나비가 살인자를 어떻게 이겨. 그런데 두운 씨 걷는 폼 보니까 그때 생각이 나네.

한두운은 나를 빤히 봤다. 기분 탓일까. 모르겠다. 하지만 분명 그의 얼굴에서 어떤 반응이 비쳤다. 여차하면 놓칠 뻔한 작은 미소가 고요히 떠올랐다 빠르게 사라졌다. 이 생각은 스스로 생각해도 상당한 비약이지만 나는 그가 내 마음을 꿰뚫어 본 다음에 웃은 것이라는 근거 없는 판단을 했다. 응답하는 눈빛이랄까. 그런 생각이 들자 기분이 좀 이상해졌다.

비웃어? 나는 왼손으로 잽을 날렸다. 그는 고개를 살짝 꺾어 피했다. 오른손으로 다시 잽을 날렸다. 그것도 가볍게 피했다. 이번엔 힘을 실어 스트레이트를 날렸는데 몸을 뒤로 쭉 빼더니 그것도 피하는 것이었다. 눈빛이 진지했고 주먹에서 시선을 떼지 않았다. 마치 주먹과 자신 사이에 필연적인 거리가 존재한다는 듯 예민하게 거리를 유지했다. 나는 장난기가 발동해 계속 펀치를 섞어서 마음대로 날려봤다. 그는 한 대도 맞지 않고 모든 주먹을 피했다. 어떤 시선이 느껴져 뒤를 돌아봤다. 손을 맞잡고 벤치에 앉아 있는 연인이 우리들을 쳐다보고 있었다. 그 눈이 나를 향한 것인지 한두운에게 향한 것인지 둘 모두를 향한 것인지 분간하기 어려웠다. 나는 머쓱한 기분에 주먹을 내리고 고개를 푹 숙였다.

숲 속으로 낮이 사라지고 있다. 그늘이 넓어지고 대기가 희뿌옇게 변했다. 한여름 늦은 오후가 이렇게 어두워질 수도 있나. 구름도 바람도 없는데, 태양은 저리도 맹렬한데 왜 숲은 어둡나. 나무에 등을 기대고 서 있는 한두운에게는 그림자가 없다. 윤곽선도 없고 희미한 얼룩 같은 것도 없었다. 곰곰 생각하니 걷는 내내 그림자를 본 기억이 없다. 같은 길을 돌고 또 돌았다. 선릉에서 정릉으로 정릉에서 다시 선릉으로. 한두운은 중력 없이 저항 없이 허공에 한 뼘 떠서 쭉 미끄러지듯 걸었다.

8

5시 반. 선정릉을 나와 동네를 한 바퀴 돌고 근린공원 앞 편의점 플라스틱 의자에 앉았다. 나는 이온 음료를 마셨고 한두운은 아이스크림을 먹었다. 두운 씨. 우리 이제 헤어지네, 라고 말하려다 말았다. 한두운은 고개를 숙이고 멜론 맛 아이스크림을 혀끝으로 핥고 있었다. 15분쯤 앉아 있다가 약속 장소인 7번 출구 쪽으로 갈 생각이었다. 그때 문자 메시지가 왔다. 한두운의 보호자였다.

일이 생겼어요. 세 시간만 더 봐주세요.

나는 답했다.

곤란합니다. 밤에는 약속이 있어요.

5분이 지났다. 답은 없었다. 전화를 걸었다. 받지 않았다. 3분 뒤에 다시 전화를 걸었다. 전화기가 꺼져 있었다. 나는 이 상황이 무엇을 의미하는가 싶어 메시지를 오래도록 바라봤다. 일이 생겼어요. 일이 생겼어요. 그 문장을 두 번쯤 천천히 입말로 중얼거렸다. 뭐야. 이게.

보도블록에 발을 질질 끌었다. 힘과 감정이 발바닥으로 모두 새 나가는 듯 걸을수록 조금씩 무거워지고 동시에 텅 비어가는 기묘한 기분을 느꼈다. 한두운은 엉성한 폼으로 세 걸음쯤 뒤에 서서 뒤따라왔다. 공원에서는 이상한 냄새가 났고 습한 기운이 돌았다. 낮에 벌초한 수풀들에서 나는 냄새였다. 비릿하고 과도한 풀 냄새. 짓이겨진 냄새. 숨을 크게 들이쉴 때마다 그 냄새가 코와 목구멍을 불쾌하게 간지럽혔다. 내 기분이 갑자기 달라졌다는 것을 한두운은 감지했다. 계속 곁눈으로 내 눈치를 살폈다. 나는 밑동만 남은 고목에 앉아 생각이란 것을 해보기로 했다. 이건 아니잖아. 무시하는 것도 아니고. 형에게 전화를 걸어 지금의 상황에 대해 말했다. 하지만 그는 대수롭지 않게 답했다. 밤에 급한 일이 없으면 그냥 하라는 식이었다. 그 문제가 아니라고 말하면 그럼 무슨 문제가 있냐고 태연히 물어보길래 끊어버렸다.

긴장이 풀렸다. 아홉 시간 동안 종일 걸어만 다녔다. 이제 날도 어두워지고 더 이상 갈 곳도 없는데 내가 뭘 더 할 수 있단 말인가. 그냥 약속 장소로 가서 6시에 한두운을 놓고 가버릴까? 그럴 순 없다는 생각이 곧바로 들었다. 이러지도 저러지도 못하는 상황이었다. 한두운이 갑자기 나무 이름을 말하기 시작했다. 한 번씩 내 쪽을 슬쩍 쳐다보며 눈치를 보는 것으로 볼 때 나 들으라고 말하는 것 같았다. 불쑥 짜증이 났다. 나는 소리쳤다.

조용히 해.

음성에 나 스스로도 놀랄 정도였다. 밑바닥에 분노가 깔려 있었다. 한두운은 바로 입술을 다물었다. 긴장하며 장대처럼 꼿꼿이 서서 어쩔 줄 몰라 했다. 나는 수풀의 그늘진 곳을 보며 한 번 더 말했다.

시끄럽다고.

다음 말은 겨우 삼켰다. 하지만 뱉으려고 했던 말을 한두운은 들은 것 같다. 그는 고개를 숙이고 발을 땅바닥에 비비며 고장 난 로봇처럼 끼릭끼릭 움직이더니 점점 멀어졌다. 나는 그의 뒷모습을 바라보다 고개를 돌려 버렸다. 그에게 어두운 감정을 내비친 나에 대한 희미한 수치심이 마음속에 피어나는 것이 느껴졌다. 따라갈 힘도 없고 그러고 싶지도 않았다. 나는 메고 있던 가방을 바닥에 내팽개치고 바닥에 주저앉았다.

9

정신을 차리고 보니 한두운이 보이지 않았다. 두운 씨. 두운 씨. 한두운. 야. 야. 주위를 둘러봐도 아무도 없었고 대답도 없었다. 가로등 불이 하나

둘 켜지기 시작했고 사물과 풍경을 명확하게 인식할 수 없이 주위가 어둠에 잠기고 있었다. 불안했고 걱정이 됐다. 골목으로 걸어갔을까? 아니면 큰길 쪽으로 갔을까? 아니면 다시 선정릉으로 갔나? 아니면. 아니면. 수많은 가능성 탓에 머리에 쥐가 나려고 했다. 어디에 있든 혼자 있다면 그곳은 위험한 곳이 될 것이다. 나는 정신없이 뛰어다녔다. 그런데 놀이터 쪽에 한 무리의 사람들이 몰려 있는 게 보였다. 순간, 저 한가운데 한두운이 있을 것이라는 직감이 들었다. 동시에 그가 좋지 않은 일에 연루됐을 것이라는 예상도 했다.

한두운은 그곳에 있었다. 네 명의 청소년들이 그를 둘러싸고 있었는데 딱 봐도 불량스럽고 위험해 보이는 친구들이었다. 나는 그들 틈으로 비집고 들어가 한두운 앞에 서서 사방을 둘러보며 다급하게 말했다.

무슨 일이에요. 왜 그러세요.

저 새끼가 우리한테 침을 뱉잖아요.

나는 말했다. 누구한테 말해야 할지 몰라 앞을 봤다가 오른쪽도 봤다가 고개를 돌려 뒤도 돌아보면서 말했다. 이 친구는 정상이 아니다. 그러니까 이해해달라. 침은 뱉지만 기분이 나빠서는 아니고. 그러니까 습관 같은 건데. 그 순간 한두운이 등 뒤에서 침을 뱉었다. 침은 어깨 너머로 날아가 앞에 서 있는 학생의 나이키 운동화 끈에 떨어졌다. 순간 나이키는 소리를 지르며 나를 옆으로 밀어냈다. 그리고 한두운에게 주먹을 휘둘렀다. 그는 피했다. 놀라거나 초조해하지 않는 가벼운 회피였다. 옆에 있던 퓨마와 리복도 주먹을 날렸는데 그것도 피했다. 그들은 당황하면서도 오오…… 소리를 내며 감탄을 했다. 나중엔 오기가 생기는지 힘을 실어 주먹을 뻗었다. 몇몇 사람들이 이 상황을 봤지만 아무도 도와주거나 개입하는 이들이 없었다. 다른 길로 돌아가거나 그저 서서 구경만 했다.

그네를 타고 있던 민머리 소년이 팔짱 낀 팔을 풀고 자리에서 일어났다. 발밑엔 반쯤 피우다 버린 담배꽁초가 수북했다. 그가 자세를 잡자 한두운도 자세를 잡았다. 그는 다른 애들과 달랐다. 펀치 스피드가 빨랐고 궤적도 정확했다. 제법 폼이 잡혀 있었다. 그는 이를 악다물며 깊숙하게 파고들어 펀치를 날렸다. 하지만 한두운은 아슬아슬하게 그것들을 다 피했다. 정교한 공학으로 설계된 기계처럼 위빙은 완벽에 가까웠다. 춤을 추듯 앞뒤로 빠르게 발을 움직였다. 휙휙, 어디서 나는지 알 수 없지만 휙휙, 소리가 났다. 갑자기 소년이 얼어붙듯 멈췄다. 그가 뭔가를 봤고 그가 본 것을 나도 봤다. 한두운은 가드 뒤에 숨어 엄청난 살기를 뿜으며 그를 노려보고 있었다.

소년은 갑자기 몸을 홱 돌려 가자, 라고 말했다. 친구들은 뭔가 석연치 않은 얼굴로 그를 따라갔다. 나는 이 믿을 수 없는 광경에 놀라면서도 섣불리 그에게 접근할 수 없어 곁에 서서 더듬대며 말했다. 괜찮아. 괜찮아. 한두운은 숨을 몰아쉬며 털썩 주저앉았다. 마치 줄이 끊어진 마리오네트 같았다. 그때 어둠 속에서 모래가 날아와 우리의 얼굴을 덮쳤다. 머리카락과 입술, 눈과 셔츠 속에 흙과 자갈이 들어왔다. 얼굴을 감싸고 웅크리고 있는 한두운의 뒤통수로 바나나우유와 콜라가 쏟아졌고 주먹 크기의 돌멩이도 날아왔다. 애들은 얼굴에 침을 뱉듯 강하게 욕설을 내뱉었다.

병신 새끼들.

그들은 관목 뒤로 도망가며 계속 소리를 질러댔다. 낄낄거리는 웃음소리와 함께 어둠 속에서 같은 말이 반복해 들렸다. 그 말은 수풀 속에서 허공 속에서 울려 퍼졌고 미끄럼틀과 시소와 나무들과 공원 전체가 그 말을 따라 했다.

한두운은 주저앉아 무릎 속에 얼굴을 파묻었다. 물속에 얼굴을 집어넣고 숨을 참는 사람처럼 그는 잠겨 있었다. 나는 그의 머리카락에 묻은 흙과 오물을 털어내고 어깨를 손바닥으로 문지르며 안정시켰다. 그의 몸은 떨고 있었다. 묘한 떨림이었다. 몸이 떨고 있는 게 아니라 몸속 깊숙한 곳에서 엔진이 작동되고 있는 것 같았다. 잠시 뒤 나는 그것이 심장이라는 것을 알게 됐다. 두근두근 뛰는 게 아니라 고장 난 기계처럼 두두두두 뛰고 있는 것이다. 나는 물속에서 시체를 끄집어 올리는 심정으로 그의 겨드랑이에 손을 껴 넣어 들어 올리려 했다. 한두운은 두 손으로 나를 밀치며 스스로 일어섰다.

상체를 펴고 우두커니 서서 정면을 바라봤다. 그리고 바닥에 쓰러져 있는 나를 흘깃 쳐다보더니 두 손을 올려 자세를 취했다. 방어를 위한 가드가 아니라 앞을 향해 돌진하려는 인파이터의 폼이었다. 긴장이 됐다. 나와 싸우겠다는 뜻인가?

한두운은 한두운을 때리기 시작했다. 그냥 툭툭 치는 게 아니라 상대방을 다운시키겠다는 의지가 실린 정확하고 강한 펀치였다.
펀치 하나, 탁.
펀치 둘, 타닥.
원투스리, 타다닥.

얼굴은 순식간에 엉망이 됐다. 뺨에 붉은 멍이 들고 눈 주위가 부풀어 오르고 광대뼈 근처가 찢어져 출혈이 생겼다. 나는 달려가 팔을 붙잡았다. 하지만 그는 링에 선 복서였다. 나는 상대가 되지 않았다. 몸은 딱딱하고 강인했다. 알밤 같은 근육이 팔과 몸에 못처럼 박혀 있었다. 그는 계속 주먹을 날렸다. 나는 허리를 뒤에서 껴안았다. 그러고는 발을 걸어 넘어뜨렸다. 그리고 두 손으로 얼굴을 잡아 끌어안았다. 그리고 소리를 질렀다. 무슨 말을 했을까. 욕을 한 것도 같고, 화를 낸 것도 같고, 제발 그러지 말라고 빌었던 것도 같다. 어느 순간 한두운은 잠잠해졌고 우리는 잠시 부둥켜 안고 바닥에 누워 있었다. 정신이 들었을 땐 경비 아저씨가 랜턴으로 우리의 얼굴을 비추고 있었다.

10

의욕이 없다. 화가 나야 하는데 화도 나지 않았고, 억울해야 하는데 그런 기분도 들지 않았다. 한두운은 우두커니 나무처럼 서서 반쯤 감긴 눈으로 앞을 바라봤다. 우리는 바쁘게 걷는 사람들 속에서 꼼짝도 않고 서 있었다. 어둠 속에, 가로등 불빛과 맹렬하게 스쳐 지나가는 자동차의 헤드라이트 속에, 사람들의 수다, 카페와 빵집에서 들리는 음악 소리, 시선들과 호기심, 알 수 없는 감정이 깃든 눈동자들 속에서 그저 서 있었다.

한두운의 보호자는 미안한 얼굴을 하고 9시에 나타났다. 열두 시간 동안 무슨 일이 있었는지 모르지만 그녀의 얼굴은 절반쯤 줄어들어 있었다. 어두워서 그렇게 보이는 건가. 아니면 내 눈이 잘못된 걸까. 모르겠다. 나는 그녀가 우리 쪽으로 한 발 다가올 때마다 무의식적으로 조금씩 고개를 숙였다. 그녀는 한두운의 얼굴을 확인하고 곧바로 내게 다가와 성난 음성으로 물었다.

어떻게 된 거예요?

나는 어떻게 설명해야 할지 몰랐다. 그녀는 생각할 틈을 안 주고 곧바로 또 물었다.

보호대는 어디에 있어요?

그러고 보니 가방이 보이지 않았다. 공원에 두고 온 것 같은데. 아니 계속 들고 다녔는데. 왜 없는지 모르겠다는 식으로 횡설수설했다. 말하면서

246

2017 올해의 문제소설

참담한 기분을 느껴 더 이상 설명하지 않고 입을 꾹 다물고 그냥 가만히 있었다. 미안했다. 아니 억울했다. 화가 났다. 아니 슬픈가. 그녀는 나와 한두운을 노려보며 낮게 중얼거렸다.

제가 그렇게 부탁했잖아요. 다치지 않게 해달라고. 그렇게 부탁했는데.

그녀의 음성이 미세하게 갈라지더니 더는 참을 수 없다는 듯 갑자기 언성을 높이며 소리쳤다.

이게 뭐예요. 이렇게 사는 게 얼마나 힘든지 알아요? 나보고 뭘 어떻게 하라고 이러는 거예요. 왜 다들 나를 괴롭혀요. 이런 내 입장을 생각해본 적 있어요?

그랬다. 나한테 그렇게 말했다. 한두운은 웅크리고 앉아 몸을 떨었다. 눈을 질끈 감고 입술을 달싹였다. 나는 다 알 것 같았다. 그녀가 얼마나 힘든지 왜 이렇게 화가 많이 났는지도 알 것 같았다. 하지만 너무 시끄러웠다. 당신의 조카도 두려워서 저렇게 떨고 있잖아. 나는 말했다. 여자는 의아한 얼굴로 나를 바라봤다. 잘못 들었다는 표정이었다. 다시 말했다.

조용히 좀 해요.

미안하다고 말하고 싶었는데 그렇게 말했다.

정말 머리가 너무 아팠다. 말 한마디 들을 때마다 머릿속에서 창문이 하나씩 깨지는 기분이었다. 손에 묻은 피도 씻고 싶고 옷도 빨리 갈아입고 싶었다. 그녀는 한참 동안 나를 노려보더니 가방에서 핸드폰을 꺼냈다. 등을 돌려 저만치 떨어진 곳으로 걸어가며 누군가와 통화를 했다. 무슨 말을 하는지 알 순 없었지만 증오심 깃든 눈으로 한 번씩 나를 노려봤다. 한두운은 고개를 돌려 물끄러미 나를 봤다. 나도 한두운을 그렇게 봤다. 우리는 잠시 비 오는 날의 송곳니 없는 동물들처럼 눈을 마주하고 가만히 있었다. 아까의 무섭던 눈빛이 아니었다. 선릉과 정릉을 함께 돌아다닐 때의 투명한 눈빛도 아니었다.

나는 주먹을 움켜쥐고 고개를 파묻은 채 입을 꾹 다물었다. 아까부터 계속 전화가 울렸다. 화가 난 우진 형에게서 메시지도 10분 간격으로 수신됐다. 한두운이 곁으로 다가왔다. 민달팽이처럼 스스스스 움직여 다가왔다. 그림자가 이동하듯 소리도 없이 흔적도 없이. 슥, 왔다. 그의 얼굴이 엉망이었다. 내가 때린 것도 아닌데 내가 때린 것처럼, 보는 것만으로도 숨이 차 쥐고 있는 주먹에 더 힘을 줬다. 주먹 속으로 뭔가가 쑥 들어왔다. 그의 손가락이었다. 따뜻하고 가는 뼈 하나를 쥐고 있는 것 같았다. 손아귀에 힘이 줄어들면서 긴장이 풀렸다. 한두운은 말했다.

파피용.

나는 고개를 들어 그를 바라봤다. 조금 어이가 없어서 헛웃음이 났다. 발음이 너무 좋았던 것이다. 그는 표정 하나 바꾸지 않고 뚫어지게 나를 쳐다보더니 곧 손가락을 빼내고 제자리로 돌아갔다. 둘은 처음에 봤던 그 모습 그대로 떠났다. 여자는 조카의 팔목을 붙잡고 걸었고 한두운은 이상한 스텝으로 한 발 뒤에 서서 삐걱삐걱 걸어갔다.

우진 형에게 온 문자를 읽어봤다.

내가 너 믿고 하루 부탁한 건데 그걸 망쳐? 어려운 것도 아니고. 내가 뭐랬어. 애 다쳤다며. 이거 보면 빨리 전화해.

전화를 할까 하다가 무슨 말을 해야 할지 몰라 관두기로 했다. 사과를 하기에도 화를 내기에도 뭔가 애매한 상태였다. 실은 미안한 마음도 없고 분노 같은 것도 없었다. 다만 피곤할 뿐. 말하기가 너무나 귀찮을 뿐.

이상한 하루였다. 분명 내게 일어난 일이지만 그 경험이 실제 같지 않았다. 속은 것도 같고 뭔가에 홀린 것도 같고. 집으로 걸어가면서 한두운 생각을 좀 했다. 어쩌면 그의 삶은 오해되고 왜곡되었는지 모른다. 아니, 우리를 속이고 있는지도 모르지. 솜씨 좋은 작가처럼 거짓을 진짜처럼 혹은 진실을 가짜처럼. 영혼은 편하게 침대에 눕혀놓고 하루 종일 내 손을 잡고 유령처럼 산책하다 집에 돌아간 것일지도 모른다. 아닌가. 하지만 그럴 수도 있지. 모르는 일이니까. 말을 안 하는데 알 수가 있나. 뒷모습으로 남은 얼굴. 아름답게 움직이던 위빙. 오리나무와 자귀나무를 구분할 수 있는 이상한 지식. 오늘 만난 한두운은 도대체 어떤 사람이었나. 정말 권투를 배운 걸까?

모르겠다. 오른쪽 주먹을 가볍게 쥐고 오른쪽 광대뼈를 툭, 때려봤다. 나도 모르게 아, 소리가 날 정도로, 정말 아팠다.

이경재 숭실대학교 교수

광대뼈를 때리면 누구나 아프다

　정용준의 「선릉 산책」은 한국 문학계에서 그토록 많이 이야기되었지만 여전히 해소되지 않은 타자와 윤리의 문제를 심층까지 탐구하고 있는 작품이다. 정용준은 10년이 채 못 되는 기간 동안 두 권의 소설집(『가나』, 『우리는 혈육이 아니냐』)과 한 권의 장편소설(『바벨』)을 발표하며 독창적인 문학세계를 보여주었다. 독창성의 항목으로는 언어에 대한 민감한 감수성, 가상 세계의 형상화에 대한 진지한 접근, 사회적 약소자들에 대한 정치적 관심 등을 들 수 있다. 이러한 세 가지 특징은 더 큰 층위의 문제의식에 포함되는데, 그것은 2000년대 이후 우리 문학계의 지배적 화두 중의 하나였던 타자에 대한 관심 내지는 초월, 다시 말해 윤리이다. 이러한 맥락에서 「선릉 산책」은 정용준이 도달한 문학적 성취의 분명한 사례라고 할 수 있다.

　여기 한여름의 서울 거리에 헤드기어를 쓰고 10킬로그램이 넘는 백팩을 멘 스무 살의 한 청년이 우리 앞에 서 있다. 그는 가끔 침도 뱉으며, 사람들과 유의미한 소통도 하지 못한다. 이 청년을 향해 우리는 너무도 쉽게 자폐 내지는 정신지체라는 이름표를 붙이며, 그 이름표를 통해 그를 모두 이해한 것처럼 마음 편해 할지도 모른다. 소설은 그러한 모습을 한 청년 한두운을 '내'가 시급 만 원이라는 조건과 함께 돌보는 것으로 시작된다.

「선릉 산책」에서 한두운의 헤드기어는 사람들이 그를 이해(분별)할 수 있게 하는 선명한 기호가 되기도 하지만, 동시에 한두운의 여러 가지 가능성을 영원히 이해(분별)할 수 없게 하는 손쉬운 기호가 되기도 한다. 「선릉 산책」은 손쉬운 분별의 기호 속에 감춰진 잠재성을 발견했다 놓쳤다를 반복하는 진자운동의 서사인 동시에, 그 반복과 직접적으로 연결된 이해와 오해를 반복하는 진자운동의 서사라고 간단하게 정리할 수 있다.

한두운을 소위 말하는 정상인과 구분시키는 가장 선명한 물건은 "머리에 쓴 헤드기어와 무거워 보이는 보라색 백팩은 아무리 봐도 이상했다."라는 말에서 알 수 있듯이 헤드기어와 백팩이다. 헤드기어는 가끔 자해를 하는 두운을 보호하기 위한 장치이고, 백팩은 한두운을 피곤하게 만들어 쉽게 잠들도록 하기 위한 장치이다. 대낮에 머리에 둘러쓴 헤드기어는 모든 이의 관심을 끌기에 충분하다. 여기에 더해 한두운은 별다른 이유도 없이 자주 침을 뱉으며, 선배가 건네준 쪽지에 "계속 말을 걸어주면 친해질 수 있음(혼잣말을 하게 될 것임)"이라는 항목이 적혀 있는 것에서 알수 있듯이 상대방과 대화를 하지 않는다.

그러나 한두운을 타자로 규정짓는 세 가지 사항(자해, 침 뱉기, 침묵)은 한두운의 일부일 수는 있을지언정 결코 한두운의 전부일 수는 없다. 한두운은 선릉을 산책할 때도 죽은 왕이 다닌다는 신도(神道)에 침을 뱉기도 하고, 이따금씩 주먹으로 헤드기어를 툭툭 때리기도 한다. '나'는 이런 한두운의 얼굴에서 "마음과 감정을 파악할 수 없는 미지의 표정"을 보며, "어딘가에 영혼을 두고 텅 빈 육체로 산책하러 나온 꿈꾸는 남자"라고 생각하기도 한다.

그러나 한두운이 이해할 수 없는 타자로만 남겨지는 것은 아니다. 결국 모든 말이 혼잣말이 될 것이라는 선배의 말과 달리 한두운은 처음 '밥'이라는 말에서 시작해 '매미'라는 말을 하고 이후에는 '오리나무, 화살나무, 자귀나무'와 같은 나무들의 이름까지 줄줄이 말한다. 이후 길을 걸으면서 한두운은 손가락으로 뭔가를 가리키며 '내'가 그것을 봐주기 원하고, '내'가 그것을 확인하면 한두운은 다시 만족스러운 표정으로 앞서 걸어가는 것이다. 그것은 "상상조차 못 했"던 일이라고 할 수 있으며, '나'는 한두운과 대화를 나누는 단계에까지 이르렀다고 볼 수 있다. '나'는 헤드기어로 대표되는 한두운의 모습과는 다른 새로운 잠재성을 한두운에게서 발견한 것이다. 이러한 잠재성의 발견과 한두운에 대한 이해는 계속 진행된다.

사람들의 몸과 닿지 않으려고 피하는 한두운의 모습에서 아웃복서를 연상한 '나'는 자신이 대학 시절 프랑스어과 대표 권투선수로 링에 올랐던 일을 떠올리고, 그때 친구들이 '파피용'(나비라는 뜻의 프랑스어)이라고 소리치며 자신을 응원한 것을 기억한다. '나'는 자신의 이야기를 들은 한두운의 얼굴에서 "응답하는 눈빛"을 느끼며, 그것은 바로 "그가 내 마음을 꿰뚫어 본 다음에 웃은 것이라는 근거 없는 판단"에까지 이른다. 이후 둘이 서로 권투 경기를 흉내 내는 장면은 둘의 소통이 환하게 이루어지는 장면이라고 할 수 있다. 이것은 "선릉역에 선릉이 있다"는 사실이 낯설지만 너무나 당연한 일이었던 것처럼, 한두운도 고유한 성격과 리듬을 가진 존재임을 발견한 것에 해당된다.

이러한 한두운의 발견 혹은 구원이 저절로 이루어진 것은 아니다. '나'는 한두운이 무서워하는 목줄 풀린 치와와를 쫓아주기도 하는데, 이 순간 한두운은 "한참 동안 뚫어지게 나를 쳐다보더니 대뜸 내 손을 잡"는다. 이후에도 '나'는 한두운에게 과도한 관심을 보이는 아저씨들에게 "그러지 마세요"라고 말하기도 한다. 물병 세 개, 양장된 책이 일곱 권, 2킬로그램짜리 분홍색 아령이 들어 있는 백팩을 벗겨줬을 때는, 한두운이 기분 좋게

"소리를 내며 주먹으로 자신의 얼굴을 툭툭" 치기도 한다. '나'는 한두운의 헤드기어까지 벗겨주고 땀띠와 염증으로 가득한 한두운의 얼굴을 닦아주는데, 이후 한두운의 발걸음은 "경쾌하고 빨라졌"으며 계속해서 '나'에게 "뭔가를 보여"주기 시작한다.

발견과 이해로 향하던 진자는 다시 방치와 오해로 향하기도 한다. 이것은 한두운의 보호자가 갑자기 일이 생겼다며 한두운을 세 시간 동안 더 봐달라는 전화를 했을 때 일어난다. 이것은 기본적으로 '내'가 한두운을 돌보는 것이 칸트적 의미의 정언명령에 입각한 행위가 아니라 분명한 결과와 목적을 염두에 둔 행위이기 때문에 발생할 수밖에 없는 일이다. '내'가 한두운과 산책을 하며 "그에게도 '자아'라고 하는 것이 있을까"라는 심각한 의문을 제기했다가, 곧바로 "모르겠다. 네 시간 남았다."라는 답변으로 스스로의 의문을 봉합하는 것에서도 알 수 있듯이, 한두운과의 산책은 자신에게 주어진 임무의 완수를 위한 방편에 불과한 것일 수도 있기 때문이다.

그렇기에 세 시간 동안 한두운을 더 봐달라는 보호자의 전화를 받은 순간부터, 둘 사이의 분위기는 급변한다. 전화를 받고 불쾌해진 '나'의 기분을 감지한 한두운은 계속 곁눈으로 '나'의 눈치를 본다. 한두운은 '나'와의 관계 회복을 위해 "갑자기 나무 이름을 말하기 시작"하지만, '나'는 분노가 서린 큰 목소리로 "조용히 해", "시끄럽다고"라고 짜증을 낸다. 불과 몇 시간 전에 한두운이 말하는 나무 이름이 '나'에게 커다란 기쁨을 준 것과 달리, 한두운이 말하는 똑같은 나무 이름이 이번에는 완전히 다른 효과를 발휘하고 있는 것이다. 한두운의 실체가 주변의 사람들과 주어진 상황에 따라 달라졌던 것처럼, 똑같은 단어가 달라진 조건에 따라 완전히 다른 의미를 갖게 된 것이라고 볼 수 있다.

(무)의식적으로 한두운을 놓쳤다가 다시 만났을 때, 한두운은 불량스럽

고 위험해 보이는 소년들 사이에 둘러싸여 있다. 한두운이 침을 뱉은 것이 그 위험한 상황을 불러온 것이다. 결국 불량스러운 소년들은 한두운에게 주먹을 날리고, 한두운은 그것들을 완벽하게 피해낸다. 그리고 한두운이 가드 뒤에 숨어 "엄청난 살기를 뿜으며" 노려보자 소년들은 모두 달아난다. 한두운은 자신을 안정시키려는 '나'를 두 손으로 밀치며 스스로 일어선다. 둘 사이를 오가는 진자가 오해와 방치 쪽으로 가장 가까이 다가선 순간이라고 할 수 있다. 이 순간 인파이터의 폼을 취한 "한두운은 한두운을 때리기 시작"하고, 곧 한두운의 얼굴은 순식간에 엉망이 되어버린다. 그토록 염려하여 한여름의 더위 속에서도 헤드기어를 착용할 수밖에 없게 만든 한두운의 자해가 시작된 것이다. 이것은 '나'와 한두운의 산책이 시작되기 이전 단지 헤드기어로 표상되던 한두운이 오롯하게 재등장한 것이라고 볼 수 있다. 이모가 열두 시간 만에 돌아왔을 때, 한두운의 눈빛은 "선릉과 정릉을 함께 돌아다닐 때의 투명한 눈빛"도 아니고, 불량한 소년들을 만났을 때의 "무섭던 눈빛"도 아닌 상태로 돌아간다. 그렇다면 '나'와 한두운을 오가던 진자는 결국 오해와 방치의 극점에 멈춰 선 것이라고 결론 내릴 수 있을까?

상황은 결코 그렇게 단순하지 않다. 선릉 산책은 지워질 수 없는 흔적을 남겨놓는다. 이 산책이 변화시킨 것은 한두운이기도 하지만, 동시에 '나' 자신이기도 하기 때문이다. 이런 의미에서 진정으로 구원받은 것은 다름 아닌 '나'라고 할 수 있을지도 모른다. '나' 역시 누군가에게 이해받을 필요가 있는 인간이라는 점에서는 근본적으로 또 다른 한두운이다. 더군다나 "유연함과 융통성이 부족한" '나'는 어떤 일을 해도 쉽게 적응하지 못하며, 그 결과 "뭘 해도 나는 함께 일하는 사람들과 갈등"을 겪는다. "답답하다. 꽉 막혔다." 혹은 "프랑스어를 공부한 사람이 왜 이렇게 유연하지 못하냐는 쓴소리"는 '내'가 늘 들어오던 말이다. 이러한 '나'의 성격은 한두운 돌보기를 떠맡긴 선배에게는 "우직하고 착한 캐릭터"로 번역되기도 하며, 그 결과 '나'는 원치 않는 이 산책을 열두 시간이나 이어가는 무력한 모습을 보여준 것이다.

마지막에 이모를 향해 "당신의 조카도 두려워서 저렇게 떨고 있잖아."라며 "조용히 좀 해요."라고 힘차게 말하는 '나'의 모습은, '내'가 더 이상 선배의 과도한 부담을 수용하는 이전의 무력한 존재가 아님을 스스로 증명하고 있다. 헤드기어를 쓴 장애인이라고 규정된 한두운에게서 새로운 인간의 잠재성을 발견한 '나'는 자기 스스로의 안에 잠재된 새로운 능동성과 힘을 발견한 것이라고 할 수 있다. 한두운이 이러한 '나'에게 다가와 자신의 손가락을 주먹 사이에 들이밀며 속삭이는 '파피용'이라는 말은, '내'가 자신을 가두어두었던 절해고도의 절벽에서 날아 올라 새로운 자유를 향유하는 '나비'가 되었음을 인가(印可)하는 행위에 해당한다. 한두운을 이해(구원)하는 행위를 통해 '나 역시 인간이나 세상과의 새로운 관계에 들어가게 된 것이다. 이 대목이야말로 정용준의 「선릉 산책」이 2000년대 이후 수없이 반복된 윤리 담론과 관련하여 한 단계 나아간 대목이라고 할 수 있다. 둘의 관계는 일방적인 동정이나 시혜에 바탕한 비대칭적인 것이 아니었음이 이 선불교적 문답 속에는 은밀하지만 밀도 있게 새겨져 있는 것이다.

'내'가 한두운과 보낸 산책의 시간은 변치 않는 본성이나 실체 같은 것은 없으며, 본질에 대한 규정이나 분별은 일정한 조건에 따라서만 발생하고 지속될 수 있는 성질의 것임을 확인하는 일종의 수업이라고 할 수 있다. 사실 한두운이나 '나'의 본성이나 실체는 이웃이나 환경에 의해 결정된다. 한두운과 '나'의 산책은 분별지에서 벗어나 한 인간의 참된 가능성(잠재성)을 발견하는 시간인 것이다. 용도의 규정 바깥에 있는 쓸모없음을 보고 그것을 통해 존재의 다른 가능성을 연다는 측면에서 일종의 '구원'이라고 부르는 것도 가능하다.

그러나 타자에 대한 초월로서의 윤리는 멈출 수 없는 진자 운동일 수밖에 없다. 정용준의「선릉 산책」은 이해와 해방이라는 꼭짓점과 오해와 방치라는 반대편의 꼭짓점을 오가는 진자 운동이 크게 한 번 부채꼴을 그리며 끝난다. 한두운과의 하루를 정리하는 다음 대목에서, 한두운은 다시 한 번 신(神)과 같은 미지의 존재로서 남겨지는 것이다.

> 어쩌면 그의 삶은 오해되고 왜곡되었는지 모른다. 아니, 우리를 속이고 있는지도 모르지. 솜씨 좋은 작가처럼 거짓을 진짜처럼 혹은 진실을 가짜처럼. 영혼은 편하게 침대에 눕혀놓고 하루 종일 내 손을 잡고 유령처럼 산책하다 집에 돌아간 것일지도 모른다. 아닌가. 하지만 그럴 수도 있지. 모르는 일이니까. 말을 안 하는데 알 수가 있나. 뒷모습으로 남은 얼굴. 아름답게 움직이던 위빙. 오리나무와 자귀나무를 구분할 수 있는 이상한 지식. 오늘 만난 한두운은 도대체 어떤 사람이었나. 정말 권투를 배운 걸까? (248~249쪽)

이러한 의문의 나열 속에서 '나'는 자신의 오른쪽 광대뼈를 툭 때려본다. 그러고는 한두운이 느꼈을 통증을 자신도 느끼며 작품은 끝난다. 이것은 윤리를 가능케 하는 근거를 확인한다는 점에서 매우 중요한 의미가 있다. 타자라는 것이 기본적으로 신과 같은 미지의 대상이라면 타자의 고통도 알 수 없을 것이며, 당연히 마음도 알 수 없게 된다. 이러한 상황에서 이해나 발견, 나아가 구원과 해방을 논의한다는 것은 불가능할 것이다. 그러나 우리는 모두 광대뼈를 때리면 아픔을 느끼는 존재라는 것, 그 사소한 통증으로부터 예외일 수 없는 존재라는 것. 어찌 보면 이 간단한 사실의 확인에서부터 어떠한 위계화도 동반하지 않는 타자를 향한 초월로서의 윤리는 시작될 수 있을 것이다.

사이렌이 울리지 않고

천희란

—

2015년 『현대문학』 신인 추천으로 등단.

사이렌이 울리지 않고

사이렌이 울린다. 정신이 아득해지는 굉음이다. 형인은 핸들 가까이 몸을 당겨 붙이고 주위를 살핀다. 소리가 어디에서 들려오는 것인지는 알 수 없지만, 그 의미만큼은 삽시간에 분명해진다. 안개 주의 경보. 안개는 의식하지 못한 사이에 순식간에 차올랐다. 바다를 가로질러 놓은 20여 킬로미터의 다리 밑에서 출렁이던 바다는 안개 속으로 가라앉았다. 공항으로 향하는 다리가 한 번도 가본 적 없는 낯선 세계로 연결된 통로처럼 보인다. 애초에 구름이 잔뜩 껴 어둑했던 하늘도 보이지 않는다. 온통 희고 불투명한 안개는 인체에 치명적인 유독성 가스처럼 느껴진다. 바깥 공기가 순환하며 차 내부의 공기도 미미하게 습해진다. 형인은 속도를 줄이기 위해 브레이크 페달을 밟으며, 숨을 참는다. 순간 오른쪽 옆 차선에서 속도를 줄이지 않은 승합차 한 대가 빠르게 질주한다. 어깨가 빳빳하게 굳는다. 이토록 한 치 앞도 알 수 없는 짙은 안개를 형인은 처음 본다. 안개는 놀라운 속도로 차올라 사방을 점거했고, 순차적으로 빠르게 점등된 가로등 불빛은 무용지물이다. 안개등이 겨우 몇 미터 전방의 시야를 확보해주지만, 안전해졌다는 기분은 들지 않는다. 형인의 상상 속에서는 빛의 반경 안에 불현듯 낯선 물체가 솟구친다. 앞서 가는 자동차의 후미등은 길잡이가 아니라 안광을 내뿜는 사냥개들처럼 보인다. 앞차의 브레이크등에 불이 들어오면, 형인은 앞서 가던 차가 거꾸로 그녀를 향해 돌진해오는 것 같은 환시를 경험한다.

멈출 수만 있다면, 멈췄을 것이다. 하지만 형인의 운전 실력으로는 어림없는 일이다. 갓길에 닿기 위해 차선 변경을 시도할 수조차 없을 만큼 그녀는 바짝 긴장해 있다. 만일 그녀가 멈춰 선다면, 그건 오로지 다리를 모두 건넌 후에나 가능한 일일 것이다. 속도를 늦추고 좀 더 자주 브레이크 페달을 밟는다. 일정치 않은 속도 때문에 차체가 위아래로 흔들린다. 잠시만 긴장을 풀어도 충분한 간격을 확보하지 않고 달려오던 뒤차와 부딪히거나, 가드레일을 들이받으며 바다 한중간에 처박히고 말 것이다. 찌릿한 감각이 그녀의 온몸을 훑는다. 능숙한 운전자들은 안개 속에서 유령처럼 튀어나왔다가 이내 형인의 차를 추월해 달아난다. 안개는 계속해서 깊어진다. 모든 입체의 생성을 중단시키는 농무 속에서, 그녀는 눈에 보이지 않는 파도의 높이를 가늠해본다.

창밖의 사이렌은 잠잠해지지 않고, 오히려 점점 더 커다랗게 들려와, 분명 차 바깥에서 들려오는 소리가 차의 내부에서 시작된 것처럼 사납게 날뛰고 있을 뿐 아니라, 이제는 마치, 형인 그 자신의 신체로부터 뻗어 나온 소리처럼 느껴진다. 위력적인 소음은 대기를 요동치게 만들고, 거대한 다리가 출렁이는 듯하다. 형인은 무척 자연스럽게, 자욱한 안개 속에서 끝없이 연쇄 추돌하는 차들을 떠올리고는, 혀로 바짝 마른 입술을 축인다. 그런 일들은 정말로 일어나고는 했다. 아니 지금 이 순간에도 어디에선가 그런 일들이 일어난다. 상상이 현실을 능가하기란 불가능하다고 형인은 믿는다. 우리가 아는 현실이란 지극히 선별된 것에 지나지 않는다. 가장 고통스럽고 추악한 것은 아직 드러나지 않았을 뿐이다. 그리고 그러한 현실이 고개를 들 때, 상상은 전복된다. 상상이 전복하고 나타나는 현실은 이미 우리의 것이 아닐 것이다. 그러므로 그러한 현실이 형인에게도 일어나

사이렌이 울리지 않고   전희란

지 않으리라는 법은 없다. 또한 그곳에, 형인의 자리는 존재하지 않을 것이다. 그러자 이제 사이렌 소리는 위험에 대한 경고가 아니라, 위험 그 자체로 여겨지기 시작한다. 소리는 그녀의 정신을 완전히 포박한다. 식은땀이 흐르고, 겨우 페달을 밟는 발이 떨려온다. 일상은 속도를 망각한 운전자들에게 주어진 것과 같은 잠재적인 위험으로 가득하다. 그녀는 누구보다 그 사실을 잘 안다. 그로부터 달아나야 한다는 생각이 그녀를 오랫동안 지배해왔고, 그녀는 계속해서 달아났지만, 단 한 번도 완전히 달아났다고 느낀 적은 없다. 모든 위험으로부터 안전해지는 단 한 가지 방법을 알고 있지만, 한 번도 실행한 적은 없다. 아직은 때가 아니다. 때는 곧 올 것이다. 그러니 지금은 빨리 다리를 건너는 것밖에는 방법이 없다. 그녀는 힘껏 속도를 높여 앞차의 번호판이 선명해질 때까지 따라붙는다. 너무 어둡거나 시야가 확보되지 않을 때엔 차라리 그렇게 하는 편이 좋다던 누군가의 조언을 떠올린다. 누가 그녀에게 그러한 조언을 했는가 하면, 모두가 그러하다. 모두가 그녀에게 안전한 길을 선택하라고 말했다. 위험을 피해 가라고 했다. 그러나 그녀는 무심결에 모두의 조언대로 움직이면서도, 이제는 그런 모두를 비웃는다. 방향을 틀면, 새로운 위험이 도사리고 있을 뿐이다.

비행기는 안전히 착륙할 수 있을 것인가. 질문은 초조함을 가중한다. 지상은 완전히 자욱한 안개로 뒤덮였는데, 사이렌 소리는 신체의 감각을 소진시키는데, 과연 안개가 계속된다면 어떻게 되는 것일까. 상공을 선회하던 항공기는 다른 공항에 착륙을 시도할 수도 있고, 아주 적은 확률로 출발한 도시를 향해 되돌아갈 것이다. 다소 무리한 착륙을 시도하게 될지 모르며, 어쩌면. 형인은 불길한 기분에 사로잡힌다. 불길한 기분은 한 번 들기 시작하면 여간해서는 사라지지 않고 사방으로 팔을 뻗는다. 건물 속의 난간들로, 난간 너머의 진열대들로, 진열대 위의 날 선 물건들로, 그 물건을 틀어쥐는 그녀의 손으로. 그녀는 핸들을 움켜쥐며 브레이크 페달을 힘껏 밟는다. 정지 신호를 받고 멈춰 선 앞차와 아슬아슬한 간격을 두고 그녀의 차가 멈춰 선다. 다리를 모두 건너왔다. 사이렌 소리도 이제는 흐릿하게 들려올 뿐이다. 형인은 크게 안도한다. 그녀가 느끼는 안도감의 크기는 그녀가 다리를 건너며 느낀 불안의 크기에 비례한다. 저 다리가 안전하다고 믿는 사람이 있을 것인가. 형인은 생각한다. 누가 바다 위에 다리를 놓을 생각을 했단 말인가. 저 다리를 건설하기 위해 사용된 복잡한 수학과 공학이 안전을 담보하리라 믿게 만든 것은, 과연 누구인가. 신호가 바뀌고, 여전히 짙은 안개 속으로 형인의 차가 천천히 나아가기 시작한다.

애만 데려오면 될 것 같습니다. 이걸로 더는 문제 삼지 않기로 부모와 약속을 했어요.

사장은 늘 그래왔듯 예의를 갖춘 정중한 말투를 사용했다. 그러나 말의 형식과 내용이 일치하지 않아, 형인은 순간적으로 스스로의 두 귀를 의심할 수밖에 없었다. 의자를 돌려 앉자 사장의 알록달록한 넥타이 끝이 눈에 들어왔다. 타이에 새겨진 무수한 작은 무늬들이 조금씩 자리를 이동하는 것처럼 보였다. 그녀는 급히 고개를 들어 사장의 얼굴을 살폈다. 그의 미소가 기괴했다.

우리 책임이 없다고 할 수는 없으니까요.

우리, 그는 곧잘 우리라는 단어를 사용했다. 직원들이 문제를 일으켰을 경우엔 눈에 띄게 그 단어를 힘주어 말했다. 이번에도 마찬가지였다. 사장은 형인을 탓하지 않았다.

형인이 SAT 시험 등록을 해야 하는 학생은 총 여덟이었다. 그중 시험 장소를 잘못 등록한 게 하필이면 수진이었다. 수진은 형인이 시험 장소를 잘못 등록한 수험표를 가지고 시험장을 찾았고, 응시를 거부당했다. 수진은 회사 내에서도 특별 관리를 받는 학생이었다. 미국 동부의 명문대 진학을 목표로 하고 있었고, 성적이나 과외 활동 면에서도 완벽한 이력을 자랑했다. 입시생들에게 시험을 응시하는 시기는 무엇보다 중요했다. 수진이 한참 전부터 계획해온 첫 번째 SAT를 응시조차 하지 못했다는 것은 회사 내에서도 큰 사고였다. 수진의 부모는 당장에 회사로 전화를 걸었다. 그들은 공손하게 담당자를 찾았지만, 형인이 전화를 받자마자 태도를 완전히 달리했다. 강남의 대형 성형외과 원장이라는 수진의 아버지는 당장 병원으로 찾아와 무릎을 꿇기를 요구했다. 그것이 그가 바라는 진실한 사과의 방법이었다. 형인 개인에게 금전적인 피해 보상을 요구할 수도 있다고 고함을 쳤다. 그는 그녀의 출신에 대해 물었고, 그녀의 보잘것없는 연봉에 대해 비아냥댔으며, 자신들이 지불하고 있는 연간 멤버십 비용에 대해 설명했고, 때로 혼잣말과 다름없는 욕설을 퍼부었다. 죄송하다는 말 외에 형인은 아무런 변명도 할 수 없었다. 그와 통화를 하는 내내 그녀의 짧은 손톱이 인조가죽을 덧댄 서류철 위에 날카로운 자국을 남겼다.

우리가 원래 의사나 변호사집 애들을 안 받는 게 이런 이유라니까.

사장은 대수롭지 않은 일인 양 그들의 태도를 비웃었다. 그는 형인의 방패막이가 되어주고, 그녀가 처한 곤경을 해결해주려는 듯했다. 그것은 형인의 착각이었다. 수진은 회사가 놓쳐서는 안 되는 고객이었다. 이런 업종에는 대대적인 광고보다는 입소문이 중요했고, 사장은 그런 사실을 모르지 않았다. 그는 수진의 아버지가 형인을 무릎 꿇리는 것만을 겨우 막았을 뿐, 수진 부모의 모든 요구를 들어주기 시작했다. 그는 12학년의 멤버십 비용을 올려 받지 않기로 했고, 수진의 성에 차지 않는 과목 성적을 정정하기 위해 미국 학교의 카운슬러와 직접 협의를 해야 했다. 일부는 형인의 몫이었다. 수진의 부모는 필요한 서류를 매번 직원들이 직접 받아갈 것을 요구했다. 사장은 그들 눈앞에서 형인을 치워버려야 했고, 그 업무에서 형인을 제외시켰다. 그녀는 다른 직원들의 눈총을 받았다. 딱 한 번, 피치 못할 사정으로 형인이 청담동의 한 고급 디자이너 의류 매장을 찾아가 수진의 어머니를 만난 적이 있었다. 그녀는 욕을 하거나 화를 내지는 않았다.

대신에 형인과 눈조차 마주치려 하지 않았다. 그저 가방 속에서 서류 봉투를 꺼내 점원에게 건네주었고, 그것을 점원이 형인에게 전했다. 그녀는 곧장 다시 옷을 고르는 데에 열중했다. 언젠가 회사로 찾아와 커피를 내던 형인의 블라우스를 칭찬하던 사람이 바로 그녀였다. 그녀는 항의를 하고 있는 게 아니었다. 형인이 느끼기에, 그것은 멸시였다.

이걸로 마지막이라니까, 수고 좀 해요. 응?

사무실을 나서는 사장의 두툼한 손이 형인의 어깨를 짚었다. 소름이 끼쳤다. 마지막이라니. 이것은 지금까지 그들이 요구한 그 어떤 일에도 견줄 수 없을 만큼 부당했다. 미팅 스케줄을 조정하고, 전화를 받고, 문서 정리를 하거나 고객들에게 이메일을 보내는 것이 본래 형인에게 주어진 업무였다. SAT 시험 등록은 컨설턴트의 몫이었으니, 애초에 잘못된 업무 분담을 지시한 건 사장이었다. 시험 직전까지 수험표를 확인하지 않은 건 수진의 잘못이기도 했다. 설령 그렇지 않다고 해도, 그 실수 때문에 형인이 부모를 대신해 수진을 공항까지 마중한다는 건 말도 안 되는 일이었다. 그저 부당한 일이 아니라, 악의적인 요구가 틀림없었고, 그들이 형인에게 어떤 모욕을 주려는 것인지는 깊게 생각할 필요조차 없어 보였다.

사장이 빠져나간 뒤, 책상 네 개가 모여 있는 작은 사무실은 고요했다. 공기 순환 장치의 소음과 키보드를 두드리는 소리만이 오갔다. 명백히 의식적인 침묵이었다. 그때 형인의 뒷자리에 앉아 있던 컨설턴트 선이 일어섰다.

사장실에 좀 다녀올게요.

직원 중 하나가 알겠다고 답했고, 동시에 형인의 책상 위에 뜯지 않은 고급 쿠키 케이스가 놓였다. 선이었다. 그는 말없이 사무실을 빠져나갔다. 형인은 고급스러운 케이스에 담긴 쿠키를 바라보았다. 그 쿠키는 한때 형인이 지금까지와는 다른 세상에 속해 있다고 믿게 만든 근거였다. 학부모들이 들고 나타나는 고급 디저트는 한 번도 부족한 적이 없었다. 전 직원이 나눠 먹을 수 있을 만큼 풍족했다. 간혹 학생들이 부모가 들려 보낸 디저트를 들고 나타날 때, 그들은 디저트의 이름을 부드럽고 달콤하게 발음했다. 복잡한 맛이 나지만, 그 모든 맛이 조화와 균형을 이룬 디저트는 형인에게 곧 그들의 세계를 의미했다. 학부모나 학생 모두 옷차림에 품위가 있었고, 그들의 말과 행동 또한 점잖았다. 그들이 형인의 출신 대학이 아니라 출신 학과를 물을 때, 그녀의 업무의 중요성을 칭찬하고 감사를 전할 때, 형인은 지금껏 자신이 한 번도 속해본 적이 없는 평화롭고 수평적인 사회 안에 있다고 믿었다. 그 아둔한 믿음과 안심이 그녀에게 견딜 수 없는 모멸감으로 되돌아올 줄은, 형인은 상상조차 하지 못했다. 선이 두고 간 쿠키도 며칠 전 학부모가 사 온 것이었다. 모두에게 공평하게 주어졌던 고소하며 쌉싸래하면서도 시큼한 맛을 내는 쿠키의 맛을 형인은 기억하고 있었다. 지나친 경계심 때문에 사람들 속에 쉽사리 섞여들지 못했던 자신이 그 하찮은 달콤함에 취해 있었다는 사실은 수치스러웠다. 혀끝에 떠오르는 쿠키의 맛을 더는 견딜 수 없었다. 형인은 자신의 혀끝을 세게 깨물었다. 연하고 보드라운 혀끝을 씹으며, 그녀는 눈앞에 놓인 쿠키 상자를 깊고 어둡고 텅 빈 서랍 속으로 밀어 넣어버렸다.

형인은 잠시나마 비행기가 제때 착륙할 수 없을지도 모른다는 예감, 아니 그러기를 바랐던 스스로의 나약함을 힐난한다. 공항이 가까워올수록 안개는 옅어졌다. 수진이 탄 비행기는 지연 없이 도착할 것이다. 형인은 수진의 한글 이름과 영문 이름이 나란히 적힌 A4 용지를 말아 쥐고 입국 게이트의 안전 펜스에 몸을 기댄 채 계속해서 밀려 나오는 사람들의 얼굴을 일별한다. 공항에는 너무 많은 얼굴이 있고, 수많은 얼굴들은 뒤섞인다. 수진을 알아볼 수 없을지도 모른다. 초조하다. 형인은 휴대전화에 저장된 수진의 사진 몇 장을 거듭 확인한다. 수진은 한 장의 사진 속에서는 활짝 웃고, 다른 사진 속에서는 무표정하며, 또 다른 사진 속에서는 흐릿하다. 형인은 간혹 조금도 닮지 않은 사람을 수진이라 착각하기도 한다. 수진을 알아보지 못할지도 모른다는 불안감은 아이러니하다. 형인은 그녀에 대한 수많은 정보를 가지고 있다. 부모의 직업과 사는 곳, 그녀가 다니는 미국 보딩스쿨의 이름과 지난 학기 수학경시대회에서 받은 상과 그녀가 결성한 수학 역사 동아리의 이름, 겨울 방학에 스페인에 머문 이유와 지금까지 투어를 다닌 대학의 목록에 대해서도. 과거의 일뿐만 아니라 12학년이 되는 가을 학기에 수강할 과목과 여름 방학 중 준비하게 될 대입원서의 개수도 안다. 형인은 결전의 날을 준비하듯 수진의 컨설팅 파일을 꼼꼼히 읽었다. 그러나 형인은 무엇도 예측할 수 없었다. 예측할 수 없다는 사실이 그녀를 두렵게 만든다. 그것은 또 다른 위험이다. 그녀가 모르는 것, 수진의 진짜 얼굴. 혼란스럽게 교차하는 낯선 얼굴들 속에 서서, 형인은 다시금 익숙한 불안 속에 빠져든다.

수진이 게이트를 빠져나온다. 형인은 한눈에 그녀를 알아본다. 활짝 웃거나 무표정하거나 흐릿한 얼굴이 동시에 거기에 있다. 말아 쥐었던 종이가 빳빳하게 펼쳐진다. 형인은 수진이 자신을 발견하기를 기다린다. 수진의 시선을 좇으며, 하이힐을 신은 발가락 끝이 짓눌리는 것을 느낀다. 문득 형인을 향한다고 생각한 시선이 엉뚱한 곳을 향해 이동한다. 마치 형인을 시험하는 것처럼 보이기도 한다. 그럴 수도 있다. 그녀라면, 형인에게 무릎이라도 꿇고 용서를 빌던 그의 아버지를 떠올리면, 놀라운 일은 아니다. 어쩌면, 수진이 아닐지도 모른다. 겨우 3, 4미터의 거리를 두고 온갖 가능성을 저울질한다. 여자는 수진보다는 좀 더 나이를 먹은 것처럼 보이기도 한다. 능숙한 화장과 누구나 알 법한 명품 가방, 긴 생머리에 편안한 검정 원피스까지. 그러나 성인 여자의 분위기를 풍기는 10대들은 흔하다. 유심히 관찰하면 분별할 수 있다. 수진이 맞다. 분명 수진이다. 눈이 마주친다. 하얀 이를 드러내며 환히 웃는 얼굴이 사진 속의 그것과 똑같다. 형인의 심장이 빠르게 뛰기 시작한다.

이름이 잘 안 보여서.

펜스 너머에 여행용 캐리어를 세운 수진의 얼굴에 환한 미소가 떠오른다. 그녀는 지금까지의 일들을 까맣게 모르는 양, 혹은 형인이 자신의 시험을 망친 장본인임을 모르는 것처럼 행동한다. 처음 보는 형인을 반가운 친구 대하듯 웃는 낯으로 대한다. 순간적으로 형인의 얼굴은 무표정하게 굳는다. 그녀는 수진의 눈을 똑바로 보지 못한다. 짐을 받아주겠다는 뜻으로 오른쪽을 가리키자 수진이 손사래를 친다.

거기서 기다리세요. 제가 그쪽으로 갈게요.

사장이 형인을 채용한 것은 공교롭게도 그녀가 유관 업무의 경력이 전무하기 때문이었다. 면접장에서 사장이 던진 질문이라고는 그녀가 이력서에 적어 넣은 정보들을 확인하는 것이 전부였다. 그는 회사가 왜 일반적인 유학업체와 다른지를 설명하는 데에 면접 시간 대부분을 할애했고, 이 사업의 가장 중요한 고객이 소위 상류층의 자제들이라는 얘기를 누누이 강조했다. 학생들의 진학부터 취업까지 모든 것을 책임지고 설계하는 것이 회사의 일이라고 했다. 그는 지원자 대부분이 유학원 데스크의 업무를 본 경험이 있다는 것을 탐탁찮아했다. 회사가 요구하는 업무가 유학원 데스크의 그것과 별반 다를 것이 없었음에도 불구하고, 유학원 출신의 직원들이 결코 회사의 비전을 이해하지 못한다고 여겼다. 지방대 비서과를 나온 형인의 학벌이나, 다른 지원자들에 비해 현저히 낮은 토익 점수를 사장은 대수롭지 않게 여겼다. 그녀가 어렵사리 업무에 필요한 영어 회화 수준에 관해 물었을 때, 사장은 크게 웃었다.

이 회사에 영어 잘하는 사람은 넘쳐납니다. 우리 회사 소속 컨설턴트 대다수가 아이비리그 출신이죠. 나는 출신 대학이 한 사람의 능력과 인성을 가늠하는 기준이 될 수는 없다고 생각해요. 형인 씨의 가능성을 본 겁니다. 나는 늘 한 발 앞서 나가야 한다고 생각하는 사람이니까요.

미국에서 학창 시절을 보냈다는 사장의 사고방식이 형인에게는 낯설었다. 그것은 행운이기도 했다. 그녀는 많은 것을 바라지 않았다. 가능한 전보다는 오래 머물 수 있는 일자리가 필요했고, 지나치게 친밀한 관계를 요구하지 않는다면 더 좋았다. 그게 전부였다. 면접을 마치고 34층의 복도를 떠날 때 형인의 눈에 창밖의 풍경이 스쳐 지나갔다. 아찔했다. 그 허공 위에서 불안에 떨지 않고 살아가는 사람들의 속내가 궁금했다. 그러다 문득, 어쩌면 그녀가 느끼는 수많은 두려움을 느끼지 않고 살아가는 사람들의 세계에 자신이 발을 들여도 좋을까 하는 의문이 들었다. 불안했지만, 그녀는 잠시나마 존중받고 있는 기분을 느꼈고, 그 기분이 미처 사라지기도 전에 단정한 유니폼을 착용한 안내 데스크의 직원들이 허리를 구부리며 그녀를 배웅했다.

언니, 우리 아빠 때문에 되게 곤란했죠?

수진은 자연스럽게 형인을 언니라 부른다. 형인은 그녀의 친근함이 달갑지 않다. 만일 형인이 컨설턴트였다면, 수진은 그녀를 언니 대신에 선생님이라 불렀을 것이다.

리무진 버스 타도 됐거든요. 그런데 엄마 아빠가 극성이기도 하고, 언니한테 사과하고 싶기도 하고.

수진의 사소한 말과 행동이 자꾸만 형인을 얼어붙게 만든다. 그녀는 형인이 답을 하지 않아도 쉴 새 없이 말을 걸어온다. 보행 신호에 불이 들어온다. 수진의 왼발이 차도 위로 뛰쳐나간다. 멈춰 선 거대한 버스 뒤에서 승용차 한 대가 튀어나오는 것을 그녀는 보지 못했다. 형인은 반사적으로 수진의 팔을 세게 움켜쥔다. 아직은 안 돼. 여기서 너에게 나쁜 일이 생기는 건 용납할 수 없어. 그런 말이 형인의 머릿속에 떠오르지만, 형인은 언제나 떠오르는 대부분의 말을 입 밖으로 꺼내지 않는다. 삼켜야 한다는 것을 안다. 아슬아슬하게 정지선 바깥에서 급브레이크를 밟은 승용차 안의 운전자가 고개를 꾸벅인다. 수진의 얼굴을 살핀다. 해맑은 미소가 금세 되돌아온다. 수진을 붙잡았던 형인의 손을, 이번엔 수진이 낚아챈다.

이걸로 그 일은 없었던 걸로 해요. 미리 확인하지 않은 건 제 잘못이기도 하니까요.

등록이 잘못된 건 우리 탓이니까.

겨우 입을 뗀 직후에, 형인은 스스로의 발언에 놀라고야 만다. 그녀는 그제야 사장이 습관적으로 건넨 말의 의미를 깨닫는다. 그 말이 누군가 홀로 책임을 지지 않도록 하려는 것이 아니라, 그 누구도 책임으로부터 자유로울 수 없도록 만들려는 것이었다는 사실을. 사장이 우리라는 단어를 내뱉을 때마다 형인은 아무런 반발조차 할 수 없었고, 그저 자신의 의지를 포기하는 것이 그녀가 선택할 수 있는 전부였다. 앞으로 자신이 저지르려는 일이 그 말의 힘에서 벗어나려는 것에 다름 아니라고 형인은 스스로를 설득한다. 그녀도 한때는 분명 수진에게 진심으로 사과를 하고 싶었다. 그들이 형인을 이렇게까지 부당하게 대우하거나 몰아붙이지 않았다면, 진심 어린 사과는 결코 어려운 일이 아니었다. 그들이 형인을 이렇게 만든 것이다.

한편으로 형인은 당혹감을 느낀다. 결코 확신한 적은 없지만, 수진의 말과 행동은 예상 밖의 것투성이다. 그녀는 형인에게 먼저 사과를 건네고, 짐을 들어주겠다는 형인의 손을 한사코 거절하며, 아무런 갈등도 없이 화해의 손을 내민다. 그것이 형인의 마음을 되돌리는 것은 아니지만, 덫에 걸린 기분이다. 그들의 친절이 오직 그들에게 유리할 때에만 유효했다는 사실을, 형인은 잊지 않으려 애쓴다. 수진은 그들에 속한다. 수진은 그저 자신의 부모에게 악역을 떠맡기려는 것뿐이다. 그것이 오히려 형인에게 더 큰 모욕을 준다는 것을, 그녀는 알고 있을 것이다. 그녀의 말과 행동은 형인이 분노할 수 없게 하고 순종하게 한다. 수진은 거의 완벽해 보인다. 결코 어떤 실패나 실수도 그녀의 자존감을 훼손할 수 없을 것이다. 굳이 비교 우위에 서지 않아도 상대를 초라하게 만드는 경험이 수진에겐 익숙하리라는 것을 형인은 안다.

이 길이 아닌 것 같은데요.

형인의 차가 바다 위의 다리를 되돌아 건넌다. 수진은 곧장 잘못된 길로 들어섰다는 사실을 알아차린다. 형인은 수진의 주소를 묻지 않았고, 수진 역시 형인에게 주소를 아는지 묻지 않았다. 수진은 당연히 자신을 위해 모든 것이 준비되어 있으리라 생각한 것이다. 그게 그녀의 진짜 얼굴이다. 수진의 집으로 가려면 반대편 공항 도로를 이용해야 한다는 사실을 형인은 이미 알고 있다. 그러나 애당초 수진의 집으로 가는 계획은 형인의 머릿속에 존재하지 않는다. 형인은 그저 실수라고 답할 것이다. 그녀는 앞으로의 계획을 곱씹는다. 사과를 구하고, 먼 길을 돌아갈 구실을 찾고, 수진의 환심을 살 말들을 건넬 것이다. 진심이 필요하지만 않다면, 조금도 어렵지 않다. 노예는 노예를 연기하지 않아도 된다는 사실을 수진은 절대로 눈치채지 못할 것이다. 수진과 그녀의 부모에겐 형인이 그들의 가정에 치명적인 위해를 가할 수 있으리라는 상상조차 불가능할 것이다. 그들은 형인과 같은 사람들과 함께 살아가기를 원하고, 그것이 가능하다 믿을 것이다. 그들에게는 모욕하고, 짓밟고, 망가뜨릴 대상이 필요하다. 그들은 형인이 그들과 영구히 공존하기를 바란다. 계약을 해지하는 것은 오직 그들의 권리이다. 그러나 이번에 그 규칙을 깨뜨리는 쪽은 형인이다. 형인이 느끼는 것들을 그들 또한 느껴야만 한다. 그것은 공평하다.

만났어. 이 언니랑 저녁 먹고 들어가려고. 어차피 집에 사람도 없잖아.

거짓이다. 수진의 입에서 쏟아져 나오는 말들은 성의가 없고 거칠다. 형인은 핸들을 세게 붙들며 옆 좌석을 곁눈질한다. 수진의 손에 휴대전화가 들려 있다. 부모와의 통화가 틀림없다. 부모를 대하는 그녀의 태도는 형인을 대하던 것과는 사뭇 다르다. 그녀는 전화기에 대고 함부로 말을 지껄이며, 형인에게는 걱정 말라는 듯 눈웃음을 보낸다. 자신이 얼마나 허기가 진 상태인지, 열 시간이 넘는 비행을 한 딸을 마중 나오지 않는 부모가 얼마나 무책임한지, 짧은 여름 방학 대부분을 한국에서 머무는 게 얼마나 시간 낭비인지 따위를 원망 섞인 말투로 늘어놓는 그녀는 자신의 부모를 무척이나 능숙하게 다룬다.

엄마가 뭘 알아.

그보다 그들의 관계를 잘 함축하는 말은 없을 것이다. 수진이 그들의 모든 것을 장악한다. 그녀의 부모는 두 해만 지나면 아이비리그에 진학하게 될 외동딸 앞에서는 속수무책일 것이 틀림없다. 그들은 그것을 위해 아낌없이 희생하기를 원할 것이다. 형인의 이름은 그 희생의 목록에 기록조차 되지 않을 것이다.

기왕 이렇게 된 거, 드라이브 시켜주시는 거죠?

전화를 끊은 수진은 한없이 애교스럽고 다정한 얼굴로 되돌아온다. 형인은 수진의 웃음에 웃음으로 답한다. 계획이 형인의 예상보다 훨씬 수월하게 진행되고 있다.

안개가 걷혔네. 아깐 거의 앞이 안 보일 지경이었는데.

형인은 혼잣말을 하는 양 중얼거린다. 이제 형인의 차례이다. 수진이 완전히 경계심을 풀도록 만드는 것은 형인의 몫이다. 그러나 수진은 돌연 입을 다물며 창밖으로 시선을 돌린다. 겨우 몇 시간 만에 완전히 맑아진 하늘이 낯설다. 구름은 모두 쓸려갔고, 하늘은 너무 어두워 바다와 하늘의 경계를 분간할 수 없다. 선명한 시야 속에서도 다리의 끝이 보이지 않는다.

장관이었겠다.

안개처럼 부연 목소리가 형인을 뒤흔든다. 갑작스러운 적요는 위협적인 사이렌과 마찬가지로 차 안의 공기를 수축시킨다. 잠시 형인의 눈에 수진의 옆얼굴이 신비롭게 보인다. 옅은 갈색 피부 때문에 그녀의 흰자위는 희다 못해 파랗다. 사려 깊은 눈동자 안에 창밖의 풍경이 쏟아진다. 형인은 설명할 수 없는 찜찜한 감정을 느낀다. 그녀는 창문을 연다. 짜고 습한 바람이 머리카락을 휘저으며 지나간다. 수진이 소리를 지르기 시작한다. 인생에서 두려움의 감정이라고는 단 한 번도 느껴보지 못한 사람처럼, 수진이 불쑥, 덥고 습한 바람 속으로 긴 팔을 밀어 넣는다.

　애초에 그것은 적의가 아니었다. 공포였다. 형인은 사장이 사무실을 나간 직후 사무실 바깥으로 뛰쳐나왔다. 공기가 희박했다. 사무실은 34층에 있었다. 회사는 이름만 대면 누구나 알 만한 고층 빌딩의 사무실 몇 칸을 임대해 사용하는 중이었다. 상담이나 수업이 필요할 땐 시간당 비용을 지불하고 회의실을 대여받았다. 비슷한 지출로 훨씬 넓고 쾌적한 사무실을 얻을 수 있었을 것임에도 불구하고 사장은 렌탈 서비스를 고집했다. 그런 요소들이 회사의 품격을 결정한다고 사장은 믿었다. 각각의 사무실은 물론 34층의 복도에 들어오려면 지정된 카드 키가 필요했고, 유니폼을 입은 렌탈 업체 여직원들이 모든 출입자들의 신분과 방문 목적을 확인했다. 입주 회사의 직원들을 위해 간단한 아침과 간식이 제공되었고, 카페테리아의 냉장고엔 온갖 종류의 음료가 가득했다. 한때나마 형인에게 쾌적하고 안락하게 느껴지던 사무실이 이제는 그녀의 숨통을 죄고 있었다. 온통 유리로 만들어진 건물 외벽에는 창문이 달려 있지 않았고, 신선한 공기를 마시기 위해서는 초고속 엘리베이터에 탑승하는 수밖에 없었다.

　복도는 건물 가장자리를 따라 원을 그리며 이어졌다. 유리벽으로 뜨거운 햇살이 쏟아지고 있었지만 카디건을 입지 않으면 감기에 걸릴 정도로 공기가 찼다. 형인은 유리 벽 앞에 놓인 바에 기대앉았다. 창문을 만들지 않은 이유를 알 것 같았다. 형인이 두려움 없이 살 수 있는 장소 같은 것은 없었고, 오직 그러한 사람들만이 존재했다. 형인과 같은 사람들은 그런 곳에 오래 머무르면, 여지없이 그 허공을 향해 발을 뻗어보고 싶을 것이다. 그때의 의지란 그 자신의 의지와는 무관한 의지일 것이다.

　괜찮아요?

　화들짝 놀란 형인이 뒤를 돌아보았다. 선이었다. 근심이 가득해 보이는 얼굴에 땀이 맺혀 있었다. 그는 덩치가 컸고, 땀을 많이 흘렸고, 말수가 적었지만, 엉뚱하게 사람을 웃겼고, 사교성이 있었다. 애당초 잘 웃지 않는 형인이었지만 가끔 선이 던지는 영어식 농담 앞에서는 더더욱 웃는 연기조차 할 수가 없었다. 그럴 때면 그는 따라 웃으라는 듯 먼저 나서서 웃음을 터뜨렸다. 그 외에 형인은 그가 어떤 사람인지 판단할 수 없었고, 그저 간혹 그의 체취가 불편했다. 늘 밝은 표정으로 사람을 대하던 선의 얼굴이 어두웠다. 그는 들고 있던 파일을 내려놓고 주전자 안에서 잔뜩 졸아든 커피 두 잔을 들고 형인 옆에 앉았다. 작은 잔을 가득 채운 뜨거운 커피가 출렁이는 모습을 바라보며 형인은 주먹을 말아 쥐었다.

사장님이랑 얘기를 좀 했어요. 그건 부당하지 않냐. 물론 이게 마지막이라고 하시지만, 원하지 않으면 하지 않겠다고 말해도 괜찮아요. 다른 직원들도 다 그렇게 생각할 거고요.

선은 냅킨으로 땀을 닦으며 커피 잔을 들어 올렸다. 테이블 위에 커피 몇 방울이 떨어졌다. 이번에는 땀을 닦던 냅킨으로 바에 흐른 커피를 닦았다. 하얀색 냅킨이 커피를 빨아들였다. 그를 지켜보는 동시에 형인의 마음속에서 어둡고 축축한 무엇인가가 머리를 들어 올렸다. 선이 곤란한 표정으로 막 말을 시작하려는 중이었다. 형인이 자리에서 일어났다.

먼저 일어나보겠습니다.

그녀는 아주 잠시 선의 눈을 바라보았다. 어색하게 눈을 깜빡이다 먼저 시선을 피한 것은 선이었다. 그는 얼굴에 떠오르는 무안함을 감추듯 뜨거운 커피를 후루룩 들이켰고, 넘칠 듯 넘치지 않는 다른 한 잔의 커피가 형인의 눈엔 당장에라도 끓어 넘칠 듯 위태롭게 보였다.

도심을 거쳐 집으로 가기를 원한 건 수진이다. 그녀는 다리를 되돌아가기를 바라지 않았다. 어차피 형인에게도 차를 돌릴 계획은 없었다. 그녀는 수진에게 나쁘지 않은 생각이라고 답한다. 모든 것이 순조롭다. 차가 도심을 가로지는 동안 수진은 시시콜콜한 일상의 이야기들을 늘어놓는다. 유학생들이 많은 학교를 선호하는 이유는 인종차별이 덜하기 때문이라는 이야기나, 자신이 수학과에 진학하려는 이유가 한국 유학생 대부분이 그러하듯 수학을 좋아하기보다는 잘하기 때문이라는 이야기, 엄격한 보딩스쿨 기숙사에서 담배를 피우다 적발되어 한국으로 돌려보내진 친구의 이야기 따위. 아버지의 병원은 그냥 성형외과가 아니라 모발이식 전문 센터인데, 정작 아버지는 머리를 심을 생각이 없다는 게 의아하다는 이야기. 감정의 변화를 크게 보이지 않던 형인마저 실소를 터뜨리자, 그녀는 박수까지 치며 웃기 시작한다. 이 웃음이, 호의가, 다정함이 언제까지고 지속되지는 않으리라는 사실을 잊지 말라고, 형인은 스스로를 단속한다.

언니, 다시 한 번, 진심으로 사과하고 싶어요.

화려한 시가지가 끝나는 지점에서 수진이 불쑥 말을 꺼낸다. 그녀의 목소리가 낮아진다.

전 부모님이 바라는 걸 충족시켜줄 뿐이에요. 그렇게 하지 않으면 자신이 누려야 하는 권리가 침해당한다고 생각하는 분들이에요. 왠지 언니는 입이 무거운 사람 같아서 하는 소린데요. 이건 선생님한테도 비밀이고요. 물리적인 거리가 있잖아요. 그건 부모님이 더는 저를 통제할 수 없다는 뜻이기도 해요. 부모님은 절대로 그렇게 생각하지 않겠지만요.

형인은 고개를 끄덕일 뿐 별다른 반응을 보이지 않는다. 수진이 또다시 침묵한다. 수진은 1년 만에 한국에 왔고, 열네 살 이후에는 서울 외의 다른 도시를 구경한 적이 거의 없다고 했다. 그녀는 해방감에 젖어 있었다. 형인은 수진이 자신을 믿기 때문이 아니라, 일시적인 기분에 도취되어 있을 뿐이라는 걸 안다. 형인이 아무것도 아니기 때문에, 그저 낯선 사람이고, 또한 자신에게 해가 되는 짓은 할 수 없으리라 여기기 때문에 함부로 자신의 이야기를 털어놓는 것이다. 그러나 수진의 말에서 설명하기 어려운 묘한 여운이 감지되고, 형인은 더 이상 그녀가 자신의 내밀한 이야기들을 털어놓지 않기를 바란다. 그녀의 쾌활함 뒤에 감춰진 고요함, 다리를 건너며 보았던 그 짧은 순간의 정적을 떠올리며 형인은 못내 찜찜한 기분을 떨칠 수 없다.

잠깐, 잠깐만요.

수진이 창밖을 가리키며 소리친다. 형인은 속도를 줄인다. 시내를 벗어난 지 채 10분이 지나지 않은 동네의 풍경은 싸늘하다. 도무지 타고 내릴 사람이라고는 없어 보이는 길 한복판에 버스 정류장 표지판이 서 있다. 차는 버스정류장 앞에 멈춰 선다. 정류장 뒤편으로는 산을 깎아 만든 공사 부지가 있고, 부지 깊숙한 곳에 아직 반도 올라가지 못한 건물 하나가 눈에 들어온다. 도로 건너편의 너른 땅은 밭인지 개발을 위해 파헤쳐놓은 황무지인지 분간할 수 없다. 황무지 너머로 보이는 대형 아파트 단지에서 밝은 빛이 뿜어져 나온다.

트렁크 좀 열어주세요.

이유를 묻기도 전에 수진이 문을 열어젖힌다. 그리고 곧장 트렁크를 향해 성큼성큼 걷는다. 트렁크를 두드리는 소리가 들려온다. 트렁크를 연다. 룸미러 안의 수진이 사라진다. 형인은 수진을 따라 차에서 내린다. 트렁크 안에서 커다란 가방을 끌어내리는 수진의 뒤에 선 형인은 트렁크 깊숙이 놓여 있는 종이 상자를 말없이 바라본다. 수진은 상자에는 아무런 관심을 보이지 않는다. 가방 속에서 눌러 담은 짐들이 튀어나온다. 가방 안의 짐이 지나치게 많다. 수진은 짐을 아무렇게나 풀어헤친다. 짐들이 아스팔트 바닥에 뒹구는 것도 아랑곳하지 않는다. 갖은 생필품과 빨지 않은 옷가지, 구겨진 배낭과 몇 권의 책, 그리고 캠코더……. 그녀는 옷가지로 둘둘 감아놓은 캠코더를 꺼내 쪼그려 앉은 무릎과 가슴 사이에 끼우고 두 팔로 흩어진 짐들을 끌어모은다. 두 무릎에 체중을 실어 누르자 쓸어 담은 짐이 무릎 양옆으로 밀려 나온다. 형인은 보다 못해 수진의 곁에 주저앉아 함께 가방을 눌러 담으며 사위를 살핀다. 도로 양옆에 일정한 간격으로 줄지어 선 가로등 불빛은 도로가 휘어지는 지점에서 서로 엇갈리며 어지러운 무닉를 만든다. 눈을 감는다. 눈을 감아도 빛은 감지된다. 땅이 진동한다. 눈을 뜬다. 반대편 차선에서 대형 화물 트럭 한 대가 빠르게 달려온다. 트럭의 전조등이 형인의 눈에 빛을 쏟아부으며 지나간다.

가방이 잠기지 않자 수진이 다시 가방을 열어젖힌다. 형인은 옷 더미 사이로 삐죽 튀어나온 책들의 표지에 온통 필름, 시네마, 카메라 같은 단어들이 영문으로 적혀 있는 것을 발견한다. 형인은 갑작스런 빛에 놀란 눈을 비빈다.

영화 좋아해?

무심결에 튀어나온 질문이었다. 수진은 대답 대신 앓는 소리를 내며 다시 한 번 가방 뚜껑을 덮는다. 가방이 겨우 잠긴다. 가방의 배가 단단하게 부풀어 있어 잠금장치는 얼마 못 가 망가질 것 같다. 형인은 자신의 질문이 실수였을지도 모른다고 자책한다. 그녀는 수진을 채근하는 대신 함께 가방을 들어 올린다. 짐을 싣는 것은 내리는 것보다 어렵고, 형인은 트렁크에 짐을 실으며 그것이 누군가의 시신이라도 되는 양 주위를 두리번거린다. 수진의 체구를 확인한다. 여행 가방 안에 들어가기에 그녀의 키가 너무 크다. 머리와 몸통과 팔다리를 나눈다면 가능할지도 모른다. 상상만으로도 잔혹한 범죄다. 형인은 몸을 떤다. 생각을 지운다.

저기 잠깐만 가도 되죠? 언니도 같이 가요.

수진이 짓다 만 건물 공사 현장을 가리킨다.

대신에, 비밀이에요. 약속 꼭 지켜야 돼요.

형인은 엉겁결에 고개를 끄덕인다.

그간 들여다본 수진의 파일에 영화나 사진 촬영 같은 취미가 있다는 정보는 전무했다. 적성 검사와 진로 상담 내역이 꼼꼼히 기록된 파일 안에는 학생의 특기나 취미는 물론이거니와 자질구레한 경험이나 교우 관계까지 모두 들어 있었다. 책과 캠코더를 짊어지고 다닐 정도라면 파일 안에 정보가 들어 있어야 마땅했다. 형인은 차 안에서 말을 멈추고 휴대전화를 들어

창밖을 촬영하던 수진의 모습을 떠올렸다. 대수롭지 않은 일이었다. 그러나 이번에는 다르다. 수진의 가족조차 알지 못하는 수진에 관한 무언가를 형인은 목격하고 있다. 수진은 이미 공사 현장을 향해 걷기 시작했다. 형인은 망설인다.

그때 멀리서 걸어오는 사람의 실루엣이 눈에 들어온다. 차량이 아니고서는 누구도 다니지 않는 거리를 걷는 사람이 그녀를 향해 오고 있다. 형인은 재빨리 수진 쪽으로 몸을 돌리며 깜빡이는 비상등을 끄지도 않은 채 자동차의 문을 잠근다. 짧게 울리는 비프 음에 행인이 멈춰 선다.

언니, 진짜 비밀로 해줘야 해요.

몇 발쯤 앞서 걷던 수진이 형인을 돌아본다. 그녀의 손에 들린 캠코더의 불빛이 형인을 향한다. 형인이 손을 들어 빛을 가리자, 수진이 황급히 캠코더를 떨군다. 그녀는 멈춰 선 채로 형인의 답변을 기다린다. 형인이 고개를 끄덕인다. 수진은 다시 등을 보이고 걷는다. 형인이 신은 구두의 날카로운 굽이 단단하면서도 축축한 흙 속을 파고든다. 걷기가 수월치 않다. 도처의 물웅덩이와 잡초, 쓰레기를 피하기 위해 고개를 숙이고 걸어야 한다. 가로등 불빛 때문에 완전히 어둡지는 않다. 그림자는 사방으로 흩어지며 자란다. 불투명한 반점들이 시야에 떠다닌다. 눈이 시큰거린다.

사실 지난겨울에 스페인에만 있었던 거 아니에요. 절반은 보스턴의 친구 집에 있었어요. 그때 시도 때도 없이 뉴욕에 갔거든요. 이거 정말 비밀인데요.

그래.

형인의 대답은 짧다. 한낮의 맹렬한 더위가 한풀 꺾이긴 했지만 공기는 여전히 습하고 땀에 젖은 얇은 블라우스가 팔과 가슴에 감겨온다.

아무튼, 보스턴에서 뉴욕으로 가는 불법 심야 버스가 있거든요. 그걸 타고 다녔어요. 승객만 차면 출발 시간 같은 건 신경도 안 써요. 상상을 초월할 정도로 과속을 하고요. 모두가 잠들어 있는데 나만 깨어 있었어요.

그게 왜 비밀인데?

언니……, 정말로 비밀인데요. 저 영화 찍을 거예요.

공사 부지 뒤편의 산 위에서 나뭇가지들이 바람에 흔들리고, 그 소리는 극적으로 느껴진다. 수진은 계속해서 나아가고, 형인은 멈춰 선다. 수진의 목소리가 서서히 멀어진다.

일단 수학과에 가긴 갈 건데. 솔직히 저한테는 그게 어려운 일도 아니고요. 부모님이 내 인생을 맘대로 할 수 없을 때, 그땐 정말 내가 하고 싶은 걸 할 거예요. 뉴욕 필름 아카데미 알죠?

형인은 수진이 남몰래 갖고 있는 취미 정도가 있었으리라 짐작할 뿐이었으므로, 그것은 다소 놀라운 고백이다. 그러나 그녀의 얼굴에 놀란 기색은 떠오르지 않는다. 형인은 고백의 내용보다는 수진이 어째서 그토록 결연한 태도를 가져야 하는지가 더욱 의아하다. 어느새 형인의 얼굴을 살피고 있던 수진은, 그녀의 반응이 못마땅하다는 표정이다. 무엇을 바라는 걸까.

그래서, 지금 이게 그 영화라는 것과 관련이 있다는 거니?

아주 잠깐, 수진이 분한 표정을 감추지 못한다. 그녀는 형인을 쏘아보더니 이내 어깨를 떨어뜨리며 한숨을 내쉰다. 그리고 다시 걷기 시작한다. 이윽고 그녀의 두 발이 짓다 만 건물 앞에 멈춰 선다. 가까이에서 보는 회색의 콘크리트 건물은 이미 오래전에 공사를 중단한 듯 보인다. 시멘트로 포장을 한 건물 앞마당을 제외하면 다져놓은 땅은 모두 부풀어 일어났고, 잡풀이 무성하다. 녹슨 파이프들과 더럽혀진 방수포, 못 박힌 각목과 더러운 물이 가득 찬 드럼통 들이 아무렇게나 나뒹군다.

호러 무비, 찍을 거예요.

거의 모든 경우에 즉흥적으로 계획을 변경하는 것은 옳지 않다. 그러나 더러는 더 나은 선택지가 있다면, 과감하게 그것을 선택해야 한다. 형인은 건물의 외관을 살피며, 이곳이 최적의 장소라는 사실을 직감한다. 그렇게 생각하며, 무의식적으로, 형인은 둥글고 매끄러운 수진의 발음을 따라

해본다. 되새김질하듯, 여러 차례, 자신의 혀가 수진의 것처럼 부드럽다고 느껴질 때까지. 혀끝에 달콤했던 디저트의 맛이 되살아난다.

호러 영화 찍을 거라고요.

수진의 목소리가 공터를 가로질러 크게 울려 퍼진다. 건물의 안쪽에서 메아리친 목소리가 되돌아온다. 형인은 수진의 간절한 부름에 응하지 않고, 차를 세워둔 곳으로 시선을 돌린다. 멀리서 다가오던 사람이 이제는 형인의 차 가까이 다가와 있다. 그러나 멈추지 않는다. 가로등 밑으로 사람이 지나간다.

목줄이 풀린 개가 짖는다. 누군가는 말한다. 뛰지 말고 가만히 있어. 개를 자극하지 마. 그녀가 묻는다. 달리지 않으면 정말 저 개가 내 다리를 물어뜯지 않는다고 장담해? 누구도 답하지 않는다. 내리막길을 내려오던 자동차 한 대가 속도를 줄인다. 까맣게 코팅을 한 유리창은 차의 내부를 보여주지 않는다. 길 양옆으로 늘어선 주차된 차량 사이로 몸을 숨긴다. 누군가는 말한다. 그가 너를 위협할 거라 착각하지 마. 그녀가 묻는다. 저 운전자가 나를 해코지하지 않으리라고 장담할 수 있어? 누군가 답한다. 지금 네 앞에 있는 자동차가 너를 향해 굴러 내려올지도 모른다는 생각은 추호도 하지 않는 모양이네. 지하철이 들어온다. 쇳소리에 아기는 울음을 터뜨린다. 쇳소리보다 참을 수 없는 아이의 울음소리에 절로 미간이 좁아진다. 뒤를 돌아보면 아이의 엄마와 눈이 마주친다. 그녀는 그들에게 자리를 내주고 물러난다. 증오에 찬 아이의 엄마가 그녀를 선로 쪽으로 떠밀지 못하도록. 누군가 말한다. 너는 지금 저 갓난아기에게 처음으로 증오의 감정을 가르친 자가 되었다. 한 남자가 걸어온다. 그는 눈을 똑바로 뜨고, 이쪽을 주시한다. 남자의 손이 주머니 속에 있다. 남자의 주머니에서 시선을 뗄 수 없다. 그가 그녀를 찌르는 일은 일어나지 않을 수도 있지만, 적어도 그는 그녀 앞에서 커다랗게 기침을 하거나 가래침을 뱉고야 말 것이다. 그녀는 가장 가까운 문을 열고 들어가거나, 돌아서서 다른 길을 찾는다. 불안의 목록: 계절감 없는 낡은 옷의 걸인, 한 방향으로 걷는 행인, 낯선 사람들로 붐비는 거리, 옆자리에서 풍겨오는 술 냄새, 낯선 사람이 건네준 음료, 텅 빈 사거리, 신호를 지키지 않는 자동차, 유리로 된 벽, 사람으로 가득 찬 에스컬레이터, 바깥이 보이는 엘리베이터, 꼬이고 늘어진 전신주 위의 전선, 좁은 골목의 모퉁이, 가파른 계단, 등 뒤의 좁고 긴 복도, 두 개 이상의 잠금장치, 현관에 들어서는 순간의 낯선 냄새, 조리대 위에 누운 식칼, 끓는 주전자, 타는 냄새가 나는 헤어드라이어, 식지 않은 다리미, 뜨거워진 캔들 컨테이너, 전기 플러그가 잔뜩 꽂힌 콘센트, 창밖에서 들려오는 사람의 목소리, 길게 뻗은 그림자, 저절로 켜졌다가 꺼지는 현관의 센서등, 뉴스에 보도되는 사건 사고, 유리 테이블 위에 비치는 텔레비전의 화면, 뚜껑 열린 변기, 환풍구, 분홍 물때, 잠기지 않은 창문, 열린 방문, 닫혀 있는 커튼 뒤, 둘둘 말린 이불 더미, 눈 달린 인형, 밤늦은 시각의 낯선 전화, 장롱과 찬장 속, 침대와 텔레비전 선반 밑, 작은 소리, 작은 얼룩, 틈, 미미한 시선과 급습하는 잠. 밤에는 창문을 잠가야 한다. 밝은 방 안에서는 어두운 바깥의 풍경이 보이지 않는다. 방 안의 빛은 최소한으로만 허용된다. 익숙한 것 속에 가장 많은 위험이 도사리고 있다는 사실을 잊지 않는다. 옷장과 신발장, 찬장과 서랍 여닫기. 현관문과 창문을 순서대로 열고 닫기. 침대와 수납장 밑의 공간을 면밀히 확인하기. 집 안에 낯선 누구도, 무엇도 없다는 확신이 들 때까지 반복하기. 확인이 끝난 방문을 걸어 닫기. 락스 냄새 나는 화장실의 환풍기를 켜고 끈 뒤에 문을 닫기. 한눈에 둘러볼 수 있을 만큼의 공간만을 남겨두는 것. 블라인드와 커튼은 완전히 닫지 않는다. 창 위에 번진 가로등 불빛이 일그러지는 순간을 주목한다. 등 뒤의 공간은 절대로 비워두지 않는다. 혹여 벽에 등을 붙일 수 없다면, 때때로 뒤를 돌아보아야 한다. 어디선가 아주 작은 소리가 들려온다면, 가령 쓰레기통 안에서 비닐봉지가 서서히 펼쳐지는 소리가 들려온다면, 쓰레기통을 열어 확인하는 것이 좋다. 눈이 달린 인형은 집에 들이지 않는다. 잠들지 않으면 악몽을 피할 수 있는 것이 아니라, 깨어 있는 시간이 악몽이다. 어둠 속에서는 절대로 귀를 막지 않는다. 모든 소리에 신경을 곤두세워야 한다. 최악의 순간은 경계가 느슨해지는 때를 기다리다 찾아올 것이다. 누군가는 말한다. 아무리 애를 써도 정작 네게 불행한 일들이 일어나고자 한다면, 너는 결코 그걸 피할 수 없을 거야. 그녀는 답한다. 나는 오직 최악의 최악을 생각해. 나는 싸우지도, 달아나지도 않을 거야. 누군가는 말한다. 그럴 수 없겠지. 그녀는 말한다. 그래. 누군가는 말한다. 달아날 수 없을 테니까. 그녀는 말한다. 그래서? 누군가는 말한다. 차라리 먼저 끝장내는 게 낫지. 그녀는 말한다. 죽어버리기라도 하겠다는 거야? 누군가는 말한다. 그래. 그녀는 말한다. 그래. 누군가는 말한다. 그게 과연 가능한 일일까. 그녀는 말한다. 가능하지. 너도 함께 죽어버리겠지. 누군가는 말한다. 정말로 위험해지기 전에 알 수 있을까. 그녀는 말한다. 아니, 어쩌면 그보다 전에. 누군가는 말한다. 그것이 너를 위험 속에 밀어 넣기 전에. 그녀가 말한다. 그게 지금이야. 누군가 말했다.

같이 들어갈 거예요?

형인은 고개를 젓는다. 수진은 망설이지 않고 건물 안으로 진입한다. 검정이 그녀를 삼킨다. 발끝에서부터 무릎이, 허벅지가, 가슴이, 어깨가, 서서히 잠긴다. 너는 내게 등을 보이는구나. 형인은 생각한다. 수진의 몸은 캠코더의 불빛을 받아 어둡고 가늘어진다. 너는 정말로 내게 등을 보이는구나. 불빛이 건물 내부의 어두운 벽면 위에 현란하게 흔들린다. 발소리가 빈 공간을 울린다. 형인은 돌아선다. 형인의 등과 수진의 등이 마주 본다. 등과 등이 서서히 멀어진다. 땅은 질척이고 걸음은 더디다. 형인은 더 이상 수진의 환심을 사기 위해 노력할 필요가 없다. 그녀를 낯선 지하실로 끌고 갈 필요도 없다. 이제 형인은 그저 차로 돌아가 트렁크 속의 박스를 열고, 준비한 물건들을 꺼내 수진에게 되돌아오기만 하면 된다. 그녀는 아무런 의심도 경계도 없이 형인에게 곁을 내줄 것이다. 치명적이지는 않은 전류가 수진을 쓰러뜨릴 것이다. 그 물건들이 형인의 손에서 그러한 방식으로 사용될 줄이라고는 누구도 상상할 수 없었을 것이다. 수진을 묶고, 그녀의 입과 귀를 막고, 형인은 그들에게 말할 것이다. 이것이 당신들이 나를 모욕한 대가이다. 나는 아무것도 바라지 않는다. 조금도 안전하지 않다는 것을, 당신들이 제외되어 있지 않다는 것을, 당신들도 깨달아야 한다. 당신들의 딸은 온전히 돌아가지 못할 거야. 그들은 트렁크 안에서 훼손된 딸의 시신을 발견하리라 고대할 것이지만, 그녀는 곧 발견될 것이다. 처음과 다를 바 없는 모습으로, 여전히 그대로인 것처럼. 형인은 수진을 난도질하는 데에는 아무런 관심도 없다. 수진의 몫은 그저 어둠 속에 매달려 고통스럽게 발버둥 치는 형인의 모습을 목격하는 일뿐이다. 음산한 허공을 가르며 거칠게 흔들리는 형인을 바라보는 수진이 비명을 지르기를, 통곡하기를, 형인은 기도한다. 그다음의 수진은 전과 같지 않을 것이다. 설령 다르지 않다 해도, 그것이 형인의 실패는 아닐 것이다. 왜냐하면 그 세계에 형인은 더 이상 존재하지 않을 것이므로. 형인은 절대로 실패하지 않으리라는 확신이 서는 날을 기다려온 것이다. 개가 짖으며 달려올 때, 너는 무엇을 해야 할지 정해놓았다. 누군가는 말했다. 난간이 있다면 난간에서, 창문이 있다면 창문 밖으로 뛰어내리겠지. 형인은 답했다. 그들은 내가 나약하다고 생각하겠지만, 돌아온 딸을 끌어안고 안도하면서도, 결국 나약한 인간이 저지를 수 있는 범죄란 고작 그뿐이라고 생각하겠지만, 그러나 그렇지 않다는 것을 그들은 훗날 깨달을 거야. 공포 속에서 인간은 완전히 다른 존재로 다시 태어날 수 있다는 것을, 그녀의 눈 속에서 보게 될 것이다. 그것이, 형인의 계획이었다.

　언니는 왜 사람들이 무서운 영화를 보는지 생각해본 적 있어요? 그런 말을 하기도 하잖아요. 안전한 위험. 실제로 자신에게 일어난다면 견딜 수 없을 만큼 끔찍한 일들을 안전하게 체험할 수 있기 때문이라고요. 절반의 체험 말이에요. 그런데 내가 생각하는 건 그런 게 아니거든요. 우린 이미 거기에 살고 있어요. 그저 너의 눈에 보이지 않을 뿐이다. 나는 그런 영화를 찍을 거예요. 우리의 감각이 닿지 않는 곳에서, 우리가 볼 수 없는 눈의 사각지대에 이미 바짝 다가와 있는 그런 것들을 말이에요. 진짜 공포는 영화에서처럼 거듭된 경고나 위협적인 현실로 다가오지 않아요. 그건 도처에 있어요. 그건 섬뜩하기보다 지루하죠. 보스턴에서 뉴욕으로 가는 심야 버스 같은 거예요. 사람들은 그들이 감수하는 위험의 크기만큼 빨리 그 위험에서 벗어날 수 있다고 믿으며 잠에 들죠. 하지만 깨어 있다면, 위험한 순간은 지겹도록 반복돼요. 지루함에 지쳐버리죠. 너무 지루해서 곧 우리가 그 위험 속에 있다는 사실조차 잊어버리는 거예요. 우리가 진짜 공포를 깨닫는 건, 그것이 모든 걸 휩쓸어가버리는 순간뿐이에요. 언니, 언니, 저 건물을 봐요. 분명 버려졌지만, 아무도 살 수 없지만, 정말로 아무도 살지 않는다고 누가 장담할 수 있죠? 이 카메라가 무언가를 포착할 때에, 카메라에 포착되지 않는 공간이 훨씬 넓은데, 우리는 저 어둠 속에 있는 걸 전부 볼 수는 없어요. 우리의 눈은 그렇게 만들어지지 않았잖아요. 왜 꿈속의 악령들이 젊은이들을 해칠 때, 아무도 고통스러워하지 않죠? 왜 사람들은 여자아이들이 끔찍한 기숙학교로 보내지는 영화를 보며 자신의 아이를 기숙학교에 보내죠? 어째서 겁에 질려 저주의 말을 내뱉는 사람들을 누구도 가엾게 여기지 않는 거죠? 언니 저는 그런 것들이야말로 끔찍한 거라고 생각해요. 이 무시무시한 지루함에서 벗어나야 해요. 아니 이 지루함이 얼마나 무서운 것인지를 깨달아야 해요. 집으로 돌아가도 안전하지 않다는 걸요.

별다른 반응을 보이지 않는 형인을 향해 수진이 쏘아붙이듯 말했다.

흙으로 뒤범벅된 구둣발이 도로변에 들어선다. 형인은 수진의 말과 눈빛을 곱씹는다. 인도 위로 젖은 발자국이 따라온 것을 본다. 멀리 건물 안에서는 빛이 사라졌다가 나타나기를 반복한다. 트렁크를 연다. 트렁크 속의 상자를 물끄러미 바라본다. 트렁크를 닫는다. 그리고 비로소, 형인은 자신의 모든 계획을 포기한다.

경적을 울리면, 집에 갈 시간이라는 뜻이야.

경적이 울린다. 바퀴는 서서히 도로 위를 구르기 시작한다. 건물 안에서 요동치는 빛은 금세 시야에서 사라진다. 차에 속도가 붙는다. 수진이 곧 건물 밖으로 나오면, 그곳에 형인은 없을 것이다. 그녀는 밝은 곳을 향해 뛰거나 걸으며, 속옷이 땀에 젖고, 때때로 멀리서 걸어오는 낯선 사람의 그림자를 경계하며 집으로 돌아갈 것이다. 낯선 그림자가 돌변하여 그녀를 위협할 수도 있고, 그저 홀연히 사라진 형인을 떠올리며 웃을지도 모른다. 허탈함과 연민이 동시에 형인의 마음을 휘젓는다. 수진은 그들에 속하지 않는다. 누군가는 말한다. 너는 실패했어. 결국 개가 너의 다리를 물어뜯겠지. 너는 나약하고, 그 나약함이 너를 주저앉히겠지. 너는 아무것도 할 수 없을 거야. 형인은 답하지 않는다. 속도를 높인다. 공포에 맞서듯이, 수진처럼, 수진의 영화처럼. 핸드백 속의 휴대전화가 진동한다.

사이렌이 울리면 누구라도 거대한 사건이 일어날지도 모른다는 불안에 사로잡힌다. 그러나 사이렌이 곧 사건이라는 사실을, 그들은 결코 이해하지 않는다. 안개 속을 달릴 때, 형인은 생각했다.

밤새 아무도 형인을 추적하지 않는다. 형인을 추적하는 자가 없으므로 수진은 무사히 집으로 돌아갔을 것이다. 형인은 밤새도록 나타나지 않는 추적자를 기다리며 수진이 찍은 영상들을 본다. 동영상 사이트에 수진의 영문 이름과 그녀가 사용하는 아이디 몇 개를 조합해 검색하자 비슷비슷한 영상들이 줄지어 나타난다. 영상을 본 사람의 수는 매우 적다. 수진의 카메라는 아무도 살지 않는 버려진 건물 외벽을 한 바퀴 돈 후 안으로 들어선다. 어떤 것은 거의 검은 화면뿐이다. 스탠드의 불빛조차 없이 완전한 어둠 속에서나 그녀가 이동하는 경로를 지켜볼 수 있다. 형인은 거의 움직이지 않고 앉아 그것을 본다. 카메라의 불빛이 벽과 벽 사이를 스치며 일그러졌다가 펼쳐진다. 때로는 긴 복도가, 때로는 몇 개의 계단이, 때로는 누군가 살았던 흔적이 남아 있다. 깊게 들이마시고 내쉬는 숨소리와 발걸음 소리만이 가깝게 들려온다. 가끔 들려오는 사람의 목소리나 자동차 소리, 바람 소리, 빗소리, 금속이 굴러가는 소리는 멀리에 있다. 화면 속의 소리는 방 안의 미세한 소음들과 뒤섞인다. 형인은 가끔 등 뒤를 본다. 그러면 거기에 그녀의 거대한 그림자가 있다. 수진의 영상은 대부분 비슷하고, 수진의 말대로 하나같이 지루하다. 길고 지루한 화면은 때때로 아름답고, 아무런 일도 일어나지 않은 채로 수진은 어둠 밖으로 걸어 나간다. 형인의 공포와 수진의 공포가 마주 본다.

검은 화면 위에 때때로 형인의 얼굴이 비친다. 그때 누군가 분노에 찬 목소리로 말한다. 네가 충동적이고 사소한 복수심으로 그들을 해치려 했다는 게 분명해졌어. 너는 아무런 결단도 하지 못했고, 이제 그게 널 더욱 곤경에 빠뜨리겠지. 차라리 아무것도 결심하지 말았어야 했어. 목소리는 형인의 머릿속에 울려 퍼진다. 형인은 안다. 그는 낯선 사람이 아니다. 그것은 형인 그 자신이다. 언제나 그녀를 지켜보고 있는 그녀 자신이다. 그녀에게 반목하는 그녀로서, 그녀를 지키는 그녀로서 있는 자이다. 형인은 그 사실을 똑똑히 안다. 그녀는 읊조린다. 당신의 목소리가 나라는 사실을 알아. 나는 당신을 정말로 타인이라고 믿어버리는 정신 이상자가 아니야. 형인은 자기 자신으로서, 자신을 지켜보며, 자신에게 질문하고, 자신으로서 답한다. 그들은 내가 저지른 일들의 원인이 아니야. 내가 바로 그들에게 주어진 결과인 거야. 형인은 또 다른 형인에게 강변한다. 이것은 적의가 아니다. 만일 형인이 복수심으로 모든 일들을 계획했다면, 그녀가 수진을 그곳에 놓아둔 채 돌아오는 일 따위는 일어나지 않았을 것이다. 너는 왜 죄책감을 느끼지? 왜 너는 밤새도록 울리는 전화기를 꺼버린 채 방 안에 틀어박혔지? 형인이 묻는다. 오직 형인 그 자신뿐인 어둠 속에서, 형인이 목소리를 낸다.

형인은 계획이 실패했다는 것을 부정하지 않는다. 다만 수진은 무고하고, 형인은 무고한 사람을 해치는 일은 온당하지 않다고 믿는다. 그것은 형인이 여전히 냉정하게 모든 상황을 통제하고 있다는 반증이다. 두렵거나 겁에 질린 것도 아니다. 그녀는 늘 겁에 질려 있었고, 이미 거의 파괴되었다고 느끼며, 언제나 완전히 파괴되기 전에 스스로를 파괴할 수 있기를 간절히 바란다. 그것은 그녀에게 있어서는 무척 익숙한 감정이다. 다만 형인은 수진을 통해 자신의 메시지를 전달하는 것이 불가능하며, 또한 무의미하다는 사실을 깨달았을 뿐이다. 수진은 그들과는 다르므로, 수진은 이미 그들 밖의 사람이므로, 형인은 실패했지만, 완전히 끝난 것은 아니다. 서서히 무너져가는 자들이 있고, 그런 사람들은 자기 자신을 파괴하지 않으면, 자기 주변의 모든 것을 박살내고야 말 것이므로, 마치 형인이 그래왔듯이. 목격되지 않는 세계를 지켜보는 사람으로서, 형인은 자신의 의지 바깥에서 이미 무너져가는 그들의 세계를 감지한다. 거기에 형인은 없을 것이다. 그들을 거절하는 것은 여전히 형인 그 자신이다. 모든 것으로부터 혼자가 된 사람들에 대해, 형인은 생각한다.

날이 밝는다. 창밖은 차츰 소란스럽고, 밤의 미미한 소음과 진동 들이 사라진다. 형인은 나갈 채비를 한다. 모든 준비가 끝났다. 아직 아무도 출근하지 않은 사무실에 수진의 짐을 되돌려놓고 출력된 퇴직 서류에 자신의 이름을 적어 넣은 후엔 위태로운 34층의 복도를 떠날 것이다. 퇴직 서류에 적힌 그녀의 이름 세 글자가 그녀의 마지막 메시지가 될 것이다. 그들이 그 마지막 메시지를 받을 것이다. 휴대전화에 전원을 넣자 순식간에 수십 개가 넘는 문자 메시지와 부재중 전화 알림이 밀려든다. 수진의 부모일 것임이 틀림없는 낯선 번호와 사장의 번호가 번갈아 찍혀 있다. 사장의 메시지에서 애원하는 듯한 목소리가 들려온다. 그는 더는 책임을 묻지 않을 테니 전화를 받으라고 썼다. 그러나 이번만큼은 결코 옳은 선택이 아니었다는 내용의 비슷한 메시지가 반복된다. 그가 이번에도 웃는 낯으로 형인을 마주할 수 있을 것인가. 형인은 질문한다. 그녀는 영영 확인할 수 없을 것이다. 아니, 확인하지 않을 것이다. 수진의 부모는 오직 전화만을 걸었다. 그들 모두의 연락이 멈춘 두어 시간의 간격, 수진은 가족들의 품으로 돌아갔을 것이다. 다시 사장의 메시지가 시작된다. 형인은 한 손에는 휴대전화를 들고 다른 한 손에 가방을 든 채 현관으로 향한다. 가스 밸브와 창문의 잠금장치, 콘센트에 꽂힌 플러그와 열린 변기 뚜껑을 이제는 확인하지 않아도 좋다. 모니터에 계속해서 수진의 채널이 재생된다.

그토록 어두운 밤을 지나왔는데도 여름의 아침은 한순간도 떠났던 적이 없는 것처럼 거기에 있다. 아직 땅이 덥혀지기 전의 서늘함이 발목을 타고 올라온다. 새로 꺼내 신은 구두가 깨끗하다. 그녀는 차를 세워놓은 공터를 향해 걸으며 다시 휴대전화의 메시지를 읽는다. 고작 몇 분 전에 들어온 선의 메시지가 눈에 띈다. 사장에 관해 긴히 할 이야기가 있으니 되도록 빨리 연락을 달라고 적혀 있다. 형인은 자동차의 보닛 위에 핸드백을 올린다. 마지막으로 사람의 목소리를 들어도 좋을 것이다. 형인은 전화를 건다. 연주자의 영혼이 담기지 않은 것 같은 클래식 음악이 흐르기 시작한다.

아침 일찍 죄송합니다.

선의 목소리가 잠겨 있다.

일단은 가장 믿을 수 있는 사람에게 이야기를 해야 한다고 생각했습니다. 사장님의 학력과 관련된 거예요.

형인은 깊은 숨을 내쉬며, 잠자코 그의 말에 귀를 기울인다.

간단히만 말하면, 그간 의심스러운 것이 있어 미국의 출신 학교에 학력 조회를 요청했어요. 오늘 그런 졸업생이 존재하지 않는다는 답변을 받았습니다. 좀 전에 메일로 그쪽에서 보내온 답변을 포워딩했습니다.

형인의 고개가 비스듬히 돌아간다.

네.

일단은 비밀로 해주셔야 해요. 퇴근 후에 괜찮으시면 따로 이야기를 했으면 합니다. 이게 사실이라면 정말로 심각한 문제니까요.

네.

이른 시간에 실례였던 것 같네요. 마음이 급해서요. 회사에서 뵙겠습니다. 형인이 먼저 전화를 끊는다. 실소가 터진다. 그뿐이다. 그녀는 차에 기대선 채로 수신된 메일함을 연다. 가장 윗줄에 영문으로 된 메일이 도착해 있다. 그러나 정작 그녀의 눈길을 끄는 것은 광고 메일 사이에 있는 익숙한 메일 주소다. 수진이다. 제목조차 없는 한 통의 메일. 다리에 힘이 풀린다. 그녀는 메일을 열지 않고 운전석의 문을 연다. 보조석에 여전히 수진의 핸드백과 휴대전화가 놓여 있다. 형인은 잠시 시트에 기대앉아 수진의 얼굴을 떠올린다. 신중하고 결연한 눈빛과 얇은 입술이 떠오른다. 그리고 그러한 생각은 형인에게 카메라가 향하던 순간 뷰 파인더에 나타난 자신의 얼굴에 관한 생각으로 옮겨간다. 여름의 해는 빠르게 떠오르며 차 안을 빛으로 채운다. 차 안의 온기에 잠이 밀려든다. 메일이 열린다.

시발년아 넌 내가 만만하게 보였지. 무슨 약점이라도 잡았다고 착각하지 마. 너 같은 건 아무것도 아니야. 개 같은 년.

메시지를 읽는 것과 거의 동시에 형인의 오른손에 쥐어진 차 키가 돌아간다. 엔진이 돈다. 형인은 메시지를 다시 읽는다. 몇 번이고 반복해 읽는다. 안개가 차오르던 창밖으로부터 아침이 열리는 지금까지의 모든 순간을 천천히 복기한다. 견딜 수 없는 씁쓸한 감정이 북받치는 와중에 그녀는 웃는다. 형인은 지금 누군가 곁에 있다면, 자신이 느끼고 있는 감정에 대해 묻고 싶다. 과연 이 감정을 무어라 불러야 좋을 것인가. 그러나 아무리 불러도, 그는 대답하지 않는다. 대신에 형인 그 자신의 입술 사이에서 또 다른 질문이 흘러나온다.

어째서, 너에게는 공포 또한 아름다운가.

그러자 모든 것이 선명하다. 다른 여지라고는 느껴지지 않는다. 형인은 자신과 그의 의견이 완전히 일치한다는 사실을 자각한다.

선에게 전화를 건다.

혹시, 지금 학생 주소를 확인해주실 수 있는 방법이 있나요?

새로운 목소리를 얻은 것처럼 형인은 또박또박 말을 잇는다.

실은 어제 짐 하나를 제 차에 두고 내렸어요.

어젠 집으로 데려다주신 게 아니었던 모양이죠? 아마 메일함에 사인하기 전 계약서가 남아 있을 겁니다.

근처에서 내렸거든요. 부탁드릴게요.

이른 출근을 하는 사람들이 바쁜 걸음으로 지나간다. 차에서 내린 형인이 트렁크를 연다. 그녀는 수진의 커다란 가방을 트렁크 깊숙이 밀어 넣으며 갈색 종이 상자를 끌어당긴다. 상자 속의 물건들은 가지런히 정돈되어 있다. 그것들을 내려다보며 형인은 머릿속으로 새로운 계획을 정리한다. 무언가 예리한 것이 필요하다. 필요할 것이다. 이제 그녀는 명백한 적의를 느낀다. 이번의 계획은 어떠한 변수 앞에서도 변경되지 않을 것이다. 트렁크가 큰 소리를 내며 닫힌다. 막 주차된 차에 올라타려던 남자가 인상을 쓴다. 형인이 그의 표정을 읽는다. 남자는 재빨리 차에 올라타지만, 그의 일그러진 얼굴의 잔상이 형인의 눈 속에 떠다닌다. 그녀는 남자가 본 자신의 얼굴을 상상해본다. 그리고 그의 차가 떠난 후에야 운전석으로 돌아간다. 문자가 들어온다. 수진의 집 주소일 것이다. 형인은 문자를 확인하지 않고 옷매무새를 점검한다. 단정한 옷을 입은 것이 마음에 든다. 룸미러를 기울이자 거울 속에 형인의 얼굴이 비친다. 거울을 본다. 그리고 한참 동안 눈을 떼지 않는다. 그녀는 기다린다. 거울 속에 비친 얼굴이 누구의 것인지, 결코 알 수 없게 될 때까지.

김세령 호서대학교 교수

불확정의 세계, 어긋남의 미학

천희란의 「사이렌이 울리지 않고」는 중반부까지 공포영화의 전형적인 패턴을 따라 진행된다. 정신이 아득해지는 사이렌 소리, 한 치 앞도 알 수 없는 짙은 안개, 안광을 내뿜는 사냥개들처럼 보이는 앞서 가는 자동차의 후미등, 불길한 기분에 사로잡혀 바짝 긴장해서 위태롭게 운전하는 형인. 주인공의 심리적 압박감이 구체적인 비유와 이미지로 선명하게 고조되었던 도입부의 서사는 업무상의 실수로 자본과 권력 앞에서 모욕과 멸시의 대상이 되었고 그로 인해 부당하고 악의적인 요구를 받아들여야 했던 형인의 과거로 이어져 앞으로 그녀가 저지르려는 일에 타당한 동기를 부여한다.

그런데 수진의 부모가 자신에게 가한 부당한 대우에 분노한 형인이 계획한 것이 무엇인지는 처음부터 명확히 제시되지 않는다. 친근하게 다가오는 수진을 경계하며 앞으로 형인이 저지르려는 일이 형인을 부당하게 대우하거나 몰아붙였던 그들로 인한 것이며, 수진의 가정에 치명적인 위해를 가할 수 있고 형인이 느끼는 것들을 그들 또한 느끼게 하는 일이라고만 언급할 뿐이다.

외딴 곳에서 차를 멈추고 캠코더를 꺼낸 수진의 짐을 트렁크에 다시 실으며 형인은 그것이 누군가의 시신이라도 되는 양 주위를 두리번거리고 수진의 체구를 확인한다. 그리고 여행가방 안에 들어가기에 너무 크기에 머리와 몸통과 팔다리를 나누면 가능할지도 모른다는 상상을 한다. 상상만으로도 잔혹한 범죄라며 몸을 떨고 생각을 지우는 형인을 보며, 독자는 '주인공이 망설이고는 있지만 곧 살인이 일어날 수도 있겠구나' 하며 공포영화의 패턴대로 자연스럽게 다음 사건을 예측한다.

그러나 독자의 기대는 어긋나고, 익숙하게 느껴졌던 서사는 낯설게 변형된다. 형인이 계획했던 것은 수진을 죽이는 것이 아니라 수진으로 하여금 어둠 속에 매달려 고통스럽게 발버둥치며 죽어가는 형인의 죽음을 목격하게 하는 것이다. 공포영화처럼 죽음과 폭력을 지배하는 살인자와 이에 위협받는 희생자가 분리된 것이 아니라 스스로 살인자이자 희생자가 되어 또 다른 희생자를 낳으려는 인물이 등장하기 때문이다. 형인은 수진을 육체적으로 죽이지는 않지만 자신의 죽음을 통해 공포를 목도하게 함으로써 그녀의 정신을 파괴하고자 계획한다.

더 나아가 이 소설의 서사는 독자의 기대뿐만 아니라 형인의 계획도 어긋남을 보여준다. 지배 구조의 상층에 위치한 그들도 위험으로부터 제외되어 있지 않고 조금도 안전하지 않다는 것을 깨닫게 하려고 형인은 자살의 증인으로서 수진을 선택했었다. 그러나 공포에 맞서 진짜 공포를 담은 호러 영화를 찍고 싶어하는 수진은 이미 그 사실을 알고 있었다. 형인은 그들과 다른 수진을 통해 자신의 메시지를 전달하는 것이 불가능하고 무의미하다는 사실을 깨닫고 모든 계획을 포기한다. 동시에 목격되지 않는 세계를 지켜보는 사람으로서 자기 자신을 파괴하지 않고 살아남은 수진은 자기 주변의 모든 것을 박살내며 그들의 세계에 균열을 일으킬 것이기에 형인은 실패했지만 완전히 끝난 것은 아니라고 생각한다. 아이러니하게도 형인이 모든 것을 정리하고 스스로를 파괴하러 떠나기 직전 열어본 수진의 메일은 이러한 형인의 판단이 착각이었음을 보여준다. 수진이 인식한 형인은 비밀을 공유한 믿을 수 있는 존재가 아니라, 비밀을 약점 삼아 자신을 만만하다 착각하고 있지만 함부로 대해도 되는 아무것도 아닌 존재다. 그들과는 다르며 이미 그들 밖의 사람이라고 판단되었던 수진은 동시에 그들의 세계에 견고하게 뿌리내린 존재였던 것이다. 명백한 적의를 느낀 형인이 새로운 계획을 머릿속으로 정리하는 것으로 서사는 마무리된다.

이처럼 익숙한 공포영화의 서사를 비틀어 낯설게 드러내고 있는 어긋남의 미학을 통해 소설은 무엇을 말하려고 하는 것일까? 그 실마리는 '상상을 전복하는 현실', '도처에 있는 진짜 공포'를 언급한 다음 구절들에서 찾을 수 있겠다.

> 상상이 현실을 능가하기란 불가능하다고 형인은 믿는다. 우리가 아는 현실이란 지극히 선별된 것에 지나지 않는다. 가장 고통스럽고 추악한 것은 아직 드러나지 않았을 뿐이다. 그리고 그러한 현실이 고개를 들 때, 상상은 전복된다. 상상이 전복하고 나타나는 현실은 이미 우리의 것이 아닐 것이다. 그러므로 그러한 현실이 형인에게도 일어나지 않으리라는 법은 없다. 또한 그곳에, 형인의 자리는 존재하지 않을 것이다. …(중략)… 일상은 속도를 망각한 운전자들에게 주어진 것과 같은 잠재적인 위험으로 가득하다. 그녀는 누구보다 그 사실을 잘 안다. 그로부터 달아나야 한다는 생각이 그녀를 오랫동안 지배해왔고, 그녀는 계속해서 달아났지만, 단 한 번도 완전히 달아났다고 느낀 적은 없다. 모든 위험으로부터 안전해지는 단 한 가지 방법을 알고 있지만, 한 번도 실행한 적은 없다. 아직은 때가 아니다. 때는 곧 올 것이다. (259~260쪽)

이성으로 현실을 지배할 수 있다고 생각하던 시대가 있었다. 그러나 급변하는 현실 속에 예측할 수도 이해할 수도 없는 불확정의 세계와 대면할 때, 우리의 일상은 잠재적인 위험으로 가득한 곳이 되고 안전과 평안은 공포와 불안으로 바뀌게 된다. 또한 상상 속에서만 존재하리라 믿었던 고통스럽고 추악한 현실을 우리의 일상에서 만나게 되는 일이 얼마나 많은가. 섬세하고 예민한 기질을 가진 인물들은 형인처럼 자의식 과잉의 분열 양상을 드러내며 "불안의 목록"에서 엿볼 수 있듯 신경쇠약과 불안 증세를 보이기도 한다. 우리가 통제할 수 없는 불확정의 세계를 인식할 때 인간의 유한한 한계를 인정하며 절대자에게 의지하기도 하지만, 천희란의 소설 속 인물들은 스스로 결정할 수 있는 유일한 선택으로서(「창백한 무영의 정원」), 자신의 명예와 존엄을 지킬 수 있는 방법(「영의 기원」)으로서 자살을 실행한다. 이 소설 속 형인도 위험으로부터 안전해지는 방법으로 자살을 계획하고, 늘 겁에 질려 있었고 이미 거의 파괴되었다고 느끼며 언제나 완전히 파괴되기 전에 스스로 파괴할 수 있기를 간절히 바란다.

그런데 여기서 주목되는 점은 독자들뿐만 아니라 형인 자신도 예측할 수 없는 현실, 공포영화보다 더 공포스러운 현실의 속성을 쉽게 망각했기 때문에 독자의 예측을 벗어나는 서사에서뿐만 아니라 주인공의 계획이나 기대가 깨질 때 어긋남의 미학이 성취된다는 사실이다. 지금껏 한 번도 속해본 적이 없는 평화롭고 수평적인 사회 안에 있다는 믿음과 안심이 착각이었고, 그녀가 모르는 수진의 진짜 얼굴이 또 다른 위험이며 그들의 친절이 오직 그들에게 유리할 때에만 유효했다는 사실을 알고 있었음에도 형인은 또다시 덫에 걸려들고 만다. 내면의 목소리가 말했듯, 익숙한 것 속에 가장 많은 위험이 도사리고 있고 최악의 순간은 경계가 느슨해지는 때를 기다리다 찾아온다.

언니는 왜 사람들이 무서운 영화를 보는지 생각해본 적 있어요? 그런 말을 하기도 하잖아요. 안전한 위험. 실제로 자신에게 일어난다면 견딜 수 없을 만큼 끔찍한 일들을 안전하게 체험할 수 있기 때문이라고요. 절반의 체험 말이에요. 그런데 내가 생각하는 건 그런 게 아니거든요. 우린 이미 거기에 살고 있어요. 그저 너의 눈에 보이지 않을 뿐이다. 나는 그런 영화를 찍을 거예요. 우리의 감각이 닿지 않는 곳에서, 우리가 볼 수 없는 눈의 사각지대에 이미 바짝 다가와 있는 그런 것들을 말이에요. 진짜 공포는 영화에서처럼 거듭된 경고나 위협적인 현실로 다가오지 않아요. 그건 도처에 있어요. 그건 섬뜩하기보다 지루하죠. (281~282쪽)

지루하게 반복되어 위험 속에 있다는 사실을 잊고 있는 사람들과는 달리, 수진은 집으로 돌아가도 안전하지 않다는 것을 알고 있다. 그래서 진짜 공포를 담고자 하는 수진의 영화는 버려져 아무도 살 수 없지만 정말로 아무도 살지 않는다 장담할 수 없는 공간을 보여줄 뿐이다. 이러한 공포에 대한 인식은 앞에서 언급한 형인의 생각과 일치하는 것처럼 보인다. 그러나 수진의 메일을 보면 이는 형인의 착각이었을 뿐이다. 어째서 이런 착각이 가능했던 것일까? 불확정의 세계에서 인간의 앎이란 제한적이다. 파일 속에 있었던 수진에 대한 수많은 정보가 영화에 대한 그녀의 생각을 보여주지 못했던 것처럼, 형인의 기대와는 달리 공포영화에 대한 수진의 진술이 수진의 모든 것을 말해주지는 못한다. 우리가 아는 현실이란 지극히 선별된 것이다. 그럼에도 조금 아는 것에 사로잡혀 이해했다고 착각한다. 또한 무엇이 참인지, 거짓인지가 모호해진 불확정의 세계에서 '진짜'를 강조한다는 것은 어리석게 진짜라고 오해하는 것이거나 진짜가 아닌 무엇이기 쉽다. 거칠고 성의 없게 어머니와 거짓말로 통화하는 수진이, '진짜' 비밀이고 '진짜' 공포라고 말한다고 해서 그대로 믿을 필요는 없었던 것이다. 그럼에도 진짜 공포는 영화에서처럼 거듭된 경고나 위협적인 현실로 다가오지 않고 도처에 있다는 수진의 진술은 이 소설의 제목인 "사이렌이 울리지 않고"를 잘 설명해준다. 형인이 사이렌 소리를 위험에 대한 경고가 아니라 위험 그 자체로 느꼈던 것과는 달리, 현실에서 드러나는 공포는 사이렌의 울림 없이 불시에 닥쳐오는 것이다.

메일을 통해 가장 큰 모욕을 퍼붓고 있는 수진의 악의적인 맨 얼굴을 맞닥뜨렸을 때, 자신처럼 서서히 무너져가고 모든 것으로부터 혼자가 된 무고한 존재로서 수진에게 느꼈던 연민은 맹렬한 분노와 적의로 바뀌게 된다. 마주 보았다고 느꼈던 형인의 공포와 수진의 공포는 다른 것이었기 때문이다.

대부분 비슷한 수진의 영상은 길고 지루하고 때때로 아름다웠고, 아무런 일도 일어나지 않은 채 수진은 어둠 밖으로 걸어 나간다. 불법 심야 버스의 속도에서 공포를 체험했던 수진이 형인이 느꼈던 인생의 두려운 감정을 단 한 번이라도 느껴볼 수 있었을까. 현실과 공포영화 속 '공포'는 다르다. 천희란의 소설에는 예술가나 소설가가 많이 등장하는데 다음의 진술은 이에 대한 의미심장한 참고가 될 것이다. "은유란 선명하고 매혹적이지만, 때로는 그 아름다움이 우리를 미혹한다."(「다섯 개의 프렐류드, 그리고 푸가」) 진짜 공포를 재현한 공포영화는 포착할 수 없는 것을 포착한 듯 아름답지만 그것이 진짜 공포는 아니기 때문이다. 수진의 영화에 매혹된 형인이 대면했던 수진의 공포는 진짜 공포가 아니었다. 'A는 B이다'라는 은유의 속성이 동일성을 증명하던 시대는 지났다. A는 B와 비슷해 보이지만 B가 아닌 A이기 때문이다. 이 지점에서 형인의 공포와 수진의 공포는 다시 한 번 어긋남의 미학을 보여준다.

끝으로 간과하지 말아야 할 것이 남았다. 형인의 공포 또한 소설 속 공포이기에 이 또한 현실의 진짜 공포는 아니라는 사실이다. 진짜 공포에 가깝게 재현할 때 이 소설은 어긋남의 미학을 통해 매혹적으로 다가오지만 치밀한 서사와 반전이 아닌 지루한 진짜 공포처럼 느슨한 구조를 보여준다. 천희란 소설 속 주인공들이 자살을 꿈꿀 뿐 계획은 계속 지연되듯, 형인의 마지막 다짐에도 불구하고 어떠한 변수 앞에서도 변경되지 않을 새로운 계획이란 없다. 무언가 예리한 것이 필요할 것이라고 생각하며 명백한 적의를 느끼는 형인은, 수진의 집주소가 담긴 문자를 확인하지 않고 옷매무새를 점검한다. 어떠한 결말을 상상하든 예측은 어긋날 것이다.

눈으로 만든 사람

최은미

—

1978년 강원 인제 출생.
2008년 『현대문학』 신인상에 단편소설 「울고 간다」가 당선되어 등단.
문학동네 젊은작가상 수상.
소설집 『너무 아름다운 꿈』 『목련정전』이 있음.

눈으로 만든 사람

한겨울이었다. 소년이 살던 집에서 아기가 태어났다.

소년은 마당에서 눈을 뭉치다 아기 울음소리를 들었다. 갓 태어난 아기를 건너다보며 소년이 물었다.

"만져봐도 되나요?"

어른들은 3일만 기다리라고 했다. 3일 뒤 아기를 만져본 소년이 말했다.

"안아보고 싶어요."

어른들은 7일만 기다리라고 했다. 7일이 지났을 때 소년은 어디선가 포대기를 꺼내 왔다.

"업어줄래요. 업어주고 싶어요."

어른들은 한 달이 지나야 업을 수 있다고 말했다. 소년은 손가락을 꼽으며 한 달이 지나가길 기다렸다. 매일같이 눈이 내렸다. 소년은 썰매를 타고 들어와 언 손을 녹이며 잠든 아기를 들여다보았다. 소년은 아기의 동그란 얼굴을 그리며 해가 질 때까지 눈사람을 만들었다.

마침내 한 달이 되었을 때 어른들은 약속대로 소년의 등에 아기를 업혀주었다. 소년은 어쩔 줄을 몰라 했다. 소년은 볼이 빨개져서 물었다.

"애기한테 저는 뭐예요?"

어른들이 말했다.

"삼촌."

*

백은호와 백아영은 나란히 앉아 있었다.

앉아 있으면 둘은 뒷모습이 닮아 보였다. 양쪽 귀에서 목을 지나 어깨에 이르는 선이 왠지 모르게 비슷했다. '피가 전혀 안 섞인 남남'은 아닐지도 모른다는 생각이 들 만큼, 둘은 딱 그만큼 비슷했다.

앉아 있는 곳이 식탁일 때 백은호와 백아영은 하루 동안 있었던 일에 대해 얘기를 나누었다. 앉아 있는 곳이 병원 대기실일 때는 진료가 끝나고 무엇을 먹을지를 얘기했다. 영화가 상영 중인 극장에 앉아서도 둘은 끊임없이 소곤댔다. 얘기를 하는 쪽은 주로 백아영이었지만 백은호의 리액션도 그에 못지않았다.

새 식구가 오던 주말, 백은호와 백아영은 결혼식장에 앉아 있었다. 둘은 신랑 쪽 하객이었다. 백은호와 백아영이 앉은 테이블에는 둘과는 성이 다른 일가족들이 자리를 채우고 있었다. 대부분 강씨 성을 가진 사람들이었다. 강씨들은 저희들끼리 떠들다 가끔씩 백은호에게 무언가를 물었다. 그때마다 백은호는 멋쩍게 웃었다. 백아영이 백은호의 어깨에 머리를 기대자 강씨 중 한 명이 낄낄댔다. 백아영은 자신보다 어려 보이는 강씨를 무례하다는 듯 쳐다보다 다시 백은호에게 몸을 기댔다.

백은호 오른편에 앉은 강윤희는 피곤한 표정으로 눈을 감고 있었다. 막 입장을 시작한 이날의 신랑은 강윤희의 큰 작은아버지의 장남이었다. 강윤희보다 한 살이 어린 그는 어렸을 때 주먹도끼처럼 생긴 돌로 강윤희의 정강이를 찌른 적이 있었다.

강윤희는 아버지의 또 다른 남동생 가족이 모여 있는 테이블로 시선을 돌렸다. 강윤희의 아버지는 남동생이 둘이었다. 강윤희의 형제들은 아버지 바로 밑의 남동생을 큰 작은아버지, 아버지와 터울이 많이 진 막내 남동생을 작은 작은아버지라고 불렀다. 강윤희는 결혼식장에 도착하면서부터 작은 작은아버지 옆에 붙어 있는 한 소년을 보고 있었다.

"안녕하세요, 누나." 소년은 식장에 도착한 강윤희에게 그렇게 말하며 다가왔다. 식 중간중간 소년과 강윤희는 눈이 자주 마주쳤다. 그때마다 소년은 무언가를 감추고 싶다는 듯 쑥스럽게 웃었다. 강윤희는 당황스러웠다. 소년은 강윤희의 아버지의 막내 남동생의 아들이었고, 강윤희의 기억 속에선 병약한 남자아이일 뿐이었다. 몇 년 사이에 이렇게 성인 남자에 가까운 모습을 하고 있을 줄 알았다면 강윤희는 작은 작은어머니의 부탁을 거절했을 것이다.

식장을 나서기 전, 강윤희 앞으로 작은 작은아버지가 다가왔다.

"우리 민서 잘 부탁한다."

그러면서 그가 강윤희의 손을 모아 잡았다.

아버지의 아주 어린 동생이었던 남자. 강윤희는 강중식을 무표정하게 바라보았다. 사포처럼 거친 강중식의 가운뎃손가락이 강윤희의 손등을 눌렀다. 강윤희는 슬그머니 손을 뺐다. 곧 쉰이 되는 강중식은 열 살 이상 터울인 형들과 비슷한 연배로 보일 정도로 급속히 늙어가고 있었다. 머리는 신경을 안 쓴 새치로 엉켜 있었고 얼굴빛은 검고 탁했다. 몸 어딘가에 지속적으로 통증을 느끼는 사람처럼 미간에 항상 힘을 주고 있었고 눈언저리가 붉었다. 차려입은 양복만 아니라면 세탁기에서 탈수되다 나온 것처럼 엉망인 모습이었다.

강윤희는 강중식 옆에 선 소년을 착잡한 마음으로 바라보았다. 강윤희는 자신의 부모에게 해마다 여행권과 항공권을 보내오던 강중식을 떠올렸다. 강중식이 사업을 말아먹기 이전의 일이었다. 딸아이 돌잔치 때 강중식한테 받았던 금반지도 떠올렸다. 강중식의 부인인 작은 작은어머니가 자신의 어머니를 간호해주었던 일도 떠올렸다. 그보다 더 오래전, 강윤희 형제들을 데리고 냇가에서 물고기를 잡아주던 강중식을, 스케이트와 자전거를 가르쳐주던 강중식을, 세균 범벅인 이물질을 강윤희의 질 속에 넣고 휘젓던 강중식을, 할머니 장례식 때 목 놓아 울던 강중식을 떠올렸다.

"걱정 마세요, 작은아버지."

강윤희는 강중식에게 그렇게 말했다. 강윤희는 엘리베이터를 탔다. 백은호와 백아영이 따라 탔고, 강중식의 아들 강민서가 커다란 배낭을 메고 뒤이어 탔다. 백아영이 호기심 어린 눈으로 강민서를 쳐다보자 강민서가 백아영을 보고 웃었다.

*

저녁마다 하는 백은호와 백아영의 인사법은 이랬다.

백은호가 현관문을 연다. 거실에서 놀던 백아영이 백은호에게 달려간다. 백아영을 번쩍 안아 올리며 백은호가 묻는다. "우리 아영이 누구 딸?" 백은호의 목에 팔을 두르며 백아영이 대답한다. "아빠아아아아 딸." 백은호가 다시 묻는다. "진짜?" 그러곤 둘이 동시에 "까르르르르", 웃음을 터뜨린다.

백은호와 백아영은 매일같이 그 의식을 되풀이했다. 우리 아영이 누구 딸? 아빠 딸. 진짜? 까르르르르. 우리 아영이 누구 딸? 아빠 딸. 진짜? 까르르르르. 강윤희가 옆에 있어도 둘은 아랑곳하지 않았다.

강민서가 그들의 집에 머물기로 한 기한은 보름 정도였다. 한겨울이었지만 좀처럼 눈이 오지 않았고 기온도 포근했다. 백아영과 강윤희는 겨울방학 중이었기 때문에 집에 머무는 시간이 많았다. 백은호는 혼자만 일을하러 가는 게 억울하다는 듯 투덜대며 출근했다가 부리나케 퇴근했다. 방학인 때는 그나마 강윤희가 저녁을 해주기 때문이었다.

강민서가 오고 며칠 뒤, 강윤희는 마음먹고 장을 봐 와 낮부터 육수를 내고 백태를 불렸다. 무를 손질해 채를 썰고, 겨울 미역을 데치고, 피꼬막 두 팩을 뜯어 해감하고는 알배기 배추에서 작고 여린 잎들을 골라냈다. 강윤희는 배춧잎 위에 굴을 올려 전을 부쳤다. 꽈리고추를 찌면서 양념장을 만들고 명절 선물로 들어왔던 슈퍼곡물 세트를 풀어 귀리를 불렸다. 강윤희가 재료를 직접 손질해 작정하고 요리를 하는 것은 1년에 딱 두 번, 방학이 시작될 때 하는 이벤트 같은 것이었다. 백은호와 백아영이 환호를 하며 식탁으로 달려들었다.

"민서 오빠가 와서 너무 좋아."

백아영이 강민서의 팔을 잡고 자기 옆자리에 앉혔다.

"오빠가 아니라 삼촌이라고 불러야지."

"오촌이잖아." 백아영이 입을 내밀었다.

"어쨌든 오빠는 아니야."

강민서가 강윤희 손에 있는 수저를 받아 들어 식탁에 놓았다.

"잘 먹겠습니다, 누나."

그렇게 말하고 강민서가 식탁에 앉았다. 강윤희의 직장에서 강민서 또래의 중학생 아이들은 강윤희를 선생님이라고 불렀다. 자신의 학생이 아닌 그 또래의 아이를 보는 것도, 그 또래에게 누나라고 불리는 것도 강윤희에겐 낯선 일이었다.

"엄마, 왜 비지찌개에 고기가 없어? 할머니는 맨날 고기 넣어주신단 말이야." "비지찌개엔 차돌박이 잘게 썰어 넣은 게 딱인데." 짐작대로 백아영과 백은호가 한마디씩 했다. "귀리가 이렇게 커?" "차라리 현미밥을 줘, 엄마."

그러나 강윤희에겐 백씨들의 투덜거림이 들리지 않았다. 강윤희는 자신이 차린 밥과 찌개와 찬을 집중해서 먹고 있는 강민서를 보고 있었다. 꽈리고추를 꼭지까지 말끔히 비틀어 먹고, 배추굴전을 한입씩 아삭아삭 씹어 먹고, 피꼬막을 껍질에 붙은 양념 한 방울까지 알뜰히 빨아 먹는 강민서를 강윤희는 침도 안 삼키고 보았다. 자신이 만든 음식을 이렇게 천천히, 정성스레 씹어 먹는 사람을 처음 본다는 듯이. 비지찌개를 조심스럽게 불며 먹는 강민서의 콧등에 땀이 맺혀 있었다. 다 먹은 꼬막 껍데기가 한쪽에 가지런히 포개져 있는 것이 보였다.

"민서 삼촌은 이게 다 맛있어?"

백아영이 신기한지 강민서에게 물었다.

"처남 먹는 거 보니까 딱 윤희 누나 취향인데? 처남, 또 뭐 좋아해? 누나가 요새 방학이라 시간이 많거든. 그치, 누나?"

누나, 누나, 하는 백은호에게 강윤희가 눈을 흘겼다. 그 둘을 보던 백아영이 손으로 입을 가리며 강민서에게 말했다.

"민서 삼촌, 내가 비밀 얘기 해줄까?"

"뭔데?"

"우리 엄마랑 아빠 사귄다."

강민서는 잠시 멍하게 있더니 "좋겠다" 하면서 수줍게 웃었다.

"우리 반 김유빈네 아빠는 사십사 세인데 우리 아빠는 삼십사 세야. 우리 엄마는 삼십칠 세. 옛날에 아빠가 엄마한테 누나라고 불렀대. 근데 할머니한테 혼나서 이제는 그렇게 안 불러. 그치, 아빠?"

백은호가 고개를 끄덕끄덕했다. 백아영은 다시 강민서 쪽으로 몸을 돌렸다.

"민서 삼촌, 내가 비밀 얘기 하나 더 해줄까?"

"뭔데?"

"우리 반 강연찬네 할아버지가 강감찬이래."

"우와, 진짜?"

백아영은 강민서의 리액션이 마음에 들었는지 다 들리는 비밀 얘기를 몇 가지 더 했다. 백은호는 강민서의 음식 취향을 정말로 알고 싶은지 닭

303

낳으로 만드는 사람 최은미

발 얘기를 꺼냈다. 뭔가 자신과 죽이 맞는 걸 찾아내고 싶은 표정이었다.

백은호와 백아영은 닭발볶음을 심하게 좋아했다. 강윤희가 반찬가게에서 반찬과 국을 배달시켜 먹는 걸 본 강윤희의 시어머니는 수시로 백은호와 백아영의 입맛에 맞는 반찬들을 해 날랐다. 일주일에 한 번은 곰솥냄비에 닭발을 가득 볶아서 들고 왔고, 백은호와 백아영은 비닐장갑을 끼고 앉아 그 많은 닭발을 순식간에 해치웠다. 입술이 벌게지도록 닭의 어느 한 부위만을 집중적으로 뜯어 먹고 있는 부녀를 보고 있으면 강윤희는 입이 안 다물어질 때가 많았다. 백은호는 그렇게 먹어도 살이 찌지 않았다. 키도 몸집도 원래 작은 편이었고 언제나 가뿐한 듯 발걸음이 가벼웠다. 처음 봤을 때 강윤희는 백은호가 식욕에도 성욕에도 어느 정도 초연한 몸을 가졌다고 생각했다. 자신이 좋아하는 것에 열과 성을 다해 집중하고 즐기면서도 몸의 욕구에 휘둘리지 않는 사람. 어쩌면 그렇게 생각했기 때문에 백은호에게 끌렸는지도 몰랐다. 문제는 백아영이었다. 식성은 백은호와 같은데 체질은 백은호와 달랐다. 먹는 만큼 잘 크는 것까진 좋았지만 어느 순간부터는 백아영이 먹는 것들이 백아영의 몸에 다른 변화를 가져오기 시작한 것이다.

"처남 좋아하는 것 좀 더 얘기해봐. 궁금하다."

닭발 얘기에 별 반응이 없자 백은호가 또 물었다.

"오늘 누나가 해준 거요. 이거 다 제가 좋아하는 것들이에요. 무생채도 정말 맛있어요."

"강윤희 누나가 다른 건 몰라도 무생채 하나는 진짜 잘 무치지."

"저 꽈리고추 들어간 건 다 좋아하거든요. 멸치 볶을 때랑 어묵 볶을 때랑 감자 조릴 때 엄마가 항상 꽈리고추 넣어서 해주셨어요. 봄 되면 도라지무침도 많이 먹었는데."

"맞아. 꽃소금 뿌린 오이에, 식초랑 고춧가루 넣고 빨갛게 무쳐서. 도라지무침은 누룽지랑 먹으면 참 맛있었는데."

강윤희가 말하자 강민서가 신이 난 듯 말을 이었다.

"동치미 국물에 메밀국수 말아 먹으면 정말 맛있잖아요. 배추에 메밀가루 반죽 묻혀서 구워 먹는 것도 맛있는데. 무만 조린 무조림도 맛있고, 상추겉절이도 정말 좋아해요. 아, 다시마부각도 있다. 설탕 많이 몰려 있는 쪽만 잘라 먹고 그랬는데. 겨울엔 매콤하게 한 두부조림도 많이 먹었어요."

"맞아. 고춧가루랑 들기름이랑 마늘 넣고."

"누나도 고들빼기김치 좋아해요? 저는 고들빼기김치랑 고추장아찌 중에 하나만 있어도 밥 한 그릇 다 먹을 수 있어요."

"옛날엔 할머니가 곰취 직접 뜯어다 곰취장아찌도 담가주셨는데."

"아, 아빠한테 들었어요."

강민서의 입에서 아빠라는 말이 나오자 강윤희는 멈칫했다. 아까부터 이어지던 익숙하면서도 찝찝한 느낌의 정체를 그제야 알 것 같았다. 지금까지 강민서의 입에서 나온 음식들은 오래전 강윤희가 강중식과 같은 밥상에서 먹던 음식들이었다. 조부모가 생존해 있던 시절, 그 밑에서 같이 자라면서 같이 먹어온 음식들. 강중식과 결혼하기 전부터 할머니와 가까웠던 강중식의 부인이 강중식과 강민서에게 할머니의 음식들을 해 먹였을 것이다. 강윤희는 자신의 할머니와 강민서의 할머니가 같은 사람이라는 사실이 새삼 놀라웠다.

강윤희는 식탁에서 일어나 냉장고에서 한약을 꺼내 중탕했다.

"국은? 국은 뭐 좋아하는데?"

백은호가 턱을 괴고 묻다가 등을 세웠다.

"설마 배추된장국 좋아해? 아, 강윤희 씨가 자기가 좋아하는 국이라고 가끔 배추된장국 해주거든. 근데 군대에서 먹던 똥국이랑 맛이 정말 너무 똑같아."

똥국이라는 말에 백아영이 "똥국이래, 똥국이래" 하며 배를 잡고 웃

305

었다.

"근데…… 제가 제일 좋아하는 음식은 따로 있어요."

강민서가 말했다.

"잠깐. 내가 맞춰볼게. 아, 나 알 거 같아."

백은호가 손을 휘젓다가 멈췄다.

"김치만두! 만두 맞지?"

강민서가 웃으며 고개를 끄덕였다.

"우리 윤희 누나도 김치만두 킬러야. 김치만두랑 동치미만 넣어주면 토굴에서 한겨울은 그냥 날걸?"

백은호가 으쓱해하며 말했다.

"아빠, 왜 민서 삼촌한테만 물어. 나한테도 물어봐. 응?"

"안 물어도 다 아는데?"

"우리도 하나씩 얘기하기 해. 응?"

백아영이 졸랐다.

"좋아. 양지머리 두 줌 넣은 육개장."

"그럼 난…… 등갈비 넣은 김치찌개."

"홍두깨살이랑 같이 볶은 호박나물."

"눈꽃치킨!"

"대패삼겹살!"

둘은 볼을 부비고 뽀뽀를 해대며 자기들끼리 음식 이름 대기를 더 이어갔다. 강민서가 빈 그릇과 수저를 싱크대 개수대에 갖다 놓으며 "잘 먹었습니다, 누나" 했다.

강윤희는 따뜻하게 데워진 한약을 따르고 백아영을 불렀다. 백아영이 인상을 쓰면서 몸을 꼬다가 마지못해 한약을 먹었다. 백아영이 먹는 한약의 이름은 '초경지연탕'이었다.

초경을 늦춰준다는 한약을 여덟 살인 백아영에게 먹이게 되기까지, 강윤희의 가족에겐 가을부터 시작된 지난 몇 달이 고난의 시간이었다. 여름 방학이 끝나고 아침저녁으로 서늘해질 무렵 백아영은 가슴이 아프다는 말을 했다. 몸도 굼떠졌고 불안한지 군것질에 집착하는 행동도 보였다. 담임을 맡은 학급이 생기면서 강윤희는 퇴근 시간이 지난해보다 늦었고 퇴근을 하고 나면 저녁 할 힘조차 없을 때가 많았다. 강윤희는 스스로 하는 습관을 들인다는 이유로, 혹은 너무 지쳐서 백아영이 머리를 감거나 샤워를 할 때도 도와주지 않았다.

강윤희가 백아영의 몸의 변화를 안 건 백아영이 가슴이 아프다고 한 지 한 달이 지나서였다. 백아영의 가슴에 멍울이 잡혔다. 가슴에 멍울이 생긴다는 건 2년 이내에 생리가 시작될 수도 있다는 얘기였다. 그건 강윤희가 중학교 때 겪었던 몸의 변화들이었다. 겨우 여덟 살인 아이한테서 일어날 수 있는 일들이 아니었다.

백아영의 두피에서 냄새가 나기 시작한 것도 그즈음부터였다. 아이 혼자 머리를 어설프게 감아서가 아니었다. 강윤희가 몇 번씩 씻기고 헹구어 줘도 백아영의 두피엔 기름이 끼면서 그동안 나지 않던 냄새가 났다. 그 냄새를 뭐라 말할 수 있을까. 더 이상 아이의 냄새라고 할 수 없는, 암컷 동물의 털에서 나는 것 같은 냄새였다.

강윤희는 백아영의 증상들을 검색했고, 그게 성조숙증 증상과 거의 일치한다는 걸 알게 되었다. 강윤희는 바로 인근 대학병원의 소아내분비 전문의에게 진료 예약을 했다. 병원 대기실 의자에서 진료를 기다리는 동안 강윤희는 성조숙증인지 아닌지를 알려 온 백아영 또래의 수많은 여자아이들을 보았다.

그날 백아영은 소변 검사와 피 검사를 하고, 손목 엑스레이를 찍고, 가습과 자궁 초음파 검사, 성장판 검사를 했다. 그러고 나서 15분 간격으로 피를 여섯 번을 더 뽑았다. 어려서부터 주사라면 자지러지던 백아영은 계속해서 주삿바늘이 들어가자 두려움에 차서 꺽꺽거리며 몸을 비틀었다. 이제는 작은 몸도 아니어서 강윤희와 백은호는 백아영을 붙잡고 진정시키느라 진땀을 뺐다. 그들은 검사 과정에서 이미 기진맥진한 상태가 되었다.

내분비 전문의는 백아영의 황체형성호르몬 수치가 높기 때문에 성호르몬 억제 주사를 4주 간격으로 맞아야 된다는 진단을 내렸다. 성조숙증 확진 판정이었다. 강윤희는 인터넷에 떠도는 병의 원인과 치료 부작용에 대해 몇 가지를 물었지만 되돌아온 답은 "꼭 그렇지는 않습니다"였다. "그럼, 그럴 수도 있다는 얘긴가요?" 물었지만 의사도 이런 사태의 영문을 모르겠다는 얼굴이었다. 강윤희와 백은호가 그날 새롭게 알게 된 것은 성호르몬 억제 주사를 맞는 아이들이 성장호르몬 주사 치료를 함께한다는 사실이었다. 성장이 너무 빨라 억제제를 투여하면서, 억제제 때문에 성장이 늦을까 다시 성장 치료를 하는 것이었다. "선택 사항이시고, 의료보험 안 되세요." 성장 치료에 대해 이렇게 설명한 간호사는 서둘러 다음 환자를 불렀다. 간호사도 의사도 너무 바빠 보였다. 접수와 대기, 진료, 수납을 위해 짧고 빠르게 돌아가는 소아내분비과 앞은 컨베이어벨트와 다를 바가 없었다.

백은호는 백아영에게 성호르몬 억제제를 투여하는 것을 반대했다. 주사 맞을 때마다 발작에 가깝게 우는 백아영을 도저히 볼 수 없으며, 잘 자라고 있는 아이한테 호르몬제를 인위적으로 투여하는 것은 못할 짓이라는 것이었다. 성조숙증 치료 시기를 놓치면 성장판이 일찍 닫혀 최종 성인 신장이 작아진다. 강윤희는 키 얘기를 하며 백은호를 설득했다. 백은호는 식이요법과 운동 얘기를 했다. 백은호의 입에서 식이요법이라는 말이 나왔을 때 강윤희는 포크를 집어 던질 뻔했다.

"너는 모르는 거야, 모르는 체하는 거야?"

백은호가 안 먹고는 못 사는 소와 돼지와 닭들이 자연스럽게 살다 죽지 못한 인위적인 고기라는 것을 백은호는 속 시원히 인정하려 들지 않았다. 수세에 몰리면 백은호는 키에 매달리는 강윤희를 공격했다. 자식의 전시 가치에 집착하는 욕망 덩어리라는 것이었다. 키가 큰 남자가 아니라 키가 작은 남자가 그런 말을 하니 전혀 설득력이 없었다. 병원에 다녀온 뒤 강윤희와 백은호는 자주 다투었다. "이게 다 고기 때문이야"라는 강윤희의 말은 "이게 다 너 때문이야" 혹은 "어머니 때문이야"라는 말로 백은호에게 입력되었다.

고기의 여러 부위를 그에 맞는 조리법으로 꾸준히 먹어야 한다는 시어머니의 믿음은 너무도 확고하고 오래된 전통이어서 강윤희 자신도 알게 모르게 길들여진 상태였다. 자라나는 아이에게 고기를 먹이지 않는 건 아이를 영양 결핍에 이르게 하는 방임에 가깝다는 시어머니의 생각을 강윤희도 온전히 부정하지 못했다. 그러나 고기를 먹이지 않는 것보다 더 힘든 건 해롭지 않은 고기를 먹이는 일이었다. 어려서부터 성호르몬제를 맞고 번식을 반복한 초식동물들의 고기를 백아영은 아기 때부터 먹어왔던 것이다.

강윤희의 화살은 시어머니도 백은호도 뚫지 못했다. 화살은 백아영한테로 날아갔다.

강윤희는 백아영이 하는 것들을 사사건건 금지시켰다. 심심하면 먹던 우유와 두유도 못 먹게 했고 일주일에 한 번은 시켜 먹던 치킨, 피자도 끊었다. 플라스틱 장난감과 문구점에서 산 조잡한 액세서리도 다 내버렸고 강윤희의 화장품이나 매니큐어에 백아영을 얼씬도 못 하게 했다. 성적 자극을 차단해야 한다는 얘기를 들었기 때문에 같이 보던 인기 드라마에서 불시에 키스신이 나왔을 때는 백아영을 방으로 쫓아버렸다. 학원 앞에서 친구 엄마에게 닭강정을 사달라고 조르는 백아영을 본 날, 강윤희는 주방 구석에 백아영을 몰아넣고 밤이 될 때까지 다그치고 닦달했다. 강윤희의 목소리가 높아지자 백아영은 무릎을 꿇고 두 손바닥을 비비면서 강윤희에게 빌기 시작했다. 너무 울어 나오지도 않는 목소리로 백아영은 잘못했다고, 용서해달라고 손을 떨며 빌었다. 세 살 때 어린이집 후유증으로 생겼던 행동을 백아영은 5년 만에 다시 하고 있었다. 강윤희는 그걸 보고 아무 말도 하지 못했다.

태어나면서부터 당연하게 먹어오던 것, 갖고 놀던 것을 갑자기 금지시키는 게 백아영에게 어떤 의미인지 강윤희는 알지 못했다. 백아영은 성조숙증의 '성' 자만 들어도 긴장하며 강윤희의 눈치를 봤다. 멍울이 아픈지 가슴을 만지다가도 강윤희만 보면 팔을 내리며 어깨를 움츠렸다. 자신의 증상 때문에 부모가 다투고, 그 증상에 누구보다 강윤희가 예민하게 반응한다는 걸 백아영이 모를 리 없었다.

어느 날 저녁, 강윤희는 백아영이 안 쓰던 얼굴 근육을 쓰는 걸 발견했다. 백아영은 입과 코를 얼굴 한쪽으로 빠르게 밀었다 되돌렸다. 얼굴의 중심선이 번개처럼 뒤틀렸다 돌아오는 것을 강윤희는 보았다. 백아영은 처음엔 아무도 안 보는 데서만 그런 행동을 하더니 점점 자주, 밥을 먹을 때도 멈추지 못하고 얼굴 근육을 틀기 시작했다. 강윤희는 백아영을 데리고 소아정신과에 갔다. 심리적 압박으로 인한 틱 증상이라고 했다. 소아정신과에서는 일시적으로 근육을 마비시키는 주사 치료를 권했다. 강윤희는 백아영의 손을 잡고 조용히 병원을 걸어 나왔다.

그날 밤, 강윤희는 잠든 백아영의 얼굴을 보며 소리 죽여 울었다. 이제야 모든 피로와 감시에서 놓여났다는 듯 백아영은 평온하게 잠들어 있었다. 강윤희는 무엇이든 복스럽게 잘 먹는 아이였던 백아영을 떠올렸다. 그게 강윤희와 백은호 부부에게 얼마나 큰 기쁨을 주었던지도. 인터넷에서 볼풀공 한 박스를 배달시켰던 날, 강윤희와 백은호는 욕조에 물을 받아 볼풀공을 채워 넣고 밤이 깊도록 공을 하나하나 씻었다. 백아영이 그걸 재미있게 가지고 노는 상상만으로도 둘은 피곤한 줄 몰랐다. 백아영의 기저귀를 갈면서 무심히 주고받던 말들. "은호야, 물티슈 어디 있어?" "응, 트리케라톱스 옆에." 강윤희는 그 시간들을 생각했다. 생각하고 또 생각했다.

강윤희와 백은호는 주사 치료와 자연 치료의 타협점으로 결국 한약 치료를 택했다. 별다른 대안이 없었다. 정신과에는 백아영 대신 강윤희가 다니기 시작했다. 강윤희가 정신과 치료를 시작하자 신기하게도 백아영의 틱 증상이 완화되었다. 강윤희는 매일 밤 씨탈정 두 알을 먹고 잠들었고 낮이 되면 전보다 날카롭지 않은 상태로 백아영을 대하게 되었다. 적어도 강민서가 오기 전까지는, 강윤희는 씨탈정의 영향권 아래 있었다.

*

강민서는 서재 방을 썼다. 서재라고는 했지만 컴퓨터 책상 한 대에 책장 몇 개, 잡동사니가 놓여 있는 방이었다. 강민서는 그 방에서 백아영의 동화책들을 읽으며 시간을 보냈다. 커다란 판형의 그림책을 앞에 놓고 반복해 읽기도 하고 숨은그림찾기 책을 펼쳐놓고 보다가 피곤하면 이불을 깔고 잠깐씩 눕기도 했다. 눈을 감고 누워 있는 강민서는 창백하고 커다랬다. 강윤희는 강민서가 감기에 걸리지 않도록 온도와 습도에 신경을 쓰며 방을 살폈다.

백아영이 학원에서 돌아오면 백아영과 강민서는 같이 거실에 앉아 컬러링북을 색칠하거나 주사위 게임을 했다. 백아영은 처음엔 백은호에게 하듯이 강민서의 목에 올라타고 팔에 매달리며 몸으로 놀고 싶어 했지만 강윤희가 백은호 외에는 어떤 남자 사람과도 몸을 접촉하지 못하도록 세뇌했기 때문에 곧 포기했다.

강윤희의 작은 작은어머니는 하루에 한 번씩 전화를 해 고맙다고, 미안하다고 말했다. 강중식의 상황이 얼마나 좋지 않은지를 얘기했고, 마지막에는 강민서 얘기를 하면서 눈물을 흘렸다. 강윤희가 방학 중인 걸 아는 백은호의 여동생도 수시로 전화를 걸었다. 임신 중인 백은호의 여동생은 백아영이 성조숙증 진단을 받자 그 소식을 백은호의 사촌들에게까지 퍼뜨린 장본인이었다. "언니, 태아보험 들려고 하는데요, 설계사가 요즘엔 성조숙증이 많다고 보장 항목에 추가하라는데 해야겠죠?" "언니, 오메가쓰리는 꼭 먹어야겠죠?" "언니, 애 낳기가 무서워요." "언니, 우리 아기 나중에 아영이처럼 되면 어떡해요."

방학 때가 되면 강윤희는 그동안 못 본 드라마를 몰아서 보거나 운동을 하거나 백아영의 친구들을 불러 간식을 만들어주거나 했다. 그러나 이번 겨울에는 어느 것에도 집중하지 못했다. 강윤희는 멍한 상태로 식탁에 앉아 백아영과 강민서를 쳐다보았다. 둘은 나란히 앉아 종이 접기를 하고 있었다. 백아영과 조근조근 놀아주는 강민서의 다정하고 낮은 목소리, 눈빛, 말투와 행동을 보면서 강윤희는 작은 작은어머니의 성정을 떠올렸다. 그러다 보면 눈앞이 흐려지면서 몸이 나른해졌다. 겨울 오후는 짧았다. 차는 계속 식었고, 곧 물러갈 오후 빛이 거실 끝에 고여서 어른거렸다. 식탁에 앉아 잠깐 졸다가 일어나면 백아영과 강민서는 여전히 종이접기를 하고 있었고, 또 잠깐 졸다 고개를 들면 어느새 창밖이 어두워져 강윤희는 서둘러 블라인드를 내렸다. 저녁 준비를 하려고 찬물에 손을 씻으면 그제야 정신이 돌아왔다. 그러면 다른 누구도 아닌 강중식의 아들이 자신의 집에 머물고 있다는 사실이 소름이 되어 올라왔다.

"윤희야."

백아영과 강민서가 잠들고 난 시간, 백은호가 강윤희를 불렀다.

"윤희 누나."

대답이 없자 백은호가 다시 강윤희를 불렀다. 위로가 필요하거나 무언가 얻어낼 것이 있을 때 백은호는 누나라는 호칭을 꺼냈다.

"민서 있을 때까진 내가 아영이 옆에서 잘 거라고 했잖아. 잘 자."

"그러지 말고 우리 심야영화 보러 가자. 아영이 깨더라도 처남 있잖아.

오랜만에 둘이서만 데이트 좀 하자. 응?"

강윤희는 수건을 개다가 몸을 돌려 백은호를 보았다.

"저 둘만 두고 나가자고?"

"……."

"가슴이 나오기 시작하는 여덟 살 여자애를 열여섯 살 남자애랑 같이?"

"너 왜 그래 또."

"은호야, 내 말 좀 들어봐. 내가 며칠 동안 계속 봤는데 말이야, 민서가 자꾸 우리 아영이 가슴을 쳐다보는 것 같아. 초경지연탕을 먹는데도 아영이 가슴 멍울이 안 없어져. 불안해 죽겠어. 우리 그냥 주사 맞을까?"

"그만해. 그동안 처남 지켜보고도 몰라?"

"모르겠어."

강윤희는 서랍장에 머리를 기댔다.

"아무것도 모르겠어. 정말 모르겠어."

백은호는 강윤희 옆에 한참 말없이 앉아 있더니 패딩을 주워 입고 담배를 피우러 나갔다. 백은호가 성관계 패턴을 회복하기를 원한다는 걸 강윤희는 알고 있었다. 그렇지만 둘은 피임법에 대해 타협을 못 본 상태였다. 몇 해 전부터 강윤희는 그때그때 하는 피임이 아니라 안정적이고 영구적인 피임을 원했다. 백아영이 어느 정도 자라자 안전한 피임의 울타리 안에서 이전보다 왕성하고 규칙적인 성생활을 하고 싶어진 시기가 온 것이다. 멸균이 안 돼 있는 콘돔 때문에 후유증도 겪고 있는 상태였다. 강윤희는 백은호에게 정관수술을 제안했다. 백은호는 거절했다. 다른 건 다 해도 그것만은 하고 싶지 않다고, 백은호는 아이같이 싫다고만 했다. 강윤희는 수술을 하기 싫어하는 백은호를 이해할 것 같으면서도 이해할 수가 없었다.

"좋아. 그럼 피임 시술은 내 몸에다 할게. 대신에……."

"대신에."

"넌 담배를 끊어."

"야, 강윤희. 넌 어떻게 이런 걸로 거래를 하려고 해?"

"너랑 내가 하는 것 중에 거래 아닌 게 있어?"

"난 아니야. 난 정말 너를 사랑하고, 아영이를 사랑해."

백은호는 억울해하는 순진한 개 같았다.

애연가였던 강윤희와 백은호가 어렵게 담배를 끊은 건 신혼 초였다. 백은호가 함께 담배를 끊자고 했을 때, 그리고 실제로 둘이 함께 담배를 끊었을 때, 강윤희는 그게 둘의 미래를 위한 의식이자 약속이라고 느꼈다. 힘든 결심을 해준 백은호가 강윤희는 진심으로 고마웠다. 그러나 백아영이 네 살이 될 무렵 백은호는 상의도 없이 다시 담배를 피우기 시작했다. 일이 힘들다는 변명을 했지만 그건 강윤희에겐 명백한 배신이었다. 백아영의 어린이집, 유치원, 학교 친구들이 몰려 사는 아파트 단지 안에서 강윤희는 백은호처럼 자유롭게 담배를 피울 수도 없었다.

본격적인 피임 얘기가 거론되면서부터 강윤희와 백은호는 오히려 성관계가 뜸해졌다. 강윤희가 느끼기에 백은호는 배신에 대해 진심으로 사과할 생각도, 피임 방법에 대해 양보할 생각도 없어 보였다. 그런 상태로 성관계가 회복되기만을 바라는 백은호가 강윤희는 뻔뻔하게 느껴졌다.

그러나 강윤희가 가장 외로운 순간은 자신이 왜 그토록 완전한 피임을 원하는지 백은호에게 이해받지 못한다고 느낄 때였다. 백아영이 성조숙증 진단을 받았을 때도, 틱 증상이 왔을 때도 아무도 자신만큼 문제를 심각하게 받아들이지 않는다고 강윤희는 생각했다. 강윤희는 아무것도 믿을 수 없는 세상 한가운데서 혼자서만 노를 젓고 혼자서만 책임지며 혼자서만 비난받는 것 같았다.

강윤희는 베란다로 나가 창문을 열었다. 겨울바람이 가슴골로 들어와도 몸은 시원해지지 않았다. 식구들이 모두 잠들고 앞 동의 불빛도 거의 꺼진 밤이 되면 강윤희는 술을 들고 베란다로 나가 한참씩 찬바람을 쐬었다. 그러고 있으면 백아영의 문제에서도 백은호와의 관계에서도 도망치고 싶어졌다. 모든 걸 놓아버리고 몸을 쓰는 데에만 열중하고 싶은 충동이 밀려왔다. 강윤희의 성격이나 직업이나 가치관 같은 것을 따지지 않고 강윤희라는 여자의 몸 자체에 관심이 있는 남자. 강윤희는 그런 남자와의 원 없는 섹스를 꿈꾸었다. 그 남자는 백은호만 아니면 되는 어떤 남자였고, 강윤희에게 현실적인 피임의 문제는 오직 백은호와만 연결이 되었으므로, 피임을 안 해도 상관없을 것만 같은 그런 남자였다. 오르가슴의 느낌은 자위로도 충분했지만 씨탈정을 복용한 뒤로 강윤희는 자위를 해도 오르가슴에 이르지 못했다. 그럴 땐 먹는 것으로 해결했는데 술일 때가 대부분이었다.

"안 추워요, 누나?"

컴컴한 거실 쪽에서 누군가 강윤희에게 말을 걸었다. 그게 백은호인지 강민서인지 강윤희는 잠시 헷갈렸다. 베란다 문을 닫고 들어가자 강민서의 희끄무레한 얼굴이 보였다. 안방 쪽에서 백은호가 낮게 코 고는 소리가 들려왔다. 강윤희는 빈 와인잔을 식탁에 놓고 술을 조금 더 따랐다.

"누나, 제가 달걀찜 해드릴까요?"

강민서가 맞은편에 와 앉으며 말했다.

"너 그런 것도 할 줄 아니?"

"아빠 술 드실 때 가끔 해드렸어요."

"넌 니네 아빠랑 친하니?"

'니네 아빠'라는 말에 강민서의 동공이 조금 커졌다. 가까이서 보니 생각보다 눈이 큰 아이였다. 집에서도 항상 목을 가리는 티를 입고 있는 강민서를 보면서 강윤희는 손으로 자신의 목을 한번 쓸었다.

"아빠한테 누나 어렸을 때 얘기 많이 들었어요."

"니네 아빠가 내 얘기를 해? 뭐라고?"

"어려서부터 야무지고 예뻤다고. 누나가 태어났을 때 집안의 경사였대요. 부서질까 날아갈까, 다들 그런 마음으로 누나를 돌봤다고. 갓난아기인 누나가 한쪽에서 자고 있는 것만으로도 집안 사람들이 다 행복했대요."

"진짜? 니네 아빠가 그런 말을 했어?"

강윤희는 식탁을 치면서 미친 듯이 웃기 시작했다. 강민서가 재빠르게 팔을 뻗어 쓰러지려는 술잔을 잡았다. 강윤희는 눈물이 맺힐 때까지 웃음을 멈추지 않았다.

"너무 웃기지 않니? 그렇게 귀한 아이였는데, 난 왜 이렇게 살고 있을까?"

강민서의 눈이 다시 조금 커졌다.

"누나가 왜요. 전 이다음에 누나처럼 살고 싶어요. 착한 사람이랑 결혼해서 예쁜 딸 낳고. 열심히 일하면서."

"그래?"

"저한테 이다음이 있다면요."

"……."

강윤희가 말이 없자 강민서가 눈사람 얘기를 꺼냈다.

"어렸을 때 엄마랑 둘이 큰집에 간 적이 있는데 그때 누나가 저한테 눈사람을 만들어줬어요. 기억나요?"

강윤희는 기억나지 않았다.

"누나가 봉지에 흑미를 들고 와서 눈사람 머리 위에 다닥다닥 붙이는 거예요. 머리카락 심어주는 거라고 하면서. 까까머리 같기도 하고 밤톨 같기도 하고. 저는 그 눈사람이 정말 좋았어요."

강윤희는 갑자기 고백을 듣는 기분이 되었다.

"그다음부터는 저도 눈사람 만들 때 항상 흑미를 썼어요. 누나가 중학교 선생님 됐단 얘기 듣고는 누나 반 애들을 부러워한 적도 있어요."

강윤희는 흐흐흐흣, 웃으면서 고개를 젖혔다. 그러고는 숨을 크게 한 번 내뿜었다.

"누나가 애들한테 어떤 수업을 할까, 혼자서 막 궁금해하고 그랬어요."

"훗."

"지금도 궁금해요."

"그래? 읊어줄까? 열이 어떻게 이동하는지, 물은 어떻게 순환하는지, 화학 반응에서의 규칙성이라든지, 태양계의 구조, 무성·유성생식을 하는 지구 것들에 대한 얘기. 뭐 그런 거? 구름은 어떻게 만들어지는지, 빛은 어떻게 굴절되는지, 소화와 순환과 호흡과 배설의 관계, 세포분열의 원리라든가, 원자의 내부는 어떤지, 빛의 합성으로 어떤 그림을 그릴 수 있는지, 태양이 지구한테 어떤 존재인지, 인간들은 왜 이러고 사는지······."

강윤희는 혼잣말처럼 웅얼거렸다.

"모르면서 그냥 떠드는 거지. 난 사실 중학생 애들을 싫어해."

"누나."

"응?"

"우리 그냥 너구리 끓여 먹을까요?"

"앉아 있어. 내가 끓여줄게."

강윤희는 싱크대에서 냄비를 꺼내 물을 받다가 뒤를 돌아보았다. 목티를 입은 창백한 강민서가 식탁에 바위처럼 앉아 이쪽을 보고 있었다.

"근데 너 너구리 같은 거 먹어도 돼?"

"괜찮아요."

강민서가 이번엔 웃지 않고 말했다.

"위암은 아닌걸요."

*

눈도 오지 않고 춥지도 않은 날이 이어졌다. 겨울 용품 업체들이 울상을 짓고 있다는 소식이 들려왔고 채널을 돌리다 보면 홈쇼핑 쇼호스트들이 어색하게 웃으며 라쿤 털 패딩을 판매하고 있었다. "엄청난 추위가 한 번은 온다는 얘기가 있죠?" 그들은 더워 보이는 패딩을 입고 그렇게 말했다.

눈을 볼 수 없어서인지 강민서가 와 있어서인지 백아영은 다른 때와 달리 눈썰매를 타러 가자고 조르지 않았다.

강민서가 정밀 검사를 하던 날은 작은 작은어머니가 올라와 강민서를 병원으로 데려갔다. 그날은 하루 종일 강민서가 집에 없었다. 자기 어머니보다 훌쩍 커버린 키로 작은 작은어머니의 손을 잡고 가는 강민서를 보면서 강윤희는 10여 년 전을 떠올렸다. 어느 날 강윤희는 강중식의 어린 아들이 아프다는 소식을 들었다. 보름째 열이 나고 있지만 근처 대학병원에서도 원인을 찾지 못한다고 했다. 강민서는 열이 시작되고 3주째에 신촌 세브란스 병원에 가서야 소아림프종 진단을 받았다. 3년째 임용고시 준비 중이던 강윤희는 강민서가 항암 치료를 하는 동안 두어 번 병원에 찾아간 적이 있었다. 강윤희가 가면 강민서는 맥도날드에 가자고 졸랐다. 강윤희의 기억 속에 있는 것은 눈사람이 아니라 환자복을 입고 맥도날드 피규어 진열대로 뛰어가던 다섯 살 강민서의 모습이었다. 테이블에 피규어를 늘어놓고 신이 나 하던 강민서의 부은 목과 몸에서 일어나는 일들이 불편해 내내 칭얼대면서도 피규어만은 손에 꼭 쥐고 있던 모습. 강민서는 항암 치료 끝에 초등학교 입학 전에 완치 판정을 받았다. 몸이 다시 안 좋아진 것은 강중식의 사업이 틀어진 최근이었다. 암이 얼마만큼 재발해 어디로 전이가 됐는지에 따라 이제 강민서의 삶은 모든 것이 달라질 것이다.

백아영을 학원에 보내놓고 강윤희는 친정엄마에게 전화를 했다.

"너는 꼭 뭐 물어볼 때만 전화하지."

친정엄마가 투정 섞인 핀잔을 했다. 강윤희는 자신이 지금까지 친정엄마에게 물었던 것들을 떠올렸다. 어떤 콩은 밥을 해도 왜 계속 딱딱한지, 잡채에 마늘을 넣어야 하는지 말아야 하는지, 녹말가루는 뜨거운 물에 풀어야 하는지 찬물에 풀어야 하는지. 하지만 강윤희가 정말로 묻고 싶은 것은 그런 것들이 아니었다. 엄마는 어떻게 세상을 믿을 수 있었던 것인지 강윤희는 궁금했다. 어떤 믿음이 열한 살 딸과 스물세 살 시동생 둘만 남겨놓고 여행을 갈 수 있게 했던 것인지. 강윤희는 살아생전에 그런 얘기들을 엄마와 할 수 있는 날이 올까 생각했다. 외음부의 면역 체계에는 이상이 생겼고 백아영을 임신 중일 때 빼고는 소염진통제와 항생제를 달고 살아왔다는 걸 백은호조차 알지 못했다. 이 세상에 강윤희의 말을 들어줄 사람은 정신과 의사밖에는 없을지도 몰랐다.

강윤희는 친정엄마가 말한 대로 밀가루를 수제비 반죽보다 약간 되게 반죽해 비닐에 싸두고 신김치를 썰었다. 쫑쫑 썰라고 했기 때문에 쫑쫑쫑 썰었다. 두부를 힘주어 짜고, 숙주나물을 데쳐 넣고, 파와 마늘을 다져 넣었다. 강윤희는 반죽해놓은 밀가루를 치대고 길게 말아서 피 하나 크기만큼 잘라놓았다. 교자상을 펴고 밀대를 꺼내놓자 백아영과 강민서가 달려들었다. 강민서는 여러 번 해보았는지 밀대를 쓱쓱 움직여 만두피를 보름달처럼 만들어놓았다. 백아영은 자기도 해보겠다며 밀대를 밀었지만 생각처럼 되지 않는지 끙끙댔다. 손목을 어떻게 돌리고 어느 쪽으로 얼마만큼 힘을 줘야 하는지 강민서가 다시 시범을 보였다. 강민서의 손이 전날보다 많이 부어 있었다. 만두소를 넣은 양푼에 숟가락 세 개를 꽂고 그들은 만두를 빚기 시작했다. 둥글게도 만들고 길게도 만들었다. 반죽을 조그맣게 떼어 귀도 붙이고 꼬리도 붙였다. 백아영은 중간중간 백은호에게 전화를 걸어 자기가 만두를 얼마나 멋지게 빚고 있는지 중계했다. 나만 빼고 이러기야, 하는 백은호의 약 오른 목소리가 들렸다.

"누나, 오늘 밤부터 많이 추워진대요."

강민서가 만두소를 뜨며 말했다.

"엄마, 최강 추위가 온대. 완전 최강."

강윤희는 밖을 내다보았다. 그때까지만 해도 눈은 오지 않았다.

"민서 삼촌, 만두 빚으면서 울기 놀이 할래? 내가 이름을 대면 삼촌이 소리를 내는 거야."

"좋아."

"강아지."

"멍멍."

"고양이."

"야옹."

"소."

"음메."

"돼지."

"꿀꿀."

"하마."

"……."

"헤헤헤, 어렵지?"

백아영이 머리카락에 밀가루를 묻히고 웃다가 다시 문제를 냈다.

"그럼 공룡은 어떻게 울게?"

"키우우우우우웅."

"오오. 소라는 어떻게 울게?"

"철썩, 철썩."

"그럼 우리 엄마는 어떻게 울게?"

잠시 정적이 이어졌다. 강민서가 강윤희의 눈을 보고 있었다. 눈이 마주친 순간 강윤희는 당황했다. 이상하게도 그 잠깐 사이에 강윤희는 위로를 받고 있는 것 같았다. 강민서의 시선이 주는 기이한 힘이 공간을 채워왔다. 그대로 손을 뻗어 강민서의 뺨에 묻은 밀가루를 털어주고 싶다고 강윤희는 생각했다.

그때 백아영이 환호를 하며 일어섰고, 강윤희는 강민서의 시선에서 놓여나 밖을 보았다. 거짓말처럼 함박눈이 내리고 있었다. 셋은 만두를 내팽개치고 베란다로 달려갔다. 언제부터 내렸는지 벌써 눈이 꽤 쌓여 있었다. 장갑을 끼고 나와 눈사람을 만드는 아이들도 보였다.

강윤희는 백아영과 강민서의 떼를 이기지 못하고 밖으로 나가는 걸 허락했다. 강윤희가 양쪽 귀에 마스크를 걸어주는 동안 강민서는 상체를 숙이고 가만히 있었다. 강윤희는 목도리를 겹겹이 둘러주면서 감기에 걸리면 안 된다고 신신당부를 했다. 백아영과 강민서는 그날 페트병만 한 작은 눈사람을 만들어서 들고 들어왔다.

강민서는 당연히 줘야 하지 않겠느냐는 듯 강윤희에게 두 손을 내밀었다. 강윤희는 그 위에 흑미를 쏟아주었다. 강민서와 백아영은 흑미로 눈사람의 머리카락을 빼곡하게 심고 눈코입도 흑미로 완성했다. 강윤희는 화분받침에 눈사람을 올려 베란다에 놔두고 혹시라도 녹을까 봐 창문을 열어두었다. 그러나 창문을 열어둘 필요도 없이 그날 밤부터 한파가 시작됐다.

눈이 내린 그대로 세상이 얼어붙었다. 체감온도 영하 30도의 한파는 며칠 동안이나 계속됐다. 세탁기와 수도가 얼고, 한강이 얼고, TV에서는 얼음이 떠다니는 서해 바다의 모습이 방송됐다.

한파특보 3일째, 강민서의 검사 결과가 나왔다. 집이 병원 인근인 강윤희가 강민서를 태우고 병원에 먼저 도착했고, 뒤이어 작은 작은어머니와 강중식이 왔다. 결과를 듣고 작은 작은어머니와 강민서가 입원 절차를 밟는 동안 강중식이 옥외 휴게실로 강윤희를 불렀다. 다른 때 같으면 벤치 여기저기에 보였을 사람들이 한파 때문인지 한 사람도 보이지 않았다.

"민서가 그러더구나. 윤희 누나네 있는 동안 좋았다고."

강중식이 말했다. 추워도 너무 추워서 강윤희는 몸이 굳는 것 같았다.

"……다 내 잘못이다."

강중식은 갑자기 어깨를 떨더니 그렇게 말했다. 림프절에서 시작된 강민서의 암은 간과 척수로 전이가 되었다고 했다. 예후가 좋지 않은 듯했다. 이제 강민서는 끝을 알 수 없는 항암 치료와 방사선 치료 속으로 다시 들어가야 했다.

"다 내 죄야……."

강중식은 그렇게 말하면서 흐느끼기 시작했다. 벤치 끝에 걸터앉은 늙은 강중식이 몸을 공벌레처럼 만 채 울고 있었다.

"그때 내가, 그때 내가 너한테……."

강윤희는 '그때'라는 말을 잘못 들었다고 생각했다.

"그래도 윤희야."

강중식이 강윤희 쪽으로 몸을 돌렸다.

"그래도 나는……."

"……."

"손가락밖에는 안 넣었다."

그러면서 강중식은 다시 울기 시작했다. 지푸라기라도 잡고 싶다는 듯이. 그 일이 없던 일이 되면 강민서의 병이 나을 수 있다는 듯이. 최악까지 가진 않았는데 이런 형벌은 억울하다는 듯이. 그러나 강윤희가 놀란 것은 그런 것들 때문이 아니었다. 강중식이 아직 그 일을 기억하고 있다는 사실 때문이었다. 어쩌면 혼자 꾼 나쁜 꿈이 아닐까 생각한 적도 있었다. 몸의 증상을 빼면 그만큼 그 일은 현실감이 없었다. 20년이 훨씬 넘는 시간 동안 사촌들의 결혼식과 조부모의 장례식과 온갖 집안 대소사 속에서 강중식은 아무렇지 않게 강윤희를 대했던 것이다.

강윤희는 강민서의 짐이 빠져나간 서재 방문을 잠갔다. 그러곤 대부분의 시간을 소파에 멍하니 앉아 보냈다. TV에서는 폭설로 항공기가 결항돼 공항에 발이 묶인 사람들이 나왔다. 국립공원과 도로가 통제되고, 비닐하우스와 축사가 붕괴되고, 고깃배가 얼음 한가운데에 갇혀 있는 모습이 보였다. 갑자기 긴급재난문자가 오면 강윤희는 깜짝 놀라 베란다로 나갔다. 그러면 강민서가 만들고 간 눈사람이 까만 흑미를 머리에 이고 꽁꽁 언 채 서 있었다.

역대급 기록을 세웠다는 한파특보는 5일 만에 해제됐다. 주말이 지나고 백아영은 강윤희보다 일주일 먼저 개학을 했다. 백아영을 학교에 보내고 빈집에 혼자 앉아 있으면 어디선가 주사위가 굴러가는 소리, 색종이를 접었다 펴는 소리, 강아지와 트리케라톱스와 소가 우는 것 같은 소리가 들려왔다. 강윤희의 친정에 있는 앨범 속에는 오래된 사진이 하나 있었다. 강윤희는 그 사진을 생각하고 있었다. 한 소년이 갓난아기를 업고 있는 사진이었다. 소년은 허리를 직각으로 꺾고서 쩔쩔매고 있었다. 아기가 흘러내릴까 봐 양팔에 힘을 주어 뒤를 받치고, 그 와중에도 등에 매달린 아기를 보려고 고개와 눈동자를 뒤쪽으로 한껏 돌리고 있었다. 여차하면 아기를 받으려고 소년 옆에 바짝 붙어 있는 아기 엄마가 보였고, 환호를 하는지 말리는지 모를 손들이 보였다. 강윤희는 그 포대기의 무늬를 기억하고 있었다. 분홍색 빗금이 누빔 결을 따라 전체에 퍼져 있고 띠 부분엔 흰색 땡땡이가 박혀 있었다. 그 포대기는 강윤희의 동생들이 태어날 때까지 계속 쓰이다 언제 사라졌는지 모르게 사라졌지만, 친정에 보관돼 있는 옛날 사진들 속에 아직도 소품처럼 남아 있었다.

한파가 수그러들고 얼었던 세탁기는 다시 작동됐다. 강윤희는 며칠 묵은 빨래를 돌리고 집 안의 문들을 하나하나 열었다. 베란다로 나갔을 때 강윤희는 눈사람을 세워놓았던 화분받침에서 물이 넘칠 듯 말 듯 찰랑이고 있는 것을 보았다. 그 물 위에 흑미가 빼곡히 떠 있었다. 강윤희는 왠지 그걸 보고 있기가 힘들어 다른 일들에 집중했다. 출근이 시작되면 한동안 손대지 못할 집안일들을 하루에 하나씩 해치웠다. 일주일은 금세 갔다.

주말이 되었을 때 강윤희는 베란다로 나가 다시 화분받침 앞으로 갔다. 찰랑거리던 물은 다 증발되고 화분받침에는 습기를 머금은 흑미들만 까맣게 모여 있었다.

강윤희는 백아영을 베란다로 불렀다. 흑미만 남은 화분받침을 건네자 백아영은 베란다에 주저앉아서 울기 시작했다. 강민서가 더 이상 집에 없다는 걸 그제야 실감한 듯 백아영은 민서 삼촌을 부르며 울음을 멈추지 않았다. 당장 민서 삼촌을 보러 가겠다며 떼를 썼고, 눈사람을 살려내라면서 강윤희의 가슴을 때렸다.

"아영아, 민서 삼촌이랑 니가 만든 눈사람, 없어진 거 아니야. 그냥 모습이 변한 거야."

"너무해. 너무해."

백아영은 오후가 되어서야 진정이 됐다. 강윤희는 백아영과 함께 흑미를 드라이어로 말려 유리병에 담았다. 그리고 냉장고에 넣었다. 냉동실에는 강민서가 빚어놓고 간 김치만두가 남아 있었다. 강윤희는 다음 해 겨울에도 강민서와 교자상에 둘러앉아 만두를 빚을 수 있을까 생각했다. 그런 날이 다시 온다고 해도, 그때까지 강민서가 견뎌야 하는 시간들에 대해 강윤희는 알 수 없었다.

강윤희는 출근을 해 다시 중학생 아이들과 지냈다. 강윤희가 담임을 맡은 중학교 2학년 아이들한테서는 하루에도 소소한 사건 사고가 끊이지 않았다. 이 애랑 저 애가 헤어지면 다음 날은 저 애랑 그 애가 사귀고, 그 애는 다시 이 애에게 고백하고, 울고, 먹고, 깔깔대고, 복도에서 키스를 하고, 교실에서 허리를 감고, 다시 울고, 뛰고, 강윤희를 부르고, 강윤희에게서 도망갔다. 그 아이들을 보며 강윤희는 언젠가는 중학생이 될 백아영을 상상했다. 그러면 암울한 기분이 되었다.

어느 날 새벽엔 백은호가 자고 있는 강윤희를 깨웠다. 백은호는 강윤희의 어깨를 잡더니 나쁜 꿈을 꾸었느냐고 물었다. 강윤희는 침대 끝에서 몸을 구부린 채로 땀을 흘리고 있었다. 강윤희는 백은호의 팔을 잡았다.

"은호야, 아영이가 나한테 자꾸 잘못했다고 비는 꿈을 꿔. 제발 용서해달라고…… 엄마 미안해, 엄마 미안해, 그러면서 자꾸 빌어. 그게 내 악몽이야."

강윤희는 백은호한테 기대 조금 울었다. 백은호는 강윤희를 엎드리게 하더니 땀에 젖은 상의를 벗겼다. 그러고는 마른 수건을 갖고 와 강윤희의 등을 닦았다. 백은호는 수건을 내려놓고 천천히 강윤희의 등을 안마했다.

강윤희는 혼몽한 채로 엎드려서 고르게 숨을 내쉬었다. 잠시 뒤 강윤희의 등엔 손 대신 백은호의 입술이 와 닿았다. 조금씩 빨라지는 호흡을 느끼면서 강윤희는 엎드려 있을 때 백은호가 들어오는 걸 자신이 얼마나 좋아했었는지를 떠올렸다. 백은호의 배가 자신의 등에 밀착되면 위치상 바로 귓가에 백은호의 숨소리가 들렸다. 숨소리를 느끼다 보면 어느새 백은호가 미끄러져 들어와 두 팔에 강윤희를 가둔 채 몸을 움직였다. 등이 점점 뜨거워지는 것을 느끼고 강윤희는 그게 회상이 아니라 실제 상황임을 깨달았다. 백은호의 팔이 강윤희 눈앞으로 길게 뻗어 나와 이불을 움켜쥐고 있었다. 귀에 닿는 백은호의 호흡이 가빴다. 땀에 젖은 백은호의 배가 뒤에서 빠르게 마찰하고 있었다. 미처 어찌할 새도 없이 강윤희는 그곳의 근육이 수축하기 시작하는 걸 느꼈다. 곧이어 강윤희의 몸속에서 울음과도 같은 소리가 폭발했다. 강윤희가 백은호의 팔을 무는 동시에 백은호는 사정했다. 백은호의 몸속에 있던 2억 마리의 정자가 강윤희의 몸속으로 들어오는 순간이었다.

그날 피임을 하지 않았다는 걸 강윤희와 백은호는 아침이 되어서야 알았다.

이덕화 평택대학교 교수

가족 간의 유대와 그 허구성

1

2008년 「울고 간다」로 『현대문학』에서 신인상을 받고 등단한 최은미는 『너무 아름다운 꿈』(2013), 『목련정전』(2015) 등 벌써 두 권의 창작집을 낸 활발한 작가이다. 최은미는 '멀리서 보면 희극이고 가까이서 보면 비극을 희극으로 승화시킨다는 노련미를 보여준다'는 평을 받아왔다. 이번 「눈으로 만든 사람」도 절대 담담하게 할 수 없는 이야기를 평범한 일상을 통하여 담담하게 그림으로써 더욱 비극성을 드러내고 있는 작품이다.

이 작품은 가족의 단란함 아래 숨어 있는 허구성을 서사화하고 있다. 작품의 바깥 구조는 가족의 단란함을 드러내고 내적 구조는 가족 간 혹은 현대 사회의 소통 부재에 의한 가족의 허구성을 드러내고 있다.

이 작품에서 가족의 단란함을 가장하고 평범한 일상으로 버티고 있는 강윤희의 무의식을 건드린 것은 강윤희의 작은아버지의 아들, 사촌동생 강민서가 온 이후부터이다. 즉 인간에 대한 혹은 삶에 대한 신뢰가 가능한가라는 질문이 든 것은 잠시 작은아버지가 강윤희 집에 맡긴 그의 아들 강민서가 눈에 띄면서부터이다.

강윤희가 인간에 대한 신뢰를 가질 수 없는 것은 우선 가족으로부터 받은 상처 때문이다. 그것은 강윤희와 어릴 때 같이 살던 열두 살 위의 삼촌, 민서 아빠 강중식이 가한 성적 수치심 때문이다. 강윤희는 그로 인해 육체적인 고통과 함께 정신적인 고통을 평생 안고 살아왔다. 그 이후 강윤희는 외음부의 면역 체계에 이상이 생겨 백아영을 임신 중일 때 빼고는 소염진통제와 항생제를 평생 달고 살아왔다.

또 가장 가까운 가족인 남편으로부터 상처를 받고 있다. 남편 백은호는 결혼하기 전에 서로 담배를 끊자고 약속하고 함께 끊은 담배를 결혼 4년 만에 강윤희와 한마디 상의 없이 다시 시작했고, 강윤희가 불평하자 직장 일에 의한 스트레스 때문이라며 변명했다. 멸균이 안 된 콘돔 때문에 후유증을 겪고 있는 강윤희가 정관 수술을 제안했지만 아이같이 싫다고만 할 뿐 피임법에 대한 타협을 못 본 상태에서 대책 없이 섹스만 즐기려 한다.

가족뿐만 아니라 또 삶에 대한 신뢰를 가질 수 없는 것은 외부 세계 때문이다. 산업 시대의 개인들은 자신들의 이윤을 극대화하기 위해 갖은 수단을 다 쓴다. 일례로 남편 백은호와 딸이 광적으로 좋아하는 닭발을 포함한 소, 돼지, 닭들은 빨리 발육시키기 위해 성호르몬제를 맞고 번식한, 자연스럽게 살다 죽지 못한 인위적인 고기이며 그로 인해 딸 백아영은 성조숙증에 걸렸다. 성적으로 너무 조숙한 백아영은 성호르몬 억제제를 투여받으면서 또 그 때문에 발육이 늦을까 봐 다시 성장 치료제를 먹어야 하는 아이러니한 상황을 버텨내어야만 하는 것이다.

2

이 작품에서는 서사를 이끌어가는 동력은 가족의 단란함이다. 이 작품의 중심 가족인 아빠 백은호와 딸 백아영, 그리고 엄마인 강윤희는 혼밥, 혼술, 혼커가 유행하는, 탈가족을 외치는 현대에 보기 힘든 다정한 가족관계를 보여준다. 아빠 백은호의 출퇴근 시 딸 아영과 나누는 인사에서 드러나는 친밀함이나 백은호 가정에서 전통으로 선호하는 닭발볶음 등과 같은 음식을 두 부녀가 밝히는 장면 묘사는 작가가 의도적으로 친밀함을 과장하기 위해 서사화하고 있음을 보여준다.

> 백은호가 현관문을 연다. 거실에서 놀던 백아영이 백은호에게 달려간다. 백아영을 번쩍 안아 올리며 백은호가 묻는다. "우리 아영이 누구 딸?" 백은호의 목에 팔을 두르며 백아영이 대답한다. "아빠아아아아 딸." 백은호가 다시 묻는다. "진짜?" 그러곤 둘이 동시에 "까르르르르", 웃음을 터뜨린다.
> 백은호와 백아영은 매일같이 그 의식을 되풀이했다. 우리 아영이 누구 딸? 아빠 딸. 진짜? 까르르르르. 우리 아영이 누구 딸? 아빠 딸. 진짜? 까르르르르. 강윤희가 옆에 있어도 둘은 아랑곳하지 않았다. (301쪽)

이제 말하기 시작하는 두세 살 어린아이와 아빠가 흔히 연출하는 장면이 여기에서는 초등학교에 들어갈 나이인 여덟 살 딸아이와 아빠와의 사이에서 유치하다고 할 정도로 지나치게 희화적으로 그려지고 있다.

또 이 작품에서 백은호 집이나 강윤희 집에 전통적으로 내려오는 음식 취향에 대한 나열 역시 가족관계의 친밀함을 드러내기 위한 장치이다. 고기의 여러 부위를 그에 맞는 조리법으로 꾸준히 먹어야 한다는 백은호 어머니의 확고한 믿음은 그 집안의 오래된 전통이다. 닭발볶음을 비롯하여 차돌박이가 들어간 비지찌개나 양지머리 넣은 육개장, 등갈비 넣은 김치찌개, 홍두깨살이랑 같이 볶은 호박나물, 대패삼겹살 등. 또 강윤희와 강민서로 이어지는 강윤희의 친정 집안에서 할머니가 자주 해주었던 음식, 두부조림, 배추국, 김치만두, 꽈리고추가 들어간 반찬 등. 이런 나열 역시 가족의 연대를 나타내며 가족이 가지고 있는 끈끈함을 드러낸다.

이런 가족의 끈끈함은 제목 '눈으로 만든 사람'이 암시하듯 밝은 햇빛이 비치면 사라지는 눈사람처럼 그 허구성이 여지없이 드러난다. 민서는 어릴 때 앓았던 소아림프종이 완치 판정 후 다시 재발하여 간과 척수로 전이, 얼마 남지 않은 시한부 인생을 살고 있으며, 성호르몬제를 먹고 번식을 반복한 초식동물들의 고기를 어릴 때부터 먹고 자란 강윤희의 딸 아영은 성조숙증으로 인해 성호르몬 억제 주사와 발육을 멈추지 않게 하기 위한 성장호르몬 주사를 동시에 맞아야 하는 불행 속에 놓여 있다. 아영의 성조숙증은 강윤희의 어릴 때 기억, 열한 살 때 스무세 살의 삼촌 강중식으로 받은 성적 수치심을 더욱 자극한다. 윤희의 아영에 대한 지나친 성적 강박은 아영을 틱 증상으로 몰고 강윤희 스스로도 우울증 약인 씨탈정을 먹지 않으면 안 되는 상황이다.

3

강윤희를 가장 외롭게 하는 것은 아무것도 믿을 수 없는 세상 한가운데 혼자서만 고민하고 혼자서만 책임지고 혼자서만 비난받는다는 사실이다. 가장 가까이서 이해해주어야 할 남편마저 딸 백아영의 증상으로 예민해하는 강윤희를 '자식의 전시 가치에 집착하는 욕망 덩어리'라고 비난한다. 또 피임법에 대해 두 사람이 타협을 못 본 상태에서 자신의 성적 욕망을 충족시킨다.

그러나 강윤희가 가장 외로운 순간은 자신이 왜 그토록 완전한 피임을 원하는지 백은호에게 이해받지 못한다고 느낄 때였다. 백아영이 성조숙증 진단을 받았을 때도, 틱 증상이 왔을 때도 아무도 자신만큼 문제를 심각하게 받아들이지 않는다고 강윤희는 생각했다. 강윤희는 아무것도 믿을 수 없는 세상 한가운데서 혼자서만 노를 젓고 혼자서만 책임지며 혼자서만 비난받는 것 같았다. (314쪽)

위의 인용문에서 보여주는 것처럼 강윤희는 누구에게도 이해받지 못하고 혼자 고투해야 한다는 생각에 딸 백아영의 성조숙증에 지나치게 집착한다. 강윤희의 불안한 심리 증상은 단순히 딸의 성조숙증 때문만은 아니다. 백은호를 비롯한 남성 가장들의 권력화에 의한 가족 간의 단절도 한몫을 한다. 이 작품에서 보여주는 가족 간의 친밀함은 가족 간의 유대를 위한 관습적인 친밀함이다. 즉 우리 사회에서 학벌, 고향에 따라 똘똘 뭉치는 연대 의식 같은 것이다. 친밀함이란 소통을 위한 전제로 필요한 것이다. 그러나 백은호는 아내 강윤희가 무엇을 고민하고 왜 그렇게 딸 아영의 성조숙증에 집착하는지 관심이 없다. 이런 강윤희의 외로움은 바흐친의 말을 빌리자면 남편이나 가족에게 이해받지 못하는 소통이 단절된 독백적 상황이다. 밖으로 드러난 가족의 친밀함에도 인물들 간의 단절화, 비인간화된 불안한 현대 사회를 드러낸다.

이 작품에서 남편 백은호를 비롯, 딸 백아영과 초점인물인 강윤희 자신까지도 인칭대명사를 사용하지 않고 그대로 이름을 사용하는 것 역시 소통 부재에 의한 인물 간의 거리감을 드러내는 의도적인 작가의 장치이다. 인지과학이 서사 분석에도 적용되면서 중심인물의 현실 속 생생한 인간에 대한 이해와 체험을 중심으로 어떻게 서사가 변화하고 있는지를 분석하는 연구 사례가 많이 발표되고 있다. 이 작품 역시 중심인물인 강윤희의 어릴 때의 생생한 체험, 열한 살 소녀였던 강윤희의 성적 수치심을 유발하는 체험은 이 서사의 틀을 제공하고 이야기의 패러다임을 주도적으로 이끌고 있다. 이 작품에서 먹고 마시고 배설하고, 성적 이미지를 통하여 축제를 연상하는 통합과 소통보다는 단절과 소통 부재를 보여주는 것 자체가 풍부한 음식 이미지가 보여주는 축제적 이미지의 뒤에 있는 허구성을 보여주고 있다.

씬짜오, 씬짜오

최은영

—

1984년 경기 광명 출생.
2013년 『작가세계』 신인상에 당선되어 작품 활동 시작.
소설집 『쇼코의 미소』가 있음.

씬짜오, 씬짜오

　1995년 1월, 우리는 다시 독일로 돌아왔다. 92년에서 93년까지 베를린
에서 살다가 한국으로 돌아온 지 겨우 1년이 지나서였다. 우리가 도착한
곳은 플라우엔이라고 불리는, 5년 전까지만 해도 동독 지역이었던 작은
도시였다. 버려진 건물들, 황량한 공원, 술 냄새를 풍기며 전차 정류장에
앉아 있던 남자들…… 그곳은 내가 알던 독일의 모습과 거리가 멀었다.

　호 아저씨의 저녁 초대를 받은 날, 엄마는 평소에는 입지 않던 예쁜 투
피스를 꺼내 다려 입고 화사하게 화장했다. 말 꼬리마냥 껑충 묶은 내 머
리를 풀어 짱짱한 디스코머리로 땋고 결혼식 때 입는 검은색 코르덴 원피
스를 입게 했다. 두 살짜리 동생에게도 새 옷을 입혔다. 오랜만에 화장을
한 엄마의 모습이 어린 내 눈에는 꽤나 예뻐 보였다. 엄마는 건물 유리창
을 몇 번이나 보며 자기 모습을 점검했다. 플라우엔에 온 지 세 달 만에 다
른 사람 집에 초대받은 것이어서 기분 좋은 긴장감을 느끼는 것 같았다.

　"씬짜오." 엄마는 현관 앞으로 나온 응웬 아줌마에게 외워둔 베트남어로
인사했다. 나도 따라 "씬짜오" 하고 인사하자 응웬 아줌마는 반갑게 웃었
다. 아줌마는 오래 만나지 못했던 친구들을 만난 것처럼 우리를 환영해줬
다. 부엌에는 호 아저씨가 있었다. 볼이 붉고 얼굴에 아이 같은 장난기가

어려 있던 아저씨가 나는 한눈에 좋아졌다. 아저씨는 아빠와 같은 회사에서 일하는 동료였고, 내가 아저씨 아들 투이와 같은 반이 된 것을 알고는 우리 가족을 아저씨네로 초대했다.

호 아저씨의 요리는 담백하고 편안했다. 음식을 두고 편안하다고 말할 수 있는 것인지는 모르겠지만 내게 아저씨의 요리는 그 말로밖에 설명이 안 된다. 토마토를 넣어 뭉근하게 끓인 고깃국, 향긋한 쌀밥, 구운 새우, 볶음 야채와 반으로 자른 라임을 뿌려 먹는 짭조름한 튀김 만두의 맛이 그랬다.

밥을 다 먹고 나서 어른들은 술을 마시기 시작했고, 나는 투이를 따라 책장 쪽으로 갔다. "내가 여섯 살 때부터 모은 거야." 투이는 만화책을 골라줬는데 모두 스누피 시리즈였다.

"저기서 읽을래?" 투이가 좌식 소파를 가리켰다. 스웨이드 재질의 소파는 부드럽고 푹신했다. 나는 손등으로 소파를 쓰다듬으며 만화를 읽기 시작했다. 우드스탁과 나란히 개집 지붕에 앉아 노닥거리는 스누피는 꼭 투이처럼 보였다. 학교에서 본 투이는 그런 애였으니까. 그 애는 모두와 잘 지내고 항상 명랑했다. 키가 큰 애든, 작은 애든, 활발한 애든, 내성적인 애든 모두 투이를 좋아하는 것처럼 보였다.

"넌 애 닮았어." 투이가 우드스탁을 가리키며 웃었다. "너 처음 봤을 때 우드스탁인 줄 알았어." 내가 작고 못생겨서 그렇게 말하나 싶었지만 악의 없는 얼굴로 천진하게 웃는 그 애에게 화를 낼 수는 없었다.

"나 너 겨울에 봤었어. 주말 벼룩시장에서." 투이가 말했다.

"걔가 나라는 걸 어떻게 아냐?"

"공원 맞은편에서도 봤어. 거기 너희 집 아니야?"

"그게 뭐."

나는 다시 만화책으로 눈길을 돌렸다. 우리 집 창문으로 그 애를 훔쳐본 일이 부끄러워졌다. 투이와 한 반이라는 것을 알았을 때 몰래 반가워했던 마음까지도 그 애가 다 알고 있을 것 같았다.

독일에서의 일은 이제 뿌연 유리창으로 보는 바깥 풍경처럼 희미하다. 그런데도 처음 투이네 집을 방문했을 때를 떠올리면 그때 느꼈던 감정이 생생히 되살아난다. 투이네 식구 모두가 우리를 반갑게 맞아주던 일, 그 환대에 기뻐하던 엄마의 모습, 어떤 조건도 없이 받아들여졌다는 따뜻한 기분과 우리 두 식구가 같은 공간에 모여 음식을 나눠 먹던 공기를 기억한다. 어떻게 그렇게 여러 사람의 마음이 호의로 이어질 수 있었는지 나는 모른다. 고작 한 명의 타인과도 제대로 연결되지 못하는 어른이 된 나로서는 그때의 일들이 기이하게까지 느껴진다.

플라우엔에서 보낸 첫 번째 여름, 엄마는 건조한 날씨 때문에 고생했다. 하얀 각질이 뱀 비늘처럼 팔다리를 덮었고 자다가도 몸을 긁느라 몇 번이나 일어난다고 했다.

"저도 처음 독일 왔을 때 그랬어요. 한국도 여름이 습하죠? 여기는 반대니까. 뭘 발라도 건조하더라구요."

응웬 아줌마는 엄마에게 직접 만든 크림을 줬다. 샤워한 후에 꾸준히 바르면 가려움이 줄어들 거라고. 엄마는 아줌마의 크림 덕분에 남은 여름을 수월하게 보낼 수 있었다. 아줌마는 우리가 말하지 않아도 어디가 불편한지 알고 있었고, 배관공을 부르거나 집주인과 이야기해야 할 때도 나서서 일을 해결해줬다. 무엇보다도 그녀는 두 살짜리 아이를 붙들고 하루 종일 집에 고립되어 있던 엄마의 유일한 말동무가 되어주었다. 엄마를 보면 홀로 투이를 키워야 했던 시간이 떠오른다고, 혼자 그렇게 오래 있으면 자연히 어두운 생각에 빠지게 된다고, 이야기하고 싶으면 언제든지 전화하라고 했다.

투이네 가족과 우리 가족은 적어도 일주일에 한 번은 같이 저녁을 먹었다. 한 번은 투이네 집에서, 한 번은 우리 집에서 먹는 식이었고 초여름이 되어 낮이 길어지자 토요일 이른 저녁부터 일요일 새벽까지 함께 시간을 보냈다. 같이 밥을 먹고, 어른들은 어른들끼리 카드놀이를 하고, 우리들은 직소퍼즐을 하거나 만화책을 읽었다. 그때는 몰랐지만 지금 와 생각해보면 투이네 가족도, 우리 가족도 서로 말고는 그렇게 가까운 이들이 없었던 셈이다.

술을 많이 마신 날이면 어른들은 돌아가며 노래를 불렀다. 엄마는 한국 노래를, 응웬 아줌마 부부는 베트남 노래를 불렀다. 뜻도 알아듣지 못할 노래의 후렴구를 어설프게 따라 하려는 엄마를 보고 웃음을 터뜨리던 어른들의 모습이 생각난다.

'너희 아빠와는 말이 통하지 않아.' 엄마는 종종 내게 그렇게 말했다. 둘은 서로를 투명 인간처럼 대했다. 밥을 먹을 때도, 텔레비전을 볼 때도, 드라이브를 할 때도 그랬다. 그런 행동이 어린 나에게 어떤 상처를 줬는지 그들은 끝내 이해하지 못했을 것이다.

엄마와 아빠는 같은 대학 독문과에서 만나 오래 연애한 커플이었다고 했다. 경쟁적으로 서로의 존재를 무시하는 그 두 사람이 한때는 서로를 끔찍이 사랑했었다는 사실을 그때의 나는 이해할 수 없었다. 언젠가 엄마 아빠가 얼굴을 마주 보고 이야기할 수 있기를, 아무 미움 없이 평범한 이야기들을 할 수 있기를, 결코 헤어지지 않기를 나는 매일 빌었다.

투이네 가족과의 저녁 식사 시간이 좋았던 것도 그런 이유 때문이었다. 투이 가족과 함께 있을 때 엄마와 아빠는 가끔 서로를 보며 웃기도 했고, 투이 가족에게 서로에 대한 이야기를 자연스레 하기도 했다. 담배를 피우러 발코니로 나가는 아빠가 엄마의 어깨를 툭 치는 것을 본 적도 있었다. 술에 취해 웃으며 말하는 아빠를 선선히 바라보던 엄마의 눈빛이 기억난다. 우리 식구끼리만 있을 때는 상상할 수 없는 일이었다. 엄마가 그렇게 잘 웃는 모습을 나는 그전에도, 그 후에도 보지 못했다.

엄마 그때 참 예뻤어, 언젠가 내가 그렇게 얘기했을 때 엄마는 그 시절이 잘 기억나지 않는다고, 그래도 그렇게 말해줘서 고맙다고 말했다.

본격적인 여름에 들어서 밤 열 시가 넘어도 대기에는 초저녁처럼 희미한 빛이 남아 있었다. 빛이 조금씩 줄어들면서 눈앞의 풍경이 푸른빛에 잠길 때의 모습을 나는 좋아했다. 거실 창문으로 밤바람이 불어오고, 부엌에서는 어른들의 말소리와 웃음소리가 들려오고, 그 시간이 되면 꼭 입을 벌리고 잠들었던 투이의 얼굴을 볼 때, 푸른빛의 채도가 점점 낮아지고 가로등 불빛이 하나둘씩 켜질 때면, 나는 내가 언젠가 이 시간을 그리워할지도 모른다고 생각했다.

투이와 나는 같이 빵이나 우유 심부름을 다니곤 했다. 심부름을 가는 길에 그 애는 보이지 않을 만큼 멀리 뛰어갔다가 다시 내 쪽으로 돌아왔다. 처음에는 투이를 쫓아가려고 했지만 그 애가 다시 돌아온다는 걸 알고는 나도 내 속도대로 걸었다. 보이지 않았다가 다시 내게 달려오는 그 애의 얼굴을 볼 때면 웃음이 났다. 투이는 나와 눈이 마주치면 고개를 활짝 뒤로 젖히고 더 우스꽝스러운 포즈로 달렸다.

심부름을 다녀오는 길에 우리는 찻길을 사이에 두고 맞은편에서 걸어갔다. 둘이 붙어다니면 같은 반 애들이 놀릴지도 모른다는 염려 때문이었던 것 같다. "우드스탁!" 그 애는 우리 둘만 있을 땐 나를 꼭 우드스탁이라고 불렀다. 시간이 지날수록 그 호칭은 나를 꽤나 들뜨게 했다. 그 누구도 빈번한 전학으로 스쳐 지나가는 나에게 별명을 붙여주지 않았으니까.

투이네 동네 골목까지 들어오고서야 우리는 나란히 걸었다. 그럴 때 투이에게서는 볕에 달구어진 동전 냄새 같기도, 양파 냄새 같기도 한 땀 냄새가 났다. 별다른 이야기를 나눈 건 아니었지만 그렇게 함께 걷는 것만으로도 마음이 부드러워지는 기분이었다.

투이는 그 나이 또래 특유의 어그러짐이 없었다. 학교에서 있었던 일을 응웬 아줌마에게 종알종알 다 이야기했고 다른 사람을 신경 쓰지 않고 노래를 부르거나 즉흥 연극을 해 모두를 웃게 했다. 나는 동생을 대하듯이 그 애에게 말하곤 했는데, 가끔은 아무렇지 않은 듯 깊은 속마음을 말하기도 했다. 내가 무슨 말을 해도 투이 같은 어린애가 이해할 수 없으리라고 생각해서였다. 투이는 내 말을 별로 신경 쓰지 않는 것처럼 보였다. 그랬구나, 그랬었어. 그런 무심한 대답을 듣고 있노라면 그 애에게 말하기 전의 억눌린 감정이 조금은 풀어지는 것 같았다.

"우리 엄마 아빠는 서로를 제일 싫어해." 그날도 나는 아무렇지 않게 웃으며 말했다. 투이는 걸음을 멈추고 가만히 서서 나를 쳐다봤다. 꼭 화가 난 것처럼 보였다. 의외의 반응이어서 무슨 말을 해야 할지 알 수 없었다.

"넌 왜 그런 얘길 하면서 웃어?" 투이는 그 말을 하고는 앞으로 성큼성큼 걸어갔다. 여느 때처럼 다시 내 쪽으로 돌아오리라고 생각했지만 그 애는 그렇게 하지 않았다. 당시에는 조금 당황했을 뿐 그 일에 대해 깊이 생각하지는 않았다. 하지만 고등학교 시절, 야자를 마치고 운동장을 가로질러 갈 때면 '넌 왜 그런 얘길 하면서 웃어?'라고 말하던 투이의 어린 얼굴이 생각나곤 했다. 나는 그 애를 조금도 알지 못했어. 유년을 다 지나고 나서야 나는 그 애를 다르게 기억하기 시작했다.

"독일에 처음 왔을 때," 아줌마는 크게 웃으며 말했다. "너무 추웠어요. 아무리 껴입어도 벌벌 떨리는 거야. 아직도 그래요. 투이야 여기서 태어났으니까 아무렇지 않겠지만 난 이상하게 아직도 여기 겨울이 적응 안 돼. 난생처음 눈 봤을 때 얼마나 놀랐는지. 너무 예뻐서 춥다 춥다 하면서도 손이 다 얼도록 눈을 만지고 놀았어요."

엄마는 웃으며 말하는 응웬 아줌마의 얼굴을 물끄러미 쳐다봤다. 같이 웃어야 하는데 웃음이 나오지 않아 당황하던 엄마의 얼굴을 기억한다. 아줌마는 살며 고생한 이야기를 할 때마다 과장되게 웃으면서 말했고 그럴 때면 엄마는 애써 같이 웃으려 노력했다.

아줌마는 엄마가 사랑이 많고, 다른 사람의 마음에 공감해주는 능력을 타고났다고 말했다. 세상에는 엄마처럼 섬세한 사람들이 더 많아져야 한다면서, 엄마는 아파하지 못하는 사람들을 위해 대신 아파하는 사람이라고 말했다.

엄마와 함께 있을 때도 아줌마는 엄마에 대한 칭찬을 잘했다. 웃는 모습이 예뻐서 함께 있으면 방이 다 환해지는 것 같다, 두상이 동그라니 예쁘다, 걸음걸이가 사뿐하다, 옷맵시가 좋다, 앞니가 귀엽다, 듣기에 참 좋은 목소리다…… 아줌마는 이런 이야기를 망설이지 않고 했고 그럴 때면 엄마는 얼굴을 붉혔다. 아줌마의 말을 듣고 있노라면 나도 몰랐던 엄마의 좋은 부분이 눈에 들어왔고 엄마가 내 엄마라는 사실이 자랑스러워졌다. 아줌마와 엄마는 하루가 멀다 하고 서로의 집을 오갔다. 엄마는 김을 좋아하는 아줌마를 위해 한국에서 가져온 김을 구워 갖다 줬고, 아줌마는 단 음식을 좋아하는 엄마에게 쌀 푸딩을 만들어줬다.

플라우엔에서 맞은 두 번째 겨울에 나는 거의 매일 투이네 집에 들렀다. 우리 집은 오래된 라디에이터 때문에 언제나 냉골이었지만 투이네 집은 온몸이 노곤해질 정도로 기분 좋게 따뜻했고, 투이네 식구들과 함께 지내는 쪽이 집에 있는 것보다 편해서였다.

응웬 아줌마는 나에 대해 많은 것을 물어봤다. 한국에서 다니던 학교는 어땠는지, 베를린에서의 생활은 만족스러웠는지, 바다를 가보았는지, 한국의 바다는 어떤 색인지, 가장 좋아하는 독일 음식은 무엇인지. 아줌마의 질문은 몇 학년이냐, 왜 이렇게 키가 작냐, 공부는 잘하냐, 커서 뭐할 거냐 물어대는 다른 어른들의 것과는 달랐다. 진심 어린 관심을 받고 있다는 기쁨에 나는 두 볼이 빨갛게 달아오를 때까지 아줌마 앞에서 떠들어댔다.

"이름 한자로 써볼래?" 내가 이름을 한자로 쓰자 아줌마는 웃으며 말했다. "이럴 줄 알았지. 나랑 같은 성씨구나." 아줌마는 '집 원(院)' 자를 쓰고는 '응웬'이라고 읽었다. 호 아저씨의 '호'는 '호수 호(湖)' 자였고, '투이'라는 이름은 '옥빛 취(翠)' 자를 썼다. "넌 내 어릴 적 친구를 많이 닮았다. 그 애 성씨도 응웬이었지. 같은 마을에 살았던 친구였다." 아줌마는 슬프게 웃어 보였다. 무척 좋아하는 것들에 대해 이야기할 때 그녀는 그런 표정을 짓곤 했다. 세 살이 된 내 동생 다연이를 볼 때도 그녀는 그랬었다. 시간이 지날 수록 그 표정은 나를 아프게 했는데, 아줌마의 행복이라는 것이 슬픔과 너무 가까이 붙어 있는 것처럼 보여서였다.

언젠가 아줌마에게 어린 시절 사진을 보여달라고 한 적이 있었다. 그녀는 고개를 저었다. "다 잃어버렸지. 한 장이라도 남아 있으면 좋았을 텐데." 내가 이유를 묻자 그녀는 내 머리를 쓰다듬기만 했다. "사진만 잃어버린 게 아니었단다." 그녀는 내게 아주 작은 목소리로 말했다. 그 말이 무슨 뜻인지 정확히 알지는 못했지만 그 말을 하는 아줌마의 떨리는 마음이 내게도 그대로 전해져 두려워졌다.

투이네 집에서 유일하게 접근이 어려웠던 곳은 서재였다. 누가 그러지 말라고 한 것도 아니었지만 문이 항상 닫혀 있어 들어가볼 생각을 하지 못했던 것 같다. 서재 문이 활짝 열려 있던 날, 나는 끌리듯이 그 방으로 들어갔다. 문 바로 옆으로 작은 제단이 보였다.

제단은 나무 장식장 위에 꾸며져 있었다. 기둥과 지붕으로 이루어진 집 모양의 조형물 아래로 다섯 개의 액자와 모래와 재가 든 향로가 보였다. 액자마다 한 사람 한 사람의 흑백사진이 들어 있었고 향로에는 끝까지 타버리거나 중간에 꺼진 보라색 향들이 몇 개 꽂혀 있었다. 향로 옆으로 종이에 싸인 향과 작은 성냥갑이 보였다. 그런 향로는 이전에도 봤지만, 향로 뒤에 죽은 사람 사진을 둔 것을 본 건 그때가 처음이었다. 나는 겁이 나 사진을 똑바로 쳐다보지도 못하고 뒤돌아섰다.

사진 속 다섯 사람은 가족처럼 보였다. 내 기억이 맞는다면 노인은 한 명밖에 없었고 내 또래의 여자아이, 다연이 또래의 아기 사진도 있었다.

힐끗 훑어봤을 뿐이지만 그 사람들의 얼굴이 내 등뒤에 달라붙기라도 한 것처럼 신경이 쓰였다.

나는 그들이 누구인지, 무슨 까닭으로 투이네 집 제단에 모셔졌는지 알고 싶었다. 왜 응웬 아줌마나 투이가 나에게 제단을 보여주지 않았는지도 궁금했지만, 막연한 두려움 때문에 누구에게도 그 일에 대해 말하지 못했다.

2차 세계대전에 대해 배우던 시간에 나는 투이로부터 뜻밖의 이야기를 들었다.

"다행히 2차 대전 이후로 이처럼 대규모의 살상이 일어난 전쟁은 없었단다."

투이가 손을 들어 선생님의 말을 끊었다. "아닌데요." 그게 투이의 첫마디였다.

"뭐가 아니라는 거지?"

"베트남에서 전쟁으로 사람들이 많이 죽었어요. 저희 할아버지, 할머니, 고모, 이모, 삼촌 모두 다 죽었대요. 군인들이 와서 그냥 죽였대요. 아이들도 다 죽였다고. 마을이 없어졌다고 했어요. 저희 엄마가 얘기하는 걸 들었어요." 투이가 항의하듯이 말했다.

"그래. 투이 말이 맞다. 베트남 전쟁에 대해 너희는 들어본 적 없을 거야. 투이가 더 얘기해볼래?" 선생님은 투이가 자기 의견을 말했다는 것에 만족해했지만, 그 애는 반사적으로 말한 것처럼 보였다. 투이의 얼굴이 곧 울 것처럼 붉어졌기 때문이다. 그 애는 무슨 말을 하려다가 입을 다물고 고개를 숙였다. "투이, 더 말해봐. 우리들도 모두 알아야 하잖아." 그 애는 고개를 저었다. 나는 그 모든 상황이 부당하게 느껴졌지만 당시에는 그 감정의 이유에 대해 알지 못했다. 그때 반장 잉가가 손을 들었다. "베트남은 전쟁으로 미국을 이긴 유일한 나라예요. 미군만 오십만 명이 죽었고 군인 아닌 베트남 사람도 이백만 명 죽었대요. 텔레비전에서 봤어요. 미군이 비행기로 폭탄을 떨어뜨리고 나무를 죽이는 약도 뿌렸고요." 반장의 얼굴에 자랑스러운 미소가 떠올랐다. 나는 빨갛게 달아오른 투이의 작은 귀를 바라봤다.

선생님은 반장의 말이 정확하다고 칭찬하고는 미국이 베트남전에 참전한 배경과 전쟁 과정에 대해 설명했다. 그리고 그 일이 미국 정부의 실책이었고, 미국으로서는 아무런 득도 보지 못한 전쟁이었다고 결론 내렸다. 투이가 말하고 싶었던 건 그런 게 아니었으리라고, 그 애를 앞에 두고 그런 식의 설명을 하는 건 가슴 아픈 일이라고 말하고 싶었지만 어쩐지 입을 열 수 없었던 기억이 난다. 투이는 분명 교실에 있었지만 그 순간만큼은 그곳에 없는 사람으로 취급된 것 같았다. 나는 등을 구부리고 앉아 있는 그 애의 뒷모습을 바라봤다. 너희들은 투이의 마음을 조금도 짐작하지 못하겠지, 독일 애들에게 희미한 분노마저 느꼈던 기억도.

그날 저녁 우리는 투이네 집 식탁에 모여 호 아저씨가 만든 국수와 만두를 먹고 있었다. 이야기가 어떻게 그쪽으로 흘러갔는지는 잘 기억나지 않는다.

나는 예쁘지도 않았고, 특별히 잘하는 것도 하나 없는 열세 살짜리 여자애였다. 열한 살 때 동생이 태어난 이후로는 무슨 일을 하든 애처럼 굴지 말라는 말을 들었다. 존재감이 없는 아이들이 보통 그렇듯 어른들에게 인정받고자 하는 욕구는 컸다.

일본의 식민 통치에 대한 이야기가 나왔을 때, 어른들의 말에 동요한 것은 그런 이유에서였다. 드디어 나도 한마디 할 수 있는 기회가 왔다고 생각했다. 한국의 역사에 대해서라면 투이네 식구들보다 내가 더 잘 아니까, 아는 척을 한다면 엄마 아빠가 꽤나 뿌듯하게 생각해줄 것 같았다.

"한국은 다른 나라를 침략한 적 없어요." 나는 그 말을 하고 동의를 구하기 위해 엄마 아빠를 쳐다봤다. 아빠는 아무 얘기도 못 들었다는 듯이 내 쪽으로 눈을 돌리지 않았고, 엄마는 조용히 하라는 투의 눈빛을 보냈다. "국물이 짜지는 않은지 모르겠네." 호 아저씨가 말을 돌렸다. 모두들 내 말을 무시하는 것 같아 서운했다. "정말이에요. 우린 정말 아무도 해치지 않았어요." 내가 말했다. 한국은 선한 나라라는 인상을 남기고 싶었고, 어른들의 대화에 자연스레 참여해서 칭찬받고 싶었다. 난 맞은편에 앉은 아빠에게 인정을 구하는 눈빛을 보냈다.

"넌 어른들 말하는 데 끼어들지 마. 네가 대체 뭘 안다고 떠드는 거냐!" 아빠가 한국어로 소리쳤다. 모두들 젓가락질을 멈추고 나를 봤다. 투이네 식구들 앞에서 아빠에게 그런 식으로 야단맞은 것이 부끄럽고 억울해서 귀가 먹먹해지고 눈에 눈물이 고였다. 얼굴이 화끈거렸다. 나는 마지막 용기를 쥐어짜서 독일어로 말했다. "한국에서 그렇게 배웠는데. 우린 아무에게도 잘못한 게 없다고. 우린 당하기만 했다고. 선생님이 그렇게 말했는데……."

"한국 군인들이 죽였다고 했어." 투이가 말했다. 작은 목소리였지만 식탁의 분위기를 얼려버리기에는 충분했다. "그들이 엄마 가족 모두를 다 죽였다고 했어. 할머니도, 아기였던 이모까지도 그냥 다 죽였다고 했어. 엄마 고향에는 한국군 증오비가 있대." 어떻게 네가 그런 말을 할 수 있느냐고 힐난하는 말투였지만 나는 그 애가 무슨 말을 하는지 도무지 이해할 수 없었다.

"투이 넌 함부로 말하지 마라." 그 말을 하고 아줌마는 나를 봤다. "넌 신경 쓸 것 없어. 너와는 관계없는 일이야." 응웬 아줌마의 말은 투이의 말이 사실이라는 걸 확인시켜줄 뿐이었다. "정말로 신경 쓸 일 아니야." 어린 마음에 혹여 상처를 입었을까 걱정하는 아줌마의 두 눈, 내가 결코 잊지 못할 얼굴. 투이의 말이 진실이라는 걸 나는 응웬 아줌마의 그 얼굴을 보고 이해했다. 그때 내가 상처를 받았다면 그건 응웬 아줌마의 상처에 대한 가책 때문이었을 것이다. "네가 태어나기도 전에 일어난 일이야." 아줌마가 속삭였다.

"저는 정말 몰랐어요." 엄마가 말했다. "응웬 씨가 겪었던 일, 저는 아무것도 모르지만 그래도 죄송하다고 말씀드리고 싶어요. 죄송합니다." 엄마는 호 아저씨와 응웬 아줌마에게 고개 숙였다.

"저는 모든 걸 제 눈으로 다 봤답니다. 투이 나이 때였죠." 그렇게 말하고 호 아저씨는 붉어진 눈시울로 애써 웃었다. "하지만 그렇게 말씀해주셔서 감사합니다." 호 아저씨는 거기까지 말하고 힘껏 웃어 보였다. 응웬 아줌마는 호 아저씨에게 베트남어로 속삭이듯이 이야기했다. 알아들을 수 없었지만 분명 마음을 다독이는 말이었을 것이다. 그 말의 진동이 내 마음까지 위로하는 것 같았으니까.

아빠는 엄마와 호 아저씨의 대화를 못 들은 것처럼 맥주만 마시고 있었다.

"당신도 무슨 말 좀 해봐." 엄마가 한국어로 아빠에게 말했다.

"내가 무슨 얘길 해? 그럼, 우리가 잘못했다고 말해야 돼? 왜 당신이 나서서 미안하다고 말해? 당신이 뭔데?" 아빠가 한국어로 받아쳤다.

"당신은 항상 이런 식이야. 죽어도 미안하다는 말을 못 해, 안 해. 그게 그렇게 어려운 일이야? 내가 응웬 씨였으면 처음부터 우리 가족 만나지도 않았을 거야."

아빠는 식탁 의자에 걸친 카디건에 팔을 넣었다. "저녁 잘 먹었습니다." 아빠는 잠시 망설이다가 입을 열었다. "저희 형도 그 전쟁에서 죽었습니다. 그때 형 나이 스물이었죠. 용병일 뿐이었어요." 아빠는 누구의 눈도 마주치지 않으려는 듯 바닥을 보면서 말했다.

"그들은 아기와 노인들을 죽였어요." 응웬 아줌마가 말했다.

"누가 베트콩인지 누가 민간인인지 알아볼 수 없는 상황이었겠죠." 아빠는 여전히 응웬 아줌마의 눈을 피하며 말했다.

"태어난 지 고작 일주일 된 아기도 베트콩으로 보였을까요. 거동도 못하는 노인도 베트콩으로 보였을까요."

"전쟁이었습니다."

"전쟁이요? 그건 그저 구역질나는 학살일 뿐이었어요." 응웬 아줌마가 말했다. 어떤 감정도 담기지 않은 사무적인 말투였다.

"그래서 제가 무슨 말을 하길 바라시는 겁니까? 저도 형을 잃었다구요. 이미 끝난 일 아닙니까? 잘못했다고 빌고 또 빌어야 하는 일이라고 생각하세요?"

"당신 제정신이야?" 엄마가 말했다.

응웬 아줌마는 자리에서 일어나 천천히 서재로 걸어 들어갔다. 조심히 닫히던 문소리. 나는 겁에 질렸지만 차마 서재로 따라 들어가지는 못했다. 엄마는 동생을 안고 자리에서 일어났다. "정말 죄송합니다." 엄마는 호 아저씨에게 고개를 숙였다. "투이야, 미안하다." 엄마는 그 말을 하고 밖으로 나갔다. 나는 기저귀 가방과 카디건을 들고 엄마를 따라 나갔다.

'그건 그저 구역질나는 학살일 뿐이었어요.' 그 말을 하던 응웬 아줌마의 웃음기 없는 얼굴이 자려고 누운 내 얼굴 위로 떠올랐다. 그 말을 할 때 아줌마는 우리와 다른 곳에 있었다. 내가 아무리 상상하려고 해도 상상할 수 없는 장소와 시간에 아줌마는 내몰려 있었다. 그녀의 말은 아빠를 설득하려는 말도 아니었고, 자신을 방어하고자 하는 말도 아니었다. 그 말은 아빠를 향한 것이 아니라 그간, 그 일을 겪은 이후로 애써 살아온 응웬 아줌마 자신에 대한 쓴웃음이었던 것 같다. 그녀는 아빠의 태도에 실망조차 하지 않았던 것이다. 어차피 당신들은 이해하지 못할 테니까, 라는 마음이 그날 밤, 아줌마와 우리 사이를 안전하게 갈라놓았다. 그건 서로를 미워하고 싶지도, 서로로 인해 더는 다치고 싶지도 않은 어른들의 평범한 선택이었다.

엄마는 투이네 식구와의 관계를 회복하기 위해 노력했다. 열세 살이었던 나조차도 투이네 가족과는 이미 돌이킬 수 없게 되었다고 직감했지만 엄마의 생각은 달랐다. 엄마는 나와 동생을 데리고 몇 번이나 응웬 아줌마를 찾아갔다. 겉으로 달라진 건 없었다. 아줌마는 우리들에게 차와 간식을 내놓았고 우리는 예전처럼 이런저런 이야기를 나눴다. 그런데도 나는 어쩐지 아줌마가 그 시간을 그저 견디고 있다는 느낌을 받았다. 엄마는 어색함을 이겨내려는 듯이 평소보다 더 많은 말을 했다. 그럴 때 엄마의 부정확한 독일어는 자주 부서졌고 당황한 엄마의 문장은 어떤 의미도 만들어내지 못했다. 서로 연결되지 못하는 단어들은 부유했고 시제와 성(性), 수(數)가 일치하지 않는 문장은 꾸며낸 유머처럼 들리기까지 했다. 엄마의 말을 듣는 아줌마는 지쳐 보였다. 아무리 아줌마가 마음을 감추려고 노력했다고 하더라도 눈치챌 수밖에 없는 표정이었다.

겨울 코트를 입기 시작했을 즈음부터 엄마는 아줌마를 찾아가지도, 아줌마에 관한 이야기도 더 이상 하지 않았다. 늘 투이네 식구와 함께했던 토요일 저녁 시간은 우리 가족끼리 어색하게 앉아 텔레비전을 보는 시간으로 변했다. 그즈음에는 해도 짧아져서 여섯 시만 돼도 사위가 컴컴해졌고 여덟 시면 나는 방으로 들어가야 했다. 쉽게 잠들 수 없는 밤이었다. 나는 가만히 누워 엄마가 식탁 의자를 끄는 소리, 한국의 누군가에게 속삭이듯 전화하는 소리를 들었다. 새벽에 화장실을 가려고 밖에 나갔을 때 식탁 의자에 앉아 멍하니 벽을 보고 있던 엄마의 모습을 본 적도 있었다. 내가 나와 있는 줄도 모르고 무언가를 골똘히 생각하다 나를 보고 깜짝 놀라던, 그리고 안심하라는 듯이 눈가를 떨며 애써 웃던 그 얼굴을.

엄마는 반쯤 쓴 립스틱과 파운데이션을 쓰레기통에 던져 넣었고, 아끼던 투피스와 원피스를 의류 수거함에 버렸다. 일요일이면 어떻게든 짐을 싸서 근처 숲으로, 벼룩시장으로, 꽃시장으로 나들이 다니던 사람이 동생 방에서 벽만 보고 누워 있었다. 전에는 아빠의 말과 행동을 지적하면서 싸움을 걸거나 아빠의 말을 맞받아쳤을 상황에서 엄마는 그저 침묵했다. 밥을 몰아 먹었고 손끝이 빨개지도록 뜨개질을 했다.

그즈음 나는 엄마가 깊이 잘 때 동생 방 쓰레기통을 뒤졌다. 그 속에는 사진들이 찢긴 채 버려져 있었다. 아직 아기인 나를 안고 있는 엄마와 그 곁에서 웃고 있는 아빠의 사진, 만삭인 엄마의 배를 내가 만져보는 사진…… 테이프로 붙여보지도 못할 만큼 잘게 찢긴 사진 조각들. 나는 다연이 옆에 누워 잠을 자는 엄마의 얼굴을 가만히 바라봤다. 엄마가 너무 멀리 있는 것 같아, 더 멀리 가버릴 것 같아 두려웠다.

엄마는 내게 정사각형 모양의 선물 박스를 건넸다. 투이네 식구를 위한 선물이니, 투이에게 박스를 전해달라고 부탁했다. 나는 박스를 부엌 창틀 위에 올려놓았다. 박스는 초록과 노랑의 체크무늬 포장지에 빨간 리본으로 장식되어 있었다.

몇 안 되는 가구가 빠져나가고, 대부분의 세간을 우편으로 부친 탓에 우리들은 빈집에 몰래 들어와 사는 사람들처럼 지냈다. 바닥에 신문지를 깔아놓고 샌드위치를 먹고 밤에는 침낭에 들어가 잤다. 2년 새에 키가 많이 자라 독일에서 입던 옷은 모두 수거함에 버려졌다. 독일에 계속 머무르고 싶지도 않았지만 그렇다고 한국으로 돌아가고 싶지도 않았다. 한 달이 지나면 나는 한국에서 중학생이 될 터였다. 귀밑 3센티미터로 머리카락을 자르고 교복을 입고 조회 시간에 열을 맞춰 운동장에 서 있는 내 모습이 잘 상상되지 않았다. 그건 분명 두려운 변화였지만 그때 내가 느꼈던 감정은 두려움보다는 오히려 체념에 가까웠다.

눈이 많이 오는 날이었다. 공원에 쌓인 눈이 녹아 얼 새도 없이 계속 새로운 눈이 쌓였고, 사람들은 그나마 눈이 치워진 공원 사잇길로 걸어 다녔다. 나는 옷가지를 넣은 이민 가방을 깔고 앉아 바깥 풍경을 바라봤다. 처음 투이를 본 것도 이 창을 통해서였지. 까불거리며 지그재그로 뛰어다니던 그 애의 모습이 떠올라 코가 찡해졌다. 곧 해가 질 시간이었고, 공원에 쌓인 눈은 푸르스름하게 보였다.

그때 창밖으로 검은색 파카를 입고 앞머리를 길게 기른 남자애의 모습이 보였다. 그 앤 보폭을 크게 해서 한 걸음 한 걸음을 내디뎠다. 얼굴이 잘 보이지는 않았지만 분명 개구지게 웃고 있으리란 걸 알 수 있었다. 남자애는 창 쪽으로 몸을 틀어 나를 올려다보더니 팔을 쭉 뻗어 손을 흔들었다. 투이였다. 나는 엄마가 준 선물 박스를 들고 1층으로 내려가 길을 건넜다.

투이가 서 있던 자리에는 그 애의 발자국만 남아 있었다. 나는 한동안 그곳에 서서 사방을 둘러봤다. 얼마나 그렇게 서 있었을까. 멀리서 허겁지겁 달려오는 투이의 모습이 보였다. 그 애는 내 코앞까지 와서 깔깔대며 웃었다.

"그 표정 뭐야. 넌 아직도 속냐?" 투이가 말했다.

"그따위 장난 다시는 하지 마." 그 말을 하고 웃었어야 했는데 노력해도 웃음이 나오지 않았다. '다시는'이라는 말이 이제 소용없어졌다는 것을 실감해서였다. 목이 멨다.

"야. 한두 번도 아닌데 왜 그래. 알았어. 다신 안 그럴게."

투이는 눈물을 참는 내 모습을 보고 놀랐는지 나를 한참 쳐다봤다.

"네가 썰매 개냐. 눈밭 위로 뛰어다니게." 그 말을 하고 나서야 나는 겨우 그 애에게 웃어 보일 수 있었다. 투이는 두 손을 앞으로 모으고 개 흉내를 내 나를 웃게 했다.

시간이 지나고 나서야 나는 투이의 유치한 말과 행동이 속깊은 애들이 쓰는 속임수였다는 사실을 깨닫게 됐다. 그런 아이들은 다른 애들보다도 훨씬 더 전에 어른이 되어 가장 무지하고 순진해 보이는 아이의 모습을 연기한다. 다른 사람들이 자신을 통해 마음의 고통을 내려놓을 수 있도록, 각자의 무게를 잠시 잊고 웃을 수 있도록 가볍고 어리석은 사람을 자처하

천재요, 천재요 최미요

는 것이다. 진지하고 냉소적인 아이들을 어른스럽다고 생각했던 그때의 나는 투이의 깊은 속을 알아볼 도리가 없었다.

"엄마 금방 이쪽으로 올 거야. 요즘 교육받으러 다니거든. 이제 끝날 시간 다 됐어." 투이가 말했다. 너무 오랜만에 서로 이야기하자니 그 애가 조금 낯설게 느껴지기까지 했다. 나는 투이네 집에 가지 않았고 투이 또한 우리 집에 오지 않았다. 학교에서는 데면데면하게 지냈고, 집에 돌아오는 길에 우연히 마주치더라도 눈인사만 하고 모른 척 걸어가곤 했다. 그럴 때 투이는 내가 알던 아이가 아니었다. 키도 많이 자라 멀리서 보면 더 이상 애처럼 보이지 않았다. 이렇게 아무렇지 않은 척 예전처럼 이야기하고 있으려니 굉장히 오랜 시간이 지난 것 같은 느낌이었다. 우리는 공원 벤치에 나란히 앉았다.

"그날 너에게 나쁘게 말하려던 건 아니었어." 투이가 말했다. 내가 무슨 말을 해야 할지 망설이는 동안 투이는 말을 이었다. "널 공격하기 위해서 한 말은 아니었어."

"미안해."

나도 모르게 그 말을 하고 나서야 나는 내가 오래도록 그 애에게 이렇게 말하고 싶어 했다는 걸 깨달았다. 투이의 커다란 눈이 한 번 깜빡였다. 바람이 불 때마다 나뭇가지에서 눈덩이가 떨어져 머리 위에서 부서졌다.

"아무것도 몰랐던 거, 미안해." 나는 천천히 말했다. 공원에 부는 바람이 내 말을 쓸어가버리기라도 할 것처럼 조심스럽게. 그 말이 아무것도 되돌릴 수 없다는 것을 알면서도 그렇게 말하고 싶었다. 나와 눈이 마주치자 투이는 발끝으로 바닥을 툭툭 찼다. 그러고는 고개를 들어 다시 나를 봤다. 머쓱해하는 표정이었다. 그 애의 두 입술이 천천히 벌어지고 그 사이로 빠져나온 흰 입김이 허공으로 흩어졌다. 투이는 가방에서 종이봉투를 하나 꺼냈다.

"이거 받아, 우드스탁."

종이봉투 안에는 만화책 한 권이 들어 있었다. 우드스탁과 스누피가 개집 지붕에 앉아 서로를 보며 웃고 있는 표지였다. 이제 이렇게 둘이 앉아 있을 일은 없을 테고, 다시는 우드스탁이라는 우스꽝스러운 별명으로 불릴 일도 없겠지.

아줌마가 올 때까지 우리는 거기에 앉아 실없는 소리를 해댔다. 대체 이 공원의 개똥은 왜 치워도 치워도 계속 생기는지, 저 하얀 눈 아래로 얼마나 많은 개똥들이 꽁꽁 얼어붙어 있을지. 똥 얘기만 나오면 바닥을 구를 정도로 함께 웃었지만 어쩐지 우리는 더 이상 예전처럼 웃지 못했다. 그 이야기가 더는 재밌지 않았던 것이다.

응웬 아줌마는 나란히 앉아 있는 우리를 보고 손을 흔들었다. 아줌마는 내 곁에 앉았다.

"언제 떠나?"

"내일 밤에요."

아줌마는 아무런 반응 없이 쓰레기통을 바라보고 있었다. 나는 무안해져 팔짱을 풀고 엄마가 준 박스를 아줌마의 무릎 위에 올려놓았다.

"이거, 우리 엄마가 드리래요."

아줌마는 포장지를 천천히 뜯고 상자를 열었다. 그 안에는 엄마가 이번 가을부터 뜨기 시작한 목도리와, 털모자, 털장갑이 세 벌씩 들어 있었다. 엄마 이거 누구 주려는 거야? 내가 묻자 그냥 심심해서 뜨는 거라고 대수롭지 않게 이야기하던 엄마의 얼굴이 떠올랐다. 응웬 아줌마는 빨간 털모자를 꺼내 썼다. 털로 만들었다는 것만 다를 뿐, 아줌마가 여름에 자주 쓰는, 좁은 챙이 달린 모자와 비슷한 모양이었다. 털모자에는 장미꽃 모양의, 털실로 만든 코사지가 붙어 있었다. 아줌마는 박스 안에 든 모자, 장갑, 목도리를 꺼내 하나씩 허공을 향해 들어 보였다. 그것들이 옅은 빛에 세심하게 비춰봐야 할 보석이나 되는 것처럼. 아줌마는 감색 바탕에 노란 털실로 대문자 T자가 새겨진 털모자를 들어 한참 보더니 투이의 머리에

씌웠다.

"얘가 머리가 커서 모자가 잘 안 맞거든. 근데……" 아줌마는 거기까지 말하고 말을 멈추더니 입을 꾹 다물고 코를 훌쩍였다. 그녀가 울음을 삼키는 모습을 본 건 그때가 처음이었다. 전쟁에 대해 이야기할 때도 표정 하나 바꾸지 않고 담담하게 말했었기에 나는 아줌마 옆에서 어떤 표정을 지어야 할지 알지 못했다. 웅웬 아줌마. 나는 그녀의 얼굴을 봤다.

커다란 갈색 눈에 작은 코, 울음을 참느라 아래로 내려간 입꼬리, 미간에 세로로 그어진 두 개의 주름.

나는 입김을 불어 아줌마의 털모자 위로 떨어진 눈덩이를 털어냈다.

"씬짜오." 나는 아줌마의 작은 얼굴을 보며 말했다.

"씬짜오." 웅웬 아줌마도 같은 말로 화답했다.

"씬짜오, 투이." 나는 목소리를 조금 더 높여 말했다. 감색 털모자를 쓰고 코가 빨개진 채로 주머니에 손을 넣고 나를 보던 투이의 얼굴. "씬짜오." 투이는 작은 목소리로 답했다.

어쩌면 나는 그런 장면을 기대했는지도 모른다. 아줌마가 우리 집으로 올라가서 우리 식구들과 마지막 인사를 하는 장면을, 아줌마와 투이가 엄마가 떠준 털모자를 쓰고 그 모습을 엄마에게 보여주는 장면을, 그 둘을 뿌듯하게 바라보는 엄마의 얼굴을 보고 싶었는지도 모른다. 그러나 그런 극적인 장면은 없었다. 그 흔한 포옹도, 입맞춤도, 구구절절한 이별의 수사도 없었다. 그저 안녕, 그 한마디였을 뿐. 우리는 벤치에서 일어나 외투에 묻은 눈을 털고 길가로 걸어 나갔다. 나는 길을 건넜고, 아줌마와 투이는 건너지 않았다. 내가 집 현관문 앞에 서는 걸 보고서야 아줌마와 투이는 걸음을 옮겼다. 저 모퉁이를 돌면 보이지 않겠지. 나는 현관문 앞에 붙박인 채로 천천히 걸어가는 아줌마와 투이를 바라봤다. 한 번, 두 번, 투이가 고개를 돌려 내 쪽을 바라봤지만 걸음은 멈추지 않은 채였다. 아줌마와 투이는 모퉁이를 돌았고, 나는 더 이상 그들을 볼 수 없었다. 다시 돌아올지 몰라. 나는 현관 앞에 쪼그리고 앉아 그들을 기다렸다. 그들이 오지 않아 나는 투이네 집 앞까지 걸어갔다. 거리에는 아무도 없었다.

시간이 지나고 하나의 관계가 끝날 때마다 나는 누가 떠나는 쪽이고 누가 남겨지는 쪽인지 생각했다. 어떤 경우 나는 떠났고, 어떤 경우 남겨졌지만 정말 소중한 관계가 부서졌을 때는 누가 떠나고 누가 남겨지는 쪽인지 알 수 없었다. 양쪽 모두 떠난 경우도 있었고, 양쪽 모두 남겨지는 경우도 있었으며, 떠남과 남겨짐의 경계가 불분명한 경우도 많았다.

몇 번이나 독일로 출장을 가면서도 나는 플라우엔에 들르지 않았다. 기차로 두 시간 거리의 라이프치히에서 열흘 동안 체류했을 때도 나는 애써 그곳을 외면했다. 그곳에는 서로를 경멸하는 부모 밑에서 영혼의 밑바닥부터 떨던 아이가 있었고, 단 한 번의 포옹도 없었던 차가운 이별과 혼자 울던 길거리가 있었다. 나는 줄곧 그렇게 생각했다. 헤어지고 나서도 다시 웃으며 볼 수 있는 사람이 있고, 끝이 어떠했든 추억만으로도 웃음 지을 수 있는 사이가 있는 한편, 어떤 헤어짐은 긴 시간이 지나도 돌아보고 싶지 않은 상심으로 남는다고.

엄마가 돌아가신 다음 해에 나는 플라우엔을 찾았다. 엄마의 첫 기일이 일주일 지난, 햇볕은 따뜻하고 바람은 차가운 이른 봄이었다. 도시는 내 기억보다 훨씬 작았고, 20년 전보다도 쇠락하여 황량하기까지 했다. 내가 다니던 학교는 작은 공장으로 바뀌어 있었는데 뒤뜰에서 몇몇 노인들이 담배를 피우며 나를 무심히 바라봤다. 변함없는 건 내가 살던 공동주택이었다. 그 건물은 여전히 그 자리에 그대로 남아 공원을 마주 보고 있었다. 나는 어린 내가 붙어 서 있던 3층 창가를 올려다봤다. 그 뒤에 서서 공원을 뛰어다니는 투이를 훔쳐보던 일이 떠올라 슬며시 웃음이 나왔다.

투이가 내게 선물한 스누피 만화책은 아직도 내 방 책장에 있다. 흑백 만화책이지만 우드스탁만은 샛노란색으로 칠해져 있다. 제대로 날지도 못하는 카나리아 우드스탁. 책을 펼쳐 그 노란색 카나리아를 볼 때면, 한 장 한 장 책장을 넘겨가며 그 작은 새에게 색을 입혀주려 했던 투이의 따뜻한 마음이 가깝게 느껴졌다.

투이네 집을 찾는 건 어렵지 않았다. 나는 투이네 집 맞은편 벤치에 앉아 창을 바라봤다. 저 창은 부엌 창이었지. 그 창으로 보이던 공원의 풍경과 부엌에 서서 저녁을 준비하던 호 아저씨의 뒷모습이 희미하게 기억났다. 쌀이 끓던 냄새와 고깃국을 먹을 때 씹히던 고수의 향, 응웬 아줌마가 만들어주었던 쌀 푸딩의 단맛, 투이와 함께 벽에 기대앉아 스누피 만화책을 읽던 그 시간도. 그 시간은 아직도 달콤하고도 씁쓸하게 내 마음의 좁은 수로를 따라 흐르고 있었다. 위태롭게나마 서로를 포기하지 않으려고 애쓰던 나의 부모와 상처받았기에 누구에게도 상처 주지 않으려 애쓰던 응웬 아줌마 부부가 서로에게 노래를 불러주던 시간이 거기에 있었다.

엄마가 떠났을 때, 그녀를 위해 울어줄 수 있는 사람은 몇 되지 않았다. '그 앤 어릴 때부터 예민하고 우울했었지.' '영리한 애는 아니었던 것 같아.' 큰이모와 작은이모마저도 엄마를 그런 식으로 회상할 뿐이었다. 그제야 나는 엄마가 사랑이 많은 사람이라고 말하던 응웬 아줌마를 떠올렸다. 그녀는 세상 사람들이 지적하는 엄마의 예민하고 우울한 기질을 섬세함으로, 특별한 정서적 능력으로 이해해준 유일한 사람이었다. 아줌마의 애정이 담긴 시선 속에서 엄마는 사랑받아 마땅한 사람으로 보였다.

아줌마라고 해서 엄마의 모든 면이 아름답게 보였을까, 엄마의 약한 면은 보지 못했을까. 아줌마는 엄마의 인간적인 약점을 모두 다 알아보고도 있는 그대로의 엄마에게 곁을 줬다. 아줌마가 준 마음의 한 조각을 엄마는 얼마나 소중하게 돌보았을까. 그것이 엄마의 잘못도 아닌 일로 부서져버렸을 때 엄마가 느꼈던 절망은 얼마나 깊은 것이었을까. 내가 아는 한, 엄마는 그 이후로도 마음을 나눌 친구를 쉽게 사귀지 못했었다. 그리웠을 것이다. 말로는 그때의 일들이 잘 기억나지 않는다고 했지만, 엄마를 엄마 자신으로 사랑해준 응웬 아줌마를 엄마는 오래 그리워했을 것이다.

그저, 가끔 말을 들어주는 친구라도 될 일이었다. 아주 조금이라도 곁을 줄 일이었다. 그녀가 내 엄마여서가 아니라 오래 외로웠던 사람이었기에. 이제 나는 사람의 의지와 노력이 생의 행복과 꼭 정비례하지는 않는다는 사실을 안다. 엄마가 우리 곁에서 행복하지 못했던 건 생에 대한 무책임도, 자기 자신에 대한 방임도 아니었다는 것을.

연락이 닿았을 때 응웬 아줌마는 믿을 수 없다는 말을 반복했다. "우리 부부는 여기에 계속 살고 있어. 투이는 함부르크에서 일해." 나는 들뜬 아줌마에게 모든 사정을 말하지 않았다. 다만 "엄마는 잘 계시니?"라고 묻는 아줌마의 말에는 거짓으로 답할 수 없었다.

빨간 털모자를 쓴 작은 여자가 현관에서 나와 길 건너편에 섰다. 나는 벤치에서 일어나 길가로 걸어갔다. 우리는 작은 길을 사이에 두고 내내 서로를 바라보고만 있었다. 신호등이 파란불로 바뀌고 나는 길을 건넜다. 나는 아줌마의 눈에서 숨길 수 없는 충격을 봤다. 서른셋의 나는 그때의 엄마와 같은 사람이라고 해도 좋을 정도로 엄마를 빼닮아 있었으니까. 아줌마의 눈에서 나는 나와 함께 여기에 서 있는 엄마를 본다. 응웬 씨, 반갑게 이름 부르며 저쪽 길로 건너가는 엄마의 모습을. 씬짜오, 씬짜오. 우리는 몇 번이나 그 말을 반복한다. 다른 말은 모두 잊은 사람들처럼.

연남경 이화여자대학교 국어국문학과 조교수

타인의 고통과 연결되어 있다는 것

다른 작품도 아니고 「씬짜오, 씬짜오」의 해설을 맡아달라는 편집진의 요청에 약간의 설렘을 느끼는 순간, 최은영의 따끈따끈한 작품집을 처음 읽어내려가던 날의 기억이 되살아났다. 단 한 권의 작품집을 갓 엮은 신인 최은영의 소설은 단숨에 읽히지가 않았다. 기법이 난해하지도 소재가 낯설지도 않았지만, 목이 메어와 자주 멈추어야 했고, 남은 작품이 얼마 남지 않았을 때는 읽어버리기 아까운 마음마저 들었다. 작품 분석의 의지를 내려놓고 순진무구한 독자로 돌아가게 만드는 최은영의 작품집 『쇼코의 미소』에 수록된 모든 소설은 그야말로 진정성이 담뿍 배어 있다는 것만으로도 한 편 한 편이 특별했다. 서영채 평론가가 적절하게 지적했듯, 최은영의 소설이 "진부하고 미숙한데도 감동적"일 수 있는 이유는 "서사를 감싸고 있는 순하고 맑은 힘" 덕택이다.[1] 그리고 무언가가 더 있을 것이다. 최은영의 작품들에는 하나같이 선량하고 속 깊은 인물들이 등장하는데, 그들은 삶이 갖는 아픔과 슬픔, 사람 사이의 이해 불/가능성에 관심이 많다. 타인의 불행에 민감하고, 사람 사이의 온기와 유대에 지속적으로 관심을 보이고 있는 작가의 시선은 당연히 세월호로 향했고 「비밀」과 「미카

---

1   서영채, 「순하고 맑은 서사의 힘」, 『쇼코의 미소』 해설, 문학동네, 2016, 276~277쪽.

엘라」가 그에 속하는 작품들이다. 요즘같이 사람의 가치가 폭락한 시기에 여전히 사람이 중하다 말하고 그들의 아픔을 함께 앓는 최은영의 소설을 읽는다는 것은 그래서 소중하다. 작년에 이어 두 해 연속 올해의 문제소설에 수록되는 저력을 보여준 이유도 이러한 맥락에서일 것이다. 그리고 이 작품 「씬짜오, 씬짜오」는 본격적으로 타인의 상처와 사람 사이의 관계를 문제 삼는다.

「씬짜오, 씬짜오」는 1995년 독일의 소도시 플라우엔에서 당시 열세 살이었던 화자의 가족과 투이네 가족이 보낸 특별한 시간을 회상하는 것에서 시작된다. 베트남 출신의 호 아저씨는 아빠의 동료였고, 아들 투이와 내가 같은 반이 되자 우리 가족을 저녁식사 자리에 초대한다. 요리는 담백하고 편안했고, 두 가족이 함께하는 공간에는 따뜻한 공기가 흘렀다. "어떻게 그렇게 여러 사람의 마음이 호의로 이어질 수 있었는지" 불가해한 시공간이 열린 것이다. 그것은 인간이라면 누구나 갖는 근원적인 결핍에서 비롯하며 어떤 이해관계도 목적도 갖지 않는 시공간이라는 점에서 바로 블랑쇼가 말하는 우정의 공동체와 유사하다. 단 한 번도 별명을 가져본 적 없었던 나에게 우드스탁이라는 별명을 붙여주고 옆에서 장난치고 까불거리던 투이는 진정으로 속 깊은 친구였으며, 예민하고 우울한 사람으로 타인에게 사랑받지 못했던 엄마는, 섬세하고 사랑이 많으며 공감 능력을 타고난 사람이라 칭찬을 아끼지 않았던 응웬 아줌마의 애정 어린 시선 속에서 환하게 빛났었다. 서로를 증오하던 나의 부모조차도 투이네 식구의 무조건적인 환대와 호의, 그로 인해 이루어진 따뜻한 기분과 음식을 나눠 먹던 공기에 노출되었을 때는 서로를 보며 웃기도 하고 선선한 눈빛을 교환하기도 한다. 지나친 행복을 마주한 유년의 화자는 "언젠가 이 시간을 그리워할지도 모른다"는 생각을 하고, 이미 성장하여 당시를 회고하는 화자는 "그때의 일들이 기이하게까지 느껴"질 정도로 비현실적이었노

작품 해설 타인의 고통과 연결되어 있다는 것

라 고백한다. 고작 한 명의 타인과도 관계 맺기 힘든 성인 화자가 처한 상황이 이 소설이 쓰이고 있는 현실이라면, 아련한 추억으로만 존재하는 마술 같던 그 시절이 어떻게 가능할 수 있었는지를 최은영 작가는 말하고 싶은 게 아닐까.

두 가족의 우정이 깨어진 계기는 베트남 전쟁이라는 역사적 사건이었다. 여기에서부터 관계의 문제는 나와 타인, 혹은 가족 간의 사적인 관계에서 공적, 역사적 관계로 나아간다. 정확히 말하자면 나아간다기보다 사적인 관계와 공적인 관계가 실타래처럼 얽혀 있고, 나는 나도 모르게 내가 거주하지 않았던 시공간의 타인과 관계 맺어져 있었음이 드러났다고 봐야 할 것이다. 개인은 필연적으로 타인과 세계와 연결되어 있을 수밖에 없다는 진리는 낯선 곳에서 우연한 관계를 맺은 두 가족이 연관되어 있는 베트남 전쟁이라는 역사적 사건을 통해 드러난다. 한국 군인들에 의해 응웬 아줌마의 가족은 몰살당했다. 그때 아줌마는 어머니와 아기였던 동생을 잃었다. 나의 아빠는 그 전쟁에서 용병으로 참가했던 스무 살 형을 잃었다. 비록 용병이었다 할지라도 아빠의 형이 응웬 아줌마의 가족을 학살했을 개연성이 성립된다. 그럼에도 나의 아빠가 소중한 가족을 잃었다는 사실만이 동일하다 강조했을 때, 이미 끝난 일이라 단언했을 때, 그래서 이해도 사과도 이루어지지 않았을 때, 응웬 아줌마는 그 사건을 겪지 않은 나의 상상을 불허하는 장소와 시간으로 되돌아갔고, 그날 밤은 두 가족을 영원히 갈라놓았다.

상흔의 기억을 이야기하는 일은 시간이 필요하고, 어렵고, 완벽한 이해는 불가능하다. 고통스러운 체험이 갖는 공유 불가능성, 즉 단독성 때문이다. 재난을 겪은 사람들은 매 순간 기억을 되산다는 의미에서 고통스럽다. 어린 나이에 학살당하는 가족을 마주했던 응웬 아줌마는 '슬프게 웃는' 사람으로 평생을 살아가게 되었다. "아줌마의 행복이라는 것이 슬픔과 너무 가까이 붙어 있는 것처럼" 보였던 것은 트라우마에서 벗어날 수 없는 체험자의 삶을 알려준다. 그들은 사건을 체험하였고, 기억이 주체가 되어 체험자의 신체를 습격하므로 사건의 폭력을 지금도 계속하여 겪고 있기에 고통받는다. 사건 외부에 있는 인간은 사건 내부의 일을 이해할 수 없다. 그러나 그렇기에 사건의 기억을 반드시 사건 외부의 사람들과 나누어 가져야 한다고 오카 마리는 말한다. 기억이 공유되지 않으면 없었던 일이 되어버리기 때문이다.[2] 소설에서처럼 2차 대전 이후로는 대규모의 살상이 일어난 전쟁은 없었다거나 한국은 다른 나라를 침략한 적 없다는 교사의 설명이 다시는 교실에서 이루어지지 않아야 할 것이기 때문이다. "아무 것도 몰랐던 거, 미안해."라고 작가는 화자의 입을 빌려 사과한다. 여기에서 타인의 고통에 대한 무지는 죄가 될 수 있으며, 상흔의 기억을 우리 모두 공유해야 한다는 당위가 성립된다.

수전 손택은 타인의 고통과 거리를 두려 하는 우리를 질책하고, 끊임없이 상기할 것을 요구한다. 우리의 부가 타인의 궁핍을 수반하는 식으로 우리가 타인의 고통과 연결되어 있을지도 모른다는 사실을 숙고해야 하며,[3] 그렇기에 상기하기는 일종의 윤리적 행위가 된다. 그들과 연결되어 있음을 자각하는 것에서 윤리의 실천은 시작된다. 투이의 가족과 나의 가족이, 이제는 과거사가 된 베트남 전쟁에 관련되어 있듯이, 과거와 현재, 역사와 개인은 연결되어 있다. 그리고 독일의 소도시에서 전혀 다른 민족적 배경을 가진 두 가족이 우연히 만나 우정을 나누었듯이, 한국과 베트남, 세계와 나는 연결되어 있다. 이 어려운 진리를 최은영은 자신의 소설에서 충분히 가능한 현실로 펼쳐놓음으로써 독자들의 이해를 도모한다.

작품 해설 타인의 고통과 연결되어 있다는 것

---

2   오카 마리, 『기억·서사』, 김병구 역, 소명출판, 2004, 147쪽.
3   수전 손택, 『타인의 고통』, 이재원 역, 이후, 2004, 154쪽.

물론 이러한 소설의 설정이 다소 작위적이기는 하지만,[4] 나와 타인이 연결되어 있음을 설명할 수 있다면, 그래서 타인의 고통을 상기할 필요가 있음을 설득할 수 있다면, 좀 작위적이면 또 어떤가.

최은영은 평범한 인물들의 소소한 일상과 역사의 어두운 사건을 연결 짓는다. 이 작품에서 역사의 폭력은 개인의 고통으로 남겨지고, 역사의 상흔은 우정의 파탄을 낳는다. 역사란 공적 영역인 지식의 장에서 전수되는 게 아니라 사적인 감정의 영역에서 개인의 아픔으로 현시되고 있다. 역사의 기억이 '슬프게 웃는' 인물의 아픔에서 드러나는 방식으로 말이다. 그를 통해 과거 집단의 잘못은 현재 개인의 차원에서 잊지 말 것을, 기억할 것을 요구당한다. 이처럼 최은영은 사소하고 평범한 인물의 삶이 역사와 정치 같은 거대 담론에서 자유로울 수 없음을 보여준다. 모든 개별자는 서로에게 연결되어 있음을, 따라서 서로에 관해 알아야 함을 요구한다. 우리의 무지에 의해 소중한 관계가 한순간에 부서져버릴 수 있음을 보여주고, 두고두고 아파하는 인물을 통해 상실되었기에 더욱 소중한 관계를 추억하게 한다. 그래서 무지의 죄와 상기하기의 윤리를 말하고자 하는 그녀의 소설은 매우 조심스럽다. 그것은 논리적인 해설이어서도 안 되고, 한순간에 드러나는 폭로일 수도 없다. 그저 삶의 장면 장면을 통해 서서히 딸이 엄마의 나이가 되어서야 비로소 뇌리를 스치듯 깨닫게 되는 것이어야 한다. 그렇기에 이 소설은 회고담을 통한 딸의 성장 서사이기도 하다.

어른이 된 화자는 1995년 플라우엔이라는 동일한 시공간에서의 상반되는 기억을 전한다. 몇 번이나 독일 출장을 가면서도 플라우엔에 들르지 않은 이유는 "그곳에는 서로를 경멸하는 부모 밑에서 영혼의 밑바닥부터

---

4 "다소 작위적이지만 세월호 참사를 형상화하고자 하는 작가의 의지"에 주목한 「미카엘라」 해설에서도 동일한 문제점이 지적된 바 있다(박상준, 「세월호를 향해 둘러 가는 작은 길」, 한국현대소설학회 편, 『2016 올해의 문제소설』 작품 해설, 푸른사상사, 2016, 374쪽).

떨던 아이가 있었고, 단 한 번의 포옹도 없었던 차가운 이별과 혼자 울던 길거리가 있었"기 때문이다. 그러나 엄마가 돌아가신 다음 해 마침내 플라우엔을 찾은 화자는 "위태롭게나마 서로를 포기하지 않으려고 애쓰던 나의 부모와 상처받았기에 누구에서도 상처 주지 않으려 애쓰던 응웬 아줌마 부부가 서로에게 노래를 불러주던 시간이 거기에 있었다"고 달리 회고하게 된다. 엄마의 불행이 엄마 탓만은 아니었음을 깨닫고 오히려 곁을 주지 못했던 자신을 반성하며, 차가운 이별의 하루보다는 따뜻한 온기의 나날들을 마련해주었던 응웬 아줌마를 떠올리며 화해를 이루게 된다. 한동안 화자를 지배했던 플라우엔에 대한 어둡고 우울한 기억이 내면적 성숙을 겪으며 과거를 환대하는 차원으로 전환된 것이다.

플라우엔에 관한 상반된 기억에서 관계 회복의 열쇠가 찾아진다. 호 아저씨네가 행복한 사람들이었기에 나의 가족에게 호의를 베풀 수 있었던 게 아니라 오히려 상처받았기에 누구에게도 상처 주지 않으려 애썼던 것처럼, 환대는 자신의 상처와 존재의 유한성에서 시작되는 것이라고 작가는 말한다. 누구나 상처받을 수 있으며, 상처를 줄 수도 있다. 그리고 우리는 자신도 모르는 사이에 타인의 고통과 이미 연결되어 있다. 그렇기에 이 소설의 마지막은 이별의 상처를 딛고 서서 한결 성숙해진 화자가 이번에는 먼저 응웬 아줌마에게 손을 내미는 것으로 끝난다. 엄마를 빼닮은 성인의 화자는 응웬 아줌마에게 안부를 전한다. "씬짜오, 씬짜오"라고.

과거 두 가족의 만남을 열고 닫았던 '씬짜오, 씬짜오'는 관계의 시작과 끝을 의미했지만, 소설의 마지막에 반복되는 '씬짜오, 씬짜오'는 부서진 관계 이후의 또 다른 시작의 가능성을 여는 말이 된다. 소설은 끝났지만 조건 없이 환대받고 호의로 이어지는 우정의 공동체가 다시 이루어질 것임을 예감한다. 이제 마술적 시공간이 어떻게 열리는지 알게 되었기 때문이다.

불편한 온도

하명희

—

2009년 단편소설 「꽃 땀」으로 제61회 『문학사상』 신인문학상 수상.
2014년 장편소설 『나무에게서 온 편지』로 제22회 전태일문학상 수상.
2016년 단편소설 「불편한 온도」, 「까막편지를 읽는 법」으로 제6회 조영관 문학창작기금 수혜.
작품집으로 『나무에게서 온 편지』가 있음.

불편한 온도

12월의 셋째 주 수요일에는 눈이 내렸지요. 눈이 온다는 걸 알고 있었어요. 일주일치 일기예보를 체크하고 있었거든요. 일어나자마자 창을 열었습니다. 예상한 것처럼 눈이 내리고 있더군요. 소리 없이 천천히 날리는 함박눈이었어요. 눈은 건물들을 잠재우듯 하나로 덮어놓고 있었어요. 옥상마다 두텁게 쌓여 한 층은 높아진 건물 위로 크고 검은 새 두 마리가 날아가더군요. 이 새들은 내가 깨는 시간에 동쪽에서 서쪽을 향해 날아가요. 한강 어귀로 먹이를 구하러 가나 보다 생각했죠. 한기가 감겨 몸을 부르르 털며 창을 닫았어요. 닫힌 창 안으로 컥컥 울며 허공에 점을 찍는 새들의 목소리가 스몄어요. 이 정도면 작업을 못 하겠다고 생각하며 이불 속으로 기어들어갔죠. 엄청난 눈처럼 잠이 몰려와 눈이 감겼어요. 꿈속으로도 계속 눈이 내렸지요.

얼마나 잤는지 창 쪽에서 나는 컥컥 하는 새의 울음에 눈이 떠졌어요. 새벽에 나갔던 새들이 서쪽에서 돌아오고 있었습니다. 새들은 허공에 찍어놓은 울음을 밟으며 되돌아오고 있었어요. 옥상으로 이사한 이후 처음 맞는 오후였습니다. 이상한 오후였어요. 눈 속에 잠긴 것처럼 시간이 멈추거나 거꾸로 흐르는 것 같았죠. 냉장고를 열어도 먹을 게 없어서 겉옷만 걸치고 계단을 내려왔습니다. 계단 끝에서부터 눈밭이 펼쳐지고 있었어요. 사람들이 건물 밖으로 나와 눈을 치우는데도 눈은 계속 쌓여요. 서울에서 이렇게 쌓인 눈은 처음이었어요. 눈뿐 아니라 눈을 치우는 사람들도 모두 처음 보는 사람들이었죠. 건물 안에 누가 사는지 이런 날이 아니면 알 수 없었어요. 걷다 보니 '삼천원 백반집'이라는 간판이 보이더군요. 늦은 점심 시간인데도 빈 테이블이 없었어요. 그때 당신을 보았습니다. 억양이 센 걸로 봐서 조선족인 듯한 아줌마가 혼자 앉아 밥을 먹는 당신에게 합석해도 되겠느냐고 물었죠. 당신은 그러라고 고개를 끄덕였습니다. 어디서 봤더라, 분명 어디서 본 얼굴이었어요. 덥수룩한 머리칼에 면도도 안 한 꺼칠한 얼굴로 당신은 시금치국을 뜨고 있었습니다. 조선족 아줌마는 맞은편 식탁을 닦으며 내게 당신을 가리켰지요. 내가 당신 맞은편에 앉자마자 밥과 국이 바로 나왔어요. 빨리 먹고 자리를 비우라는 것 같았어요. 아줌마는 "반찬 더 줄까요" 하고 물었지요. 당신은 나를 살짝 보고는 오징어젓을 더 달라고 그릇을 밀었습니다. 다른 반찬은 손을 댄 것 같지 않았어요.

"어, 옥상에 사셨던 분 맞죠?"

그때서야 당신이 기억났습니다. 당신은 비스듬히 웃으며 나를 쳐다보았 지요.

"어떻게 알아보시네요. 아까 들어올 때 알아봤는데 자리가 없어서 나갈 줄 알았어요."

그때 당신에게서는 옥상에서 지하로 짐을 옮기며 하필이면 비 오는 날을 이삿날로 정했냐고 투덜대던 한 달 전의 모습은 찾아볼 수 없었습니다.

"점심이 늦네요. 근처에서 일하시나 봐요."

적당한 양의 젓갈을 한 번에 집어 밥 위에 올리고 다시 젓가락으로 밥을 푸며 당신은 어린이대공원에 있는 동물원에서 일한다고 짧게 답했지요. 당신은 달걀말이와 김, 오이무침은 두고 오징어젓만 집어먹고 있었어요.

"야간조여서요."

불편한 온도

이유리

젓가락질에 자꾸 눈이 갔어요. 스틱을 잡고 트롤리를 움직여 훅블록에 걸린 자재를 제자리로 옮길 때처럼 당신의 두툼한 손은 절도 있게 젓가락질을 하고 있었습니다. 내가 대답이 없자 당신은 반찬을 하나씩 내 쪽으로 밀었지요.

"그렇군요. 엄청난 눈이죠? 근데 젓가락질을 잘하시네요."

당신은 밥알을 뿜으며 웃었습니다. 평생 하는 건데 젓가락질을 제대로 못하는 사람이 의외로 많다고 말하자 당신은 젓가락질을 잘한다는 생각은 한 번도 못 해봤다고 했죠. 진짜 그런 생각은 못 해봤다고, 남들도 다 하는 거 아니냐고 웃다가, 근데 정말 기록적인 눈이라고, 이사할 때는 굳이 비 오는 날을 택하더니 눈이 오면 왜 일을 못 하느냐고, 멈추지 않는 눈처럼 질문을 퍼부었습니다. 나는 크레인을 운전한다고 했죠. 궁금한 듯 눈을 동그랗게 뜨고 쳐다보는 당신에게 정부의 시책 중 하나였던 여성 크레인 노동자 양성 기관을 통해 크레인 자격증을 땄다는 설명도 곁들였죠. 이렇게 말하면 대부분의 사람들은 여자가 하기는 힘든 일이 아니냐고 묻는데 당신은 이렇게 말했어요.

"크레인은 섬세한 일이어서 여자들에게 잘 맞는다고 들었어요."

한 박자 쉬고 생각을 풀어놓는 목소리였어요. 당신은 동물원에서 공사할 때도 크레인 기사 중에 여자가 있었다고 덧붙였죠. 어쩌면 정혜 언니를 기억하는 사람일지도 모른다고 생각해서일까요. 내가 다급하게 물었죠.

"동물원에서 사고가 있었는데, 아시나요?"

당신은 천천히 고개를 끄덕였습니다. 아, 언니를 기억하는 사람이 있구나. 여성 크레인 운전자가 낯설지 않은 이 남자도 언니가 있었다는 것을 기억하고 있구나. 그것만으로 사고 소식을 들었던 그 저녁이 되살아나고 있었어요.

크레인 해체 작업은 바람이 없는 날을 택해야 해요. 아래에서는 느낄 수 없는 바람이 조금만 불어대도 코핑 작업은 흔들리거든요. 흔들리는 걸 알면서도 정혜 언니는 자기가 설치한 몸을 자기가 뜯어내며 내려오는 일을 다른 날로 옮기지 못했어요. 그날은 언니와 처음 작업하는 파견 나온 도비직 사람들이 아래에서 작업하고 있었어요. 위에서 신호를 보내면 재빨리 아래에서 나사를 풀어주어야 유압으로 헤드가 내려오거든요. 바람뿐 아니라 도비업체와의 협력이 무엇보다 중요하죠.

"야생 조류관 그물을 뚫고 거기에 떨어졌었지요."

젓가락질을 하던 당신이 나를 쳐다보며 말했습니다. 나는 그 상황에서 밑에서 일하던 사람들이 도망을 갔다고 씁쓸하게 말했죠. 도망간 도비업체 직원들을 잡고 보니 크레인 해체 작업이 처음인 노동자가 세 명이었어요. 도비업체도 계약된 하도급업체여서 전문 인력은 돈을 더 써야 하니까 값싼 인부들을 쓴 거지요. 외국인 노동자도 끼어 있었구요.

"해체 작업을 할 때 박아야 할 나사가 네 개였는데 두 개만 박았다더군요. 늘 있는 일이에요. 빨리 끝내고 다음 작업장으로 가기 위해 쓰는 편법이거든요. 문제가 생기면 자기들이 책임져야 하니까 사고가 발생했는데도 본능적으로 도망을 가버린 거죠."

당신은 내 이야기를 듣다가 밥을 한 공기 더 시켰지요. 젓가락질을 할 때마다 나를 쳐다보는 것 같았어요. 당신은 무언가 말하려다 말고 하루 종일 혼자 허공에 있으면 외롭지 않느냐고 물었죠. 나는 대답 대신 크레인 기사를 위해 발명된 것이 뭔지 아냐고 되물었습니다.

"이거요. 이게 딱 크레인 기사들을 위해 발명된 물건이거든요. 이것도 없었으면 그 위에서 못 견디죠. 처음에는 라디오를 틀고 대기 중에는 책도 보고 그랬는데, 그래도 이것만큼 좋은 게 없더라고요."

핸드폰을 꺼내 크레인 위에서 찍은 사진들을 보여주었죠. 낮달이 찍힌 초저녁의 사진을 보며 당신은 하늘이 바다 같다고 했던가요. 당신은 내 귀에 걸려 있는 귀걸이를 쳐다보고는 예전에 돌봤던 기린이라며 마르의 사진을 보여주었지요. 그러면서 동물원에 있어서 그런지 크레인이 기린 같

365

불편한 순도

의모이

다는 생각을 한 적이 있다고 했어요.

"기린이요?"

당신은 지상으로 달리는 지하철에서 밖을 보면 공사장마다 도시의 기린들이 붙박이로 서 있는 것 같았다고 했어요. 한번 보이기 시작한 크레인은 서울 어디를 가든 십자가들보다 더 많이 서 있더라고요. 그리고 이 세상에서 가장 혈압이 높은 동물이 뭔지 아냐고 물었습니다.

"기린이군요."

당신은 내게서 웃음을 끌어냈습니다. 같은 식탁에 마주 앉아 있는 것이 불편하지 않았어요.

"기린은 심장과 머리가 가장 멀리 떨어져 있거든요."

목이 긴 동물이라고만 알았지 심장과 머리까지의 길이는 생각도 못 해봤어요. 당신은 경동맥을 통해 뇌까지 혈액을 밀어올리기 위해서는 힘찬 펌프가 필요한데 기린의 심장은 길이가 60센티미터, 벽의 두께가 7.5센티미터, 무게만 해도 11킬로그램이나 나간다고 손짓으로 심장을 그렸어요.

"11킬로그램이면 돌 지난 아이의 몸무게가 아닌가요?"

아이 하나만 한 심장이 몸속에 있다니요. 그럼 물을 먹기 위해 머리를 숙일 때는 어떻게 되는 거냐고 내가 물었지요. 머리로 피가 쏠릴 텐데 어떻게 뇌의 혈관이 터지지 않을까 궁금했습니다. 당신은 기린한테는 신기한 혈액의 순환 장치인 원더넷이라는 것이 있다고 했지요. 일종의 혈압 조절 장치라고요. 그리고 말했어요. 크레인 사고가 있고 얼마 지나 마르의 심장도 멎었다고요. 당신의 설명 때문인지 마르의 심장이 멈춘 것이 한 아이가 사라진 것처럼 느껴졌어요.

"그 일이 있은 후에 야간조로 바뀠어요. ……어우, 오늘은 그득하네요. 오랜만이에요. 고마워요, 조종사님."

당신은 수화를 하듯 머리에서 심장을 거쳐 배를 쓸어내며 말했습니다. 내가 다 먹을 때까지 기다려준 것 같았어요. 누군가에게 기사가 아니라 조종사라고 불린 건 사수였던 박씨 아저씨와 정혜 언니 이후 처음이었어요. 백반집은 이런 눈이 온 날에만 나타난 곳이었을까요. 잠깐 백반집에 앉아 이야기를 나눴을 뿐인데 이게 뭘까요, 고맙다니. 우리는 기분 좋게 나누어 웃었지요. 당신이 웃으면 내가 따라 웃었고, 내가 먼저 웃으면 당신이 따라 웃었어요. 우리는 같은 건물의 현관에서 핸드폰 번호를 교환하고 헤어졌습니다. 당신과 헤어지고 계단을 올라오며 지하의 문이 닫히는 소리가 들리는지 귀를 기울였어요. 한참을 기다려도 소리가 들리지 않아 일부러 옥상 계단 문을 열었다 닫았습니다. 그때서야 당신이 지하로 내려가는 소리가 들리더군요. 방에 앉아 심장에서 머리까지의 길이를 손뼘으로 쟀어요. 꿈에서 걸었던 길이 심장과 머리 사이로 뻗어 있었어요. 언니에게 다녀와야겠다고 생각하며 옷을 입었죠. 옥상에서 내려오는 계단이 심장을 향해 뻗어 있는 길 같았어요.

평일 오후 동물원은 허공에서 바라본 구름이 그대로 내려앉은 풍경이었어요. 사람들이 들어서기 전 아파트 공사장처럼 드문드문 눈길에 발자국이 나 있었죠. 한쪽으로 향하는 발자국을 따라 걸었습니다. 발자국을 따라 동물원을 설명하는 팻말 앞에 섰어요. 그곳은 나와 나이가 같더군요. 같은 나이의 나무들이 눈이 버거운 듯 가지를 늘어뜨리고 있었어요. 동물원 사옥 뒤쪽으로 갔다가 방사장 쪽으로 돌아 나왔어요. 방사장은 눈이 이 정도까지 왔다고 보여주듯 아무도 밟지 않은 두터운 정적을 풀어놓고 있었습니다. 바람이 눈을 덜어 날리며 방사장을 돌아다니고요. 방사장 옆 야생 조류관에는 겨울 새들이 한 발로 눈밭에 서 있었습니다. 그 앞에 가지고 온 꽃을 놓았어요. 야생 조류관 뒤로 눈을 맞고 서 있는 건물이 보였습니다. 저 건물을 지었던 정혜 언니는 2000년이 시작되던 해에 아파트 신축 공사장의 크레인 위에서 내게 문자를 보냈습니다.

"파업!"

무언가를 끊고 무언가를 결정하는 순간이었어요. 그 순간은 아주 짧았습니다. 크레인 기사의 잦은 교체와 일방적인 해고 통보가 일상이었고, 크레인 설치와 해체 작업 도중 사망 사고가 끊이지 않았죠. 그런 환경을 바꾸기 위해서는 우리도 노조가 필요하다고 정혜 언니는 바쁘게 뛰어다녔어요. 현장 상황은 IMF를 전후로 더 나빠지고 있었어요. IMF 이전에는 종합건설사 면허가 나오려면 덤프나 굴착기, 타워크레인 등의 중장비를 보유하고 있어야 건설 허가가 떨어졌거든요. 대형 메이저 건설사가 중장비를 보유하고 기사를 채용해야 했어요. 건설 경기가 침체되고 건설회사의 아웃소싱이 발생하면서 건설사는 장비 운행 기사에게 퇴직금 대신 장비를 나눠주었어요. 납입금이 물려 있기는 했지만 장비를 들고 나가 사장이 되라는 격려까지 얹었으니 사람들은 처음에는 좋아했지요. 하지만 아니었어요. 장비를 들고 나온 중장비 노동자들은 개인 사업자가 되어 수백 개의 장비 임대업체만 난립하게 되었지요. 타워크레인 임대비는 IMF 이전보다 못한 수준으로 떨어져버렸고요. 게다가 타워크레인은 철 구조물로 등록이 되어 있어서 기사의 안전은 무시되기 일쑤였어요.

이런 상황에서 건설사들은 전국에 흩어져 있는 크레인 기사들이 어떻게 노조를 만들겠냐며 할 테면 해보라고 코웃음을 치고 있었습니다. 그건 나도 다르지 않았어요. 소속된 회사도 없는데 어떻게 노조를 만드느냐고 정혜 언니에게 제일 먼저 대든 것도 나였거든요. 그런데 핸드폰의 문자가 도착한 그 시간, 나는 알 수 없는 전율로 엔진키를 뽑아버렸습니다. 그때도 크레인 추락사가 있었거든요. 처음 조종간을 잡고 자재를 옮겼을 때와 같은 파고가 밀려왔어요. 파업이라고? 파업이 가능해? 하며 재던 생각도 엔진과 함께 멈추었어요. 그 순간만큼은 안 될 건 뭐야? 가능할 수도 있겠다는 느낌이 엄청난 파도처럼 나를 덮쳤습니다. 크레인을 멈추면 건설 현장은 모든 일을 멈출 수밖에 없어요. 건설 현장에서 크레인은 엔진이거든요. 그때까지 나는 내가 크레인을 운전하는 사람일 뿐이라고 여겼어요. 그런데 크레인의 엔진을 끄는 그 순간은요, 내가 조종간을 잡고 있는 조종사가 된 것 같았습니다. 당신이 내게 조종사라고 불러줄 때 내가 얼마나 놀랐는지 아시겠죠? 박씨 아저씨는 크레인 조종사가 엔진을 끈다는 건 어디로 갈지를 스스로 정해야 하는 거라고 했어요. 어디로 갈지 그 길은 알 수 없었지만 크레인의 엔진을 멈춘 그 잠깐 사이 나는 알고 있는 크레인 기사들에게 빠르게 문자를 돌렸습니다.

"파업이래요, 파업."

"나도 받았어. 기계 멈췄어?"

"한번 해보지 뭐. 나도 멈췄어. 그래, 파업이다. 파업."

크레인노조는 그렇게 전국 비정규직 노조 중 참여율과 지지율이 가장 높은 노조로 그날 그 몇 분간의 멈춤으로 결성되었어요. 전국의 하늘은 핸드폰으로 연결되어 있었고, 우리가 땅으로 내려올 때는 무서운 힘을 발휘했죠. 전국의 2천 명 중 서울에 있는 여성 크레인 노동자는 전부 참여했으니까요. 그건 정혜 언니가 발로 뛴 결과였습니다. 혼자서는 어쩔 수 없는 일들도 같이 하면 바꿀 수 있는 거라고 처음으로 알려준 사람이 정혜 언니였거든요. 그때 크레인노조를 결성하고 파업을 주도했던 언니는 정작 저 건물을 다 짓고 크레인 해체 작업을 하다 사고가 난 거였어요.

70미터 높이의 조종석에 앉아 언니의 사고 소식을 들었어요. 한참을 앞만 바라보다 일을 못 하겠다고, 내려가겠다고 무전을 보냈죠. 바람이 초속 10미터가 넘게 부는 날이었고, 바람이 쓸어낸 하늘에 구름 한 점 없는 날이었습니다. 현장감독은 자재가 밀려 있다고 맞받아쳤어요. 그날 옮겨야 하는 자재들이 쌓여 있었죠. 4호 크레인도 3호 크레인도 서로 부딪히지 않으려고 순서를 기다리며 자재를 나르고 있었어요. 아무도 크레인을 멈추지 못했습니다. 멈추지 못했을 뿐 아니라 크레인 사고는 너무 흔한 일이 되어 노조에서도 정혜 언니처럼 나서는 사람이 없었어요. 그때가 한창 위원장을 바꾸는 시기여서 제대로 대응조차 하지 않았지요. 크레인 해체 작업만 문제가 아니었어요. 처음 파업을 하고 노조를 만들 때와는 달리 노조도 사람들의 분열로 날마다 흔들리고 있었어요.

그날 일을 마치고 바라본 허공에는 낮달이 하얗게 겁에 질린 채 나를 쳐다보고 있었습니다. 크레인 해체를 마치고 무사히 내려온 기념으로 같이 저녁을 먹자고 언니와 약속한 시간이 지나가고 있었습니다. 만약 언니였다면, 사고 크레인에 내가 타고 있었다면 언니는 엔진을 멈췄겠지요. 엔진을 멈추고 사람들을 모아 사고의 진상을 밝히고 재발 방지를 위해 또 싸웠을 겁니다. 사고가 일어날 때마다 반복되는 그 지겨운 싸움을 그래도 다시 시작했겠지요. 그런데 나는, 그러지 못했어요. 바람이었을까요? 나사 두 개였을까요? 도망간 사람들과 나는 다르지 않았어요. 나사 빠진 사람이 되어 내가 쌓아올린 크레인도 내 안에서 무너지고 있었습니다.

언니가 지은 건물 앞을 지나가려는데 당신에게 문자가 왔습니다. 쉬는 날에 동물원에 놀러 오라고 했지요. 나는 그날이 오늘이라고 했습니다. 그리고 언니가 지은 건물을 사진으로 찍어 보냈지요. 당신은 낮에 들었던 사연 때문인지 사진이 내 귀에 걸린 낮달처럼 쓸쓸해 보인다고 했어요. 그리고 아까는 말하지 못했는데 크레인이 쓰러진 것은 한순간이었다고 했습니다. 크레인이 무너질 때는 소리가 아니라 진동이, 진동이 아니라 먼지가 앞섰다고 했어요. 아니 먼지보다 먼저 지진음을 감지한 듯 동물들이 안절부절 못하며 우리 끝에서 끝으로 왔다갔다 했다고. 진동을 감지한 새들은 일제히 땅에서 솟아올라 허공에서 퍼덕였고, 원숭이들이 창살을 잡아뜯는가 하면, 여우들이 방귀처럼 새나오는 쇳소리를 지르고, 늑대들은 목을 하늘로 쳐들고 굵은 소리를 뽑아내며 한 번도 소리를 질러본 적 없는 것처럼 온몸을 돌처럼 굳히고 몸속의 소리들을 내보냈다고 했습니다.

"그게 동물들이 보내는 위험 신호였는데 크레인이 쓰러지고 나서야 동물들이 왜 그랬는지 알게 됐어요."

당신의 목소리는 비에 젖은 눈처럼 무겁게 울렸습니다. 그리고 당신은 야간조로 옮긴 당시 상황을 이야기해주었지요. 크레인이 쓰러질 때 그 굉음은 동물들의 울음소리를 일시에 빨아들이며 뿌연 먼지구름을 내뿜었다고요. 먼지구름은 촘촘히 막아놓은 공사장 둘레를 들었다 내려놓으며 사방으로 뻗어나갔는데 사람들이 물을 뿌려대자 크레인이 사라진 자리에 쌍무지개가 나타났다고 했습니다. 쌍무지개 사이로 빨갛고 파란 깃털들이 날아오르고, 한순간 동물원은 무지개 새들의 소란스런 울음으로 가득한 새장이 되어 먹먹하게 울렸다고 했습니다.

"건설사가 우리 쪽 보상을 먼저 처리하도록 만들어야 했어요. 동물원으로서는 달아난 새들에 대한 보상을 받는 게 먼저였거든요. 크레인 사고로 떨어진 분은 우리 일이 아니었어요. 건설사는 뚫린 그물로 달아난 새들에 대한 보상을 하느라 진땀을 빼야 했지요. ……그런데 마르가 이유 없이 심장이 멈춘 날, 마르가 목을 빼고 보았던 그 건물을 보게 되더군요. 불편했습니다. 그 건물을 보는 것이. 새들의 몸값으로 지어진 건물이라고, 마르의 심장을 멈추게 한 건물이라고만 여겼었는데……. 지금도 마음이 불편하고 답답하고 그러네요."

그랬군요. 그날 동물원 전체가 울어주었군요. 아니, 울음으로 사고를 예견하고 있었군요. 나사 두 개가 덜 박힌 크레인이 곧 바람을 흔들며 넘어질 거라고 동물들이 온몸으로 외쳐주었군요. 우리들만 모르고 동물들은 다 아는 그런 균열을 당신도 느끼고 있었던 거였군요. 당신과 내가 같은 건물을 바라보고 있다는 느낌이 벅차게 다가오더군요. 이럴 때 이야기할 수 있는 상대가 있다는 것이 고마웠습니다. 당신에게 고맙다는 문자를 보내려는데 건설 현장감독에게 전화가 왔어요. 현장감독은 크레인에 문제가 생겼다면서 빨리 현장으로 오라고 하더군요.

건설현장 입구에서 택시를 잡았지만 공사장 입구까지 들어가는 택시는 없었습니다. 어쩔 수 없이 공사장까지 걸었습니다. 제설차가 지나간 자리를 따라 방죽처럼 높게 눈이 쌓여 있었어요. 그 길로 다시 눈이 쌓이고 있었습니다. 아무도 없는 아파트들이 달빛을 받아 환했습니다. 멀리서 불빛이 깜빡였어요. 불빛은 점점 다가왔습니다. 신호수인 조 군이 마중을 나왔더군요.

"뭐 이런 날이 다 있냐? 누나, 뉴스 봤어? 서울에 이렇게 눈이 온 건 백 년 만에 처음이래. 오전에는 예상 적설량이 사십 년 만에 기록을 깼다고 했잖아. 근데 그 기록이 깨졌다네. ……이런 날 크레인에 올라가는 놈이 어딨어. 죽으려고 환장했나 봐."

조 군은 운전을 하며 계속 내 눈치를 살폈어요. 아무래도 크레인에 올라가야 하는 상황이라는 게 감이 잡혔지요. 현장감독은 왜 이렇게 늦게 오냐고 소리치며 크레인을 가리켰어요. 누군가 보이는 듯 보이지 않았습니다. 갠딩기를 만져보니 얼어 있었어요. 갠딩기는 사다리를 오르다 추락사하는 사고가 반복되는 것을 보고 박씨 아저씨가 개발한 사제 기중기였어요. 아저씨는 크레인 경력 30년을 어디다 써먹느냐며 도르래의 원리를 이용해 갠딩기를 만들었거든요. 우리는 사다리를 오르기보다는 갠딩기를 타고 오르지만 이것은 사제라 사고가 나면 100퍼센트 본인 책임이어서 위험한 상황에서는 쓸 수가 없었어요. 현장감독은 올라가보라고 재촉했습니다. 평소 갠딩기를 사용하는 크레인 기사들에게 운동 삼아 사다리를 타라고 훈계를 늘어놓더니 상황이 급박하니까 갠딩기를 사용하라더군요. 감독은 올라갈 사람은 지금 나밖에 없다고 상황을 설명하다, 너는 네 운전석에 저딴 놈이 들어가 있는데 괜찮으냐며 협박하다, 어떻게든 오늘 안에 끌어내리라고, 올라간 사람이 누군지도 모른다고 애원을 하다, 올라가서 데리고 내려오라고, 미친놈, 이게 무슨 짓이냐며 눈 위에 연신 가래침을 뱉었어요.

작업복으로 갈아입고 장갑을 끼고 사다리를 올랐습니다. 내려올 때를 대비해 눈을 치우면서 올라가야 했지요. 바람에 크레인이 흔들리고, 장갑을 꼈는데도 손을 옮길 때마다 철근이 손을 잡고 놓지 않았어요. 50미터까지 올랐을 때는 몇 달 전에 발로 차버린 새집이 걸려 있는 게 보였어요. 작업에 방해가 되어 몇 번을 차버려도 새들이 날아와 다시 집을 짓곤 했지요. 운전실에 도착했을 때는 진땀이 흐르는데 보름의 달이 눈앞에 떡하니 버티고 있었습니다. 운전실에는 환갑이 다 돼 보이는, 깡마른 몸에 작은 체구의 남자가 퍼질러 앉아 있었습니다.

"허, 여기서 사람을 다 보네. 그것도 여자를. 달에서 오셨나?"

여기서 뭐하는 거냐고 물었어요. 흔들리는 배에 올라탄 듯 헤드가 출렁였습니다.

"올라왔더니 달이 저렇게 가깝네. 세상에 저렇게 큰 달은 처음이야."

"그러니까 여기서 뭐하시는 거예요? 달 보러 오셨어요?"

아저씨는 웃다가 울다가 나를 붙잡고 하소연을 하기 시작했어요. 아저씨는 몇 달째 임금이 체불되었다고 했어요. 이런 게 이번만이 아니라고, 더 이상 살 수가 없다고 했습니다. 이전의 사업장에서도 체불 임금을 못 받았는데, 아내와 대판 싸우고 나가 죽으라는 말까지 들었다고 했어요. 그 말을 하며 아저씨는 크게 웃더군요. 눈을 맞으며 걷는데 크레인이 보이더래요. 죽으려면 저기나 올라가봐야겠다는 각오를 했대요. 죽더라도 말이라도 해보자 싶었다고요. 늘 그랬어요. 1년에 한두 번은 있는 일이거든요. 대부분은 중간쯤에서 멈추는데 이 아저씨는 끝까지 올라온 걸 보니 더 이상 내려갈 데가 없었던 거예요. 현장감독에게 무전을 보냈어요. 체불 임금을 지급하기 전까진 안 내려갈 것 같다고 상황을 전했습니다. 감독은 그놈이 밤새 거기서 뛰어내리기라도 하면 어쩔 거냐고, 오늘은 크레인에 있으라고 하더군요. 각오한 일이지만, 감독의 처사가 괘씸하고 화가 났어요. 아저씨는 술을 얼마나 먹었는지, 아니면 내가 나타나서 긴장이 풀린 건지, 그사이 발을 뻗고 코를 골더군요.

조종석에 앉아 허공을 바라보았습니다. 언니가 사라진 그날처럼 이번에는 낮달을 잡아먹은 보름달이 나를 쳐다보고 있었어요. 엔진키를 꽂고 스틱을 움직였습니다. 좌우로 트롤리를 움직여 크레인에 얹힌 눈덩이를 털어냈어요. 다른 하나의 스틱을 잡고 트레블링과 후크를 움직여 지브를 조종했습니다. 스윙을 풀고 비상정지 버튼을 눌러 눈을 털어내고 헤드를 돌리며 남은 눈을 떨어뜨렸죠. 달빛 아래서 크레인이 춤을 추고 있었어요. 밤은 길더군요. 달도 멀리 떠나가고 있었습니다. 달빛 체조를 멈추고 핸드폰을 들었어요. 사람 하나 없는, 달빛만 내려앉은 눈 쌓인 아파트 사진을 찍어 당신에게 보냈지요. 당신은 바로 답장을 보냈습니다.

"지금 크레인에 있는 건가요? 크레인에서 작업하는 거예요? 그것도 이런 시간에?"

나는 그렇게 됐다고, 지금은 춤을 추고 있다고 했지요. 아무리 멋지게 춤을 춰도 알아주지 않는 달빛보다 당신의 관심이 좋았습니다. 적막한 밤을 채워줄 누군가의 목소리가 필요했어요. 당신은 통화할 수 있느냐고 묻고는 내가 대답도 하기 전에 전화를 했지요. 당신은 눈 속에 갇힌 허공의 적막을 파헤치며 나를 찾아왔습니다. 밤이 깊어가고 있었어요. 너무 추워 두 팔로 몸을 감싸고 있을 때였어요. 당신이 내게 물었지요. 지금 필요한 게 뭐냐고. 나는 동물원 이야기를 해달라고 했습니다. 당신은 눈 속에 갇힌 사람을 구하는 목소리로 이야기가 끊기지 않게 계속 내게 말을 걸었지요. 당신은 기린뿐 아니라 물고기에게도 원더넷이 있다고 했어요.

"물고기도요?"

상어나 홍어, 가오리와 같은 연골어류는 자기 힘으로 부력을 조절하니까 부레가 필요 없지만 경골어류들이 물에 뜨고 가라앉으려면 어떻게 하겠냐고 물었습니다. 산소량을 조절하는 무슨 장치가 필요하겠다고 답했지요. 당신은 산소량을 조절하는 장치가 경골어류들에게는 부레라고 했어요. 부레 속에 산소량을 조절하는 조종간이 있는데 이게 바로 원더넷, 우리 말로는 괴망이라고 했지요. 당신의 설명을 들으니 조종석이 있는 헤드가 부레 같았어요. 크레인을 설치하고 해체할 때 압력을 조절하는 유압장치가 떠오르더군요.

"크레인의 유압장치도 괴망처럼 높이를 조절해요."

당신은 내게 비슷한 것을 더 찾아볼까요, 물었죠. 그리고 물고기만이 아니라 새들에게도 이 괴망이 있다고 했어요.

"겨울에 새들이 한 발로 잠을 자는 건 체온을 유지하기 위해서거든요. 발끝에서 냉각되어 올라온 정맥피가 이 괴망에서 동맥피의 열을 받아 몸으로 퍼지는 거예요. 기린처럼 큰 심장을 가지고 있는 게 아니니까 두 발을 다 얼음판 위에 올려놓으면 온도를 두 쪽에 다 나눠주기 위해 심장에 무리가 가니까요. 그래서 새들의 발목에 있는 이 괴망이 기린처럼……."

"원더넷과 같은 거군요."

"아, 미주 씨는 정말 젓가락질을 잘하네요. 아니, 크레인 운전을 젓가락질처럼 할 것 같아요. 보고 싶어요. 미주 씨가, ……춤추는 크레인."

그 순간 설명할 수 없는 아픔으로 숨이 막혔습니다. 무언가 굉장한 것이 밀려왔는데, 그것은 내 안에서 걸러지지 않고 부풀고 있었어요. 아니, 괴망을 거쳐 내 몸속의 온도가 바뀌는 것 같았다고 하면 전달이 될까요.

"그러니까 새들이 두 발을 땅에 내려놓지 않는 건, 처음부터 불편한 쪽을 택하는 거예요. ……살기 위해서."

"살기 위해서!"

당신은 날개를 다친 새들은 생명이 붙어 있지만, 다리를 다친 새들은 하룻밤 새에 얼어 죽는다고 했지요. 몸속의 온도를 조절하지 못하면 그렇게 되는 거라고요. 새에게 중요한 건 날개가 아니라 체온을 유지하게 해주는 괴망이라고 했습니다. 우리 몸속에도 살기 위해서 온도를 조절하는 그 불편한 온도계가 있는 것처럼 느껴졌어요. 외롭고 괴로운 것들, 그리운 것들이 그런 온도를 조절하는 거였을까요. 그동안 내가 그걸 거부하고 있었던 걸까요. 눈처럼 쌓이는 당신의 목소리는 외롭지도 않으면, 괴롭지도 않으면, 그립지도 않으면 사람은 살 수가 없는 거라고 내게 말을 걸고 있었어요. 그럴 때마다 뭔가 굉장히 아픈데 아프지는 않고, 그렇지만 아팠어요. 당신은 당신도 비슷한 것이 다녀간 것 같다고 했지요. 당신은 자꾸 가라앉은 나를 물 위로 띄우고 있었습니다. 중간중간 밑에 누구 없냐고 묻는 소리, 잠들지 말라며 안절부절 못하는 당신의 목소리가 파고들었지요. 당신은 도대체 어떤 놈들이기에 지금 이 시간에 거기에 있으라고 등을 떠미느냐고, 괜찮으냐고 자꾸 물었습니다. 당신이 걱정해주는 것이, 그 밤 내내 울리던 당신의 이야기가 좋았습니다. 당신과 백반집에 앉아 이야기를 나누던 몇 시간 전으로 돌아간 것 같았어요. 한참 있다가 당신은 무슨 결심을 한 듯 말했습니다.

"우리가 얼마나 외로운지 알게 되어서 그런 거 아닐까요. 그러니까 우리가 백반집에 앉아 밥을 먹기 전으로 돌아갈 수 없다는 걸 알아버린 거 아닐까요. 이런 일이 생길 줄 몰랐어요. 우리 만난 지 몇 년은 지난 것 같지 않나요? 미주 씨, 내려와요. 무사히 내려와서 우리 백반집에 앉아 같이 밥 먹읍시다. ……조심히 내려와야 합니다."

그 순간이었을 거예요. 정혜 언니와 했던 그 저녁 약속, 크레인 해체를 마치고 무사히 내려와 같이 저녁을 먹자는 그 약속이 몸속에 오래 박혀 있었구나, 그것이 쓸려나가는구나 느껴진 것이. 외로워서 아픈 게 아니라, 보고 싶어서 아픈 게 아니라, 여태 그걸 알 수 없어서 아픈 거였어요. 외롭다고 말할 수 있는 시간을 놓쳐버려서 외로운 줄 몰랐어요. 그걸 알려주려고 밤새 당신이 이야기를 해준 것 같았습니다. 동쪽 끝에서 새벽이 다가오고 있었습니다. 이 새벽을 보기 위해 크레인에 올라와야 했던 걸까요. 새벽을 통해 세상의 온도가 바뀌는 것이 보였습니다. 기린의 원더넷처럼 혈압을 조절하고, 물고기의 부레에 있는 괴망처럼 공기를 조절하고, 새의 다리에 있는 괴망처럼 온도를 조절하고, 크레인의 유압장치처럼 높이를 조절하면서 세상은 그렇게 한쪽 다리로 불편하게 서서 하루를 열고 있었어요.

새벽하늘을 가르며 동쪽에서 서쪽으로 새들이 날아가는 것이 보였습니다. 어제 본 새들일까요. 새들은 한강이 아니라 바다를 향하고 있었어요. 매일 바다까지 날아가 먹이를 구해 오는 것이 새들의 일이라는 걸 크레인의 새벽은 알려주고 있었습니다. 컥컥 하는 새들의 울음에 아저씨가 몸을 뒤틀며 일어났습니다. 아저씨는 아래를 내려다보고 나를 보고, 다시 아래를 내려다보며 머리를 세차게 흔들었어요.

"내가 여길 어떻게 올라온 거지?"

"꿈같죠?"

내게도 꿈같은 하루였거든요. 아저씨는 한참을 고개를 박고 숨을 죽였습니다. 그러다 도대체 어떻게 내려가느냐고 물었어요.

"크레인은 올라올 수는 있어도 내려가는 게 더 어려워요. 내려가기 위해 올라오는 게 크레인이거든요."

"더 내려갈 데도 없어."

아저씨가 씁쓸하게 웃더군요. 땅을 보고 내려가야 하기 때문에 한번 겁을 먹으면 발이 떨어지지 않는데 괜찮겠냐고 물었어요. 아저씨는 안 내려갈 거라고 했습니다. 밀린 임금을 내놓지 않으면 못 내려간다고요. 그러면서도 물었어요.

"근데 어떻게 내려갑니까?"

넉 달씩 임금을 떼먹고도 끄덕도 안 하니 여기까지 올라온 거겠지요. 한번 소리라도 질러보라고 했어요. 나는 당신이 밤에 그랬던 것처럼 새들이 왜 한쪽 발만 땅에 붙이고 자는지 아냐고 아저씨에게 물었습니다. 아저씨는 살얼음 녹은 축축한 눈매로 아무 말도 없었어요.

"그게 최선인 거래요. 얼어 죽지 않으려면."

지브 끝에 앉아 있던 새들이 푸드득 날았어요. 새들을 좇아 허공에 대고 중얼대던 아저씨가 나를 바라보았습니다.

"다른 방법이 없었어. 술을 먹었으니까 올라왔지 제정신으로는 못 올라왔을 거요. 그런데 내려갈 때는 술을 먹고 내려갈 수 없는 곳이 여기네. 이 곳으로 매일 올라와 일하는 사람도 있는데, 미안하게 됐습니다. 정말 염치가 없네. ……그런데 이거 참, 어떻게 내려가지?"

그건 내가 내게 묻고 싶은 말이었어요. 어떻게 내려가야 할까? 노조 사무실에 있는 언니의 짐을 정리하다 언니가 작성하다 만 사고 일지가 떠올랐어요. 언니의 사고 일지는 '옛날 옛날에'로 시작하고 있었습니다.

"옛날 옛날에 울산 현대중공업에서 일하던 사내 하청 노동자가 작업 도중 크레인 줄이 끊어져 3.5톤 무게의 금속 자재에 깔려 죽었다. 10월 25일의 일이다. 광주 중대동의 한 골프연습장에서 크레인 차량 바스켓에 탑승해 그물망 보수를 하던 중 크레인이 쓰러지면서 작업 인부 두 명이 추락해 한 명이 사망했다. 10월 14일의 일이다. 안양 관양동의 한 신축 건물 공사장에서 철근을 옮기던 타워크레인 줄이 끊어져 철근이 쏟아져 내리면서 근처에 있던 28세의 인부를 덮쳐 숨졌다. 9월 28일의 일이다. 서울 강남의 한 신축 건물 공사장에서 타워크레인 해체 작업을 하던 41세 노동자가 추락했다. 6월 22일의 일이다. 경기도 수원 대우월드마크 건설 현장에서 높이를 올리는 코핑 작업을 하다 타워크레인이 넘어져 기사가 숨졌다. 5월 26일의 일이다……."

사고 일지는 다섯 장을 넘어가고 있었어요. 옛날 옛날에로 시작하는 정리되지 않은 또 다른 일지도 있었지요.

"옛날 옛날에 오류동의 한 공사장에서 58세의 노동자가 밀린 월급 350만 원을 달라며 50미터 높이의 타워크레인에 올라가 농성을 벌이다 떨어졌다. 4월 2일의 일이다. 광주 월계동에서는 임금 체불을 비관한 50대의 노동자가 타워크레인에 목을 매 숨졌다. 3월 19일의 일이다. 청주 성화동에서는 41세 노동자가 체불 임금을 달라고 요구하며 70미터 높이의 타워크레인에 올랐다. 12월 20일의 일이다. ……광주 수완동에서는 63세의 노동자가 10미터의 크레인에 올라가 체불 임금을 지급하라고 외쳤다. 5월

16일의 일이다.”

사고 일지는 언니의 일기 같았습니다. 그 일지에 언니의 사고 날을 끼워 넣을 수가 없었어요. 언니도 그랬겠지요. 사고가 날 때마다 그것을 기록하며 옛날 옛날에 일어난 일이라면 얼마나 좋을까 생각했을 거예요. 그럴 수 없다는 걸 확인하듯 언니는 사고 날짜를 분명히 기록하고 있었습니다. 사고 일지는 그동안 우리가 지은 건물들 같았지요. 수많은 아파트를 지었지만 들어가 살아본 적 없는 집처럼 숫자로만 남았으니까요. 언니에게 말해주고 싶다는 생각이 지나갔습니다. 숫자로 남지 않을 일들을 만들고 싶었어요. 언니의 사고 처리도 해주지 못한 비참함을 이제 그만 고백하고 싶었습니다. 밤새 내게 다녀간 당신이, 내 몸의 온도를 바꿔놓은 것 같았어요. 이제 말하라고, 말해도 된다고 허락을 해준 것 같았습니다. 나는 언젠가 언니가 우리에게 그랬던 것처럼 아저씨에게 말했습니다.

“제가 크레인을 멈출게요. 우선 밀린 임금부터 제대로 받아보자구요.”

나는 무전기를 잡았습니다. 그리고 체불 임금이 지불되고, 그게 확인될 때까지 크레인 운전을 하지 않겠다고 통보했습니다. 오전 내내 몇 번의 실랑이가 오고 간 끝에 무전이 울렸습니다. 아저씨의 통장에 밀린 임금이 입금되었다는 소식이었습니다. 그나마 임금이 많지 않아 빨리 처리됐다고 하더군요. 나는 크레인을 움직였습니다. 지브의 한쪽을 들어올려 크레인 박수를 치고 헤드를 움직여 몸통을 흔들었습니다. 정혜 언니가 알려준 크레인의 연대 춤이었어요. 멀찍이서 4호 크레인의 지브가 손을 흔드는 것이 보였습니다.

“몇 달 동안 쫓아다녀도 내쫓기기나 했는데 여기 오니 하루 만에 해결되네. 이거 고마워서 어쩌나. 내려가면 내가 밥 한번 살게. ……그런데 이거 큰일이네. 다리에 힘이 풀렸어. 내 힘으로 내려갈 수 있을지 모르겠네.”

무전으로 박씨 아저씨를 호출했습니다. 박씨 아저씨는 조 군이 올라올 거라고 알려주었어요. 그리고 올해는 내가 제일 빨리 사고 처리를 했다고 축하해주더군요. 오후에 갠딩기를 타고 올라온 조 군이 아저씨를 보자마자 가방을 풀어 덧옷을 입혔습니다. 주머니마다 핫팩이 들어 있었습니다. 조 군은 손발이 얼었을 테니 조금 있다 내려가자고 아저씨에게 담배를 권하더군요. 조 군은 내게도 핫팩을 건네며 자기 손이 더 따뜻한데 "잡아줄까" 묻더군요. 나는 조 군의 손을 잡았습니다. 따뜻한 것이 손에서 심장으로 흐르고 있었어요. 그렇군요. 이것이 최선이었어요. 이렇게 하면 되는 거로군요. 조 군은 조종간을 슬쩍 보면서 말했습니다.

"그런데 누나, 아래서 보니까 크레인이 춤을 추더라."

아저씨가 담배를 피우는 사이 조 군에게 조종석을 맡겼습니다. 아무리 부숴버려도 새들이 찾아오듯 크레인 박수를 칠 줄 알아야 진짜 크레인 조종사가 되는 거라고 말했어요. 조 군은 조심스럽게 스틱을 잡고 지브를 움직이며 연신 소리를 질렀지요. 조 군이 조종하는 크레인이 바람을 흔들고 있었어요. 크레인 위에 얹혀 있던 눈들이 허공에서 춤을 추며 반짝였지요. 그때 당신에게 문자가 왔습니다.

"내려왔나요? 당신 괜찮아요? 우리 백반집에서 만나요. 이런 말 좀 이상하겠지만 그래도 해야겠어요. 이제 말입니다. 이제, 당신과 내가 백반집에 앉아 밥을 나누어 먹을 수 없다는 건, 그러니까 이제 내게 상상할 수 없는 일이 되었어요."

아직 다 짓지 않은 구멍 숭숭 뚫린 아파트들을 바라보았어요. 저 무수한 아파트들에도 당신과 만났던 백반집이 하나씩 들어 있겠지요. 나는 배고파 죽겠다고, 밥 먹으러 갈 거라고 소리쳤어요. 아저씨는 머리를 긁적이며 내려가겠다고 하더군요. 조종석에서 내려온 조 군이 아저씨를 보며 자기가 먼저 내려갈 테니 자기만 보며 따라오라고 하더군요. 나는 아저씨만 보며 따라갈 테니 중간에 멈추지 마시라고 했습니다. 아저씨는 아래에서 보자고 고개를 끄덕이더군요. 이제, 내려가도 되겠어요.

양재훈 문학평론가

미래를 바꾸는 힘

시간은 흐른다. 과거에서 미래로 가는 그 직선운동은 멈추거나 되돌릴 수 없다. 한 방향으로 흐르는 연대기적 시간은 일정한 리듬으로 반복되는 단위시간들의 순환에 의해 지탱된다. 이 순환 속에서 미래는 과거가 만들어둔 규칙을 통해 빚어진다. 어제 만들어져 오늘 통용되는 규칙이 내일을 예측할 수 있게 한다. 지루하게 반복되는 일상이 만들어내는 최소한의 예측 가능성은 세계를 이해하고 그 안에서 살아가는 데 필수적인 요소다. 반복은 느닷없이 해가 뜨지 않는 아침이나 신호등의 파란불이 사라져버린 거리 따위를 걱정할 필요가 없게 하는 축복이다. 이 축복 덕에 우리는 이미 만들어진 미래만을 생각하며 살 수 있다. 우리의 걱정거리는 어제 끝내지 못한 과제나 이렇다 할 아이디어 없이 임박한 회의 시간, 마감일이 닥친 원고 따위다.

시간은 흐른다. 물가가 오르고 임금은 동결되며, 필요한 정보와 능력은 늘어나고 일자리는 줄어든다. 이 시간은 진화론적이다. 승자는 살아남고 패자는 도태되는 무한 경쟁이 펼쳐진다. 예측되는 시간의 흐름 속에서 살아남기 위한 경쟁은 점점 더 치열해진다. 돈을 벌기 위해서는 일을 해야 하지만 취업에는 점점 더 많은 비용과 시간, 노력이 요구된다. 생존 자체와 무관한 것들은 어쩔 수 없이 뒤로 미뤄지게 된다. 이런 일상 속에서 타인에 대한 관심과 배려, 사랑 따위는 생존 경쟁에 몰입하기를 방해하는 비효율적이고 불편한 잉여일 뿐이다. 이것이 신자유주의의 질서가 지배하는 시간 속에서 일어나는 일이다.

한국 사회는 특히 1997년 이후 그런 시간 속으로 들어갔다. 하명희의 「불편한 온도」는 그 결과 한국 사회가 어떻게 망가져 있는지, 그리고 그럼에도 우리를 살아갈 수 있게 하는 힘은 무엇인지에 대해 말하는 소설이다. 작품의 주인공은 작중화자인 미주지만, 실제 이야기 속에서 중심에 있는 인물은 선배 여성 크레인 조종사이며 전국크레인노조를 결성하고 파업을 주도했던 정혜 언니다. 그가 노조를 결성한 것은 IMF 이후 건설회사의 아웃소싱으로 인한 폐해 때문이었다. "건설사는 장비 운행 기사에게 퇴직금 대신 장비를 나눠주었"고, 그 결과 "수백 개의 장비 임대업체만 난립하게 되"었다. 크레인 조종사들의 삶은 경제적으로 어려워졌을 뿐 아니라 "타워크레인은 철 구조물로 등록이 되어 있어서 기사의 안전은 무시되기 일쑤였"다. 건설사들은 기사들에게 동일한 노동을 제공받으면서도 노동자들을 개인사업자로 대함으로써 그들을 경쟁시키며 이득을 취했고, 안전상의 문제에 대해서는 책임을 지지 않게 된 것이다.

노조의 필요성은 더 절실해졌지만 결성은 더 힘들어진 상황이다. "건설사들은 전국에 흩어져 있는 크레인 기사들이 어떻게 노조를 만들겠냐며 할 테면 해보라고 코웃음을 치고" 크레인 기사들도 "소속된 회사도 없는데 어떻게 노조를 만드느냐"는 의문을 품는다. 하지만 정혜 언니는 각각 개인 사업자들이 돼버린 기사들을 설득했고, 크레인 추락사 사건이 발생하자 문자 메시지를 통해 파업을 통보, "전국 비정규직 노조 중 참여율과 지지율이 가장 높은 노조"를 만드는 데 성공한다. 특히 "전국의 2천 명 중 서울에 있는 여성 크레인 노동자는 전부" 파업에 참여했다. 그가 발로 뛰며

"혼자서는 어쩔 수 없는 일들도 같이 하면 바꿀 수 있는 거라고" 알려준 결과였다.

이런 기적을 일으킨 정혜 언니는 정작 건물을 다 짓고 크레인을 해체하던 중 사고를 당한다. '바람이 초속 10미터가 넘게 부는 날'이었고, 크레인 해체 작업이 처음이었던 인부 셋을 포함한 하도급업체 파견 비전문 인력들이 작업에 참여하고 있었다. 바람이 심하게 부는데도 작업을 빨리 끝내고 다음 장소로 이동하기 위해 나사 두 개를 덜 박았던 게 사고의 원인이 됐다. 결국 현장에서 필요한 일들을 아웃소싱으로 하청업체들에게 넘겨버린 건설사가 현장의 안전을 책임지지 않게 된 데서 빚어진 사고인 셈이다.

정혜 언니였다면 사고 소식을 들은 뒤 또다시 파업 통보 문자를 돌리고 조합원들이 참여하지 않더라도 자기 작업을 멈추었겠지만, 미주는 그러지 못했다. 이미 "크레인 사고는 너무 흔한 일이 되어 노조에서도 정혜 언니처럼 나서는 사람이 없었"고, "처음 파업을 하고 노조를 만들 때와는 달리 노조도 사람들의 분열로 날마다 흔들리고 있"는 상황이었기 때문이다. "엔진을 멈추고 사람들을 모아 사고의 진상을 밝히고 재발 방지를 위해" 싸우는 일은, 이미 매번 "반복되는 지겨운 싸움"이 되어 있었다. "아무도 크레인을 멈추지 못했"다.

정혜 언니의 죽음은 두 사람에게 깊은 흔적을 남긴다. 한 사람은 물론 미주고, 또 한 사람은 정혜 언니가 작업을 하던 동물원에서 사고를 목격한 '당신'이다. 정혜 언니에 대한 기억에서 둘은 죄의식을 공유하고 있다. 미주는 정혜 언니의 사고 소식을 듣고도 크레인을 멈추지 못한 데 대해, 그리고 '당신'은 건설사가 사고로 죽은 정혜 언니보다 크레인이 쓰러지며 덮친 새장에 대한 보상을 먼저 처리하도록 만들어야 했던 데 대해. 이러한 죄책감을 부르는 사랑의 기억, 부조리한 현실에 참여하기를 꺼리게 만드는 양심, 인간의 존엄에 대한 존중 따위는 진화론적 시간 속에서 생존 경쟁에 몰두하기를 방해하는 불편한 잉여다. 정혜 언니의 죽음 이후 미주는 혼자 있는 시간마다 괴롭고 외로워야 했고, '당신' 역시 그 일 이후 괴로움을 피해 근무 시간을 야간조로 옮겨야 했다.

그러나 살아남는 것과 살아가는 것은 같은 일이 아니다. 삶이 오직 생존이라는 목표에 맞춰질 때, 우리는 삶 자체를 잃어버리게 된다. 거기에서 우리는 세계-기계의 작동을 지속시키기 위한 기계 부품으로 전락한다. 인간으로서의 삶과 기계 부품으로서의 생존 사이의 결정적인 차이는 대체 가능성에 있다. 그러므로 우리를 살아 있게 하는 것들을 포기하고 생존 기계로서 살아남기를 택한다 해도 언제 대체될지 모른다는 불안에 떨 수밖에 없다. 살아남기 위해 위험을 감수하고 작업을 하는 크레인 기사들의 이야기는, 우리 사회가 이미 구성원들의 인간적 삶뿐 아니라 기계 부품으로서의 생존에도 관심이 없음을 보여준다. 3년 전 세월호의 침몰을 통해 우리가 현실 속에서 직접 목도한 바이기도 하다.

그렇다면 도태될 것에 대한 공포를 무릅쓰고 저 불편한 잉여들에 관심을 기울여야 할까? 「불편한 온도」는 그렇다고 말한다. 이런 끔찍한 세계에서 그나마 살아갈 힘이 되는 것은 사랑했던 사람에 대한 아픈 기억과 그를 향한 그리움, 그리고 같은 기억을 공유하는 사람과의 연대와 사랑 등이다. 그런 것들이 우리는 세계-기계의 작동을 유지시키는 부품을 초과하는 존재임을 확인시키고, 세계가 우리에게 부여한 자리와 무관하게 우리 삶의 가치를 증명한다. 생존을 위해 필요한 높은 혈압이 뇌를 터뜨리지 않도록 그것을 조절하는 기린의 원더넷처럼, 생존 경쟁의 현장에서 불편하게 한쪽 다리를 들고 서 있게 하는 저 괴롭고 외로운 마음들이 우리를 살아가게 한다. 23년 전에 발표된 어떤 노래의 가사처럼, 사랑이 짙어지면 슬픔이 되지만 뜻 모를 그 슬픔은 때로 살아가는 힘이 되어주기도 한다.[1]

1 　이원진, 〈시작되는 연인들을 위해〉

시간은 흐른다. 과거에서 온 시간은 미래를 향해 직선을 그리며 나아간다. 미래는 과거에 의해 이미 만들어진 규칙 가운데 있다. 그 안에서 살아가는 우리는 그 방향을 바꿀 수 있을 거라 상상하지 못한다. 상상의 불가능성이 저 진화론적인 법칙에 어긋나게 행동하지 못하도록 막는다. 그러나 미래가 정해져 있는 것은 이 직선적인 시간 속에서 살아가는 우리가 그것을 바꿀 수 있을 거라고 믿지 못하기 때문이며, 그래서 그것을 돌리려는 행동에 나서지 못하기 때문이다. 우리의 마음을 괴롭고 외롭게 하는 저 불편한 온도는, 때로 어떤 보상도 기대할 수 없는 상황에서라도 위험을 무릅쓰고 행동하도록 강제하는 힘으로 작용하기도 한다. 그것이 미주를 '당신'과 백반집에서 만나 함께 밥을 먹지 못하는 일상을 상상할 수 없게 했고, 임금 체불을 견디다 크레인에 오른 아저씨와 연대하도록 했다.

타인의 고통에 대한 이와 같은 교감이나 그로부터 발생할 수 있는 불편에 대한 관용 등이 곧장 저 고통이 최소화되는 사회로의 변화를 부르는 것은 아니다. 그것은 때로 구성원들에게 폭력을 행사하는 사회가 스스로를 지속하기 위해 이용하는 이데올로기로 작용하기도 한다. 보수주의자들은 언제나 이웃에 대한 배려의 축소를 부르는 개인주의와 이기심을 문제 삼으며 사회적 불평등을 은폐했고, 그것을 개인의 책임으로 돌려왔다. 그러니 공감만으로는 부족하다. 그것은 변화의 충분조건이 될 수 없다. 그러나 그것은 틀림없는 변화의 필요조건이다. 어떤 변화의 요구도 그러한 교감과 연대를 바탕으로 해야만 한다. "네 이웃을 네 몸과 같이 사랑"하는 일, 세계로부터 부여받은 위치에서 확인되는 자신으로서의 자아가 아니라 그것 이전에 존재하는 자신으로서의 몸, 그것을 사랑하고 꼭 그만큼 타인을 사랑하는 일, 그것이 모든 변화의 출발점이다. '원더넷'이라는 말 그대로, 사랑은 놀라운 변화를 일으키는 마음의 그물이다. 그것이 불합리한 세계에서 고통스러운 삶을 견디게 하고 세계를 바꾸기 위한 행동에 나서게도

작품 해설 미래를 바꾸는 힘

한다.

그러한 행동이 모이다 보면, 때로는 정해진 미래를 향한 시간의 흐름을 중단시키고 그 방향을 바꾸어놓는 기적이 일어나기도 한다. 최근 우리는 바로 이런 기적을 직접 보았다. 2016년 11월 광화문 광장에 모인 촛불은 바로 얼마 전까지는 상상할 수 없었던 변화를 이끌어내고 있다. 이 변화의 가능성은 분명 시간의 흐름에 맞선 행동들이 집적되며 만들어진 것이다. 특히 세월호 참사 이후 숱하게 들렸던 지겹다는 말들 속에서도 애도의 공동체가 존재하기를 멈추었던 적이 없다. 세계를 바꿀 수 있을 거라 믿었기 때문이 아니라, 단지 가만히 있을 수 없기 때문이었다. 행동할 수 있어서가 아니라 행동할 수밖에 없어서 이어왔던 이 행동은, 이제 변화에 대한 믿음을 산출하는 데까지 왔다. 지금 우리는 더 이상 진화론적 시간의 법칙에 사로잡힌 기계 부품이 아니라, 우리의 삶을 스스로 결정하는 주체가 되어 있다.

> 파업이라고? 파업이 가능해? 하며 재던 생각도 엔진과 함께 멈추었어요. 그 순간만큼은 안 될 건 뭐야? 가능할 수도 있겠다는 느낌이 엄청난 파도처럼 나를 덮쳤습니다. 크레인을 멈추면 건설 현장은 모든 일을 멈출 수밖에 없어요. 건설 현장에서 크레인은 엔진이거든요. 그때까지 나는 내가 크레인을 운전하는 사람일 뿐이라고 여겼어요. 그런데 크레인의 엔진을 끄는 그 순간은요, 내가 조종간을 잡고 있는 조종사가 된 것 같았습니다. (368~369쪽)

삶의 조종간을 스스로 잡은 우리가 할 일은 크레인의 엔진을 꺼버린 조종사처럼 "어디로 갈지를 스스로 정"하는 일이다. 물론 우리가 맞게 될 미래의 방향은 아직 정해지지 않았다. 저 기적의 순간을 겪은 후로도 미주가 되돌아온 진화론적 시간에 또다시 항복했던 것처럼, 우리가 맛보고 있는 기적도 짧은 순간에 그칠지 모른다. 그러나 저 파업의 기억은 미주를

'당신'과 만나 사랑하게 했고, 크레인에 오른 아저씨를 위해 혼자서도 파업을 선포할 수 있게 했다. 지금 우리의 기적 역시, 시간의 방향을 바꾸어내는 데 실패한다 해도, 결코 사라지지 않을 것이다. 당장이 아니더라도, 마침내 일상의 변혁이 완성될 때, 지금까지 연대기적 시간에 패배해온 수많은 기적의 순간들, 그리고 그 순간들에 충실하며 죽어갔던 수많은 정혜 언니들이 부활하여 우리의 일상 속에 함께하게 될 것이다.

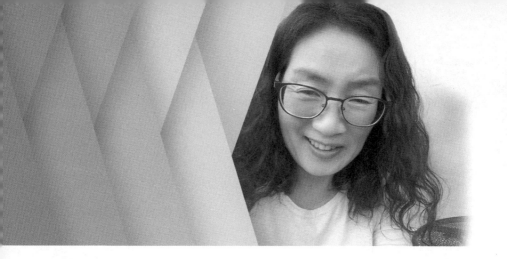

마순희

홍명진

—

2001년 전태일문학상을 받고 2008년 『경인일보』 신춘문예에 단편소설 당선.
제10회 사계절문학상 대상, 제5회 백신애문학상, 우현예술상 수상.
장편소설로 『숨비소리』 『우주비행』 『타임캡슐 1985』 『앨리스의 소보로빵』이,
단편집으로 『터틀넥 스웨터』 외 다수의 앤솔로지가 있음.

마순희

"제 이름은 마순희예요. 마, 순, 희."

마순희의 목소리는 소리가 모이지 않고 사방으로 흩어졌다. 높낮이가 울렁거렸고 결이 찢어진 듯 음파가 매끄럽지 않았다. 마순희는 마른 몸에 얼굴이 조막만 했고, 키도 자그마했다. 개구리처럼 툭 튀어나온 안구 때문인지 독특한 인상이었는데, 둥글게 모여 앉은 사람들의 눈을 피해 어딘가를 바라보듯 시선을 멀리 두고 말했다.

"저는 청각장애 2급입니다. 듣지 못하지만 잘 보고 따라 할 수는 있어요. 저 때문에 다른 사람들이 피해를 보지 않았으면 좋겠습니다."

그녀의 목소리는 처음보다 훨씬 파동과 굴곡이 심했다. 아마도 조금 더 긴 문장이었을 테고, 감정이 들어간 때문이라고 생각했다.

몸 테라피는 매주 수요일 저녁마다 있었다. 총 10회차로 열다섯 명이 신청했다. 지역 자활 센터에서 회원들을 대상으로 실시하는 문화 활동 중의 하나로 강제성도 없고 회비를 내는 것도 아니어서 등록된 회원보다 참여자는 적었다.

소개가 끝나자 박수가 터졌다. 마순희에게 박수는 소리가 아니라 모양일 것이다. 청각장애 2급이면 바로 옆에서 징을 세게 쳐도 새털이 살짝 날리는 것 같은 울림이 느껴질 정도라고 했다. 그녀에게 소리의 세계는 듣는 것이라기보다 보는 것에 가까웠다. 짧은 대화는 상대의 입을 보고 나누는 것이 가능했지만 어디까지나 상대가 마순희를 배려했을 때의 얘기였다. 그녀가 듣고 말하는 부분에서 정상적인 사람들과 다르다는 걸 부정할 수는 없다. 하지만 세상은 그녀가 가진 장애를 그녀의 모든 것으로 해석했다. 그래서 기옥에겐 그녀가 첫 느낌부터 남달랐는지도 모른다. 안타까우면서도 불편하고 신경이 쓰이면서도 눈을 감고 싶은 감정 사이, 그게 무엇인지 콕 집어 말할 수 없었다. 기옥은 될수록 마순희의 곁에 다가가지 않으려고 했다. 그녀가 눈앞에 보이면 일부러 거리를 벌렸고, 그녀가 기옥을 의식한다는 걸 느낄 때면 뭔가를 들키기라도 한 듯 기옥 쪽에서 몸을 오므렸다. 마순희를 만나지 않았다면 기옥을 스쳐간 어떤 풍경 하나는 다시 재생되지 않았을지도 모른다.

*

그날 기옥은 아이와 함께 오랜 이웃이었던 지인의 집을 방문했다가 혼자서 돌아오던 길이었다. 아이는 그 집의 동갑내기인 친구와 하룻밤을 같이 자겠다고 했다. 마침 겨울방학이 시작된 지 얼마 안 된 때였고, 지인도 맡겨두고 가라고 했다. 기옥에게도 하룻밤 묵어 가길 권했지만 아이가 우정으로 그 집에서 묵는 것과 기옥이 묵는 것은 의미가 다른 이야기였다.

아이들이 방에서 컴퓨터로 웹툰 만화를 보며 낄낄대고 놀 때 기옥은 지인과 둘이 식탁에서 맥주를 마셨다. 지인의 남편은 연말 모임에 가서 새벽에나 들어올 거라고 했다. 기옥은 술을 좀 하는 편이었고, 지인은 맥주 한 병 정도가 정량이었다. 기옥은 술이 당겼지만 집으로 돌아가야 한다는 생각 때문에 술을 자제했다. 그런데도 술기운 탓인지 전동차에 올라 자리에 앉자마자 꾸벅꾸벅 졸기 시작했다.

12월의 밤늦은 시각이었고, 전동차 안은 드문드문 자리가 비어 있었다. 기옥은 졸면서도 긴장의 끈은 풀지 않았다. 환승역을 지나쳐 전동차를 갈아타지 못하면 집으로 가는 마을버스 막차를 놓칠 수도 있었다. 졸음에 빠진 의식을 비집고 무언가가 무거운 눈꺼풀을 스치는 게 느껴졌다. 기옥은 눈을 뜨고 맞은편을 바라보았다. 똑같은 스타일의 검은 코트를 입은 두 여자가 앉아 있었다. 생머리를 커트한 여자와 풀린 파마 머리를 묶어 올린 여자 모두 머리칼이 희끗한 게 육십은 된 듯 보였다. 그녀들은 반쯤 몸을 튼 채 서로 마주 보고 수화로 얘기를 나누고 있었다. 마치 아무도 없는 곳에서 둘만이 전적으로 대화에 몰입한 듯 거침없는 동작들이 오갔다. 눈과 코와 입술, 얼굴의 잔 근육까지 실룩이며 손가락을 펴고 구부리고 두드리고 돌리는 격렬한 동작들은 소란스러웠다. 그녀들은 무슨 얘기 끝엔가 호탕하게 웃기도 했다. 두 손을 맞부딪치며, 혹은 무릎을 쳐가며. 그러곤 소곤거리듯 끊임없이 손을 놀렸다. 기옥의 귀가 다 간지러울 지경이었다. 수화를 한마디도 알아듣지 못하면서도 기옥은 그녀들에게서 눈을 뗄 수 없었다. 마침내 커트 머리가 기옥의 얼굴을 정면으로 빤히 쳐다보며 오른쪽 검지로 자신의 관자놀이를 콕 눌렀다가 떼고 검지와 중지로 자신의 눈을 가리켰다. 그제야 기옥은 시선을 내리깔았다. 그날 기옥은 내릴 정거장을 놓치는 바람에 환승을 하지 못했고, 집으로 가는 마을버스도 놓쳤다. 기옥은 집으로 가는 택시 안에서 깨진 거울 앞에 웅크리듯 앉아 있던 자신의 모습이 떠올라 눈을 질끈 감았다.

신혼 두 달째로 접어들 때였고, 기옥은 임신 중이었다. 식을 올리기 전에 임신이 된 걸 알았고 신혼여행을 다녀온 뒤에는 본격적인 입덧이 시작되어 섭식 장애를 앓는 사람처럼 아무것도 먹지 못했다. 저녁 시간이 훨씬 지나서야 늦는다고 전화를 한 남편은 자정이 될 때까지 들어오지 않았다. 구역질을 해가며 겨우 차려놓은 저녁 식탁을 치우고 그녀는 소파에 누워 잠이 들었다. 문을 따고 들어온 남편이 그녀를 내려다보며 야, 일어나

봐, 하고 소리를 쳤을 때야 겨우 눈을 떴다. 기옥은 남편의 커다란 체구 뒤 벽면에 걸려 있는 시계를 쳐다보았다. 새벽 두 시가 지나고 있었다. 밥 줘. 그가 말했다. 기옥은 천천히 몸을 일으켰다. 그러곤 주방이 아니라 안방을 향해 걸어갔다. 밥 달라니까. 그가 소리쳤다. 기옥은 안방 문 손잡이를 잡은 채 뒤를 돌아보았다. 기옥을 향해 몸을 돌린 그와 눈이 마주쳤다. 기옥은 그의 말을 무시한 채 빤히 바라보기만 했다. 그 순간 그가 소파 앞 테이블에 놓여 있던 미니 화분을 집어 던졌다. 벽시계 밑에 걸린 기다란 거울 유리가 깨졌고 잠시 후에는 그대로 바닥에 떨어졌다.

기옥은 다음 날 남편이 퇴근할 때까지 거실에 흩어진 유리와 화분 조각들을 치우지 않았다. 소파에 눕거나 일어나 앉은 채 깨진 거울 속에서 이상한 몰골로 야윈 자신의 모습을 들여다보며 하루를 보냈다. 기옥은 그가 주사를 부린다는 걸 결혼 전에는 몰랐다. 단지 술을 좋아하고, 평소엔 하지 않는 괴팍한 행동으로 기옥을 걱정시킨 적은 있지만, 그것이 술을 마시면 반복적으로 드러나는 습관화된 패턴인 줄은 인식하지 못했다. 기옥은 그의 속에 든 또 다른 짐승이, 악마가 그녀가 보지 못한 진짜 모습이 아닐까 생각했다.

그런 일들은 출산 후에도 주기적으로 나타났다. 그런 일이 있고 난 뒤면 기옥은 자신의 내부에서 들끓는 분노와 의문이 가라앉을 때까지 말을 하지 않았다. 그가 출근하고 없을 때도, 그가 집으로 돌아왔을 때도 마찬가지였다. 혼자 있을 땐 세면실 거울을 빤히 바라보고 서서 입만 벌려가며 자신을 향해 말을 걸었다. 목소리는 나오지 않았다. 남편에게 화가 났다는 걸 인지시키기 위한 연기는 그녀 자신에게도 적용되었다. 자신의 선택에 책임을 가하는 형벌이었다. 남편은 직접적으로 그녀에게 폭력을 휘두르지 않았지만 물건을 집어던지거나 자해를 가하는 식의 간접적인 폭력을 행사했다. 술 때문에 회사에서도 문제를 일으켰다. 회식 자리에서 그가 만취 상태에서 술집의 테이블을 뒤집어엎고 동료들에게 폭언을 퍼부은 일로 시

말서를 쓰기도 했다.

저러다간 오래 못 가지.

기옥은 생각했다.

그는 나쁜 일이 생기면 술로 해결하려 들었고, 술로 인해 다시 나쁜 일이 반복되었다. 그녀는 긴장을 놓을 수가 없었다. 평온한 날들이 길어질수록 그녀의 불안은 증폭되었다. 언제 어떤 식의 폭력이 자행될지 알 수 없었다. 아빠의 퇴근이 늦어지고, 그녀의 몸에서 불안의 냄새가 풍길 때면 아이는 경직된 표정으로 물었다.

"엄마, 오늘도 아빠 술 마시고 들어올까? 엄마는 또 붕어가 되는 거야?"

'엄마는 또 붕어가 되는 거야?' 유치원에 다니던 아이의 목소리가 또렷이 살아나서 기옥은 감은 눈을 떴다. 전동차 안에서 만난 두 벙어리 여자들이 표정으로, 온몸으로 나누던 그 몸의 대화는 감히 기옥이 흉내 낼 수 없는 거였다. 그것은 그들의 언어였고, 그녀가 남편에게 취했던, 아이가 말한 붕어가 된 소리 없는 말은 자학에 다름 아니었다.

*

강좌가 진행되는 공간은 오래된 공중목욕탕 건물 4층에 있었다. 재래시장을 끼고 복잡한 골목 안쪽으로 한참 들어가야 했다. 한 가지 생각에 사로잡히면 길눈이 어두워지는 기옥은 강좌가 끝날 때까지 여러 번 길을 둘러 가기도 했고, 바로 코앞에 두고도 길을 묻는 해프닝을 겪기도 했다.

미끈한 마룻바닥으로 된 공간은 제법 널찍했다. 벽면 한쪽을 차지한 전면 거울의 착시 효과로 공간이 두 배는 넓어 보였다. 조그만 사무실 공간이 하나 딸려 있는 것 말고, 내부에는 별다른 장식이나 기물이 없었고, 바닥에는 걸터앉을 수 있는 공간 박스 몇 개가 소품처럼 편안하게 놓여 있었다. 늘 조용하고 느린 음악이 낮게 흘러나왔다. 30대 중반쯤으로 보이는 강사는 잘록한 허리에 군살이 없고 키가 늘씬했다. 긴 생머리를 장식 없는 고무줄로 헐렁하게 묶고 가벼운 소재의 운동복 차림으로 수강생들을 맞았다. 고전무용을 전공했다는 이력은 몸 테라피를 지원하는 자활 센터의 홍보 포스터에서 보았다.

"우리는 우리의 몸이 뭘 원하는지 제대로 알지 못하고 지낼 때가 많아요. 내 몸이 보내는 소리를 제대로 못 듣는 거죠. 내 몸을 내가 사랑해주지 않으면 누가 사랑해주나요."

강사의 목소리는 나긋나긋했다. 천성적으로 목소리가 들뜸이 없고 차분한 듯했다. 흘러내린 몸의 자태나 동작 하나하나에서 풍기는 이미지와 목소리가 딱 들어맞는다고나 할까. 강사가 입을 벌릴 때마다 마순희는 강사의 얼굴을 뚫어져라 쳐다보았다. 강사도 마순희를 의식하는 듯했다. 수강자들은 마순희가 하는 말을 어렵게나마 알아들을 수 있지만 마순희는 그들의 이야기를 듣지 못했다.

"좀 더 천천히 얘기할까요?"

강사는 마순희에게 묻곤 했다. 마순희는 괜찮다는 듯 손을 저었다. 강사의 몸놀림을 보고 따라 할 때는 분위기가 훨씬 부드러워졌다. 마순희는 잘 웃었다. 놓치는 동작 없이 열심히 따라 하려고 노력했다. 수줍음도 없어 보였고, 원천적으로 그 몸에서 활기가 느껴졌다. 기옥은 마순희를 볼 때마다 어느 날의 늦은 밤 마치 꿈인 듯 지나간 두 여자의 소란스러웠던 수화 풍경이 떠올랐다. 마순희의 웃음소리는 듣기가 곤혹스러울 때도 있었는데, 거위의 울음 같은 소리가 섞여 나왔다.

기옥의 몸은 좀체 풀리지 않았다. 강사는 기옥에게 몸을 놓는 법을 모른다고 지적했다. 어깨와 등, 심지어 허벅지까지 심하게 경직되어 있다고 했다. 이혼은 4년 전의 일이었다. 그때는 생계 따윈 염두에 두지 않았다. 남편의 덫에서만 벗어나면 살 것 같았다. 기옥은 자신의 몸을 언제부터 저만치 떨어뜨려두었던 걸까. 이혼 후 남편을 상대로 늘 긴장해 있던 정신이 느긋해지고 마음이 평화로워지는 듯했지만 덫은 삶의 곳곳에 있었다. 아이와 둘이 느긋하게 걸으며 상처를 가라앉히고 나자 생활이 바닥이었다. 물질적인 것들이 피폐해진 상태. 그것은 더 이상 긴장의 끈을 놓을 수 없는 새로운 고난에 처했다는 말과도 같았다.

자활 센터를 통해 기옥이 얻은 일자리는 특설 매장의 점원이었다. 도심에서 뚝 떨어진 관광특구 지역이라 출퇴근길에 연계되는 버스의 배차 간격이 길었다. 특근 수당이 조금 붙긴 했지만 관광특구 지역의 성격상 토요일과 일요일, 공휴일 근무가 필수였고, 평일의 하루를 선택해 쉬는, 2인 1조 근무였다.

하는 일은 없었다. 정말이지 그곳에서는 시간을 팔고 있다고 해야 하나. 관광공사에서 지방 관청이 할당받은 부스는 관광지 한구석에 뚝 떨어져 있었다. 그나마 볕이 잘 드는 남향받이라 부스가 초라해 보이지는 않았다. 두 평 남짓한 부스는 전면이 유리로 되어 있어 햇볕을 고스란히 빨아들였다. 벽걸이 선반엔 생활도자기와 값싼 이미테이션 장식품들이 차지하고, 관광지 이름이 박힌 손수건, 바람개비 등속의 아이들 장난감이나 캐릭터 인형 상품들은 부스 밖 가판대에 펼쳐놓았다. 팔려나간 수량을 일지에 기록하고 재고를 파악해서 보고하는 일, 그리고 손님을 기다리는 일이 부스 담당자들이 할 일이었다. 호객을 할 이유도, 필요도 없었다. 임금은 부스를 관할하는 소속 구청으로부터 받고, 이익을 창출하는 것은 어디까지나 구청 담당자의 소관이었다.

기옥은 한때 이런 삶을 꿈꿨다. 소비를 줄이고 최소한 몸을 지탱하는 수준의 생활을. 쓸데없는 분쟁과 소란이 없고, 낭비와 과욕이 없는 일상을. 아이와 단출하게 살아가기엔 그 정도 수입으로도 괜찮다고 생각했다.

교육을 받고 인터뷰를 통해 일을 배정받을 때, 기옥은 그들이 지정해주는 곳에 이의를 달지 않았다. 장애우 도우미나 공공기관 청소나 조경 관리

업무, 무엇이든 몸을 놀려 할 수 있는 일이라면 마다하지 않을 작정이었다. 누군가는 기옥에게 운이 좋다고 했다. 일 없이 시간만 때우면 돼, 라고 했다. 하지만 사계절 내내 특설 매장의 좁은 부스 안에서 시간을 때우는 일은 기억 속에 가라앉은 상념과 망상을 일깨우는 데 일조하기 딱 좋았다.

기옥은 정말이지 몸을 어디에 놓으면 좋을지 몰랐다. 사지를 움직여 몸을 둥글게 말고 몸의 안팎을 끌어안는 동작을 할 때는 신음이 튀어나왔다. 강사는 예의 나긋나긋한 어조로 동작에 관한 팁을 주면서 슬쩍슬쩍 기옥의 몸을 건드려주기도 했다. 프로그램 참여자 모두 여자들이었다. 자활 센터를 통해 일자리를 얻고 사회 구성원의 한 사람으로서 자립을 꿈꾸는 사람들.

기옥은 3회차에 마순희와 짝이 되었다. 서로 마주 보고 앉아 다리를 쭉 뻗고 손을 맞잡았다. 팽팽하게 힘을 준 채 서로를 자기 앞으로 끌어당기는 동작. 힘이 약한 자가 끌려오지 않도록 강약을 조절하며 버티기. 그런 다음 한쪽씩 손을 놓은 채 서로 엇갈리게 골반을 틀어 몸을 꼬는 동작. 우스꽝스러운 동작에 킥킥거리는 웃음소리가 터지기도 했다. 자기도 모르게 괄약근이 풀려 방귀가 터지자 참고 있던 웃음들이 폭발했다. "나이 먹어봐. 쉰이 넘으면 내 몸도 내 몸이 아닌 거야." 방귀 소리에 이어 괄괄한 목소리가 마룻바닥을 흔들었다. 수강생들은 배꼽을 잡고 웃었다. "왜 웃는 거예요?" 마순희가 기옥에게 물었다. 이 무람없는 상황을 어떻게 설명해야 할까? "내 방귀는 소리만 요란하지 냄새가 없어. 그러니까 염치는 있는 거지 뭐." 방귀 주인의 입담에 웃음소리가 그치지 않았다. 마순희도 따라 웃었지만, 기옥은 그녀의 기묘한 웃음소리 때문에 더 이상 웃을 수가 없었다.

기옥은 수업이 끝난 뒤에 휴대폰 메모지를 열어 메모한 것을 마순희에게 보여줬다. 문장으로 옮겨진 그 상황의 짧은 요약은 불필요한 부기였는지도 모른다는 생각이 뒤늦게 들었다. 그런데 문장을 다 읽은 마순희가 웃기 시작했다. 정말로 웃겨서 못 견디겠다는 듯한 그녀의 웃음소리는 거칠고 가팔랐다.

  마순희는 강좌의 구성원들을 모두 언니라고 불렀다. 그녀가 친밀감을 드러내는 한 방식일 수도 있었다. 76년생인 마순희가 가장 젊었고, 최고 연장자인 옥자 아줌마가 58년생이었다. 자기에게만 다정하게 구는 특별한 호칭이 아니란 걸 알면서도 기옥은 마순희가 가까이 다가올까 봐 두려웠다. 내심, 기옥은 그녀의 눈에 띄지 않게 피해 다녔으니까.

  마순희는 기옥과 짝이 한 번 된 뒤부터 눈에 띄게 기옥을 찾았다. 기옥은 5주차 때 강좌에 가지 못했다. 비번이어서 점심쯤에 슈퍼에 장을 보러 다녀온 뒤로는 줄곧 집에서만 뒹굴었다. 출근하지 않는 날에는 머리를 감거나 화장을 하는 일이, 옷을 챙겨 입는 일이 귀찮았다. 특별한 일이 없는 한 늘 그랬듯이 그날도 기옥은 소파에 누워 리모컨을 들고 애꿎게 TV 채널만 돌려댔다.

  언니, 아직도 안 오고 뭐해요?

  마순희에게서 문자 메시지가 왔다. 지금쯤이면 수강자들이 모여 앉아 오늘의 프로그램을 시작하겠구나 싶은 시각이었다. 기옥은 몸이 아프다고 둘러댔다.

  오머, 많이 아픈가요? 잘 챙겨 먹고 몸조리 잘 하세요. 근데 언니가 없으니 순희는 허전 허전.

  '허전'이라는 글귀가 반복되고, 그 옆엔 눈물을 주룩주룩 흘리는 이모티콘까지 붙어 있었다. 기옥은 멍하니 마순희가 보낸 문자 메시지를 바라보다 다음에 봐요, 라는 짧은 답을 하고 휴대폰을 꺼버렸다. 마순희의 목소리가 들리는 듯했다. 그러자 속이 뭉친 것처럼 기분이 무겁게 가라앉더니 오래 묵힌 뭔가가 치받듯 기분이 묘했다. 기옥은 그 느낌을 알았다. 새로운 사람과 관계를 맺을 때 멈칫거려지는 기운. 그걸 뭐라고 표현해야 할까. 살아오는 동안 기옥이 맺은 관계들이 허물어지거나 뒤틀릴 때마다 묘하게 남는 피폐의 감정들까지 되살아났다.

*

　거의 5년이나 한 아파트 같은 층에 살면서 아이들끼리 단짝으로 지낸 지인에게도 기옥은 자신의 이야기를 온전히 털어놓지 못했다. 이혼의 유책 사유가 남편에게 있다고 말했지만 그의 폭력에 대해서는 부언하지 않았다. 기옥은 통속적인 세상의 눈이 두려웠다. 값싼 동정의 위로가 언젠가는 그녀를 비난하는 부메랑이 되어 돌아올 수 있다는 두려움, 앞뒤가 다르고 겉과 속이 다른 세상의 눈을 신뢰할 수가 없었다.

　지인의 집에 아이를 두고 혼자 돌아온 날, 기옥은 부엌 벽에 붙여놓은 작은 사각 식탁에 앉아 홀짝홀짝 소주를 마셨다. 지인의 집에서 먹다 만 듯한 술이 당기기도 했지만, 아이 없이 오롯이 혼자 있기는 처음이었다. 좁은 베란다 창으로 배게 들어선 앞 동의 긴 복도가 훤하게 보였다. 분양된 지 15년 된 임대아파트는 모두 여섯 동이었고, 층간 소음과 주차 공간 부족으로 크고 작은 말썽이 끊이지 않았다.

　기옥은 아이와 둘이 숨죽인 듯, 조용히 살았다. 아니, 그렇게 살아갈 작정이었다. 출입문을 잠그고 난 뒤에 내 집 안에서 보장되는 고요가, 긴장감이나 두려움 없이 맞는 밤이 그녀가 바라던 것이었다. 기옥은 소주잔을 내려놓고 잔을 잡았던 손을 무심히 쳐다보았다. 음식을 자르던 가위로 펄펄 살아 있는 나뭇가지를 무자비하게 잘라냈었다. 그녀는 엄지와 검지를 벌려 가위질을 하듯 천천히 손가락을 움직여보았다. 툽툽하게 자란 벤자민 가지가 가윗날에 잘려나갈 때 들어가던 손아귀의 힘이 새삼스럽게 되살아났다. 그날 기옥은 나뭇가지를 잘라낸 게 아니라 자신의 손가락을 잘라낸 기분이었다. 기분에 취해 술을 마시고 지인의 집에서 하룻밤을 묵었다면 기옥은 이런 얘길 쏟아내는 실수를 저질렀을지도 몰랐다.

그날, 남편은 밤늦게까지 들어오지 않았다. 아이는 1박 2일 현장 체험 학습을 가고 없었다. 밤이 깊어가고 있었다. 자정이 지난 뒤에도 기옥은 거실 소파에서 남편을 기다리고 있었다. 기다리는 마음을 스스로도 납득할 수 없었다. 아이가 현장 학습을 떠나기 이틀 전에, 남편은 거실 소파를 뒤집어엎었다. 폭력적인 행위 뒤에, 숙취에서 깨어난 그가 늘 하는 말은 세상의 모든 주정뱅이들이 습관처럼 내뱉는 말이었고, 반성의 시간은 아무런 의미가 없다는 걸 기옥은 알고 있었다. 기옥이 대면하고 있는 그 밤의 고요는 그녀의 것이 아니었다. 그 무렵 남편은 업무 실적 부진으로 위기에 몰려 있었다. 스스로에 대한 실망과 분풀이로 남편의 자학은 더 심해졌다. 기옥이 보는 앞에서 식칼로 자신의 와이셔츠 단추를 쭉 그어 내리기도 했다. 그럴수록 그녀는 더욱 입을 굳게 다물었다.

이혼하자.

기옥은 왜 이 말을 단 한 번도 입에 올리지 않았는지 새삼 자신이 의심스러웠다. 남편의 반성과 다짐이 습관적인 거짓말이라는 것을 알면서도 참아온 자신이 경멸스러웠다. 이대로도 시간은 흘러가고 아이는 커갈 것이라고 생각하자 끔찍했다. 자정을 지난 벽시계의 초침 소리가 틱, 틱, 틱, 유난히 크게 들렸다. 시계를 쳐다보던 그녀의 눈길이 거실에서 주방으로 이어지는 코너에 자리 잡은 벤자민 화분에 머물렀다.

가지가 무성하게 뻗은 어른 키만 한 벤자민은 커다란 고무 화분에 심겨져 있었다. 아파트에 입주할 때 남편이 직접 화원에 들러 주문한 것이었다. 조그만 빌라 전세에서 신혼 생활을 시작해 보증금을 올려주며 살았던 터라 비록 융자금을 많이 끼긴 했지만 남편은 자신의 명의로 된 집을 가진 것에 자축하고 싶었을 것이다. 이놈 몇 년만 키우면 그늘에 돗자리 깔고 앉아 삼겹살을 구워 먹어도 되겠네. 남편이 농담을 하며 히득히득 이상한 소리로 웃었다. 남편의 말대로 벤자민은 해를 더해갈수록 더욱 풍성하게 자라, 정말로 그 그늘에 앉아 삼겹살 파티를 해도 손색이 없을 정도였다.

기옥은 불현듯 그동안 남편의 손에 걸리지 않고 온전히 자리를 지키고 있는 건 벤자민뿐이라는 생각이 들었다. 그 순간 느닷없이 등짝에서부터 뜨거운 열기가 치솟았다. 부엌 싱크대로 달려간 그녀는 가위를 찾아 들고 넓적한 이파리를 달고 쭉쭉 뻗은 가지들을 잘라내기 시작했다. 가위를 쥔 엄지와 검지 사이의 손아귀가 아프게 조여들었다. 그녀는 가위질을 멈출 수 없었다. 마침내 이파리 한 잎 남지 않게 잔가지까지 모두 잘라낸 뒤 그녀는 어지럽게 널린 가지들 위에 주저앉았다. 가위를 쥔 손아귀가 벌겋게 부풀어 올라 있었다.

나무는 가지를 모두 잘리고도 고요했다. 그날 새벽녘에 집으로 돌아온 남편은 어이없는 눈으로 기옥을 바라보았다.

이혼하자.

그녀의 입에서 신음처럼 그 말이 흘러 나왔다. 그녀는 남편의 눈을 피한 채 둥치만 훤하게 남은 나무를 쳐다보았다.

뿌리가 남은 나무는 어떤 식으로든 가지를 뻗고 이파리를 틔울 것이다. 어떤 식으로든 삶은 이어질 거라는 믿음은 잔인한 희망의 다른 이름이었다. 아이가 자라는 만큼 그녀는 점점 타성 속으로 도태되어갈 것이다. 기옥은 더 이상 결혼 생활을 이어갈 자신이 없었다.

401

*

몸 테라피는 처음 시작한 인원들이 점점 떨어져 나가 아홉 명이 남았다. 마순희는 한 번도 결석이나 지각을 하지 않은 우등생이었다. 기옥이 한 주 빠지고 그다음 주에 나갔을 때 마순희는 유난스럽게 친밀감을 나타냈다.

기옥은 천장을 보고 똑바로 누워 사지를 활짝 펼쳤다. 등 밑으로 물이 흐르는 것처럼 볼륨감이 느껴지지 않는 바이올린 선율이 몸속으로 퍼져 들었다. 이열 종대로 바닥에 누운 수강생들은 강사가 시범을 보인 동작을 천천히 따라 했다. 바닥에 붙여진 몸을 온전히 한 바퀴 굴렸다가 다시 반대로 굴려 반듯하게 눕는 동작은 단순하지만 가슴을 완전히 바닥에 밀착했다가 다시 돌리는 데 기술이 필요했다.

"천천히, 호흡을 깊디깊게, 순하게, 몸의 움직임을 의식하지 않은 상태로 스르르, 뱀의 움직임처럼."

강사의 언어는 리듬과 박자 감각이 있었다. 듣는 것만으로도 몸이 이완되는 듯했다. 마순희는 이따금 목에 힘을 주어 고개를 들어 올린 채 다른 사람들의 동작을 살폈다. 한 벌씩 같은 동작을 몇 번 반복하자 뻣뻣하던 몸이 풀리고 땀이 나기 시작했다. 마순희가 오늘은 꼭 나올 거죠? 하고 문자 메시지를 보내지 않았다면 기옥은 중도에서 포기했을지도 몰랐다. 가시가 돋친 듯한 몸에서 독이 빠져나가는 걸까. 잠깐이지만 호흡을 단전 아래로 내릴 때 뭉근한 열기가 퍼져나가는 게 느껴졌다.

마순희의 문자 메시지는 글이 아니라 말이었다.

못 듣는 거랑 청소하는 게 무슨 상관이 있다고!

마순희는 일터에서 기옥에게 문자 메시지를 보내오기도 했다. 공공장소에서 청소 일을 하는 마순희는 자활 센터를 통해 일하기 전에는 가사도우미를 했다. 마순희의 '말'에 일일이 답을 보내는 것도 고역이었다. 말보다 손이 빠른 마순희는 기옥이 미처 답을 보내기도 전에 메시지를 보내오기도 했다.

언니, 오늘은 무슨 일이 있었는지 알아요? 글쎄 어떤 공무원이 나보고 청각장애인이라면서 왜 이렇게 말이 많냐고 하더라고요. 내가 다른 말은 몰라도 그 말은 알아들었어요. 눈을 부릅뜨고 그 사람을 쳐다보고 있었거든요. 그러니까 말인즉슨, 농아인 주제에 말까지 할 줄 안다고 비꼬는 거 맞죠?

마순희의 말에 장단을 맞추어주다 보면 언제까지나 이어질 것 같아 기옥은 될수록 짧게 호응하며 감정을 조절해야 했다. 외로움의 발로이든, 신뢰가 바탕이든 먼저 다가온 사람이, 혹은 자신의 얘기를 많이 털어놓는 사람일수록 떠날 땐 더 미련 없고 냉정하다는 걸 기옥은 적잖이 경험했다. 자신이 원하는 만큼 호응을 받지 못한다고 생각될 때, 상대자는 본의 아니게 나쁜 사람이 될 수도 있었다.

"언니는 너무 자기 얘기를 안 해. 나는 생기는 대로 다 말하고 싶은데. 그럴 때 순희가 좀 섭섭한 거 알죠?"

강좌가 끝나 다음에 봅시다, 하고 인사를 나누는 자리에서 마순희가 불쑥 말했다.

"내가 그랬나?"

기옥의 말을 알아들은 마순희가 고개를 끄덕였다.

"난 특별한 이야기가 없어서 그렇지 뭐. 하루하루가 다 그저 그렇고. 특별한 일이 일어날까 사실 두려운 거지."

마순희가 눈을 더 크게 뜨고 기옥을 쳐다보았다. 기옥은 그 순간, 아차했다. 쉽고 편하게 마순희와 대화를 주고받을 수 없다는 것을.

"언니, 지금 한 말 여기 찍어줘요."

마순희가 휴대폰을 내밀었다. 기옥은 뜨악한 눈으로 쳐다보았다.

"아니. 뭐 별말은 아니었어."

기옥이 손사래를 쳤지만 마순희가 고집을 부렸다. 기어코 기옥이 뱉어낸 말을 문장으로 찍어달라는 말이었다. 기옥은 마순희의 손에 들린 휴대폰을 끝내 받지 않았다. 그리고 또박또박 말했다.

"별, 말, 아, 니, 야. 그냥, 쉬, 고, 싶, 다, 는, 말, 이, 었, 어."

기옥이 먼저 등을 돌려 계단을 내려왔다. 남성 전용인 2층 목욕탕 입구에서 쌀뜨물 같은 습기가 확 끼쳐왔다. 미끈하게 닳은 오래되고 낡은 계단턱에 구두 굽이 걸려 머리끝이 쭈뼛할 정도로 정전기가 일었다. 기옥은 계단 난간을 붙들고 멈춰 서서 놀란 숨을 가라앉혔다. 마음이 무언가에 부딪처 흔들리고 있을 땐 자주 발목을 삐거나 넘어졌다. 기옥은 긴 호흡으로 숨을 다듬은 뒤 천천히 계단을 내려왔다.

9회차 강좌가 끝난 날 뒤풀이를 하기로 했다. 퇴근 무렵의 스산함을 안고 강좌에 참여했던 이들은 강좌가 끝나자마자 뿔뿔이 흩어지는 것에 늘 아쉬움을 품고 있었다. 마지막 한 회차가 남았지만 말 나온 김에 시장통 끝자락 파전집에 자리를 잡고 앉았다.

"오늘은 왜 떨어져 있어?"

음식이 나오기 전에 옥자 아줌마가 물었다.

"우리가 만날 붙어 다녔어요?"

기옥도 농담조로 물었다.

"여태 붙어 다녀놓고는 뭔 딴말이여?"

"무슨 말 하세요?"

마순희가 물었다.

"아니, 둘이 왜 떨어졌냐고. 요롷게 이롷게."

마순희는 기옥과 마주 보고 앉은 옥자 아줌마 옆에 앉아 있었다. 옥자 아줌마가 손으로 기옥과 마순희를 각각 가리켰다.

"내가 언니를 너무 귀찮게 했나 봐요."

옥자 아줌마는 마순희의 말에 크게 귀를 기울이지 않았다. 파전과 동동주, 두부김치가 두서없이 나왔다. 기옥은 동동주 두 잔을 거푸 마셨다.

"술 잘 마시네. 술이라곤 한 방울도 못 마실 것처럼 새치름하게 생겨가지고는."

옥자 아줌마가 작은 나무 국자로 동동주를 기옥의 잔에 떠주며 놀렸다.

"쭈욱, 한 잔 더 들이켜. 그냥 속이나 화악 풀어지게."

그러곤 마순희의 잔에도 술을 떠주며 쭉, 쭉 들이켜라고 추임새까지 넣었다. 마순희는 술을 겨우 한 모금 마시고는 제가요, 하고 말문을 뗐다.

"술을 못 배웠어요. 술까지 마시면 정말로 병신이 육갑한다고 그럴까 봐."

이런저런 얘기들로 시끄럽던 자리가 갑자기 조용해졌다. 다들 마순희의 말이 귀에 걸린 모양이었다.

"왜 그런 말을 해. 누가 순희 씨더러 병신이라고 그래?"

기옥의 입에 든 말이 밥알처럼 튀어나갔다. 좌중의 시선이 기옥에게 집중되었다. 왜 그토록 사나운 말이 튀어나갔는지 모를 일이었다. 기옥은 마순희와 시선을 부딪치지 않으려고 술잔을 들어 고개를 숙였지만, 분위기는 이미 수습할 수 없을 정도로 싸하게 가라앉았다.

11월의 밤바람은 찼다. 기옥은 고작 동동주 석 잔을 들이켰을 뿐인데 무릎이 허전하게 휘둘렸다. 추렴한 돈으로 파전집에서 계산을 하고 난 뒤에 가게 앞에서 인사를 나누었다.

마순희는 기옥과 좀 떨어져 옥자 아줌마와 걷고 있었다. 기옥은 꼭꼭 내딛던 발걸음을 늦추며 마순희와 거리를 유지했다. 밤의 시장통 골목은 발소리가 유난히 공허하게 울렸다. 옥자 아줌마가 종종걸음으로 멀어지자 마순희가 주변을 두리번거리더니 뒤를 돌아보았고, 이내 몇 걸음을 폴짝거리며 기옥의 곁으로 다가와 얼른 팔짱을 끼었다.

"언니, 우리 어디 가서 차 한잔 하고 가요. 네?"

마순희의 목소리가 파도처럼 울렁거렸다. 그녀는 기옥을 끌고 찻집이 보이는 방향으로 걸음을 틀었다. 기옥은 순순히 끌려가주어야 마음이 편할 것 같아 마순희가 낀 팔짱을 풀지 않았다.

마을버스 정류장 근처에 있는 조그만 커피 전문점으로 들어갔다. 테이블이 네 개밖에 안 되는 좁은 가게였다. 밤 열 시가 넘은 시각이었고, 손님이 없었다. 마순희와 출입구 쪽에 있는 테이블에 자리를 잡고 앉았다. 지갑을 꺼내는 마순희를 말리고 기옥이 찻값을 계산했다. 마순희는 차가 나올 때까지 왜 계산을 언니가 했느냐고 투덜거렸다. 음악이 나오고 있었지만, 마순희는 듣지 못할 거였다. 음악 소리가 좀 높다 싶었지만 차라리 그게 나을 것 같았다.

"언니, 나는요……."

마순희가 서두를 꺼냈을 때 기옥은 파전집에서의 그 일이구나 생각했다. 기옥은 자신도 모르게 이맛살로 주름이 모였다. 기옥이 한 말 때문에 마순희의 심경이 어지러웠다면 사과하고 얼른 집에 돌아가 쉬고 싶었다.

"열심히 살면서 다른 사람한테 피해 주고 싶지 않았어요. 나 때문에 사람들이 불편하다면 그곳엔 가고 싶지가 않았고요."

"미안해. 오해는 하지 마. 순희 씨한테 짜증을 낸 게 아니라 나한테 화가 났던 거야."

기옥은 되도록 천천히, 입 모양을 정확하게 해가며 말했다. 뜨거운 녹차 라떼를 한 모금 마시고 나서 알아들었느냐는 듯 마순희의 얼굴을 똑바로 쳐다보았다.

"고마워요."

마순희가 말했다.

그날 마순희가 기옥에게 하고 싶었던 이야기는 따로 있었다. 기옥은 마순희의 애기를 듣는 동안 한눈을 팔 수 없었다. 마순희의 성대에서 파생되는 '말'은 시선의 집중이 필요했고, 느리고 시간이 오래 걸렸다.

나는 초중고를 농아학교를 다녔지만 정상인과 결혼했다. 남편과는 3년 연애했다. 그 사람이 내가 자원봉사자로 일하고 있던 단체에 오게 되었는데, 나 때문에 열심히 참여했다고 고백했다. 키도 훤칠하고 유머도 있는 남자였다. 우리는 잘 어울린다는 소리를 들을 만큼 사이도 좋았다. 연애 기간에도 남편은 나를 사람들 앞에서 부끄러워한 적이 없었다. 나를 위해 짧은 수화를 구사해가며 웃었고, 세상의 소리들과 사람들의 말을 들려줬다. 나는 남편을 만나기 전부터도 구화를 익혀오고 있었지만 사랑하는 사람을 위해 더 열심히 노력했다.

결혼 생활은 남들과 다를 바가 없었다. 아이가 태어났을 땐 아무런 장애도 갖지 않고 건강하게 태어난 게 더없는 축복이었다. 나는 아이에게 동화책 읽어줄 때가 가장 행복했다. 졸린 아이 옆에 앉아 토끼와 거북이의 이야기를, 구름이 솜사탕으로 변하는 이야기를, 돌돌돌 물이 흐르는 계곡과 숲의 이야기를 들려줄 때 나도 행복했고 아이도 행복한 얼굴로 잠들었다. 남편이 부족한 게 있다면 경제력이 떨어지는 거였다. 그러니까, 나는 출산 후 몇 달을 빼고는 돈벌이를 쉬어본 적이 없었다. 가사도우미를 간 집에서 성미 고약한 노인의 저녁 수발을 시켜도 군말 없이 했다.

우리 아버님은 옆에 사람이 있어야만 식사를 하세요. 식사가 끝날 때까지 옆에 꼭 붙어 있어주세요.

주인 여자는 들어오겠다는 약속 시간을 넘겨 문자 메시지로 알려왔다. 퇴근할 시간이 훌쩍 지나 있었다. 밥 한 술, 국 한 술, 반찬 하나. 광대뼈가 불거진 노인네가 수저질을 할 때마다 퀭한 눈으로 나를 한 번씩 빤히 쳐다봤다. 마치 내 얼굴을 뜯어서 씹고 있는 듯이. 밥을 먹는 데 30분이 걸렸다. 나는 주인 여자가 들어오기만을 기다렸다. 노인네의 저녁식사가 끝나자 주인 여자에게서 다시 문자 메시지가 왔다.

페이는 더 줄 테니까, 한 가지만 더 부탁해도 되죠? 설거지는 안 해도 돼요. 부엌일은 두고 아버님 방에 들어가서 드레싱하는 거 좀 도와주세요. 늘 혼자서 하시긴 하는데 요새는 수전증이 심해져서 혼자 하다간 약을 옷이랑 이불에 다 묻혀요. 아버님이 자리에 누우시면 불 꺼주고, 퇴근하시면 돼요.

당뇨 합병증을 앓고 있는 노인네는 오른쪽 엄지발가락에 괴사가 시작되어 한쪽 다리를 절름거렸다. 나는 그런 일도 마다하지 않았다. 싫다는 말이 목구멍까지 올라왔지만, 페이를 더 준다지 않는가. 까짓거 노인네의 노려보는 듯한 눈초리, 썩은 상처를 소독하는 일 따위 힘들 것도 없었다. 시간이 늦어져 밤늦게 버스를 타고 돌아갈 때는 아이 생각에 발을 동동거렸다. 그런 날들조차 행복하게 받아들였다.

마순희의 목소리는 언덕을 오르며 가쁜 숨과 함께 뱉어지는 듯 굴곡이 많았고, 때로는 늘어난 감열 테이프에서 흘러나오는 듯 단어가 사라져 들리지 않을 때도 있었다.

말을 마친 마순희는 담담한 표정으로 식어버린 녹차라떼를 한 모금 마셨다.

"그런데 남편이랑 헤어졌어요. 2년 전에요."

기옥은 "왜?"라고 짧게 물었다. 간단한 물음이 그녀에게 혼란을 주지 않는다는 걸 깨달은 것도 얼마 되지 않았다.

"내 소리가 듣기 싫대요."

마순희는 픽 웃었다. 무슨 말인지 납득이 가지 않는 얼굴로 기옥은 이번에도 "왜?"라고 물었다. 그게 좀 말하기가 창피하긴 한데, 라고 마순희가 얼버무린 후 말했다.

"섹스할 때 내는 소리가 견딜 수가 없대요. 어느 날은 내 얼굴에 이불을 뒤집어씌웠어요."

마순희는 사레들린 것처럼 캑캑거리며 웃었다. 그녀의 눈초리에 눈물방울이 맺혔다.

"언닌 그 모멸감, 모를 거예요."

마순희는 버스 정류장에서 기어코 울음을 터뜨렸다. 사랑이, 사람이 그렇게 더럽게 변할 수도 있다고 말해주고 싶었지만 기옥은 가만히 그녀의 등만 어루만졌다.

기옥은 다음 날 아침 출근길에 마순희의 문자 메시지를 받았다.

언니, 어젠 고마웠어요. 다음 주에 얼굴 보는 거죠? 순희는 벌써 그날이

기다려져요.

기옥은 마순희가 보낸 문자 메시지를 멀거니 쳐다보았다.

*

기옥이 전동차 안에서 만난 두 여자는 기옥을 오해했다. 기옥은 수화로 격렬하게 이야기를 주고받던 그녀들을 부럽고 놀라운 눈으로 쳐다보고 있었다. 그녀들은 기옥이 그녀들의 말이 뿜어내는 신기한 열기와 활력에 매료되었다는 걸 알 수 없었을 테니까. 기옥이 본 그녀들은 거리낌이 없었고, 한편으론 더없이 비밀스러운 자기들만의 기쁨을 나누고 있는 것처럼 느껴졌다. 마순희를 처음 만났을 때 기옥이 느꼈던 부담스러움과 거리감, 한사코 그녀와 거리를 가지려 했던 것이 어쩌면 기옥이 도저히 흉내 낼 수 없는 마순희만이 가진 낯선 활기 때문이었는지도 모른다.

마순희와 헤어져 집으로 돌아온 그날 밤, 기옥은 냉장고에 먹다 남겨두었던 소주병을 꺼냈다. 김이 빠진 소주는 맹맹했다. 베란다 창으로 앞 동의 복도를 걸어가는 사람이 보였다. 잠시 후 검은 베란다 창에는 기옥의 모습이 오롯이 떠올랐다.

'왜 빤히 쳐다보는데?'

격렬한 동작으로 수화를 주고받던 두 여자 중의 하나가 기옥에게 한 동작은 바로 그 말이었다. 매우 직접적이고도 단호한 동작으로 기옥을 가리켰던 손가락을 자신의 눈으로 가져갔을 때 기옥은 그녀가 하는 수화를 또렷이 알아들었다. 그러나 기옥은 입속에 고인 말들을 삼켰다. "당신들이 부러워서 그래. 내가 당신들보다 못한 게 뭐야. 내가 잘못한 게 뭔데 나는 이것도 저것도 아닌 이런 삶을 사는 거지?" 그때 기옥의 얼굴이 붉어졌고 정신을 차릴 수 없어 내려야 할 정거장을 놓쳤고, 그녀들의 눈빛을 슬그머니 피한 채 바보처럼 앉아 있었다. "이 바보야, 넌 한 번도 네 삶과 싸워

본 적이 없잖아. 그걸 꼭 말로 해줘야 알아?" 수화를 쓰던 여자 중의 하나가 기옥의 귓속에 대고 또박또박한 목소리로 비꼬아대는 소리가 환청으로 들리는 듯했다. 기옥은 귀가 간지러워 귀를 후벼 팠다. 그러자 갑자기 흐흐흐, 웃음이 터졌다. 그 흐물거리는 웃음은 마침내 걷잡을 수 없이 용량이 커지면서 울음소리와 웃음소리가 뒤섞인 기묘한 형태로 변했다. 식탁에 이마가 닿을 정도로 등을 구부리고 웃음을 막기 위해 배에 힘을 주었는데도 그쳐지지가 않았다. 기옥의 뺨으로 미끈하게 눈물이 흘러내렸다.

410

선우은실 문학평론가

소리의 떨림이 가닿는 곳

일상 대화는 약 60dB 정도의 소리 크기를 가진다고 한다. 60dB의 소리가 있다면 사람과 사람이 대화를 할 수 있는 것이다. 그렇다면 60dB보다 작은 데시벨의 소리는 어떻게 되는가. 한 사람에게서 다른 사람에게 가닿지 못하게 될까. 반드시 그렇다고 할 수는 없을 것이다. 60dB 이상의 소리도 마찬가지이다. 소리가 크다고 해서 사람에서 사람으로 그 목소리가 더 잘 가닿는 것은 아니며 더 작은 소리라고 해서 끝내 어디론가 도달하지 못하는 것도 아니다. 중요한 것은 소리의 '크기' 자체보다도 어디론가 닿으려는 소리의 방향 혹은 의지이다. 홍명진의 「마순희」는 '소리'에 관한 소설이다. '기옥'과 '마순희' 두 인물의 서사를 통해 소설은 타인의 목소리가 어떻게 다른 타인의 목소리를 지워버릴 수 있는지, 그럼에도 소멸된 줄만 알았던 목소리가 사라지지 않고 어떻게 타인에게 전달될 수 있는지를 보여준다.

소설은 기옥의 서사를 중심으로 진행된다. 마순희의 서사가 후반부에 축약되어 제시되는 것과 달리 기옥의 과거는 현재 진행되는 서사 사이에 드문드문 배치되어 있어서 마순희의 과거보다 훨씬 구체적인 장면으로 제시되고 있다. 기옥의 과거 묘사에서는 '소리'의 크기가 크다고 해서 그것이 반드시 사람의 마음에 가닿는 것은 아님을 보여준다.

> 문을 따고 들어온 남편이 그녀를 내려다보며 야, 일어나봐, 하고 소리를
> 쳤을 때야 겨우 눈을 떴다. …(중략)… 밥 달라니까. 그가 소리쳤다. …(중략)
> … 기옥은 그의 말을 무시한 채 빤히 바라보기만 했다. 그 순간 그가 소파 앞
> 테이블에 놓여 있던 미니 화분을 집어 던졌다. 벽시계 밑에 걸린 기다란 거
> 울 유리가 깨졌고 잠시 후에는 그대로 바닥에 떨어졌다. (392~393쪽)

고요한 폭력은 없다. 물리적인 폭력이 가해지지 않는다고 하더라도 한
개인의 내면을 깨뜨리는 '폭력'의 형상은 결코 고요하지 않다. 임신한 기
옥에게 가해진 남편의 폭력적 주사의 파열음은 결코 작은 소리가 아니다.
기옥에게 밥을 차리라고 소리치고 물건을 부수는 '폭력'의 소리는 분명히
60dB 이상이었겠지만 그 소리가 두 사람의 관계를 더욱 긴밀하게 하지 않
는다. 오히려 '큰 소리'는 기옥의 마음을 닫게 만들었다. 기옥이 남편과의
관계뿐만 아니라 앞으로 다가올 사람들을 불신하는 방식으로 확장되었다
는 점에서 이 '소리'는 다른 개인에게 '가닿지 않는' 소리이다.

기옥은 이 '큰 소리'에 대항하는 방법으로 "붕어"가 되는 것을 택한다.
그것은 남편을 신뢰하지 않겠다는 강력한 함구의 표현이자 선택적 침묵이
다. 그러나 0dB의 소리는 안타깝게도 남편의 폭력을 무너뜨리지 못했으
며 그녀 스스로의 상처받은 마음도 치유하지 못한다. '소리 없음'은 기옥
자신에게도 닿지 못한 채로 길을 잃어버리고 만 것이다. 이혼 끝에 기옥
에게 남겨진 것은 '큰 소리'에 얽힌 끔찍한 과거의 경험과 그 결과 그녀가
모든 관계를 단절하고자 선택한 '소리 없음'의 정적뿐이었다.

그런데 뜻밖에도 갈 길을 잃은 기옥의 소리는 마순희에 의해 다시 점차
일정한 '소음'을 획득하게 된다. 기옥은 "몸 테라피" 강좌에서 마순희와 마
주한다.

"저는 청각장애 2급입니다. 듣지 못하지만 잘 보고 따라 할 수는 있어요. 저 때문에 다른 사람들이 피해를 보지 않았으면 좋겠습니다."

…(중략)…

소개가 끝나자 박수가 터졌다. …(중략)… 청각장애 2급이면 바로 옆에서 징을 세게 쳐도 새털이 살짝 날리는 것 같은 울림이 느껴질 정도라고 했다. (390~391쪽)

자신의 비선택적인 장애가 타인에게 누가 되지 않았으면 좋겠다는 마순희를 보며 기옥은 "안타까우면서도 불편하고 신경이 쓰이면서도 눈을 감고 싶은 감정"의 사이에 놓인다. 이 양가적인 감정은 둘의 '소리 없음'의 공통점에서 비롯된다. 물론 두 사람에게 있어 '소리 없음'의 최초의 원인은 다르다. 기옥의 '소리 없음'이 선택적이었던 것과 달리 마순희의 '소리 없음'은 비자발적이고 '선천적'인 장애이기 때문이다.

다른 원인임에도 불구하고 '소리 없음'의 세계에 놓인 두 인물이 대화를 하게 된 것은 우연하지 않다. 기옥은 자기 자신과 화해하고 인간에 대한 신뢰의 끈을 이어가기 위해서도 일정한 '소음'이 필요한 사람이다. 한편 마순희는 처음부터 '소음'이 제거된 세계에서 살아온 사람이다. 그럼에도 마순희는 '소리'가 있는 사람의 세계에 기묘한 "웃음"소리로 균열을 낸다. 또 그녀는 '소리'의 세계에 놓여 있는 사람의 이야기를 적극적으로 '보며', 말 대신 '글'을 사용하여 일상의 '소음'을 만들어내려고 애쓴다. 그런 마순희를 보는 기옥은 복잡한 심경이 될 수밖에 없었을 것이다. 마순희가 스스로 듣지 못하면서 내는 기괴한 웃음소리는 기옥이 신혼 생활을 막 시작했을 때 남편이 "농담을 하며 히득히득 이상한 소리로 웃었"던 기억을 떠올리게 한다는 점에서 좋았던 시절을 떠올리게 하기도 하지만, 그 이후 남편이 휘둘렀던 폭력으로 인한 '큰 소리' 또한 상기시키기 때문이다. 마순희가 기옥에게 걸어오는 일종의 대화는 "살아오는 동안 기옥이 맺은 관계들이 허물어지거나 뒤틀릴 때마다 묘하게 남는 피폐의 감정들까지" 되살리는 것이니 마냥 달가울 수가 없다.

이렇듯 고통스러운 과거의 기억을 떠올리게 함에도 불구하고 기옥은 마순희가 일으킨 일상의 균열로 인해 자발적 음소거의 상태에서 벗어나고자 한다. 달리 말하면 마순희는 그 자신이 무음(無音)의 세계에 놓여 있음에도 불구하고 기옥의 삶에 소음을 유발한다. 이 지점에서 '소리'는 구체적인 의미를 획득한다. 여기에서 '소리'는 다만 청각에 의존하는 물리적 현상이 아니다. '소리'는 어떤 사람의 파괴된 세계를 일으키는 힘이 될 수 있다. 소리의 본질이 실은 진동에 가깝다는 사실에 착안한다면 마순희의 '소리'는 청각으로서의 소리가 아니라 차갑게 식어버린 타인의 삶을 다시 뜨겁게 하는 일련의 진동으로서의 '소리'이다.

한편 이 '소리'는 마순희 그 자신의 삶을 유지해나가기 위한 동력으로서의 떨림이기도 하다. 마순희의 과거는 소설의 마지막 부분에 요약적으로 서술된다. 기옥을 중심으로 하는 서사가 구체적인 장면 묘사로 제시되는 것에 반해 마순희의 과거가 축약되어 제시되는 것은 그 캐릭터의 특성과 연관성이 있다. 마순희는 소리를 중심으로 하는 '말'의 세계에 있는 대신 '글'을 주축으로 하는 세계에 둘러싸여 있다. 실제로 서사 안에서 기옥이 "난 특별한 이야기가 없어서 그렇지 뭐. 하루하루가 다 그저 그렇고. 특별한 일이 일어날까 사실 두려운 거지."라는 말을 했다가 마순희가 알아듣지 못하자 그냥 쉬고 싶다는 뜻이었다고 문자를 찍어준 것도 이와 무관하지 않다. 적당히 진심을 숨기고 요약적으로 진술되는 '글'의 소리, 그 무음은 마순희에게는 가닿지 않는 진동이었을지 모른다. 그 사실을 알기에 마순희는 그 진동이 끝내 자신에게 닿게 되기를, 그리고 자신의 진동이 다른 사람에게 닿게 되기를 바라면서 끊임없이 '소리'를 내고 '글'을 주고받으려고 애쓴다.

기옥이 남편의 주사와 폭력을 목격하면서 받은 상처와 비슷한 상처가 마순희에게도 있었다는 후반부의 진술 또한 두 사람 사이의 공통점으로 드러난다. 마순희는 자신의 장애 너머를 사랑해준다고 믿었던 사람에게 버림받고 이혼한 과거가 있다. "섹스할 때 내는 소리가 견딜 수 없"다며 어느 날은 "얼굴에 이불을 뒤집어씌웠"던 모멸적인 과거를 떠올리고 또 누군가에게 그 일을 밝히는 것이 마순희에게는 불쾌한 일이었을 것이다. 그럼에도 그 내밀하고 불편한 이야기를 누군가가 소리 내어 말함으로써 다른 한쪽의 마음을 조금은 열 수 있게 된다. 기옥과 마순희는 어떤 불편함, 이질감보다는 동질감에서 비롯된 그 이상한 마음을 가지고 서서히 서로를 향한 '소리'를 낸다. 어떤 진동은 그것이 아주 미약하나마 상처받은 누군가의 마음에 가닿아서 그 작은 틈새를 파고들 수 있다. 작은 균열과 소음이 한 인간을 다시 일상으로 길어 올리는 동력이 될 수 있음을 두 인물은 보여주고 있다.

마순희와의 대화 이후 기옥은 지하철에서 수화로 대화하는 사람들을 보았던 어떤 밤을 떠올린다. 기옥은 그 기억을 통해 침묵으로 회피하려고 했던 자신의 삶을 조금씩 마주한다. 비자발적으로 세상으로부터 음소거되었음에도 불구하고 그것을 넘어서는 어떤 마음의 울림을 지닌 마순희를 마주하면서 기옥의 삶이 조금씩 달라질 것임을 암시하는 듯하다. 기옥은 '청각'으로 지각되는 소리 못지않게 열렬하게 대화할 수 있었던 그 밤의 두 사람의 열기와 진동을 간직하게 될 것이다. 자신에게 들이닥친 모멸과 불신의 위기를 겪었던 마순희도 마찬가지이다. 기옥과의 어색한 대화와 불편한 고백을 통해 마순희의 '소리'는 점점 또렷하게 울릴 것이다. 자타의적으로 음소거된 세상에 균열을 내고 끝내 누군가의 마음에 가닿는 그 '소리'야말로 「마순희」가 우리에게 주는 전율이다.

2017 올해의
문제소설